Jodi Picoult

Die Macht des Zweifels

Roman

Aus dem Amerikanischen von
Ulrike Wasel und Klaus Timmermann

Piper München Zürich

Von Jodi Picoult liegen auf deutsch außerdem vor:
Auf den zweiten Blick (Serie Piper 3654)
In einer regnerischen Nacht (Serie Piper 3655)
Die einzige Wahrheit (Serie Piper 3716)
Die Hexenjagd von Salem Falls (Serie Piper 4011)

Zitat auf S. 9 aus: Charlotte Brontë, *Jane Eyre*,
in der Übersetzung von Helmut Kossodo,
Insel Verlag, Ffm., 1986

Deutsche Erstausgabe
Oktober 2003

Titel der amerikanischen Originalausgabe:
»Perfect Match« (Pocket Books, New York, 2002)

Satz: EDV Fotosatz Huber, Germering
Druck und Bindung: Clausen & Bosse, Leck
Printed in Germany ISBN 3-492-27061-1

www.piper.de

Für Jake,
den tapfersten Jungen, den ich kenne,
in Liebe, Mom

Prolog

Als der Unmensch schließlich durch die Tür kam, trug er eine Maske.

Sie starrte ihn lange an, erstaunt, daß niemand sonst seine Verkleidung durchschaute. Er war der Nachbar von nebenan, der seine Forsythien goß. Er war der Fremde, der im Fahrstuhl freundlich lächelte. Er war der liebenswürdige Mann, der ein kleines Kind an die Hand nimmt, um ihm über die Straße zu helfen. *Seht ihr das denn nicht*, wollte sie schreien. *Begreift ihr denn nicht?*

Ihre Hände hatte sie sittsam gefaltet wie ein Schulmädchen, und sie saß kerzengerade auf ihrem Stuhl. Aber ihr Herz war aus dem Takt gekommen, eine Qualle, die sich in ihrem Brustkorb wand. Und zum ersten Mal in ihrem Leben mußte sie sich selbst daran erinnern, das Atmen nicht zu vergessen.

Gerichtsdiener flankierten ihn, führten ihn vorbei am Tisch der Anklagevertretung, vorbei am Richter, zu der Stelle, wo der Verteidiger saß. Aus einer Ecke drang das Surren einer Fernsehkamera. Die Szene war ihr vertraut, aber sie merkte, daß sie sie noch nie aus diesem Blickwinkel wahrgenommen hatte. *Ändere deinen Standpunkt, und die Perspektive ist eine völlig andere.*

Die Wahrheit saß auf ihrem Schoß, schwer wie ein Kind. Sie würde es tun.

Dieses Wissen, das sie doch eigentlich hätte erstarren lassen müssen, schoß statt dessen wie Brandy durch ihre Glieder. Zum ersten Mal seit Wochen hatte sie nicht mehr das Gefühl, wie eine Schlafwandlerin über den Grund des Ozeans zu gehen und mit schmerzenden Lungen die Luft festzuhalten, die sie vor dem Versinken eingeatmet hatte. An diesem entsetzlichen Ort, im Angesicht dieses entsetzlichen Menschen, fühlte sie sich plötzlich wieder normal, dachte ganz nüchtern. Innerhalb der nächsten zwei Sekunden würden die Gerichtsdiener zurücktreten, damit er ungestört mit seinem Anwalt sprechen konnte.

In ihrer Handtasche glitten ihre Finger über das glatte Leder ihres Scheckheftes, über ihre Sonnenbrille, einen Lippenstift. Sie ertastete das, wonach sie suchte, und stellte erstaunt fest, daß sie es mit der gleichen vertrauten Selbstverständlichkeit umschloß wie die Hand ihres Mannes.

Ein Schritt, zwei, drei, und schon war sie dem Unmenschen nahe genug, um seine Angst riechen zu können, um sehen zu können, wie sich der schwarze Rand seines Jacketts gegen den weißen Hemdkragen abhob. Schwarz und Weiß, darauf lief es letztlich hinaus.

Einen Augenblick lang wunderte sie sich, daß niemand sie aufgehalten hatte. Warum niemand durchschaut hatte, daß dieser Moment unausweichlich war. Daß sie herkommen und genau das tun würde. Selbst jetzt hatten die Menschen, die sie doch am besten kannten, nicht versucht, sie festzuhalten, als sie von ihrem Stuhl aufstand.

Und da wurde ihr klar, daß auch sie eine Verkleidung trug, genau wie der Unmensch. Und diese Verkleidung war so klug gewählt, so *überzeugend*; keiner wußte, zu was sie geworden war. Aber jetzt spürte sie, wie die Tarnung nachgab. *Soll die Welt es sehen*, dachte sie, als die Maske von ihr abfiel. Und als sie dem Angeklagten die Pistole an den Kopf drückte und rasch hintereinander viermal abdrückte, wußte sie, daß sie sich in diesem Moment selbst nicht erkannt hätte.

I

Wer zu Unrecht geschlagen wird,
sollte hart zurückschlagen – ganz gewiß –,
und zwar so hart, daß der andere daraus
seine Lehre zieht und es nie wieder tut.

Charlotte Brontë, *Jane Eyre*

Wir sind im Wald, nur wir zwei. Ich hab meine Lieblingsturnschuhe an, die mit den bunten Schnürsenkeln und der Stelle hinten, die Mason angeknabbert hat, als er noch ein Welpe war. Ihre Schritte sind länger als meine, aber es ist ein Spiel – ich versuche, in die Löcher zu springen, die ihre Schuhe hinterlassen. Ich bin ein Frosch – ich bin ein Känguruh – ich bin verzaubert. Wenn ich gehe, klingt es, als würde sich jemand zum Frühstück Cornflakes auf den Teller schütten.

»Mir tun die Beine weh«, sage ich zu ihr.

»Nur noch ein kleines Stück.«

»Ich will nicht mehr gehen«, sage ich und setze mich einfach hin, denn wenn ich mich nicht bewege, tut sie es auch nicht.

Sie beugt sich vor und zeigt irgendwohin, aber die Bäume sind wie die Beine von großen Erwachsenen, und ich kann gar nichts sehen. »Siehst du ihn schon?« fragt sie mich.

Ich schüttele den Kopf. Auch wenn ich ihn sehen könnte, würde ich es nicht zugeben.

Sie hebt mich hoch und setzt mich auf ihre Schultern. »Den Teich«, sagt sie. »Kannst du den Teich sehen?«

Von hier oben aus kann ich es. Er ist ein Stück Himmel, das am Boden liegt.

Wenn der Himmel zerbricht, wer macht ihn dann wieder ganz?

I

Schlußplädoyers waren schon immer meine Spezialität.

Ich kann, ohne mir vorher viel zurechtgelegt zu haben, in einen Gerichtssaal marschieren und eine Rede halten, nach der die Geschworenen förmlich nach Gerechtigkeit schreien. Offene Fragen machen mich wahnsinnig.

Heute morgen habe ich ein Schlußplädoyer in einem Vergewaltigungsprozeß und eine Anhörung zur Feststellung der Verhandlungsfähigkeit. Am Nachmittag habe ich einen Termin bei einem DNA-Spezialisten, es geht um Gehirnmasse, die in einem Autowrack gefunden wurde und weder dem betrunkenen Fahrer gehört, der jetzt wegen fahrlässiger Tötung angeklagt ist, noch der Beifahrerin, die bei dem Unfall ums Leben kam. All das schießt mir durch den Kopf, als Caleb den Kopf ins Badezimmer steckt. »Wie geht's Nathaniel?«

Ich drehe das Wasser ab und wickle mir ein Handtuch um den Körper. »Schläft«, sage ich.

Caleb war draußen in seinem Schuppen und hat den Pickup beladen. Er macht Steinmetzarbeiten – Gartenwege, Kamine, Granittreppen, Mauern. Er riecht nach Winter, ein Geruch, der immer zu der Zeit nach Maine kommt, wenn die Äpfel erntereif sind. Auf seinem Flanellhemd sind Streifen von dem Staub, der an Zementsäcken haftet. »Was macht sein Fieber?« fragt Caleb und wäscht sich die Hände.

»Besser«, antworte ich, obwohl ich heute morgen noch gar nicht nach meinem Sohn gesehen habe.

Ich hoffe, daß es wahr wird, wenn ich es mir nur ganz fest wünsche. So krank war Nathaniel gestern abend schließlich gar nicht, und er hatte nur erhöhte Temperatur, keine 38 Grad. Er war nicht ganz auf dem Posten, aber das allein würde mich nicht davon abhalten, ihn in die Vorschule zu schicken – schon gar nicht an einem Tag, an dem ich ins Gericht muß. Jede berufstätige Mutter kennt das Dilemma. In der Familie kann ich wegen meines Berufes nicht hundert Prozent geben, und wegen meiner Familie kann ich im Beruf nicht hundert Prozent geben. Und ich lebe in ständiger Angst davor, daß die beiden Welten wieder einmal kollidieren.

»Ich würde ja hierbleiben, aber ich muß unbedingt zu der Besprechung. Fred hat die Kunden bestellt, damit sie sich die Pläne ansehen, und wir müssen eine gute Vorstellung liefern.« Caleb blickt auf die Uhr und stöhnt. »Ich komme jetzt schon zehn Minuten zu spät.« Sein Tag beginnt früh und endet früh, wie bei den meisten selbständigen Handwerkern. Das bedeutet, daß ich Nathaniel meistens zur Schule bringe und Caleb ihn abholt. Er greift nach seiner Baseballmütze. »Du bringst ihn doch nicht zur Schule, wenn er wirklich krank ist ...«

»Natürlich nicht«, sage ich, aber unter dem Ausschnitt meiner Bluse wird mir warm. Mit zwei Aspirin kann ich Zeit schinden. Dann könnte ich den Vergewaltigungsfall abschließen, ehe der Anruf von Miss Lydia kommt, daß ich meinen Sohn abholen soll. Ich hasse mich für diesen Gedanken.

»*Nina.*« Caleb legt seine großen Hände auf meine Schultern. Wegen dieser Hände habe ich mich in Caleb verliebt. Sie können mich berühren, als sei ich eine Seifenblase, und sie sind dennoch stark genug, um mich festzuhalten, wenn ich auseinanderzubrechen drohe.

Ich lege meine Hände auf die Calebs. »Er schafft das schon«, beteuere ich. Ich schenke ihm mein Staatsanwältinnenlächeln, das vor allem überzeugen soll. »Wir schaffen das schon.«

Caleb nimmt sich Zeit, ehe er bereit ist, das zu glauben. Er ist ein kluger Mann, aber er ist methodisch und vorsichtig. Er bringt ein Projekt immer erst mit gründlicher Sorgfalt zu Ende, ehe er sich dem nächsten zuwendet, und seine Entscheidungen trifft er auf die gleiche Art. Seit sieben Jahren hoffe ich nun schon, daß etwas von seiner Bedächtigkeit auf mich abfärbt, wo ich doch jede Nacht neben ihm liege.

»Ich hole Nathaniel dann um halb fünf ab«, sagt Caleb, ein Satz, der in der Sprache von Eltern soviel wie *Ich liebe dich* bedeutet.

Ich spüre seine Lippen über meinen Scheitel streichen, während ich den Verschluß an meinem Rock zumache. »Ich bin um sechs zu Hause.« *Ich liebe dich auch.*

Er geht zur Tür, und als ich aufblicke, fallen mir Einzelheiten an ihm auf – die breiten Schultern, das leicht schiefe Grinsen, die Art, wie er in den wuchtigen Sicherheitsschuhen die Füße nach innen dreht. Caleb sieht, daß ich ihn betrachte. »Nina«, sagt er, und sein Lächeln wird noch schiefer. »Du bist auch spät dran.«

Die Uhr auf dem Nachttisch zeigt 7 Uhr 41. Ich habe noch neunzehn Minuten, um meinen Sohn zu wecken und ihm Frühstück zu machen, ihn anzuziehen und in den Kindersitz zu verfrachten und quer durch Biddeford zur Vorschule zu fahren. Danach kann ich es gut bis 9 Uhr zum Gericht in Alfred schaffen.

Mein Sohn schläft fest, eng in seine Decke gewickelt. Sein blondes Haar ist zu lang. Er hätte schon vor einer Woche zum Friseur gemußt. Ich setze mich auf die Bettkante. Was sind schon zwei Sekunden mehr, wenn man Gelegenheit hat, ein Wunder zu bestaunen?

Nathaniel sieht jünger aus, wenn er schläft, eine Hand unter der Wange geballt und die andere fest um einen Stofffrosch geschlungen. Manchmal sehe ich ihn nachts an und staune, wenn ich bedenke, daß ich ihn vor fünf Jahren noch gar nicht kannte, diesen Menschen, der mich so verändert hat. Vor fünf Jahren hätte ich Ihnen noch nicht sagen können, daß das Weiße in den Augen eines Kindes heller ist als frisch gefallener Schnee, daß der Hals eines kleinen Jungen die zarteste Linie an seinem Körper bildet. Ich hätte es nie für möglich gehalten, daß ich mich mal mit einer aus einem Geschirrtuch gebundenen Piratenmütze auf dem Kopf an den Hund heranpirschen würde, um seinen verborgenen Schatz aufzuspüren, oder daß ich an einem verregneten Sonntag herausfinden wollte, wie lange es dauert, bis ein Marshmallow in der Mikrowelle explodiert.

Ich könnte lügen und sagen, daß ich niemals Jura studiert hätte oder Staatsanwältin geworden wäre, wenn ich damit gerechnet hätte, eines Tages Mutter zu sein. Es ist ein anstrengender Job, der einen auch zu Hause nicht losläßt und der sich oft nur schwer mit Fußballspielen und Kindergartenkrippenspielen vereinbaren läßt. Aber die Wahrheit ist, daß ich meinen Beruf immer geliebt habe, daß ich mich über ihn definiere: *Guten Tag, ich bin Nina Frost, Staatsanwältin.* Aber ich bin auch Nathaniels Mutter, und dieses Etikett würde ich gegen nichts in der Welt eintauschen. Aber anders als die meisten Eltern, die nachts wach liegen und sich darum sorgen, was für Gefahren ihrem Kind drohen könnten, habe ich die Möglichkeit, etwas dagegen zu tun. Ich bin ein Ritter in strahlender Rüstung, ich gehöre zu den fünfzig Anwälten, die dafür zuständig sind, den Bundesstaat Maine sicher zu machen, bevor Nathaniel sich hinaus in die Welt wagt.

Jetzt berühre ich seine Stirn – *kühl* – und lächle. Mit einem Finger liebkose ich die sanfte Kontur seiner Wange, den Rand der Lippen. Im Schlaf schlägt er meine Hand weg, vergräbt die Fäuste unter der Decke. »He«, flüstere ich ihm ins Ohr. »Wir müssen uns beeilen.« Als er sich nicht rührt, ziehe ich die Decke weg – und der beißende Ammoniakduft von Urin steigt von der Matratze auf.

O nein, bitte nicht heute. Aber ich lächle, genau wie der Arzt geraten hat, wenn Nathaniel, meinem fünfjährigen Sohn, der schon vor drei Jahren gelernt hat, zur Toilette zu gehen, so ein Mißgeschick passiert. Als sich seine Augen öffnen – Calebs Augen, strahlend und braun und so gewinnend, daß die Leute auf der Straße entzückt stehengeblieben sind, wenn sie mein Baby im Kinderwagen sahen –, sehe ich jenen Moment der Angst, wenn er glaubt, er würde jetzt bestraft. »Nathaniel«, seufze ich, »so was kann jedem passieren.« Ich helfe ihm aus dem Bett und will ihm den feuchten Pyjama ausziehen, doch da wehrt er sich plötzlich mit aller Macht.

Ein heftiger Boxhieb landet an meiner Schläfe. »Herrgott, Nathaniel!« fauche ich. Aber es ist schließlich nicht seine Schuld, daß ich zu spät dran bin. Es ist nicht seine Schuld, daß er ins Bett gemacht hat. Ich atme tief durch und ziehe ihm die Hose über Knöchel und Füße. »Komm, wir waschen dich schnell, ja?« sage ich sanfter, und er schiebt friedlich seine Hand in meine.

Mein Sohn hat ein außergewöhnlich sonniges Gemüt. Im dumpfen Rauschen des Verkehrs entdeckt er Musik, er spricht die Sprache der Kröten. Er würde niemals gehen, wenn er laufen und springen kann. Daher ist der Junge, der mich da argwöhnisch über den Badewannenrand hinweg beäugt, nicht der Nathaniel, den ich kenne. »Ich bin dir nicht böse.« Nathaniel zieht verlegen den Kopf ein. »Jedem passiert mal ein Mißgeschick. Weißt du noch, wie ich letztes Jahr mit dem Auto über dein Fahrrad gerollt bin? Da warst du wütend – aber du hast auch gewußt, daß ich es nicht absichtlich gemacht habe. Stimmt's?« Genausogut könnte ich auf einen von Calebs Granitblöcken einreden. »Na schön, schweig mich ruhig an.« Aber auch das zündet nicht. Ich kann ihm keine Reaktion entlocken. »Ach, ich weiß, was dich aufmuntert ... du darfst dein Disney-World-Sweatshirt anziehen. Das macht zwei Tage hintereinander.«

Wenn er die Wahl hätte, würde Nathaniel es jeden Tag anziehen. In seinem Zimmer durchwühle ich erst jede Schublade und finde das Sweatshirt schließlich mitten in dem Haufen schmutziger Bettwäsche. Nathaniel sieht es, zieht es heraus und will es sich über den Kopf streifen. »Warte«, sage ich und nehme es ihm weg. »Ich weiß, ich hab's versprochen, aber es ist voller Pipi, Nathaniel. So kannst du damit nicht los. Es muß erst gewaschen werden.« Nathaniels Unterlippe beginnt zu beben, und ich weiß, daß ich jetzt dringend Zugeständnisse machen muß. »Schätzchen, Ehrenwort, ich wasche es gleich heute abend. Und dann darfst du es den Rest der Woche tragen. Und auch noch die ganze nächste Woche. Aber jetzt mußt du mir ein bißchen helfen. Wir müssen jetzt schnell frühstücken, damit wir rechtzeitig losfahren können. In Ordnung?«

Zehn Minuten später haben wir dank einer bedingungslosen Kapitulation meinerseits eine Einigung erzielt. Nathaniel trägt sein dämliches Disney-World-Sweatshirt, das ich per Hand durchgespült, rasch in den Trockner gesteckt und anschließend mit einem Duftspray für Haustiere besprüht habe. Vielleicht bekommt Miss Lydia davon eine Allergie. Vielleicht bemerkt keiner den Fleck über Mickeys breitem Grinsen. Ich halte zwei Schachteln mit Frühstücksflocken hoch. »Welche willst du?« Nathaniel zuckt die Achseln, und inzwischen bin ich der festen Überzeugung, daß sein Schweigen nichts mit Scham zu tun hat, sondern daß er mich damit auf die Palme bringen will. Und es funktioniert.

Ich setze ihn an den Frühstückstisch und stelle ihm eine Schüssel mit Honey Nut Cheerios hin, während ich sein Lunchpaket packe. »Nudeln«, verkünde ich beschwingt, um ihn aus seiner gedrückten Stimmung herauszuholen. »Und ... oooh! Ein Hähnchenschenkel von gestern abend! Drei Schokokekse ... und Stangensellerie, damit Miss Lydia deiner Mommy nicht wieder Vorträge über Ernährungspyramiden halten muß. Fertig.« Ich verschließe den Plastikbeutel und stecke ihn in Nathaniels Rucksack, schnappe mir eine Banane für mein eigenes Frühstück und werfe einen Blick auf die Uhr an der Mikrowelle. Ich gebe Nathaniel noch zwei

Aspirin mit – es wird ihm dieses eine Mal schon nicht schaden, und Caleb muß es ja nicht erfahren. »Okay«, sage ich. »Wir müssen los.«

Nathaniel zieht seine Turnschuhe an und streckt mir nacheinander die kleinen Füße hin, damit ich ihm die Schnürsenkel binde. Den Reißverschluß seiner Fleece-Jacke bekommt er schon selbst zu und auch den Rucksack schnallt er sich allein um. Der sieht riesig aus auf den schmalen Kinderschultern, und manchmal erinnert Nathaniel mich von hinten an Atlas, der das Gewicht der Welt trägt.

Während der Fahrt schiebe ich Nathaniels Lieblingskassette ein – ausgerechnet das »Weiße Album« der Beatles –, aber nicht mal »Rocky Raccoon« kann ihn aus seiner Stimmung reißen. Eine ganz leise Stimme in mir sagt, ich sollte einfach dankbar sein, daß sich in schätzungsweise fünfzehn Minuten jemand anderes mit diesem Problem beschäftigen muß.

Im Rückspiegel sehe ich, wie Nathaniel mit dem losen Riemen seines Rucksacks spielt, ihn immer wieder klein und noch kleiner zusammenfaltet. Wir kommen zu dem Stoppschild am Fuße des Hügels. »Nathaniel«, flüstere ich, gerade laut genug, daß er mich über das Brummen des Motors hinweg hören kann. Als er aufblickt, schiele ich ihn an und strecke die Zunge heraus.

Langsam, bedächtig wie sein Vater, lächelt er mir zu.

Die Uhr im Armaturenbrett zeigt 7 Uhr 56. Vier Minuten zu früh.

Wir sind sogar noch besser, als ich dachte.

In Caleb Frosts Welt baut man eine Mauer, um etwas Unerwünschtes fernzuhalten ... oder um etwas Kostbares im Inneren zu schützen. Darüber denkt er oft nach, wenn er arbeitet, glänzenden Granit und rauhen Kalkstein in Nischen einfügt, ein dreidimensionales Puzzle, das stabil und gerade am Rande eines Rasens entlang verläuft. Er denkt gerne an die Familien hinter den von ihm erbauten Mauern: abgeschirmt, sicher, geschützt. Seine Steinmauern sind zwar nur kniehoch, keine Burgbefestigungen. Sie haben große Lücken für Einfahrten und Fußwege und Laubengänge. Und dennoch sieht er im Geiste jedesmal, wenn er an einem Grundstück vorbeikommt, das er mit seinen eigenen schweren Händen ummauert hat, wie sich die Eltern mit ihren Kindern zum Abendessen an den Tisch setzen, wie Harmonie den Tisch umhüllt, als ob reale Fundamente das Muster für die emotionalen vorgeben könnten.

Er steht zusammen mit Fred, ihrem Auftraggeber, am Rande des Warren-Grundstücks, und alle warten darauf, daß Caleb ihnen eine Vorstellung von dem, was hier stehen wird, liefert. Derzeit ist hier noch alles dicht mit Birken und Ahornbäumen bestanden, von denen einige markiert wurden, um den möglichen Standort des Hauses und den Verlauf der Kanalisation zu verdeutlichen. Mr. und Mrs. Warren stehen dicht beieinander. Sie ist schwanger; ihr Bauch berührt die Hüfte ihres Mannes.

»Tja«, setzt Caleb an. Es ist seine Aufgabe, die beiden davon zu überzeugen, daß sie eine Steinmauer um ihren Besitz brauchen und nicht den ein Meter achtzig hohen Zaun, den sie gleichfalls in Erwägung ziehen. Aber reden liegt ihm nicht, das ist Ninas Stärke. Neben ihm räuspert sich Fred aufmunternd.

Caleb kann diesem Paar nichts aufschwatzen. Er kann nur sehen, was ihre Zukunft für sie bereithält: ein weißes Haus im Kolonialstil mit großer Veranda. Ein Labrador, der herumspringt und Chrysippusfalter mit dem Maul fangen will. Ein kleines Mädchen, das auf seinem Dreirad die Auffahrt hinunterstrampelt, bis es die Sperre erreicht, die Caleb errichtet hat – die Grenze, bis zu der die Kleine, wie man ihr gesagt hat, in Sicherheit ist.

Er stellt sich vor, wie er etwas Dauerhaftes an einer Stelle erschafft, wo zuvor nichts war. Er stellt sich diese Familie, mittlerweile zu dritt, umgeben von seinen Mauern vor. »Mrs. Warren«, fragt Caleb mit einem Lächeln, »wann ist es denn bei Ihnen soweit?«

In einer Ecke des Spielplatzes weint Lettie Wiggs. Sie macht das dauernd, tut so, als hätte Danny sie verhauen, wo sie doch in Wahrheit nur herausfinden will, ob sie Miss Lydia dazu bringen kann, alles stehen- und liegenzulassen und angerannt zu kommen. Danny weiß das, und Miss Lydia weiß das, und überhaupt alle wissen das, außer Lettie, die weint und weint, als könne sie tatsächlich etwas damit erreichen.

Er geht an ihr vorbei. Geht auch an Danny vorbei, der nicht mehr Danny ist, sondern ein Pirat, der sich nach einem Schiffsuntergang an ein Faß klammert. »He, Nathaniel«, sagt Brianna. »Sieh mal.« Sie hockt hinter dem Schuppen, in dem Fußbälle aufbewahrt werden und der Minibulldozer, auf dem man fahren kann, aber immer nur fünf Minuten, weil dann schon wieder ein anderer dran ist. Eine silbrige Spinne hat ein Netz von dem Holz bis zu dem Zaun dahinter gespannt, kreuz und quer. An einer Stelle ist ein Knoten, so groß wie eine kleine Murmel, in den Seidenfäden verheddert.

»Das ist eine Fliege.« Cole schiebt sich die Brille zurecht. »Die Spinne hat sie sich fürs Abendessen eingepackt.«

»I gitt, wie ekelig«, sagt Brianna, beugt sich aber noch weiter vor.

Nathaniel steht da, die Hände in den Hosentaschen. Er denkt an die Spinne, wie sie auf dem Netz gelandet und klebengeblieben ist, wie damals, als Nathaniel im letzten Winter in eine Schneewehe getreten war und seinen Schuh in dem Matsch unterm Schnee verloren hatte. Er fragt sich, ob die Fliege auch soviel Angst hatte wie Nathaniel damals. Wahrscheinlich wollte die Fliege sich bloß kurz ausruhen. Wahrscheinlich wollte sie nur sehen, warum das Sonnenlicht durch das Netz wie ein Regenbogen aussieht, und die Spinne hat sie gepackt, ehe sie fliehen konnte.

»Ich wette, sie frißt den Kopf zuerst«, sagt Cole.

Nathaniel stellt sich die Flügel der Fliege vor, auf den Rücken gepreßt, während sie umgedreht und fest umwickelt wird. Er hebt die Hand und schlägt damit das Netz entzwei, dann geht er weg.

Brianna ist sauer. »He!« ruft sie. Und dann: »*Miss Lydia!*«

Aber Nathaniel hört gar nicht hin. Er blickt nach oben, betrachtet die hohen Querbalken der Schaukel und des Klettergerüsts mit der Rutsche, die so schimmert wie die Klinge eines Messers. Das Klettergerüst ist ein paar Zentimeter höher. Er umfaßt die Streben der Holzleiter mit beiden Händen und klettert hinauf.

Miss Lydia sieht ihn nicht. Von seinen Turnschuhen rieselt ein Schauer aus kleinen Steinchen und Sand hinab. Hier oben ist er sogar größer als sein Vater. Er denkt, daß in der Wolke hinter ihm vielleicht ein Engel schläft.

Nathaniel schließt die Augen und läßt sich fallen, die Arme an den Körper gepreßt wie die Flügel der Fliege. Er versucht nicht, seinen Sturz abzufedern, schlägt einfach hart auf, weil das weniger weh tut als alles andere.

»Die besten Croissants?« sagt Peter Eberhardt, als wären wir mitten im Gespräch, obwohl ich gerade erst zu ihm in die Kaffeeküche gekommen bin.

›Rive Gauche‹, antworte ich. Eigentlich sind wir ja auch mitten im Gespräch. Unseres ist eben schon seit Jahren im Gang.

»Nicht ganz so weit weg!«

Ich muß nachdenken. ›Mamie's.‹ Das ist ein Diner in Springvale. »Schrecklichste Frisur?«

Peter lacht. »Ich, auf dem Abschlußfoto meiner Klasse.«

»Ich dachte eigentlich an einen Ort, nicht an eine Person.«

»Ach so, ja dann. Der Laden, wo Angeline sich ihre Dauerwelle machen läßt.« Er hält die Kaffeekanne in der Hand und füllt meine Tasse, aber ich muß so lachen, daß einiges auf den

Boden geht. Angeline ist die Sekretärin am Bezirksgericht Süd, und ihre Frisur erinnert an eine Kreuzung aus einer auf ihrem Kopf zusammengerollten Bisamratte und einem Teller Schmetterlingsnudeln mit Butter.

Es ist ein altes Spiel zwischen Peter und mir. Begonnen hat es, als wir beide frisch bei der Bezirksstaatsanwaltschaft West angefangen hatten und unsere Zeit zwischen Springvale und York aufteilten. In Maine können Angeklagte vor Gericht erscheinen und auf unschuldig oder schuldig plädieren oder ein Treffen mit der Anklagevertretung verlangen. Peter und ich saßen an einander gegenüberstehenden Schreibtischen und feilschten mit Klageschriften wie mit Assen beim Poker. *Mach du das Verkehrsdelikt hier, ich kann den Kram nicht mehr sehen. Okay, aber dafür übernimmst du die Sachbeschädigung.* Mittlerweile sind wir beide am höheren Gericht für Straftaten zuständig, und ich sehe Peter wesentlich seltener, aber er ist im Büro noch immer derjenige, der mir am vertrautesten ist. »Bestes Zitat des Tages?«

Es ist erst halb elf, also kann das Beste noch kommen. Aber ich setze meine Anklägermiene auf, blicke Peter ernst an und liefere ihm spontan eine Wiederholung meiner Schlußbemerkung in dem Vergewaltigungsfall. »Tatsächlich, Ladies und Gentlemen, gibt es nur eines, das noch verwerflicher, noch verletzender wäre als das, was dieser Mann getan hat – und zwar, ihn wieder auf freien Fuß zu setzen, damit er es erneut tun kann.«

Peter pfeift durch die Lücke in seinen Vorderzähnen. »Oha, du hast wirklich eine dramatische Ader.«

»Deshalb bezahlen sie mir ja auch so viel.« Ich rühre Milchpulver in meinen Kaffee, beobachte, wie es auf der Oberfläche Klümpchen bildet. Das erinnert mich an den Fall mit der Gehirnmasse. »Wie läuft dein Fall mit dem prügelnden Ehemann?«

»Versteh mich nicht falsch, aber ich hab wirklich die Nase voll von Opfern. Die sind so ...«

»Bedürftig?« sage ich trocken.

»Genau!« seufzt Peter. »Wäre doch mal schön, einen Fall abzuhandeln, ohne sich mit dem ganzen Ballast von den Leuten abgeben zu müssen, oder?«

»Tja, aber dann könntest du auch gleich Verteidiger werden.« Ich trinke einen Schluck Kaffee, schiebe die Tasse dann von mir. »Also wenn du mich fragst, auf *die* würde ich noch lieber verzichten.«

Peter lacht. »Arme Nina. Du hast als nächstes deine Anhörung zur Verhandlungsfähigkeit, nicht?«

»Na und?«

»Immer, wenn dir eine Begegnung mit Fisher Carrington droht, siehst du aus ... na ja, ungefähr so wie ich auf dem Abschlußfoto.«

Wir Ankläger unterhalten nur spärliche Beziehungen zu den hiesigen Verteidigern. Den meisten von ihnen bringen wir widerwillig Respekt entgegen, schließlich tun auch sie nur ihre Arbeit. Aber Carrington ist von einem anderen Schlag. Harvardstudium, weißes Haar, stattliche Erscheinung – die klassische Vaterfigur. Er ist der distinguierte ältere Gentleman, der lebenskluge Ratschläge erteilt. Er ist die Sorte Mann, der Geschworene glauben wollen. Jeder von uns hat das irgendwann schon mal erlebt: Wir treten mit einem Riesenberg unwiderlegbarer Beweise gegen seine Paul-Newman-blauen Augen und das weise Lächeln an, und der Angeklagte kommt frei.

Es versteht sich von selbst, daß wir Fisher Carrington alle hassen wie die Pest.

Vom Gesetz her ist jemand verhandlungsfähig, wenn er in der Lage ist, sich im Sinne der Tatsachenfindung verständlich zu machen. Ein Hund zum Beispiel mag ja imstande sein, Drogenbeweise zu erschnüffeln, aber er kann nicht als Zeuge aussagen. In Fällen von sexuellem Mißbrauch, bei denen der Täter nicht geständig ist, besteht die einzige Möglichkeit, eine Verurteilung zu erreichen, darin, die betroffenen Kinder, die

Opfer, als Zeugen aussagen zu lassen. Doch zuvor muß der Richter entscheiden, ob der Zeuge sich verständlich machen kann, den Unterschied zwischen Wahrheit und Lüge kennt und begreift, daß man vor Gericht die Wahrheit sagen muß. Was bedeutet, daß ich, wenn ich in einem Fall von sexuellem Mißbrauch die Anklage vertrete, routinemäßig eine Anhörung zur Feststellung der Verhandlungsfähigkeit beantrage.

Also: Stell dir vor, du bist fünf Jahre alt und warst so mutig, deiner Mutter zu gestehen, daß Daddy dich jede Nacht vergewaltigt, obwohl er gesagt hat, er bringt dich um, wenn du es verrätst. Und jetzt stell dir vor, du mußt als Vorübung in einen Gerichtssaal, der dir so groß vorkommt wie ein Fußballstadion. Du mußt Fragen beantworten, die ein Staatsanwalt dir stellt. Und dann prasseln Fragen auf dich ein, die ein vollkommen Fremder stellt, ein Anwalt, der dich so durcheinanderbringt, daß du weinst und ihn bittest aufzuhören. Und weil jeder Angeklagte das Recht hat, seinen Ankläger zu konfrontieren, mußt du das alles über dich ergehen lassen, während dein Daddy dich aus nur drei Metern Entfernung anstarrt.

Es gibt dann zwei Möglichkeiten. Entweder du wirst für nicht verhandlungsfähig erklärt, was bedeutet, daß der Richter das Verfahren einstellt und du nicht mehr vor Gericht mußt. Allerdings hast du noch Wochen danach Alpträume von dem Anwalt, der dir schreckliche Fragen stellt, und vom Gesichtsausdruck deines Vaters, und höchstwahrscheinlich geht der Mißbrauch weiter. Oder du wirst für verhandlungsfähig erklärt, und dann erlebst du diese kleine Szene noch mal von vorn – nur daß diesmal Dutzende von Leuten zusehen.

Ich bin zwar Staatsanwältin, aber ich bin auch die erste, die zugibt, daß man im amerikanischen Rechtssystem keine Gerechtigkeit erwarten kann, wenn man nicht in der Lage ist, sich auf eine bestimmte Art und Weise verständlich zu machen. Ich habe schon zahllose Fälle von sexuellem Mißbrauch vor Gericht gebracht, habe zahllose Kinder im Zeugenstand erlebt. Ich bin eine von diesen Anwälten, die an ihnen zerren und ziehen, bis sie schließlich widerstrebend die Phantasiewelt loslassen, die sie sich zusammengeträumt haben, um die Wahrheit auszublenden. Das alles nur, um eine Verurteilung zu erzielen. Aber keiner kann mir weismachen, daß eine solche Anhörung zur Verhandlungsfähigkeit für ein Kind nicht traumatisch ist. Keiner kann mir weismachen, daß das Kind nicht verliert, selbst wenn ich diese Anhörung gewinne.

Für einen Verteidiger ist Fisher Carrington einigermaßen respektvoll. Er nimmt die Kinder auf ihren hohen Stühlen im Zeugenstand nicht restlos auseinander, er versucht nicht, sie aufs Glatteis zu führen. Er tritt wie ein Großvater auf, der ihnen einen Lutscher schenkt, wenn sie die Wahrheit sagen. Mit einer Ausnahme hat er in allen Fällen, in denen wir gegeneinander antraten, dafür gesorgt, daß das Kind für nicht verhandlungsfähig erklärt wurde, und der Täter kam frei. In dem Ausnahmefall erreichte ich eine Verurteilung seines Mandanten.

Der Angeklagte verbrachte drei Jahre im Gefängnis.

Das Opfer verbrachte sieben Jahre in Therapie.

Ich sehe Peter an. »Idealfall?« frage ich.

»Hä?«

»Genau«, sage ich leise. »Das meinte ich.«

Als Rachel fünf war, ließen ihre Eltern sich scheiden. Es war eine von den Scheidungen, bei denen reichlich schmutzige Wäsche gewaschen und um Geld gestritten wird. Eine Woche später erzählte Rachel ihrer Mutter, daß ihr Daddy ihr regelmäßig den Finger in die Vagina gesteckt habe.

Sie hat mir erzählt, daß sie einmal ein Nachthemd mit einer kleinen Meerjungfrau darauf anhatte, am Küchentisch saß und Haferflocken aß. Beim zweiten Mal trug sie ein Nachthemd mit Aschenputtel darauf und schaute sich im Schlafzimmer ihrer Eltern ein Video über die kleine Schildkröte Franklin an. Rachels Mutter Miriam hat bestätigt, daß ihre

Tochter in dem Sommer, als sie drei Jahre alt war, ein Meerjungfrau-Nachthemd und ein Aschenputtel-Nachthemd hatte. Sie erinnert sich, daß sie das *Franklin*-Video von ihrer Schwägerin ausgeliehen hatte. Damals lebten sie und ihr Mann noch zusammen. Damals war es öfter vorgekommen, daß sie ihren Mann mit der kleinen Tochter allein ließ.

Viele Menschen werden sich fragen, wie sich um alles in der Welt eine Fünfjährige daran erinnern kann, was ihr als Dreijährige zugestoßen ist. Meine Güte, Nathaniel kann mir nicht mal erzählen, was er *gestern* gemacht hat. Aber diese Leute haben auch nicht gehört, wie Rachel dieselbe Geschichte immer und immer wieder erzählt. Sie haben nicht mit Psychiatern gesprochen, die beteuern, daß ein traumatisches Erlebnis haftenbleibt wie ein Angelhaken im Maul eines Fisches. Sie sehen nicht, so wie ich es sehe, daß Rachel seit dem Auszug ihres Vaters regelrecht aufgeblüht ist. Und selbst wenn man das alles außer acht läßt – wie könnte ich die Aussage eines Kindes mißachten? Was, wenn gerade das Kind, dem ich nicht glaube, ein Kind ist, das wirklich verletzt worden ist?

Heute sitzt Rachel in dem Schreibtischsessel in meinem Büro und spielt Karussell. Ihre Zöpfe reichen ihr bis auf die Schultern, und ihre Beine sind dünn wie Streichhölzer.

»Wird es lange dauern?« fragt Miriam, die ihre Tochter nicht aus den Augen läßt.

»Ich hoffe nicht«, antworte ich und begrüße dann Rachels Großmutter, die während der Anhörung im Zuschauerraum sitzen wird, um die Kleine emotional zu unterstützen. Da Miriam selbst als Zeugin auftreten wird, darf sie nicht dabeisein. Noch so eine Absurdität: Das Kind im Zeugenstand wird in den meisten Fällen nicht einmal durch die beruhigende Anwesenheit der Mutter unterstützt.

»Ist das denn wirklich notwendig?« fragt Miriam zum hundertsten Mal.

»Ja«, sage ich und blicke ihr in die Augen. »Ihr Exmann ist zu keinem Schuldeingeständnis bereit. Das bedeutet, Rachels

Aussage ist das einzige, womit ich beweisen kann, daß es überhaupt passiert ist.« Ich knie mich vor Rachel und halte den Drehsessel an. »Weißt du was?« sage ich vertraulich. »Wenn die Tür zu ist, dann spiel ich manchmal selbst Karussell.«

Rachel schließt die Arme um ein Stofftier. »Wird dir dann schwindelig?«

»Nein. Ich tu so, als würde ich fliegen.«

Die Tür geht auf. Patrick, mein ältester und bester Freund, steckt den Kopf herein. Er trägt seine Polizeiuniform, nicht das übliche Zivil eines Detective. »He, Nina – hast du schon gehört, daß die Post ihre Briefmarkenserie mit berühmten Verteidigern eingestampft hat? Die Leute wußten einfach nicht, auf welche Seite sie spucken sollten.«

»Detective Ducharme«, sage ich scharf. »Ich habe zu tun.«

Er wird rot; und das betont seine Augen nur noch mehr. Als wir Kinder waren, habe ich ihn oft wegen seiner Augen aufgezogen. Einmal, als wir etwa in Rachels Alter waren, konnte ich ihm weismachen, daß sie nur deshalb so blau waren, weil er kein Gehirn im Kopf hatte, bloß Luft und Wolken. »Verzeihung – habe ich nicht gleich bemerkt.« Er hat alle Frauen in meinem Büro im Handumdrehen betört, einfach so. Wenn er nur wollte, könnte er alles von ihnen verlangen, glaube ich. Aber Patrick ist Patrick, weil er so etwas eben nicht will, niemals.

»Mrs. Frost«, sagt er förmlich, »bleibt es bei unserem Termin heute nachmittag?«

Unser Termin ist das traditionelle gemeinsame Mittagessen einmal pro Woche in einem schmuddeligen Kneipencafé in Sanford.

»Es bleibt dabei.« Ich brenne darauf zu erfahren, warum Patrick sich so in Schale geschmissen hat, warum er überhaupt ins höhere Gericht gekommen ist – als Detective in Biddeford hat er normalerweise mit dem Bezirksgericht zu tun. Doch auf die Antwort werde ich warten müssen. Ich höre, wie die Tür sich hinter Patrick schließt, als ich mich wieder Rachel zuwende. »Wie ich sehe, hast du dir heute einen Freund mitgebracht. Weißt du was, ich glaube, du bist das erste Kind, das jemals ein Nilpferd mitgebracht hat, um es Richter McAvoy zu zeigen.«

»Es heißt Louisa.«

»Das ist hübsch. Und deine Frisur ist auch hübsch.«

»Heute morgen habe ich Pfannkuchen bekommen«, sagt Rachel.

Ich nicke Miriam anerkennend zu. Es ist wichtig, daß Rachel ordentlich gefrühstückt hat. »Es ist zehn Uhr. Wir müssen gehen.«

Miriam hat Tränen in den Augen, als sie sich zu Rachel hinunterbeugt. »Jetzt kommt der Teil, wo Mommy draußen warten muß«, sagt sie.

Als Nathaniel zwei war und sich den Arm gebrochen hatte, stand ich in der Notaufnahme, während sein Knochen gerichtet und eingegipst wurde. Er war tapfer, aber seine freie Hand hielt meine so fest, daß seine Fingernägel winzige Halbmonde in meine Haut gruben. Und die ganze Zeit dachte ich nur, daß ich mir alles antun lassen würde, wenn ich damit erreichen könnte, daß meinem Sohn die Schmerzen erspart blieben.

Rachel macht es uns leicht; sie ist nervös, aber kein Nervenbündel. Miriam tut das Richtige. Ich werde es für beide so schmerzlos wie möglich machen.

»Mommy«, sagt Rachel, und dann trifft die Wirklichkeit sie mit der Wucht eines Orkans. Ihr Nilpferd fällt zu Boden, und sie krallt sich in den Armen ihrer Mutter fest.

Ich gehe aus dem Büro und schließe die Tür, weil ich meine Arbeit machen muß.

»Mr. Carrington«, sagt der Richter, »wieso rufen wir hier eine Fünfjährige in den Zeugenstand? Gibt es keine andere Möglichkeit, diesen Fall zu lösen?«

Fisher schlägt die Beine übereinander und runzelt leicht die Stirn. Er beherrscht das perfekt. »Euer Ehren, eine Fortführung dieses Falles ist nun wirklich das letzte, was ich mir wünsche.«

Das kann ich mir vorstellen, denke ich.

»Aber mein Mandant kann das Angebot der Anklagevertretung nicht annehmen. Von dem Tag an, seit er das erste Mal mein Büro betrat, hat er die Vorwürfe bestritten. Außerdem hat die Anklage keine Beweise und keine Zeugen ... Tatsächlich kann Mrs. Frost lediglich mit einem Kind aufwarten, dessen Mutter wild entschlossen ist, ihren Exgatten zu vernichten.«

»Euer Ehren, es geht uns im Augenblick nicht darum, daß er ins Gefängnis wandert«, unterbreche ich ihn. »Wir verlangen lediglich, daß er auf das Sorge- und Besuchsrecht verzichtet.«

»Mein Mandant ist Rachels leiblicher Vater. Er hält es für möglich, daß das Kind gegen ihn aufgehetzt wurde, aber er ist nicht bereit, auf seine elterlichen Rechte zu verzichten, denn er liebt seine Tochter über alles.«

Ich höre nicht mal richtig hin. Brauche ich auch nicht. Fisher hat mir schon am Telefon eine gefühlvolle Predigt gehalten, als er anrief, um unser letztes Angebot abzulehnen. »Also gut«, seufzt Richter McAvoy. »Bringen Sie die Kleine in den Zeugenstand.«

Der Gerichtssaal ist leer, bis auf mich, Rachel, ihre Großmutter, den Richter, Fisher und den Angeklagten. Rachel sitzt neben ihrer Großmutter und zwirbelt den Schwanz des Stoffnilpferdes auf. Ich führe sie zum Zeugenstand, aber als sie sich setzt, kann sie nicht über das Geländer sehen.

Richter McAvoy wendet sich seinem Schreiber zu. »Roger, holen Sie doch bitte aus meinem Amtszimmer einen Hocker für Miss Rachel.«

Es dauert einige Minuten, bis alles bereit ist. »Hi, Rachel. Wie fühlst du dich?« beginne ich.

»Ganz gut«, sagt sie mit schwacher Stimme.

»Darf ich mich der Zeugin nähern, Euer Ehren?« Aus der Nähe wirke ich auf sie bestimmt nicht so einschüchternd. Ich lächle so angestrengt, daß meine Kiefermuskulatur anfängt zu schmerzen. »Kannst du mir deinen vollständigen Namen sagen, Rachel?«

»Rachel Elizabeth Marx.«

»Wie alt bist du?«

»Fünf.« Sie hält die Finger einer Hand hoch.

»Hast du deinen Geburtstag schön gefeiert?«

»Ja.« Rachel zögert, fügt dann hinzu: »Ich war eine Prinzessin.«

»Das war bestimmt lustig. Hast du auch Geschenke bekommen?«

»Ja. Eine schwimmende Barbie. Die kann Rückenschwimmen.«

»Mit wem wohnst du zusammen, Rachel?«

»Mit meiner Mommy«, sagt sie, aber ihre Augen huschen zum Tisch der Verteidigung.

»Wohnt sonst noch jemand bei euch?«

»Nicht mehr.« Ein Flüstern.

»Hat früher noch jemand bei euch gewohnt?«

»Ja.« Rachel nickt. »Mein Daddy.«

»Gehst du schon zur Schule, Rachel?«

»Ich bin in der Klasse von Miss Montgomery.«

»Habt ihr da irgendwelche Regeln?«

»Ja. Keinen hauen und die Hand heben, wenn man was sagen will, und nicht auf der Rutsche rumklettern.«

»Was passiert, wenn du dich in der Schule nicht an die Regeln hältst?«

»Dann wird meine Lehrerin böse.«

»Weißt du, was der Unterschied ist zwischen der Wahrheit und einer Lüge?«

»Die Wahrheit ist, wenn man sagt, was passiert ist, und eine Lüge ist, wenn man was erfindet.«

»Genau. Und hier im Gericht haben wir die Regel, daß du

die Wahrheit sagen mußt, wenn wir dir Fragen stellen. Du darfst nichts erfinden. Verstehst du das?«

»Ja.«

»Wenn du deine Mom anlügst, was passiert dann?«

»Sie ist böse auf mich.«

»Kannst du mir versprechen, daß alles, was du jetzt sagst, wahr ist?«

»Ja.«

Ich atme tief durch. Die erste Hürde ist genommen. »Rachel, der Mann da drüben mit dem weißen Haar, das ist Mr. Carrington. Er möchte dir auch ein paar Fragen stellen. Meinst du, du kannst mit ihm reden?«

»Okay«, sagt Rachel, aber sie wird jetzt unruhig. Das ist der Teil, auf den ich sie nicht vorbereiten konnte. Der Teil, bei dem ich selbst nicht wußte, was kommen würde.

Fisher steht auf, triefend vor Selbstsicherheit. »Hallo, Rachel.«

Sie kneift die Augen zusammen. Ich *liebe* dieses Kind. »Hallo.«

»Wie heißt denn dein Bär?«

»Das ist ein *Nilpferd*«, sagt Rachel mit der Herablassung, zu der nur ein Kind fähig ist, wenn ein Erwachsener den Eimer anstarrt, den es auf dem Kopf trägt, und nicht erkennt, daß das ein Astronautenhelm ist.

»Weißt du, wer neben mir an dem Tisch dort drüben sitzt?«

»Mein Daddy.«

»Hast du deinen Daddy in letzter Zeit gesehen?«

»Nein.«

»Aber du weißt noch, wie das war, als du und dein Daddy und deine Mommy alle zusammen in einem Haus gewohnt habt?« Fisher hat die Hände in den Taschen. Seine Stimme ist weich wie Samt.

»Ja.«

»Haben deine Mommy und dein Daddy sich damals oft gestritten?«

»Ja.«

»Und dann ist dein Daddy ausgezogen?«

Rachel nickt, und dann fällt ihr ein, daß ich gesagt habe, sie muß die Antwort immer aussprechen. »Ja«, murmelt sie.

»Nachdem dein Daddy ausgezogen war, da hast du jemandem erzählt, daß du etwas erlebt hast ... etwas mit deinem Daddy.«

»Ja.«

»Du hast jemandem erzählt, daß dein Daddy dich da unten berührt hat?«

»*Ja.*«

»Wem hast du das erzählt?«

»Mommy.«

»Was hat deine Mommy getan, als du ihr das erzählt hast?«

»Geweint.«

»Weißt du noch, wie alt du warst, als dein Daddy dich da unten berührt hat?«

Rachel beißt sich auf die Lippen. »Da war ich noch ganz klein.«

»Bist du da schon in den Kindergarten gegangen?«

»Weiß nicht.«

»Weißt du noch, ob es draußen warm oder kalt war?«

»Ich, äh, ich weiß nicht mehr.«

»Weißt du noch, ob es draußen dunkel war oder hell?«

Rachel fängt an, auf ihrem Stuhl zu wippen, schüttelt den Kopf.

»War deine Mommy zu Hause?«

»Weiß nicht«, flüstert sie, und mein Herz krampft sich zusammen. Das ist der Punkt, an dem ich sie verlieren werde.

»Du hast gesagt, du hast gerade *Franklin* geguckt. War das im Fernsehen oder ein Video?«

Mittlerweile sieht Rachel Fisher gar nicht mehr an, ihn nicht und auch keinen von uns. »Weiß nicht.«

»Das macht nichts, Rachel«, sagt Fisher ruhig. »Manchmal kann man sich nicht so gut erinnern.«

Am Tisch der Anklagevertretung verdrehe ich die Augen.

»Rachel, hast du heute morgen, bevor du ins Gericht gekommen bist, mit deiner Mommy geredet?«

Endlich: Etwas, das sie weiß. Rachel hebt den Kopf und lächelt, stolz. »Ja!«

»War das heute das erste Mal, daß du mit deiner Mommy darüber gesprochen hast, daß du hier ins Gericht mußt?«

»Nein.«

»Hast du Nina schon früher getroffen?«

»Ja.«

Fisher lächelt. »Wie oft hast du denn schon mit ihr gesprochen?«

»Ganz oft.«

»Ganz oft. Hat sie dir erzählt, was du sagen sollst, wenn du in diesem kleinen Kasten da sitzt?«

»Ja.«

»Und hat sie dir gesagt, daß du sagen sollst, daß dein Daddy dich angefaßt hat?«

»Ja.«

»Hat Mommy dir gesagt, daß du sagen sollst, daß dein Daddy dich angefaßt hat?«

Rachel nickt, und die Spitzen ihrer Zöpfe tanzen. »Jawohl.«

Langsam klappe ich meine Fallakte zu. Ich weiß, worauf Fisher hinauswill, was er bereits erreicht hat. »Rachel«, sagt er, »hat deine Mommy gesagt, was passieren wird, wenn du heute hier sagst, daß dein Daddy dich da unten berührt hat?«

»Ja. Sie hat gesagt, daß sie stolz auf mich ist, weil ich so ein braves Mädchen bin.«

»Danke, Rachel«, sagt Fisher und setzt sich.

Zehn Minuten später stehen Fisher und ich vor dem Richter in seinem Amtszimmer. »Mrs. Frost, ich will nicht behaupten, daß Sie dem Kind Worte in den Mund gelegt haben«, sagt der Richter. »Ich behaupte jedoch, daß die Kleine glaubt, sie tut das, was Sie und ihre Mutter von ihr erwarten.«

»Euer Ehren – «, setze ich an.

»Mrs. Frost, das Kind ist seiner Mutter sehr viel mehr verbunden als seiner Verpflichtung als Zeugin. Unter diesen Umständen könnte ohnehin jede mögliche Verurteilung, die die Anklagevertretung erreicht, angefochten werden.« Er sieht mich an, nicht ohne Mitgefühl. »Vielleicht sieht die Sache in sechs Monaten ja schon wieder anders aus, Nina.« Der Richter räuspert sich. »Ich befinde die Zeugin für nicht verhandlungsfähig. Hat die Anklagevertretung noch einen weiteren Antrag in diesem Verfahren?«

Ich spüre Fishers Blick auf mir ruhen, mitfühlend, nicht triumphierend, und das bringt mich in Rage. »Ich muß mit der Mutter und dem Kind sprechen, aber ich denke, wir werden einen Antrag auf Einstellung des Verfahrens ohne Anerkennung einer Rechtspflicht stellen.« Das bedeutet, daß wir die Anklage erneut erheben können, wenn Rachel älter ist. Natürlich ist Rachel dann vielleicht nicht mehr mutig genug. Oder ihre Mutter findet, es ist besser, wenn ihre Tochter in die Zukunft blickt, als daß sie die Vergangenheit noch einmal durchlebt. Der Richter weiß das, und ich weiß das, und wir können beide nichts dagegen tun. So funktioniert das System nun mal.

Fisher Carrington und ich verlassen das Zimmer. »Danke sehr, Kollegin«, sagt er, und ich antworte nicht. Wir gehen in verschiedene Richtungen, zwei Magneten, die sich gegenseitig abstoßen.

Ich bin aus folgenden Gründen wütend: 1. Ich habe verloren. 2. Obwohl ich natürlich auf Rachels Seite stand, bin ich jetzt die Böse. Schließlich war ich es, die sie dazu gebracht hat, die Anhörung über sich ergehen zu lassen, und jetzt war alles für die Katz.

Doch nichts von alledem zeigt sich auf meinem Gesicht, als ich mich vorbeuge, um mit Rachel zu sprechen, die in meinem Büro wartet. »Du warst tapfer heute. Ich weiß, daß du die Wahrheit gesagt hast, und ich bin stolz auf dich, und deine

Mom ist stolz auf dich. Und das Beste ist, du hast deine Sache so gut gemacht, daß jetzt für dich alles erledigt ist.« Ich blicke ihr bewußt in die Augen, als ich das sage, damit es auch zu ihr durchdringt, ein Lob, das sie mitnehmen kann. »Aber jetzt muß ich noch kurz mit deiner Mom sprechen, Rachel. Kannst du draußen mit deiner Grandma warten?«

Miriam verliert die Beherrschung, noch ehe Rachel die Tür ganz geschlossen hat. »Was ist da drin passiert?«

»Der Richter hat Rachel für nicht verhandlungsfähig befunden.« Ich schildere ihr die Aussage, die sie nicht hören durfte. »Das bedeutet, wir können Ihrem Exmann nicht den Prozeß machen.«

»Und wie soll ich sie dann schützen?«

Ich umklammere mit den Händen den Rand meines Schreibtischs. »Mrs. Marx, Sie haben doch einen Anwalt, der Sie bei Ihrer Scheidung vertritt, und ich rufe ihn gern an. Das Jugendamt ermittelt weiter, und vielleicht erreichen die ja, daß das Besuchsrecht eingeschränkt oder nur unter Aufsicht ausgeübt werden darf ... aber Tatsache ist, daß wir die Sache vorläufig nicht strafrechtlich verfolgen können. Vielleicht, wenn Rachel älter ist.«

»Wenn sie älter ist«, flüstert Miriam, »hat er ihr das doch längst schon tausend weitere Male angetan.«

Ich erwidere nichts, weil sie höchstwahrscheinlich recht hat.

Miriam bricht vor mir zusammen. Ich hab das x-mal erlebt, starke Mütter, die einfach in sich zusammensinken. Sie schaukelt vor und zurück, die Arme so fest um den Oberkörper geschlungen, daß sie sich krümmt. »Mrs. Marx ... wenn ich etwas für Sie tun kann ...«

»Was würden Sie an meiner Stelle tun?«

Ihre Stimme steigt hoch wie eine Schlange.

»Nur unter uns gesagt«, erwidere ich ruhig. »Ich würde Rachel nehmen und abhauen.«

Minuten später sehe ich von meinem Bürofenster aus, wie Miriam Marx etwas in ihrer Handtasche sucht. Ihre Autoschlüssel, denke ich. Und möglicherweise auch ihre Entschlußkraft.

Es gibt viele Dinge, die Patrick an Nina liebt, aber am schönsten findet er es, wie sie einen Raum betritt. *Bühnenpräsenz*, so nannte seine Mutter das, wenn Nina in die Küche der Ducharmes getobt kam, sich ein Schokoplätzchen aus der Keksdose angelte und dann innehielt, als wollte sie allen anderen Gelegenheit geben, tief Luft zu holen. Eines weiß Patrick genau, er kann der Tür den Rücken zuwenden und dennoch spüren, wenn sie hereinkommt, diese prickelnde Energie in seinem Nacken, diese Aufmerksamkeit, wenn sich alle Augen auf sie richten.

Heute sitzt er an der leeren Bar. Das »Tequila Mockingbird« ist eine Kneipe für Cops, und das bedeutet, daß es hier erst gegen Abend richtig voll wird. Tatsächlich hat Patrick sich schon manchmal gefragt, ob der Laden nur deshalb früher öffnet, damit er und Nina hier jeden Montag zu Mittag essen können. Er sieht auf die Uhr, aber er weiß, daß er zu früh dran ist – wie immer. Patrick will den Augenblick nicht verpassen, wenn sie hereinkommt.

Stuyvesant, der Barkeeper, nimmt eine Tarotkarte vom Stapel. Anscheinend spielt er Solitaire. Patrick schüttelt den Kopf. »Dafür sind die eigentlich nicht gedacht, weißt du.«

»Tja, aber ich weiß nicht, was ich sonst damit machen soll.« Er sortiert sie nach Farben: Stäbe, Pokale, Schwerter, Münzen. »Die hat jemand auf der Damentoilette vergessen.« Der Barkeeper drückt seine Zigarette aus und folgt Patricks Blick zur Tür. »Meine Güte«, sagt er. »Wann sagst du es ihr endlich?«

»Was soll ich ihr sagen?« fragt Patrick, aber in diesem Augenblick kommt Nina durch die Tür. Die Luft im Raum surrt wie ein Feld voller Grillen, und Patrick hat das Gefühl, als steige er auf wie ein Ballon, noch ehe er merkt, daß er von seinem Hocker aufgestanden ist.

»Immer ein Gentleman«, sagt Nina und wirft ihre große schwarze Lederhandtasche unter die Bar.

»Und noch dazu im Dienste der Öffentlichkeit.« Patrick lächelt sie an.

Sie ist nicht mehr das Mädchen von nebenan, schon seit Jahren nicht mehr. Damals hatte sie Sommersprossen und trug Jeans mit Löchern an den Knien und einen Pferdeschwanz. Jetzt trägt sie Seidenstrumpfhosen und maßgeschneiderte Kostüme, und seit fünf Jahren hat sie die gleiche mittellange Bobfrisur. Aber wenn Patrick ihr nahe genug kommt, riecht sie für ihn noch immer nach Kindheit.

Nina mustert seine Uniform, während Stuyvesant ihr eine Tasse Kaffee hinstellt. »Hattest du keine sauberen Klamotten mehr?«

»Nein, ich war heute morgen in einer Grundschule und mußte den Kindern etwas über Sicherheit zu Halloween erzählen. Der Boß hat darauf bestanden, daß ich mich verkleide.« Er gibt ihr zwei Zuckerstückchen, bevor sie danach fragt. »Wie war deine Anhörung?«

»Die Zeugin wurde für nicht verhandlungsfähig erklärt.« Sie sagt das, ohne daß ihr Gesicht auch nur die geringste Emotion verrät, aber Patrick kennt sie gut genug, um zu wissen, wie sehr ihr das zu schaffen macht. Nina rührt in ihrem Kaffee, dann lächelt sie ihn an. »Ich hab einen Fall für dich. Mein Zweiuhrtermin, genauer gesagt.«

Patrick stützt den Kopf in die Hand. Als er zum Militär ging, studierte Nina schon Jura. Auch damals war sie seine beste Freundin. Während er im Persischen Golf auf der *USS John F. Kennedy* Dienst tat, bekam er jeden zweiten Tag einen Brief von ihr und konnte sich so ein genaues Bild von dem Leben machen, das auch er hätte haben können. Er erfuhr die Namen der meistgehaßten Professoren an der University of Maine. Er erfuhr, wieviel Mühe es bedeutete, das Juraexamen abzulegen. Er las, wie Nina sich in Caleb Frost verliebte, den sie kennengelernt hatte, als sie einen gepflasterten Weg hinunterging, den er gerade vor der Bibliothek angelegt hatte. *Wohin führt der,* hatte sie gefragt. Und Calebs Antwort: *Wohin soll er Sie denn führen?*

Als Patricks Militärzeit zu Ende ging, war Nina bereits verheiratet. Patrick dachte daran, sich an irgendeinem Ort mit klingendem Namen niederzulassen: Shawnee, Pocatello, Hickory. Er mietete sogar einen Umzugswagen und fuhr genau eintausend Meilen von New York City bis nach Riley in Kansas. Aber am Ende zog es ihn zurück nach Biddeford, einfach, weil er woanders nicht sein konnte.

»Und dann«, sagt Nina, »ist ein Schwein in die Butterdose gesprungen und hat die ganze Dinnerparty ruiniert.«

»Im Ernst?« lachte Patrick, ertappt. »Und wie hat die Gastgeberin reagiert?«

»Mensch, du hörst ja gar nicht zu.«

»Tu ich doch. Aber meine Güte, Nina. Auf der Sonnenblende des Beifahrersitzes Gehirnmasse, die zu keinem der Fahrzeuginsassen gehört? Das klingt genauso unwahrscheinlich wie die Sache mit dem Schwein in der Butterdose.« Patrick schüttelt den Kopf. »Wer läßt denn schon seine Großhirnrinde in anderer Leute Wagen liegen?«

»Sag du's mir. Du bist der Detective.«

»Okay. Meine Vermutung? Der Wagen ist auf Vordermann gebracht worden. Dein Angeklagter hat ihn gebraucht gekauft, ohne zu wissen, daß der Vorbesitzer sich auf dem Vordersitz das Gehirn weggepustet hat. Dann ist der Wagen schön saubergemacht worden, um ihn wieder verkaufen zu können ... aber nicht sauber genug für das Kriminallabor des Staates Maine.«

Nina rührt weiter in ihrem Kaffee, greift dann hinüber zu Patricks Teller und nimmt sich eine Pommes. »Das ist nicht ausgeschlossen«, gibt sie zu. »Ich muß die Herkunft des Wagens überprüfen.«

Plötzlich meldet sich Ninas Pieper, und sie zieht ihn vom Rockbund. »Ach, verdammt.«

»Was Ernstes?«

»Nathaniels Vorschule.« Sie nimmt ihr Handy aus der schwarzen Tasche und wählt eine Nummer. »Hallo, Nina Frost hier. Ja. Natürlich. Nein, ich verstehe das.« Sie legt auf, wählt erneut. »Peter, ich bin's. Hör mal, Nathaniels Schule hat gerade angerufen. Ich muß ihn abholen, und Caleb ist irgendwo auf einer Baustelle. Ich hab zwei Anträge wegen Trunkenheit am Steuer abzuschmettern. Kannst du das für mich übernehmen? Handel was aus, egal was, ich will die Fälle bloß loswerden. Alles klar. Danke.«

»Was ist denn mit Nathaniel?« fragt Patrick, als sie das Telefon wieder in die Tasche steckt. »Ist er krank?«

Nina wendet den Blick ab, wirkt fast verlegen. »Nein, sie haben ausdrücklich gesagt, daß er das nicht ist. Wir hatten heute morgen einfach keinen guten Start. Ich wette, er muß nur mal ein Weilchen mit mir auf der Veranda sitzen und sich wieder fangen.«

Patrick hat schon viele Stunden mit Nathaniel und Nina auf der Veranda verbracht. Wenn er Nina mit ihrem Sohn zusammen sieht, wirkt sie – strahlender, lebendiger – und weicher. Wenn die beiden die Köpfe zusammenstecken und lachen, sieht Patrick sie manchmal nicht als die Juristin, die sie heute ist, sondern als das kleine Mädchen, das einst seine Komplizin war.

»Ich könnte ihn für dich abholen«, schlägt Patrick vor.

Nina fischt sich die andere Hälfte von Patricks Sandwich vom Teller. »Danke, aber Miss Lydia will mich persönlich sprechen, und glaub mir, mit der Frau sollte man sich lieber nicht anlegen.« Nina nimmt einen Bissen und drückt Patrick den Rest in die Hand. »Ich ruf dich an.« Sie fegt aus der Bar, ehe Patrick auf Wiedersehen sagen kann.

Er sieht ihr nach. Manchmal fragt er sich, ob sie je zur Ruhe kommt.

Die Wahrheit ist, Nina wird vergessen, ihn anzurufen. Statt dessen wird Patrick sie anrufen und fragen, ob mit Nathaniel alles in Ordnung ist. Sie wird sich entschuldigen und behaupten, sie habe sich die ganze Zeit bei ihm melden wollen. Und Patrick ... nun, Patrick wird ihr verzeihen, wie er ihr immer verziehen hat.

»Er hat sich schlimm benommen«, wiederhole ich und sehe Miss Lydia in die Augen. »Hat er Danny wieder erzählt, er würde ihn ins Gefängnis stecken, wenn er ihn nicht auch mit den Dinosauriern spielen läßt?«

»Nein, diesmal war sein Verhalten aggressiv. Nathaniel hat die Arbeit der anderen Kinder zerstört – hat Bauklötzchentürme umgestoßen und die Zeichnung eines kleinen Mädchens zerrissen.«

Ich setze mein liebenswürdigstes Lächeln auf. »Nathaniel war heute morgen nicht ganz auf dem Posten. Vielleicht hat er sich ein Virus eingefangen.«

Miss Lydia runzelt die Stirn. »Das glaube ich nicht, Mrs. Frost. Es hat noch andere Vorfälle gegeben ... er ist heute auf die Leiter geklettert und hat sich von oben runtergestürzt –«

»Das machen Kinder doch andauernd!«

»Nina«, sagt Miss Lydia sanft, Miss Lydia, die in vier Jahren nicht ein einziges Mal meinen Vornamen benutzt hat, »hat Nathaniel ein Wort gesagt, bevor er heute morgen hierhergekommen ist?«

»Aber natürlich hat er –«, setze ich an und dann stocke ich. Das Bettnässen, das hastige Frühstück, die dumpfe Stimmung – ich erinnere mich an vieles mit Nathaniel heute morgen, aber die einzige Stimme, die ich im Geiste höre, ist meine eigene.

Die Stimme meines Sohnes würde ich unter tausenden erkennen. Hell und übersprudelnd. Ich habe mir oft gewünscht, ich könnte sie in eine Flasche abfüllen, wie die Meerhexe das mit der Stimme der Kleinen Meerjungfrau gemacht hat. Seine Fehler – *Trankenhaus* und *Spargeletti* und *Totemate* – waren für mich so etwas wie Bodenschwellen in verkehrsberuhigten

Straßen und verhinderten bloß, daß er zu schnell groß wurde. Jede Verbesserung hätte nur bedeutet, daß er das Ziel viel früher erreichte, als mir lieb war. Schon so geht alles viel zu schnell voran. Nathaniel verwechselt keine Pronomen mehr. Auch seine Konsonanten beherrscht er – obwohl ich sein lässiges *Schulbuffsahrer* schmerzlich vermisse. So ziemlich die einzige Holperei in seiner Sprache, auf die ich mich noch verlassen kann, ist seine Unfähigkeit, die Buchstaben *W* und *L* zu unterscheiden.

In meiner Erinnerung sitzen wir am Küchentisch. Vor uns stapeln sich Pfannkuchen – mit Augen aus Schokostreuseln – neben Schinken und Orangensaft. An den Sonntagen, wenn Calebs und mein schlechtes Gewissen so groß geworden ist, daß wir endlich mal wieder in die Messe gehen wollen, bestechen wir Nathaniel mit einem Riesenfrühstück. Die Sonne fällt auf den Rand meines Glases, und ein Regenbogen schwingt sich über meinen Teller. »Sprich mir mal nach«, sage ich, »*Wand.*«

Wie aus der Pistole geschossen, sagt Nathaniel: »Land.«

Caleb wendet einen Pfannkuchen. Er hat als Kind gelispelt. Es tut ihm weh, wenn er Nathaniel zuhört, und er glaubt, daß auch sein Sohn gehänselt werden wird. Er meint, wir sollten Nathaniel korrigieren, und er hat Miss Lydia gefragt, ob Nathaniels Aussprachefehler durch eine Sprachtherapie behoben werden könnte.

»Komm, gib dir mal Mühe«, schaltet Caleb sich ein.

»Land.«

»*Wand*«, sagt Caleb. »Versuch's noch mal. *Wand.*«

»*Llland.*«

»Laß gut sein, Caleb«, sage ich.

Aber er kann nicht. »Nathaniel«, hakt er nach. »Jetzt streng dich gefälligst an. Sag mal *lustig*.«

Nathaniel konzentriert sich. »*Wwwustig*«, erwidert er.

»Gott steh ihm bei«, murmelt Caleb und dreht sich wieder zum Herd um.

Ich dagegen zwinkere Nathaniel zu. »Vielleicht tut er das ja.«

Auf dem Parkplatz der Vorschule knie ich mich vor Nathaniel hin, so daß wir auf einer Höhe sind. »Schätzchen, sag mir doch, was los ist.«

Nathaniels Kragen sitzt schief. Seine Hände sind mit roter Fingerfarbe beschmiert. Er starrt mich mit großen, dunklen Augen an und sagt kein Wort.

»Schätzchen«, wiederhole ich. »Nathaniel?«

Wir meinen, er sollte jetzt zu Hause sein, hatte Miss Lydia gesagt. *Vielleicht können Sie den Nachmittag mit ihm verbringen.* »Möchtest du das?« frage ich laut, und meine Hände gleiten von seinen Schultern zu der weichen Rundung seines Gesichts. »Zeit mit mir?« Angestrengt lächelnd schließe ich ihn in die Arme. Er ist schwer und warm und fügt sich wunderbar in meine Umarmung, obwohl ich schon in früheren Phasen von Nathaniels Leben – als er ein Säugling, ein Kleinkind war – der festen Überzeugung war, daß wir genauso gut zusammenpaßten.

»Hast du Halsschmerzen?« Kopfschütteln.

»Tut dir irgendwas weh?« Wieder Kopfschütteln.

»Hast du dich in der Vorschule über irgendwas geärgert? Hat jemand irgendwas gesagt, das dich gekränkt hat? Kannst du mir erzählen, was passiert ist?«

Drei Fragen, zu viele, als daß Nathaniel sie beantworten könnte. Aber ich hoffe trotzdem auf irgendeine Reaktion von ihm.

Können Mandeln so stark anschwellen, daß sie das Sprachvermögen beeinträchtigen? Kann Scharlach so blitzartig ausbrechen? Befällt Meningitis als erstes den Hals?

Nathaniel öffnet die Lippen – na bitte, jetzt wird er mir alles erklären –, aber sein Mund ist eine tiefe, stumme Höhle.

»Schon gut«, sage ich, obwohl es nicht stimmt, obwohl es weiß Gott nicht stimmt.

Als Caleb die Kinderarztpraxis betritt, sind wir noch im Wartezimmer. Nathaniel sitzt neben dem Holzzug und schiebt ihn im Kreis. Ich werfe der Arzthelferin wütende Blicke zu, weil sie anscheinend einfach nicht begreift, daß das ein *Notfall* ist, daß mein Sohn sich nicht mehr verhält wie mein Sohn, daß er nicht bloß eine dämliche Erkältung hat und daß wir schon vor einer halben Stunde hätten drankommen müssen.

Caleb geht zu Nathaniel, faltet seinen großen Körper auf ein Kinderstühlchen zusammen. »He, Sohnemann. Dir geht's nicht gut, was?«

Nathaniel zuckt die Achseln, sagt aber nichts. Er hat jetzt schon Gott weiß wie viele Stunden nicht mehr gesprochen.

»Tut dir irgendwas weh, Nathaniel?« fragt Caleb, und da verliere ich die Beherrschung.

»Meinst du nicht, das hätte ich ihn längst gefragt?« platzt es aus mir heraus.

»Ich weiß es nicht, Nina. Ich war nicht dabei.«

»Tja, er spricht nicht, Caleb. Er antwortet mir nicht.« Die ganze Tragweite dessen – die traurige Erkenntnis, daß die Krankheit meines Sohnes nicht Masern oder Bronchitis oder irgendeines von den tausend Dingen ist, die ich begreifen könnte – macht es mir schwer, mich aufrecht zu halten. Es sind nämlich die seltsamen Dinge, wie das hier, die sich als etwas Furchtbares erweisen: eine Warze, die einfach nicht weggeht und zu Krebs wird; ein dumpfer Kopfschmerz, der den Gehirntumor ankündigt. »Ich weiß inzwischen nicht mal mehr, ob er hört, was ich sage. Es könnte auch irgendein ... irgendein Virus sein, das seine Stimmbänder zerfrißt.«

»Virus.« Es entsteht eine Pause. »Gestern hat er sich nicht wohl gefühlt, und du hast ihn heute morgen zur Schule gebracht, obwohl er –«

»Ist das hier meine Schuld?«

Caleb blickt mich an, eindringlich. »Du arbeitest in letzter Zeit schrecklich viel, mehr will ich damit nicht sagen.«

»Dann soll ich mich jetzt wohl dafür entschuldigen, daß ich mir die Arbeitszeit nicht so einteilen kann wie du? Tja, tut mir leid. Ich werde die Opfer fragen, ob sie sich demnächst nicht zu genehmeren Zeiten vergewaltigen lassen können.«

»Nein, du wirst einfach weiter hoffen, daß dein Sohn so vernünftig ist, nur dann krank zu werden, wenn du gerade keinen Gerichtstermin hast.«

Ich brauche einen Moment, ehe ich antworten kann, so wütend bin ich. »Das ist so –«

»Es ist die Wahrheit, Nina. Wie können die Kinder anderer Menschen dir wichtiger sein als dein eigenes?«

»*Nathaniel*?«

Die leise Stimme der Arzthelferin fällt wie ein Axthieb zwischen uns.

Es fühlt sich an, als hätte er Steine verschluckt, als wäre sein Hals voller Kiesel, die jedesmal hin und her rutschen und aneinanderscheuern, wenn er versucht, einen Laut von sich zu geben. Nathaniel liegt auf dem Untersuchungstisch, während Dr. Ortiz ihm sacht Gel unters Kinn reibt und dann einen dicken Stab über seine Kehle bewegt. Auf dem Monitor, den sie in das Zimmer gerollt hat, erscheinen graue Flecken, Bilder, die gar nicht nach Nathaniel aussehen.

Wenn er seinen kleinen Finger krümmt, spürt er einen Riß in dem Lederbezug des Tisches. Drinnen ist Schaumstoff, eine Wolke, die man zerreißen kann.

»Nathaniel«, sagt Dr. Ortiz, »bist du so lieb und versuchst, etwas zu sagen?«

Seine Mutter und sein Vater blicken ihn gespannt an. Nathaniel spitzt die Lippen. Er spürt, wie sich seine Kehle öffnet wie eine Blüte. Ein Klang steigt aus seinem Bauch auf, holpert über die Steine, die ihn ersticken. Nichts dringt bis zu seinen Lippen.

Dr. Ortiz beugt sich näher zu ihm. »Du kannst das, Nathaniel«, drängt sie. »Versuch es einfach.«

Aber er versucht es ja schon. Er versucht es so angestrengt, daß es ihn fast zerreißt. Da ist ein Wort, das wie Treibholz hinter seiner Zunge feststeckt, und er möchte es so gern zu seinen Eltern sagen: *Aufhören.*

»Auf dem Ultraschall ist nichts Ungewöhnliches zu sehen«, sagt Dr. Ortiz. »Keine Polypen, keine Schwellung der Stimmbänder, nichts Physisches, das Nathaniel am Sprechen hindern könnte.« Sie richtet ihre hellen grauen Augen auf uns. »Hatte Nathaniel in letzter Zeit irgendwelche anderen gesundheitlichen Probleme?«

Caleb blickt mich an, und ich wende mich ab. Ja, ich hab Nathaniel Aspirin gegeben, ja, ich hab insgeheim gebetet, daß er zur Schule kann, weil ich so einen vollen Terminkalender hatte. Na und? Frag neun von zehn Müttern. Sie alle hätten das gleiche getan wie ich.

»Er ist gestern mit Bauchschmerzen aus der Kirche nach Hause gekommen«, sagt Caleb. »Und nachts passieren ihm noch immer Mißgeschicke.«

Aber das ist kein medizinisches Problem. Da geht es um Monster, die sich unter dem Bett verstecken, böse Männer, die durchs Fenster spähen. Das hat nichts mit einem plötzlichen Sprachverlust zu tun. Ich merke, daß Nathaniel sich in der Ecke, wo er mit Bauklötzen spielt, schämt – und auf einmal bin ich wütend auf Caleb, weil er das überhaupt zur Sprache gebracht hat.

Dr. Ortiz nimmt ihre Brille ab. »Es kommt vor, daß eine vermeintlich körperliche Erkrankung gar keine ist«, sagt sie bedächtig. »Manchmal geht es dabei nur darum, mehr Aufmerksamkeit zu bekommen.«

Sie kennt meinen Sohn nicht. Und außerdem wäre ein Fünfjähriger überhaupt nicht fähig zu solchen durchtriebenen Spielchen.

»Dabei handelt es sich nicht um ein bewußt eingesetztes Verhalten«, redet die Ärztin weiter, als hätte sie meine Gedanken gelesen.

»Was können wir tun?« fragt Caleb im selben Moment, als ich sage: »Vielleicht sollten wir einen Spezialisten aufsuchen.«

Die Ärztin antwortet zunächst mir. »Genau das wollte ich gerade vorschlagen. Ich könnte Dr. Robichaud anrufen und fragen, ob sie heute nachmittag einen Termin für Sie frei hat.«

Ja, genau das brauchen wir. Eine HNO-Ärztin, eine Expertin für solche Krankheiten. Eine HNO-Ärztin, die in der Lage ist, Nathaniel die Hände aufzulegen und ein unwahrscheinlich kleines Etwas zu spüren, das wieder in Ordnung gebracht werden kann. »Wo hat Dr. Robichaud ihre Praxis?« frage ich.

»In Portland«, sagt die Kinderärztin. »Sie ist Psychiaterin.«

Juli. Das städtische Schwimmbad. 39 Grad in Maine. Rekordhitze.

»Und wenn ich untergehe?« fragte Nathaniel mich. Ich stand im flachen Teil des Beckens und sah, wie er das Wasser anstarrte, als wäre es Treibsand.

»Meinst du wirklich, ich würde zulassen, daß dir was passiert?«

Er schien darüber nachzudenken. »Nein.«

»Na dann los.« Ich streckte ihm die Arme entgegen.

»Mom? Und wenn das ein Lavasee ist?«

»Dann würde ich wohl kaum einen Badeanzug tragen.«

»Und wenn ich reinspringe und meine Arme und Beine vergessen, was sie machen sollen?«

»Tun sie schon nicht.«

»Könnte doch sein.«

»Unwahrscheinlich.«

»Einmal ist schon genug«, sagte Nathaniel ernst, und mir wurde klar, daß er zugehört hatte, wenn ich unter der Dusche meine Schlußplädoyers übte.

Eine Idee. Ich riß den Mund auf, hob die Arme und ließ mich auf den Grund des Beckens sinken. Das Wasser rauschte mir in den Ohren, die Welt verlangsamte sich. Ich zählte bis fünf, und dann kräuselte sich das Blau, zerplatzte genau vor mir. Plötzlich war Nathaniel unter Wasser und schwamm, die Augen voller Sterne, und aus Mund und Nase blubberten ihm Bläschen. Ich hielt ihn fest und tauchte auf. »Du hast mich gerettet«, sagte ich.

Nathaniel legte beide Hände an mein Gesicht. »Das mußte ich«, sagte er. »Damit du mich zurückretten kannst.«

Als erstes malt er ein Bild von einem Frosch, der den Mond frißt. Aber Dr. Robichaud hat keinen schwarzen Buntstift, deshalb muß Nathaniel den Nachthimmel blau malen. Er drückt so fest auf, daß ihm der Stift in der Hand zerbricht. Er wartet einen Augenblick, aber niemand schimpft ihn aus.

Dr. Robichaud hat gesagt, er könne alles tun, was er will, während die Erwachsenen einfach dasitzen und ihm beim Spielen zusehen. Alle: seine Mom und sein Dad und diese neue Ärztin, die so gelbweißes Haar hat. In dem Zimmer gibt es ein kleines Puppenhaus, ein Schaukelpferd für Kinder, die kleiner sind als Nathaniel, einen Sessel in Form eines Baseballhandschuhs. Es gibt Buntstifte und Farben und Marionetten und Puppen. Wenn Nathaniel von einer Beschäftigung zur nächsten wechselt, merkt er, daß Dr. Robichaud etwas auf einem Klemmbrett notiert, und er überlegt, ob sie vielleicht auch malt. Vielleicht hat sie den fehlenden schwarzen Buntstift.

Ab und zu stellt sie ihm Fragen, die er nicht beantworten könnte, selbst wenn er wollte. *Magst du Frösche, Nathaniel?* Und: *Der Sessel da ist schön bequem, findest du nicht?* Die meisten Fragen, sind dumme Fragen, die Erwachsene stellen, auch wenn sie die Antwort gar nicht wirklich hören wollen. Nur einmal hat Dr. Robichaud etwas gefragt, worauf Nathaniel gerne geantwortet hätte. Sie hat einen Knopf an einem Kassettenrecorder gedrückt und das Geräusch, das der machte, war irgendwie vertraut: Halloween und Tränen, alles zusammen. »Das sind Wale, die singen«, hat Dr. Robichaud gesagt. »Hast du so was schon mal gehört?«

Ja, wollte Nathaniel sagen, *aber ich hab gedacht, das wäre ich selbst, wie ich drinnen in mir weine.*

Die Ärztin fängt an, mit seinen Eltern zu sprechen, lange Wörter, die in sein Ohr dringen und dann wieder flüchten wie aufgeschreckte Kaninchen. Gelangweilt sucht Nathaniel unter dem Tisch noch einmal nach dem schwarzen Stift. Er streicht die Ränder von seinem Bild glatt. Dann sieht er die Puppe in der Ecke.

Es ist eine Jungenpuppe, das sieht er sofort, als er sie umdreht. Nathaniel mag keine Puppen. Aber die hier zieht ihn magisch an, wie sie da so verrenkt auf dem Boden liegt. Er hebt die Puppe auf und dreht ihre Arme und Beine wieder gerade, damit es nicht mehr so aussieht, als täte der Puppe was weh.

Dann blickt er nach unten und sieht, daß er den abgebrochenen blauen Stift noch immer in der Hand hält.

Was für ein Klischee: Die Psychiaterin spricht von Freud. Somatoforme Störung, das ist der moderne Fachbegriff für das, was Sigmund früher Hysterie nannte – junge Frauen, die als Reaktion auf ein Trauma deutliche Krankheitsbilder zeigten, für die es keine ätiologisch körperliche Ursache gab. Im Grunde sagt Dr. Robichaud, daß die Psyche den Körper krank machen kann. Es kommt nicht mehr so häufig vor wie zu Zeiten Freuds, weil es viel mehr akzeptierte Formen gibt, emotionale Traumata abzureagieren. Aber hin und wieder passiert es noch immer, und zwar öfter bei Kindern, die noch nicht über die geeigneten Worte verfügen, um erklären zu können, was sie quält.

Ich blicke zu Caleb hinüber und frage mich, ob er das glaubt. Ich jedenfalls will bloß noch mit Nathaniel nach Hause. Ich möchte einen Spezialisten anrufen, der einmal für mich als Zeuge aufgetreten ist, einen HNO-Arzt aus New York City, und ich möchte ihn um eine Überweisung zu einem Fachmann in der Nähe von Boston bitten, der sich meinen Sohn ansehen soll.

Gestern war Nathaniel noch gesund. Ich bin keine Psychiaterin, aber selbst ich weiß, daß ein Nervenzusammenbruch nicht einfach so über Nacht kommt.

»Emotionales Trauma«, sagt Caleb leise. »Was zum Beispiel?«

Dr. Robichaud sagt etwas, aber ich nehme den Klang ihrer Stimme nicht mehr wahr. Mein Blick ist zu Nathaniel hinübergewandert, der in einer Ecke des Spielzimmers sitzt. Auf dem Schoß hält er eine Puppe mit dem Gesicht nach unten. Mit der anderen Hand preßt er ihr einen Stift zwischen die Gesäßbacken. Und sein Gesicht, oh sein Gesicht – es ist ausdruckslos wie ein weißes Laken.

Ich habe dergleichen schon tausendmal gesehen. Ich war in den Behandlungsräumen von hundert Psychiatern. Ich habe in der Ecke gesessen wie die Fliege an der Wand, während ein Kind zeigt, was es nicht erzählen kann, während ein Kind mir die Beweise liefert, die ich brauche, um eine Anklage zu erheben.

Plötzlich finde ich mich auf dem Boden neben Nathaniel wieder, meine Hände liegen auf seinen Schultern, meine Augen blicken in seine. Einen Moment später wirft er sich in meine Arme. Wir wiegen uns vor und zurück, wie in einem luftleeren Raum, und keiner von uns findet Worte, um die Wahrheit beim Namen zu nennen.

Am Spielplatz der Schule vorbei, in dem Wald auf der anderen Seite des Hügels – da wohnt die Hexe.

Wir alle wissen, daß es sie gibt. Wir glauben an sie. Wir haben sie noch nie gesehen, aber das ist auch gut so, weil alle, die sie sehen, geholt werden.

Ashleigh sagt, das Gefühl, wenn der Wind einem in den Nacken kriecht und man immerzu zittern muß, das bedeutet, daß die Hexe einem ganz nahe gekommen ist. Sie trägt eine Flanelljacke, die sie unsichtbar macht. Sie hört sich an wie fallende Blätter.

Willie war in unserer Klasse. Er hatte Augen, die ihm so tief in den Kopf gesunken waren, daß sie manchmal verschwanden, und er hat nach Apfelsinen gerochen. Er durfte seine Sandalen auch noch tragen, als es draußen schon richtig kalt geworden war, und seine Füße wurden ganz schmutzig und blau, und meine Mutter hat immer den Kopf geschüttelt und gesagt: »Siehst du?«, und ich hab's gesehen, und ich hab mir gewünscht, ich dürfte das auch. Aber die Sache war die, an einem Tag hat Willie in der Pause noch neben mir gesessen und seine Zwiebäcke in seine Milch getunkt, bis sie nur noch ein matschiger Haufen waren ... und am nächsten Tag war er weg. Er war weg, und ist nie wiedergekommen.

In dem Versteck unter der Rutsche erzählt Ashleigh uns, daß die Hexe Willie geholt hat. »Sie sagt deinen Namen, und von da an kannst du nichts mehr machen, dann tust du einfach alles, was sie sagt. Und du gehst auch überall hin, wo sie will.«

Lettie fängt an zu weinen. »Sie wird ihn auffressen. Sie wird Willie auffressen.«

»Zu spät«, sagt Ashleigh, und in der Hand hält sie einen ganz weißen Knochen.

Der sieht so klein aus, daß er eigentlich nicht von Willie sein kann. Der sieht so klein aus, daß er eigentlich von keinem Wesen sein kann, das schon mal gelaufen ist. Aber ich weiß besser als alle anderen, was es ist: Ich hab ihn gefunden, als ich unter dem Löwenzahn am Zaun ein Loch gegraben hab. Ashleigh hat ihn von mir.

»Jetzt hat sie Danny«, sagt Ashleigh.

Miss Lydia hat uns erzählt, daß Danny krank ist. Wir haben sein Gesicht auf dem Wer-ist-da-Brett auf die traurige Seite gedreht. Nach der Ruhezeit sollte jeder von uns ihm eine Karte basteln. »Danny ist krank«, sage ich zu Ashleigh, aber sie sieht mich nur an, als wäre ich der dümmste Mensch auf der ganzen Welt. »Hast du gedacht, die würden uns die Wahrheit sagen?« fragt sie.

Und als Miss Lydia gerade nicht hinguckt, kriechen wir unter dem Zaun durch, an der Stelle, wo manchmal Hunde und Kaninchen reinkommen – Ashleigh und Peter und Brianna und ich, die Tapfersten eben. Wir werden Danny retten. Wir werden ihn zurückholen, bevor die Hexe ihm etwas tun kann.

Aber Miss Lydia findet uns vorher. Sie schickt uns in die Klasse, und während der Pause müssen wir sitzen bleiben, und sie sagt, wir dürften niemals den Spielplatz verlassen. Ob wir denn nicht wüßten, daß uns etwas zustoßen könnte?

Brianna sieht mich an. Klar wissen wir das. Deshalb wollten wir ja weg.

Peter fängt an zu weinen und erzählt ihr alles über die Hexe, und was Ashleigh gesagt hat. Miss Lydias Augenbrauen ziehen sich zusammen, wie eine dicke, schwarze Raupe. »Stimmt das?«

»Peter ist ein Lügner. Das hat er alles bloß erfunden«, sagt Ashleigh, und sie blinzelt nicht mal dabei.

Deshalb weiß ich, daß die Hexe sie schon erwischt hat.

2

Falls Ihnen das je widerfahren sollte, werden Sie nicht vorbereitet sein. Sie werden eine Straße hinuntergehen und sich fragen, wie die Leute so tun können, als wäre die ganze Welt nicht gerade aus ihrer Bahn geworfen worden. Sie werden sich das Hirn zermartern, nach irgendwelchen Anzeichen und Signalen suchen, überzeugt, daß es einen Moment gegeben hat, der Ihnen die Augen hätte öffnen müssen. Sie werden so fest mit der Faust gegen die Kabinentür auf der Damentoilette schlagen, daß Sie einen Bluterguß am Handgelenk kriegen. Sie werden in Tränen ausbrechen, wenn der Zeitungsverkäufer Ihnen einen schönen Tag wünscht. Sie werden sich fragen, *Wie war das möglich*. Sie werden sich fragen, *Was wenn*.

Als Caleb und ich nach Hause fahren, sitzt ein Elefant zwischen uns, ein gewaltiger Berg, der uns trennt, unmöglich zu ignorieren, und doch tun wir beide so, als könnten wir ihn nicht sehen. Nathaniel schläft auf der Rückbank, in der Hand einen Lutscher, den Dr. Robichaud ihm geschenkt hat.

Ich bekomme kaum Luft. »Er muß uns sagen, wer«, bricht es schließlich aus mir heraus. »Er muß einfach.«

»Er *kann* nicht.«

Genau darum geht es. Nathaniel kann nicht sprechen, selbst wenn er will. Er hat noch nicht lesen oder schreiben gelernt. Solange er sich nicht verständlich machen kann, gibt es niemanden, der verantwortlich gemacht werden könnte. Solange er sich nicht verständlich machen kann, ist das hier noch kein Fall.

»Vielleicht irrt sich die Psychiaterin ja«, sagt Caleb.

Ich sehe Caleb an. »Glaubst du Nathaniel nicht?«

»Ich weiß nur, daß er bisher noch nichts *gesagt* hat.« Er blickt in den Rückspiegel. »Ich will jetzt nicht drüber reden, wenn er dabei ist.«

»Meinst du, davon geht es weg?«

Caleb schweigt. »Die nächste Abfahrt müssen wir raus«, sage ich kühl, weil Caleb weiter auf der linken Spur bleibt.

»Ich weiß, wie ich fahren muß, Nina.« Er wechselt auf die rechte Spur, setzt den Blinker. Doch einige Augenblicke später fährt er an der Ausfahrt vorbei.

»Du bist –« Der Vorwurf erstirbt, als ich sein Gesicht sehe, von Kummer gezeichnet. Ich glaube, er weiß nicht einmal, daß er weint. »Oh, Caleb.« Ich will den Arm ausstrecken und ihn berühren, doch dieser verdammte Elefant ist im Weg. Caleb hält plötzlich an, steigt aus und geht am Straßenrand auf und ab, nimmt tiefe Atemzüge, so daß seine Brust sich heftig hebt und senkt.

Einen Moment später kommt er zurück. »Ich wende einfach und fahr zurück«, sagt er – zu wem? Mir? Nathaniel? Sich selbst?

Ich nicke. Und denke, *Wenn es nur so einfach wäre.*

Nathaniel beißt die Backenzähne fest aufeinander, so daß das Summen der Straße einfach durch ihn hindurchgeht. Er schläft nicht, aber er tut so als ob. Seine Eltern sprechen miteinander, die Worte so leise geflüstert, daß er sie nicht ganz versteht. Vielleicht wird er nie wieder schlafen. Vielleicht wird er wie ein Delphin und bleibt immer halbwach.

Miss Lydia hat ihnen das mit den Delphinen letztes Jahr erzählt, nachdem sie das Klassenzimmer in einen Ozean aus blauem Kreppapier mit Seesternen aus Glitzerpapier verwandelt hatten. Deshalb weiß Nathaniel, daß Delphine ein Auge zumachen und die Hälfte von ihrem Gehirn abschalten und auf *einer* Seite schlafen, während die andere Seite nach Gefahren Ausschau hält. Er weiß, daß Delphinmamas für ihre Babys schwimmen, wenn die sich ausruhen, sie einfach in der Unterwasserströmung mitziehen, als wären sie durch unsichtbare Fäden verbunden. Er weiß, daß Delphine sich an den Plastikringen, mit denen die Cola-Sechserpackungen zusammengehalten werden, verletzen können, bis sie entkräftet ans Ufer gespült werden. Und daß sie, obwohl sie Luft atmen, dort sterben.

Nathaniel weiß auch, daß er, wenn er könnte, das Fenster herunterlassen und ganz weit hinausspringen würde, über die Leitplanke und den hohen Zaun und über die Felsenklippe bis hinunter ins Meer. Er würde eine glänzende, silbrige Haut bekommen und ein immerwährendes Lächeln. Er würde ein besonderes Organ bekommen – wie ein Herz, aber anders –, das mit Öl gefüllt ist und »Melon« genannt wird. Es würde sich bei ihm unter der Stirn befinden und wäre dazu da, Geräusche hervorzubringen, damit er sich auch im finstersten Ozean in der dunkelsten Nacht zurechtfinden könnte.

Nathaniel stellt sich vor, wie er von der Küste von Maine wegschwimmt, bis ans andere Ende der Welt, wo es schon fast wieder Sommer ist. Er preßt die Augen, so fest er kann, zusammen, konzentriert sich darauf, ein fröhliches Geräusch zu machen, mit Hilfe dieser Klänge zu navigieren, darauf zu lauschen, wie sie zu ihm zurückhallen.

Dr. med. Martin Toscher ist zwar eine anerkannte Autorität auf seinem Gebiet, aber er würde liebend gern auf diese Lorbeeren verzichten, wenn er seinen Fachbereich damit überflüssig machen könnte. Ein einziges Kind auf Spuren sexuellen Mißbrauchs hin zu untersuchen ist schon mehr als genug, aber die Tatsache, daß er allein in Maine bereits Hunderte solcher Untersuchungen durchgeführt hat, ist zutiefst bestürzend.

Das zu untersuchende Kind liegt auf dem Tisch, anästhesiert. Angesichts des traumatischen Charakters der Untersuchung hätte er selbst den Vorschlag gemacht, aber die Mutter ist ihm zuvorgekommen. Jetzt geht Martin wie üblich vor und spricht dabei laut vor sich hin, so daß seine Erkenntnisse aufgezeichnet werden können. »Glans-Penis wirkt normal.« Er dreht das Kind. »Um den Anus herum ... sind zahlreiche, bereits abheilende Hautabschürfungen festzustellen, sie sind im Durchschnitt zirka ein bis anderthalb Zentimeter lang und haben einen Durchmesser von zirka einem Zentimeter.«

Von einem Tisch nimmt er ein Analspekulum. Wenn es weiter oben in der Darmwand zusätzliche Schleimhautrisse gäbe, so wüßten sie das vermutlich inzwischen, weil das Kind schon erkrankt wäre. Aber er trägt ein Gleitmittel auf das Instrument auf und führt es behutsam sein, schließt die Lichtquelle an und säubert das Rektum mit einem Wattetupfer. Gott sei Dank, denkt Martin. »Der Darm ist acht Zentimeter tief unversehrt.«

Er streift Handschuhe und Maske ab, wäscht sich die Hände und läßt die Krankenschwester allein mit dem Kind, das bald aufwachen wird. Als er aus dem Untersuchungsraum tritt, kommen die Eltern auf ihn zu.

»Wie geht's ihm?« fragt der Vater.

»Nathaniel geht es gut«, antwortet Martin, die Worte, die jeder hören will. »Heute nachmittag wird er vielleicht noch ein wenig benommen sein, aber das ist ganz normal.«

Die Mutter kommt direkt zur Sache. »Haben Sie etwas feststellen können?«

»Es gibt tatsächlich Anzeichen dafür, daß ein Mißbrauch stattgefunden hat«, sagt der Arzt sanft. »Einige Abschürfungen im Rektalbereich, die aber bereits abheilen. Schwer zu sagen, wann ihm die Verletzungen zugefügt wurden, aber sie sind ganz sicher nicht frisch. Schätzungsweise eine Woche alt.«

»Deuten die Verletzungen auf Penetration hin?« will Nina Frost wissen.

Martin nickt.

»Können wir zu ihm?« fragt der Vater des Jungen.

»Bald. Die Schwester sagt Ihnen Bescheid, wenn er zu sich gekommen ist.«

Er will gehen, aber Mrs. Frost legt ihm eine Hand auf den Arm. »Können Sie sagen, ob die Penetration mit einem Penis erfolgt ist? Oder mit einem Finger? Oder mit irgendeinem Gegenstand?«

Eltern fragen, ob ihr Kind noch den Schmerz des Mißbrauchs spürt. Ob es durch die Narbe langfristig beeinträchtigt werden wird. Ob es sich später daran erinnern wird, was ihm zugestoßen ist. Aber so, wie Mrs. Frost fragt, kommt er sich beinahe vor wie in einem Kreuzverhör.

»So genau läßt sich das unmöglich feststellen«, sagt der Arzt. »Im Augenblick können wir nur eines mit Sicherheit sagen, und zwar, daß tatsächlich etwas vorgefallen ist.«

Sie wendet sich ab und taumelt gegen die Wand. Sinkt in sich zusammen. Sekunden später ist sie ein kleines, wimmerndes Häufchen Elend auf dem Boden, und ihr Mann legt tröstend die Arme um sie. Als Martin zurück in den Untersuchungsbereich geht, wird ihm klar, daß sie gerade zum ersten Mal wie eine Mutter reagiert hat.

Es ist albern, ich weiß, aber ich bin schon immer abergläubisch gewesen. Ich streue mir zwar kein verschüttetes Salz über die Schulter und weiche auch keinen schwarzen Katzen aus und ziehe auch kein bestimmtes Paar Schuhe an, wenn ich in eine Verhandlung muß, aber ich habe stets geglaubt, daß mein eigenes Glück in direktem Zusammenhang mit dem Unglück anderer steht. Zu Anfang meiner Laufbahn habe ich mich förmlich um jeden Fall von Mißbrauch und sexueller Belästigung gerissen, die Scheußlichkeiten, mit denen sich keiner auseinandersetzen will. Ich habe mir eingeredet, wenn ich mich Tag für Tag den Problemen Fremder stellen würde, könnte mich das davor bewahren, mich meinen eigenen Problemen stellen zu müssen.

Wer sich wiederholt mit Gewalt beschäftigt, stumpft dem Grauen gegenüber ab. Man kann Blut sehen, ohne mit der Wimper zu zucken, man kann das Wort *Vergewaltigung* aussprechen, ohne eine Miene zu verziehen. Doch es stellt sich heraus, daß der Schutzschild brüchig ist, daß alle Verteidigungswälle einstürzen, wenn der Alptraum das eigene Bett heimsucht.

Nathaniel, noch immer benommen von der Anästhesie, spielt mit einem Matchbox-Auto ruhig auf dem Boden in seinem Zimmer. In meinen Ohren klingen all die Dinge, die Nathaniel nicht sagt: *Was gibt's zum Abendessen? Darf ich am Computer spielen? Hast du gesehen, wie schnell das Auto gerade war?* Seine Hände umschließen das Matchbox-Auto wie die Pranken eines Riesen. In seiner Phantasiewelt hat nur er das Sagen.

Und dann spüre ich es, das zarte Gleiten über mein Bein, das Holpern über mein Rückgrat. Nathaniel schiebt das Matchbox-Auto über die Landstraße meines Armes. Er parkt es in der Vertiefung über meinem Schlüsselbein, berührt dann die Tränen auf meiner Wange mit einem Finger.

Nathaniel stellt das Auto ab und klettert auf meinen Schoß. Sein Atem ist warm und feucht an meinem Hals, als er sich enger an mich drückt. Mir wird ganz übel – weil er ausgerechnet zu mir kommt, damit ich ihn beschütze, wo ich ihn schon so jämmerlich im Stich gelassen habe. Lange bleiben wir so, bis der Abend kommt und Sterne auf seinen Teppich fallen, bis Calebs Stimme die Treppe hinaufkommt, nach uns sucht.

Kurz nach sieben Uhr verliere ich Nathaniel. Er ist an keinem seiner Lieblingsorte: nicht in seinem Zimmer, nicht im Spielzimmer, nicht auf dem Klettergerüst im Garten. Ich hatte gedacht, Caleb wäre bei ihm, und Caleb hatte gedacht, ich wäre bei ihm. »Nathaniel!« schreie ich in Panik, aber er kann mir ja nicht antworten – könnte mir nicht antworten, selbst wenn er bereit wäre, sein Versteck preiszugeben. Tausend Horrorszenarien jagen mir durch den Kopf. »Nathaniel!« schreie ich erneut, noch lauter.

»Du suchst oben«, sagt Caleb, und ich höre die Angst auch in seiner Stimme. Ehe ich antworten kann, eilt er schon in Richtung Wäschekammer; ich höre, wie die Tür des Trockners geöffnet und wieder geschlossen wird.

Nathaniel hat sich nicht unter seinem Bett oder im Schrank versteckt. Er hat sich nicht zwischen Spinnweben auf der Treppe zum Speicher zusammengerollt. Er ist nicht in seiner Spielzeugtruhe oder hinter dem großen Ohrensessel im Nähzimmer. Er hockt nicht unter dem Computertisch und auch nicht hinter der Badezimmertür.

Man könnte meinen, ich hätte einen Dauerlauf hinter mir, so schwer keuche ich. Ich lehne im Flur an der Wand des Badezimmers und höre, wie Caleb sämtliche Schranktüren in der Küche öffnet und zuknallt. *Denk wie Nathaniel*, beschwöre ich mich. Wo wärst du, wenn du fünf Jahre alt wärst?

Ich würde Regenbogen hinaufklettern. Ich würde Steine hochheben, um nach Grillen zu suchen, die darunter schlafen. Ich würde den Kies in der Einfahrt nach Größe und Farbe sortieren. Aber das alles hat Nathaniel früher getan, das alles macht die Welt eines Kindes aus, ehe es erwachsen wird. Über Nacht.

Aus dem Badezimmer ist ein leises Tröpfeln zu hören. Das Waschbecken. Nathaniel dreht den Wasserhahn nie richtig zu, wenn er sich die Zähne putzt. Plötzlich möchte ich diesen tropfenden Wasserhahn sehen, weil er das Normalste ist, das ich an diesem Tag zu sehen bekomme. Doch das Waschbecken ist knochentrocken. Ich drehe mich um, dahin, wo das Geräusch herkommt, ziehe den buntgemusterten Duschvorhang zur Seite.

Und schreie auf.

Das einzige, was er unter Wasser hören kann, ist sein Herz. Ist das bei Delphinen auch so, überlegt Nathaniel, oder können sie Sachen hören, die wir anderen nicht mitbekommen – das Wachsen der Korallen oder das Atmen der Fische? Er hat die Augen weit auf, und durch die Nässe zerläuft die Decke. Bläschen kitzeln ihn in den Nasenlöchern, und die Fische auf dem Duschvorhang lassen alles ganz echt aussehen.

Aber plötzlich ist seine Mutter da, hier im Ozean, wo sie nichts zu suchen hat, und ihr Gesicht kommt näher, groß wie der Himmel. Nathaniel vergißt, die Luft anzuhalten, als sie ihn am Hemd aus dem Wasser reißt. Er hustet, niest Meer aus. Er hört sie weinen, und das erinnert ihn daran, daß er irgendwann sowieso hätte zurückkehren müssen.

O Gott, er atmet nicht – er atmet nicht –, und dann schnappt Nathaniel tief nach Luft. In seinen durchnäßten Sachen ist er doppelt so schwer, aber ich zerre ihn aus der Wanne, so daß er schließlich tropfnaß auf der Badematte liegt. Calebs Füße kommen die Treppe heraufgepoltert. »Hast du ihn gefunden?«

»Nathaniel«, sage ich dicht an seinem Gesicht, »was hast du denn bloß gemacht?«

Das goldblonde Haar klebt ihm am Kopf, die Augen sind riesig. Seine Lippen zucken, suchen nach einem Wort, das nicht kommt.

Kann ein Fünfjähriger Selbstmordgedanken haben? Was kann es sonst noch für Gründe dafür geben, daß ich meinen Sohn vollständig angezogen unter Wasser in der vollen Badewanne finde?

Caleb drängt sich ins Badezimmer. Er wirft einen Blick auf

den klatschnassen Nathaniel, dann auf die Wanne, aus der das Wasser noch abläuft. »Was ist denn hier passiert?«

»Komm, wir ziehen dir die Sachen aus«, sage ich, als würde ich Nathaniel tagtäglich so vorfinden. Meine Hände greifen nach den Knöpfen seines Flanellhemdes, doch er dreht sich von mir weg, rollt sich zusammen.

Caleb sieht mich an. »Sohnemann«, sagt er, »du wirst krank, wenn du das nasse Zeug anbehältst.«

Als Caleb ihn hochnimmt, wird Nathaniel ganz schlaff. Er ist hellwach, sieht mich direkt an, aber ich könnte schwören, daß er gar nicht richtig da ist.

Calebs Hände beginnen, Nathaniels Hemd aufzuknöpfen. Doch statt dessen schnappe ich mir ein Handtuch und wickele ihn darin ein. Ich halte es an Nathaniels Hals zusammen und beuge mich vor, so daß ich sein nach oben gewandtes Gesicht anspreche. »Wer hat dir das angetan?« will ich wissen. »Sag es mir, Schätzchen. Sag es mir, damit ich alles wiedergutmachen kann.«

»*Nina.*«

»Sag es mir. Wenn du es mir nicht sagst, kann ich nichts tun.« Meine Stimme versagt mitten im Satz. Mein Gesicht ist so naß wie das meines Sohnes.

Er versucht es, o ja, er versucht es. Seine Wangen sind rot vor Anstrengung. Er öffnet den Mund, stößt einen Knoten Luft aus.

Ich nicke ihm ermutigend zu. »Du schaffst das, Nathaniel. Weiter.«

Die Muskeln an seinem Hals verkrampfen sich. Er klingt, als würde er wieder ertrinken.

»Hat dich jemand angefaßt, Nathaniel?«

»Herrgott!« Caleb reißt Nathaniel von mir weg. »Laß ihn in Ruhe, Nina!«

»Aber er wollte gerade was sagen.« Ich stehe auf, drängle mich heran, damit ich Nathaniel wieder ansehen kann. »Das wolltest du doch, nicht wahr, Schätzchen?«

Caleb hebt Nathaniel noch höher. Er geht wortlos aus dem Badezimmer, hält unseren Sohn eng an sich gedrückt. Er läßt mich in einer Pfütze stehen, überläßt es mir, die Schweinerei zu beseitigen.

Wenn das Jugendamt des Staates Maine in einem Fall von Kindesmißbrauch ermittelt, kann von Ermittlungen eigentlich gar keine Rede mehr sein. Ein Fall wird erst dann offiziell eröffnet, wenn bereits psychiatrische oder physische Beweise für den Kindesmißbrauch vorliegen und der Name des mutmaßlichen Täters bekannt ist. Es gibt keinen Raum für Spekulationen. Die Rolle der zuständigen Sozialarbeiterin beschränkt sich lediglich darauf, für den Fall, daß es wundersamerweise doch zu einem Prozeß kommt, darauf zu achten, daß alles so abgelaufen ist, wie es der Gesetzgeber verlangt.

Monica LaFlamme arbeitet seit mittlerweile drei Jahren in der Abteilung für Kindesmißbrauch des Jugendamtes, und sie hat es satt, immer erst während des zweiten Aktes gerufen zu werden. Sie sitzt in ihrem kleinen, grauen Büro und blickt durch das Fenster auf einen menschenleeren Kinderspielplatz. Da steht eine Metallschaukel auf einer Betonplatte. Ausgerechnet das Jugendamt hat den einzigen noch verbliebenen Kinderspielplatz in der Gegend, der nicht den neuesten Sicherheitsstandards entspricht.

Sie gähnt, kneift sich mit Daumen und Zeigefinger den Nasenrücken. Monica ist müde, als wären die grauen Wände irgendwie langsam in sie eingedrungen. Sie hat es satt, Berichte vorzulegen, die nichts bewirken. Sie hat es satt, vierzig Jahre alte Augen in den Gesichtern von Zehnjährigen zu sehen. Sie braucht einen Urlaub in der Karibik, wo die Farben explodieren – blaue Brandung, weißer Sand, tiefrote Blumen – und sie mal richtig abschalten kann.

Als das Telefon klingelt, fährt Monica in ihrem Sessel zusammen. »Monica LaFlamme«, meldet sie sich und schlägt rasch einen Ordner auf ihrem Schreibtisch auf, als hätte die Person am anderen Ende sie beim Träumen erwischt.

»Ja, hallo. Hier spricht Dr. Christine Robichaud. Ich bin Psychiaterin am Maine Medical Center.« Ein Zögern, und schon weiß Monica, was als nächstes kommt. »Ich muß einen möglichen Fall von sexuellem Mißbrauch an einem fünfjährigen Jungen melden.«

Sie macht sich Notizen, während Dr. Robichaud ihr Vorgänge schildert, von denen sie schon zahllose Male gehört hat. Sie schreibt den Namen des Patienten, die Namen der Eltern auf. Etwas läßt sie kurz aufmerken, aber dann konzentriert sie sich schon wieder auf die Worte der Psychiaterin.

»Liegt bereits ein Polizeibericht vor, den Sie mir zufaxen können?« fragt Monica.

»Die Polizei ist nicht eingeschaltet worden. Der Junge hat den Täter noch nicht identifiziert.«

Daraufhin läßt Monica ihren Stift sinken. »Doctor Robichaud, Sie wissen, daß ich erst dann eine Ermittlung einleiten kann, wenn ich einen Verdächtigen habe.«

»Das ist nur eine Frage der Zeit. Nathaniel leidet an einer somatoformen Störung, er ist praktisch stumm, ohne daß es dafür eine körperliche Ursache gibt. Ich bin der festen Überzeugung, daß er in wenigen Wochen in der Lage sein wird, uns zu sagen, wer ihm das angetan hat.«

»Was sagen die Eltern?«

Die Psychiaterin stockt. »Das Verhalten ihres Sohnes ist ihnen vollkommen neu.«

Monica klopft mit dem Stift auf den Schreibtisch. Wenn Eltern behaupten, von den Aussagen oder Handlungen ihres mißbrauchten Kindes völlig überrascht zu sein, stellt sich Monicas Erfahrung nach häufig heraus, daß ein Elternteil der Täter ist – oder sogar beide.

Auch Dr. Robichaud ist sich dessen bewußt. »Ich dachte, daß Sie vielleicht gern von Anfang an informiert werden möchten, Ms. LaFlamme. Ich hab die Frosts an einen Kinderarzt überwiesen, der auf Mißbrauchsfälle spezialisiert ist und ihren Sohn gründlich untersuchen soll. Er müßte Ihnen bald einen Bericht zufaxen.«

Monica notiert sich das, legt auf. Dann überfliegt sie ihre Notizen noch einmal und stellt sich auf einen weiteren Fall ein, der höchstwahrscheinlich im Sande verlaufen wird.

Frost, denkt sie und schreibt den Namen noch einmal auf. Das muß jemand anderes sein.

Wir liegen im Dunkeln, ohne uns zu berühren, dreißig Zentimeter zwischen uns.

»Miss Lydia?« flüstere ich und spüre, wie Caleb den Kopf schüttelt. »Wer dann? Wer ist denn außer uns beiden mit ihm allein?«

Caleb ist so ruhig, daß ich schon meine, er schläft. »Als wir letzten Monat zur Hochzeit von deiner Cousine gefahren sind, hat Patrick das ganze Wochenende auf ihn aufgepaßt.«

Ich fahre hoch, stütze mich auf einen Ellbogen. »Das kann doch wohl nicht dein Ernst sein. Patrick ist Polizist. Und ich kenne ihn, seit ich sechs war.«

»Er hat keine Freundin –«

»Er ist doch erst seit sechs Monaten geschieden!«

»Ich meine ja nur«, Caleb dreht sich zu mir um, »daß du ihn vielleicht nicht so gut kennst, wie du meinst.«

Ich schüttele den Kopf. »Patrick liebt Nathaniel.«

Caleb sieht mich nur an. Seine Antwort ist klar, auch wenn er sie nicht laut ausspricht: *Vielleicht zu sehr.*

Am nächsten Morgen fährt Caleb schon zur Arbeit, als der Mond noch am Himmel hängt. Wir haben einen für uns beide gerechten Zeitplan aufgestellt: Caleb wird seine Mauer fertigbauen und gegen Mittag wieder nach Hause kommen. Dann soll ich ins Büro fahren, aber das werde ich nicht tun. Meine Arbeit muß jetzt warten. Nathaniel ist das Schreckliche zugestoßen, weil ich nicht da war, um es zu verhindern. Ich kann nicht riskieren, ihn noch einmal aus den Augen zu lassen.

Es ist eine ehrenvolle Aufgabe – mein Kind zu schützen. Aber an diesem Morgen fällt es mir schwer, eine Löwin zu verstehen, die ihre Jungen behütet; ich kann mich eher in den Hamster hineinversetzen, der seine Nachkommenschaft verschlingt. Ich bin wütend, weil sein Schweigen die Person schützt, die zur Verantwortung gezogen werden sollte.

Heute ist Nathaniel ein Häufchen Elend. Er will unbedingt seinen Schlafanzug anbehalten, obwohl es schon fast Mittag ist. Leider ist ihm letzte Nacht wieder ein Malheur passiert, deshalb stinkt er nach Urin. Gestern brauchte Caleb über eine Stunde, um ihm die nassen Sachen auszuziehen. Ich brauche zwei Stunden, bis ich merke, daß ich heute morgen nicht die Kraft habe, mit ihm zu streiten. Statt dessen habe ich mich auf eine andere Schlacht verlegt.

Nathaniel sitzt wie eine Steinfigur auf seinem Hocker, die Lippen aufeinandergepreßt, und widersteht allen Versuchen meinerseits, ihm etwas zu essen einzuflößen. Seit dem Frühstück am Vortag hat er nichts mehr zu sich genommen. Von Kirschen bis zu Ingwer habe ich ihm alles gezeigt. »Nathaniel.« Ich lasse eine Zitrone vom Tisch rollen. »Möchtest du Spaghetti? Hühnchen? Ich mach dir, was du willst.«

Aber er schüttelt bloß den Kopf.

Wenn er nicht essen will, ist das kein Weltuntergang. Nein, der war *gestern*. Aber ein Teil von mir glaubt, wenn es mir gelingt, meinen Sohn satt zu bekommen, dann wird er vielleicht nicht mehr so leiden.

»Thunfischsalat? Eiscreme? Pizza?«

Er fängt an, sich langsam auf dem Hocker zu drehen. Zuerst ist es ein Versehen – er rutscht mit dem Fuß ab und dreht sich einmal. Dann macht er es absichtlich. Er ignoriert mich mit voller Absicht.

»Nathaniel.«

Er dreht sich.

Etwas in mir zerreißt. Ich bin wütend auf mich, auf die Welt, aber weil es einfacher ist, fahre ich ihn an. »Nathaniel! Ich rede mit dir!«

Er sieht mich an. Dann dreht er sich langsam von mir weg.

»Du hörst mir jetzt zu, sofort!«

Mitten in diese Szene kommt Patrick hereinspaziert. Ich höre seine Stimme schon, noch ehe er bei uns in der Küche ist. »Armageddon muß unmittelbar bevorstehen«, ruft er, »weil ich mir keinen anderen Grund vorstellen kann, warum du zwei Tage hintereinander nicht zur Arbeit kommst, wo doch –« Als er um die Ecke biegt, sieht er mein Gesicht und wird langsamer, bewegt sich plötzlich mit der gleichen Behutsamkeit, mit der er einen Tatort betreten würde. »Nina«, sagt er ruhig, »alles in Ordnung?«

Alles, was Caleb letzte Nacht über Patrick gesagt hat, fällt mir wieder ein, und ich breche in Tränen aus. Nicht auch noch Patrick. Ich könnte es nicht ertragen, wenn mehr als eine Säule meiner Welt zusammenbricht. Ich kann cinfach nicht glauben, daß Patrick meinem Sohn so etwas angetan haben könnte. Und hier ist der Beweis: Nathaniel ist nicht schreiend vor ihm weggelaufen.

Patricks Arme legen sich um mich, und ich schwöre, wären sie nicht da, ich würde zu Boden sinken. Ich höre meine Stimme, sie ist unkontrollierbar. »Mir geht's gut. Ich hab nichts«, sage ich, aber meine Beteuerungen zittern wie Espenlaub.

Mit welchen Worten erklärt man, daß das Leben von gestern nicht mehr das Leben ist, in dem man heute aufgewacht ist? Wie beschreibt man Gräßlichkeiten, die es gar nicht geben dürfte? Als Staatsanwältin kann ich mich hinter der kühl distanzierten Juristensprache verstecken – *Penetration, Belästigung, Viktimisierung* –, doch keiner dieser Ausdrücke ist so brutal und so wahr wie der Satz: *Mein Sohn ist vergewaltigt worden.*

Patricks Augen wandern von Nathaniel zu mir und wieder

zurück. Meint er, ich habe einen Nervenzusammenbruch? Daß der Streß mich in Stücke gerissen hat? »He, kleiner Krauter«, sagt er, sein alter Spitzname für Nathaniel, der immer ganz sprunghaft gewachsen ist. »Willst du mit mir nach oben gehen und dich anziehen, während deine Mom, ähm, die Küche aufräumt?«

»Nein«, sage ich im selben Moment, als Nathaniel aus dem Zimmer stürmt.

»Nina«, versucht Patrick es erneut. »Ist irgendwas passiert?«

»Ist irgendwas passiert«, wiederholt Nina, und die Worte kullern ihr wie Murmeln über die Zunge. *»Ist irgendwas passiert.* Tja, das ist die große Preisfrage, nicht?«

Er starrt sie an. Wenn er gut genug hinsieht, wird er die Wahrheit finden. Das konnte er schon immer. Mit elf wußte er, daß Nina zum erstenmal jemanden geküßt hatte, obwohl sie zu verlegen gewesen war, es Patrick zu erzählen. Und er wußte bereits, daß sie von einem weit entfernten College angenommen worden war, noch ehe sie den Mut fand, ihm zu beichten, daß sie aus Biddeford weggehen würde.

»Irgend jemand hat ihm etwas angetan, Patrick«, flüstert Nina und bricht vor seinen Augen zusammen. »Irgend jemand, und ich ... weiß nicht, wer.«

Ein Beben grollt in seiner Brust. »Nathaniel?«

Patrick hat Eltern mitgeteilt, daß ihre jugendlichen Kinder angetrunken bei einem Autounfall ums Leben gekommen sind. Er hat Witwen am Grab ihrer durch Selbstmord gestorbenen Ehemänner gestützt. Er hat sich die Geschichten von Frauen angehört, die eine Vergewaltigung überlebt hatten. Man kann das nur durchstehen, wenn man sich innerlich distanziert. Aber hier ... hier gibt es keine Distanz.

Patrick spürt, daß sein Herz zu groß für seine Brust wird. Er sitzt neben Nina auf dem Küchenboden, während sie ihm die Einzelheiten einer Geschichte erzählt, die er nie hören wollte. *Ich könnte zurück durch diese Tür gehen*, denkt er, *und noch mal neu anfangen. Ich könnte die Zeit zurückdrehen.*

»Er kann nicht sprechen«, sagt Nina. »Und ich weiß nicht, wie ich ihn dazu bringen soll.«

Patrick hält sie auf Armeslänge von sich weg. »O doch, das weißt du. Du bringst ständig Leute dazu, mit dir zu reden.«

Als Caleb am Tag, nachdem sein Sohn aus Gründen, die er nicht glauben will, verstummt ist, aus dem Haus tritt, erkennt er, daß sein Zuhause Reparaturen nötig hat. Ein paar Dinge hätten schon vor einer Ewigkeit erledigt werden müssen – der Steinpfad vor dem Haus, der Abschluß oben am Kamin, das kniehohe Mäuerchen, das das Grundstück umrandet –, all diese Arbeiten sind liegengeblieben, weil stets andere, von Kunden bezahlte, Vorrang hatten. Er stellt seine Kaffeetasse auf das Verandageländer und geht die Stufen hinunter, um alles in Augenschein nehmen.

Der Steinpfad kann warten, das würde nur ein Fachmann merken, wie uneben die Steine sind. Vom Schornstein bröckelt die gesamte linke Seite ab. Aber so spät am Nachmittag noch aufs Dach zu steigen wäre sinnlos, und außerdem sollte man Arbeiten in solcher Höhe nicht ohne Hilfe durchführen. Also wendet Caleb sich zunächst dem Mäuerchen entlang der Straße zu.

Die Steine liegen noch immer an der Stelle gestapelt, wo er vor fast einem Jahr aufgehört hat. Es sind alles gebrauchte Ziegel, und sie kommen aus ganz New England – von abgerissenen Fabriken und alten Krankenhäusern, zerfallenden Kolonialhäusern und leerstehenden Schulgebäuden. Caleb mag ihre Kerben und Narben. Er stellt sich vor, daß in dem porösen roten Ton noch alte Geister stecken – oder Engel. Als Hüter seines Hauses wären ihm beide recht.

Zum Glück hat er schon tief gegraben, bis unter die Frostlinie. Eine fünfzehn Zentimeter tiefe Schotterschicht liegt in der Erde. Caleb nimmt einen Sack Zement und kippt ihn in die Schubkarre, die er zum Anrühren benutzt. Mischen und durchziehen, einen Rhythmus finden, während das Wasser sich mit Sand und Zement verbindet. Er spürt, wie er von dem Rhythmus erfaßt wird, sobald er die erste Reihe Steine legt, sie in den Zement setzt, bis sie richtig liegen – wenn er so wie jetzt mit seinem ganzen Körper arbeitet, wird sein Geist weit und klar.

Es ist sein Handwerk, und es ist wie eine Sucht. Er bewegt sich am Mauerfuß entlang, arbeitet mit Anmut. Diese Mauer soll nicht massiv werden. Sie wird zwei glatte Außenwände haben, die von einer Betonhaube gekrönt werden. Keiner wird ahnen, daß der Mörtel auf der Innenseite rauh und häßlich verschmiert ist. An den Stellen, die man nicht sehen kann, muß Caleb nicht sorgfältig arbeiten.

Er greift nach einem Ziegel, und seine Finger berühren etwas Kleineres, Glatteres. Ein Plastiksoldat. Als er das letzte Mal hier arbeitete, war Nathaniel mit ihm gekommen. Während Caleb den Graben aushob und mit Schotter füllte, hatte sein Sohn ein Bataillon in der Festung aus umgefallenen Ziegeln versteckt.

Nathaniel war drei. »Ich mach dich fertig«, hatte er gesagt, und mit dem Soldaten auf Mason, den Golden Retriever, gezielt.

»Wo hast du das denn gehört?« hatte Caleb lachend gefragt.

»Irgendwo mal«, hatte Nathaniel altklug geantwortet, »ganz früher, als ich noch ein Baby war.«

So lange ist das schon her, hatte Caleb gedacht.

Jetzt hält er den Plastiksoldaten in der Hand. Der Strahl einer Taschenlampe kommt den Weg heruntergehüpft, und Caleb merkt erst jetzt, daß die Sonne bereits untergegangen ist. Daß er bei der Arbeit das Ende des Tages verpaßt hat. »Was machst du denn da?« fragt Nina.

»Wonach sieht's denn aus?«

»Jetzt?«

Er dreht sich um, verbirgt den Spielzeugsoldaten in der Faust. »Warum nicht?«

»Aber es ist ... es ist ...« Sie schüttelt den Kopf. »Ich bring Nathaniel ins Bett.«

»Brauchst du meine Hilfe?«

Noch während er den Satz ausspricht, erkennt er, daß sie ihn falsch verstehen wird. *Möchtest du meine Hilfe,* hätte er sagen sollen. Wie nicht anders zu erwarten, braust Nina auf. »Ich denke, nach fünf Jahren schaffe ich das ganz gut allein«, sagt sie und geht zum Haus zurück, wobei das Licht ihrer Taschenlampe wie eine Heuschrecke auf und ab springt.

Caleb zögert, weiß nicht, ob er ihr folgen soll. Schließlich entscheidet er sich dagegen. Blinzelnd unter den Sternen, die wie winzige Punkte am Himmel stehen, legt er den grünen Soldaten in den Hohlraum zwischen den beiden Mauerwänden. Auf beiden Seiten legt er Ziegel auf, mauert weiter. Wenn die Mauer fertig ist, wird niemand wissen, daß dieser Infanterist in ihr schlummert. Das heißt, niemand außer Caleb, der sie tausendmal am Tag mit dem Wissen betrachten wird, daß zumindest eine makellose Erinnerung seines Sohnes gerettet wurde.

Nathaniel liegt im Bett und denkt daran, wie er mal ein kleines Küken aus der Schule mit nach Hause gebracht hat. Na ja, es war noch kein richtiges Küken ... es war ein Ei, das Miss Lydia in den Müll geworfen hatte, als ob sie alle zu dumm zum Zählen wären und nicht merken würden, daß statt vier nur noch drei Eier im Inkubator lagen. Aber die anderen Eier hatten sich in piepsende gelbe Wattebällchen verwandelt. Deshalb war Nathaniel, bevor sein Vater ihn abholen kam, in Miss Lydias Büro gegangen, hatte das Ei aus dem Mülleimer geholt und es sich in den Hemdsärmel gesteckt.

Er hatte es unter sein Kopfkissen geschoben und darauf vertraut, daß es sich mit ein bißchen mehr Zeit schon in ein Küken verwandeln würde, wie die anderen. Aber das alles hatte ihm nur Alpträume beschert – wie sein Vater morgens Omelett macht, die Schale aufschlägt und ein lebendes Küken in das brutzelnde Fett fällt. Drei Tage später hatte sein Vater das Ei neben dem Bett gefunden, es war auf den Boden gefallen. Er hatte die Schweinerei nicht rechzeitig beseitigt: Nathaniel konnte sich noch immer an die silbern überzogenen toten Augen erinnern, an den verdrehten grauen Körper, an den Teil, der ein Flügelchen hätte werden können.

Nathaniel hatte immer gedacht, das Ding, das er an dem Morgen gesehen hatte – ein Küken war das ganz sicher nicht –, wäre das Beängstigendste gewesen, das es überhaupt geben könnte. Noch jetzt sieht er das Bild manchmal, wenn er blinzelt, auf der Innenseite seiner Augenlider. Seitdem ißt er keine Eier mehr. Etwas, was von außen ganz normal aussieht, könnte sich nur verkleidet haben.

Nathaniel starrt an die Decke. Es gibt aber noch beängstigendere Sachen – das weiß er jetzt.

Die Tür zu seinem Zimmer öffnet sich noch weiter, und jemand kommt herein. Nathaniel denkt noch immer an das Ding und an das andere, und gegen das helle Licht vom Flur kann er nichts erkennen. Er spürt, wie etwas auf sein Bett sinkt, sich an ihn schmiegt.

»Alles in Ordnung«, sagt die Stimme seines Vaters dicht an seinem Ohr. »Ich bin's nur.« Seine Arme schließen sich fest um Nathaniel, so daß er zu zittern aufhört. Nathaniel schließt die Augen, und zum ersten Mal, seit er an diesem Abend im Bett liegt, sieht er das Küken nicht mehr.

Unmittelbar bevor wir am nächsten Tag Dr. Robichauds Büro betreten, bin ich plötzlich voller Hoffnung. Was, wenn sie zu dem Schluß gelangt, daß sie Nathaniels Verhalten fehlinterpretiert hat? Was, wenn sie sich entschuldigt und die Akte unseres Sohnes mit einem dicken, roten FEHLDIAGNOSE abstempelt? Doch als wir hineingehen, gesellt sich noch eine weitere Person dazu, und schon zerplatzt mein Wunschtraum wie eine Seifenblase. In unserem kleinen York County könnte ich nicht in Kindesmißbrauchsfällen die Anklage vertreten, ohne Monica LaFlamme zu kennen. Ich habe nichts gegen sie persönlich, bloß gegen ihre Dienststelle. Bei uns im Büro bezeichnen wir das Jugendamt wahlweise als Tugendamt oder als Amt für Mißbraucherschutz. In dem letzen Fall, bei dem ich mit Monica zusammengearbeitet habe, war das Opfer ein Junge mit einer oppositionellen Verhaltensstörung – und genau diese Störung hinderte uns letztlich daran, seinen Peiniger gerichtlich zu belangen.

Sie steht auf, die Hände ausgestreckt, als wäre sie meine beste Freundin. »Nina ... es tut mir ja so leid.«

Meine Augen sprühen Funken, mein Herz ist hart wie ein Diamant. Ich falle nie auf eine solche Gefühlsduselei herein. »Was können Sie für mich tun, Monica?« frage ich schroff.

Die Psychiaterin ist sichtlich schockiert.

»Ach, Nina. Ich wünschte, ich könnte mehr tun.«

»Das wünschen Sie immer«, sage ich, und jetzt mischt Caleb sich ein.

»Entschuldigung, aber ich glaube, wir kennen uns noch nicht«, murmelt er und drückt warnend meinen Arm. Er gibt Monica die Hand, begrüßt Dr. Robichaud und bringt Nathaniel dann in die Spielecke.

»Ms. LaFlamme ist die für Nathaniel zuständige Sozialarbeiterin«, erläutert Dr. Robichaud. »Ich dachte, Sie würden sie gern kennenlernen und sich von ihr ein paar Fragen beantworten lassen.«

»Ich habe eine«, sage ich prompt. »Was kann ich machen, damit sich das Jugendamt hier raushält?«

Dr. Robichaud wirft zuerst Caleb einen nervösen Blick zu, dann mir. »Rechtlich –«

»Danke, aber was die rechtliche Seite angeht, bin ich einigermaßen auf dem laufenden. Sehen Sie, das war eine Fangfrage. Tatsache ist nämlich, daß das Jugendamt sich ohnehin immer aus allem raushält.« Ich kann mich nicht beherrschen.

Monica hier zu sehen ist einfach zu seltsam, als wären meine Arbeit und mein Privatleben durch dasselbe Loch in der Zeit gestürzt. »Ich nenne Ihnen einen Namen und sage Ihnen, was die betreffende Person getan hat ... und *dann* können Sie Ihre Arbeit tun?«

»Nun ja«, sagt Monica, und ihre Stimme ist süß wie Karamel. Ich hab Karamel noch nie gemocht. »Zugegeben, Nina, ein Opfer muß zunächst einen Täter identifizieren, bevor wir –«

Ein Opfer. Sie hat Nathaniel auf irgendeinen der zahllosen Fälle reduziert, die ich im Laufe der Jahre bearbeitet habe. Und genau deshalb, so wird mir klar, hat mich der Anblick von Monica LaFlamme hier in Dr. Robichauds Büro so aus der Fassung gebracht. Es bedeutet nämlich, daß Nathaniel zu einem Aktenzeichen in einem System geworden ist, das ihn mit Sicherheit enttäuschen wird.

»*Das ist mein Sohn*«, sage ich durch zusammengepreßte Zähne. »Eure Vorschriften interessieren mich nicht. Es interessiert mich nicht, daß ihr noch keinen Tatverdächtigen habt. Dann geht meinetwegen die gesamte Bevölkerung von Maine systematisch nach dem Ausschlußverfahren durch. Aber tut was, Monica. In Gottes Namen, *tut was*.«

Die anderen starren mich stumm an. Ich blicke zu Nathaniel hinüber – der mit Bauklötzen spielt, obwohl ihm verdammt noch mal keiner dieser braven Menschen, die seinetwegen hier zusammengekommen sind, dabei zusieht – und stürme aus dem Raum.

Dr. Robichaud holt mich auf dem Parkplatz ein. Ihre Absätze klappern auf dem Asphalt, und ich rieche, daß sie sich eine Zigarette anzündet. »Auch eine?«

»Ich rauche nicht. Aber danke.«

Wir lehnen uns gegen ein Auto, das nicht meines ist. Ein schwarzer Cameo, mit flauschigen, bunten Würfeln am Rückspiegel.

»Sie klingen ein wenig ... überreizt«, sagt Dr. Robichaud.

Ich muß lachen. »Gehört ein Grundkurs im Untertreiben auch zum Medizinstudium?«

Dr. Robichaud nimmt noch einen letzten Zug, dann tritt sie die Zigarette unter ihrem spitzen Absatz aus. »Ich weiß, das wollen Sie jetzt nicht hören, aber in Nathaniels Fall ist die Zeit nicht ihr Feind.«

Das kann sie nicht wissen. Vor einer Woche kannte sie Nathaniel nicht einmal. Sie sieht ihn nicht jeden Morgen an und erinnert sich an den kleinen Jungen, der so ganz anders war, der so viele Fragen stellte, daß ich mir sogar manchmal Ruhe und Stille wünschte.

»Er wird wieder zu Ihnen zurückkommen, Nina«, sagt Dr. Robichaud leise.

Ich blinzle in die Sonne. »Zu welchem Preis?«

Darauf hat sie keine Antwort. »Nathaniel wird jetzt durch seine Psyche geschützt. Er denkt bei weitem nicht so viel an das, was geschehen ist, wie Sie.« Zögernd macht sie mir ein Friedensangebot. »Ich könnte Sie an einen Psychiater für Erwachsene überweisen.«

»Ich will keine Medikamente.«

»Vielleicht würden Sie sich aber gern mal mit jemandem unterhalten.«

»O ja«, sage ich und sehe sie an. »Mit meinem Sohn.«

Ich vergewissere mich noch einmal mit einem Blick ins Buch. Dann klopfe ich mir mit einer Hand auf den Schoß und schnippe mit den Fingern. »Hund«, sage ich, und wie aufs Stichwort kommt unser Golden Retriever angelaufen.

Nathaniels Mund verzieht sich, als ich den Hund wegschiebe. »Nein, Mason. Jetzt nicht.« Er dreht sich unter dem schmiedeeisernen Tisch einmal im Kreis und legt sich dann auf meine Füße. Ein kühler Oktoberwind wirbelt Blätter auf uns zu – leuchtendrot und ockergelb und golden. Sie verfangen sich in Nathaniels Haar, legen sich als Lesezeichen auf die Seiten des Lehrbuchs für Gebärdensprache.

Langsam zieht Nathaniel die Hände unter seinen Oberschenkeln hervor. Er zeigt auf sich, streckt dann die Arme aus, Handflächen nach oben gedreht. Er krümmt die Finger und zieht die Hände an den Körper. *Ich möchte*. Er klopft sich auf den Schoß, versucht mit den Fingern zu schnippen.

»Du möchtest den Hund bei dir haben?« frage ich. »Soll Mason zu dir kommen?«

Nathaniels Miene hellt sich auf. Er nickt, und sein Mund öffnet sich zu einem breiten Lächeln. Das ist sein erster vollständiger Satz seit fast einer Woche.

Beim Klang seines Namens hebt der Hund seinen zotteligen Kopf und stupst die Nase gegen Nathaniels Bauch. »Tja, du hast es nicht anders gewollt«, lache ich. Als Nathaniel es schließlich geschafft hat, Mason wegzuschieben, sind seine Wangen vor Stolz gerötet. Wir haben noch nicht viel gelernt – die Zeichen für *mögen* und *mehr* und *trinken* und *Hund*. Aber es ist ein Anfang.

Ich fasse nach Nathaniels kleiner Hand, die ich im Laufe des Nachmittags zu allen Buchstaben des amerikanischen Gebärdenalphabets geformt habe. Ich biege seinen Mittel- und Ringfinger nach unten, während die anderen gestreckt bleiben, das Zeichen für *Ich liebe dich*.

Plötzlich springt Mason auf und saust zum Tor, um Caleb zu begrüßen. »Was treibt ihr denn da?« fragt er mit Blick auf das dicke Buch und Nathaniels ungewohnte Handhaltung.

»*Wir*«, sage ich, wobei ich meinen Zeigefinger überdeutlich von einer Schulter zur anderen bewege, »*arbeiten.*« Ich mache zwei Fäuste und schlage mit der einen auf die andere, um schwere Arbeit zu symbolisieren.

»Wir«, erklärt Caleb, nimmt das Buch vom Tisch und klemmt es sich unter den Arm, »sind nicht *taub.*«

Caleb hält nichts davon, daß Nathaniel die Gebärdensprache lernt. Er meint, wenn wir Nathaniel ein solches Werkzeug in die Hand geben, hat er vielleicht keinen Anreiz mehr, wieder zu sprechen. Ich meine, daß Caleb gut reden hat, er hat wohl noch nicht oft genug erraten müssen, was sein Sohn zum Frühstück möchte. »Paß auf«, sage ich und nicke Nathaniel zu, damit er seinen Satz noch einmal macht. »Er ist so schlau, Caleb.«

»Das weiß ich. Um ihn mache ich mir auch keine Sorgen.« Er packt meinen Ellbogen. »Kann ich dich mal einen Moment allein sprechen?«

Wir gehen hinein und schließen die Schiebetür, damit Nathaniel uns nicht hören kann. »Was meinst du, wie viele Wörter du ihm beibringen mußt, bis du ihn in *dieser* Sprache fragen kannst, wer es war?« sagt Caleb.

Meine Wangen beginnen zu glühen. Bin ich wirklich so leicht zu durchschauen? »Ich will doch bloß, Dr. Robichaud will doch bloß, daß Nathaniel sich verständlich machen kann. Sein jetziger Zustand ist so frustrierend für ihn. Heute habe ich ihm beigebracht, wie er »Ich möchte den Hund bei mir haben« sagen kann. Vielleicht erklärst du mir mal, wie das zu einer Verurteilung führen soll. Vielleicht erklärst du deinem Sohn mal, warum du so wild entschlossen bist, ihm die einzige Methode vorzuenthalten, mit der er sich verständigen kann.«

Caleb hebt seine Hände wie ein Schiedsrichter. »Ich kann nicht mit dir streiten, Nina. Darin bist du einfach zu gut.« Er öffnet die Tür und geht vor Nathaniel in die Hocke. »Weißt du was, der Tag ist viel zu schön, um hier bloß rumzusitzen und zu lernen. Du könntest auch auf die Schaukel oder was anderes spielen, wenn du willst –«

Spielen: beide Hände formen ein Ypsilon, die kleinen Finger ineinander verhakt. »– oder im Sandkasten eine Straße bauen ...«

Bauen: beide Hände formen ein U, abwechselnd übereinandergelegt.

»... und du mußt auch nichts sagen, wenn du nicht willst, Nathaniel. Nicht mal Worte, die du mit den Händen machst.« Caleb lächelt Nathaniel an. »Okay?« Als Nathaniel nickt, hebt Caleb ihn hoch und setzt ihn sich auf die Schultern. »Was hältst du davon, wenn wir in den Wald gehen und Holzäpfel pflücken?« schlägt er vor. »Ich bin deine Leiter.«

Kurz bevor sie die Grenze unseres Grundstücks erreichen, dreht Nathaniel sich auf den Schultern seines Vaters um. Will er mir zuwinken? Ich will zurückwinken, doch dann erkenne ich, daß seine Finger diese *ILD*-Kombination und dann eine Art »Peace«-Zeichen formen.

Es ist technisch vielleicht noch nicht perfekt, aber ich kann Nathaniel verstehen, klar und deutlich.

Ich liebe dich auch.

Myrna Oliphant, die Sekretärin, die sich alle fünf Bezirksstaatsanwälte in Alfred teilen müssen, ist beinahe ebenso breit wie hoch. Ihre orthopädischen Schuhe quietschen, wenn sie geht, sie riecht nach Pomade, und angeblich kann sie sagenhafte einhundert Wörter pro Minute tippen, obwohl das noch niemand mit eigenen Augen gesehen hat.

Als ich, acht Tage nachdem Nathaniel aufgehört hat zu sprechen, mein Büro betrete, kommt sie schnurstracks auf mich zu. »Nina«, sagt sie seufzend. »Nina.« Echte Tränen stehen in ihren Augen. »Wenn ich irgend etwas ...«

»Danke«, sage ich. »Aber wissen Sie, im Augenblick muß ich nur sehen, daß hier alles weiterläuft, damit ich bald wieder nach Hause kann.«

»Ja, ja.« Myrna räuspert sich, bemüht sich um Sachlichkeit. »Um Ihre Anrufe und die Post hat sich natürlich Peter gekümmert. Und Wallace erwartet Sie bereits.« Sie geht zurück zu ihrem Schreibtisch, zögert dann aber, weil ihr noch etwas einfällt. »Ich hab in der Kirche einen Zettel ans Schwarze Brett gemacht«, sagt sie, und da fällt mir wieder ein, daß auch sie Mitglied der Gemeinde St. Anne's ist. Dort gibt es an dem Brett für Bekanntmachungen einen speziellen Platz, wo Leute darum bitten können, daß für in Not geratene Verwandte oder Freunde ein Ave-Maria oder ein Vaterunser gebetet wird. Myrna lächelt mich an. »Vielleicht hört Gott ja schon in diesem Moment eins von den Gebeten.«

»Vielleicht.« Ich sage nicht, was ich denke: Und wo war Gott, als es passiert ist?

Mein Büro ist noch genau so, wie ich es zuletzt verlassen habe. Ich setze mich vorsichtig in meinen Drehsessel. Es tut gut, zu einem Ort zurückzukehren, der noch genau so ist, wie ich ihn in Erinnerung habe.

Es klopft. Peter kommt herein, schließt die Tür hinter sich. »Ich weiß nicht, was ich sagen soll«, gesteht er.

»Dann sag nichts. Komm einfach rein.«

Peter läßt sich in den Sessel auf der anderen Seite meines Schreibtisches sinken. »Bist du ganz sicher, Nina? Ich meine, ist es nicht möglich, daß diese Psychiaterin falsche Schlüsse gezogen hat?«

»Ich hab dasselbe Verhalten beobachtet wie sie. Und ich habe dieselben Schlüsse gezogen.« Ich schaue auf und sehe ihn an. »Ein Spezialist hat eindeutige Spuren einer Penetration bei ihm festgestellt, Peter.«

»O Gott.« Peter umklammert beide Knie mit den Händen, ratlos. »Was kann ich für dich tun, Nina?«

»Das, was du ohnehin schon tust. Danke.« Ich lächle ihn an. »Wessen Hirnmasse war es denn nun, in dem Auto?«

Peters weicher Blick ruht auf meinem Gesicht. »Wen interessiert das denn, verdammt? Darüber solltest du dir nicht den Kopf zerbrechen. Du solltest nicht mal hier sein.«

Ich bin hin und her gerissen, möchte mich ihm anvertrauen und andererseits das gute Bild nicht zerstören, das er von mir hat. »Aber Peter«, gestehe ich leise, »es ist einfacher.«

Langes Schweigen tritt ein. Und dann: »Bestes Jahr?« fragt Peter.

Ich greife nach dem Rettungsanker. Das ist einfach – innerhalb weniger Monate wurde ich befördert und bekam Nathaniel. »1996. Bestes Opfer?«

»Polly Purebred aus der *Underdog*-Serie.« Peter blickt kurz auf, als unser Chef, Wally Moffett, in mein Büro tritt. »Hallo, Boß«, sagt er zu Wally und dann zu mir: »Bester Freund?« Peter steht auf und geht zur Tür. »Die Antwort lautet *ich*. Wie und wann auch immer. Vergiß das nicht.«

»Feiner Kerl«, sagt Wally, als Peter draußen ist. Wally ist der klassische Oberstaatsanwalt: gertenschlank, volles Haar und perlweise, lückenlose Filmstar-Jackettkronen, die ihm schon allein eine Wiederwahl garantieren könnten. Außerdem ist er ein vorzüglicher Staatsanwalt; er kann einen fertigmachen, ehe man merkt, daß er überhaupt schon angefangen hat. »Ihre Arbeit erwartet Sie, wenn Sie soweit sind, das versteht sich von selbst«, beginnt Wally, »aber ich werde diese Tür da höchstpersönlich verbarrikadieren, falls Sie vorhaben, schon in nächster Zukunft zurückzukommen.«

»Danke, Wally.«

»Es tut mir furchtbar leid, Nina.«

»Ja.« Ich blicke nach unten auf meine Schreibunterlage. Darunter steckt ein Kalender. Ich habe keine Fotos von Nathaniel im Büro – eine Angewohnheit seit meiner Zeit am Bezirksgericht, als die miesesten Kriminellen in meinem Büro ihre Unschuld beteuerten. Sie sollten nicht wissen, daß ich Familie hatte. Ich wollte mir deshalb keine Sorgen machen müssen.

»Kann ich ... kann ich den Fall übernehmen?«

Die Frage ist leise, und ich merke erst nach einem Moment, daß ich sie wirklich gestellt habe. Das Mitleid in Wallys Augen ist zuviel für mich, ich muß den Blick senken. »Sie wissen, daß das nicht geht, Nina. Das heißt nicht, daß es mir lieber wäre, wenn irgendein anderer dieses miese Schwein hinter Gitter bringt. Aber aus unserem Büro kann das keiner machen. Interessenkonflikt.«

Ich nicke, aber ich kann noch immer nicht sprechen. Ich wollte es so sehr.

»Ich hab schon die Bezirksstaatsanwaltschaft in Portland angerufen. Die haben da einen Kollegen, der richtig gut ist.« Wally lächelt mich schief an. »Sogar fast so gut wie Sie. Ich hab denen erzählt, was passiert ist und daß wir uns möglicherweise Tom LaCroix ausborgen müssen.«

Ich habe Tränen in den Augen, als ich Wallace danke. Daß er bereits derartigen Einsatz gezeigt hat – obwohl wir noch keinen Tatverdächtigen haben, gegen den Anklage erhoben werden könnte –, das ist wirklich außergewöhnlich.

»Wir kümmern uns um unsere Leute«, versichert Wally mir. »Wer immer das getan hat, er wird dafür bezahlen.«

Mit diesem Satz habe ich selbst schon verzweifelte Eltern beruhigt. Aber ich weiß auch, noch während ich den Satz ausspreche, daß ihr Kind einen ebenso hohen Preis bezahlen muß. Ich sage den Vätern und Müttern dennoch, daß ich an ihrer Stelle alles Erforderliche tun würde, um das Ungeheuer ins Gefängnis zu bringen, selbst wenn das bedeutet, ihre Kinder in den Zeugenstand zu schicken.

Aber jetzt bin ich eine betroffene Mutter. Es geht um mein Kind, und das ändert alles.

An einem Samstag hatte ich Nathaniel mit ins Büro genommen, weil ich noch ein paar Dinge zu erledigen gehabt hatte. Es war geisterhaft leer – die Kopierer wie schlummernde Tiere, dunkle Computerbildschirme, verstummte Telefone. Nathaniel beschäftigte sich mit dem Reißwolf, während ich die Akten durchging. »Wieso habt ihr mich Nathaniel genannt?« fragte er aus heiterem Himmel.

Ich machte ein Häkchen hinter den Namen eines Zeugen. »Es bedeutet Gottesgeschenk.«

Die Fänge des Reißwolfs mahlten. »Habt ihr mich eingepackt mit Schleife und so bekommen?«

»O nein, so eine Art von Geschenk warst du nicht.« Ich beobachtete ihn, wie er den Reißwolf abschaltete und anfing, mit den Spielsachen zu spielen, die ich in einer Ecke für Kinder bereitliegen hatte, die in mein Büro mitgebracht wurden. »Wie würdest du denn gern heißen?«

Als ich schwanger war, sagte Caleb seinem Baby jeden Abend mit einem unterschiedlichen Namen gute Nacht: Wladimir, Griselda, Cuthbert. *Wenn du so weitermachst*, hatte ich zu ihm gesagt, *kommt das Baby schon mit einer Identitätskrise zur Welt.*

Nathaniel zuckte die Achseln. »Vielleicht Batman.«

»Batman Frost«, wiederholte ich todernst. »Klingt gar nicht schlecht.«

»Bei mir in der Schule gibt's vier Dylans, aber keinen einzigen Batman.«

»Das spricht allerdings dafür.« Plötzlich spürte ich ein warmes Gewicht auf meinen Füßen. »Was machst du denn?«

»Batman braucht doch eine Höhle, Mom.«

»Ach ja, stimmt.« Ich zog die Beine an, damit Nathaniel mehr Platz hatte, und ging einen Polizeibericht durch.

Es ging um einen Vergewaltigungsfall. Das Opfer war komatös in der Badewanne aufgefunden worden. Leider war der Täter so raffiniert gewesen, das Wasser aufzudrehen, so daß nahezu sämtliche forensischen Beweise vernichtet worden waren. Ich blätterte weiter in der Akte und starrte auf die grauenhaften Polizeifotos des Tatortes, das eingefallene bläuliche Gesicht der überfallenen Frau.

»Mom?«

Blitzschnell drehte ich die Fotos um.

»Hm?«

»Fängst du die Bösen immer?«

Ich dachte an die Mutter des Opfers, die vor lauter Weinen nicht in der Lage gewesen war, bei der Polizei eine Aussage zu machen. »Nicht immer«, entgegnete ich.

»Meistens?«

»Na ja«, sagte ich. »In der Hälfte der Fälle.«

Nathaniel dachte einen Moment darüber nach. »Ich glaube

aber, das reicht, um ein Superheld zu sein«, sagte er. Leider hatte ich jetzt keine Zeit für solche Gespräche.

»Nathaniel«, seufzte ich, »du weißt, warum ich hier bin.« Um mich auf mein Eröffnungsplädoyer am Montag vorzubereiten. Um meine Strategie und meine Zeugenliste noch einmal durchzusehen.

Ich blickte in Nathaniels erwartungsvolles Gesicht und überlegte, ob man der Gerechtigkeit nicht am besten von einer Batman-Höhle aus dienen konnte. »Heiliges Kanonenrohr, Batman«, sagte ich, streifte mir die Schuhe ab und kroch unter den Schreibtisch. Hatte ich je festgestellt, daß die Unterseite aus billigem Kiefernholz bestand, nicht aus Mahagoni? »Robin meldet sich zum Dienst, aber nur, wenn ich das Batmobil fahren darf.«

»Du kannst nicht richtig Robin sein.«

»Ach, das hab ich aber gedacht.«

Nathaniel sah mich mitleidig an, als ob jemand in meinem Alter die Spielregeln des Lebens nun wirklich kapiert haben müßte. In dem engen Raum unter dem Schreibtisch stießen unsere Schultern aneinander. »Wir können zusammen arbeiten, aber du mußt Mom heißen.«

»Wieso denn?«

Nathaniel verdrehte die Augen. »Weil«, erklärte er mir, »du das nun mal bist.«

»Nathaniel!« rufe ich und erröte ein wenig. Es ist doch wohl keine Sünde, sein Kind nicht im Griff zu haben? »Verzeihen Sie, Pater«, sage ich und halte die Tür weit auf, um ihn hereinzulassen. »Er ist in letzter Zeit ein bißchen ... schüchtern, wenn Besuch kommt.«

Pater Szyszynski lächelt mich an. »Ich hätte vielleicht lieber vorher anrufen sollen, als einfach so hereinzuschneien.«

»Aber nein. Nein. Schön, daß Sie da sind.« Das ist gelogen. Ich habe keine Ahnung, was ich mit einem Geistlichen im Haus anfangen soll. Biete ich ihm Kekse an? Ein Bier? Entschuldige ich mich für all die Sonntage, an denen ich nicht in der Messe war? Beichte ich ihm, daß ich ihn angelogen habe?

»Tja, es ist mein Beruf«, sagt Pater Szyszynski, tippt sich an den Kragen und lächelt freundlich. Er setzt sich auf die Couch im Wohnzimmer.

Pater Szyszynski trägt hochmoderne Joggingschuhe. Er macht beim hiesigen Halbmarathon mit; seine Zeiten hängen am Schwarzen Brett in der Kirche, gleich neben den Zetteln, auf denen um Fürbitten gebeten wird. Dort hängt sogar ein Foto von ihm, schlank und durchtrainiert, ohne seinen Priesterkragen, wie er eine Ziellinie überquert. Er ist über Fünfzig, aber er wirkt zehn Jahre jünger.

Ich frage mich, durch welches neugierige Geschwätz in der kirchlichen Gerüchteküche er von uns erfahren hat. »Die Sonntagsschulklasse vermißt Nathaniel«, sagt er zu mir. Er drückt sich vorsichtig aus. Er könnte auch sagen, daß die Sonntagsschulklasse Nathaniel an den meisten Sonntagen im Jahr vermißt, weil wir nicht regelmäßig zur Messe kommen. Doch ich weiß, daß Nathaniel gern im Untergeschoß mit den anderen Kindern Bilder malt, während die Erwachsenen im Gottesdienst sind. Und besonders toll findet er es, wenn Pater Szyszynski anschließend aus einer großen, alten, bebilderten Kinderbibel vorliest, während die Erwachsenen oben Kaffee trinken. Er setzt sich mitten im Kreis der Kinder auf den Boden und spielt Überschwemmungen und Seuchen und Prophezeiungen nach.

»Ich weiß, was Sie denken«, sagt Pater Szyszynski.

»Ach ja?«

Er nickt. »Daß es im Jahr 2001 eine archaische Anmaßung ist zu denken, die Kirche sei ein so großer Teil Ihres Lebens, daß sie Ihnen in einer solchen Zeit Trost bieten könnte. Aber das kann sie, Nina. Gott möchte, daß Sie sich ihm zuwenden.«

Ich blicke ihm fest in die Augen. »Ich bin zur Zeit nicht besonders wild auf Gott«, sage ich unverblümt.

»Ich weiß. Manchmal ergibt Gottes Wille scheinbar nicht viel Sinn.« Pater Szyszynski zuckt die Achseln. »Es hat Zeiten gegeben, da habe ich selbst an ihm gezweifelt.«

»Offensichtlich sind Sie darüber hinweggekommen.« Ich wische mir über die Augen. Wieso weine ich? »Ich bin noch nicht mal eine richtige Katholikin.«

»Aber natürlich sind Sie das. Sie kommen doch immer wieder.«

Aber das liegt am Schuldgefühl, nicht am Glauben.

»Nichts geschieht ohne Grund, Nina.«

»Ach nein. Dann tun Sie mir doch den Gefallen und verraten mir, was für einen Grund es dafür geben könnte, daß ein Kind so verletzt wird?«

»Fragen *Sie* ihn das«, sagt der Priester. »Und wenn Sie mit ihm sprechen, sollten Sie vielleicht daran denken, daß ihr etwas gemein habt – auch er hat seinen Sohn leiden sehen.«

Er reicht mir ein Bilderbuch – *David und Goliath*, eine entschärfte Version für einen Fünfjährigen. »Falls Nathaniel wieder auftaucht«, sagt er extra laut, »dann sagen Sie ihm doch bitte, daß Pater Glen ein Geschenk für ihn dagelassen hat.« Alle Kinder von St. Anne nennen ihn Glen, weil sie seinen Nachnamen nicht aussprechen können. *Was soll's*, hat er mal gesagt, *nach ein paar Gläschen kann ich ihn selbst nicht mehr aussprechen.* »Nathaniel hat besonders diese Geschichte gut gefallen, als ich sie letztes Jahr vorgelesen habe. Er hat gefragt, ob wir nicht auch mal eine Steinschleuder basteln könnten.« Pater Szyszynski steht auf und geht vor mir her zur Tür. »Falls Sie ein Gespräch wünschen, Nina, Sie wissen, wo Sie mich finden können. Alles Gute.«

Er geht den Weg hinunter, über die Steinstufen, die Caleb mit eigenen Händen angelegt hat. Während ich ihm nachsehe, drücke ich das Buch an meine Brust und denke an die Schwachen, die Riesen bezwingen.

Nathaniel spielt mit einem Boot, drückt es unter Wasser und sieht dann zu, wie es wieder an die Oberfläche schnellt. Wahrscheinlich sollte ich dankbar dafür sein, daß er überhaupt in der Wanne sitzt. Aber es geht ihm heute besser. Er hat mit den Händen gesprochen. Und er war mit dem Bad einverstanden, wenngleich unter der Bedingung, daß er sich selbst ausziehen darf. Ich versuche, mir ständig in Erinnerung zu rufen, was Dr. Robichaud uns über Macht erzählt hat. Nathaniel ist hilflos gemacht worden. Er muß das Gefühl bekommen, daß er selbst wieder über sich bestimmen kann.

Ich sitze auf dem Badewannenrand und betrachte seinen Rücken, der sich mit jedem Atemzug hebt und senkt. Die Seife schimmert wie ein Fisch in der Nähe des Abflusses. »Soll ich dir helfen?« frage ich und hebe eine Hand mit der anderen an, ein Zeichen. Nathaniel schüttelt energisch den Kopf. Er nimmt das Stück Seife und reibt es sich über Schultern, Brust und Bauch. Er zögert, dann schiebt er es sich zwischen die Beine.

Ein dünner weißer Film bedeckt ihn, läßt ihn überirdisch wirken, wie ein Engel. Nathaniel hebt das Gesicht, sieht mich an und reicht mir die Seife, damit ich sie weglege. Einen Moment lang berühren sich unsere Finger.

Ich fahre mir mit einem Finger um den gespitzten Mund. Ich bewege den Zeigefinger vor und zurück, Berührung und Rückzug. Ich zeige auf Nathaniel.

Wer hat dir weh getan?

Aber mein Sohn kennt diese Zeichen nicht. Statt dessen streckt er beide Hände seitlich von sich, stolz, daß er dieses neue Wort beherrscht. *Fertig*. Er erhebt sich wie eine Meeresnymphe, Wasser rinnt an seinem schönen Körper herab. Während ich ihn abtrockne und ihm seinen Schlafanzug überziehe, frage ich mich insgeheim, ob ich der einzige Mensch bin, der ihn überall berührt hat, bis schließlich jeder Zentimeter von ihm wieder bedeckt ist.

Mitten in der Nacht hört Caleb, daß der Atem seiner Frau flattert. »Nina?« flüstert er, aber sie antwortet nicht. Er rollt sich auf die Seite, schmiegt sich an sie. Sie ist wach, das spürt er. »Geht's dir gut?« fragt er.

Sie dreht sich zu ihm um, die Augen in der Dunkelheit ausdruckslos. »*Dir* etwa?«

Er schließt sie in die Arme und vergräbt das Gesicht an ihrem Hals. Sie einzuatmen beruhigt Caleb. Seine Lippen fahren über ihre Haut, verweilen auf ihrem Schlüsselbein. Er neigt den Kopf zur Seite, so daß er ihren Herzschlag hören kann.

Er sucht nach einem Ort, um sich selbst zu verlieren.

Also bewegt sich seine Hand von der Mulde ihrer Taille zu der Erhebung einer Hüfte, gleitet unter den dünnen Stoff ihres Slips. Nina atmet schwer. Sie empfindet es also auch. Sie muß einmal die Gegenwart vergessen, alles vergessen.

Caleb greift noch tiefer und schmiegt seine Handfläche an sie. Nina packt sein Haar so fest, daß es fast weh tut. »*Caleb.*«

Er ist jetzt hart, schwer gegen die Matratze gedrückt. »Ich weiß«, murmelt er und läßt einen Finger in sie hineingleiten.

Sie ist knochentrocken.

Nina reißt an seinem Haar, und diesmal rollt er von ihr herunter. Das hat sie schon die ganze Zeit gewollt. »Was ist bloß los mit dir?« schreit sie. »Ich will das nicht. Ich kann nicht, jetzt nicht.« Sie schlägt die Decke zurück und stapft aus dem Schlafzimmer in die Dunkelheit.

Caleb blickt nach unten, sieht den kleinen Fleck, den er auf dem Laken hinterlassen hat. Er steigt aus dem Bett und deckt ihn zu, damit er ihn nicht mehr sehen muß. Dann folgt er Nina, findet sie, indem er einfach seinem Instinkt folgt. Eine ganze Weile bleibt er in der offenen Tür zum Zimmer seines Sohnes stehen und sieht Nina dabei zu, wie sie Nathaniel betrachtet.

Caleb begleitet uns nicht zum nächsten Termin bei der Psychiaterin. Er sagt, er habe eine Besprechung, die er nicht absagen kann, aber ich glaube, das ist bloß ein Vorwand. Nach letzter

Nacht sind wir uns aus dem Weg gegangen. Außerdem arbeitet Dr. Robichaud jetzt auch an der Gebärdensprache, bis Nathaniel seine Stimme wiederfindet, und Caleb ist gegen diese Strategie. Er meint, wenn Nathaniel soweit ist, wird er uns schon sagen, wer ihm das angetan hat, alles andere setzt ihn nur unnötig unter Druck.

Ich wünschte, ich hätte seine Geduld, aber ich kann nicht ruhig dasitzen und zusehen, wie Nathaniel sich quält. Ich werde den Gedanken einfach nicht los, daß für jeden Augenblick, den Nathaniel schweigt, jemand anderes hätte zum Schweigen gebracht werden müssen.

Heute haben wir die Zeichen für Nahrungsmittel durchgenommen – Müsli, Milch, Pizza, Eiscreme, Frühstück. Nathaniel darf sich aussuchen, was wir lernen. Er ist von den Jahreszeiten zu Lebensmitteln gesprungen, und jetzt blättert er schon wieder weiter.

»Bin gespannt, was als nächstes kommt ...«, scherzt Dr. Robichaud.

Das Buch klappt auf einer Seite auf, die eine Familie zeigt. »O ja, das ist gut«, sage ich und probiere das Zeichen ganz oben aus – das F-Zeichen, bei dem man die Hand im Kreis vom Körper wegbewegt.

Nathaniel zeigt auf das Kind. »Das geht so, Nathaniel«, sagt Dr. Robichaud. »Junge.« Sie tut so, als würde sie den Schirm einer Baseballmütze berühren.

»Mutter«, fährt die Psychiaterin fort und hilft Nathaniel, die Hand zu öffnen, den Daumen seitlich ans Kinn zu legen und mit den Fingern zu wackeln.

»Vater.« Dasselbe Zeichen, nur daß der Daumen an die Schläfe gelegt wird. »Versuch's mal«, sagt Dr. Robichaud.

Versuch's mal.

All die dünnen, schwarzen Linien auf der Seite haben sich ineinander verschlungen, eine fette Schlange, die auf ihn zukommt, ihn am Hals packt. Nathaniel kann nicht mehr atmen. Er kann nicht mehr sehen. Er hört Dr. Robichauds Stimme von allen Seiten, *Vater Vater Vater.*

Nathaniel hebt die Hand, legt den Daumen an die Schläfe. Er wackelt mit den Fingern. Das Zeichen sieht aus, als würde er sich über jemanden lustig machen.

Es ist aber überhaupt nicht lustig.

»Nun sehen Sie sich das an«, sagt die Psychiaterin, »er ist schon besser als wir.« Sie will zum nächsten Zeichen übergehen, *Baby*. »Das machst du gut, Nathaniel«, sagt Dr. Robichaud. »Jetzt probier das hier mal.«

Aber Nathaniel reagiert nicht. Seine Hand ist fest an den Kopf gepreßt, gräbt sich in seine Schläfe. »Schätzchen, du tust dir noch weh«, sage ich zu ihm. Ich greife nach seiner Hand, und er fährt zurück. Er will einfach nicht aufhören, das Zeichen zu machen.

Dr. Robichaud schließt behutsam das Buch. »Nathaniel, möchtest du uns etwas sagen?«

Er nickt, die Hand noch immer seitlich am Kopf. Alle Luft weicht aus meinem Körper. »Er möchte Caleb hier haben –«

Dr. Robichaud unterbricht mich. »Legen Sie ihm nichts in den Mund, Nina.«

»Sie können doch nicht annehmen, daß er –«

»Nathaniel, hat dein Daddy dich schon mal irgendwohin mitgenommen, nur ihr zwei ganz allein?« fragt die Psychiaterin.

Nathaniel scheint die Frage zu verwirren. Er nickt langsam.

»Hat er dir je geholfen, dich anzuziehen?« Wieder ein Nicken. »Hat er dich je umarmt, in deinem Bett?«

Ich bin in meinem Sessel wie festgefroren. Als ich spreche, sind meine Lippen ganz steif. »Sie täuschen sich. Er will bloß wissen, warum Caleb nicht hier ist. Er vermißt seinen Vater. Er hätte doch keine Zeichensprache gebraucht, wenn er ... wenn er ...« Ich kann es nicht mal aussprechen. »Er hätte auf ihn zeigen können, tausendmal«, flüstere ich.

»Vielleicht hatte er vor den Konsequenzen einer unmittelbaren Identifizierung Angst«, erklärt Dr. Robichaud. »So ein Handzeichen ist für ihn eine psychologische Schutzschicht. Nathaniel«, sagt sie sanft. »Wer hat dir weh getan?«

Er zeigt auf das Buch. Und macht erneut das Zeichen für *Vater*.

Wehe dem, dessen Wünsche in Erfüllung gehen. Endlich hat Nathaniel gesagt, wer es war, und es ist ausgerechnet der Mensch, von dem ich das am wenigsten erwartet hätte. Ich werde so steif wie Stein, das Material, mit dem Caleb am liebsten arbeitet.

Ich höre, wie Dr. Robichaud das Jugendamt anruft. Ich höre, wie sie Monica mitteilt, daß es jetzt einen Verdächtigen gibt, aber ich bin weit weg. Ich beobachte das Ganze mit der Teilnahmslosigkeit eines Menschen, der genau weiß, was als nächstes passiert. Ein Detective wird auf den Fall angesetzt. Caleb wird zum Verhör vorgeladen. Wally Moffett wird die Staatsanwaltschaft in Portland verständigen. Caleb wird entweder gestehen und aufgrund seiner Aussage verurteilt, oder Nathaniel muß ihn vor Gericht beschuldigen.

Der Alptraum hat soeben begonnen.

Er kann es nicht getan haben. Das weiß ich so gut wie alles andere, was ich nach so vielen Jahren über Caleb weiß. Ich habe noch vor Augen, wie er den Säugling Nathaniel nachts an den Füßen hält und mit ihm auf und ab geht, weil das die einzige Haltung war, in der unser von Koliken gequältes Baby aufhörte zu weinen. Ich habe noch vor Augen, wie ihm bei der Weihnachtsfeier von Nathaniels Vorschule die Tränen kamen. Er ist ein guter, starker, verläßlicher Mann, einer von der Sorte, der man sein Leben anvertrauen würde, oder das Leben des eigenen Kindes.

Aber wenn ich glaube, daß Caleb unschuldig ist, bedeutet das, daß ich Nathaniel nicht glaube.

Erinnerungssplitter schießen mir durch den Kopf. Caleb, der andeutet, daß Patrick der Schuldige sein könnte. Wieso hätte er den Namen ins Spiel bringen sollen, wenn er nicht von sich selbst ablenken wollte? Oder Caleb, der Nathaniel erklärt, er brauche die Zeichensprache nicht zu lernen, wenn er nicht wolle. So hindert man ein Kind daran, die Wahrheit zu gestehen.

Ich bin schon einigen verurteilten Kinderschändern begegnet. Sie tragen keine Abzeichen, die ihr Verbrechen verraten. Es verbirgt sich hinter einem warmherzigen, großväterlichen Lächeln; es steckt in der Tasche eines Button-down-Hemdes. Sie sehen aus wie wir alle, und das macht es so beängstigend – zu wissen, daß diese Unmenschen unter uns sind und wir nicht das geringste ahnen.

Ich habe mich immer gefragt, wie es möglich ist, daß Mütter nicht mitbekommen, was bei ihnen zu Hause vor sich geht. Sie mußten doch irgendwann bewußt die Entscheidung getroffen haben, lieber wegzuschauen, als etwas zu sehen, was sie nicht sehen wollten. Keine Ehefrau, so dachte ich, könnte neben einem Mann schlafen und nicht wissen, was in seinem Kopf vor sich geht.

»Nina.« Monica LaFlamme berührt mich an der Schulter. Wann ist sie gekommen? Ich habe das Gefühl, aus einem Koma zu erwachen. Ich schüttele mich, um wieder klar denken zu können, und blicke sofort zu Nathaniel hinüber. Er spielt noch immer im Zimmer der Psychiaterin mit einem Holzzug.

Als die Sozialarbeiterin mich ansieht, weiß ich, daß sie schon die ganze Zeit über den Verdacht hatte. Und ich kann es ihr nicht verdenken. An ihrer Stelle hätte ich dasselbe gedacht.

Meine Stimme klingt alt, nackt. »Ist die Polizei verständigt worden?«

Monica nickt. »Wenn ich irgendwas für Sie tun kann ...«

Ich habe etwas zu erledigen, und dabei kann ich Nathaniel

nicht mitnehmen. Es schmerzt, die Frage stellen zu müssen. »Ja«, sage ich. »Könnten Sie auf meinen Sohn aufpassen?«

Ich finde ihn auf der dritten Baustelle, wo er eine Mauer baut. Calebs Miene hellt sich auf, als er meinen Wagen erkennt. Er sieht zu, wie ich aussteige, und dann wartet er, rechnet mit Nathaniel. Das reicht, um mich vorwärts zu treiben. Als ich im Laufschritt bei ihm ankomme, schlage ich ihm mit aller Kraft ins Gesicht.

»Nina!« Caleb packt meine Handgelenke. »Was soll das?«

»Du Dreckskerl. Wie konntest du, Caleb? Wie *konntest* du?«

Er stößt mich weg, reibt sich mit den Fingern über die Wange. »Ich weiß nicht, wovon du redest«, sagt Caleb. »Beruhig dich erst mal.«

»Ich soll mich beruhigen?« fauche ich. »Ich glaube nicht, daß das möglich ist: Nathaniel hat uns alles gesagt. Er hat uns gesagt, was du ihm angetan hast.«

»Ich habe ihm überhaupt nichts angetan.«

Einen endlosen Moment lang sage ich kein Wort, starre ihn bloß an.

»Nathaniel hat gesagt, ich ... ich ...«, Caleb stockt. »Das ist doch lächerlich.«

Genau das sagen sie alle, die Schuldigen, und es gibt mir den Rest. »Wage es ja nicht, mir zu sagen, daß du ihn liebst.«

»Aber natürlich!« Caleb schüttelt ungläubig den Kopf. »Ich weiß nicht, was er gesagt hat. Ich weiß nicht, warum er es gesagt hat. Aber Nina, Herrgott noch mal. *Herrgott*!«

Als ich nichts erwidere, zerfallen all die Jahre, die wir gemeinsam verlebt haben, bis wir beide knietief in einem Müllhaufen von Erinnerungen stehen, die nichts mehr wert sind. Calebs Augen sind groß und feucht. »Nina, bitte. Überleg dir, was du da sagst.«

Ich blicke nach unten auf meine Hände, eine Faust umklammert die andere. Das Zeichen für *ineinander.* Ineinander verliebt, verbissen, verhakt. »Ich denke, daß Kinder so etwas nicht erfinden. Daß Nathaniel das nicht erfunden hat.« Ich hebe den Blick und sehe ihn an. »Komm heute abend nicht nach Hause«, sage ich und gehe zurück zu meinem Auto, ganz ruhig, als wäre mir nicht soeben das Herz in der Brust zersprungen.

Caleb sieht den Rücklichtern von Ninas Wagen nach, bis sie verschwunden sind. Der Staub, der hinter ihr aufgewirbelt wurde, legt sich wieder, und die Szene sieht genauso aus wie noch eine Minute zuvor. Aber Caleb weiß, daß jetzt alles anders ist. Daß es kein Zurück mehr gibt.

Er würde alles für seinen Sohn tun. Das war schon immer so, wird immer so sein.

Caleb blickt nach unten auf die Mauer, die er gerade errichtet. Ein Meter, und er hat fast den ganzen Tag dafür gebraucht. Während sein Sohn bei einer Psychiaterin war und die Welt auf den Kopf gestellt hat, hat Caleb Steine gehoben, sie sorgfältig aneinandergefügt. Einmal, als er und Nina frisch verliebt waren, hatte er ihr gezeigt, wie man Steine mit scheinbar unpassenden Proportionen so zusammensetzt, daß sie passen. *Man braucht nur eine einzige Kante, die gleich ist*, hatte er ihr erklärt.

Jetzt hebt er einen Stein von dem Mauerstück und schleudert ihn auf die Straße, wo er zersplittert. Er zerstört sein ganzes Tageswerk, Stück für Stück. Dann sinkt er auf den Trümmerhaufen nieder, preßt sich die staubigen Hände auf die Augen und weint um all das, was nicht wieder zusammengesetzt werden kann.

Ich habe noch etwas anderes zu erledigen. Im Sekretariat des Bezirksgerichts bewege ich mich wie ein Roboter. Die Tränen rinnen mir übers Gesicht, wie sehr ich sie auch zurückhalten möchte. Das ist kein professionelles Verhalten, aber es ist mir egal. Es ist schließlich auch keine professionelle Angelegenheit, sondern eine sehr persönliche.

»Wo sind die Formulare für die Schutzverfügungen bei noch nicht Strafmündigen?« frage ich die Sekretärin. Sie ist neu am Gericht, und ich habe ihren Namen vergessen.

Sie sieht mich an, als hätte sie Angst zu antworten. Dann füllt sie das Formular für mich aus, und ich mache meine Angaben mit einer Stimme, die ich selbst nicht wiedererkenne.

Richter Bartlett empfängt mich in seinem Amtszimmer. »Nina.« Er kennt mich, alle kennen sie mich. »Was kann ich für Sie tun?«

Ich halte ihm das Formular hin und hebe das Kinn. *Atmen, sprechen, konzentrieren.* »Ich reiche diesen Antrag für meinen Sohn ein, Euer Ehren. Es wäre mir lieber, wenn ich es nicht öffentlich vor Gericht tun müßte.«

Die Augen des Richters fixieren mich eine Sekunde lang, dann nimmt er mir das Blatt aus der Hand. »Wie ist die Sachlage?« fragt er vorsichtig.

»Es wurden an seinem Körper Spuren sexuellen Mißbrauchs festgestellt.« Ich bin darauf bedacht, Nathaniels Namen nicht auszusprechen. Das könnte ich nicht ertragen. »Und heute hat er seinen Vater als den Täter identifiziert.« *Seinen Vater*, nicht *meinen Mann*.

»Und Sie?« fragt Richter Bartlett. »Kommen Sie zurecht?«

Ich schüttele den Kopf, die Lippen fest aufeinandergepreßt.

»Falls ich irgend etwas für Sie tun kann«, murmelt der Richter. Aber er kann nichts tun, niemand kann das.

Der Richter kritzelt seine Unterschrift auf das Formular. »Sie wissen, daß das hier nur vorübergehend ist. Wir müssen innerhalb von zwanzig Tagen eine Anhörung durchführen.«

»Dann habe ich immerhin zwanzig Tage, um mich mit der Situation auseinanderzusetzen.«

Er nickt. »Es tut mir leid, Nina.«

Mir auch. Es tut mir leid, daß ich nicht gesehen habe, was sich direkt vor meiner Nase abgespielt hat. Daß ich nicht wußte, wie ich ein Kind im richtigen Leben schütze, sondern nur in unserem Rechtssystem. Und auch, daß ich eine einstweilige Verfügung beantragen mußte, die mir auf der ganzen Fahrt zurück zu meinem Sohn wie Feuer in der Tasche brennt.

Zu Hause gelten folgende Regeln:

Morgens das Bett machen. Zweimal am Tag Zähne putzen. Den Hund nicht an den Ohren ziehen. Das Gemüse aufessen, auch wenn es nicht so gut schmeckt wie die Spaghetti.

In der Schule gelten folgende Regeln:

Nicht an der Rutsche hochklettern. Nicht vor der Schaukel hergehen, wenn gerade einer schaukelt. Die Hand heben, wenn man in der Runde etwas sagen will. Jeder kommt beim Spielen mal an die Reihe. Beim Malen immer einen Kittel anziehen.

Ich kenne noch andere Regeln:

Im Auto anschnallen.
Nicht mit Fremden sprechen.
Nichts verraten, sonst kommst du in die Hölle.

3

Das Leben geht wider Erwarten weiter. Es gibt kein kosmisches Gesetz, das Schutz vor Alltäglichkeiten gewährt, nur weil man gerade eine Katastrophe durchlebt. Die Mülleimer quellen weiterhin über, die Rechnungen kommen mit der Post, lästige Anrufer stören beim Abendessen.

Nathaniel kommt ins Badezimmer, als ich gerade den Verschluß wieder auf die Hämorrhoidensalbe schraube. Ich habe mal irgendwo gelesen, daß man sie sich in die Haut rund um die Augen massieren soll, damit die Schwellung zurückgeht und die Rötung abklingt. Ich drehe mich mit einem so strahlenden Lächeln zu ihm um, daß er zurückweicht. »Hallo Schätzchen. Hast du dir die Zähne geputzt?« Er nickt, und ich nehme seine Hand. »Dann lesen wir jetzt noch ein bißchen.«

Nathaniel krabbelt in sein Bett wie jeder Fünfjährige – es ist ein Dschungel, und er ist ein Affe. Dr. Robichaud hat gesagt, daß Kinder schnell in die Normalität zurückfinden, schneller als ihre Eltern. Ich klammere mich an diese Erklärung, als ich das Buch aufschlage – es handelt von einem Piraten, der auf einem Auge blind ist und deshalb nicht sehen kann, daß der Papagei auf seiner Schulter in Wahrheit ein Pudel ist. Ich schaffe die ersten drei Seiten, dann unterbricht Nathaniel mich, legt die gespreizte Hand auf die bunten Bilder. Sein Zeigefinger wackelt, und dann hält er wieder die Hand an die Stirn, macht ein Zeichen, das ich am liebsten nie wieder sehen würde.

Wo ist Daddy?

Ich lege das Buch auf den Nachttisch. »Nathaniel, er kommt heute abend nicht nach Hause.« Er kommt überhaupt nicht mehr nach Hause, denke ich.

Er zieht die Stirn kraus. Er weiß noch nicht, wie man *warum* mit den Händen fragt. Denkt er, daß er für Calebs Verschwinden verantwortlich ist? Ist ihm für den Fall, daß er alles verrät, irgendeine Art von Bestrafung angedroht worden?

Ich halte seine Hände zwischen meinen – damit er mich nicht unterbrechen kann –, und versuche, es ihm so leicht wie möglich zu machen. »Im Augenblick kann Daddy nicht hier sein.«

Nathaniel zieht seine Arme frei, krümmt die Finger nach oben. *Ich möchte.*

Gott, ich möchte es auch. Nathaniel wendet sich wütend von mir ab. »Was Daddy getan hat«, sage ich mit erstickter Stimme, »war falsch.«

Darauf schießt Nathaniel in die Höhe. Er schüttelt heftig den Kopf.

Auch das habe ich schon gesehen. Wenn ein Elternteil ein Kind sexuell mißbraucht, wird dem Kind häufig eingeredet, das sei ein Ausdruck von Liebe. Aber Nathaniel schüttelt immer weiter den Kopf, so wild, daß sein Haar nach rechts und links fliegt. »Hör auf. Nathaniel, bitte hör auf.« Als er es tut, blickt er mich mit einem befremdeten Ausdruck an, als könne er mich absolut nicht verstehen.

Deshalb spreche ich es laut aus. Ich muß die Wahrheit hören. Ich muß die Bestätigung durch meinen Sohn haben. »Hat Daddy dir weh getan?« flüstere ich, die Suggestivfrage, die Dr. Robichaud nicht stellen wollte, die sie mich nicht stellen lassen wollte.

Nathaniel bricht in Tränen aus und verkriecht sich unter

die Decke. Er will nicht mehr darunter hervorkommen, auch nicht, als ich sage, daß es mir leid tut.

Alles in dem Motelzimmer hat die Farbe von feuchtem Moos – der verschlissene Teppich, das Waschbecken, die fleckige Bettdecke. Caleb schaltet die Heizung und das Radio ein. Er zieht sich die Schuhe aus und stellt sie ordentlich neben die Tür.

Das hier ist kein Zuhause; es ist kaum als Unterkunft zu bezeichnen. Caleb setzt sich auf die Bettkante. Er greift zum Telefon, merkt dann, daß er niemanden hat, den er anrufen könnte. Aber er hält sich den Hörer trotzdem eine Weile ans Ohr.

Ohne ein Schokocroissant zum Frühstück kann Patrick den Tag nicht beginnen. Die anderen Cops nehmen ihn deswegen auf den Arm: »Bist wohl zu fein für einfache Donuts, was, Ducharme?« Ihn kümmert das nicht. Hauptsache, die Sekretärin, die jeden Morgen die Backwaren bestellt, denkt an sein Lieblingsfrühstück. Aber als Patrick heute in die Cafeteria geht, fehlt das Croissant.

»Ach, komm schon«, sagt er zu dem Streifenpolizisten, der neben ihm steht. »Habt ihr es wieder auf dem Damenklo versteckt?«

»Wir haben es nicht angerührt, Lieutenant, Ehrenwort.«

Mit einem Seufzer geht Patrick aus der Cafeteria zu dem Schreibtisch, an dem Mona gerade ihre E-Mails durchsieht. »Wo ist mein Croissant?«

Sie zuckt die Achseln. »Ich hab alles bestellt wie immer. Keine Ahnung.«

Patrick macht sich auf einen Rundgang durch das Polizeirevier. In der Eingangshalle kommt er am Chief vorbei. »Patrick, kann ich Sie kurz sprechen?«

»Geht gerade nicht.«

»Ich habe einen Fall für Sie.«

»Legen Sie ihn doch einfach auf meinen Schreibtisch.«

Der Chief grinst. »Ich wünschte, Ihre polizeiliche Arbeit würde Ihnen nur halb so sehr am Herzen liegen wie ihre Donuts.«

»Croissants«, ruft Patrick ihm hinterher. »Das ist etwas völlig anderes.«

Im Einlieferungsraum, gleich neben dem gelangweilten Sergeant, findet er den Übeltäter schließlich: Ein junger Bursche, der aussieht, als spielte er in Daddys Uniform Polizist, mit Schokolade am Kinn. »Wer zum Teufel bist du?« will Patrick wissen.

»Officer Orleans.«

Der Sergeant faltet die Hände vor seinem ausladenden Bauch. »Und der Detective, der dir gleich den Kopf abreißt, ist Lieutenant Ducharme.«

»Wieso futtert er mein Frühstück, Frank?«

Der ältere Cop zuckt die Achseln. »Weil er erst einen Tag hier ist –«

»Sechs Stunden!« korrigiert ihn der junge Bursche freudestrahlend.

Frank verdreht die Augen. »Er weiß es nicht besser.«

»Du aber.«

Was für ein mieser Tagesanfang.

Patrick marschiert zurück zu seinem Schreibtisch und hört seine Mailbox ab – drei Anrufe. Der einzige, der ihn wirklich interessiert, ist der von Nina. »Ruf mich an« – das ist alles, kein Name, nichts. Er greift zum Telefon, bemerkt dann die Akte, die ihm der Chief hingelegt hat.

Patrick klappt den Deckel auf, liest den Bericht vom Jugendamt. Der Telefonhörer fällt auf den Schreibtisch. Er summt noch vor sich hin, als Patrick längst aus dem Büro gestürmt ist.

»Na schön«, sagt Patrick ruhig. »Ich kümmere mich sofort darum. Ich fahre zu Caleb und rede mit ihm.«

Ich ertrage sie kaum, diese unglaubliche Gelassenheit in seiner Stimme. Ich fahre mir mit beiden Händen durchs Haar. »Meine Güte, Patrick. Hörst du bitte auf, dich zu verhalten wie ein ... ein Cop?«

»Willst du von mir hören, daß ich ihn am liebsten windelweich prügeln würde?«

Die Wut in seiner Stimme verblüfft mich. Ich neige den Kopf. »Ja«, antworte ich leise. »Genau das will ich von dir hören.« Er legt mir seine Hand an den Hinterkopf. Es fühlt sich an wie ein Gebet. »Ich weiß nicht, was ich machen soll.«

Patricks Finger umschließen meinen Schädel, durchfurchen mein Haar. Ich lasse es zu, stelle mir vor, daß er meine Gedanken entwirrt. »Dazu hast du ja mich«, sagt er.

Nathaniel weigert sich, als ich ihm sage, wo wir hinwollen. Aber wenn ich noch eine Minute länger im Haus bleibe, verliere ich den Verstand.

Licht fällt durch die hohen bunten Glasscheiben von St. Anne's, umspielt Nathaniel und mich mit einem Regenbogen. Um diese Uhrzeit, mitten in der Woche, ist die Kirche so still wie ein Geheimnis. Ich gehe ganz behutsam, während Nathaniel vor sich hin schlurft und seine Turnschuhe über den Mosaikboden schleifen läßt.

»Laß das«, flüstere ich und wünsche mir im selben Moment, ich hätte es nicht getan. Meine Worte hallen von den Steinbogen und den glänzend polierten Bänken wider und fallen auf mich zurück.

»Ich bin gleich wieder da«, sage ich zu Nathaniel und lasse ihn mit ein paar Matchbox-Autos auf einer der Bänke allein. Während ich rasch auf den Beichtstuhl zugehe, ehe ich es mir anders überlegen kann.

Drinnen ist es eng und stickig. An meiner Schulter öffnet sich ein Gitter. Ich kann Pater Szyszynski zwar nicht sehen, aber ich kann die Stärke riechen, die er für seine klerikalen Hemden verwendet.

Eine Beichte ist tröstlich, und sei es auch nur, weil es feste Regeln gibt, die niemals gebrochen werden.

»Vater, ich habe gesündigt. Meine letzte heilige Beichte war vor vier Monaten.«

Falls er schockiert ist, so kann er es gut verbergen.

»Ich ... ich weiß nicht, warum ich hier bin.« Schweigen. »Ich habe etwas herausgefunden, vor kurzem, daß mich innerlich zerreißt.«

»Sprechen Sie weiter.«

»Mein Sohn ... man hat ihm weh getan.«

»Ja, ich weiß. Ich habe für ihn gebetet.«

»Ich glaube ... es sieht so aus ... als ob mein Mann derjenige war, der ihm das angetan hat.« Ich sitze weit vorgebeugt auf dem kleinen Klappstuhl. Stechende Schmerzen durchzucken mich, und ich bin froh darüber – ich hatte inzwischen geglaubt, überhaupt nichts mehr empfinden zu können.

Das Schweigen dauert so lange, daß ich mich frage, ob der Priester mich verstanden hat. Dann: »Und was ist *Ihre* Sünde?«

»Meine ... was?«

»Sie können nicht für Ihren Ehemann beichten.«

Zorn brodelt in mir auf, brennt in meiner Kehle. »Das war auch nicht meine Absicht.«

»Was wollten Sie dann heute beichten?«

Ich bin hergekommen, um einfach die Worte laut auszusprechen, und zwar vor jemandem, der die Aufgabe hat zuzuhören. Doch statt dessen sage ich: »Ich habe meinen Sohn nicht behütet. Ich habe nichts gemerkt.«

»Unschuld ist keine Sünde.«

»Und was ist mit Ignoranz?« Ich starre das Gitter zwischen uns an. »Was ist mit meiner Naivität, daß ich tatsächlich geglaubt habe, diesen Mann zu kennen. Was ist mit dem Wunsch, ihn so leiden zu sehen, wie Nathaniel leidet?«

Pater Szyszynski läßt diese Worte stehen. »Vielleicht tut er das ja bereits.«

Mir stockt der Atem. »Ich liebe ihn«, sage ich heiser. »Ich liebe ihn ebensosehr, wie ich ihn hasse.«

»Sie müssen sich selbst verzeihen, daß Sie nicht gewußt haben, was vor sich ging. Daß Sie zurückschlagen möchten.«

»Ich weiß nicht, ob ich das kann.«

»Also gut.« Eine Pause. »Können Sie *ihm* verzeihen?«

Ich betrachte den Schatten, der das Gesicht des Priesters ist. »So gottähnlich bin ich nicht«, sage ich und verlasse den Beichtstuhl, ehe er mich zurückhalten kann.

Es hat keinen Sinn. Ich durchlebe meine Buße ja bereits.

Er will nicht hier sein.

Die Kirche klingt wie das Geräusch in seinem Kopf – ein Brausen, das lauter ist als all die ungesagten Worte. Nathaniel sieht zu dem kleinen Raum hinüber, in den seine Mutter gegangen ist. Er schiebt ein Auto über die Bank. Er kann sein Herz hören.

Er stellt die übrigen Matchbox-Autos auf ihre Parkplätze und schiebt sich aus der Bank. Die Hände unter das Hemd geschoben wie ein kleines Tier, geht Nathaniel auf Zehenspitzen den Mittelgang der Kirche hinunter.

Vor dem Altar kniet er auf den Stufen nieder. Er erinnert sich, daß man um alles beten darf. Wie bei einem Wunsch, wenn man die Geburtstagskerzen ausbläst, nur daß dieser hier direkt bei Gott landet.

Er betet, daß ihn beim nächsten Mal, wenn er versucht, etwas mit den Händen zu sagen, alle verstehen werden. Er betet, daß er seinen Daddy zurückbekommt.

Nathaniels Blick fällt auf eine Marmorstatue an der Seite – eine Frau, die das Jesuskind auf dem Schoß hält. Er hat ihren Namen vergessen, aber sie ist hier überall zu sehen – auf Bildern und Wandbehängen und ganz oft auch als Steinfigur. Immer ist da eine Mutter mit Kind zu sehen.

Er fragt sich, ob da auf dem Sockel oder dort in dem Gemälde auch mal ein Daddy gestanden hat.

Patrick klopft an die Tür des Bungalows, den ihm der Motel-Manager gezeigt hat. Als sie sich öffnet, steht Caleb vor ihm, rotäugig und unrasiert. »Hör mal«, sagt Patrick sofort, »das Ganze ist furchtbar unangenehm.«

Caleb blickt auf die Polizeimarke in Patricks Hand. »Und für mich ist es noch ein bißchen unangenehmer als für dich.«

Das ist der Mann, der sieben Jahre mit Nina zusammengelebt hat. Mit ihr geschlafen hat, ein Kind mit ihr hat. Das ist der Mann, der das Leben geführt hat, nach dem Patrick sich sehnte.

Er hatte geglaubt, sich mit allem abgefunden zu haben. Nina war glücklich, Patrick wollte, daß sie glücklich ist, und wenn das nun mal bedeutete, daß er dabei keine Rolle spielte, sei's drum. Aber diese Gleichung funktionierte nur, wenn der Mann, für den Nina sich entschieden hatte, sie auch wert war.

Patrick hat Caleb immer für einen guten Vater gehalten, und jetzt ist er ein wenig erschrocken darüber, wie sehr er sich wünscht, daß Caleb der Täter ist. Falls er es ist, dann steht eindeutig fest, daß Nina sich für den Falschen entschieden hat.

Patrick spürt, wie sich seine Finger zur Faust ballen, aber er unterdrückt den Impuls, dem anderen Schmerz zuzufügen. Auf lange Sicht würde das niemandem helfen.

»Hast du ihr das eingeredet?« fragt Caleb gepreßt.

»Das hast du dir einzig und allein selbst zuzuschreiben«, entgegnet Patrick. »Kommst du freiwillig mit aufs Revier?«

Caleb nimmt schnell seine Jacke vom Bett. »Laß uns gehen«, sagt er.

Auf der Türschwelle streckt er den Arm aus und berührt Patrick an der Schulter. Patrick dreht sich um und blickt Caleb kühl an. »Ich hab es nicht getan«, sagt Caleb leise. »Nina und Nathaniel, die beiden sind meine andere Hälfte. Ich würde das nie wegwerfen.«

Patrick läßt nicht zu, daß seine Augen ihn verraten. Aber zum ersten Mal denkt er, daß Caleb vielleicht die Wahrheit sagt.

Ein anderer Mann hätte sich durch die Beziehung zwischen seiner Frau und Patrick Ducharme vielleicht verunsichern lassen. Caleb hatte zwar nie an Ninas Treue gezweifelt – auch nicht an ihren Gefühlen für ihn –, aber Patrick konnte sein gebrochenes Herz nie verbergen. Caleb hatte oft genug erlebt, wie Patricks Augen seiner Frau durch die Küche folgten, wenn er bei ihnen zum Abendessen war; er hatte gesehen, wie Patrick Nathaniel durch die Luft wirbelte und das fröhliche Lachen des Kleinen einsteckte, wenn niemand guckte. Aber das störte Caleb im Grunde nicht. Schließlich gehörten Nina und Nathaniel ihm. Wenn er etwas für Patrick empfand, dann Mitleid.

Am Anfang war Caleb eifersüchtig auf Ninas enge Freundschaft mit Patrick gewesen. Aber sie war eine Frau, die viele Freunde hatte. Und er sah rasch ein, daß Patrick nun mal ein wichtiger Teil von Ninas Vergangenheit war. Von ihr zu verlangen, ihn aus ihrem Leben zu verbannen, wäre ein Fehler gewesen.

Er denkt jetzt an Nina, während er mit Patrick und Monica LaFlamme an dem verkratzten Tisch im Vernehmungsraum des Polizeireviers sitzt. Vor allem fällt ihm jetzt wieder ein, wie kategorisch Nina schon allein den Gedanken von sich gewiesen hatte, daß Patrick Nathaniel weh getan haben könnte, während sie nur wenige Tage später, offenbar ohne nachzudenken, Caleb der Tat beschuldigt hat.

Caleb fröstelt. Patrick hatte einmal erwähnt, daß der Vernehmungsraum immer fünf Grad kühler gehalten wird als der Rest des Reviers, damit Verdächtige sich körperlich unwohl fühlen. »Bin ich festgenommen?« fragt er.

»Wir unterhalten uns bloß«. Patrick weicht Calebs Blick aus. »Wie alte Freunde.«

Alte Freunde, o ja. Wie Hitler und Churchill.

Caleb will nicht hier sitzen und sich verteidigen. Er will mit seinem Sohn reden. Er will wissen, ob Nina ihm das Piratenbuch schon zu Ende vorgelesen hat. Er will wissen, ob Nathaniel wieder ins Bett gemacht hat.

»Dann fangen wir mal an.« Patrick schaltet den Kassettenrecorder ein.

Plötzlich fällt Caleb ein, daß seine beste Informationsquelle ja nur einen Meter entfernt sitzt. »Du hast Nathaniel gesehen«, murmelt er. »Wie geht's ihm?«

Patrick blickt überrascht auf. Er ist es gewöhnt, selbst die Fragen zu stellen.

»Ging es ihm gut, als du da warst?«

»Es ging ... es ging ihm einigermaßen gut«, sagt Patrick. »So, jetzt –«

»Manchmal, wenn er nichts essen will, kann man ihn ablenken, indem man über irgend etwas anderes redet. Fußball oder Frösche oder so. Und während du redest, tust du ihm einfach immer weiter Essen auf die Gabel. Sag Nina das.«

»Laß uns jetzt über Nathaniel reden.«

»Tu ich doch schon. Hat er schon was gesagt? Richtig gesagt, meine ich. Nicht bloß mit den Händen?«

»Wieso?« fragt Patrick argwöhnisch. »Hast du Angst, er könnte uns noch mehr erzählen?«

»Angst? Es wäre mir egal, wenn das einzige Wort, das er sagen könnte, mein Name wäre. Es wäre mir egal, wenn ich deshalb lebenslang eingesperrt würde. Hauptsache, ich höre sie mit eigenen Ohren.«

»Seine Anschuldigung?«

»Nein«, sagt Caleb. »Seine Stimme.«

Mir fällt kein Ziel mehr ein. Die Bank, die Post, ein Eis für Nathaniel. Ein kleiner Park, das Tiergeschäft. Seit wir aus der Kirche gegangen sind, habe ich Nathaniel von Gebäude zu Gebäude geschleppt, habe Erledigungen gemacht, die noch hätten warten können, nur damit ich nicht wieder zurück nach Hause muß.

»Weißt du was, wir besuchen Patrick«, verkünde ich und biege im letzten Moment auf den Parkplatz des Polizeireviers von Biddeford ein. Er wird nicht begeistert sein, daß ich nach dem Stand seiner Ermittlungen frage, aber er wird es verstehen. Nathaniel läßt sich auf der Rückbank zur Seite plumpsen, um mir zu zeigen, was er von der Idee hält.

»Nur fünf Minuten«, verspreche ich.

Die amerikanische Flagge knattert laut in dem kalten Wind, als Nathaniel und ich den Weg zur Eingangstür hochgehen. *Gerechtigkeit für alle.* Als wir knapp fünf Meter entfernt sind, öffnet sich die Tür. Patrick kommt als erster heraus, schirmt die Augen gegen die Sonne ab. Direkt hinter ihm folgen Monica LaFlamme und Caleb.

Nathaniel schnappt nach Luft, dann reißt er sich von mir los. Im selben Moment entdeckt Caleb ihn und sinkt auf ein Knie. Seine Arme umschließen Nathaniel, drücken ihn an sich. Nathaniel blickt mit einem breiten Lächeln zu mir hoch, und in diesem Augenblick wird mir klar, daß er glaubt, ich hätte das als herrliche Überraschung für ihn geplant.

Patrick und ich stehen in einigem Abstand da, wie Buchstützen, die die Szene einklammern, während sie geschieht.

Er gewinnt als erster die Fassung wieder. »Nathaniel«, sagt Patrick leise, aber bestimmt, und er tritt vor, um meinen Sohn wegzuziehen. Doch Nathaniel will nichts davon wissen. Er schlingt die Arme um Calebs Hals, will unter seine Jacke kriechen.

Über den Kopf unseres Sohnes hinweg begegnet Calebs Blick dem meinem. Er steht auf, hebt Nathaniel dabei hoch.

Ich zwinge mich wegzuschauen. An die Hunderte von Kindern zu denken, die ich kennengelernt habe – die gepeinigt und verwahrlost und hungrig sind –, die schreien, wenn sie aus ihren Familien weggeholt werden, und darum betteln, bei Mutter oder Vater bleiben zu dürfen, auch wenn sie mißbraucht wurden.

»He, Sohnemann«, sagt Caleb leise und zwingt Nathaniel, ihn anzusehen. »Du weißt, daß ich jetzt am liebsten noch etwas länger mit dir zusammen wäre. Aber ... ich habe etwas zu erledigen.«

Nathaniel schüttelt den Kopf, und sein Gesicht verdüstert sich.

»Wir sehen uns, sobald ich kann.« Caleb geht auf mich zu, wippt Nathaniel in den Armen auf und ab, schält ihn sich förmlich vom Körper und drückt ihn in meine Arme. Inzwischen weint Nathaniel so heftig, daß ihn lautlose Schluchzer schütteln. Sein Brustkorb bebt heftig unter meiner Handfläche.

Als Caleb auf seinen Pick-up zugeht, blickt Nathaniel hoch. Seine Augen sind kleine Schlitze und beinahe schwarz. Er hebt die Faust und schlägt mich auf die Schulter. Er tut es wieder und wieder, ein Wutanfall, der sich gegen mich richtet.

»Nathaniel!« sagt Patrick scharf.

Aber es tut nicht weh. Bei weitem nicht so sehr wie alles andere.

»Mit einer gewissen Regression müssen Sie rechnen«, sagt Dr. Robichaud leise, als wir beide zusehen, wie Nathaniel teilnahmslos auf dem Bauch auf dem Teppichboden des Spielzimmers liegt. »Seine Familie zerbricht. In seiner Vorstellung ist er dafür verantwortlich.«

»Er ist zu seinem Vater gelaufen«, sage ich. »Sie hätten es sehen sollen.«

»Nina, Sie wissen doch besser als die meisten, daß das kein Beweis für Calebs Unschuld ist. In so einer Situation glauben Kinder, daß sie eine besondere Bindung an den Elternteil haben. Daß Nathaniel auf ihn zuläuft – das ist ein Verhalten wie aus dem Lehrbuch.«

Oder vielleicht, erlaube ich mir zu denken, hat Caleb gar

nichts Böses getan. Aber ich schiebe die Zweifel beiseite, weil ich jetzt auf Nathaniels Seite bin. »Also, was soll ich tun?«

»Absolut nichts. Seien Sie einfach weiter die Mutter, die Sie immer waren. Je besser Nathaniel begreift, daß Teile seines Lebens konstant bleiben, desto schneller wird er die Veränderungen verkraften.«

Ich beiße mir auf die Lippen. Es liegt in Nathaniels Interesse, meine Fehler einzugestehen, aber das ist nun mal nicht einfach. »Vielleicht ist das keine so gute Idee. Ich arbeite oft sechzig Stunden die Woche. Ich war eigentlich nicht der zupackende Elternteil. Das war Caleb.« Zu spät bemerke ich meine unglückliche Wortwahl. »Ich meine ... na ja, Sie wissen schon, was ich meine.«

Nathaniel hat sich auf die Seite gerollt. Heute scheint er sich in Dr. Robichauds Praxis für nichts zu interessieren. Die Stifte liegen unberührt herum. Die Malblocks sind ordentlich in einer Ecke gestapelt, das Puppentheater bleibt eine Geisterstadt.

Die Psychiaterin nimmt ihre Brille ab. »Wissen Sie, als Wissenschaftlerin bin ich überzeugt, daß wir die Macht haben, unser Leben selbst zu gestalten. Ich glaube aber auch fest daran, daß nichts ohne Grund geschieht, Nina.« Dr. Robichaud blickt rasch zu Nathaniel hinüber, der jetzt aufgestanden ist und endlich auf den Tisch zugeht. »Vielleicht ist er nicht der einzige, der einen Neuanfang macht.«

Nathaniel will verschwinden. So schwer kann das nicht sein. Es passiert andauernd mit allen möglichen Sachen. Die Regenpfütze vor der Schule ist weg, wenn die Sonne mitten am Himmel steht. Seine blaue Zahnbürste verschwindet und wird durch eine rote ersetzt. Die Katze von nebenan schleicht eines Nachts nach draußen und kommt nie wieder. Wenn er darüber nachdenkt, muß er weinen. Deshalb versucht er von guten Sachen zu träumen – *X-Men* und Weihnachten und Maraschinokirschen –, aber er kann sich davon nicht mal ein

Bild im Kopf machen. Er versucht, sich seine Geburtstagsparty vorzustellen, nächsten Mai, doch er sieht nur Schwarz.

Ach, könnte er doch einfach die Augen zumachen und für immer einschlafen, einfach dort bleiben, wo Träume sich so echt anfühlen. Plötzlich hat er eine Idee: Vielleicht hat er ja *jetzt* einen bösen Traum. Vielleicht wacht er gleich auf, und alles ist wieder, wie es sein soll.

Aus den Augenwinkeln sieht Nathaniel das dicke, blöde Buch mit den vielen Händen drin. Wenn das Buch nicht gewesen wäre, hätte er nie gelernt, mit den Fingern zu sprechen, und wenn er nichts gesagt hätte, wäre das nie passiert. Er richtet sich auf und geht zu dem Tisch, auf dem es liegt. Die erste Seite zeigt einen fröhlichen, lächelnden Mann, der mit seiner Hand hallo sagt. Die nächste Seite einen Hund und eine Katze und die Zeichen für beide. Nathaniel fängt an, große Fetzen Papier herauszureißen, verstreut sie um seine Füße wie Schnee. Er trampelt auf die Seite mit Bildern von Nahrungsmitteln. Er reißt die Blätter durch, die eine Familie zeigen. Er sieht sich selbst dabei zu, als blickte er in einen Zauberspiegel. Und dann sieht er nach unten, und etwas sticht ihm ins Auge.

Das Bild, das er die ganze Zeit gesucht hat.

Er greift so fest nach dem Blatt, daß es in seiner Faust zerknittert. Er rennt zu der Tür, die in Dr. Robichauds Büro führt, wo seine Mutter wartet. Er macht es genau so wie der schwarzweiße Mann auf dem Blatt. Nathaniel drückt Daumen und Zeigefinger zusammen und fährt sich damit über den Hals, als wollte er sich die Kehle durchschneiden.

Er will sich umbringen.

»Nein, Nathaniel«, sage ich und schüttele den Kopf. »Nein, Schätzchen, nein.« Tränen rinnen mir über die Wangen, und er hält sich an meiner Bluse fest. Als ich nach ihm greife, wehrt er sich, streicht auf meinem Knie ein Stück Papier glatt. Er klopft mit dem Finger auf eine der Zeichnungen.

»Langsam«, weist Dr. Robichaud ihn an, und Nathaniel dreht sich zu ihr um. Wieder zieht er eine Linie über seine Luftröhre. Er schlägt die Zeigefinger aneinander. Dann zeigt er auf sich.

Ich blicke nach unten auf das Blatt, auf das einzige Zeichen, das ich nicht kenne. Wie die anderen Kategorien in dem Buch hat auch diese eine Überschrift. RELIGIÖSE SYMBOLE. Und Nathaniels Handbewegung war kein Hinweis auf selbstmörderische Gedanken. Er hat einen imaginären Priesterkragen dargestellt – es ist das Zeichen für *Priester*.

Priester. Verletzen. Mich.

In meinem Kopf greifen Zahnräder ineinander: Nathaniel, der von dem Wort *Vater* wie hypnotisiert ist – obwohl er Caleb immer *Daddy* nennt – und der es sich nie abgewöhnt hat, Pater Szyszynski als *Vater* Glen zu bezeichnen. Das Kinderbuch, das Pater Szyszynski mitgebracht hatte, das wie vom Erdboden verschluckt war, als ich ihm beim Zubettgehen daraus vorlesen wollte, und das bis jetzt nicht wieder aufgetaucht ist. Der erbitterte Widerstand, den Nathaniel heute morgen geleistet hat, als ich ihm gesagt habe, daß wir zur Kirche fahren.

Und mir fällt noch etwas ein: Ein Sonntag vor wenigen Wochen, als wir uns aufgerafft hatten, zur Messe zu gehen. Als Nathaniel sich abends auszog, fiel mir auf, daß er Unterwäsche trug, die nicht ihm gehörte. Ein billiger kleiner Spiderman-Slip statt der schönen Miniboxershorts, die ich gekauft hatte, damit Nathaniel das gleiche wie sein Dad tragen konnte. *Wo hast du denn deine,* hatte ich gefragt.

Und seine Antwort: *In der Kirche.*

Ich nahm an, daß ihm in der Sonntagsschule ein Malheur passiert war und daß seine Lehrerin ihm die Unterhose aus der Kiste mit den Kleiderspenden geholt hatte. Ich hatte eigentlich vorgehabt, mich bei Miss Fiore zu bedanken. Aber ich hatte so viel um die Ohren, daß ich nicht dazu gekommen war.

Jetzt ergreife ich die zitternden Hände meines Sohnes und küsse ihm die Fingerspitzen. Jetzt nehme ich mir alle Zeit der Welt. »Nathaniel«, sage ich, »ich höre dir zu.«

Eine Stunde später, bei mir zu Hause, stellt Monica ihre Tasse in die Spüle. »Ist es Ihnen recht, wenn ich Ihren Mann informiere?«

»Natürlich. Ich würde es ja selbst tun, aber ...« Meine Stimme erstirbt.

»Das ist meine Aufgabe«, beendet sie den Satz und bewahrt mich davor, die Wahrheit aussprechen zu müssen: Ich weiß nicht, ob Caleb mir verzeihen wird.

Ich beschäftige mich mit dem Abwasch – die Tassen ausspülen, die nassen Teebeutel ausdrücken und in den Müll werfen. Seit wir Dr. Robichauds Büro verlassen haben, habe ich bewußt versucht, mich nur auf Nathaniel zu konzentrieren – nicht nur, weil es richtig ist, sondern auch, weil ich im Grunde meines Herzens ein schrecklicher Feigling bin. Was wird Caleb sagen, was wird er tun?

Monicas Hand berührt meinen Unterarm. »Sie wollten Nathaniel schützen.«

Ich blicke sie an. Kein Wunder, daß wir Sozialarbeiter brauchen. Menschliche Beziehungen können sich so leicht verknoten, und dann bedarf es einer fähigen Person, um die Fäden zu entwirren. Manchmal jedoch läßt sich ein wirres Knäuel nur dadurch lösen, daß man es herausschneidet und von vorn anfängt.

Sie liest meine Gedanken. »Nina. An Ihrer Stelle hätte ich dieselben Schlüsse gezogen.«

Es klopft, und wir blicken zur Tür. Patrick kommt herein, nickt Monica zu. »Ich wollte gerade gehen«, erklärt sie. »Falls Sie mich noch brauchen, ich bin später in meinem Büro zu erreichen.«

Das ist sowohl an Patrick als auch an mich gerichtet. Patrick wird sie vermutlich brauchen, um den Fall weiter zu bearbeiten. Ich werde sie vermutlich brauchen, weil ich moralische Unterstützung benötige. Sobald sich die Tür hinter Monica schließt, tritt Patrick auf mich zu. »Nathaniel?«

»Er ist in seinem Zimmer. Es geht ihm gut.« Ein Schluchzen steigt mir in die Kehle. »O Gott, Patrick. Ich hätte es wissen müssen. Was hab ich getan? Was hab ich bloß getan?«

»Du hast getan, was du für nötig gehalten hast«, sagt er schlicht.

Ich nicke, will ihm glauben. Aber Patrick weiß, daß es nicht funktioniert. »He.« Er führt mich zu den Stühlen in der Küche. »Weißt du noch, als wir Kinder waren und immer *Cluedo* gespielt haben?«

Ich wische mir die Nase am Ärmel ab. »Nein.«

»Nur, weil du immer verloren hast. Bei dir war immer Colonel Mustard der Mörder, egal, wie die Beweise aussahen.«

»Ich hab dich bestimmt nur gewinnen lassen.«

»Gut. Wenn du es nämlich schon mal so gemacht hast, Nina, dann fällt es dir nicht so schwer, es noch mal zu tun.« Er legt mir die Hände auf die Schultern. »Überlaß die Sache mir. Ich kenne dieses Spiel, Nina, und ich bin gut darin. Wenn du mich tun läßt, was ich tun muß, ohne daß du dich ständig einmischst, dann können wir nicht verlieren.« Unvermittelt tritt er einen Schritt zurück, steckt die Hände in die Taschen. »Und du hast dich jetzt um andere Dinge zu kümmern.«

»Andere Dinge.«

Patrick dreht den Kopf, sucht meinen Blick. »Caleb?«

Es ist wie bei dem alten Kinderspiel: Wer blinzelt zuerst? Diesmal halte ich nicht durch. Ich schaue weg. »Dann schnapp ihn dir, Patrick. Es ist Pater Szyszynski. Ich weiß es, und du weißt es. Wie viele Priester sind schon für so etwas verurteilt worden – verdammt!« Ich verziehe das Gesicht, weil mir schlagartig mein Fehler bewußt wird. »Ich hab in der Beichte mit Pater Szyszynski über Nathaniel gesprochen.«

»*Was* hast du? Wieso denn das?«

»Ich habe gedacht, er wäre mein *Priester.*« Dann blicke ich auf. »Moment mal. Er denkt, Caleb steht unter Verdacht. Das hab ich ihm gesagt. Das ist doch gut, nicht? Er weiß nicht, daß er jetzt der Verdächtige ist.«

»Wichtig ist, ob Nathaniel es weiß.«

»Ist das nicht sonnenklar?«

»Leider nein. Offenbar gibt es nicht nur eine Möglichkeit, das Wort ›Vater‹ zu interpretieren. Und da draußen gibt es schließlich nicht nur einen einzigen Priester.« Er blickt mich ernst an. »Du bist Staatsanwältin. Du weißt, daß dieser Fall sich keinen Fehler mehr erlauben kann.«

»Himmel, Patrick, er ist doch erst fünf. Er hat das Zeichen für *Priester* gemacht. Szyszynski ist der einzige Priester, den er überhaupt kennt, der einzige Priester, der regelmäßig mit ihm Kontakt hat. Na los, frag Nathaniel schon, ob er Szyszynski gemeint hat.«

»Damit kommen wir vor Gericht nicht durch, Nina.«

Plötzlich begreife ich, daß Patrick nicht nur gckommen ist, um mit Nathaniel zu reden. Er ist auch hier, um mit mir zu reden. Um mich daran zu erinnern, daß ich zwar eine Mutter bin, aber jetzt trotzdem wie eine Staatsanwältin denken muß. Wir dürfen Nathaniel den Namen des Beschuldigten nicht in den Mund legen; Nathaniel muß ihn von sich aus aussprechen. Ansonsten besteht keine Aussicht auf eine Verurteilung.

Mein Mund ist trocken. »Er redet nicht, so weit ist er noch nicht.«

Patrick streckt mir eine Hand entgegen. »Dann laß uns mal sehen, was er uns heute so erzählen kann.«

Nathaniel sitzt auf dem oberen Etagenbett und sortiert die alte Baseballkartensammlung seines Vaters in kleine Stapel. Er mag das Gefühl der weichen Papierränder an seinen Fingern, und daß sie irgendwie grau riechen. Sein Dad sagt, er soll vorsichtig mit den Karten umgehen, weil die ihm irgendwann mal das Studium finanzieren könnten, aber Nathaniel ist das ganz egal. Im Augenblick gefällt es ihm einfach, sie anzufassen, sich die vielen ulkigen Gesichter anzusehen und sich vorzustellen, daß sein Dad das auch mal gemacht hat.

Es klopft, und seine Mom kommt mit Patrick herein. Ohne zu zögern, klettert Patrick die Leiter herauf und quetscht seine gesamten ein Meter siebenundachtzig in den engen Raum zwischen Zimmerdecke und Matratze. Nathaniel muß lächeln, ein bißchen. »He, kleiner Krauter.« Patrick klopft mit der Faust aufs Bett. »Mensch, das ist vielleicht gemütlich. So eins muß ich mir auch zulegen.« Er setzt sich auf und tut so, als würde er mit dem Kopf an die Decke stoßen. »Was meinst du? Soll ich deine Mom fragen, ob sie mir auch so ein Bett kauft?«

Nathaniel schüttelt den Kopf und reicht Patrick eine Karte. »Ist die für mich?« fragt Patrick, dann liest er den Namen und schmunzelt. »Mike Schmidt, Neuprofi. Dein Dad wird begeistert sein, daß du so großzügig bist.« Er steckt die Karte ein und holt Stift und Block hervor. »Nathaniel, kann ich dir ein paar Fragen stellen?«

Tja. Er hat keine Lust auf Fragen. Er hat keine Lust auf nichts. Aber Patrick ist schließlich extra zu ihm hochgeklettert. Nathaniel nickt, *ja*.

Patrick berührt das Knie des Jungen, langsam, so langsam, daß Nathaniel nicht einmal zusammenfährt. »Krauter, versprichst du, mir die Wahrheit zu sagen?« fragt er freundlich.

Nathaniel nickt, diesmal langsamer.

»Hat dein Daddy dir weh getan?«

Nathaniel sieht Patrick an, dann seine Mutter und schüttelt mit Nachdruck den Kopf. Er spürt, daß sich etwas in seiner Brust öffnet, so daß er leichter atmen kann.

»Hat jemand anderes dir weh getan?«

Ja.

»Weißt du, wer es war?«

Ja.

Patricks Augen ruhen unverwandt auf Nathaniel. Er läßt

nicht zu, daß Nathaniel wegsieht, auch wenn er das so gern möchte. »War es ein Junge oder ein Mädchen?«

Nathaniel versucht sich zu erinnern – wie war das Zeichen noch mal? Er blickt zu seiner Mutter hinüber, aber Patrick schüttelt den Kopf, und er weiß, daß er das jetzt alleine schaffen muß. Zögernd hebt er die Hand an den Kopf. Er berührt seine Stirn, als wäre da eine Baseballmütze. »Junge«, hört er seine Mutter übersetzen.

»War es ein Erwachsener oder ein Kind?«

Nathaniel blinzelt ihn an. Die Zeichen für diese Worte kennt er nicht.

»Ich meine, war er so groß wie ich oder so klein wie du?«

Nathaniels Hand schwebt zwischen seinem Körper und dem von Patrick. Dann senkt sie sich zielsicher ab bis zur Mitte.

Patrick lächelt. »Okay, es war also ein mittelgroßer Mann, und es war jemand, den du kennst.«

Ja.

»Kannst du mir sagen, wer?«

Nathaniel spürt, wie sich sein ganzes Gesicht verkrampft. Er schließt die Augen, so fest er kann. *Bitte bitte bitte*, denkt er. *Laß mich.* »Patrick«, sagt seine Mutter und macht einen Schritt, aber Patrick hebt eine Hand, und sie bleibt stehen.

»Nathaniel, wenn ich dir einen Packen Bilder mitbringen würde« – er zeigt auf die Baseballkarten – »wie die da ... meinst du, du könntest mir zeigen, wer es war?«

Nathaniels Hände flattern über die Stapel, Hummeln, die einen Ort zum Landen suchen. Er blickt von einer Karte zur anderen. Er kann nicht lesen, er kann nicht sprechen, aber er weiß, daß Rollie Fingers einen dicken Schnurrbart hatte und daß Al Hrabosky wie ein Grizzlybär aussah. Wenn er erst mal was im Kopf hat, bleibt es auch drin. Er muß es nur wieder herausholen.

Nathaniel sieht zu Patrick auf, und er nickt. Das, ja, das kann er.

Monica hat schon weit schlimmere Unterkünfte gesehen als das Motel, wo sie Caleb Frost findet, aber das hier ist irgendwie unerträglich, und sie denkt, das liegt daran, daß sie sein Zuhause kennengelernt hat, den Platz, wo er eigentlich hingehört. Sobald Caleb ihr Gesicht durch den Spion in der Tür erkannt hat, reißt er sie auf. »Was ist mit Nathaniel?« fragt er. Angst steht in seinen Augen.

»Nichts. Gar nichts. Er hat eine neue Aussage gemacht. Hat jemand anderen identifiziert.«

»Ich verstehe nicht.«

»Das bedeutet, daß Sie nicht mehr unter Verdacht stehen, Mr. Frost«, sagt Monica leise.

Fragen schießen wie Funken in ihm hoch. »Wer?« stößt Caleb hervor, und das Wort schmeckt nach Asche.

»Ich denke, Sie sollten nach Hause fahren und mit Ihrer Frau reden«, erwidert sie, macht auf dem Absatz kehrt und geht davon, die Handtasche fest unter den Arm geklemmt.

»Warten Sie«, ruft Caleb. Er atmet tief durch. »Ist ... ist Nina damit einverstanden?«

Monica lächelt ihn freundlich an. »Was meinen Sie wohl, wer mich gebeten hat, Ihnen Bescheid zu sagen?«

Peter ist bereit, mich im Bezirksgericht zu treffen, wo ich die einstweilige Verfügung aufheben lassen will. Der ganze Vorgang dauert lediglich zehn Minuten, einmal Abstempeln, und der Richter stellt bloß eine einzige Frage: Wie geht es Nathaniel?

Als ich unten in die Halle trete, kommt Peter gerade durch die Eingangstür geeilt. Er läuft auf mich zu, mit besorgter Miene. »Ich bin so schnell gekommen, wie ich konnte«, keucht er atemlos. Sein Blick huscht zu Nathaniel, der meine Hand hält.

Er denkt, ich brauche ihn, um die Buchstaben des Gesetzes für mich zu verdrehen, um das kalte Herz eines Richters zu erweichen, um irgend etwas zu tun, das die Waage der Gerechtigkeit in meine Richtung ausschlagen läßt. Plötzlich ist es mir peinlich, daß ich ihn angerufen habe.

»Was ist los?« will Peter wissen. »Egal was, Nina.«

Ich schiebe die Hände in die Manteltaschen. »Eigentlich wollte ich bloß eine Tasse Kaffee mit dir trinken«, gestehe ich. »Ich wollte für fünf Minuten das Gefühl haben, daß alles wieder so ist, wie es mal war.«

Peters Blick ist wie ein Scheinwerfer, der tief in meine Seele leuchtet. »Das kann ich auch«, sagt er und hakt sich bei mir ein.

Als Patrick das »Tequila Mockingbird« betritt, sind alle Plätze an der Bar besetzt, aber der Barkeeper sieht ihn nur einmal kurz an und bittet dann einen Geschäftsmann, sich doch mit seinem Drink an einen der Tische zu verziehen. Patrick hüllt sich in seine düstere Stimmung wie in einen Umhang, setzt sich auf den frei gewordenen Hocker und winkt Stuyvesant heran. Der gießt ihm unaufgefordert das Übliche ein, Glenfiddich. Aber dann reicht er Patrick die Flasche und behält das Glas Scotch hinter der Bar. »Nur für den Fall, daß noch ein Gast was Starkes will«, erklärt Stuyvesant.

Patrick betrachtet zunächst die Flasche, dann den Barkeeper. Er knallt seine Autoschlüssel auf die Theke, ein fairer Tausch, und nimmt einen großen Schluck Whisky.

Mittlerweile ist Nina im Gericht gewesen und wieder zurück. Vielleicht hat Caleb es rechtzeitig zum Abendessen nach Hause geschafft. Vielleicht haben sie Nathaniel früher als sonst ins Bett gebracht und liegen jetzt, in diesem Moment, nebeneinander in der Dunkelheit.

Patrick greift wieder zur Flasche. Er war schon in ihrem Schlafzimmer. Ein großes Ehebett. Wenn er mit ihr verheiratet wäre, würden sie in einem schmalen Bett schlafen. Er würde ihr ganz nah sein wollen.

Er war selbst drei Jahre verheiratet, weil er gedacht hat, daß man ein Loch, das man vergessen wollte, auffüllen müßte.

Ihm war nicht klar gewesen, daß es alle möglichen Füllungen gab, die zwar Raum einnahmen, aber keine Substanz hatten. Die ihm nicht das Gefühl von Leere nahmen.

Es war nun einmal so: Nina hatte ihm jede andere Frau verdorben.

Nathaniel liegt im unteren Bett, als ich ihm vor dem Einschlafen noch etwas vorlese. Plötzlich fährt er hoch und fliegt beinahe durchs Zimmer zur Tür, wo Caleb steht. »Du bist wieder zu Hause«, sage ich, aber er hört mich nicht.

Als ich Nathaniel und Caleb so zusammen sehe, würde ich mich am liebsten ohrfeigen. Wie konnte ich nur glauben, daß Caleb seinem Sohn etwas Böses angetan hat?

Plötzlich ist das Zimmer zu klein für uns drei. Ich ziehe mich zurück, schließe die Tür hinter mir. Unten in der Küche spüle ich das Besteck, das eigentlich schon sauber ist. Ich sammle Nathaniels Spielsachen vom Boden auf. Ich setze mich im Wohnzimmer auf die Couch, stehe wieder auf und arrangiere die Kissen.

»Er schläft.«

Calebs Stimme geht mir durch Mark und Bein. Ich drehe mich um, die Arme vor der Brust verschränkt. Wirkt das zu abwehrend? Ich lasse sie herabsinken. »Ich bin ... ich bin froh, daß du wieder da bist.«

»Wirklich?«

Sein Gesicht ist ausdruckslos. Caleb tritt aus dem Schatten und kommt auf mich zu. Einen halben Meter vor mir bleibt er stehen, aber es könnte auch ein ganzes Universum zwischen uns sein.

Ich kenne jede Linie in seinem Gesicht. Die eine, die sich im ersten Jahr unserer Ehe eingegraben hat, vom vielen Lachen. Die eine, die er vor lauter Sorgen in dem Jahr bekommen hat, als er die Baufirma verließ und sich selbständig machte. Die eine, die entstand, weil er so konzentriert beobachtete, wie Nathaniel seine ersten Schritte tat, sein erstes

Wort sprach. Mein Hals fühlt sich an wie in einem Schraubstock, und all meine Entschuldigungen liegen mir bitter im Magen. »Ach Caleb«, sage ich schließlich unter Tränen, »das alles, das sollte uns doch nicht passieren.«

Und dann weint er auch, und wir klammern uns aneinander, schmiegen unseren Schmerz an den Körper des anderen. »Er hat es getan. Er hat ihm das angetan.«

Caleb hält mein Gesicht in seinen Händen. »Wir werden das überstehen. Wir werden dafür sorgen, daß es Nathaniel wieder gutgeht.« Aber seine Sätze klingen wie bettelnde Fragen. »Wir stecken alle drei da drin, Nina«, flüstert er. »Und wir gehören zusammen.«

»Zusammen«, wiederhole ich und presse meinen offenen Mund an seinen Hals. »Caleb, es tut mir so leid.«

»Pssst.«

»Nein, wirklich, es tut mir so –«

Er bringt mich mit einem Kuß zum Schweigen. Das verblüfft mich, damit hatte ich nicht gerechnet. Doch dann packe ich ihn am Hemdkragen und küsse ihn auch. Ich küsse ihn aus tiefster Seele, ich küsse ihn, bis er den kupfrigen Geschmack der Trauer schmecken kann. *Zusammen*.

Wir ziehen uns gegenseitig aus, wild, Stoff zerreißt. Es ist der Zorn, der sich Bahn bricht: Zorn, daß unserem Sohn das angetan wurde, daß wir die Zeit nicht zurückdrehen können. Zum ersten Mal seit Tagen findet meine Wut ein Ventil. Ich ergieße meine Wut in Caleb und merke plötzlich, daß er dasselbe mit mir macht. Wir kratzen uns, wir beißen uns. Aber dann legt Caleb mich unendlich sanft hin. Unsere Blicke ruhen ineinander, als er sich in mir bewegt. Keiner von uns wagt, auch nur zu blinzeln. Mein Körper erinnert sich: So fühlt es sich an, von Liebe erfüllt zu sein, und nicht von Verzweiflung.

Der letzte Fall, bei dem ich mit Monica LaFlamme zusammengearbeitet habe, war kein Erfolg gewesen. Sie hatte mir einen

Bericht geschickt, in dem stand, daß eine gewisse Mrs. Grady sie angerufen hatte. Nach Aussage von Mrs. Grady hatte ihr siebenjähriger Sohn Eli, als sie ihn nach dem Baden abtrocknen wollte, das Mickey-Mouse-Handtuch gepackt, angefangen, sexuelle Beckenstöße zu simulieren, und seinen Stiefvater als Täter genannt. Das Kind wurde im Maine Medical Center untersucht, doch ohne Befund. Ach ja, und Eli litt an etwas, was als oppositionelle Verhaltensstörung bezeichnet wurde.

Wir trafen uns in meinem Büro und gingen dann in den Raum, in dem wir einen Eindruck von den Kindern gewinnen, ehe wir ihnen überhaupt eine Anhörung zur Feststellung der Verhandlungsfähigkeit zumuten. Auf der anderen Seite eines Einwegspiegels waren ein kleiner Tisch, Kinderstühle, ein paar Spielsachen, und an die Wand war ein Regenbogen gemalt. Monica und ich beobachteten Eli, der laut schreiend umherrannte und an den Vorhängen riß. »Meine Güte«, sagte ich. »Das kann ja heiter werden.«

Im Nebenzimmer versuchte Mrs. Grady, ihren Sohn zu beruhigen. »Eli, hör jetzt auf damit«, sagte sie. Aber er schrie nur noch lauter.

Ich drehte mich zu Monica um. »Was versteht man überhaupt unter oppositioneller Verhaltensstörung?«

Die Sozialarbeiterin zuckte die Achseln. »Keine Ahnung, aber ich hab so eine Vermutung«, sagte sie und deutete auf Eli. »Genau das da. Er tut das Gegenteil von dem, was man von ihm will.«

Ich sah sie verwundert an. »Ist das eine psychiatrische Diagnose? Ich meine, ist das nicht einfach die Definition des Verhaltens von Siebenjährigen?«

»Das kapier, wer will.«

»Was ist mit forensischen Beweisen?« Ich öffnete eine Einkaufstüte und holte ein ordentlich gefaltetes Handtuch heraus. Mickeys Gesicht glotzte zu mir hoch. Die großen Ohren, das schiefe Grinsen – das war auch so schon schauerlich, dachte ich.

»Die Mutter hat es nach dem Bad an jenem Abend gewaschen.«

»Natürlich.«

Monica seufzte, als ich ihr das Handtuch reichte. »Mrs. Grady will unbedingt vor Gericht gehen.«

»Die Entscheidung liegt nicht bei ihr.« Aber ich lächelte, als Elis Mutter zu uns kam und sich zwischen mich und den Detective stellte, der in dem Fall die Ermittlungen leitete. Ich hielt ihr meinen üblichen Vortrag, daß wir abwarten müßten, welche Informationen Ms. LaFlamme Eli entlocken könne, fürs Protokoll.

Wir sahen zu, wie Monica Eli bat, sich hinzusetzen.

»Nein«, sagte er und fing an, im Kreis zu rennen.

»Eli, du mußt dich jetzt mal hier hinsetzen. Machst du das bitte?«

Eli hob einen Stuhl hoch und warf ihn in die Ecke. Mit unglaublicher Geduld holte Monica den Stuhl und stellte ihn neben ihren. »Eli, bitte setz dich mal einen Moment zu mir, und dann gehen wir deine Mommy holen.«

»Meine Mommy soll jetzt kommen. Ich will nicht hier sein.«

Aber dann setzte er sich doch.

Monica deutete auf den Regenbogen. »Kannst du mir sagen, was das da für eine Farbe ist?«

»Rot.«

»Sehr gut! Und die Farbe da?« Sie zeigte auf den gelben Streifen.

Eli verdrehte die Augen in ihre Richtung. »Rot«, sagte er.

»Ist das Rot, oder ist das eine andere Farbe als bei dem ersten Streifen?«

»Meine Mommy soll kommen«, schrie Eli. »Ich will nicht mit dir reden. Du bist eine fette alte Kuh.«

»Gut«, sagte Monica ruhig. »Willst du deine Mommy holen?«

»Nein, meine Mommy soll nicht kommen.«

Nach weiteren fünf Minuten beendete Monica das Gespräch. Sie blickte in meine Richtung zur Scheibe und zog achselzuckend die Augenbrauen hoch. Sofort beugte Mrs. Grady sich vor. »Wie geht es jetzt weiter? Wird ein Gerichtstermin festgelegt?«

Ich atmete tief durch. »Ich weiß nicht genau, was Ihrem Sohn zugestoßen ist«, sagte ich diplomatisch. »Wahrscheinlich ist er mißbraucht worden. Sein Verhalten deutet jedenfalls darauf hin. Und ich denke, Sie sollten den Umgang Ihres Mannes mit Eli sehr genau beobachten. Aber leider können wir diesen Fall nicht strafrechtlich verfolgen.«

»Aber ... aber Sie haben es doch gerade selber gesagt. Er ist mißbraucht worden. Was muß denn noch passieren?«

»Sie haben gesehen, wie Eli sich verhält. Er kann unmöglich in einen Gerichtssaal gehen, sich auf einen Stuhl setzen und Fragen beantworten.«

»Wenn Sie ihn öfters sehen würden –«

»Mrs. Grady, es geht nicht nur um mich. Er wird auch die Fragen des Verteidigers und des Richters beantworten müssen, und nur wenige Meter von ihm entfernt werden noch dazu Geschworene sitzen und ihn anstarren. Sie können besser als jeder andere beurteilen, was Eli für Verhaltensprobleme hat, weil Sie tagtäglich mit ihm zu tun haben. Aber leider funktioniert unser Rechtssystem nicht für Menschen, die nicht imstande sind, sich innerhalb des vorgegebenen Rahmens verständlich zu machen.«

Das Gesicht der Frau war kalkweiß. »Und ... was machen Sie in solchen Fällen? Wie schützen Sie Kinder wie Eli?«

Ich wandte mich wieder dem Einwegspiegel zu, hinter dem Eli soeben Buntstifte zerbrach. »Wir können es nicht«, gab ich zu.

Ich fahre im Bett hoch, mein Herz rast. Ein Traum. Es war nur ein Traum. Mein Herz klopft wie wild, Schweiß bedeckt mich wie ein Schleier, aber im Haus ist es ruhig.

Caleb liegt auf seiner Seite, das Gesicht mir zugewandt, und atmet tief. In seinem Gesicht glänzen silbrige Spuren. Er hat im Schlaf geweint. Ich lege eine Fingerspitze auf seine Tränen, führe sie zum Mund. »Ich weiß«, wispere ich und liege dann den Rest der Nacht wach.

Als die Sonne aufgeht, döse ich ein und stelle beim Aufwachen fest, daß der erste winterliche Frost da ist. Er kommt früh in Maine, und er verändert die Landschaft. Die Welt ist über Nacht weißgrau und stachelig geworden.

Caleb und Nathaniel sind nirgendwo zu finden. Das Haus ist so leise, daß ich mein eigenes Blut rauschen höre, während ich mich anziehe und nach unten gehe. Die Kälte kriecht durch den Spalt unter der Tür und wickelt sich um meine Knöchel, während ich eine Tasse Kaffee trinke und auf den Zettel starre, der auf dem Tisch liegt. WIR SIND IN DER SCHEUNE.

Als ich zu ihnen gehe, rühren sie gerade Mörtel an. Eigentlich ist es nur Caleb. Nathaniel kauert auf dem Boden der Werkstatt und legt mit Ziegelstückchen die Umrisse des schlafenden Hundes nach. »Morgen«, grinst Caleb und blickt auf. »Wir bauen heute eine Ziegelmauer.«

»Das sehe ich. Hat Nathaniel seine Mütze und Handschuhe? Es ist draußen zu kalt für –«

»Alles da.« Caleb deutet mit dem Kinn nach links, wo die blauen Fleece-Sachen liegen.

»Gut. Ich muß mal kurz weg.«

»Fahr ruhig.« Caleb zieht die Hacke durch den Zement, vermischt ihn.

Aber ich will eigentlich gar nicht weg. Ich werde hier nur nicht gebraucht, das weiß ich. Seit Jahren bin ich, die Hauptverdienerin, zu Hause das fünfte Rad am Wagen. Aber in letzter Zeit habe ich mich an mein Haus gewöhnt. In letzter Zeit will ich nicht mehr so oft weg.

»Vielleicht kann ich –«

Was auch immer ich sagen wollte, ich komme nicht dazu, weil Caleb sich vorbeugt und Nathaniel ins Gesicht brüllt. »Nein!« Nathaniel fängt an zu zittern, aber erst, als Caleb ihn am Arm packt und wegzieht.

»Caleb –«

»Du rührst das Frostschutzmittel nicht an«, donnert Caleb. »Wie oft muß ich dir das noch sagen? Es ist *giftig*. Du kannst davon ganz schlimm krank werden.« Er nimmt die Flasche Frostschutzmittel, das er unter den Mörtel gemischt hat, damit der bei diesen Temperaturen nicht friert, und deckt das, was Nathaniel verschüttet hat, mit einem Lappen ab. Ein Fleck, merkwürdig grün, breitet sich aus und wird immer größer. Der Hund leckt an dem süßlichen Zeug, bis Caleb ihn beiseite stößt. »Raus hier, Mason.«

Nathaniel steht in der Ecke und ist den Tränen nahe. »Komm mal her«, sage ich und breite die Arme aus. Er fliegt mir entgegen, und ich küsse ihn aufs Haar. »Hol dir doch irgendwas zum Spielen aus deinem Zimmer, solange Daddy noch arbeitet.«

Nathaniel rennt sofort los in Richtung Haus, dicht gefolgt von Mason, denn beide sind froh, noch einmal davongekommen zu sein. Caleb schüttelt fassungslos den Kopf. »Du fällst mir in den Rücken, Nina, einfach so.«

»Ich falle dir nicht in den Rücken. Ich finde nur ... ach, sieh ihn dir doch an, Caleb, du hast ihn zu Tode erschreckt. Er hat es doch nicht mit Absicht getan.«

»Das spielt keine Rolle. Ich hab's ihm verboten, und er hat es trotzdem getan.«

»Findest du nicht auch, er hat in letzter Zeit schon genug durchgemacht?«

Caleb wischt sich die Hände ab. »Allerdings. Was meinst du wohl, wie er es verkraften würde, wenn sein heißgeliebter Hund tot umfällt, weil er sich nicht an die Regeln gehalten und etwas getan hat, das ich ihm ausdrücklich verboten habe?« Er schraubt den Verschluß auf die Flasche mit dem

Frostschutzmittel, stellt sie ganz oben ins Regal. »Ich möchte, daß er sich wieder wie ein normales Kind fühlt. Und wenn Nathaniel das vor drei Wochen getan hätte, hätte ich ihn bestraft, darauf kannst du dich verlassen.«

Dieser Logik kann ich nicht folgen. Ich verkneife mir die Antwort, mache kehrt und gehe hinaus. Ich bin noch immer wütend auf Caleb, als ich das Polizeirevier betrete und Patrick schlafend an seinem Schreibtisch vorfinde.

Ich knalle die Tür zu seinem Büro zu, und er fällt fast aus dem Sessel. Dann verzieht er das Gesicht, hebt die Hand an den Kopf. »Schön zu sehen, daß ihr Beamten wirklich was für meine Steuergelder tut«, sage ich mürrisch. »Wo sind die Digitalfotos für die Gegenüberstellung?«

»Ich arbeite dran«, erwidert Patrick.

»O ja, das sehe ich, schufte dich bloß nicht zu Tode.«

Er steht auf und blickt mich finster an. »Was ist *dir* denn für eine Laus über die Leber gekrochen?«

»Tut mir leid. Nur ein bißchen zuviel des häuslichen Glücks. Bis du hinreichende Gründe gefunden hast, Szyszynski hinter Schloß und Riegel zu bringen, habe ich meine Fassung bestimmt wieder.«

Patrick blickt mir geradewegs in die Augen. »Wie geht es Caleb?«

»Prima.«

»Klingt aber nicht so, als wäre alles prima ...«

»Patrick. Ich bin hier, weil ich wissen muß, daß etwas geschieht. Irgendwas. Bitte. Zeig's mir.«

Er nickt und ergreift meinen Arm. Wir gehen durch Gänge, die ich noch nie betreten habe, und schließlich gelangen wir in ein Hinterzimmer, nicht viel größer als ein Wandschrank. Das Licht ist ausgeschaltet, ein grüner Monitor summt auf einem Computer, und der junge Bursche, der vor der Tastatur sitzt, hat die Hand voller Chips. »Hi Kumpel«, sagt er zu Patrick.

Auch ich sehe Patrick an. »Das soll wohl ein Witz sein.«

»Nina, das ist Emilio. Emilio hilft uns bei der digitalen Bildbearbeitung. Er ist ein Computerfreak.«

Er beugt sich über Emilio und drückt eine Taste. Zehn Fotos erscheinen auf dem Bildschirm, eines davon zeigt Pater Szyszynski.

Ich trete näher, betrachte es genauer. Nichts in den Augen oder dem entspannten Lächeln des Priesters könnte mich ahnen lassen, daß er zu einer solchen Abscheulichkeit fähig ist. Die eine Hälfte der abgebildeten Männer trägt Priesterkleidung, die andere den üblichen Overall des hiesigen Gefängnisses. Patrick zuckt die Achseln. »Das einzige Bild von Szyszynski, das wir auftreiben konnten, zeigt ihn im Priestergewand. Also müssen wir die Häftlinge auch wie Priester ausstaffieren. Damit das Verfahren später nicht angezweifelt werden kann, wenn Nathaniel ihn identifiziert hat.«

Er sagt das so, als wäre es eine Gewißheit. Und dafür könnte ich ihn küssen. Wir sehen zu, wie Emilio dem Foto eines fleischgesichtigen Schlägertyps einen Priesterkragen verpaßt. »Hast du noch einen Augenblick Zeit?« fragt Patrick mich, und als ich nicke, führt er mich aus dem winzigen Büro durch eine Seitentür hinaus auf den Hof.

Ich sehe einen Picknicktisch, einen Basketballring und drum herum einen hohen Maschenzaun. »Also«, sage ich sofort, »wo liegt das Problem?«

»Es gibt kein Problem.«

»Wenn es kein Problem gäbe, hättest du auch vor dem kleinen Hacker mit mir sprechen können.«

Patrick setzt sich auf die Bank des Picknicktisches. »Es geht um die Gegenüberstellung.«

»Ich hab's doch gewußt!«

»Hörst du jetzt bitte mal auf?« Patrick wartet ab, bis ich mich gesetzt habe, und blickt mich dann eindringlich an. Diese Augen und meine Augen haben eine gemeinsame Geschichte. Seine waren das erste, was ich sah, als ich wieder zu mir kam, nachdem ich während eines Schulspiels von einem Baseball am

Kopf getroffen worden war. Sie gaben mir die Ermutigung, die ich brauchte, als ich mit sechzehn zum erstenmal Sessellift fahren sollte, obwohl ich unter panischer Höhenangst leide. Solange ich zurückdenken kann, haben mir diese Augen immer signalisiert, daß alles gut werden wird. »Eins mußt du wissen, Nina«, sagt Patrick. »Selbst wenn Nathaniel prompt auf Szyszynskis Bild zeigt ... dann ist das immer noch kein zwingender Beweis. Eine Gegenüberstellung ist für einen Fünfjährigen eigentlich eine Überforderung. Kann sein, daß er das einzige ihm bekannte Gesicht herauspickt, kann sein, daß er einfach auf irgendwen zeigt, damit wir ihn in Ruhe lassen.«

»Meinst du, das wüßte ich nicht?«

»Dir ist doch klar, was wir brauchen, um eine Verurteilung zu erreichen. Wir dürfen Nathaniel nicht dahingehend manipulieren, daß er den Priester identifiziert, nur weil du die Sache schnell vorantreiben willst. Ich will damit nur sagen, daß Nathaniel vielleicht in einer Woche wieder sprechen kann. Vielleicht schon morgen. Irgendwann wird er in der Lage sein, den Namen des Täters auszusprechen, und das ist dann ein sehr viel schlagkräftigerer Beweis.«

»Und was soll ich dann machen? Ihn aussagen lassen?«

»So läuft das nun mal.«

»Nicht, wenn mein Kind das Opfer ist«, fauche ich.

Patrick streicht mir über den Arm. »Nina, ohne Nathaniels Aussage gegen Szyszynski hast du keine Chance.« Er schüttelt den Kopf, überzeugt davon, daß ich mir das nur noch nicht richtig klargemacht habe.

Aber in meinem ganzen Leben war ich mir noch nie einer Sache so sicher. Ich werde alles tun, um meinen Sohn vor dem Zeugenstand zu bewahren. »Du hast recht«, sage ich zu Patrick. »Und deshalb verlasse ich mich darauf, daß du den Priester dazu bringst, ein Geständnis abzulegen.«

Bevor mir wirklich bewußt ist, was ich tue, bin ich zur Kirche St. Anne gefahren. Ich halte auf dem Parkplatz, steige aus dem Wagen und lasse dann den Haupteingang links liegen, um auf Zehenspitzen zur Rückseite des Gebäudes zu gehen. Dort liegt das Pfarrhaus, das an die Kirche angebaut ist. Meine Sportschuhe hinterlassen Abdrücke auf dem frostigen Boden, die Spur einer Unsichtbaren.

Ich steige auf ein Mäuerchen, so daß ich durch das Fenster spähen kann. Ich sehe in Pater Szyszynskis privates Wohnzimmer. Auf einem Couchtisch steht eine Tasse Tee, der Teebeutel ist noch drin. Ein Buch – Tom Clancy – liegt aufgeklappt auf dem Sofa. Überall entdecke ich Geschenke, die er von den Gemeindemitgliedern bekommen hat: ein handgeknüpfter Afghan, ein hölzerner Bibelhalter, eine gerahmte Kinderzeichnung. All diese Menschen haben an ihn geglaubt. Ich war nicht die einzige, die auf ihn hereingefallen ist.

Ich weiß nicht, worauf ich warte. Aber während ich dort stehe, muß ich an den letzten Tag denken, bevor Nathaniel aufhörte zu sprechen, das letzte Mal, daß wir alle gemeinsam in der Messe waren. Anschließend hatte es einen Empfang für zwei Geistliche gegeben, die gerade zu Besuch waren. Am Buffet hing ein großes Transparent, das ihnen eine gute Rückreise wünschte. Ich erinnere mich, daß der Kaffee, den es an dem Morgen gab, ein Haselnußaroma hatte. Daß die Donuts aufgegessen waren, obwohl Nathaniel doch einen haben wollte. Ich weiß noch, daß ich mich mit einem Ehepaar unterhielt, das ich seit einigen Monaten nicht mehr gesehen hatte, und mitbekam, wie die anderen Kinder hinter Pater Szyszynski her nach unten gingen, damit er ihnen wie jede Woche eine Geschichte erzählte. »Geh mit, Nathaniel«, hatte ich gesagt. Er hatte sich hinter mir versteckt, an meine Beine geklammert. Ich mußte ihn fast wegschieben, damit er mit den anderen mitging.

Ich habe ihn dorthin gedrängt.

Über eine Stunde lang stehe ich auf der kleinen Mauer, bis der Priester in sein Wohnzimmer kommt. Er setzt sich auf das Sofa, trinkt einen Schluck Tee und fängt an zu lesen. Er weiß nicht, daß ich ihn beobachte.

Wie Patrick versprochen hat, sind es zehn Fotos – jedes so groß wie die Bilder von Baseballspielern, und auf jedem ist ein anderer »Priester« zu sehen. Caleb sieht sich eins an. »Pädophilenklub San Diego«, murmelt er. »Fehlen nur noch die Autogrammadressen.«

Nathaniel und ich kommen ins Zimmer. »Da«, sage ich munter, »sieh mal, wer gekommen ist.«

Patrick steht auf. »Hallo Krauter. Weißt du noch, wie wir uns neulich unterhalten haben?« Nathaniel nickt. »Unterhältst du dich heute noch mal mit mir?«

Nathaniel ist schon neugierig geworden. Er zieht mich zu der Couch hin, auf der die Fotos liegen. Patrick klopft auf das Kissen neben sich, und Nathaniel klettert sofort hinauf. Caleb und ich setzen uns rechts und links von ihnen in zwei Polstersessel. *Wie förmlich das aussieht*, denke ich.

»Ich hab dir ein paar Bilder mitgebracht, wie versprochen.« Patrick zieht die restlichen aus dem Umschlag und breitet alle auf dem Couchtisch aus, als wollte er Solitär spielen. Er sieht zunächst mich an, dann Caleb – eine stumme Mahnung, daß er jetzt das Sagen hat. »Krauter, du weißt doch noch, daß du mir erzählt hast, daß jemand dir weh getan, nicht?«

Ja.

»Und du hast gesagt, du wüßtest, wer es war?«

Wieder ein Nicken, aber etwas langsamer.

»Ich zeige dir jetzt ein paar Bilder, und wenn einer von den Leuten darauf derjenige ist, der dir weh getan hat, dann möchte ich, daß du auf das Foto zeigst. Aber wenn die Person, die dir weh getan hat, *nicht* auf einem der Bilder ist, dann schüttelst du einfach nur den Kopf, damit ich weiß, daß sie nicht dabei ist.«

Patrick hat das perfekt formuliert – eine offene, rechtlich unanfechtbare Aufforderung, eine Aussage zu machen. Eine Bitte, die Nathaniel nicht suggeriert, daß es eine richtige Antwort gibt.

Obwohl es eine gibt.

Wir alle schauen zu, wie Nathaniels Augen, dunkel und unergründlich, von einem Gesicht zum anderen wandern. Er sitzt auf seinen Händen. Seine Füße reichen noch nicht ganz bis zum Boden.

»Hast du verstanden, was ich von dir möchte, Nathaniel?« fragt Patrick.

Nathaniel nickt. Er zieht eine Hand unter seinem Oberschenkel hervor.

Seine Hand verweilt nacheinander über jeder Karte, wie eine Libelle, die über einem Bach schwebt. Sie senkt sich, läßt sich aber nicht nieder. Seine Finger gleiten über Szyszynskis Gesicht, dann weiter. Ich versuche, ihn mit meinen Augen zur Umkehr zu bewegen. »Patrick«, platzt es aus mir heraus. »Frage ihn, ob er jemanden erkennt.«

Patrick lächelt verkrampft. Mit zusammengebissenen Zähnen sagt er: »Nina, du weißt, daß ich das nicht tun kann.« Dann zu Nathaniel: »Was meinst du, Krauter? Siehst du die Person, die dir weh getan hat?«

Nathaniels Finger fährt über den Rand von Szyszynskis Karte. Er zögert einen Moment, bewegt sich dann weiter zu den anderen Fotos. Wir warten alle, fragen uns, was er wohl damit sagen will. Aber er schiebt ein Bild hoch, dann noch eins, bis er zwei Spalten gebildet hat. Die verbindet er mit einer Diagonalen. Und dann begreifen wir auf einmal, daß er einfach nur den Buchstaben N legt.

»Er hat die Karte berührt. Das ist die richtige«, stelle ich fest. »Das reicht als Identifizierung.«

»Das reicht nicht.« Patrick schüttelt den Kopf.

»Nathaniel, versuch es noch einmal.« Ich strecke den Arm aus und schiebe die Bilder durcheinander. »Zeig mir, welches du meinst.«

Nathaniel ist wütend, weil ich sein Werk zerstört habe, und stößt die Karten weg, so daß die Hälfte vom Tisch fliegt. Er vergräbt sein Gesicht zwischen den angewinkelten Knien und weigert sich, mich anzusehen.

»Das war sehr hilfreich«, murmelt Patrick.

»Du hast dir jedenfalls nicht gerade viel Mühe gegeben!«

»Nathaniel.« Caleb beugt sich vor und streicht unserem Sohn über das Bein. »Das hast du prima gemacht. Hör nicht auf deine Mutter.«

»Sehr nett, Caleb.«

»So hab ich es nicht gemeint, und das weißt du auch.«

Meine Wangen glühen. »Ach ja?«

Beklommen fängt Patrick an, die Bilder zurück in den Umschlag zu stecken.

»Ich finde, wir sollten nicht unbedingt hier darüber sprechen«, sagt Caleb spitz.

Nathaniels Hände heben sich und bedecken seine Ohren. Er läßt sich zur Seite fallen, zwischen die Sofakissen und Patricks Bein. »Nun sieh dir an, was du damit erreicht hast«, sage ich.

Der Zorn im Raum hat alle Farben von Feuer, und er drückt ihn nach unten, so daß Nathaniel sich ganz klein machen muß, damit er in die Spalten zwischen den Kissen paßt. In Patricks Hosentasche ist irgendwas Hartes, gegen das er sich lehnt. Seine Hose riecht nach Ahornsirup und November.

Seine Mutter weint wieder, und sein Dad schimpft mit ihr. Nathaniel weiß noch, wie es war, als sie schon morgens nach dem Aufwachen fröhlich waren. Jetzt scheint alles, was er tut, falsch zu sein.

Eines weiß er genau: Was passiert ist, ist seinetwegen passiert. Und jetzt, wo er schmutzig ist und irgendwie anders, wissen seine eigenen Eltern nicht mehr, was sie mit ihm machen sollen.

Er wünscht, er könnte sie wieder zum Lächeln bringen. Er wünscht, er könnte ihnen die Antwort geben. Sie ist da, in seinem Hals, hinter der Sache, die er nicht verraten darf.

Seine Mutter wirft die Hände in die Luft und geht zum Kamin, dreht allen den Rücken zu. Sie tut so, als würde es keiner merken, aber sie weint jetzt richtig doll. Sein Vater und Patrick versuchen angestrengt, sich nicht anzusehen, und ihre Blicke prallen von allen Sachen in dem kleine Zimmer ab.

Als seine Stimme zurückkehrt, muß Nathaniel daran denken, wie das Auto seiner Mutter im letzten Winter nicht anspringen wollte. Sie hat den Schlüssel umgedreht, und der Motor hat geächzt und ganz lange geheult, ehe er richtig anging. Dasselbe Gefühl hat Nathaniel jetzt in seinem Bauch. Dieses Zischeln, dieses Krächzen, diese winzig kleinen Bläschen, die in seiner Luftröhre aufsteigen. Es würgt ihn; es weitet ihm die Brust. Der Name, der da in ihm hochgestemmt wird, ist inzwischen weichlich, suppig wie Haferschleim, längst nicht mehr der schwere und poröse Block, der in den letzten Wochen alle seine Worte aufgesaugt hat. Und jetzt, wo er ihm auf der Zunge liegt wie eine bittere Pille, kann er kaum glauben, daß etwas so Geringes den ganzen Raum in ihm eingenommen hat.

Nathaniel hat Angst, daß keiner ihn hört, weil doch so viele zornige Worte wie Drachen durchs Zimmer schwirren. Deshalb kniet er sich hin, drückt sich an Patrick, legt die geöffnete Hand um das Ohr des Erwachsenen. Und er spricht, er spricht.

Patrick spürt Nathaniel warm und schwer an seiner linken Seite. Kein Wunder. Auch Patrick verkriecht sich vor den Bissigkeiten, die Caleb und Nina einander entgegenschleudern. Er legt einen Arm um das Kind. »Alles in Ordnung, Krauter«, murmelt er.

Doch dann spürt er Nathaniels Finger über die Härchen in seinem Nacken streichen. Ein Geräusch schlüpft ihm ins Ohr. Es ist kaum mehr als ein Atemhauch, aber Patrick hat darauf gewartet. Er drückt Nathaniel noch einmal fest an sich, weil er das getan hat. Dann dreht er sich um und unterbricht Caleb und Nina. »Wer zum Teufel ist Vater Glen?« fragt er.

Die beste Zeit, um die Kirche zu durchsuchen, ist natürlich während der Messe, wenn Pater Szyszynski – oder Vater

Glen, wie Nathaniel ihn nennt – anderweitig beschäftigt ist. Patrick kann sich nicht erinnern, wann er das letzte Mal in Anzug und Krawatte auf Spurensuche gegangen ist, aber er will nicht auffallen. Er lächelt Fremden zu, während sich alle kurz vor neun in die Kirche drängen. Und als sie sich dem Hauptschiff der Kirche zuwenden, geht er in die entgegengesetzte Richtung, eine Treppe hinunter.

Patrick hat keinen Durchsuchungsbefehl, aber das hier ist schließlich ein öffentlicher Ort. Trotzdem bewegt er sich möglichst leise den Gang entlang, will keine Aufmerksamkeit erregen. Er kommt an Klassenzimmern vorbei, wo kleine Kinder an noch kleineren Tischen sitzen. Wenn er Priester wäre, wo würde er dann die Kiste mit den Kleiderspenden aufbewahren?

Nina hat ihm von dem Sonntag erzählt, als Nathaniel mit einer anderen Unterhose unter seiner Kleidung nach Hause kam. Das muß nicht, aber es könnte etwas bedeuten. Und Patricks Aufgabe ist es, jeden Stein umzudrehen, damit er, wenn er Szyszynski schließlich in die Enge treibt, möglichst viel Munition zur Verfügung hat.

Die Kiste mit den Kleiderspenden ist nicht in der Nähe des Trinkbrunnens oder der Toiletten. Sie ist nicht in Szyszynskis Büro, einem Raum mit prächtiger Holztäfelung und Regalen voller theologischer Literatur. Er rüttelt an einigen verschlossenen Türen auf dem Gang.

»Kann ich Ihnen helfen?«

Die Sonntagsschullehrerin, eine mütterlich wirkende Frau, steht nur wenige Schritte hinter Patrick. »Oh, Verzeihung«, sagt er. »Ich wollte Ihren Unterricht nicht stören.«

Er bietet seinen ganzen Charme auf, aber die Frau sieht so aus, als kenne sie sich mit Ausreden aus. Patrick redet einfach weiter: »Also, mein kleiner Sohn ist zwei Jahre alt, und er hat sich gerade während Pater Szyszynskis Predigt in die Hose gemacht ... und hier unten soll es irgendwo eine Kiste mit Kleiderspenden geben.«

Die Lehrerin lächelt verständnisvoll. »Bei Wasser zu Wein erwischt es die meisten«, sagt sie und führt Patrick dann in das Klassenzimmer, wo fünfzehn kleine Gesichter ihn neugierig mustern. Sie reicht ihm eine große blaue Plastikkiste. »Ich hab keine Ahnung, was drin ist, aber viel Glück.«

Kurz darauf hat Patrick sich im Heizungskeller versteckt, wo er vermutlich nicht so schnell gestört wird. Er steht knietief in alten Kleidungsstücken, darunter Kleider, die mindestens dreißig Jahre alt sein müssen, Schuhe mit abgelaufenen Sohlen, Schneeanzüge für Kleinkinder. Er zählt sieben Unterhosen – drei davon sind rosa mit kleinen Barbie-Gesichtern darauf. Die vier übrigen legt er nebeneinander auf den Boden, nimmt sein Handy aus der Tasche und ruft Nina an.

»Wie sieht sie aus?« fragt er sofort, als sie sich meldet. »Die fehlende Unterhose.«

»Was summt denn da so? Wo bist du?«

»Im Heizungskeller von St. Anne«, flüstert Patrick.

»Heute? Jetzt? Du bist verrückt.«

Ungeduldig zeigt Patrick mit seinem behandschuhten Zeigefinger auf die Unterwäsche. »Okay, ich hab hier eine mit Robotern drauf, eine mit Autos und zwei ungemusterte, weiße mit blauem Rand. Könnte es eine davon sein?«

»Nein. Es waren Boxershorts. Mit Baseballhandschuhen drauf.«

Wie sie sich an so was erinnern kann, ist ihm schleierhaft. Patrick könnte nicht mal sagen, was er selbst heute für Unterwäsche trägt. »So eine Unterhose ist nicht dabei, Nina.«

»Aber sie muß dasein.«

»Falls er sie behalten hat, was wir nicht wissen, hat er sie vielleicht noch in seiner Privatwohnung. Versteckt.«

»Wie eine Trophäe«, sagt Nina, und die Trauer in ihrer Stimme berührt Patrick schmerzlich.

»Falls er sie noch hat, finden wir sie mit einem Durchsuchungsbefehl«, versichert er. Er sagt ihr nicht, was er denkt: Daß die Unterhose allein kein hinreichender Beweis sein wird. Es gibt etliche Erklärungsmöglichkeiten dafür, die halbwegs schlüssig sind, und wahrscheinlich hat er sie alle schon mal gehört.

»Hast du mit ihm geredet, mit –«

»Noch nicht.«

»Du rufst mich doch an, ja? Hinterher?«

»Natürlich.« erwidert Patrick und schaltet das Handy aus. Er bückt sich, um die Sachen wieder zurück in die Kiste zu packen. Dabei bemerkt er etwas Buntes in einer Ecke hinter dem Heizkessel. Mit Hilfe eines alten Schürhakens zieht er den Fund hervor.

Baseballhandschuhe. Hundert Prozent Baumwolle. Kindergröße.

Er fischt eine braune Papiertüte aus seiner Tasche. Er dreht und wendet die Unterhose mit behandschuhten Händen. Hinten links, unweit der Mitte, ist ein getrockneter Fleck.

In dem kleinen Raum direkt unter dem Altar, wo Pater Szyszynski in diesem Moment laut aus der Heiligen Schrift liest, neigt Patrick den Kopf und betet, daß es in einer so unglückseligen Situation wie dieser vielleicht doch eine glückliche Fügung geben möge.

Caleb spürt Nathaniels Kichern wie ein klitzekleines Erdbeben, das sich in seinem Brustkorb regt. Er drückt das Ohr noch ein bißchen fester auf die Brust seines Sohnes. Nathaniel liegt auf dem Boden. Caleb auf ihm, das Ohr nahe am Mund des Jungen. »Sag es noch mal«, bittet Caleb.

Nathaniels Stimme ist noch immer unstet, Silben hängen aneinander wie an einer Schnur. Sein Hals muß wieder lernen, ein Wort zu halten, es Muskel für Muskel zu heben, auf die Zunge zu hieven. Noch ist das alles neu für ihn. Noch ist es eine große Anstrengung.

Aber Caleb kann nicht anders. Er drückt Nathaniels Hand, als das Wort sich seinen mühsamen Weg bahnt, spitz und unsicher. »Daddy.«

Caleb grinst, unsagbar stolz. An seinem Ohr hört er das Wunder in der Lunge seines Sohnes. »Noch einmal«, bettelt Caleb und neigt wieder den Kopf, um zu lauschen.

Eine Erinnerung: Ich suche überall im Haus nach meinen Autoschlüsseln; ich muß mich beeilen, wenn ich Nathaniel rechtzeitig zur Schule bringen und pünktlich zur Arbeit erscheinen will. Nathaniel hat schon seine Jacke und die Schuhe angezogen, wartet auf mich. »Konzentrier dich!« sage ich laut, dann drehe ich mich zu Nathaniel um. »Hast du meine Schlüssel gesehen?«

»Die liegen unter Hosen«, antwortet er.

»Unter *Hosen*?«

Ein fröhliches Lachen sprudelt aus ihm heraus. »Du hast *Unterhosen* gesagt.«

Ich muß auch lachen und vergesse, wonach ich gesucht habe.

Zwei Stunden später betritt Patrick erneut die Kirche. Diesmal ist sie leer. Kerzen flackern, werfen unruhige Schatten. Patrick geht geradewegs nach unten, zum Büro von Pater Szyszynski. Die Tür steht offen, der Priester sitzt an seinem Schreibtisch. Einen Moment lang genießt Patrick das Gefühl, heimlicher Beobachter zu sein. Dann klopft er, zweimal, entschlossen.

Glen Szyszynski blickt hoch, lächelt. »Kann ich Ihnen helfen?«

Das wollen wir hoffen, denkt Patrick und tritt ein.

Patrick schiebt ein Formular über den Tisch des Vernehmungszimmers, das Pater Szyszynski über seine Rechte aufklärt. »Das ist so üblich, Pater. Sie sind weder in Gewahrsam noch festgenommen, aber Sie sind bereit, unsere Fragen zu beantworten, und das Gesetz verlangt, daß wir Sie über Ihre Rechte aufklären, bevor ich mit der Befragung beginne.«

Ohne zu zögern, unterschreibt der Priester das Formular, das Patrick zuvor verlesen hat.

»Gern, ich tue alles, um Nathaniel zu helfen.«

Szyszynski war sofort bereit gewesen, die Ermittlungen zu unterstützen. Er hat sich eine Blutprobe abnehmen lassen, nachdem Patrick ihm erklärt hatte, daß sie jeden ausschließen müßten, der mit Nathaniel Umgang gehabt hat.

Jetzt lehnt Patrick sich auf seinem Stuhl zurück und blickt den Priester an. Er hat schon unzähligen Kriminellen gegenübergesessen, die alle ihre Unschuld beteuert oder sich dumm gestellt haben. Meistens gelingt es ihm, ihre Grausamkeit mit der kühlen Distanz eines erfahrenen Polizisten zu betrachten. Aber heute, dieser gertenschlanke Mann ihm gegenüber – Patrick kann sich nur mit Mühe beherrschen, dem Priester nicht ins Gesicht zu schlagen, nur weil er Nathaniels Namen ausgesprochen hat.

»Wie lange kennen Sie die Frosts schon, Pater Szyszynski?« fragt Patrick.

»Oh, seit ich hier in der Gemeinde angefangen habe. Ich war eine Zeitlang krank gewesen und bin dann hierher versetzt worden. Die Frosts sind, etwa einen Monat nachdem ich hier Priester wurde, nach Biddeford gezogen.« Er lächelt. »Ich hab Nathaniel getauft.«

»Gehen sie regelmäßig in die Kirche?«

Pater Szyszynski senkt den Blick. »Nicht ganz so regelmäßig, wie ich es mir wünschen würde«, gibt er zu.

»Unterrichten Sie Nathaniel in der Sonntagsschule?«

»Ich unterrichte nicht, das macht eine Mutter aus unserer Gemeinde, Janet Fiore, während oben der Gottesdienst stattfindet.« Der Priester zuckt die Achseln. »Aber ich liebe Kinder, und ich habe auch gern Kontakt zu den Kleineren –«

Darauf wette ich, denkt Patrick.

»– deshalb gehe ich nach dem Gottesdienst, wenn die Gemeinde noch ein wenig beisammenbleibt und Kaffee trinkt, mit den Kindern nach unten und lese ihnen eine Geschichte vor.« Er lächelt verlegen. »In mir steckt ein heimlicher Schauspieler.«

Auch das ist keine Überraschung. »Wo sind die Eltern, während Sie vorlesen?«

»Die meisten genießen oben einfach ein paar ruhige Minuten.«

»Liest noch jemand anderes den Kindern vor, oder sind Sie mit ihnen allein?«

»Nur ich. Die Sonntagsschullehrerinnen räumen normalerweise nur noch ein wenig auf und gehen dann auch nach oben Kaffee trinken. Das Vorlesen dauert nur eine Viertelstunde.«

»Verlassen die Kinder dabei schon mal den Raum?«

»Nur um zur Toilette zu gehen, gleich nebenan.«

Patrick denkt nach. Er weiß nicht, wie Szyszynski es geschafft hat, mit Nathaniel allein zu sein, wenn doch angeblich all die anderen Kinder dabei waren. Vielleicht hat er ihnen ein Buch gegeben, daß sie sich allein ansehen sollten, und ist Nathaniel zur Toilette gefolgt. »Pater Szyszynski«, sagt Patrick, »haben Sie gehört, was Nathaniel zugestoßen ist?«

Ein Zögern, dann nickt der Priester. »Ja. Leider Gottes.«

Patrick hält Szyszynskis Blick fest. »Wußten Sie, daß Nathaniel nachweislich anal penetriert wurde?« Er erwartet eine schwache Röte auf den Wangen des Mannes, ein verräterisches Flattern des Atmens. Er erwartet die Verblüffung, das Abwehren, die ersten Anfänge von Panik.

Doch Pater Szyszynski schüttelt nur den Kopf. »Gott stehe ihm bei.«

»Wußten Sie, daß Nathaniel Sie als denjenigen genannt hat, der ihm das angetan hat?«

Endlich, der Schock, mit dem Patrick gerechnet hat. »Ich ... ich ... ich habe ihm nichts getan, bestimmt nicht. So etwas würde ich nie tun.«

Patrick schweigt. Er will, daß Szyszynski an all die Priester auf der ganzen Welt denkt, die einer solchen Tat schuldig befunden wurden. Er will, daß Szyszynski begreift, daß er praktisch geliefert ist. »Mhm«, sagt Patrick. »Seltsam. Denn ich habe gerade gestern mit ihm gesprochen, und er hat mir eindeutig gesagt, daß es Pater Glen war. Die Kinder nennen Sie doch Glen, nicht wahr? Diese Kinder, die Sie ja so ... lieben?«

Szyszynski schüttelt unentwegt den Kopf. »Ich hab es nicht getan. Ich weiß nicht, was ich sagen soll. Der Junge muß verwirrt sein.«

»Tja, Pater Szyszynski, deshalb sind Sie heute hier. Ich muß wissen, ob Sie sich einen Grund denken können, warum Nathaniel sie bezichtigt, wenn Sie es nicht waren.«

»Das Kind hat so viel durchgemacht –«

»Haben Sie je etwas in seinen Anus eingeführt?«

»Nein!«

»Haben Sie gesehen, wie jemand etwas in seinen Anus einführte?«

Der Priester holt tief Luft. »Auch das nicht, nein.«

»Können Sie sich vorstellen, warum Nathaniel so etwas sagen sollte? Fällt Ihnen irgend etwas ein, was bei ihm den Eindruck hätte erwecken können, es wäre passiert, obwohl es doch nicht passiert ist?« Patrick beugt sich vor. »Vielleicht waren Sie mal mit ihm allein, und vielleicht ist da etwas zwischen ihnen beiden vorgefallen, daß sich dieser Gedanke in seinem Kopf festgesetzt hat?«

»Ich war nie mit ihm allein. Es waren vierzehn andere Kinder dabei.«

Patrick lehnt sich im Stuhl zurück. »Wußten Sie, daß ich eine Unterhose von Nathaniel hinter dem Heizkessel im Keller der Kirche gefunden habe? Das Labor hat Spermaspuren daran gefunden.«

Pater Szyszynski reißt die Augen weit auf. »Spermaspuren? Von wem?«

»Von Ihnen, Pater Szyszynski?« fragt Patrick leise.

»Nein.«

Er streitet es rundheraus ab. Patrick hat nichts anderes erwartet. »Nun, ich hoffe in Ihrem Interesse, daß Sie recht haben, weil wir nämlich anhand des DNA-Tests mit Ihrer Blutprobe feststellen können, ob sie die Wahrheit sagen.«

Szyszynskis Gesicht ist bleich und angespannt. Seine Hände zittern. »Ich möchte jetzt gehen.«

Patrick schüttelt den Kopf. »Tut mir leid«, sagt er, »aber Sie sind vorläufig festgenommen.«

Thomas LaCroix ist Nina Frost noch nie begegnet, obwohl er schon viel von ihr gehört hat. Er weiß noch, daß sie in einem Vergewaltigungsfall eine Verurteilung erreichte, obwohl die Tat in einer Badewanne begangen wurde und alle Beweise weggespült worden waren. Er ist schon so lange bei der Staatsanwaltschaft, daß er nicht mehr an seinen eigenen Fähigkeiten zweifelt – im letzten Jahr hat er sogar einen Priester in Portland wegen des gleichen Verbrechens hinter Gitter gebracht –, aber er weiß auch, daß diese Fälle extrem schwierig zu gewinnen sind. Dennoch, er will eine gute Figur machen. Das hat nichts mit Nina Frost oder ihrem Sohn zu tun – er möchte den Staatsanwälten in York County schlicht zeigen, wie sie in Portland arbeiten.

Sie meldet sich nach dem ersten Klingeln. »Das wurde aber auch Zeit«, sagt sie, als er sich vorgestellt hat. »Ich muß dringend etwas mit Ihnen besprechen.«

»Selbstverständlich. Wir können uns morgen im Gericht unterhalten, vor dem Anklageeröffnungsverfahren«, setzt Thomas an. »Ich rufe nur jetzt schon an, um –«

»Warum hat man Sie ausgesucht?«

»Wie bitte?«

»Was macht Sie zum besten Anklagevertreter, den Wally finden konnte?«

Thomas atmet tief durch. »Ich bin seit fünfzehn Jahren in Portland. Und ich habe tausend solcher Fälle verhandelt.«

»Dann ist das hier wohl nur ein reiner Höflichkeitsanruf?«

»Das habe ich nicht gesagt«, beteuert Thomas, aber er denkt: *Im Kreuzverhör muß sie genial sein.* »Ich verstehe ja, daß Sie wegen morgen nervös sind. Aber die Anklageeröffnung, na, Sie wissen ja, was das bedeutet. Bringen wir die erst mal hinter uns, und dann können wir uns zusammensetzen und eine Strategie für den Fall erarbeiten.«

»Ja.« Dann, trocken: »Brauchen Sie eine Wegbeschreibung?«

Noch ein Schuß vor den Bug – das hier ist ihr Territorium, ihr Leben; in beiden Fällen ist er ein Außenseiter. »Hören Sie, ich kann mir vorstellen, was Sie durchmachen. Ich habe selbst drei Kinder.«

»Ich habe auch immer gedacht, ich könnte es mir vorstellen. Ich habe gedacht, deshalb sei ich gut in meinem Job. Beides war falsch.«

Sie verstummt, als wäre alles Feuer in ihr erloschen. »Nina«, beteuert Thomas, »ich werde alles in meiner Macht Stehende tun, um die Anklage so zu vertreten, wie Sie es tun würden.«

»Nein«, entgegnet sie leise. »Machen Sie es besser.«

»Er hat nicht gestanden«, sagt Patrick und geht an Nina vorbei in ihre Küche. Er will ihr sein Versagen sofort eingestehen. Die schwersten Vorwürfe macht er sich ohnehin selbst.

»Er ...« Nina starrt ihn an, sinkt dann auf einen Stuhl. »Ach, Patrick, nein.«

Er setzt sich neben sie. »Ich hab's versucht, Nina. Aber er hat einfach nicht nachgegeben. Nicht mal, als ich ihm von den Spermaspuren und Nathaniels Aussage erzählt habe.«

»Na?« ertönt plötzlich Calebs Stimme, heiter. »Hast du dein Eis aufgegessen, Sohnemann?« Es ist eine Warnung an seine Frau und Patrick. Er nickt vielsagend in Nathaniels Richtung. Patrick hat nicht einmal bemerkt, daß der Junge da am Tisch sitzt und noch ein bißchen Eis löffelt, bevor er ins Bett muß. Ein Blick auf Nina, und er hatte vergessen, daß noch andere Menschen im Raum sein könnten.

»Krauter«, sagt er. »Du bist aber heute lange auf.«

»Ich muß noch nicht ins Bett.«

Patrick hatte Nathaniels Stimme vergessen. Sie klingt noch rauh und würde eher zu einem in Ehren ergrauten Cowboy passen als zu einem kleinen Jungen, aber sie ist trotzdem Musik in seinen Ohren. Nathaniel springt von seinem Stuhl auf, läuft auf Patrick zu und streckt ihm die dünnen Kinderarme entgegen. »Willst du mal fühlen, wie stark ich bin?«

Caleb lacht. »Nathaniel hat sich gerade den Ironman-Wettkampf angesehen.«

Patrick drückt auf den winzigen Bizeps. »Donnerwetter, damit könntest du mich glatt umhauen«, sagt er todernst und wendet sich dann Nina zu.

»Patrick, er könnte ein Herkules sein und bliebe trotzdem mein kleiner Junge.«

»Mom«, nörgelt Nathaniel.

Über seinen Kopf hinweg fragt Nina lautlos. »Hast du ihn festgenommen?«

Caleb legt Nathaniel die Hände auf die Schultern und dirigiert ihn zurück zu der Schüssel, in der sein Eis langsam schmilzt. »Hört mal, geht doch irgendwo was trinken, okay? Nina, du kannst mir dann später alles erzählen.«

»Aber willst du denn nicht –«

»Nina«, seufzt Caleb, »laß dir alles von Patrick erklären.« Er sieht zu, wie Nathaniel, den letzten Löffel Eis in den Mund schiebt. »Komm mit, Sohnemann. Wir gucken mal, ob der Bursche aus Rumänien noch nicht zusammengeklappt ist.«

Als er schon halb aus der Küche ist, läßt Nathaniel die Hand seines Vaters los. Er läuft auf Nina zu und schlingt die Arme um ihre Beine, so daß sie beinahe ins Wanken gerät. »Bis dann, Mom«, strahlt er sie an. »Schlag gut.«

Was für ein vielsagender Versprecher, denkt Patrick. Wenn Nina könnte, würde sie ihren Sohn mit geballten Fäusten beschützen. Er sieht zu, wie sie dem Kleinen einen Gutenachtkuß gibt. Als Nathaniel zurück zu Caleb läuft, zieht sie den

Kopf ein und blinzelt so lange, bis keine Tränen mehr in ihren Augen glänzen. »So«, sagt sie, »gehen wir.«

Um den Umsatz an den schlecht besuchten Sonntagabenden anzukurbeln, hat das »Tequila Mockingbird« die sogenannte Jimmy Buffet Key Largo Karaoke Night ins Leben gerufen. Man kann so viele Hamburger essen, wie man will, und wer Lust hat, kann seine Sangeskünste zum besten geben. Als Patrick und ich das Lokal betreten, erleben unsere Sinne einen Großangriff: Lichterketten in Form von Palmen zieren den Raum, ein Papagei aus Kreppapier baumelt von der Decke, eine junge Frau mit zuviel Make-up und einem zu kurzen Rock malträtiert gerade »The Wind Beneath My Wings«. Stuyvesant sieht uns kommen und grinst. »Ihr beide kommt doch sonntags nie.«

Patrick betrachtet eine unglückliche Kellnerin, die gerade fröstelnd im Bikini einen Tisch bedient. »Und jetzt wissen wir auch, warum.«

Stuyvesant legt zwei Servietten vor uns auf den Tresen. »Der erste Margarita geht aufs Haus«, sagt er.

»Danke, aber das ist uns heute zu ...«

»Festlich«, schließe ich.

Stuyvesant zuckt die Achseln. »Wie ihr wollt.«

Nachdem er unsere Bestellung aufgenommen und sich abgewendet hat, spüre ich Patricks Blick auf mir. Er möchte reden, aber ich bin noch nicht soweit, noch nicht ganz. Sobald die Worte ausgesprochen sind, läßt sich das, was geschehen wird, nicht mehr zurücknehmen.

Ich sehe mir die Sängerin an, die das Mikrophon wie einen Zauberstab umklammert. Sie hat beileibe keine berauschende Stimme. »Warum tun Menschen so was?« sage ich gedankenverloren.

»Warum tun Menschen die Dinge, die sie tun?« Patrick trinkt einen Schluck. Spärlicher Applaus setzt ein, als die Frau von der improvisierten Bühne geht. »Ich habe mal gehört,

Karaoke hat was mit Selbsterfahrung zu tun. Du bringst den Mut auf, dich da oben hinzustellen und etwas zu tun, was du dir niemals zugetraut hättest, und wenn es vorbei ist, fühlst du dich wie ein besserer Mensch.«

»Klar, und das Publikum braucht Aspirin. Da würde ich doch lieber über glühende Kohlen laufen. Ach, stimmt, das bin ich ja schon.« Es ist mir peinlich, aber mir schießen Tränen in die Augen, und um es zu überspielen, trinke ich einen großen Schluck Whiskey. »Weißt du, daß er mir bei der Beichte geraten hat, über Vergebung nachzudenken? Ist das nicht unfaßbar, daß er die Dreistigkeit besitzt, mir so was zu sagen, Patrick?«

»Er hat nicht das geringste zugegeben«, antwortet Patrick leise. »Er hat mich angesehen, als hätte er überhaupt keine Ahnung, wovon ich rede. Als wäre es ein echter Schock für ihn, als ich ihm von der Unterhose und dem Spermafleck erzählt habe.«

»Patrick«, sage ich und blicke ihn an. »Was soll ich nur tun?«

»Wenn Nathaniel aussagt –«

»Nein.«

»Nina.«

Ich schüttele den Kopf. »Ich werde ihm das auf gar keinen Fall zumuten.«

»Dann warte eine Weile, bis er stärker ist.«

»Dafür wird er niemals stark genug sein. Soll ich warten, bis es seiner Psyche gelungen ist, es zu verdrängen ... und ihn dann in den Zeugenstand zerren und alles wieder aufwühlen? Verrate mir mal, wie das bitte schön in Nathaniels Interesse sein könnte.«

Patrick schweigt einen Moment. Er kennt das System genauso gut wie ich. Er weiß, daß ich recht habe. »Wenn die DNA-Untersuchung ergibt, daß das Sperma von dem Priester stammt, kann sein Anwalt ihn vielleicht überreden, sich auf eine Absprache einzulassen.«

»Eine Absprache«, wiederhole ich. »Es geht um Nathaniels Kindheit, und du redest von einem Tauschgeschäft.«

Wortlos nimmt Patrick mein Whiskeyglas und reicht es mir. Ich nehme einen vorsichtigen Schluck. Dann einen größeren, obwohl meine Kehle bereits höllisch brennt. »Das Zeug ... ist ja furchtbar«, keuche ich und muß husten.

»Wieso hast du es dann bestellt?«

»Weil *du* es immer trinkst. Und ich habe heute abend keine Lust, ich selbst zu sein.«

Er holt tief Luft, atmet aus. »Vielleicht wirst du Szyszynski nie verzeihen können, Nina, aber du wirst nicht über die Sache hinwegkommen ... und du wirst auch Nathaniel nicht dabei helfen können ... bis du aufhörst, den Mann zu verfluchen.«

Ich kippe den Rest meines Whiskeys hinunter. »Ich werde ihn verfluchen, Patrick, bis an sein Lebensende.«

Eine neue Sängerin füllt die Leere, die zwischen uns entstanden ist. Eine schwergewichtige Frau mit Haaren, die ihr bis zum Hintern reichen, schwingt ihre üppigen Hüften, als das Karaokegerät die ersten Riffs spielt.

It only takes a minute
For your life to move on past ...

»Nina«, sagt Patrick und sieht mich an, »du bist nicht die einzige, die leidet. Wenn ich dich so sehe, ehrlich ... das macht mich völlig fertig.« Er sieht sein Glas an, schwenkt es einmal. »Ich wünschte –«

»Das wünschte ich auch. Aber ich kann es mir wünschen, bis die Erde aufhört, sich zu drehen, und es würde doch nichts ändern, Patrick.«

Patrick schiebt seine Finger zwischen meine. Er sieht mich an, eindringlich. Dann wendet er sich mit, wie es scheint, großer Anstrengung ab. »Im Grunde dürfte es für Dreckschweine wie ihn keine Gerechtigkeit geben. Solche Menschen müßte man erschießen.«

Unsere verschränkten Hände sehen aus wie ein Herz. Patrick drückt meine Hand, ich drücke seine. Mehr Kommunikation brauchen wir nicht, nur diesen Puls zwischen uns, meine Antwort.

Das dringendste Problem am nächsten Morgen ist, was wir mit Nathaniel machen sollen. Caleb und ich haben beide nicht daran gedacht. Erst als das Gerichtsgebäude vor uns aufragt, wird mir klar, daß Nathaniel bei der Anklageeröffnung nicht dabeisein darf ... und auch nicht allein bleiben kann. Er steht auf dem Flur zwischen uns und hält unsere Hände – eine lebende Brücke.

»Ich könnte mit ihm in der Halle warten«, erklärt Caleb, aber ich bin dagegen. Caleb blickt zu Nathaniel hinunter. »Habt ihr keine Sekretärin, die eine Weile auf ihn aufpassen könnte?«

»Das hier ist nicht mein Bezirk«, stelle ich klar. »Und ich lasse ihn nicht bei jemandem, den ich nicht kenne.«

Natürlich nicht, nie wieder. Obwohl die Gefahr, wie sich herausgestellt hat, nicht allein von Fremden ausgeht.

Wir haben noch immer keine Lösung gefunden, als ein rettender Engel erscheint. Nathaniel sieht sie als erster und rennt über den Flur. »Monica!« quietscht er, und sie hebt ihn hoch, wirbelt ihn herum.

»Das ist das tollste Wort, das ich je gehört habe«, lacht Monica.

Nathaniel strahlt. »Ich kann wieder sprechen.«

»Das hat Dr. Robichaud mir schon erzählt. Sie hat gesagt, sie kommt gar nicht mehr zu Wort, wenn du bei ihr bist.« Sie sieht uns an. »Und wie kommt ihr klar?«

Als gäbe es auf diese Frage heute eine Antwort.

»Schön«, sagt Monica, als hätten wir etwas gesagt. »Wir beide verziehen uns jetzt nach unten ins Spielzimmer vom Familiengericht. Wie findest du das, Nathaniel?« Sie zieht die Stirn kraus. »Oder haben Sie andere Pläne für ihn?«

»Nein ... ganz und gar nicht«, stottere ich.

»Hab ich mir schon gedacht. Sie hatten heute morgen wahrscheinlich was anderes im Kopf, als einen Babysitter zu besorgen.«

Caleb streicht Nathaniel übers Haar. »Sei schön brav«, sagt er und gibt ihm einen Kuß.

»Er ist doch immer schön brav.« Monica stellt ihn auf die Beine, nimmt seine Hand und geht mit ihm weg. »Nina, Sie wissen ja, wo Sie uns finden, wenn Sie fertig sind.«

Ich sehe ihnen einen Moment lang nach. Noch vor zwei Wochen konnte ich Monica LaFlamme nicht ausstehen. Jetzt stehe ich in ihrer Schuld. Und ich lächle ihr dankbar nach.

Thomas LaCroix ist fünf Zentimeter kleiner als ich und hat den Ansatz einer Glatze. Das spielt natürlich keine Rolle, aber ich ertappe mich dabei, daß ich Wally während unserer Besprechung wütende Blicke zuwerfe und mich frage, wieso er nicht in der Lage war, ein Bilderbuchexemplar von Staatsanwalt aufzutreiben, einen, der äußerlich und innerlich dermaßen perfekt ist, daß kein Geschworener auch nur das geringste an ihm auszusetzen haben könnte.

»Wir geben den Fall hundertprozentig in Toms Hände«, sagt mein Chef. »Sie wissen, daß wir Sie und Caleb unterstützen, daß wir vorbehaltlos hinter Ihnen stehen ... aber wir möchten der Gegenseite keine Handhabe geben, Rechtsmittel einzulegen. Und wenn wir im Gerichtssaal wären, könnte der Eindruck entstehen, daß der Kerl keinen fairen Prozeß bekommt.«

»Das verstehe ich, Wally«, sage ich.

»Gut!« Wally ist für heute hier fertig und steht auf. »Wir sind alle gespannt, wie es weitergeht.«

Beim Hinausgehen klopft er mir auf die Schulter. Dann sind wir nur noch zu dritt – Caleb, ich und Thomas LaCroix. Wie ein guter Staatsanwalt – wie ich es auch tue – kommt er sofort zur Sache. »Die Anklageeröffnung ist erst nach der

Mittagspause, wegen des großen öffentlichen Interesses«, sagt Tom. »Haben Sie das Medienaufgebot gesehen, als sie hereingekommen sind?«

Gesehen? Es war das reinste Spießrutenlaufen. Wenn ich nicht gewußt hätte, wo der Lieferanteneingang ist, hätten wir Nathaniel gar nicht ins Gebäude schleusen können.

»Auf jeden Fall habe ich schon mit den Gerichtsdienern gesprochen. Die sorgen dafür, daß zuerst die anderen Fälle erledigt werden, bevor sie Szyszynski reinbringen.« Er blickt auf die Uhr. »Unser Termin ist für ein Uhr angesetzt, also haben Sie noch etwas Zeit.«

Ich presse meine Hände flach auf den Tisch. »Sie werden meinen Sohn nicht in den Zeugenstand rufen«, erkläre ich.

»Nina, Sie wissen doch, das ist erst die Anklageeröffnung. Eine Formalität. Also lassen Sie uns –«

»Ich möchte, daß Sie das wissen, also sage ich es Ihnen jetzt. Nathaniel wird nicht aussagen.«

Er seufzt. »Ich mach das jetzt seit fünfzehn Jahren. Und wir müssen einfach abwarten, was passiert. Im Augenblick kennen Sie die Beweislage besser als ich. Und Sie wissen ganz sicher besser als ich, wie es Nathaniel geht. Aber Sie wissen auch, daß wir noch nicht alle Puzzleteilchen zusammenhaben – wir warten zum Beispiel noch auf die Laborberichte und die Genesung Ihres Sohnes. In sechs Monaten, in einem Jahr ... geht es Nathaniel vielleicht erheblich besser, und dann ist es für ihn möglicherweise nicht mehr ganz so schlimm, wenn wir ihn im Zeugenstand aussagen lassen.«

»Er ist fünf Jahre alt. In den fünfzehn Jahren, Tom, in wie vielen Fällen mit einem fünfjährigen Zeugen hat der Täter lebenslänglich gekriegt?«

In keinem einzigen, und das weiß er genau. »Dann warten wir eben«, sagt Tom. »Wir haben Zeit, und dem Angeklagten wird es nur recht sein, wenn wir uns Zeit lassen, das wissen Sie.«

»Sie können ihn nicht ewig in Haft behalten.«

»Ich werde eine Kaution von 150.000 Dollar beantragen. Und ich bezweifle, daß die katholische Kirche die Summe für ihn bezahlen wird.« Er lächelt mich an. »Er kommt nicht raus, Nina.«

Ich spüre, wie Calebs Hand sich auf meinen Oberschenkel legt, und ich halte mich an ihr fest. Zuerst denke ich, er will mich unterstützen, doch dann drückt er meine Finger so fest, daß es fast weh tut. »Nina«, sagt er heiter, »vielleicht sollten wir Mr. LaCroix jetzt einfach seine Arbeit machen lassen.«

»Es ist auch meine Arbeit«, stelle ich klar. »Ich habe fast täglich Kinder im Zeugenstand, und ich erlebe, wie sie zusammenbrechen, und dann muß ich mit ansehen, wie der Täter freikommt. Das kann ich doch nicht so einfach vergessen, wenn es um Nathaniel geht!«

»Genau – es geht um Nathaniel. Und heute braucht er eine Mutter, keine Staatsanwältin. Wir müssen schrittweise vorgehen, und heute müssen wir dafür sorgen, daß Szyszynski in Haft bleibt«, sagt Tom. »Darauf sollten wir uns konzentrieren, und wenn wir diese erste Hürde genommen haben, können wir überlegen, wie wir weiter vorgehen.«

Ich starre auf meinen Schoß. »Ich verstehe, was Sie sagen.«

»Dann ist ja gut.«

Ich hebe den Blick und lächle schwach. »Sie sagen das gleiche, was ich den Opfern sage, wenn ich im Grunde nicht weiß, ob eine Verurteilung überhaupt zu erreichen ist.«

Es spricht für Tom LaCroix, daß er nickt. »Sie haben recht. Aber ich versuche nicht, Ihnen was vorzumachen. Wir wissen doch nie, welche Fälle gut laufen, welche Fälle mit einer außergerichtlichen Einigung enden, welche Kinder umfallen, welche Kinder sich so weit erholen, daß sie ein Jahr später besser aussagen können als am ersten Tag.«

Ich stehe auf. »Aber Sie haben es selbst gesagt, Tom. Heute haben mich diese anderen Kinder nicht zu interessieren.

Heute geht es nur um mein eigenes Kind.« Ich gehe zur Tür, noch ehe Caleb sich von seinem Platz erhoben hat. »Ein Uhr«, sage ich, und das ist eine Warnung.

Caleb holt sie erst in der Eingangshalle ein, und dann muß er sie in eine kleine Nische ziehen, wo die Reporter sie nicht sehen können. »Was sollte das denn?«

»Ich schütze Nathaniel.« Nina verschränkt trotzig die Arme.

Sie wirkt zittrig und unsicher, kaum wiederzuerkennen. Vielleicht liegt es bloß an der Unerbittlichkeit dieses Tages. Caleb geht es weiß Gott auch nicht gerade gut. »Wir sollten Monica Bescheid geben, daß sich die Sache verzögert.«

Aber Nina zieht sich ihren Mantel an. »Kannst du das machen?« fragt sie. »Ich muß noch schnell ins Büro.«

»Jetzt?« Es ist zwar nur eine Viertelstunde Fahrt. Aber knapp ist es trotzdem.

»Ich muß dringend etwas holen, das Thomas braucht«, erklärt sie.

Caleb zuckt die Achseln. Er schaut Nina nach, wie sie die Eingangstreppe hinuntergeht. Die Blitzlichter mehrerer Kameras prasseln wie Kugeln auf sie ein. Caleb sieht, wie sie einen Reporter abwimmelt, als verscheuche sie eine lästige Fliege.

Er will ihr nachlaufen und sie in die Arme schließen, bis die Mauer um sie herum rissig wird und der ganze Schmerz herausströmt. Er will ihr sagen, daß sie bei ihm nicht so stark sein muß, weil sie das alles gemeinsam durchstehen. Sie müßte nur die Scheuklappen abnehmen, dann würde sie sehen, daß sie nicht allein ist.

Caleb geht bis zu der offenen Glastür, um Nina weiter nachzuschauen. Inzwischen ist sie nur noch ein kleiner Punkt, weit draußen auf dem Parkplatz. Er will ihren Namen schon rufen, aber dann wird er von einem grellen Licht geblendet – wieder ein Fotograf. Er weicht zurück, und es dauert einen Moment, ehe er wieder klar sehen kann. Und so entgeht es ihm, daß Nina in die entgegengesetzte Richtung ihres Büros fährt.

Ich bin zu spät.

Ich haste durch die Eingangstür des Gerichts, laufe an der Schlange von Menschen vorbei, die darauf warten, durch den Metalldetektor geschleust zu werden. »Hallo Mike«, sage ich atemlos, als ich mich hinter dem Gerichtsdiener vorbeischiebe, der nur knapp nickt. Unser Gerichtssaal ist linker Hand. Ich öffne die Tür und gehe hinein.

Er ist voller Reporter und Kameraleute, alle in den hinteren Reihen zusammengepfercht. Dieser Fall erregt Aufsehen in York County, Maine. Dieser Fall würde überall Aufsehen erregen.

Ich gehe nach vorn, wo Patrick und Caleb sitzen. Sie haben mir einen Platz am Gang freigehalten. Einen Moment lang muß ich gegen einen natürlichen Impuls ankämpfen – einfach weiterzugehen und mich neben Thomas LaCroix an den Tisch der Anklagevertretung zu setzen.

Den Verteidiger kenne ich nicht. Vermutlich einer aus Portland. Jemand, den die Diözese für solche Fälle engagiert. Rechts vom Tisch der Verteidigung hat sich ein Kameramann postiert, den Kopf tief über die Kamera gebeugt.

Patrick bemerkt mich als erster. »He«, sagt er. »Alles klar?«

Caleb ist verärgert, wie ich erwartet hatte. »Wo warst du denn? Ich hab versucht –«

Was auch immer er sagen will, er wird von dem Gerichtsdiener unterbrochen, der laut ruft: »Der ehrenwerte Richter Jeremiah Bartlett hat den Vorsitz.«

Den Richter kenne ich natürlich. Er hat die einstweilige Verfügung gegen Caleb unterzeichnet. Er weist uns an, Platz zu nehmen, aber mein Körper ist steif wie ein Brett und paßt gar nicht richtig auf die Bank. Meine Augen nehmen alles und nichts zugleich wahr.

»Können wir mit dem Anklageeröffnungsverfahren in der Sache ›der Staat gegen Szyszynski‹ beginnen?« fragt der Richter.

Thomas erhebt sich schwungvoll. »Ja, Euer Ehren.«

Am Tisch der Verteidigung erhebt sich auch der Verteidiger. »Ich vertrete Pater Szyszynski, und wir sind bereit, Euer Ehren.«

Ich habe es schon tausendmal gesehen: Ein Gerichtsdiener tritt vor die Richterbank. Er tut das, um den Richter zu schützen. Schließlich sind die Menschen, die als Angeklagte hereingeführt werden, Kriminelle. Da ist alles möglich.

Die Tür zur Verwahrzelle öffnet sich, und der Priester wird herausgeführt. Seine Hände sind vor dem Körper mit Handschellen gefesselt. Ich spüre, daß Caleb neben mir das Atmen vergißt. Ich halte meine Handtasche auf dem Schoß, eine tödliche Umklammerung.

Der zweite Gerichtsdiener führt den Priester an den Tisch der Verteidigung, zu dem Stuhl, der innen steht, weil er sich vor dem Richter erheben muß, um sich schuldig oder unschuldig zu erklären. Er ist mir jetzt so nahe, daß ich ihn anspucken könnte. Ich könnte ihm etwas zuflüstern, und er würde mich vielleicht hören.

Meine Augen wandern zunächst zum Richter, dann zu den Gerichtsdienern. Auf die muß ich achten. Sie stehen hinter dem Priester, sorgen dafür, daß er sich hinsetzt.

Geht zurück. Geht zurück geht zurück geht zurück.

Ich schiebe meine Hand in die Tasche, vorbei an den vertrauten Dingen, hin zu der Hitze, die mir in die Hand springt. Der Gerichtsdiener macht einen Schritt nach hinten – dieser Angeklagte, dieser Abschaum, hat noch immer das Recht, sich ungestört mit seinem Anwalt zu besprechen. Wörter fliegen durch den Saal wie kleine Insekten, Ablenkungen, die ich kaum registriere.

In der Sekunde, als ich mich erhebe, bin ich von der Klippe gesprungen. Die Welt saust in einem Nebelschleier aus Farbe und Licht an mir vorbei; dann denke ich: *Fallen ist der erste Schritt, um das Fliegen zu lernen.*

Mit zwei Schritten durchquere ich den Gang des Gerichtssaales. Einen Atemzug später halte ich dem Priester die Waffe an den Kopf. Ich drücke viermal ab.

Der Gerichtsdiener packt meinen Arm, aber ich lasse die Waffe nicht los. Ich kann nicht, ehe ich nicht weiß, daß ich es getan habe. Ich sehe Blut spritzen, höre Schreie, und dann falle ich wieder, vorwärts, über das Geländer, wo ich hingehöre. »Hab ich ihn erwischt? Ist er tot?«

Sie pressen mich auf den Boden, und als ich die Augen öffne, kann ich ihn sehen. Der Priester liegt nur einen Meter von mir entfernt, und sein halber Kopf ist verschwunden.

Ich lasse die Waffe los.

Das Gewicht auf mir nimmt vertraute Formen an, und dann höre ich Patrick in meinem Ohr. »Nina, hör auf. Hör auf, dich zu wehren.« Seine Stimme holt mich zurück. Ich sehe den Verteidiger, der sich unter dem Tisch des Gerichtsschreibers versteckt. Pressekameras blitzen wie ein ganzes Feld voller Glühwürmchen. Der Richter hat den Notfallknopf auf seinem Tisch gedrückt und befiehlt brüllend, den Saal zu räumen. Und Caleb, weiß wie Schnee, fragt sich, wer ich bin.

»Hat jemand Handschellen?« fragt Patrick. Ein Gerichtsdiener zieht welche aus seinem Gürtel und reicht sie ihm. Patrick fesselt mir die Hände auf den Rücken. Er hebt mich hoch und schiebt mich auf dieselbe Tür zu, durch die der Priester hereingekommen ist. Patricks Körper ist unnachgiebig, sein Kinn liegt fest an meinem Ohr. »Nina«, flüstert er, »was hast du getan?«

Einmal, vor nicht allzu langer Zeit bei mir zu Hause, hatte ich Patrick dieselbe Frage gestellt. Jetzt gebe ich ihm dieselbe Antwort, die er mir damals gab. »Ich habe getan, was nötig war«, sage ich und glaube es selbst.

II

Einmal Zweifeln
Macht mit eins entschlossen.

Shakespeare, *Othello*

Im Ferienlager zirpen die Grillen, und manchmal ist es dort so grün, daß mir die Augen weh tun.

Ich hab Angst hier, weil wir so viel draußen sind und weil es draußen Bienen gibt. Wenn ich Bienen nur sehe, fühlt sich mein Bauch wie eine Faust an.

Meine Mutter hat den Betreuern gesagt, daß ich Angst vor Bienen habe. Sie sagen, daß in all den Jahren noch kein einziges Kind gestochen worden ist.

Ich denke, einer muß ja der erste sein.

Eines Morgens macht unsere Betreuerin – ein Mädchen mit Makrameehalskette, die sie sogar beim Schwimmen anhat – mit uns eine Wanderung durch den Wald. Irgendwann machen wir Rast. Die Betreuerin schiebt zwei gefällte Baumstämme zurecht, so daß wir uns draufsetzen können. Und auf einmal sind überall die Gelbjacken.

Ich erstarre. Die Bienen sind auf dem Gesicht und den Armen und dem Bauch von unserer Betreuerin. Sie schlägt nach ihnen und schreit wie am Spieß. Ich werfe mich auf sie. Ich schlage mit den Händen auf sie ein. Ich rette sie, obwohl ich immerzu gestochen werde.

Am Ende des Ferienlagers verteilen die Betreuer Preise, blaue Bänder mit dicken schwarzen Buchstaben drauf. Auf meinem steht »tapferster Junge«. Ich hab es immer noch.

4

In den ersten Sekunden danach fragt Patrick sich, wieso er weiß, daß Ninas Lieblingszahl 13 ist, daß die Narbe an ihrem Kinn von einem Zusammenstoß beim Rodeln stammt und daß sie sich drei Weihnachten hintereinander einen Alligator als Haustier gewünscht hat – aber andererseits keine Ahnung hatte, daß die ganze Zeit über in ihr eine Granate nur darauf wartete zu explodieren. »Ich hab getan, was nötig war«, murmelt sie auf dem Weg durch den blutbesudelten Saal.

Sie zittert in seinen Armen. Sie fühlt sich leicht wie eine Wolke an. Patrick dreht sich der Kopf. Nina riecht noch immer nach Äpfeln. Sie läuft geradeaus – aber sie redet unzusammenhängendes Zeug, wirkt bei weitem nicht so beherrscht, wie Patrick sie normalerweise kennt. Als sie durch die Tür in die Verwahrzelle gehen, blickt Patrick nach hinten in den Gerichtssaal. *Pandämonium.* Er hat immer gedacht, das Wort klingt wie ein Zirkusname, aber jetzt weiß er, was es bedeutet. Gehirnmasse klebt am Revers des Verteidigers. Der Zuschauerraum ist mit Papieren und Notizbüchern übersät, während einige Journalisten schluchzen und andere ihre Kameramänner anweisen weiterzufilmen. Caleb steht reglos wie eine Statue. Bobby, einer der Gerichtsdiener, spricht in das Funkgerät an seiner Schulter. »Ja, es wurde geschossen, und wir brauchen einen Rettungswagen.« Roanoke, der andere

Gerichtsdiener, bugsiert eilig den bleichgesichtigen Richter Bartlett in dessen Amtszimmer. »Den Saal räumen!« schreit der Richter, und Roanoke erwidert: »Aber das geht nicht, Euer Ehren. Das sind alles Zeugen.«

Auf dem Boden, nahezu unbeachtet, liegt die Leiche von Pater Szyszynski.

Es war richtig, ihn zu töten, denkt Patrick unwillkürlich. Und dann sofort: *O Gott, was hat sie getan?*

»Patrick«, murmelt Nina.

Er kann sie nicht ansehen. »Sprich nicht mit mir.« Er wird als Zeuge aussagen in – *Herrgott* – Ninas Mordprozeß. Alles, was sie zu ihm sagt, wird er vor Gericht wiederholen müssen.

Als eine Fotografin auf die Verwahrzelle zusteuert, versperrt Patrick der Kamera den Blick auf Nina. Im Augenblick ist es seine Aufgabe, sie zu beschützen. Er wünschte bloß, es wäre auch jemand da, um ihn zu beschützen.

Er hält sie mit einem Arm fest, um mit dem anderen die Tür zu schließen. Jetzt können sic ungestört abwarten, bis die Polizei von Biddeford eintrifft. Noch während die Tür zufällt, sieht er, wie sich die Sanitäter über die Leiche beugen.

»Ist er tot?« fragt Nina. »Nun sag schon, Patrick. Ich hab ihn getötet, nicht? Wie oft hab ich geschossen? Ich mußte es tun, natürlich mußte ich es tun. Er ist doch tot, oder? Die Sanitäter können ihn nicht wiederbeleben, oder? Sag mir, daß sie das nicht können. Bitte, sag mir nur, daß er tot ist. Ich schwöre, ich setz mich hier hin und rühr mich nicht, aber bitte sieh nach, ob er tot ist.«

»Er ist tot, Nina«, sagt Patrick leise.

Sie schließt die Augen, schwankt ein bißchen. »Gott sei Dank. Oh, Gott sei Dank.« Sie sinkt auf die Metallpritsche in der kleinen Zelle.

Patrick dreht ihr den Rücken zu. Im Gerichtssaal sind jetzt seine Kollegen eingetroffen. Evan Chao, ein anderer Detective-Lieutenant im Department, überwacht die Sicherung des Tatortes, brüllt seine Anweisungen über das Tohuwabohu aus

Schreien und Schluchzen hinweg. Polizisten auf Knien suchen nach Fingerabdrücken, machen Fotos von der größer werdenden Blutlache. Auch die Spezialeinheit kommt, stürmt den Mittelgang hinunter. Eine Frau, eine Journalistin, die etwas abseits befragt wird, wirft einen Blick auf die sterblichen Überreste des Priester und übergibt sich. Es ist eine brutale, chaotische Szene, alptraumartig, und doch starrt Patrick wie gebannt darauf, stellt sich lieber dieser Realität als der, die leise hinter ihm weint.

Nathaniel mag dieses Brettspiel nicht. Wenn man nur mal den Kreisel falsch rum dreht, rutscht die eigene Spielfigur die große Rutsche in der Mitte runter. Klar, wenn man richtig rum dreht, darf man die lange Leiter hoch ... aber das klappt auch nicht immer, und schwups, hat man verloren.

Monica läßt ihn gewinnen, aber das macht Nathaniel auch keinen richtigen Spaß.

»Drehst du jetzt bitte mal, oder muß ich abwarten, bis du sechs wirst?« neckt ihn Monica.

Nathaniel dreht den Kreisel. *Vier.* Er rückt mit seiner kleinen Figur vier Felder weiter und, na klar, landet auf einer von diesen Rutschen. Oben angekommen, zögert er, weil er weiß, daß Monica nichts sagen würde, wenn er bloß drei weiterrückt.

Aber ehe er sich entscheiden kann, ob er schummeln soll oder nicht, sieht er über ihre Schulter hinweg etwas, das ihn ablenkt. Durch das breite Glasfenster des Spielzimmers sieht er einen Polizisten ... nein, zwei ... fünf ... die den Gang hinunterrennen. Die sehen nicht so aus wie Patrick, wenn er arbeitet. Die hier tragen glänzende Stiefel und silberne Abzeichen, und die Hände haben sie auf ihren Pistolen, genau wie im Fernsehen.

»Die wollen schießen«, sagt er leise.

Monica lächelt ihn an. »Keine Ablenkungstaktik, Nathaniel.«

»Guck ... doch.« Er hebt die Hand und hält sie wie eine Pistole.

Monica wird hellhörig. Sie dreht sich zu dem trappelnden Geräusch hinter sich um und reißt die Augen auf. Aber als sie sich wieder Nathaniel zuwendet, hat sie die Frage, die ihr auf den Lippen bebt, hinter einem Lächeln versteckt. »Du bist dran, nicht?« fordert Monica ihn auf, obwohl sie beide wissen, daß er längst dran war.

Ganz langsam kehrt das Gefühl in Calebs Finger und Füße zurück. Er stolpert vorwärts, vorbei an der Stelle, wo Nina soeben kaltblütig einen Menschen erschossen hat, vorbei an den Leuten, die in dem Chaos zu arbeiten versuchen. Caleb macht einen weiten Bogen um die Leiche von Pater Szyszynski. Er bewegt sich auf die Tür zu, wo er Nina zuletzt gesehen hat, hinter der sie in eine Zelle gestoßen wurde.

Gott, eine *Zelle*.

Ein Detective, der ihn nicht kennt, packt seinen Arm. »Wo wollen Sie denn hin?« Stumm schiebt sich Caleb an dem Mann vorbei, und dann sieht er Patricks Gesicht in dem kleinen Türfenster. Caleb klopft, aber Patrick scheint unschlüssig, ob er die Tür öffnen soll oder nicht.

Da wird Caleb klar, daß all diese Leute, all diese Detectives, ihn für Ninas Komplizen halten könnten.

Sein Mund wird trocken wie Sand, und als Patrick die Tür schließlich einen Spalt weit öffnet, kann er nicht mal mehr darum bitten, mit seiner Frau sprechen zu dürfen. »Hol Nathaniel und fahr nach Hause«, sagt Patrick ruhig. »Ich ruf dich an, Caleb.«

Ja, Nathaniel. *Nathaniel.* Allein bei dem Gedanken an seinen Sohn, der die ganze Zeit über nur eine Etage tiefer war, krampft sich Caleb der Magen zusammen. Er stürmt an Menschen vorbei, bis er den gegenüberliegenden Ausgang des Gerichtssaales erreicht, die Tür am hinteren Ende des Mittelganges. Dort sieht ihm ein Gerichtsdiener entgegen. »Mein Sohn ist unten. Bitte. Ich muß zu ihm.«

Vielleicht sind, es der Schmerz und die Trauer, die in Calebs Gesicht eingegraben sind, jedenfalls wird der Gerichtsdiener unsicher. »Ich schwöre, ich komme sofort zurück. Aber ich muß nachsehen, ob es ihm gutgeht.«

Ein Nicken, eins, das Caleb gar nicht sehen darf. Als der Gerichtsdiener zur Seite blickt, schlüpft Caleb hinter ihm durch die Tür. Er nimmt immer zwei Stufen auf einmal und läuft dann den Korridor hinunter zum Spielzimmer.

Er bleibt kurz vor dem Fenster stehen und sieht seinem Sohn beim Spielen zu. Dann erblickt Nathaniel ihn, strahlt übers ganze Gesicht und läuft zur Tür, um sich in Calebs Arme zu werfen.

Monicas angespanntes Gesicht taucht in Calebs Blickfeld auf. »Was ist da oben passiert?« formt sie lautlos mit den Lippen.

Aber Caleb vergräbt nur das Gesicht am Hals seines Sohnes, verstummt wie Nathaniel, als ihm etwas passiert war, daß er nicht erklären konnte.

Nina hat Patrick einmal erzählt, daß sie oft an Nathaniels Bettchen gestanden und ihm beim Schlafen zugeschaut hat. *Es ist faszinierend*, hatte sie gesagt. *Unschuld unter einer Decke*. Jetzt versteht er das. Wenn man Nina schlafen sieht, käme man niemals darauf, was nur zwei Stunden zuvor geschehen ist. Dieser glatten Stirn sähe niemand an, was für Gedanken sich dahinter verbergen.

Patrick dagegen fühlt sich hundeelend. Er bekommt nicht mehr richtig Luft. Sein Magen schnürt sich bei jedem Schritt zusammen. Und jedesmal, wenn er in Ninas Gesicht blickt, weiß er nicht, was ihm lieber wäre: daß sie heute Morgen einfach den Verstand verloren hat ... oder nicht.

Sobald sich die Tür öffnet, bin ich hellwach. Ich fahre auf der Pritsche hoch, und meine Hände stützen sich auf die Jacke, die Patrick mir als Kissen gegeben hat. Sie ist aus Wolle, kratzig. Sie hat Druckspuren auf meiner Wange hinterlassen.

Ein Polizist, den ich nicht kenne, steckt den Kopf herein. »Lieutenant«, sagt er förmlich, »wir brauchen jetzt Ihre Aussage.«

Klar. Auch Patrick hat es gesehen.

Die Augen des Polizisten sind wie Insekten auf meiner Haut. Als Patrick zur Tür geht, stehe ich auf, halte mich an den Gitterstäben der Zelle fest. »Finde raus, ob er tot ist, ja? Bitte. Ich muß es wissen. Ich muß einfach. Ich muß wissen, ob er tot ist.« Meine Worte sind wie Schläge auf Patricks Rücken. Er sieht mich nicht an, als er die Tür öffnet und hinausgeht.

Durch den Türspalt gewinne ich für einen Moment einen Eindruck von der Hektik, die Patrick mir während der letzten paar Stunden verschwiegen hat. Der Spezialtransporter der Polizei, der nicht nur die erforderlichen Utensilien für die Ermittlungen, sondern auch die Fachleute an den Tatort bringt, muß inzwischen eingetroffen sein. Im Gerichtssaal wimmelt es nur so von Cops. Einer tritt beiseite, und ich sehe einen leuchtendroten Fleck, der eine ausgestreckte, blasse Hand umgibt. Noch während ich hinsehe, beugt sich ein Fotograf nach unten und hält das Spritzmuster des Blutes mit der Kamera fest. Mein Herz krampft sich zusammen. Und ich denke: *Das hab ich getan; das hab ich getan.*

Es ist eine unumstößliche Tatsache, daß Quentin Brown nicht gerne Auto fährt, schon gar nicht lange Strecken und erst recht nicht von Augusta nach York County. Bereits in Brunswick ist er der festen Überzeugung, daß er mit seinen ein Meter fünfundneunzig in dem winzigen Ford zum Krüppel wird. Aber als stellvertretender Generalstaatsanwalt muß er dorthin, wo er gebraucht wird. Und wenn jemand in Biddeford einen Priester umlegt, dann muß Quentin Brown eben nach Biddeford.

Quentin Brown ist eine beeindruckende Erscheinung. Wegen seines geschorenen Kopfes, seiner Körpergröße und seiner in dem blütenweißen Anzug um so wirkungsvolleren Hautfarbe, halten ihn die meisten Leute entweder für einen Kriminellen oder für den Talentscout eines Basketballvereins. Aber Anwalt? Ein *schwarzer* Anwalt? Nie und nimmer.

Die juristische Fakultät der University of Maine, wo überwiegend Weiße studieren, bemüht sich verstärkt um schwarze Studenten. Und viele kommen, wie Quentin; aber fast alle gehen auch wieder, anders als Quentin. Seit zwanzig Jahren marschiert er nun schon in irgendwelche Gerichtsgebäude in namenlosen Kleinstädten und verblüfft die Verteidiger, die jemand – oder etwas – anderes erwarten. Und – das ist Quentin nur recht.

Wie immer teilt sich die Menge vor ihm, als er das Bezirksgericht von Biddeford betritt. Er geht zu dem Gerichtssaal, deren Türen mit Polizeiband abgesperrt sind, und dann den Mittelgang hinunter, bis ganz nach vorn. Quentin registriert sehr wohl, daß alle Bewegungen langsamer werden und das Stimmengewirr erstirbt, als er sich über den Toten beugt. »Für eine Verrückte«, murmelt er anerkennend, »war sie verdammt treffsicher.« Dann beäugt Quentin den Cop, der ihn anstarrt wie einen Marsmenschen. »Was ist los?« sagt er trocken. »Noch nie einen ein Meter fünfundneunzig großen Mann gesehen?«

Ein Detective kommt auf ihn zu, bemüht sich darum, autoritär zu wirken. »Kann ich Ihnen helfen?«

»Quentin Brown. Von der Generalstaatsanwaltschaft.« Er reicht ihm die Hand.

»Evan Chao«, sagt der Detective und versucht, seine Verblüffung nicht zu zeigen. Gott, wie Quentin diesen Augenblick genießt.

»Wie viele Tatzeugen haben wir?«

Chao addiert rasch ein paar Zahlen auf einem Block. »Wir sind jetzt bei sechsunddreißig, aber im Hinterzimmer sitzen rund fünfzig Leute, die noch keine Aussage gemacht haben. Aber sie sagen alle so ziemlich das gleiche. Und wir haben die Tat auf Band. WCSH hat das Eröffnungsverfahren für die Fünfuhrnachrichten gefilmt.«

»Wo ist die Waffe?«

»Ein Kollege hat sie als Beweismittel gesichert.«

Quentin nickt. »Und die Täterin?«

»In der Verwahrzelle.«

»Gut. Dann können wir eine Klageschrift wegen Mordes aufsetzen.« Er blickt sich um, schätzt den Stand der Ermittlung ab. »Wo ist ihr Ehemann?«

»Bei den anderen Leuten, die noch vernommen werden müssen, vermute ich.«

»Gibt es irgendwelche Hinweise, daß er mit der Tat zu tun haben könnte? War er in irgendeiner Weise beteiligt?«

Chao blickt kurz zu den anderen Polizisten hinüber, die vor sich hin murmeln und mit den Achseln zucken. »Er ist anscheinend noch nicht vernommen worden.«

»Dann holen Sie ihn her«, sagt Quentin. »Befragen wir ihn.«

Chao spricht einen der Gerichtsdiener an. »Roanoke, hol bitte Caleb Frost her.«

Der ältere Mann blickt Quentin an und sagt kleinlaut: »Der, äh, der ist nicht hier.«

»Wissen Sie das genau?« fragt Quentin langsam.

»Ja. Er, na ja, er hat mich gefragt, ob er zu seinem Kind darf, aber er hat versprochen, daß er zurückkommt.«

»Er hat *was*?« Kaum mehr als ein Flüstern, aber aus Quentins Mund klingt es bedrohlich. »Sie haben ihn hier rausspazieren lassen, nachdem seine Frau gerade den Mann erschossen hat, der den Sohn der beiden mißbraucht haben soll?«

Quentins Wangenmuskeln zucken. »Lassen Sie den Kerl suchen und vernehmen«, weist er Chao an. »Und falls er festgenommen werden muß, dann tun Sie das.«

Chao wird böse. »Die Polizei kann nichts dafür, der Gerichtsdiener hat den Fehler gemacht. Mir hat kein Mensch gesagt, daß der Mann überhaupt im Gerichtssaal war.«

Wo denn wohl sonst, wenn gegen den Vergewaltiger seines Sohnes Anklage erhoben werden soll? Aber Quentin atmet nur tief durch. »Wir müssen uns sowieso mit der Täterin befassen. Ist der Richter noch da? Vielleicht kann er gleich gegen sie Anklage erheben.«

»Der Richter ist ... unpäßlich.«

»Unpäßlich«, wiederholt Quentin.

»Hat drei Valium genommen, nachdem die Schüsse gefallen waren, und ist noch nicht wieder wach geworden.«

Er wäre möglich, einen anderen Richter herzuholen, aber es ist schon ziemlich spät. Und Quentin will auf keinen Fall riskieren, daß die Frau wegen eines törichten Kautionsfanatikers wieder auf freien Fuß kommt. »Nehmen Sie sie vorläufig fest. Wir behalten sie über Nacht hier und kümmern uns morgen um die Anklageerhebung.«

»Über Nacht?« fragt Chao nach.

»Ja. Soweit ich weiß, steht das Gefängnis von York County noch.«

Der Detective blickt kurz nach unten auf seine Schuhe. »Das schon, aber ... na ja, wissen Sie, daß sie Staatsanwältin ist?«

Natürlich weiß er das, er weiß es, seit er in seinem Büro angerufen wurde. »Ich weiß vor allem eins«, entgegnet Quentin. »Sie ist eine Mörderin.«

Evan Chao kennt Nina Frost. Jeder Detective in Biddeford hat irgendwann schon mal mit ihr zusammengearbeitet. Und wie jeder seiner Kollegen kann auch er nachvollziehen, was sie getan hat. Ach verdammt, die Hälfte von ihnen wünschte, sie hätten den Mut, das gleiche zu tun, wenn sie in Ninas Lage wären.

Er reißt sich nicht gerade darum, es ihr zu sagen, aber immer noch besser, als wenn dieser Widerling Brown mit ihr redet. Zumindest kann er den nächsten Schritt für sie so schmerzlos wie möglich machen.

Er geht in die Verwahrzelle und löst den Officer ab, der sie bewacht. Lieber wäre es ihm, er könnte sie in ein richtiges Besprechungszimmer bringen, damit sie vielleicht eher anfängt zu reden. Aber es gibt kein sicheres Besprechungszimmer in diesem Gebäude, daher muß das Gespräch durch Gitterstäbe hindurch geführt werden.

Ninas Haar ist in wüster Unordnung, ihre Augen sind so grün, daß sie förmlich leuchten. Auf dem Arm hat sie tiefe Kratzspuren. Es sieht so aus, als hätte sie sich die selbst zugefügt. Evan schüttelt den Kopf. »Nina, es tut mir wirklich leid ... aber ich muß Sie wegen des Mordes an Glen Szyszynski festnehmen.«

»Ich hab ihn getötet?« flüstert sie.

»Ja.«

Ein Lächeln breitet sich auf ihrem Gesicht aus, verwandelt es. »Kann ich ihn bitte sehen?« fragt sie höflich. »Ich schwöre, ich fasse nichts an, aber bitte, ich muß ihn sehen.«

»Er ist schon weggebracht worden, Nina. Sie können ihn nicht sehen.«

»Aber ich habe ihn getötet?«

Evan atmet schwer aus. Als er Nina Frost das letzte Mal gesehen hat, vertrat sie die Anklage in einem Fall, für den er zuständig gewesen war – eine Vergewaltigung. Sie hatte sich vor dem Täter im Zeugenstand aufgebaut und ihn ausgepreßt wie ein Zitrone. Sie hatte ihn so aussehen lassen wie sie jetzt in diesem Moment aussieht. »Sind Sie bereit, eine Aussage zu machen, Nina?«

»Nein, ich kann nicht. Ich kann nicht. Ich hab getan, was nötig war, mehr kann ich nicht tun.«

Er zieht das Blatt heraus, auf dem ihre Rechte stehen. »Ich muß Sie über Ihre Rechte aufklären.«

»Ich hab getan, was nötig war.«

Evan muß die Stimme heben. »Sie haben das Recht zu schweigen. Alles, was Sie sagen, kann gegen Sie verwendet werden. Sie haben das Recht ...«

»Ich kann nicht mehr tun. Ich habe getan, was nötig war«, unterbricht ihn Nina.

Als Evan fertig ist, reicht er ihr einen Stift durch das Gitter, damit sie das Blatt unterschreibt, aber er rutscht ihr aus den Fingern. Sie flüstert: »Ich kann nicht mehr tun.«

»Kommen Sie, Nina«, sagt Evan sanft. Er schließt die Verwahrzelle auf, führt sie durch die Büroräume des Sheriffs und hinaus zu einem Polizeiwagen. Er hält die Tür für sie auf und hilft ihr hinein. »Die Anklageerhebung ist erst morgen, deshalb muß ich Sie über Nacht ins Gefängnis bringen. Sie werden eine Einzelzelle bekommen, und ich sorge dafür, daß man sich um Sie kümmert. Okay?«

Doch Nina Frost hat sich auf der Rückbank des Wagens zusammengerollt und scheint gar nicht zu hören, was er sagt.

Der Strafvollzugsbeamte im Aufnahmeraum des Gefängnisses lutscht ein Eukalyptusbonbon, während er mich auffordert, mein Leben auf die wenigen Dinge zu reduzieren, die sie in einem Gefängnis wissen müssen: Name, Geburtsdatum, Größe, Gewicht, Augenfarbe, Allergien, Medikamente, Hausarzt. Ich antworte leise, von der Prozedur fasziniert. Normalerweise trete ich in diesem Stück erst im zweiten Akt auf. Den Anfang mitzubekommen ist eine neue Erfahrung für mich.

Ein Hauch Eukalyptus umweht mich, als der Sergeant erneut mit seinem Stift auf das Blatt klopft. »Besondere Kennzeichen?« fragt er.

Er meint Muttermale, Leberflecken, Tätowierungen. *Ich habe eine Narbe*, denke ich insgeheim, *auf dem Herzen*.

Doch ehe ich antworten kann, öffnet ein anderer Strafvollzugsbeamter meine schwarze Tasche und kippt den Inhalt auf den Schreibtisch. Kaugummi, drei verklebte Pfefferminzbonbons, ein Scheckbuch, mein Portemonnaie. Die Nebenprodukte der Mutterschaft: Fotos von Nathaniel aus dem letzten Jahr, eine Packung Buntstifte. Zwei weitere volle Magazine für die Waffe.

Ich friere plötzlich. »Ich kann nicht mehr. Ich kann nicht mehr tun«, flüstere ich und will mich ganz klein zusammenrollen.

»Wir sind aber noch nicht fertig«, sagt der Beamte. Er rollt meine Fingerkuppen über ein Tintenkissen und macht drei Sets Fingerabdrücke. Er stellt mich vor eine Wand, reicht mir ein Täfelchen. Ich befolge seine Anweisungen wie ein Zombie. Ich sehe ihn nicht an. Er sagt mir nicht, wann der Blitz kommt; jetzt weiß ich, warum jeder Kriminelle auf dem Foto für die Verbrecherkartei so aussieht, als wäre er überrascht worden.

Als ich nach dem gleißenden Lichtblitz wieder etwas sehen kann, steht eine Gefängniswärterin vor mir. Sie hat durchgehende Augenbraucn auf der Stirn und ist gebaut wie ein Footballspieler. Ich stolpere hinter ihr her in einen Raum, der nicht viel größer ist als ein Wandschrank und in dem Regale voller ordentlich gefalteter, grell orangefarbener Gefängniskleidung stehen. Die Gefängnisse von Connecticut mußten ihre nagelneuen waldgrünen Overalls verkaufen, fällt mir plötzlich ein, weil immer wieder Häftlinge in die Wälder flüchteten.

Die Wärterin reicht mir einen Satz Kleidung. »Ausziehen«, befiehlt sie.

Ich muß das tun, denke ich, als ich höre, wie sie sich mit einem klatschenden Geräusch Gummihandschuhe überstreift. *Ich muß alles tun, um hier rauszukommen.* Also zwinge ich mich, an nichts zu denken. Ich spüre die Finger der Wärterin, die mir in Mund und Ohren und Nase und Vagina und Anus dringen. Plötzlich denke ich an meinen Sohn.

Als es vorbei ist, nimmt die Wärterin meine Sachen, die noch immer feucht vom Blut des Priesters sind, und steckt sie in eine Tüte. Langsam ziehe ich die Gefängniskleidung an, binde sie so fest in der Taille zusammen, daß ich nach Luft schnappen muß. Meine Augen huschen unruhig hin und her, als wir zurück den Gang hinuntergehen.

Wieder zurück in dem Aufnahmeraum im Eingangsbereich des Gefängnisses, deutet die Wärterin auf einen Telefonapparat. »Los«, weist sie mich an, »Sie können jetzt jemanden anrufen.«

Ich habe das Recht auf ein privates Telefongespräch, aber ich spüre ihre Blicke auf mir lasten. Ich nehme den Hörer in die Hand, starre ihn an, als hätte ich noch nie ein Telefon gesehen.

Was auch immer die anwesenden Beamten hören werden, sie werden nicht zugeben, etwas gehört zu haben. Ich habe schon oft versucht, Strafvollzugsbeamte dazu zu bringen, vor Gericht auszusagen, aber sie weigern sich, weil sie nämlich wieder hierher zurückkehren und diese Häftlinge Tag für Tag bewachen müssen.

Zum ersten Mal ist das für mich von Vorteil.

Mein Blick trifft den des Beamten in meiner Nähe, dann höre ich auf, Theater zu spielen. Ich wähle, warte ab, bis ich mit etwas außerhalb von hier verbunden werde. »Hallo?« sagt Caleb, das schönste Wort der Welt.

»Wie geht es Nathaniel?«

»*Nina*. Um Himmels willen, was hast du getan?«

»Wie geht es Nathaniel?« wiederhole ich.

»Was glaubst du denn, wie es ihm geht? Seine Mutter ist festgenommen worden, weil sie jemanden getötet hat!«

Ich schließe die Augen. »Caleb, du mußt mir jetzt zuhören. Ich erkläre dir alles, wenn wir uns sehen. Hast du schon mit der Polizei gesprochen?«

»Nein –«

»Dann tu es auch nicht. Im Augenblick bin ich im Gefängnis. Sie halten mich über Nacht hier, und morgen ist die Anklageeröffnung.« Jetzt kommen die Tränen. »Du mußt Fisher Carrington anrufen.«

»Wen?«

»Er ist Verteidiger. Und er ist der einzige Mensch, der mir jetzt noch helfen kann. Es ist mir egal, wie du es anstellst, aber bring ihn dazu, daß er meine Verteidigung übernimmt.«

»Was soll ich Nathaniel sagen?«

Ich atme tief durch. »Daß es mir gutgeht und daß ich morgen wieder zu Hause bin.«

Caleb ist wütend, ich höre es in seinem kurzen Schweigen. »Warum soll ich das für dich tun, nach dem, was du uns gerade angetan hast?«

»Wenn du willst, daß es weiterhin ein *uns* gibt«, sage ich, »dann tu es.«

Nachdem Caleb einfach aufgelegt hat, halte ich weiter den Hörer ans Ohr gepreßt, tue so, als wäre mein Mann noch immer am anderen Ende. Dann lege ich den Hörer auf und blicke die Wärterin an, die mich zurück in meine Zelle bringen will. »Ich mußte es tun«, erkläre ich. »Er begreift das nicht. Ich kann es ihm nicht begreiflich machen. Sie hätten es doch auch getan, oder? Wenn es Ihr Kind wäre, hätten Sie es nicht auch getan?« Ich lasse meine Augen nach rechts und links huschen, ziellos. Ich kaue auf den Fingernägeln, bis die Nagelhaut blutet.

Ich benehme mich verrückt, weil ich will, daß sie genau das sehen.

Es ist keine Überraschung, als ich in den Trakt mit den Einzelzellen geführt werde. Zum einen werden neue Häftlinge wegen Selbstmordgefährdung häufig strenger überwacht. Zum anderen bin ich diejenige, die die Hälfte der weiblichen Häftlinge in dieses Gefängnis gebracht hat. Die Wärterin knallt die Tür hinter mir zu, und das ist jetzt meine neue Welt: ein Meter achtzig mal zweieinhalb Meter, eine Metallpritsche, eine schmuddelige Matratze, ein Klo.

Die Wärterin entfernt sich, und zum ersten Mal an diesem Tag gebe ich meine Beherrschung auf. Ich habe einen Menschen getötet. Ich bin auf sein verlogenes Gesicht zugegangen und habe vier Kugeln hineingeschossen. Die Erinnerung kommt in Bruchstücken – das Klicken des Abzugs an dem Punkt, wo es kein Zurück mehr gibt, der Knall des Schusses, der Rückstoß der Waffe, durch den meine Hand zurückschnellt, als wollte sie sich selbst aufhalten, zu spät.

Sein Blut war warm, als es auf meine Bluse spritzte.

O Gott. Ich habe einen Menschen getötet. Ich habe es aus guten Gründen getan. Ich habe es für Nathaniel getan. Aber ich habe es getan.

Mein Körper beginnt unkontrolliert zu zittern, und diesmal ist es nicht gespielt. Es ist *eine* Sache, für die Leute, die man in den Zeugenstand rufen wird, damit sie gegen mich aussagen, die Verrückte zu mimen. Es ist etwas völlig anderes, wirklich zu begreifen, wozu ich schon immer fähig war. Pater Szyszynski wird am Sonntag nicht die heilige Messe lesen. Er wird nicht seine abendliche Tasse Tee trinken oder ein Nachtgebet sprechen. Ich habe einen Priester getötet, der nicht mal die letzte Ölung bekommen hat; und ich werde genau wie er in der Hölle landen.

Ich ziehe die Knie hoch, presse das Kinn auf die Brust. Im überheizten Bauch dieses Gefängnisses ist mir eiskalt.

»Alles in Ordnung mit dir, Freundin?«

Die Stimme kommt von der anderen Seite des Flurs, aus der zweiten Einzelzelle. Irgendwer hat mich von dort aus beobachtet, aus der Dunkelheit heraus. Ich spüre, wie mein Gesicht anfängt zu brennen, und als ich aufschaue, sehe ich eine große schwarze Frau, die ihre Jacke über dem Bauchnabel zusammengeknotet hat. Ihre Zehennägel sind orangefarben lackiert, passend zur Gefängniskluft.

»Ich heiße Adrienne, und ich kann richtig gut zuhören. Ich hab nicht oft Gelegenheit, mit jemandem zu reden.«

Meint sie wirklich, daß ich darauf reinfalle? Hier drinnen gibt es genauso viele Polizeispitzel wie Leute, die ihre Unschuld beteuern, und ich weiß, wovon ich rede – ich habe schon mit beiden Sorten zu tun gehabt. Ich öffne den Mund, um ihr das zu sagen, aber ein zweiter Blick verrät mir, daß ich mich geirrt habe. Die großen Füße, der Waschbrettbauch, die dicken Adern auf dem Handrücken – Adrienne ist eigentlich gar keine Frau.

»Dein Geheimnis«, sagt der Transvestit, »ist bei mir gut aufgehoben.«

Ich starre ihre – seine – beachtliche Brust an. »Und wo bleibt das obligatorische Taschentuch?« frage ich ausdruckslos.

Einen kurzen Moment lang tritt Stille ein. »Es geht auch ohne«, entgegnet Adrienne.

Ich wende mich ab. »Kann sein, ich will trotzdem nicht mit dir reden.«

Plötzlich ertönt die Ankündigung, daß das Licht nun gelöscht wird. Aber im Gefängnis wird es nie ganz dunkel. Es herrscht ewige Dämmerung. Im Schatten kann ich Adriennes glatte Haut sehen, ein hellerer Farbton im Halbdunkel, zwischen den Gitterstäben ihrer Zelle. »Was hast du angestellt?« fragt Adrienne.

»Was hast *du* denn angestellt?«

»Drogen, meine Liebe, es sind immer die Drogen. Aber ich versuche, davon loszukommen, ehrlich.«

»Eine Verurteilung wegen Drogen? Wieso hat man dich dann in Einzelhaft gesteckt?«

Adrienne zuckt die Achseln. »Tja, zu den Jungs gehöre ich nicht mehr. Die würden mich sowieso bloß zusammenschlagen. Ich wäre ja gern bei den Mädchen, aber ich darf nicht, weil ich noch nicht operiert worden bin. Ich nehme regelmäßig meine Medikamente, aber die sagen, das spielt keine Rolle, solange ich unten rum noch falsch gepolt bin.« Sie seufzt. »Die wissen einfach nicht, was sie hier mit mir machen sollen.«

Ich starre die dicken Mauern an, das schwache Sicherheitslicht an der Decke, meine eigenen todbringenden Hände. »Die wissen auch nicht, was sie mit mir machen sollen«, sage ich.

Die Generalstaatsanwaltschaft hat Quentin in einem Apartmenthotel untergebracht. Das Zimmer hat eine kleine Einbauküche, Kabelfernsehen und einen Teppichboden, der nach Katze riecht. »Danke«, sagt er trocken und reicht dem Teenager, der als Hotelpage jobbt, einen Dollar. »Ein wahrer Palast.«

»Wie Sie meinen«, erwidert der Bursche.

Es erstaunt Quentin immer wieder, daß Halbwüchsige die einzige Bevölkerungsgruppe sind, die bei seinem Anblick nicht mit der Wimper zuckt.

Quentin öffnet den muffigen Kühlschrank und sinkt dann auf die weiche Matratze. Tja, es könnte das »Ritz-Carlton« sein, er würde es trotzdem hassen. Es liegt an Biddeford, der Ort macht ihm zu schaffen.

Mit einem Seufzer greift er nach seinen Autoschlüsseln und verläßt das Hotel. Er will es hinter sich bringen.

Natürlich weiß er, daß sie da ist. Die Anschrift für die Schecks hat sich die ganze Zeit über nicht geändert.

In der Einfahrt hängt ein Basketballkorb, was ihn überrascht. Irgendwie hat er nach dem Debakel im letzten Jahr nicht mehr darüber nachgedacht, daß Gideon auch einer legalen Freizeitbeschäftigung nachgehen könnte. Ein ramponierter Isuzu-Jeep mit zu vielen Rostlöchern im Trittbrett steht in der Garage. Quentin atmet einmal tief durch, dann richtet er sich auf und klopft an die Tür.

Als Tanya öffnet, trifft ihn ihr Anblick noch immer wie ein Schlag auf die Brust – diese cognacfarbene Haut, diese Schokoladenaugen, als wäre diese Frau ein vollkommener sinnlicher Genuß. Aber, so ruft sich Quentin in Erinnerung, selbst die erlesensten Trüffel können innen bitter sein. Es ist eine kleine Genugtuung für ihn, daß auch sie einen Schritt nach hinten macht, als sie ihn sieht. »Quentin Brown«, sagt Tanya mit einem Kopfschütteln. »Wie komme ich denn zu der Ehre?«

»Ich arbeite hier an einem Fall«, sagt er. »Könnte länger dauern.« Er versucht, an ihr vorbeizuspähen, will sehen, wie sie jetzt wohnt. Ohne ihn. »Und da hab ich mir gedacht, ich komme mal auf einen Sprung vorbei, weil du meinen Namen demnächst wohl öfter hören wirst.«

»In Verbindung mit anderen Schimpfwörtern«, murmelt Tanya.

»Wie bitte?«

Sie lächelt ihn an, und er vergißt, auf die Antwort zu bestehen. »Ist Gideon da?«

»Nein«, sagt sie, etwas zu hastig.

»Ich glaube dir nicht.«

»Und ich mag dich nicht, also steig doch einfach wieder in dein kleines Auto und –«

»Ma?« Plötzlich taucht Gideon hinter seiner Mutter auf. Er ist beinahe so groß wie Quentin, obwohl er gerade erst sechzehn geworden ist. Sein dunkles Gesicht wird noch verschlossener, als er sieht, wer da vor der Tür steht. »Gideon«, sagt Quentin. »Hallo, mein Lieber.«

»Willst du mich schon wieder in die Reha schleifen?« schnaubt er. »Tu mir bloß keinen Gefallen mehr.«

Quentin merkt, daß sich seine Hände zu Fäusten ballen. »Ich hab dir einen Gefallen getan. Ich hab beim Richter meine Beziehungen spielen lassen, damit er dich nicht in die Jugendstrafanstalt steckt, obwohl ich mir damit im Büro ganz schön Ärger eingehandelt habe.«

»Soll ich mich jetzt dafür bedanken?« Gideon lacht. »So wie ich jeden Abend auf die Knie sinke und dir danke, daß du mein Daddy bist?«

»Gideon«, sagt Tanya warnend, aber er schiebt sich an ihr vorbei.

»Später.« Er rempelt Quentin an, eine Drohung, als er die Stufen hinuntergeht und in den Isuzu steigt. Augenblicke später biegt das Auto auf die Straße.

»Ist er noch clean?« fragt Quentin.

»Fragst du das, weil du dir Sorgen machst oder weil du deine Karriere nicht durch einen weiteren Schandfleck gefährden willst?«

»Das ist nicht fair, Tanya –«

»Das ist das Leben nie, Quentin.« Einen ganz kurzen Moment lang sieht er Trauer in ihren Augen aufflackern, wie die Erinnerung an einen Traum. »Stell dir vor.«

Sie schließt die Tür, bevor er antworten kann. Kurz darauf setzt Quentin seinen Wagen rückwärts aus der Einfahrt. Erst Minuten später merkt er, daß er keine Ahnung hat, wo er eigentlich hinwill.

Wenn Caleb auf der Seite liegt, kann er den Nachthimmel sehen. Der Mond ist so schmal, als könnte er beim nächsten Augenblinzeln verschwunden sein, die Sterne sind klar.

Den ganzen Tag lang hat Caleb gedacht, daß Nina krank ist, daß sie Hilfe braucht. Wenn in ihrem Kopf etwas zerbrochen ist, wäre Caleb der erste, der das versteht – er ist selbst nah dran, den Verstand zu verlieren, wenn er daran denkt, was Nathaniel angetan wurde. Aber als Nina anrief, war sie bei klarem Verstand, ruhig. Sie wollte Pater Szyszynski töten.

Das an sich schockiert Caleb nicht. Menschen sind nun mal zu ungeheuer starken und unterschiedlichen Emotionen fähig – Liebe, Freude, Entschlußkraft. Und da kann es natürlich passieren, daß heftige negative Gefühle die Oberhand gewinnen. Nein, was ihm zu schaffen macht, ist die Art, wie sie es getan hat. Und die Tatsache, daß sie allen Ernstes glaubt, sie hätte die Tat für Nathaniel begangen.

Dabei ging es bloß um Nina, ausschließlich um sie.

Caleb schließt die Augen. Er versucht, sich an den Moment zu erinnern, als Nina ihm sagte, daß sie schwanger sei. »Das sollte nicht passieren«, sagte sie zu ihm. »Deshalb können wir nie vergessen, daß es doch passiert ist.«

Er hört die Bettdecke rascheln, und dann spürt er, wie sich etwas Warmes an seinen Körper drückt. Er wendet hoffnungsvoll den Kopf, betet, daß alles nur ein böser Traum war, aus dem er erwacht, und daß Nina ruhig schlafend neben ihm liegt. Doch auf ihrem Kissen sieht er Nathaniel, die Augen naß von Tränen. »Ich will meine Mommy wiederhaben«, flüstert er.

Caleb denkt an Ninas Gesicht, als sie Nathaniel in sich trug, daß es heller strahlte als jeder Stern. Vielleicht ist diese Herrlichkeit schon vor langer Zeit verblaßt, vielleicht hat sie Lichtjahre gebraucht, um ihn erst jetzt zu erreichen. Er wendet sich seinem Sohn zu und sagt: »Ich auch.«

Fisher Carrington steht im Besprechungszimmer und blickt nach draußen auf den Hof für den Freigang. Als der Strafvollzugsbeamte die Tür hinter sich schließt und wir allein sind, dreht er sich langsam um. Er sieht genauso aus wie beim letzten Mal, als ich ihn gesehen habe, bei Rachels Anhörung zur Feststellung der Verhandlungsfähigkeit: Anzug von Armani, Schuhe von Bruno Magli, volles, weißes nach hinten gekämmtes Haar, mitfühlende blaue Augen. Diese Augen mustern für einen Moment meine viel zu große Gefängniskluft und kehren sofort zu meinem Gesicht zurück. »Tja«, sagt er ernst. »Ich hätte mir nie träumen lassen, daß ich mal hier mit Ihnen sprechen muß.«

Ich lasse mich auf einen der Stühle sinken. »Wissen Sie was, Fisher? Es gibt so vieles, was man sich nie träumen läßt.«

Wir starren einander an, versuchen, uns an die vertauschten Rollen zu gewöhnen. Er ist nun nicht mehr mein Gegner, er ist meine einzige Hoffnung. Er hat jetzt das Sagen, ich spiele nur noch die zweite Geige. Und über allem liegt die professionelle Übereinkunft, daß er mich nicht fragen wird, was ich getan habe, und daß ich es ihm nicht sagen muß.

»Sie müssen mich sofort hier rausholen, Fisher. Ich will zu Hause sein, wenn mein Sohn sich zum Mittagessen an den Tisch setzt.«

Fisher nickt. Das hört er nicht zum ersten Mal. Und letztlich spielt es auch keine Rolle, was ich will. »Ihnen ist doch klar, daß man beantragen wird, Sie in Haft zu behalten«, sagt er.

Natürlich ist mir das klar. Ich würde das gleiche tun, wenn ich die Anklage vertreten würde. In Maine kann ein Angeklagter, wenn die Staatsanwaltschaft hinreichende Beweise vorlegen kann, daß ein Kapitalverbrechen begangen wurde, ohne Festsetzung einer Kaution in Haft gehalten werden. Bis zum Prozeß.

Monatelang.

»Nina«, sagt Fisher, das erste Mal, daß er mich mit Vornamen anspricht. »Hören Sie mir zu.«

Aber ich will ihm nicht zuhören. Ich will, daß er mir zuhört. Ich ringe um meine Selbstbeherrschung, während ich ihn ausdruckslos ansehe. »Was passiert als nächstes, Fisher?«

Er durchschaut mich wie Glas, aber Fisher Carrington ist ein Gentleman. Und deshalb spielt er mit. Er lächelt, als wären wir alte Freunde. »Als nächstes«, antwortet er, »gehen wir vor Gericht.«

Patrick steht ganz hinten, noch hinter den zahlreichen Reportern, die über das Anklageeröffnungsverfahren gegen die Staatsanwältin berichten wollen, die kaltblütig einen Priester erschossen hat. Das ist der Stoff für Fernsehfilme, für Romane. Bei ihrer Berichterstattung erwähnen einige Journalisten nicht einmal Ninas Namen.

Sie kennen sie nicht, denkt Patrick. Und deshalb verstehen sie sie auch nicht.

Eine angespannte Erwartung erfüllt den Zuschauerraum, und die ersten nehmen ihre Plätze ein. Zyklopenäugige Kameras blinken auf. Patrick bleibt, wo er ist, und lehnt sich gegen die Wand des Gerichtssaals. Er will nicht gesehen werden, und er weiß selbst nicht genau, wieso. Schämt er sich, Zeuge von Ninas Schande zu werden? Oder fürchtet er sich vor dem, was sie in seinem Gesicht entdecken könnte?

Er hätte nicht kommen sollen. Als Patrick sich das sagt, geht die Tür zur Verwahrzelle auf, und zwei Gerichtsdiener erscheinen, Nina in ihrer Mitte. Sie wirkt klein und verängstigt, und er muß daran denken, wie sie in seinen Armen gezittert hat, mit dem Rücken zu ihm, als er sie gestern nachmittag aus dem Saal führte.

Nina schließt die Augen und geht dann weiter. In ihrem Gesicht steht genau der gleiche Ausdruck, den sie mit elf Jahren hatte, in einem Skilift, der erst wenige Meter gefahren war. Patrick hatte damals den Mann, der den Lift bediente, dazu gebracht, Nina wieder aussteigen zu lassen, weil sie sonst ohnmächtig geworden wäre.

Er hätte nicht kommen sollen, aber Patrick weiß auch, daß er nicht hätte wegbleiben können.

Die Eröffnungsverhandlung meiner Anklage findet in demselben Saal statt, in dem ich gestern einen Mann ermordet habe. Der Gerichtsdiener legt mir eine Hand auf die Schulter und eskortiert mich durch die Tür. Die Hände in Handschellen auf dem Rücken, gehe ich denselben Weg, den der Priester gegangen ist. Wenn ich ganz genau hinsehe, kann ich seine Fußspuren leuchten sehen.

Wir laufen am Tisch der Anklagevertretung vorbei. Heute sind fünfmal so viele Reporter da wie gestern. Ich erkenne sogar ein paar Gesichter aus den Fernsehnachrichten. Wußten Sie, daß Fernsehkameras wie das Zirpen von Grillen klingen? Ich blicke zum Zuschauerraum, suche Caleb, aber hinter Fisher Carringtons Tisch ist nur eine leere Sitzreihe.

Ich trage meine Gefängniskleidung und Schuhe mit niedrigen Absätzen. Gefängnisse stellen keine Schuhe zur Verfügung, daher muß man die tragen, in denen man festgenommen wurde. Und noch gestern, vor einer Ewigkeit, war ich eine berufstätige Frau.

Wir befinden uns an genau der Stelle, an der gestern der tote Priester lag. Wo das Reinigungspersonal vermutlich nicht alle Blutflecken entfernen konnte, wurde der Boden mit einem Stück Teppichboden bedeckt.

Plötzlich kann ich keinen Schritt weitergehen.

Der Gerichtsdiener packt meinen Arm fester und zerrt mich über die Matte an die Seite von Fisher Carrington. Erst dort weiß ich wieder, wer und wo ich bin. Ich setze mich auf denselben Stuhl, auf dem gestern der Priester saß, als ich aufstand und ihn erschoß. Die Sitzfläche ist warm unter meinen Oberschenkeln – von den Deckenlampen, die auf das Holz geschienen haben, oder vielleicht auch von einer Seele, die noch nicht die Zeit hatte, weiterzuziehen. Als der Gerichtsdiener zurücktritt, spüre ich einen Luftzug im Nacken und fahre herum, überzeugt, daß dort jemand mit einer Kugel für mich lauert.

Aber da lauert keine Kugel, kein jäher Tod. Da sind nur die Augen aller Menschen im Saal, die wie Säure brennen. Um den Zuschauern etwas zu bieten, fange ich an, an den Nägeln zu kauen und hin und her zu rutschen. Nervosität kann auch verrückt wirken.

»Wo ist Caleb?« raune ich Fisher zu.

»Ich habe keine Ahnung, aber er ist heute morgen in mein Büro gekommen und hat mir einen Vorschuß gezahlt. Halten Sie den Kopf gerade.« Ehe ich antworten kann, klopft der Richter mit seinem Hammer.

Ich kenne den Richter nicht. Vermutlich haben sie ihn von Lewiston kommen lassen. Und den Staatsanwalt, der da auf meinem alten Platz am Tisch der Anklagevertretung sitzt, kenne ich auch nicht. Er ist riesig, kahlköpfig, angsteinflößend. Er blickt nur einmal kurz zu mir herüber, und dann gleitet sein Blick weiter – er hat mich schon abgeschrieben, weil ich auf die dunkle Seite hinübergewechselt bin.

Plötzlich würde ich am liebsten zu dem Staatsanwalt gehen und ihn am Ärmel zupfen. *Richten Sie nicht über mich, möchte ich sagen, ehe Sie nicht auch die andere Seite gehört haben. Man ist nur so unbesiegbar wie die kleinste Schwäche, die man hat, und die kann wirklich ganz klein sein – so lang wie die Wimpern eines schlafenden Babys, die Spanne einer Kinderhand. Das Leben ist unberechenbar und – wie ich festgestellt habe – das eigene Gewissen auch.*

»Ist die Anklage bereit?« fragt der Richter.

Der stellvertretende Generalstaatsanwalt nickt. »Ja, Euer Ehren.«

»Ist die Verteidigung bereit?«

»Ja, Euer Ehren«, sagt Fisher.

»Die Angeklagte möge sich erheben.«

Ich stehe nicht sofort auf. Das ist keine bewußte Provokation. Ich bin es einfach nicht gewohnt, mich an dieser Stelle zu erheben. Der Gerichtsdiener zieht mich hoch und verdreht mir dabei den Arm.

Fisher Carrington bleibt sitzen, und mir wird am ganzen Körper kalt. Jetzt hat er Gelegenheit, mich zu beleidigen. Wenn ein Angeklagter aufsteht und sein Verteidiger sitzen bleibt, dann ist das für Insider ein deutliches Zeichen dafür, daß ihm sein Mandant völlig egal ist. Als ich das Kinn strecke und mich entschlossen abwende, erhebt sich Fisher Carrington langsam von seinem Stuhl. Ich spüre seine beruhigende Präsenz neben mir. Er wendet sich mir zu und hebt eine Augenbraue, als wollte er meinen Glauben an ihn in Frage stellen.

»Nennen Sie bitte Ihren Namen.«

Ich atme einmal tief durch. »Nina Maurier Frost.«

»Wir verlesen jetzt die Anklage«, sagt der Richter.

»Der Staat Maine erhebt hiermit Anklage gegen Nina Maurier Frost wegen Mordes an Glen Szyszynski, begangen in Biddeford in York County. Bekennen Sie sich schuldig?«

Fisher fährt mit einer Hand über seine Krawatte. »Die Angeklagte erklärt sich für nicht schuldig, Euer Ehren. Und ich setze das Gericht und die Anklagevertretung davon in Kenntnis, daß wir vermutlich auf nicht schuldig wegen Unzurechnungsfähigkeit plädieren werden.«

Das kommt für den Richter nicht überraschend. Auch für mich nicht, obwohl Fisher und ich noch nicht darüber gesprochen haben. »Mr. Brown«, sagt der Richter, »beantragen Sie den Verbleib der Angeklagten in Untersuchungshaft?«

Auch das kommt nicht überraschend. In der Vergangenheit habe ich selbst diese Möglichkeit als ein Gottesgeschenk betrachtet, weil Kriminelle hinter Schloß und Riegel blieben, während ich mich darum bemühte, sie dauerhaft ins Gefängnis zu bringen. Wer will denn schon, daß jemand, der ein Kapitalverbrechen begangen hat, frei herumläuft?

Aber bis heute war ich auch nicht die Kriminelle, um die es ging.

Quentin Brown blickt mich an, wendet sich dann dem Richter zu. Seine Augen, schwarz versteinert, verraten nichts. »Euer Ehren, aufgrund der Schwere des Verbrechens und der Dreistigkeit, mit der es in ebendiesem Gerichtssaal begangen wurde, verlangt die Anklage zu diesem Zeitpunkt die Festsetzung einer Kaution von 50.000 Dollar.«

Der Richter reißt die Augen auf. Fisher dreht sich verblüfft zu Brown um. Auch ich würde ihn gern anstarren, aber ich darf nicht, denn dann würde er merken, daß mein Verstand noch klar genug ist, um zu begreifen, was er mir da für ein unerwartetes Geschenk macht. »Verstehe ich Sie richtig, Mr. Brown, daß Sie nicht auf den weiteren Verbleib der Angeklagten in Haft bestehen?« fragt der Richter nach. »Daß Sie eine Kaution festsetzen möchten, anstatt sie zu verweigern?«

Brown nickt knapp. »Dürfen wir vortreten?«

Er macht einen Schritt vor, Fisher ebenso. Aus alter Gewohnheit will auch ich vortreten, doch der Gerichtsdiener hinter mir hält mich fest.

Der Richter legt eine Hand über das Mikrofon, damit die Medienvertreter das Gespräch nicht verfolgen können, aber ich verstehe jedes Wort, trotz der Entfernung. »Mr. Brown, ich bin davon ausgegangen, daß die Beweislage in diesem Fall eindeutig ist.«

»Euer Ehren, um die Wahrheit zu sagen, ich weiß nicht, ob die Angeklagte mit Erfolg auf Unzurechnungsfähigkeit plädieren kann ... aber ich kann das Gericht nicht in gutem Glauben bitten, sie ohne Kaution in Haft zu behalten. Sie ist seit zehn Jahren Staatsanwältin. Ich denke nicht, daß Fluchtgefahr besteht, und ich denke nicht, daß sie eine Gefahr für die Allgemeinheit darstellt. Bei allem Respekt, Euer Ehren, ich habe das mit meinem Vorgesetzten und mit ihrem Vorgesetzten besprochen, und ich bitte das Gericht, eine Kaution festzusetzen, ohne das Ganze zu einem Thema zu machen, auf das sich die Presse stürzen kann.«

Fisher blickt ihn mit einem dankbaren Lächeln an. »Euer Ehren, ich möchte Mr. Brown sagen, daß meine Mandantin und ich ihm für sein Feingefühl danken. Dieser Fall ist für alle Beteiligten schwierig.«

Ich würde am liebsten tanzen. Daß Brown eine Kaution befürwortet, ist ein kleines Wunder. »Die Anklage verlangt eine Kaution in Höhe von 50.000 Dollar. Inwieweit ist die Angeklagte an ihren Wohnort gebunden, Mr. Carrington?« fragt der Richter.

»Euer Ehren, sie ist in Maine geboren und aufgewachsen. Sie hat hier ein kleines Kind. Die Angeklagte ist natürlich bereit, ihren Paß abzugeben und zuzusichern, daß sie den Staat Maine nicht verlassen wird.«

Der Richter nickt. »Angesichts ihrer langjährigen Tätigkeit als Staatsanwältin erteile ich ihr zusätzlich die Auflage, bis zum vollständigen Abschluß dieses Verfahrens mit niemandem zu sprechen, der zur Zeit in der Bezirksstaatsanwaltschaft York arbeitet und ihr Informationen über ihren Fall liefern könnte.«

»Selbstverständlich, Euer Ehren«, sagt Fisher.

Quentin Brown meldet sich erneut zu Wort. »Und wir beantragen als zusätzliche Auflage ein psychiatrisches Gutachten.«

»In Ordnung«, erwidert Fisher. »Wir haben ohnehin vor, ein Gutachten erstellen zu lassen, von einem privaten Psychiater.«

»Ist es für die Anklage von Belang, ob das Gutachten von

einem privaten oder einem staatlichen Psychiater erstellt wird?« fragt der Richter.

»Wir verlangen einen staatlichen Gutachter.«

»Gut. Dann mache ich auch das zur Auflage für die Haftentlassung auf Kaution.« Der Richter notiert sich etwas. »Aber ich glaube nicht, daß 50.000 Dollar erforderlich sind, damit diese Frau im Staat Maine bleibt. Ich setze die Kaution auf 10.000 Dollar fest.«

Danach geht alles blitzschnell: Hände an meinen Armen schieben mich in Richtung Verwahrzelle. Fishers Gesicht vor mir, das mir sagt, daß er Caleb wegen der Kaution anrufen wird. Reporter, die aus dem Saal stieben, um ihre Redaktionen anzurufen. Ich bleibe in Gesellschaft eines dürren Hilfssheriffs zurück. Er schließt mich in die Zelle und vergräbt sein Gesicht dann in einer Sportzeitschrift.

Ich komme raus. Ich komme wieder nach Hause, kann mit Nathaniel zu Mittag essen, genau wie ich es Fisher Carrington gesagt habe.

Ich ziehe die Knie an die Brust und beginne zu weinen. Und gebe mich dem Glauben hin, daß ich vielleicht ja doch ungeschoren davonkomme.

An dem Tag, als es passiert ist, hatten sie über die Arche gesprochen. Das war ein riesengroßes Boot, hat Mrs. Fiore Nathaniel und den anderen erzählt. So groß, daß sie alle reingepaßt hätten, ihre Eltern und ihre Haustiere. Sie hatte an alle Buntstifte und Zeichenblöcke verteilt, und dann sollten sie ihr Lieblingstier malen. »Und die Bilder«, hatte sie gesagt, »die zeigen wir dann alle Pater Glen, bevor er seine Geschichte erzählt.«

Nathaniel saß an dem Tag neben Amelia Underwood, die immer nach Spaghettisauce roch und nach dem Zeug, das im Badewannenabfluß hängenbleibt. »Waren auch Elefanten auf dem Boot?« fragte sie, und Mrs. Fiore nickte. »Alle Tiere.«

»Kaninchen?«

»Ja.«

»Narwale?« Das kam von Oren Whitford, der schon richtig lesen konnte.

»Ja.«

»Kakerlaken?«

»Leider ja«, sagte Mrs. Fiore.

Phil Filbert hob die Hand. »Auch die heilige Geiß?«

Mrs. Fiore zog die Stirn kraus. »Du meinst den Heiligen Geist, Philip, und das ist etwas völlig anderes.« Aber dann überlegte sie kurz und sagte: »Der wird wohl auch dabeigewesen sein.«

Nathaniel hob die Hand. Die Lehrerin lächelte ihn an. »Und an welches Tier denkst du?«

Aber er dachte an gar kein Tier. »Ich muß mal«, sagte er, und alle anderen Kinder lachten. Sein Gesicht wurde ganz warm, und er flitzte zur Tür hinaus. Nathaniel trödelte auf der Toilette herum, drückte immer wieder auf die Spülung, weil er das Geräusch mochte. Dann wusch er sich die Hände mit so viel Seife, daß im Waschbecken ein richtiger Schaumberg wuchs.

Er hatte es nicht eilig, zurück in die Sonntagsschule zu kommen. Erstens würden die ihn sowieso nur wieder auslachen, und zweitens stank Amelia Underwood an diesem Tag besonders schlimm. Also ging er etwas weiter den Gang hinunter bis zu Vater Glens Büro. Die Tür war sonst immer abgeschlossen, aber heute stand sie einen kleinen Spalt offen, gerade breit genug, daß jemand wie Nathaniel hindurchschlüpfen konnte. Ohne zu zögern, schlich er sich hinein.

Das Zimmer roch nach Zitrone, genau wie der Hauptraum der Kirche. Nathaniels Mutter hatte gesagt, das käme daher, weil so viele Ladys freiwillig die Holzbänke polierten, bis sie schön glänzten, und er dachte sich, daß sie wohl auch hier im Büro das Holz polierten. Aber es gab gar keine Kirchenbänke, bloß ganz viele Bücherregale. Auf den Buchrücken waren so viele Buchstaben zusammengequetscht, daß Nathaniel richtig schwindelig wurde. Statt dessen sah er sich lieber ein Bild an, das an der Wand hing. Es zeigte einen Mann auf einem weißen Pferd, der einem Drachen eine Lanze ins Herz stach.

Vielleicht hatten die Drachen nicht mehr auf die Arche gepaßt, und deshalb sah man heute keine mehr.

»Der heilige Georg war sehr tapfer«, sagte eine Stimme hinter ihm, und Nathaniel merkte, daß er nicht allein war. »Und du?« fragte der Priester mit einem langsamen Lächeln. »Bist du auch tapfer?«

Wenn Nina seine Frau wäre, hätte Patrick in der ersten Reihe des Zuschauerraums gesessen. Er hätte ihren Blick gesucht, sobald sie durch die Tür in den Gerichtssaal gekommen wäre, um ihr zu zeigen, daß er immer für sie da war, egal, was passierte. Niemand hätte zu ihm nach Hause kommen müssen, um ihm das Ergebnis der Anklageeröffnung mitzuteilen.

Als Caleb endlich die Tür aufmacht, ist Patrick richtig wütend auf ihn.

»Sie kommt auf Kaution raus«, sagt er ohne jede Begrüßung. »Du mußt einen Scheck über zehntausend Dollar zum Gericht bringen.« Er starrt Caleb zornig an, die Hände in den Jackentaschen vergraben. »Ich nehme wohl an, daß du ihr den kleinen Dienst erweisen wirst. Oder hattest du vor, deine Frau gleich zweimal an einem Tag im Stich zu lassen?«

»Du meinst, so wie sie mich im Stich gelassen hat?« entgegnet Caleb. »Ich konnte nicht kommen. Ich hatte niemanden, der auf Nathaniel aufpaßt.«

»Blödsinn. Du hättest mich bitten können, auf ihn aufzupassen. Und genau das werde ich jetzt auch tun. Fahr los und hol Nina ab. Sie wartet.« Er verschränkt die Arme, zwingt Caleb, Farbe zu bekennen.

»Ich denk nicht dran«, sagt Caleb, und eine Sekunde später drückt Patrick ihn schon gegen den Türrahmen.

»Was ist los mit dir, verdammt noch mal?« stößt er hervor. »Sie braucht dich jetzt.«

Caleb, größer und stärker, holt zum Schlag aus, und Patrick landet in der Gartenhecke. »Ich lasse mir von dir nicht sagen, was *meine* Frau braucht.« Im Hintergrund ruft eine zaghafte Kinderstimme nach dem Vater. Caleb dreht sich um, geht ins Haus und schließt die Tür hinter sich.

Patrick liegt ausgestreckt zwischen den Büschen und schnappt nach Luft. Was soll er jetzt tun? Er kann Nina nicht im Gefängnis lassen, er hat aber auch nicht genug Geld zur Verfügung, um ihre Kaution zu stellen.

Plötzlich geht die Tür wieder auf. Caleb steht vor ihm, einen Scheck in der Hand. Patrick nimmt ihn, und Caleb nickt ihm dankbar zu. Es ist eine Entschuldigung, ein Geschäft, abgeschlossen im Namen der Frau, die ihrer beider Leben aus dem Gleichgewicht gebracht hat.

Ich werde Caleb vorwerfen, daß er nicht zu der Verhandlung gekommen ist, aber erst nachdem ich Nathaniel so lange an mich gedrückt habe, bis er fast mit mir verschmilzt. Nervös warte ich, bis der Hilfssheriff die Zelle aufschließt und mich in den Vorraum des Sheriffbüros führt. Dort wartet ein vertrautes Gesicht, aber nicht das richtige.

»Ich hab die Kaution bezahlt«, sagt Patrick. »Caleb hat mir den Scheck gegeben.«

»Er ...« setze ich an, und dann fällt mir wieder ein, wer da vor mir steht. Es ist zwar Patrick, aber dennoch. Ich blicke ihn mit großen Augen an, als er mich aus dem Lieferanteneingang des Gerichtsgebäudes führt, um der Presse aus dem Weg zu gehen. »Ist er wirklich tot? Schwörst du mir, daß er wirklich tot ist?«

Patrick packt meinen Arm und zieht mich herum. »Hör auf.« Sein Gesicht ist von Kummer zerfurcht. »Bitte, Nina. Hör auf damit.«

Er durchschaut mich; natürlich durchschaut er mich. Er ist

schließlich Patrick. In gewisser Weise ist es eine Erleichterung, ihm nichts mehr vormachen zu müssen, endlich Gelegenheit zu haben, mit jemandem zu sprechen, der es verstehen wird. Wir gehen zu seinem Auto. Der ganze Parkplatz steht voller Übertragungswagen mit Satellitenschüsseln auf dem Dach. Patrick wirft mir etwas Schweres auf den Schoß, eine dicke Ausgabe des *Boston Globe*.

ÜBER DEM GESETZ, lautet die Schlagzeile. Und darunter: *Priester in Maine ermordet – biblische Rache einer Staatsanwältin*. Ein Farbfoto zeigt mich, wie ich von Patrick und den Gerichtsdienern zu Boden gerissen werde. In der rechten Ecke ist Pater Szyszynski in einer Blutlache zu sehen. Ich fahre mit dem Finger über Patricks Profil. »Du bist berühmt«, sage ich leise.

Patrick antwortet nicht. Er starrt auf die Straße.

Früher konnte ich mit ihm über alles reden. Daran kann sich doch jetzt nichts geändert haben. Ist heute niemand mehr der, der er noch gestern war? »Patrick«, sage ich.

Er unterbricht mich mit einer jähen Handbewegung. »Nina, es ist schon schlimm genug. Jedesmal, wenn ich daran denke, was du getan hast, muß ich an den Abend davor denken, im »Tequila Mockingbird«. Was ich da zu dir gesagt habe.«

Solche Menschen müßte man erschießen. Bis jetzt hatte ich nicht mehr daran gedacht. Oder doch? Ich strecke den Arm aus, um seine Schulter zu berühren, um ihm zu versichern, daß es nicht seine Schuld ist, aber er weicht zurück. »Egal, was du denkst, du irrst dich. Ich –«

Plötzlich stoppt Patrick den Wagen am Straßenrand. »Bitte, sprich nicht mit mir darüber. Ich muß in deinem Prozeß als Zeuge aussagen.«

Aber Patrick war immer mein Vertrauter. Mich wieder in die schützende Schale des gespielten Wirrseins zurückzuziehen scheint mir noch verrückter. Ein Kostüm, das mir zwei Nummern zu klein ist. Ich blicke ihn fragend an, und wie üblich antwortet er mir schon, ehe ich die richtigen Worte gefunden habe. »Sprich statt dessen mit Caleb«, sagt er und fädelt sich wieder in den mittäglichen Verkehrsfluß ein.

Wenn man sein Kind in die Arme schließt, kann man manchmal die Landkarte der eigenen Knochen unter den Händen spüren oder den Duft der eigenen Haut in seinem Nacken riechen. Das ist eine der ungewöhnlichsten Erfahrungen als Mutter – daß man einen Teil von sich selbst sieht, getrennt und autonom, und doch könnte man ohne ihn nicht leben.

Nathaniel wirft sich mir wie ein Wirbelwind in die Arme, und ich lasse mich von ihm mitreißen. »Mommy!«

Ah, denke ich, *deshalb*.

Über den Kopf meines Sohnes hinweg sehe ich Caleb. Er steht ein Stück entfernt, das Gesicht teilnahmslos. Ich sage: »Danke für den Scheck.«

»Du bist berühmt«, erklärt Nathaniel. »Dein Bild war in der Zeitung.«

»Sohnemann«, sagt Caleb, »hast du Lust, dir ein Video anzugucken, in unserem Schlafzimmer?«

Nathaniel schüttelt den Kopf. »Nur wenn Mommy mitkommt.«

»Ich komme nach. Zuerst muß ich noch kurz was mit Daddy besprechen.«

Also benehmen wir uns wie liebe, nette Eltern. Caleb setzt Nathaniel auf das weite Meer unserer Tagesdecke, ich lege ein Disney-Video ein. Und während er sich von einer Phantasiewelt verzaubern läßt, gehen Caleb und ich wie selbstverständlich in das Zimmer unseres kleinen Jungen und versuchen, die Wirklichkeit zu begreifen. Wir setzen uns auf das schmale Bett, umgeben von aufgedruckten exotischen Baumfröschen, einem Regenbogen in giftigen Farben. Über uns dreht sich ein Raupen-Mobile unbekümmert im Kreis. »Was zum Teufel hast du getan, Nina?« fragt Caleb, der Eröffnungsangriff. »Was hast du dir nur dabei gedacht?«

»Hat die Polizei schon mit dir geredet? Haben Sie dir Ärger gemacht?«

»Wieso sollten sie?«

»Weil sie nicht wissen, daß du das nicht mit mir zusammen geplant hast.«

Caleb sinkt in sich zusammen. »Hast du das denn? Geplant?«

»Ich habe geplant, es ungeplant aussehen zu lassen«, erkläre ich. »Caleb, er hat Nathaniel etwas Schreckliches angetan. Er hat ihm sehr, sehr weh getan. Und er wäre ungestraft davongekommen.«

»Das weißt du doch gar nicht –«

»Doch. Ich erlebe es Tag für Tag. Aber diesmal geht es um mein Kind. *Unser* Kind. Was meinst du, wie viele Jahre Nathaniel deswegen Alpträume haben wird? Wie viele Jahre er eine Therapie wird machen müssen? Unser Sohn wird nie mehr so sein, wie er mal war. Szyszynski hat ihm etwas geraubt, das wir nie mehr zurückbekommen werden. Warum hätte ich ihn schonen sollen?«

»Aber Nina. Du – « Er kann es nicht mal aussprechen.

»Als du es erfahren hast, als Nathaniel seinen Namen ausgesprochen hat, was hast du da als allererstes gedacht?«

Caleb senkt den Blick. »Ich wollte ihn umbringen.«

»Genau.«

Er schüttelt den Kopf. »Man hätte Szyszynski den Prozeß gemacht. Er wäre für seine Tat bestraft worden.«

»Nicht genug. Kein Urteil, das irgendein Richter hätte verhängen können, hätte das wiedergutgemacht, das weißt du genau. Ich habe getan, was jede Mutter, jeder Vater würde tun wollen. Ich muß bloß den Eindruck erwecken, daß ich verrückt bin, damit ich nicht bestraft werde.«

»Und du glaubst, das schaffst du?«

»Ich weiß, was erforderlich ist, um für zurechnungsfähig erklärt zu werden. Ich brauche einen Angeklagten bloß reinkommen zu sehen, und ich kann dir auf Anhieb sagen, ob er verurteilt oder freigesprochen wird. Ich weiß, was man sagen, was man machen muß.« Ich blicke Caleb in die Augen. »Ich bin Anwältin. Aber ich hab vor den Augen eines Richters, eines ganzen Gerichtssaales, einen Menschen erschossen. Wieso hätte ich das tun sollen, wenn ich nicht verrückt bin?«

Caleb schweigt einen Moment, scheint die Wahrheit in seinen Händen abzuwägen. »Warum erzählst du mir das?« fragt er leise.

»Weil du mein Mann bist. Du kannst im Prozeß nicht gegen mich aussagen. Du bist der *einzige*, dem ich es erzählen kann.«

»Warum hast du mir dann nicht erzählt, was du vorhattest?«

»Weil du mich daran gehindert hättest«, erwidere ich.

Als Caleb aufsteht und zum Fenster geht, folge ich ihm. Ich lege meine Hand sachte auf seinen Rücken. »Nathaniel hat es verdient«, flüstere ich.

Caleb schüttelt den Kopf. »Das hat niemand verdient.«

Man kann weiter funktionieren, während es einem das Herz im Leibe zerreißt. Das Blut pulsiert, die Lunge atmet. Was verlorengeht, sind die Gefühlsregungen. Stimme und Alltagshandlungen scheinen merkwürdig hohl, was von einer Leere tief im Innern zeugt, die unendlich ist. Caleb starrt diese Person an, die noch gestern seine Frau war, und erblickt eine Fremde. Er lauscht ihren Erklärungen und fragt sich, wann sie diese Fremdsprache erlernt hat, die für ihn völlig unverständlich ist.

Natürlich hat sie genau das getan, was am liebsten alle Eltern dem Ungeheuer antun würden, das sich an einem Kind vergreift. Aber kaum jemand setzt es in die Tat um. Vielleicht denkt Nina wirklich, daß sie Nathaniel gerächt hat, aber der Preis war unverhältnismäßig hoch. Wäre Szyszynski ins Gefängnis gekommen, hätte das für sie zwar nur einen schwachen Trost bedeutet, aber sie wären noch immer eine Familie gewesen. Falls Nina ins Gefängnis kommt, verliert Caleb seine Frau. Nathaniel verliert seine Mutter.

Caleb spürt in den Muskeln seiner Schultern ein Brennen, wie von Säure. Er ist wütend und ratlos und vielleicht auch ein bißchen ehrfürchtig. Er hat jeden Zentimeter dieser Frau erkundet, er weiß, was sie zum Weinen bringt und was ihre Leidenschaft weckt. Er kennt jede Narbe und jede Linie ihres Körpers; aber sie selbst kennt er überhaupt nicht.

Nina steht hoffnungsvoll neben ihm, wartet auf seine Bestätigung, daß sie das Richtige getan hat. Seltsam, daß sie sich über Recht und Gesetz erhebt, aber doch seine Zustimmung braucht. Aus diesem Grund und aus all den anderen Gründen wird er die Worte, die sie von ihm hören möchte, nicht aussprechen.

Als Nathaniel ins Zimmer kommt, die Decke vom Eßtisch um die Schultern drapiert, sucht Caleb bei ihm Halt. In dieser fremden Wildnis ist Nathaniel das einzige, das er wiedererkennt. »Hallo!« ruft Caleb mit übertriebener Begeisterung und wirft den Jungen in die Luft. »Toller Umhang!«

Auch Nina wendet sich um, ein Lächeln in ihrem eben noch ernsten Gesicht. Auch sie greift nach Nathaniel, und dann setzt sich Caleb den Jungen auf die Schultern, wo sie ihn nicht mehr erreichen kann.

»Es wird schon dunkel«, sagt Nathaniel. »Gehen wir?«

»Wohin?«

Statt einer Antwort deutet Nathaniel zum Fenster hinaus. Unten auf der Straße ist ein ganzes Bataillon von kleinen Kobolden, Minimonstern, guten Feen unterwegs. Zum ersten Mal fällt Caleb auf, daß das Laub von den Bäumen gefallen ist, daß grinsende Kürbisse wie träge Hennen auf der Mauer vom Nachbarhaus hocken. All diese Anzeichen für Halloween hat er doch tatsächlich übersehen!

Er blickt Nina an; ihr ist es ähnlich ergangen. Prompt klingelt es unten an der Tür. Nathaniel strampelt auf Calebs Schultern. »Los, aufmachen! Aufmachen!«

»Das geht jetzt nicht.« Nina wirft ihm einen hilflosen Blick zu. Sie haben keine Süßigkeiten im Haus.

Schlimmer noch, sie haben auch kein Kostüm. Caleb und Nina begreifen das gleichzeitig, und es bringt sie einander näher. Beide erinnern sich, als was Nathaniel bisher verkleidet gewesen war: Ritter in strahlender Rüstung, Astronaut, Kürbis, Krokodil und, als er noch ganz klein war, Raupe. »Was wärst du denn gerne?« fragt Nina.

Nathaniel wirft sich sein magisches Tischtuch über die Schulter. »Ein Superheld«, sagt er. »Ein ganz neuer.«

Caleb ist ziemlich sicher, daß sie noch auf die Schnelle ein Supermann-Kostüm auftreiben könnten. »Was stört dich denn an den alten?«

Alles, wie sich herausstellt. Nathaniel kann Supermann nicht leiden, weil Kryptonit ihm die Kräfte entzieht. Der Ring von Green Lantern versagt bei allem, was gelb ist. Der Incredible Hulk ist zu dumm. Sogar Captain Marvel kann ausgetrickst werden, denn wenn er das Wort *SHAZAM!* ausspricht, verwandelt er sich wieder in den armen Billy Batson.

»Wie wär's mit Ironman?« schlägt Caleb vor.

Nathaniel schüttelt den Kopf. »Der kann rosten.«

»Aquaman?«

»Braucht Wasser.«

»Nathaniel«, sagt Nina freundlich, »niemand ist vollkommen.«

»Sollen sie aber sein«, erklärt Nathaniel, und Caleb versteht ihn. Heute abend braucht der Junge das Gefühl, unbesiegbar zu sein. Er braucht das Gefühl, daß ihm das, was geschehen ist, nie, nie wieder passieren kann.

»Was wir brauchen«, sagt Nina nachdenklich, »ist ein Superheld ohne Schwachstelle.«

Sie nimmt seine Hand. »Mal sehen.« Aus dem Schrank holt sie ein Piratenkopftuch und schlingt es ihm verwegen um die Stirn. Dann wickelt sie ein Stück gelbes Band kreuz und quer um Nathaniels Oberkörper. Sie gibt ihm eine blau getönte

Taucherbrille, damit er einen Röntgenblick bekommt, und zieht ihm rote Shorts über die Jogginghose, weil wir schließlich hier in Maine sind und sie ihn nicht halbnackt draußen in der Kälte herumlaufen läßt. Dann signalisiert sie Caleb heimlich, daß er sein rotes Thermohemd ausziehen soll. Er gibt es ihr, und sie hängt es Nathaniel um die Schultern, ein zweiter Umhang. »Ach du liebes bißchen, findest du nicht, daß er aussieht wie –«

»Ja, nicht zu fassen«, stimmt Caleb zu, obwohl er keine Ahnung hat, wen sie meint.

»Wie wer? Wie wer?« Nathaniel tänzelt vor Aufregung auf der Stelle.

»Na, wie IncrediBoy natürlich«, antwortet Nina. »Hast du den noch nie gesehen?«

»Nee ...«

»Ach, das ist doch der absolute Supersuperheld. Er hat immer zwei Umhänge, wie du, und damit kann er weiter und schneller fliegen als alle anderen.«

»Cool!«

»Und er kann den Menschen die Gedanken einfach so aus dem Kopf ziehen, bevor sie sie aussprechen können. Du siehst fast genauso aus wie er, ich wette, du kannst das auch. Mach mal.« Nina schließt fest die Augen. »Rate, was ich denke.«

Nathaniel legt die Stirn in Falten, konzentriert sich. »Äh ... daß ich so stark bin wie IncrediBoy?«

Sie schlägt sich auf die Stirn. »Meine Güte! Nathaniel, wie hast du das gemacht?«

»Ich glaub, ich hab auch schon den Röntgenblick«, jubelt Nathaniel. »Ich kann durch die Häuser sehen, ich weiß, was die Leute für Süßigkeiten verteilen!« Er flitzt Richtung Treppe. »Beeilt euch, ja?«

Sobald ihr Sohn aus dem Zimmer ist, lächeln Caleb und Nina einander verlegen an. »Was machst du, wenn er doch nicht durch Türen sehen kann?« fragt Caleb.

»Ich sage ihm, sein optischer Sensor ist kaputt und muß repariert werden.«

Nina geht hinaus, aber Caleb bleibt noch einen Moment am Fenster stehen. Er sieht, wie sein bunt verkleideter Sohn mit einem großen Satz von der Veranda hüpft. Selbst von hier oben kann Caleb Nathaniels Lächeln sehen, sein helles Lachen hören. Und er fragt sich, ob Nina vielleicht doch recht hat, ob ein Superheld nicht einfach eine ganz normale Person ist, die einfach nur fest daran glaubt, daß sie nicht scheitern kann.

Sie hält sich die Pistole, die ein Föhn ist, an den Kopf, als ich frage: »Was kommt nach Liebhaben?«

»Wie bitte?«

Es ist so schwer, das auszudrücken, was ich fragen will. »Du hast doch Mason lieb, nicht?«

Der Hund hört seinen Namen und wedelt mit dem Schwanz. »Ja, sicher«, sagt sie.

»Und Dad hast du noch lieber?«

Sie sieht zu mir herunter. »Ja.«

»Und mich hast du noch doller lieb?«

Ihre Augenbrauen heben sich. »Stimmt.«

»Und was kommt danach?«

Sie hebt mich hoch und setzt mich auf den Beckenrand. Der Waschtisch fühlt sich warm an, da, wo der Föhn gelegen hat. Sie überlegt einen Moment. »Nach Liebhaben«, sagt sie, »kommt, eine Mama zu sein.«

5

Früher einmal wollte ich die Welt retten. Naiv, wie ich war, glaubte ich ernsthaft, daß ich als Staatsanwältin einmal die Chance haben würde, die Welt vom Bösen zu befreien. Doch da wußte ich noch nicht, daß man bei fünfhundert laufenden Fällen versucht, möglichst viele per Absprache zu entscheiden. Da wußte ich noch nicht, daß Gerechtigkeit weniger von einem Schuldspruch als von Überzeugungskraft abhängt. Da wußte ich noch nicht, daß ich mich nicht für einen Kreuzzug entschieden hatte, sondern nur für einen Job.

Dennoch wäre ich nie auf die Idee gekommen, Verteidigerin zu werden. Der Gedanke, mich hinzustellen und für einen moralisch verdorbenen Kriminellen zu lügen, war mir unerträglich, und für mich waren nun mal die meisten Angeklagten schuldig, solange nicht ihre Unschuld bewiesen war. Doch als ich jetzt in Fisher Carringtons holzgetäfelter Luxuskanzlei sitze und von seiner adretten Sekretärin jamaikanischen Kaffee für dreißig Dollar das Pfund gereicht bekomme, ahne ich allmählich, wo die Vorteile liegen.

Fisher kommt heraus, um mich zu begrüßen. Seine Paul-Newman-blauen Augen blitzen, als wäre er hoch erfreut, mich in seinem Vorzimmer zu sehen. Warum sollte mich das wundern? Er weiß, er könnte mir einen Arm in Rechnung stellen, und ich würde bezahlen. Er hat die Chance, an einem aufsehenerregenden Mordprozeß zu arbeiten, der ihm jede Menge Popularität und neue Mandanten bescheren wird. Und schließlich bietet sich ihm eine Abwechslung von den üblichen Fällen, die er inzwischen im Schlaf bearbeitet.

»Nina«, sagt er, »ich freue mich.« Als hätten wir uns nicht vor weniger als vierundzwanzig Stunden im Gefängnis gesehen. »Kommen Sie doch mit in mein Büro.«

Auch hier edle Wandtäfelung, ein Männerzimmer, das den Duft von Zigarrenrauch und Cognac heraufbeschwört. In den Regalen stehen die gleichen Bücher mit Gesetzestexten wie in meinem Büro, und irgendwie finde ich das tröstlich.

»Wie geht es Nathaniel?«

»Gut.« Ich nehme in einem wuchtigen Ledersessel Platz und lasse den Blick schweifen.

»Er ist bestimmt froh, daß seine Mutter wieder zu Hause ist.«

Jedenfalls froher als sein Vater, denke ich. Meine Aufmerksamkeit richtet sich auf eine kleine Picasso-Skizze an der Wand. Keine Lithographie – das Ding ist echt.

»Was denken Sie?« fragt Fisher, als er sich mir gegenübersetzt.

»Daß der Staat mich zu schlecht bezahlt.« Ich sehe ihn an. »Danke, daß Sie mich gestern rausgeholt haben.«

»So gern ich das Kompliment annehmen würde, das war ein unerwartetes Geschenk, und das wissen Sie auch. So viel Milde hatte ich nicht erwartet.«

»Das war wohl auch ein einmaliges Geschenk.« Ich spüre seinen Blick auf mir ruhen, prüfend. Im Vergleich zu meinem Verhalten bei unserem gestrigen Treffen bin ich heute viel beherrschter.

»Fangen wir an«, schlägt Fisher vor. »Haben Sie vor der Polizei eine Aussage gemacht?«

»Die haben mich gefragt. Ich habe wiederholt gesagt, daß ich alles getan habe, was ich tun konnte. Daß ich nicht mehr tun könnte.«

»Wie oft haben Sie das gesagt?«

»Immer und immer wieder.«

Fisher legt seinen Waterman-Füllhalter beiseite und faltet die Hände. Seine Miene ist eine eigentümliche Mischung aus morbider Faszination, Respekt und Resignation. »Sie wissen genau, was Sie tun«, stellt er fest.

Ich betrachte ihn über den Rand meiner Kaffeetasse. »Das wollen Sie doch nicht wirklich wissen.«

Grinsend lehnt Fisher sich zurück. Er hat Grübchen, zwei in jeder Wange. »Haben Sie Schauspielunterricht genommen, bevor Sie sich auf Jura verlegt haben?«

»Klar«, sage ich. »Sie etwa nicht?«

Er möchte mir so viele Fragen stellen; ich sehe ihm förmlich an, daß er sich nur mit Mühe im Zaum halten kann. Ich kann es ihm nicht verdenken. Mittlerweile weiß er, daß ich nicht verrückt bin; er weiß, für welches Spiel ich mich entschieden habe.

»Wieso haben Sie mich engagiert?«

»Weil Geschworene Sie lieben. Die Leute glauben Ihnen.« Ich zögere, dann rücke ich mit der Wahrheit heraus. »Und weil ich es immer gehaßt habe, gegen Sie antreten zu müssen.«

Fisher verzieht keine Miene. »Wir müssen unsere Verteidigung auf Unzurechnungsfähigkeit aufbauen. Oder auf Wut in extremer Form.«

In Maine gibt es bei Mord keinerlei Abstufungen, und das Strafmaß beträgt mindestens fünfundzwanzig Jahre. Was bedeutet, daß ich, wenn ich freikommen will, auf nicht schuldig plädieren muß – schwer zu beweisen, da die Tat ja sogar gefilmt wurde; nicht schuldig wegen geistiger Unzurechnungsfähigkeit oder nicht schuldig aufgrund von Wut in extremer Form, ausgelöst durch eine entsprechende Provokation. Bei letzterem wird das Verbrechen auf Totschlag reduziert, eine minder schwere Tat. Eigentlich erstaunlich, daß es in diesem Staat legal ist, jemanden umzubringen, wenn er einen nur genug auf die Palme bringt und die Geschworenen übereinstimmend meinen, daß man allen Grund hatte, sich auf die Palme bringen zu lassen.

»Ich würde vorschlagen, beide Gründe anzuführen«, rät Fisher. »Falls –«

»Nein. Wenn Sie beide anführen, ist das für die Geschworenen nicht überzeugend. Glauben Sie mir. Es entsteht der Eindruck, als könnten nicht mal *Sie* sich entscheiden, warum ich nicht schuldig bin.« Ich denke kurz darüber nach. »Außerdem werden zwölf Geschworene sich nicht so leicht darauf einigen, was eine zulässige Provokation ist. Da leuchtet ihnen schon eher ein, daß eine Staatsanwältin, die vor den Augen eines Richters einen Mann erschießt, doch wohl unzurechnungsfähig sein muß. Und wenn wir mit Wut in extremer Form Erfolg hätten, wäre das noch längst kein voller Erfolg – es würde nur das Strafmaß verringern. Wenn Sie mich mit Unzurechnungsfähigkeit raushauen, ist das ein glatter Freispruch.«

In meinem Kopf nimmt meine Verteidigung allmählich Gestalt an. »Okay.« Ich beuge mich vor, um ihm meine Strategie zu erläutern. »Brown wird uns ja wegen der psychiatrischen Untersuchung durch einen staatlichen Gutachter anrufen. Wir können zuerst zu diesem Psychiater gehen und uns dann auf Grundlage seines Gutachtens einen eigenen Experten suchen.«

»Nina«, sagt Fisher geduldig. »Sie sind die Mandantin. Ich bin der Anwalt. Wenn Sie das nicht akzeptieren, wird es mit uns nicht klappen.«

»Ach kommen Sie, Fisher. Ich weiß genau, was ich tue.«

»Nein, das wissen Sie nicht. Sie sind Staatsanwältin, und sie haben keine Ahnung, wie man eine Verteidigung aufbaut.«

»Es geht schließlich immer darum, gut zu schauspielern, nicht? Und das ist mir doch wohl gelungen, oder?« Fisher, die Arme vor der Brust verschränkt, gibt sich geschlagen und wartet, bis ich mich in meinem Sessel zurücklehne. »Also gut, meinetwegen. Was machen wir?«

»Wir gehen zu dem staatlichen Gutachter«, sagt Fisher tonlos. »Und dann nehmen wir uns einen eigenen Experten.« Ich hebe die Augenbrauen, aber er ignoriert mich. »Ich beantrage, daß uns alle Informationen zur Verfügung gestellt werden, die Detective Ducharme im Vergewaltigungsfall ihres Sohnes zusammengetragen hat, denn durch sie sind Sie schließlich zu der Überzeugung gelangt, daß Sie diesen Mann töten müssen.«

Diesen Mann töten müssen. Die Formulierung jagt mir einen kalten Schauer über den Rücken. Diese Worte gehen uns so leicht über die Lippen, als plauderten wir über das Wetter oder ein Baseballspiel.

»Fällt Ihnen sonst noch etwas ein, was ich anfordern sollte?«

»Die Unterwäsche«, sage ich. »Auf der Unterwäsche meines Sohnes war Sperma. Es wird eine DNA-Analyse gemacht, aber die Ergebnisse liegen noch nicht vor.«

»Tja, die spielen jetzt auch keine Rolle mehr –«

»Ich will den Bericht sehen«, erkläre ich, keinen Widerspruch duldend. »Ich muß ihn sehen.«

Fisher nickt, notiert sich etwas. »Also gut. Ich werde ihn anfordern. Sonst noch was?« Ich schüttele den Kopf. »Schön. Wenn ich die Beweismittel vorliegen habe, rufe ich Sie an. In der Zwischenzeit verlassen Sie den Staat nicht und sprechen mit niemandem von der Staatsanwaltschaft. Halten Sie sich dran, weil Sie nämlich keine zweite Chance bekommen werden.« Er steht auf, entläßt mich.

Ich gehe zur Tür, fahre mit den Fingerspitzen über die glänzende Täfelung. Mit einer Hand auf dem Türknauf halte ich inne, blicke über die Schulter nach hinten. Er macht sich Notizen in meiner Akte, genau wie ich es tue, wenn ich mit einem Fall beginne. »Fisher?« Er blickt auf. »Haben Sie Kinder?«

»Zwei. Eine Tochter studiert in Dartmouth, die andere geht noch zur High School.«

Plötzlich fällt mir das Schlucken schwer. »Schön«, sage ich leise. »Gut zu wissen.«

Herr erbarme dich. Christus erbarme dich.

Keiner von den Reportern, die zur Totenmesse für Pater Szyszynski in St. Anne's gekommen sind, erkennt die schwarzgekleidete Frau, die in der vorletzten Reihe sitzt und das Kyrie nicht mitspricht. Ich habe mein Gesicht sorgsam hinter einem Schleier verborgen. Ich habe Caleb nicht gesagt, wo ich hingehe. Er denkt, ich komme nach meinem Termin bei Fisher direkt nach Hause. Doch statt dessen sitze ich hier, obwohl ich mich einer Todsünde schuldig gemacht habe, und lausche einem Erzbischof, der die Tugenden des Mannes preist, den ich getötet habe.

Er wurde angeklagt, aber er wurde nie verurteilt. Es ist absurd, daß ausgerechnet ich ihn zum Opfer gemacht habe. Seine Gemeinde drängt sich in den Kirchenbänken. Die Menschen sind gekommen, um ihm die letzte Ehre zu erweisen. Alles ist in Silber und Weiß gehalten – die Gewänder der Geistlichen, die Szyszynskis Seele an Gott übergeben wollen, die Lilien, mit denen die Gänge geschmückt sind, die Meßdiener, die mit ihren Kerzen die Prozession anführen, das Tuch über dem Sarg – und die Kirche sieht so aus, wie ich mir den Himmel vorstelle.

Der Erzbischof betet über dem schimmernden Sarg, zwei Priester neben sich, die Weihrauch und Weihwasser schwenken. Irgendwie kommen mir die beiden bekannt vor. Dann fällt mir ein, wer sie sind; es sind die Geistlichen, die vor kurzem hier in der Gemeinde zu Besuch waren. Ich frage mich, ob einer von den beiden die Pfarrstelle übernehmen wird, die ja jetzt verwaist ist.

Ich bekenne vor Gott, dem Allmächtigen, daß ich gesündigt habe, durch meine Schuld.

Der süßliche Duft der Kerzen und Blumen steigt mir zu Kopf. Die letzte Totenmesse, an der ich teilnahm, war die für meinen Vater, und sie war weit weniger pompös als diese hier, wenngleich ich den Gottesdienst mit demselben fassungslosen Gefühl erlebte. Ich erinnere mich noch an den Priester, der seine Hände auf meine legte und mir den größten Trost zusprach, den er kannte: »Er ist jetzt bei Gott.«

Als das Evangelium verlesen wird, lasse ich den Blick über die Trauergemeinde schweifen. Einige ältere Frauen schluchzen. Die meisten starren den Erzbischof mit der Ernsthaftigkeit an, die ihm gebührt. Wenn Szyszynskis Leib Christus gehört, wer hat dann seine Gedanken gelenkt? Wer hat den Gedanken in sein Gehirn gepflanzt, einem Kind weh zu tun? Wieso hat er sich ausgerechnet mein Kind ausgesucht?

Worte drängen an mein Ohr: *übergeben wir seine Seele; bei seinem Schöpfer; Hosianna in der Höhe.*

Die Töne der Orgel vibrieren, und dann erhebt sich der Erzbischof, um die Laudatio zu halten. »Pater Glen Szyszynski«, beginnt er, »wurde von seiner Gemeinde geliebt.«

Ich kann nicht sagen, warum ich hergekommen bin, woher ich wußte, daß ich notfalls einen Ozean durchschwimmen, Fesseln sprengen, über Berg und Tal rennen würde, um bei Szyszynskis Beerdigung dabeizusein. Vielleicht, weil sie für mich einen Abschluß darstellt; vielleicht, weil sie den Beweis liefert, den ich noch immer brauche.

Das ist mein Leib.

Ich sehe sein Gesicht im Profil vor mir, in dem Augenblick, bevor ich abdrücke.

Das ist mein Blut.

Seinen zerschmetterten Kopf.

In die Stille hinein keuche ich auf, und die Menschen rechts und links von mir blicken mich neugierig an.

Als wir wie Roboter aufstehen und in den Gang treten, um zur Kommunion zu gehen, bewegen sich meine Füße wie von selbst, ehe ich ihnen Einhalt gebieten kann. Vor dem Priester, der die Hostie hält, öffne ich den Mund. »Der Leib Christi«, sagt er und sieht mir in die Augen.

»Amen«, antworte ich.

Als ich mich umdrehe, fällt mein Blick auf die vorderste Reihe, wo eine Frau in Schwarz zusammengekrümmt sitzt und haltlos schluchzt. Ihre stahlgrauen Locken sind unter einen schwarzen Glockenhut gezwängt. Ihre Hände umklammern so fest den Rand der Kirchenbank, daß es aussieht, als würde das Holz gleich splittern. Der Priester, der mir die Kommunion gegeben hat, flüstert einem anderen Geistlichen etwas zu, der sofort zu der Frau geht, um sie zu trösten. Und in dem Moment begreife ich:

Auch Pater Szyszynski war jemandes Sohn.

Meine Brust füllt sich mit Blei, und die Beine geben unter mir nach. Ich kann mir einreden, daß ich Nathaniel gerächt habe; ich kann behaupten, daß ich moralisch im Recht war – aber ich kann nicht die Wahrheit verleugnen, daß eine andere Mutter durch mich ihr Kind verloren hat.

Ist es richtig, einen Kreislauf des Schmerzes zu zerschlagen, wenn dadurch nur ein neuer in Gang gesetzt wird?

Plötzlich dreht sich die Kirche um mich herum, und die Blumen greifen nach meinen Knöcheln. Ein Gesicht, so breit wie der Mond, ragt vor mir auf und sagt Worte, die ich nicht verstehe. *Wenn ich ohnmächtig werde, sehen sie, wer ich bin. Sie werden mich in Stücke reißen.* Ich nehme alle Kraft zusammen, die ich noch habe, um die Leute vor mir beiseite zu schieben, den Gang hinunterzueilen, die Doppeltür von St. Anne's aufzustoßen und ins Freie zu laufen.

Soweit Nathaniel zurückdenken kann, gilt Mason als *sein* Hund, obwohl der Golden Retriever schon zehn Monate vor Nathaniels Geburt in die Familie kam. Und das Komische daran ist, wenn es andersherum gewesen wäre, wenn Nathaniel zuerst dagewesen wäre, dann hätte er sich von seinen Eltern eine Katze gewünscht. Er mag das Geräusch, das sie dicht an seinem Ohr machen, so daß auch seine Haut summt. Er mag es, daß sie nicht baden müssen, und er bewundert sie dafür, daß sie immer auf allen vier Pfoten landen.

Zu Weihnachten hatte er sich ein Kätzchen gewünscht, doch obwohl Santa Claus ihm ansonsten alles gebracht hatte, war keine Katze dabei. Wegen Mason, ganz klar. *Weiß der Himmel*, sagte Nathaniels Mutter, *was dieser wilde Hund mit einem Kätzchen anstellen würde*.

Und deshalb fiel Nathaniel an dem Tag, als er im Kellergeschoß der Kirche herumschlenderte und sich das Drachenbild in Vater Glens Büro ansah, als allererstes die Katze auf. Sie war schwarz, hatte drei weiße Pfoten, und ihr Schwanz pendelte hin und her wie die Kobra vor einem Schlangenbeschwörer. Und ihr Gesicht war nicht größer als Nathaniels Handfläche.

»Ah«, sagte der Priester. »Esme gefällt dir.« Er kraulte die Katze zwischen den Ohren. »Feines Mädchen.« Dann nahm er die Katze auf den Arm und setzte sich auf die Couch unter das Bild mit dem Drachen. Nathaniel fand das sehr mutig von ihm. Er selbst hätte Angst gehabt, daß das Ungeheuer plötzlich zum Leben erwacht und ihn mit Haut und Haaren verschlingt. »Möchtest du sie vielleicht streicheln?«

Nathaniel nickte nur, weil er vor Freude kein Wort herausbrachte. Er näherte sich der Couch, dem kleinen Fellknäuel im Schoß des Priesters. Er legte die Hand auf den Rücken des Kätzchens, spürte die Wärme und die feinen Knochen und den Herzschlag. »Hallo«, flüsterte er. »Hallo Esme.«

Ihr Schwanz kitzelte Nathaniel unterm Kinn, und er lachte. Auch der Priester lachte und legte Nathaniel eine Hand in den Nacken. Das war die gleiche Stelle, wo ich die Katze streichelte, dachte Nathaniel und wich einen Schritt zurück.

»Sie mag dich«, sagte der Priester.

»Wirklich?«

»Aber ja. Bei den meisten Kindern ist sie viel ängstlicher.«

Nathaniel wäre vor Stolz beinahe geplatzt. Wieder kraulte er die Ohren der Katze, und er hätte schwören können, daß sie lächelte.

»So ist's richtig«, ermunterte der Priester ihn. »Nicht aufhören.«

Quentin Brown sitzt an Ninas Schreibtisch im Büro der Bezirksstaatsanwaltschaft und überlegt, was hier fehlt. Aus Platzmangel ist ihm ihr Büro zugeteilt worden, und ihm ist die Ironie des Schicksals durchaus bewußt, daß er die Verurteilung dieser Frau just in dem Sessel anstrengen wird, in dem sie einst saß. Bisher hat er feststellen können, daß Nina Frost eine Ordnungsfanatikerin ist – sogar ihre Büroklammern sind in kleinen Schälchen nach Größe sortiert. Ihre Akten sind alphabetisch geordnet. Es gibt keinerlei Anhaltspunkte dafür, daß sie ihre Tat vorbereitet hat. *Hier hätte Gott weiß wer arbeiten können*, denkt Quentin, *und genau da liegt das Problem.*

Was für eine Frau ist das, die nicht mal ein Foto ihres Kindes oder ihres Mannes auf dem Schreibtisch stehen hat?

Die Tür geht auf, und zwei Detectives der Polizei von Biddeford kommen herein – Evan Chao und Patrick Ducharme, wenn Quentin sich recht erinnert. »Bitte sehr«, sagt er und deutet auf die Stühle vor dem Schreibtisch, »nehmen Sie Platz.«

Sie bilden eine massive Front, und ihre Schultern berühren sich beinahe. Quentin nimmt eine Fernbedienung und schaltet den Videorecorder auf dem Regal hinter ihnen ein. Er selbst hat sich das Band schon x-mal angesehen, und er geht davon aus, daß auch die Detectives es kennen. Verdammt, fast ganz New England hat die Bilder inzwischen gesehen. Chao und Ducharme drehen sich um, starren fasziniert auf den kleinen Bildschirm, wo Nina Frost geradezu anmutig auf den Priester zugeht und eine Pistole hebt. In dieser Version, die nicht geschnitten ist, kann man sehen, wie die rechte Seite von Glen Szyszynskis Kopf förmlich explodiert.

»Mein Gott«, murmelt Chao.

Quentin läßt das Band laufen. Diesmal sieht er es sich nicht an – er beobachtet die Reaktionen der Detectives. Er kennt weder Chao noch Ducharme, aber er weiß, daß sie sieben Jahre lang mit Nina Frost zusammengearbeitet haben – mit Quentin erst vierundzwanzig Stunden. Als die Kamera wild herumschwenkt und schließlich den Kampf zwischen Nina und den Gerichtsdienern einfängt, blickt Chao nach unten. Ducharme starrt entschlossen auf den Bildschirm, aber sein Gesicht wirkt völlig ausdruckslos.

Quentin schaltet den Fernseher aus. »Ich hab die Zeugenaussagen gelesen, alle 124. Und natürlich schadet es nichts, das ganze Fiasko in Multicolor auf Band zu haben.« Er beugt sich vor, die Ellbogen auf Ninas Schreibtisch. »Die Beweislage ist klar. Die einzige offene Frage lautet: Ist sie unzurechnungsfähig oder nicht? Sie wird es entweder damit versuchen oder mit Wut in extremer Form.« Er blickt Chao an und fragt: »Waren Sie bei der Autopsie dabei?«

»Ja.«

»Und?«

»Die Leiche wurde schon zur Bestattung freigegeben, aber den Bericht kriege ich erst, wenn die medizinischen Unterlagen des Opfers vorliegen.«

Quentin verdreht die Augen. »Als ob die Todesursache noch geklärt werden müßte.«

»Nicht deshalb«, schaltet Ducharme sich ein. »Die haben's gern, wenn die medizinischen Unterlagen dem Bericht beiliegen. Das ist so üblich.«

»Tja, die sollen sich beeilen«, sagt Quentin. »Es ist mir egal, ob Szyszynski AIDS im letzten Stadium hatte ... daran ist er nicht gestorben.« Er öffnet die Akte auf dem Schreibtisch und wedelt mit einem Blatt vor Patrick Ducharme herum. »Was zum Teufel ist das?«

Der Detective nimmt es entgegen und erkennt seinen Bericht über die Vernehmung von Caleb Frost, der in Verdacht geraten war, sich an seinem eigenen Sohn vergangen zu haben. »Der Junge war stumm«, erklärt Patrick. »Er hatte ein wenig Zeichensprache gelernt, und als wir von ihm wissen wollten, wer der Täter ist, hat er immer wieder das Zeichen für Vater gemacht.« Patrick gibt das Blatt zurück. »Deshalb haben wir uns zunächst auf Caleb Frost konzentriert.«

»Wie hat die Mutter reagiert?« fragt Quentin.

»Sie hat sich eine einstweilige Verfügung gegen ihren Mann besorgt.«

»Davon will ich eine Kopie.«

Patrick zuckt die Achseln. »Die ist aufgehoben worden.«

»Mir egal. Nina Frost hat den Mann erschossen, den sie für den Vergewaltiger ihres Sohnes gehalten hat. Aber nur vier Tage zuvor hatte sie einen anderen Mann für den Täter gehalten. Ihr Anwalt wird den Geschworenen weismachen wollen, daß sie den Priester erschossen hat, weil er ihr Kind mißbraucht hat ... aber wie konnte sie sich da so sicher sein?«

»Es gab Spermaspuren«, sagt Patrick. »Auf der Unterhose ihres Sohnes.«

»Ja.« Quentin blättert etliche Seiten weiter. »Wo ist die DNA-Analyse?«

»Noch im Labor. Müßte diese Woche kommen.«

Quentin hebt langsam den Kopf. »Sie hat nicht mal die Ergebnisse der DNA-Analyse abgewartet?«

Ein Muskel an Patricks Kinnpartie zuckt. »Nathaniel hat es mir gesagt. Ihr Sohn. Er hat den Namen des Täters genannt.«

»Mein Neffe ist auch fünf Jahre alt, und der erzählt mir, daß die Zahnfee ihm einen Dollar unter das Kopfkissen gelegt hat, aber das heißt noch lange nicht, daß ich ihm glaube, Lieutenant!«

Kaum hat er den Satz beendet, ist Patrick auch schon aufgesprungen und beugt sich über den Schreibtisch zu Quentin vor. »Sie kennen Nathaniel Frost nicht«, zischt er. »Und Sie haben nicht das Recht, mein berufliches Urteilsvermögen anzuzweifeln.«

Quentin erhebt sich, überragt den Detective. »Ich habe jedes erdenkliche Recht. Bei der Durchsicht Ihrer Ermittlungsberichte habe ich nämlich den Eindruck gewonnen, daß Sie Mist gebaut haben, weil Sie einer Staatsanwältin, die voreilige Schlüsse gezogen hat, eine Sonderbehandlung zukommen ließen. Und ich werde das auf keinen Fall noch einmal zulassen, während wir ihr den Prozeß machen.«

»Sie hat keine voreiligen Schlüsse gezogen«, widerspricht Patrick. »Sie hat genau gewußt, was sie tat. Verdammt, wenn es mein Kind wäre, ich hätte genau das gleiche getan.«

»Sie beide hören mir jetzt mal zu. Nina Frost steht unter Mordverdacht. Sie hat einen Mann kaltblütig in einem voll besetzten Gerichtssaal erschossen. Und es ist Ihre Aufgabe, für die Wahrung der Gesetze zu sorgen, und niemand – *niemand* – hat das Recht, die Gesetze zu brechen, nicht einmal eine Staatsanwältin.« Quentin wendet sich an den anderen Polizisten. »Ist das klar, Detective Chao?«

Chao nickt knapp.

»Detective Ducharme?«

Patrick blickt ihm in die Augen, sinkt zurück auf seinen Stuhl. Und nachdem die Detectives das Büro längst verlassen haben, wird Quentin erst klar, daß Ducharme die Frage nicht beantwortet hat.

Sich auf den Winter vorzubereiten ist Calebs Ansicht nach reines Wunschdenken. Auch die besten Vorbereitungen können nicht verhindern, daß man unverhofft von einem Unwetter überrascht wird. Diese Stürme aus Nordosten kündigen sich nämlich nicht immer an. Sie ziehen hinaus aufs Meer, dann machen sie kehrt und brechen über Maine herein. In den letzten Jahren ist es schon vorgekommen, daß Caleb die Haustür geöffnet hat, und davor lag eine fast mannshohe Schneewehe, so daß er sich mit der Schaufel einen Weg in eine Welt graben mußte, die völlig anders aussah als noch am Abend zuvor.

Heute macht er das Haus winterfertig. Er verstaut Nathaniels Fahrrad in der Garage und holt den Schlitten und die Langlaufskier heraus. Die Sträucher vor dem Haus hat er bereits mit hölzernen Gestellen versehen, die die zarten Zweige vor Eis und Schnee schützen sollen.

Jetzt muß er nur noch Brennholz für den Winter lagern. Er hat mittlerweile im Keller einen großen Berg Scheite aufgehäuft und ist dabei, sie zu stapeln. Eichensplitter bohren sich in seine dicken Handschuhe, während er immer zwei Scheite nimmt und sie ordentlich aufschichtet.

»Meinst du, damit kommen wir über den Winter?«

Caleb schrickt zusammen. Nina ist die Kellertreppe heruntergekommen, steht jetzt mit verschränkten Armen da und mustert den Holzstapel. »Kommt mir ein bißchen wenig vor«, fügt sie hinzu.

»Ich hab noch reichlich oben.« Caleb legt wieder zwei Scheite ab. »Hab bloß noch nicht alles geholt.«

Er spürt Ninas Blick auf sich, als er sich wieder umdreht, das letzte Holzstück nimmt und es auf den hohen Stapel legt. »Das wär's.«

»Ja«, erwidert sie.

»Wie war's bei dem Anwalt?«

Sie zuckt die Achseln. »Er ist nun mal Verteidiger.«

Caleb nimmt an, daß das eine Beleidigung sein soll. Wie immer, wenn es um Juristisches geht, weiß er nicht, was er sagen soll. Caleb hat plötzlich das Gefühl, daß der Raum für sie beide zu klein zu sein scheint. »Mußt du noch mal weg? Ich will nämlich noch zum Baumarkt und eine Abdeckplane besorgen.«

Er braucht keine Abdeckplane. In der Garage liegen vier Stück. Er weiß nicht mal, warum ihm diese Worte herausgerutscht sind, wie Vögel auf der Flucht. Und trotzdem redet er weiter. »Kannst du auf Nathaniel aufpassen?«

Nina erstarrt vor seinen Augen. »Natürlich kann ich auf Nathaniel aufpassen. Oder hältst du mich für so labil?«

»So hab ich das nicht gemeint.«

»Doch, Caleb, das hast du. Vielleicht willst du es dir nicht eingestehen, aber du hast es so gemeint.« In ihren Augen stehen Tränen. Aber weil ihm nicht die passenden Worte einfallen, um sie zu trocknen, nickt Caleb einfach nur und geht an ihr vorbei. Als er die Treppe hinaufsteigt, streifen sich ihre Schultern.

Er fährt natürlich nicht zum Baumarkt. Statt dessen kurvt er ziellos durch die Gegend und hält schließlich vor dem »Tequila Mockingbird«, der kleinen Bar, von der Nina gelegentlich spricht. Er weiß, daß sie sich hier einmal pro Woche mit Patrick zum Mittagessen trifft. Er weiß sogar, daß der Barkeeper mit dem Pferdeschwanz Stuyvesant heißt. Aber Caleb war noch nie in dem Lokal, und als er den jetzt am Nachmittag nahezu leeren Raum betritt, hat er das Gefühl, als trüge er ein Geheimnis in sich.

»Hallo«, sagt Stuyvesant, als Caleb am Tresen stehenbleibt. Welchen Hocker nimmt Nina immer? Er starrt einen nach dem anderen an und versucht, ihren Stammplatz zu erraten. »Was möchten Sie trinken?«

Caleb trinkt normalerweise Bier. Harte Drinks waren noch nie sein Geschmack. Aber er bestellt ein Glas Talisker, ein Name, den er von einer Flasche hinter der Theke abliest und der nach mildem Whiskey klingt. Stuyvesant stellt ihm das Glas und ein Schälchen Erdnüsse hin. Drei Hocker weiter sitzt ein Geschäftsmann, und an einem Tisch kämpft eine Frau mit den Tränen, während sie einen Brief schreibt. Caleb prostet dem Barkeeper zu. »*Sláinte*«, sagt er, weil er das mal in einem Film gehört hat.

»Ire?« fragte Stuyvesant und wischt mit einem Tuch über die polierte Theke.

»Mein Vater war Ire.« In Wahrheit sind Calebs Eltern beide in den USA geboren, und seine Vorfahren stammen aus Schweden und England.

»Tatsache?« Der Geschäftsmann blickt zu ihm herüber.

»Meine Schwester lebt im County Cork. Herrliches Fleckchen Erde.« Er lacht. »Warum um alles in der Welt sind Sie hierhergekommen?«

Caleb nippt an dem Whiskey. »Mir blieb nicht viel anderes übrig«, lügt er. »Ich war zwei Jahre alt.«

»Sind Sie aus Sanford?«

»Nein. Bin geschäftlich hier.«

»Sind wir das nicht alle?« Der Mann hebt sein Bierglas. »Gott segne das Spesenkonto, hab ich recht?« Er winkt Stuyvesant. »Noch eine Runde für uns«, sagt er und dann zu Caleb: »Ich geb einen aus. Oder besser gesagt: mein Arbeitgeber.«

Sie sprechen über die bevorstehende Eishockeysaison und daß schon der erste Schnee in der Luft liegt. Sie vergleichen die Vorzüge des Mittleren Westens, wo der Geschäftsmann herkommt, mit denen von New England. Caleb weiß nicht, warum er dem Mann nicht die Wahrheit sagt. Die Lügen gehen ihm ganz leicht über die Lippen, und es ist seltsam befreiend, daß der Mann ihm anscheinend alles glaubt, was er sagt. Und so behauptet Caleb, er komme aus Rochester, New Hampshire, wo er tatsächlich schon einmal war. Er erfindet einen Firmennamen, ein neues Produkt im Bereich Baumaschinen und eine Vergangenheit voller hervorragender Leistungen. Er läßt die Lügen nur so heraussprudeln und empfindet ein seltsames Vergnügen daran.

Der Mann wirft einen Blick auf seine Uhr und flucht leise. »Ich muß zu Hause anrufen, daß ich später komme. Sonst denkt meine Frau, ich hätte meinen Leihwagen um einen Baum gewickelt. Sie wissen schon.«

»War nie verheiratet«, sagt Caleb achselzuckend und zieht den Talisker durch die Zähne.

»Sehr klug.« Der Geschäftsmann rutscht von dem Hocker und geht nach hinten zu einem Münztelefon, von dem Nina hin und wieder, wenn der Akku ihres Handys leer war, Caleb angerufen hat. Als er an Caleb vorbeikommt, streckt er ihm die Hand entgegen. »Ich heiße übrigens Mike Johanssen.«

Caleb schüttelt sie. »Glen«, entgegnet er. »Glen Szyszynski.«

Zu spät fällt ihm ein, daß sein Vater ja angeblich Ire war, nicht Pole. Daß Stuyvesant, der ja hier lebt, den Namen ganz sicher wiedererkennt. Aber weder das eine noch das andere spielt eine Rolle. Denn als der Geschäftsmann zurückkommt und Stuyvesant schließlich stutzt, hat Caleb die Bar schon verlassen.

Der vom Staat bestellte Psychiater ist so jung, daß ich den Impuls unterdrücken muß, ihm übers Haar zu streichen. Aber wenn ich das täte, würde Dr. Storrow vermutlich vor Angst sterben, weil er meint, ich wollte ihn mit dem Riemen meiner Handtasche erwürgen. Deshalb hat er darauf bestanden, mich im Gericht in Alfred zu treffen, und ich muß sagen, ich kann das nachvollziehen. Sämtliche Klienten dieses Mannes sind entweder Verrückte oder Mörder, und der – abgesehen vom Gefängnis – sicherste Ort, um ein Gespräch zu führen, ist ein öffentliches Gebäude, in dem es von Gerichtsdienern nur so wimmelt.

Ich habe mir genau überlegt, was ich anziehe, und trage nicht das übliche konservative Kostüm, sondern eine Khakihose, einen Baumwollrollkragenpullover und Freizeitschuhe. Wenn Dr. Storrow mich ansieht, soll er nicht denken: Anwältin. Er soll sich an seine Mutter erinnern, wie sie auf dem Fußballplatz an der Seitenlinie stand und ihn anfeuerte.

Als er das erste Mal etwas sagt, rechne ich fast damit, daß seine Stimme kippt. »Mrs. Frost, Sie waren Staatsanwältin in York County, ist das richtig?«

Ich muß nachdenken, ehe ich antworte. Wie verrückt ist verrückt? Soll ich so tun, als hätte ich Schwierigkeiten, ihn zu verstehen, soll ich anfangen, auf meinem Pulloverkragen herumzukauen? Es dürfte nicht allzu schwer sein, einen so unerfahrenen Psychologen wie Storrow hinters Licht zu führen ... aber darum geht es nicht mehr. Jetzt muß ich ihm klarmachen, daß die Unzurechnungsfähigkeit nur vorübergehend ist. Damit ich freigesprochen werde, ohne umgehend irgendwo eingewiesen zu werden. Also lächle ich ihn an. »Sie können ruhig Nina zu mir sagen«, biete ich ihm an. »Und ja, das ist richtig.«

»Schön«, sagt Dr. Storrow. »Ich habe hier einen Fragebogen, der, äh, ausgefüllt und dem Gericht vorgelegt werden soll.« Er legt ein Blatt auf den Tisch, das ich schon tausendmal gesehen habe, vorformulierte Fragen, und beginnt zu lesen. »Stehen Sie unter Einfluß von Medikamenten?«

»Nein.«

»Wurde Ihnen früher schon einmal eine Straftat zur Last gelegt?«

»Nein.«

»Standen Sie je vor Gericht?«

»Tagtäglich«, erwidere ich. »In den vergangenen zehn Jahren.«

»Oh ...« Dr. Storrow blinzelt mich an, als ob ihm erst jetzt wieder eingefallen ist, mit wem er redet. »Ach ja, stimmt. Tja, ich muß Ihnen diese Fragen trotzdem stellen, falls Sie einverstanden sind.« Er räuspert sich. »Ist Ihnen klar, welche Funktion der Richter in einem Gerichtsverfahren ausübt?«

Ich ziehe eine Augenbraue hoch.

»Ich fasse das als ein Ja auf.« Dr. Storrow schreibt etwas auf sein Formular. »Ist Ihnen klar, welche Funktion der Ankläger ausübt?«

»Doch, ich denke, das weiß ich so ungefähr.«

Wissen Sie, welche Aufgabe der Verteidiger hat? Ist Ihnen klar, daß die Staatsanwaltschaft versucht, Ihnen Ihre Schuld nachzuweisen? Die Fragen sind so albern. Fisher und ich werden diese lächerliche Befragung zu unserem Vorteil nutzen. Auf dem Papier, ohne die Modulation meiner Stimme, werden meine Antworten nicht absurd wirken, nur ein wenig ausweichend, ein wenig seltsam. Und Dr. Storrow ist zu unerfahren, als daß er im Zeugenstand glaubhaft machen könnte, daß ich die ganze Zeit über haargenau wußte, worum es ging.

»Was tun Sie, wenn vor Gericht etwas geschieht, das Sie nicht verstehen?«

Ich zucke die Achseln. »Ich würde meinen Anwalt nachfragen lassen, welchen Präzedenzfall es dafür gibt, damit ich den Sachverhalt nachschlagen kann.«

»Ist Ihnen klar, daß Ihr Anwalt nichts von dem wiederholen darf, was Sie ihm sagen?«

»Tatsächlich?«

Dr. Storrow legt das Formular auf den Tisch. Mit todernster Miene sagt er: »Ich denke, wir können diesen Teil abschließen.« Er blickt auf die Handtasche, aus der ich einst eine Waffe gezogen habe. »Ist bei Ihnen je eine psychische Erkrankung diagnostiziert worden?«

»Nein.«

»Haben Sie je wegen irgendwelcher psychischen Probleme Medikamente genommen?«

»Nein.«

»Haben Sie je aufgrund von Streß einen psychischen Zusammenbruch gehabt?«

»Nein.

»Haben Sie je zuvor eine Waffe besessen?«

Ich schüttele den Kopf.

»Haben Sie je irgendeine Form von psychologischer Beratung in Anspruch genommen?«

Die Frage läßt mich stocken. »Ja«, gebe ich zu und denke an den Beichtstuhl in St. Anne's. »Und das war der schlimmste Fehler meines Lebens.«

»Wieso?«

»Als ich herausgefunden hatte, daß mein Sohn sexuell mißbraucht worden war, ging ich zur Beichte in meiner Kirche.

Ich habe mit meinem Priester darüber gesprochen. Und dann erfuhr ich, daß er der Schweinehund war, der meinem Kind das angetan hatte.«

Bei meiner Ausdrucksweise errötet er über dem Kragen seines Button-down-Hemdes. »Mrs. Frost – Nina –, ich muß Ihnen einige Fragen zu dem Tag stellen, an dem ... an dem es passiert ist.«

Ich beginne, an den Ärmeln meines Pullovers zu ziehen. Nicht viel, nur so, daß der Stoff meine Hände bedeckt. Ich blicke nach unten. »Ich mußte es tun«, flüstere ich.

Ich werde immer besser.

»Wie haben Sie sich an dem Tag gefühlt?« fragt Dr. Storrow. Skepsis liegt in seiner Stimme. Schließlich war ich noch vor einem Augenblick völlig klar.

»Ich mußte es tun ... verstehen Sie. Ich habe zu oft gesehen, wie das läuft. Ich konnte ihn nicht laufenlassen.« Ich schließe die Augen, denke an jede erfolgreiche Verteidigung wegen Unzurechnungsfähigkeit, die ich je vor Gericht erlebt habe. »Ich hatte keine andere Wahl. Es war stärker als ich ... es war, als würde ich dabei zusehen, wie jemand anderes es tat, jemand anderes handelte.«

»Aber Sie wußten, was Sie taten«, entgegnet Dr. Storrow, und ich zwinge mich, den Blick gesenkt zu halten. »Sie haben Leute angeklagt, die schreckliche Dinge getan hatten.«

»Ich habe nichts Schreckliches getan. Ich habe meinen Sohn gerettet. Dafür sind Mütter doch wohl da, oder etwa nicht?«

»Was denken *Sie*, wozu Mütter da sind?« fragt er.

Daß sie nachts wach bleiben, wenn ihre Kinder eine Erkältung haben. Daß sie wenigstens einmal einen Kuchen mit allen Zutaten backen, die sie zu Hause haben, nur um herauszufinden, wie das wohl schmeckt.

Daß sie ihren kleinen Sohn jeden Tag noch ein bißchen mehr lieben.

»Nina?« sagt Dr. Storrow. »Ist alles in Ordnung?«

Ich blicke auf und nicke unter Tränen. »Es tut mir leid.«

»Wirklich?« Er beugt sich vor. »Tut es Ihnen wirklich leid?«

Wir reden nicht mehr über ein und dasselbe. Ich stelle mir Pater Szyszynski auf dem Weg in die Hölle vor. Ich denke daran, wie unterschiedlich man diese Worte auslegen kann, und dann suche ich Dr. Storrows Blick. »Und ihm?«

Nina hat schon immer besser geschmeckt als jede andere Frau, denkt Caleb, als seine Lippen über ihre Schulter gleiten. Wie Honig und Sonne und Karamel – von ihrer Gaumenwölbung bis hinunter zur Kniekehle. Es gibt Augenblicke, da hat Caleb das Gefühl, er könnte sich von seiner Frau ernähren und nie genug von ihr bekommen.

Ihre Hände gleiten nach oben und umfassen seine Schultern, und im Halbdunkel fällt ihr Kopf nach hinten, so daß die Kontur ihres Halses zur Landschaft wird. Caleb vergräbt sein Gesicht darin und versucht, sich seinen Weg zu ertasten. Hier, in diesem Bett, ist sie die Frau, in die er sich vor einer halben Ewigkeit verliebt hat. Er weiß, wann sie ihn berühren wird und wo. Er kann jede einzelne Bewegung von ihr vorhersagen.

Ihre Beine öffnen sich, und Caleb preßt sich an sie. Sein Rücken wölbt sich. Er stellt sich den Augenblick vor, wenn er in ihr ist, wie dann der Druck wächst und wächst und schließlich explodiert.

In diesem Moment schlüpft Ninas Hand zwischen sie beide und umschließt ihn, und schlagartig erschlafft Caleb. Er versucht, sich an ihr zu reiben. Ninas Finger bewegen sich wie die einer Flötistin auf ihm, aber nichts geschieht.

Caleb spürt, wie ihre Hand wieder zu seiner Schulter gleitet. »Nanu«, sagt Nina, als er sich neben ihr auf den Rücken rollt. »Das ist ja noch nie passiert.«

Er starrt zur Decke, überallhin, nur nicht auf diese Fremde neben ihm. *Das ist nicht das einzige*, denkt er.

Freitag nachmittags gehen Nathaniel und ich fürs Wochenende einkaufen, und das ist für meinen Sohn immer ein gastronomisches Fest: An der Feinkosttheke bekommt er eine Gratisscheibe Käse, in der Süßwarenabteilung sucht er sich eine Packung Kekse aus, und beim Bäcker springt ein Bagel für ihn heraus. »Was meinst du, Nathaniel?« frage ich und gebe ihm ein paar von den Weintrauben, die ich gerade in den Einkaufswagen gelegt habe. »Ist uns die Honigmelone wirklich vier neunundneunzig wert?«

Plötzlich richtet Nathaniel sich im Kindersitz des Einkaufswagens auf und winkt. »Peter! He, Peter!«

Ich blicke auf und sehe Peter Eberhardt den Gang hinunterkommen, eine Tüte Chips und eine Flasche Chardonnay in der Hand. Peter, den ich seit dem Tag, als die einstweilige Verfügung gegen Caleb aufgehoben wurde, nicht mehr gesehen habe. Ich möchte ihm so vieles sagen – ihn so vieles fragen, jetzt, wo ich nicht mehr im Büro bin –, aber die Kautionsbedingungen verbieten es mir, mit irgendeinem meiner Kollegen zu sprechen.

Nathaniel freut sich unbändig darüber, den Mann zu treffen, der einen Vorrat an Dauerlutschern in seiner Schreibtischschublade hat und unheimlich gut nachmachen kann, wie eine Ente niest. »Peter«, ruft Nathaniel wieder und streckt die Arme aus.

Peter zögert. Ich sehe es ihm am Gesicht an. Aber andererseits ist er ganz vernarrt in Nathaniel. Und schon legt Peter seine Chipstüte und die Flasche Chardonnay auf einen Berg Äpfel der Sorte Red Delicious und umarmt Nathaniel. »Na, was hör ich denn da!« ruft er. »Deine Stimme ist ja wieder ganz in Ordnung!«

Dann dreht er sich zu mir um. »Er macht einen prima Eindruck, Nina.« Nur ein kurzer Satz, aber ich weiß, daß er in Wahrheit sagen will: *Du hast das Richtige getan.*

»Danke.«

Wir sehen uns an, und während wir noch damit beschäftigt

sind, uns auf diese Weise gegenseitig unsere Freundschaft zu signalisieren, stößt mit einem leisen *Klack* ein anderer Einkaufswagen gegen meinen, gerade so laut, daß ich aufblicke und einen lächelnden Quentin Brown neben einem Berg Orangen stehen sehe. »Schön, schön«, sagt er. »Alles reif zur Ernte.« Er zieht ein Handy aus seiner Brusttasche und wählt. »Schicken Sie sofort einen Streifenwagen her. Ich nehme eine Verhaftung vor.«

»Sie mißverstehen das«, beteuere ich, als er sein Handy wegsteckt.

»Was kann man denn da mißverstehen? Sie haben eindeutig gegen Ihre Kautionsauflagen verstoßen, Mrs. Frost. Ist Mr. Eberhardt nun ein Kollege aus der Bezirksstaatsanwaltschaft oder nicht?«

»Himmelherrgott, Quentin«, wirft Peter ein. »Ich hab mit dem Jungen geredet. Er hat mich gerufen.«

Quentin packt meinen Arm. »Ich hab es gut mit Ihnen gemeint, und jetzt stehe ich da wie ein Idiot.«

»Mommy?« Nathaniels Stimme steigt wie Rauch zu mir auf.

»Alles in Ordnung, Schätzchen.« Ich drehe mich zu dem stellvertretenden Generalstaatsanwalt um und sage halblaut: »Ich komme mit Ihnen, aber seien Sie bitte so rücksichtsvoll, mein Kind nicht noch mehr zu traumatisieren.«

»Ich habe nicht mit ihr gesprochen«, schreit Peter. »Das können Sie doch nicht machen.«

Als Quentin sich umdreht, sind seine Augen dunkel wie Pflaumen. »Mr. Eberhardt, ich glaube, die genauen Worte, die Sie *nicht* zu ihr gesagt haben, waren: ›Er macht einen prima Eindruck, Nina.‹ *Nina*. Wie der Vorname der Frau, mit der Sie nicht gesprochen haben. Und offen gestanden, selbst wenn Sie so töricht waren, auf Mrs. Frost zuzugehen, wäre es Mrs. Frosts Verpflichtung gewesen, ihren Einkaufswagen zu wenden und schleunigst zu gehen.«

»Peter, ist schon gut.« Ich rede schnell, weil ich draußen

vor dem Laden bereits die Sirenen höre. »Bring Nathaniel zu Caleb nach Hause, ja?«

Dann kommen zwei Polizisten den Gang heruntergelaufen, Die Hände an ihren Waffen. Nathaniel bestaunt sie zunächst, doch dann begreift er, was sie vorhaben. »Mommy!« kreischt er, als Quentin Anweisung gibt, mir Handschellen anzulegen.

Ich sehe Nathaniel an und lächle so angestrengt, daß mein Gesicht zu zerspringn droht. »Alles in Ordnung. Siehst du? Mit mir ist alles in Ordnung.« Meine Haare lösen sich aus der Spange, als mir die Hände auf den Rücken gezogen werden. »Peter? Bring ihn weg, *sofort*.«

»Komm mit, Kleiner«, sagt Peter besänftigend und hebt Nathaniel aus dem Einkaufswagen. Seine Schuhe verfangen sich zwischen den Metallstäben, und Nathaniel setzt sich erbittert zur Wehr. Er streckt die Arme nach mir aus und beginnt so heftig zu weinen, daß er keine Luft mehr bekommt. »Moooommy!«

Ich werde an gaffenden Kunden vorbeigeführt, vorbei an fassungslosen Verkäufern, vorbei an den Kassiererinnen, die mit ihren elektronischen Scannern in der Hand erstarrt sind. Die ganze Zeit kann ich meinen Sohn hören. Seine Schreie folgen mir über den Parkplatz bis zu dem Streifenwagen. Das Blaulicht auf dem Dach rotiert.

»Es tut mir leid, Nina«, sagt einer der Polizisten, als er mich in den Wagen schiebt. Durch das Fenster sehe ich Quentin Brown, der die Arme verschränkt hat. *O-Saft*, denke ich. *Roastbeef und Käse. Spargel, Ritz-Kräcker, Milch. Vanillejoghurt*. Der Gedanke an den Inhalt meines verlassenen Einkaufswagens läßt mich bis zum Gefängnis nicht los.

Als Caleb die Tür öffnet, sieht er seinen Sohn schluchzend auf dem Arm von Peter Eberhardt. »Was ist mit Nina?« fragt er hastig und greift nach Nathaniel.

»Der Typ ist ein Arschloch«, sagt Peter verzweifelt. »Der will hier bei uns Spuren hinterlassen. Er –«

»Peter, wo ist meine Frau?«

Peter verzieht das Gesicht. »Wieder im Gefängnis. Sie hat gegen eine Kautionsbedingung verstoßen, und der stellvertretende Generalstaatsanwalt hat sie festnehmen lassen.«

Einen Moment lang wird Nathaniel in seinen Armen zu einem bleiernen Gewicht. Caleb taumelt unter der Verantwortung, ihn tragen zu müssen, doch dann fängt er sich wieder. Nathaniel weint noch immer, leiser jetzt, ein Tränenstrom, der sein Hemd benetzt. Caleb malt mit der Hand kleine Kreise auf dem Rücken des Kindes. »Sag schon. Was ist passiert?«

Caleb versteht zuerst nur einzelne Worte: *Supermarkt, Obstabteilung, Quentin Brown*, der Rest geht in dem Tosen in seinem Kopf unter, das ein einziger Satz erzeugt: *Nina, was hast du jetzt wieder getan?* »Nathaniel hat mich gerufen«, erklärt Peter. »Ich war so froh, ihn wieder sprechen zu hören, ich konnte ihn nicht einfach ignorieren.«

Caleb schüttelt den Kopf. »Du ... du bist zu ihr gegangen?«

Peter ist rund dreißig Zentimeter kleiner als Caleb, und im Augenblick spürt er jeden einzelnen Zentimeter. Er macht einen Schritt zurück. »Caleb, du weißt genau, daß ich ihr nie absichtlich Ärger machen würde.«

Caleb stellt sich seinen brüllenden Sohn vor, seine Frau, die von Polizisten abgeführt wird, eine Lawine von Obst, die bei der Rangelei auf den Boden rollt. Er weiß, daß es nicht Peters Schuld ist, jedenfalls nicht seine allein. Zu einem Gespräch gehören zwei. Nina hätte einfach weggehen sollen.

Aber wie Nina jetzt sagen würde, sie hat in dem Augenblick wahrscheinlich nicht nachgedacht.

Peter legt Nathaniel eine Hand auf die Wade und streichelt ihn sanft. Prompt fängt das Kind wieder an zu weinen. Seine Schreie gellen über die Veranda und prallen von den dicken, kahlen Ästen der Bäume. »Meine Güte, Caleb, es tut mir so leid. Das ist lächerlich. Wir haben nichts Falsches getan.«

Caleb dreht sich um, so daß Peter für einen Moment den Rücken von Nathaniel sieht, der von Angst geschüttelt wird. Er berührt das feuchte Haar seines Sohnes. »Ihr habt nichts Falsches getan?« fragt Caleb bitter und läßt Peter draußen stehen.

Ich bewege mich steif, als ich wieder zu den Einzelzellen geführt werde, aber ich kann nicht sagen, was mich so starr macht – die Festnahme oder einfach nur die Kälte. Die Heizung im Gefängnis ist defekt, und die Strafvollzugsbeamten tragen alle dicke Jacken. Die Insassen, die aus Bequemlichkeitsgründen meistens nur Shorts oder Unterwäsche tragen, haben sich Pullover übergezogen; ich habe keinen und bleibe zitternd in der Zelle sitzen, nachdem die Tür hinter mir verschlossen wurde.

»Hallo, Liebes.«

Ich schließe die Augen, wende den Kopf zur Wand. Heute abend will ich nichts mit Adrienne zu tun haben. Heute abend muß ich erst mal darüber hinwegkommen, daß Quentin Brown mich reingelegt hat. Es war schon ein Wunder, daß ich beim ersten Mal auf Kaution freigelassen wurde. So ein Glück werde ich wohl kaum ein zweites Mal haben.

Ich frage mich, ob Nathaniel die Sache gut überstanden hat. Ich frage mich, ob Fisher mit Caleb gesprochen hat. Diesmal habe ich mich bei der Einlieferung, als ich einen Telefonanruf machen durfte, für meinen Anwalt entschieden. Aus purer Feigheit.

Caleb wird sagen, daß es mein Fehler war. Das heißt, falls er überhaupt noch mit mir spricht.

»Liebes, deine Zähne klappern so laut, daß du noch eine Wurzelentzündung bekommst. Hier.« Am Gitter höre ich etwas rascheln. Ich wende den Kopf und sehe, daß Adrienne mir einen Pullover zuwirft. »Angora. Leier ihn mir nicht aus.«

Mit unbeholfenen Bewegungen ziehe ich mir den Pullover über, den ich nie im Leben weiten könnte, weil Adrienne fünfzehn Zentimeter und zwei Konfektionsgrößen mehr hat als ich. Ich bebe immer noch, aber jetzt weiß ich wenigstens, daß es nicht an der Kälte liegt.

Als das Licht gelöscht wird, versuche ich an Wärme zu denken. Ich erinnere mich an Mason, wie er als Welpe auf meinen Füßen gelegen hat, sein weicher Bauch warm auf meinen nackten Zehen. Und der Strand von St. Thomas, unsere Flitterwochen, als Caleb mich bis zum Hals in dem heißen Sand eingegraben hat. Schlafanzüge, am frühen Morgen frisch von Nathaniels Körper, noch warm und nach Schlaf duftend.

Selbst in der dumpfen Stille des Gefängnisses kann ich hören, wie Nathaniel nach mir schreit, als man mir Handschellen anlegt. Nathaniel, dem es wieder so gutging – er war fast schon wieder ganz normal –, wie wird er das verkraften? Wartet er am Fenster auf mich, auch wenn ich nicht nach Hause komme? Schläft er aus Angst vor Alpträumen bei Caleb?

Ich denke immer wieder über mein Verhalten im Supermarkt nach – was ich getan habe, was ich hätte tun sollen. Ich hatte gedacht, es wäre harmlos, ein paar Worte mit Peter zu wechseln ... und jetzt hat diese eine Unvorsichtigkeit Nathaniel vielleicht wieder weit zurückgeworfen.

Ich habe immer geglaubt, ich wüßte, was gut für Nathaniel ist.

Aber was, wenn ich mich getäuscht habe?

»Ich hab ein bißchen Kakao zu deiner Schlagsahne geschüttet«, sagt Caleb, ein lahmer Witz, als er die Tasse auf Nathaniels Nachttisch stellt. Nathaniel sieht ihn nicht mal an. Er blickt zur Wand, eingewickelt wie in einen Kokon, die Augen so rot vom Weinen, daß er völlig verändert aussieht.

Caleb zieht seine Schuhe aus, legt sich zu Nathaniel ins Bett und schließt den Jungen fest in die Arme. »Nathaniel, ist ja gut.«

Er spürt das kurze Schütteln des kleinen Kopfes. Caleb stützt sich auf einen Ellbogen und dreht seinen Sohn sachte auf den Rücken. Er grinst, versucht mit aller Kraft, so zu tun, als wäre alles ganz okay, als wäre Nathaniels Welt nicht zu einer von diesen Glaskugeln mit Schneeflocken drin geworden, die jedesmal erneut geschüttelt wird, wenn die Sicht wieder klar wird. »Was meinst du? Trinkst du ein bißchen von deinem Kakao?«

Nathaniel setzt sich langsam auf. Er zieht die Hände unter der Decke weg und drückt sie an den Körper. Dann dreht er eine Handfläche nach oben, die Finger gestreckt, und legt den Daumen ans Kinn. *Will zu meiner Mommy.*

Caleb erstarrt. Nathaniel war nicht sehr gesprächig, seit Peter ihn nach Hause gebracht hat, hat nur geweint. Irgendwann nach dem Baden, und bevor Caleb ihm den Schlafanzug angezogen hat, hat das Schluchzen aufgehört. Aber er kann doch wohl sprechen, wenn er will. »Nathaniel, sag mir was du willst.«

Wieder das Handzeichen, und ein drittes Mal.

»Kannst du es sagen, Kleiner? Ich weiß, daß du zu Mommy willst. Sag es.«

Nathaniels Augen glänzen, und die Tränen quellen hervor. Caleb ergreift die Hand des Jungen. »Sag es«, bettelt er. »Bitte, Nathaniel.«

Aber Nathaniel gibt kein Wort von sich.

»Schon gut«, murmelt Caleb und läßt Nathaniels Hand los. »Ist schon gut.« Er lächelt, so gut er kann, und steigt aus dem Bett. »Ich bin gleich wieder da. In der Zwischenzeit kannst du ja schon mal was von dem Kakao trinken, ja?«

In seinem eigenen Schlafzimmer greift Caleb zum Telefon. Wählt eine Nummer, die er von der Visitenkarte in seiner Brieftasche abliest. Er hinterläßt Dr. Robichaud, der Kinderpsychiaterin, eine Nachricht. Dann legt er auf, ballt seine Hand zur Faust und schlägt mit aller Kraft gegen die Wand.

Nathaniel weiß, daß das alles seine Schuld ist. Peter hat gesagt, das stimmt nicht, aber er hat gelogen, so wie Erwachsene es tun, wenn sie dich mitten in der Nacht davon ablenken wollen, daß unter dem Bett irgendwas Schreckliches lebt.

Er hatte Peter gesehen und ihn begrüßt, und das war böse gewesen. Sehr, sehr böse.

Nathaniel weiß: Er hat geredet, und der böse Mann hat seine Mutter am Arm gepackt. Er hat geredet, und die Polizei ist gekommen. Er hat geredet, und sie haben seine Mutter weggebracht.

Und deshalb wird er nie wieder reden.

Am Samstag morgen ist die Heizung repariert. So gut repariert, daß es jetzt fast siebenundzwanzig Grad im Gefängnis sind. Als ich in das Besprechungszimmer geführt werde, wo Fisher wartet, trage ich eine Jacke und eine Hose mit Gummizug, und ich schwitze. Fisher sieht völlig kühl aus, selbst in seinem Anzug mit Krawatte. »Ich kann allerfrühestens Montag morgen einen Richter erreichen und eine neue Anhörung beantragen«, sagt er.

»Ich muß meinen Sohn sehen.«

Fishers Gesicht bleibt ungerührt. Er ist genauso wütend, wie ich es an seiner Stelle wäre – ich habe meinem Fall einen nicht wiedergutzumachenden Schaden zugefügt. »Die Besuchszeit ist heute von zehn bis zwölf.«

»Rufen Sie Caleb an. Bitte, Fisher. Bitte, tun Sie alles, was Sie tun müssen, damit er Nathaniel herbringt.« Ich sinke auf den Stuhl ihm gegenüber. »Er ist fünf Jahre alt, und er hat gesehen, wie ich von der Polizei abgeführt wurde. Jetzt muß er wenigstens sehen, daß es mir gutgeht, selbst hier drin.«

Fisher verspricht mir nichts. »Ich muß Ihnen ja nicht erst sagen, daß Ihre Entlassung gegen Kaution aufgehoben wird. Überlegen Sie sich, was ich dem Richter sagen soll, Nina, weil Sie nämlich so gut wie keine Chance mehr haben.«

Ich warte ab, bis er mir in die Augen sieht. »Rufen Sie für mich zu Hause an?«

»Akzeptieren Sie, daß ich entscheide, wie ich Sie verteidige?«

Eine ganze Weile blinzelt keiner von uns beiden, aber ich gebe zuerst auf. Ich starre auf meinen Schoß, bis ich höre, daß Fisher die Tür hinter sich schließt.

Adrienne weiß, daß ich nervös bin, als die Besuchszeit sich dem Ende zuneigt – schon fast Mittag, und ich bin noch nicht gerufen worden. Sie liegt auf dem Bauch und lackiert sich die Fingernägel leuchtend orange. Als der Officer auf seinem viertelstündlichen Rundgang vorbeikommt, stehe ich auf. »Ist wirklich niemand gekommen, um mich zu besuchen?«

Er schüttelt den Kopf, geht weiter. Adrienne pustet sich auf die Nägel. »Ist noch was übrig«, sagt sie und hält die Flasche hoch. »Soll ich sie zu dir rüberrollen?«

»Ich habe keine Nägel mehr. Alle abgekaut.«

»Also nein, das ist pervers. Manche von uns sind einfach zu uneinsichtig, um das Beste aus dem zu machen, was Gott ihnen gegeben hat.«

Ich lache. »Und das aus deinem Munde.«

»Liebes, als es bei mir darum ging, die passenden Utensilien zu verteilen, hatte Gott gerade einen senilen Moment.« Sie setzt sich auf die untere Pritsche und zieht ihre Tennisschuhe aus. Gestern abend hat sie sich die Zehennägel lackiert, lauter winzige amerikanische Flaggen. »Ach, verdammt«, sagt Adrienne. »Ich hab sie verschmiert.«

Der Uhrzeiger hat sich nicht bewegt. Nicht mal eine Sekunde weiter, das könnte ich schwören.

»Erzähl mir was von deinem Sohn«, sagt Adrienne, als sie sieht, daß ich wieder den Gang hinunterstarre. »Ich hätte auch gern einen.«

»Bei dir hätte ich auf ein Mädchen getippt.«

»Liebes, wir Frauen sind kompliziert. Bei einem Jungen ist die Sache einfacher.«

Ich überlege, wie Nathaniel sich am besten beschreiben läßt. »Manchmal, wenn ich seine Hand halte«, antworte ich schließlich langsam, »habe ist das Gefühl, daß sie nicht mehr paßt. Ich meine, er ist doch erst fünf. Aber manchmal ist seine Handfläche ein kleines bißchen zu breit, oder seine Finger sind zu kräftig.« Ich schiele zu Adrienne hinüber und zucke die Achseln. »Und dann denke ich, vielleicht ist es das letzte Mal, daß ich seine Hand halte. Vielleicht hält er beim nächsten Mal schon meine.«

Sie lächelt mich an. »Liebes, er kommt heute nicht.«

Es ist 12 Uhr 46, und ich muß mich abwenden, weil Adrienne recht hat.

Am späten Nachmittag werde ich von dem Wachmann geweckt. »Kommen Sie«, sagt er leise und schiebt meine Zellentür auf. Ich fahre hoch, reibe mir den Schlaf aus den Augen. Er führt mich einen Gang entlang in einen Teil des Gefängnisses, in dem ich noch nicht war. Zu meiner Linken sehe ich eine Reihe von winzigen Räumen. Der Wachmann öffnet einen und winkt mich hinein.

Das Zimmer ist kaum größer als ein Besenschrank. Ein Hocker steht vor einem Plexiglasfenster. Direkt daneben ist ein Telefonhörer an der Wand befestigt. Und auf der anderen Seite der Scheibe, in einer Art Zwillingsraum, sitzt Caleb.

»Oh!« schreie ich auf. Ich stürze zum Hörer, reiße ihn von der Gabel und drücke ihn mir ans Ohr. »Caleb«, sage ich, weil er mein Gesicht sehen, die Worte von meinen Lippen ablesen kann: »Bitte, bitte, nimm den Hörer ab.« Ich gestikuliere aufgeregt. Aber sein Gesicht ist wie versteinert und hart. Er hat die Arme fest vor der Brust verschränkt. Den Gefallen wird er mir nicht tun.

Hilflos sinke ich auf den Stuhl und lege die Stirn gegen das Plexiglas. Caleb bückt sich, um etwas aufzuheben, und mir wird klar, daß Nathaniel auch da ist, unter der Tischplatte, wo ich ihn bisher nicht sehen konnte. Mein Sohn kniet sich auf den Hocker, die Augen groß und ängstlich. Zögernd berührt er das Glas, als müßte er sich vergewissern, daß ich keine optische Täuschung bin.

Ich winke ihm zu. Und lächle. In meinem winzigen Raum spreche ich laut seinen Namen.

Wie schon bei Caleb nehme ich den Telefonhörer. »Du auch«, forme ich deutlich mit den Lippen, und ich halte mir den Hörer ans Ohr, damit Nathaniel sieht, was ich meine. Doch er schüttelt den Kopf und hebt statt dessen die Hand ans Kinn. *Mommy*, signalisiert er.

Der Hörer fällt mir aus der Hand und knallt gegen die Wand, wie eine sich windende Schlange. Ich muß Caleb gar nicht erst ansehen, damit er es bestätigt. Ich weiß es auch so.

Tränen strömen mir übers Gesicht, als ich die rechte Hand hochhalte und das Zeichen für *Ich liebe dich* mache. Mir stockt der Atem, als Nathaniel eine kleine Faust hebt, mit den Fingern meine Bewegungen nachahmt. Und dann das V-förmige *Peace*-Zeichen, der gestreckte Zeige- und Mittelfinger: *Ich liebe dich auch*.

Mittlerweile weint Nathaniel. Caleb sagt etwas zu ihm, das ich nicht hören kann, und er schüttelt den Kopf. Hinter ihm öffnet ein Wachmann die Tür.

O Gott, gleich ist er wieder fort.

Ich klopfe an die Scheibe, schiebe das Gesicht ganz nah heran, zeige dann auf Nathaniel und nicke. Er tut, worum ich ihn bitte und legt die Wange an die durchsichtige Wand.

Ich beuge mich vor und küsse die Trennscheibe zwischen uns, tue so, als wäre sie nicht da. Selbst nachdem Caleb ihn aus dem Besucherzimmer getragen hat, bleibe ich so sitzen, die Schläfe an die Scheibe gepreßt, und rede mir ein, daß ich noch immer Nathaniel auf der anderen Seite spüren kann.

Es passierte nicht nur einmal. Zwei Sonntage später, als Nathaniels Eltern in der Messe waren, kam der Priester in den kleinen Raum, wo Miss Fiore allen eine Geschichte vorlas, in der es um einen Jungen mit einer Steinschleuder ging, der einen Riesen zur Strecke gebracht hat. »Ich brauche einen Freiwilligen«, sagte er, und obwohl alle Hände in die Höhe schossen, sah er direkt Nathaniel an.

»Esme hat dich vermißt«, sagte er im Büro.

»Wirklich?«

»Aber ja. Sie sagt schon seit Tagen deinen Namen.«

Nathaniel lachte. »Kann ja gar nicht sein.«

»Na, hör doch mal.« Er legte eine Hand ans Ohr und beugte sich zu der Katze auf der Couch vor. »Da, schon wieder.«

Nathaniel lauschte, hörte aber nur ein schwaches Miauen.

»Du mußt näher ran«, sagte der Priester. »Komm auf meinen Schoß.«

Einen Moment lang zögerte Nathaniel, weil ihm etwas einfiel. Seine Mutter hatte ihm eingeschärft, nie allein mit Fremden mitzugehen. Aber der Priester war doch eigentlich kein Fremder, oder? Er kletterte ihm auf den Schoß und drückte ein Ohr auf den Bauch der Katze. »Braver Junge.«

Der Mann bewegte die Beine, so wie Nathaniels Vater das manchmal tat, wenn er auf seinen Knien saß und ihm der Fuß einschlief. »Ich kann auch wieder runter«, schlug Nathaniel vor.

»Nein, nein.« Die Hand des Priesters glitt über Nathaniels Rücken und Po nach unten und blieb dann in seinem eigenen Schoß liegen. »So ist's gut.«

Aber dann spürte Nathaniel, wie ihm das Hemd aus der Hose gezogen wurde. Er spürte die langen Finger des Priesters warm und feucht über sein Rückgrat wandern. Nathaniel wußte nicht, wie er nein sagen sollte. In seinem Kopf kreiste eine Erinnerung: eine Fliege, die sich einmal in ihr Auto verirrt hatte und sich während der Fahrt immer wieder verzweifelt gegen die Scheiben warf, um aus dem Käfig rauszukommen. »Vater?« flüsterte Nathaniel.

»Ich segne dich nur«, erwiderte er. »Einer, der so gern hilft wie du, hat das verdient. Und ich möchte, daß Gott das jedesmal weiß, wenn er dich ansieht.« Seine Finger verharrten. »Das möchtest du doch, oder?«

Ein Segen war gut, und daß Gott besonders auf ihn aufpaßte – na ja, dagegen hätten seine Eltern bestimmt nichts, da war sich Nathaniel sicher. Er widmete sich wieder der trägen Katze, und genau in dem Moment hörte er es – nur ein Atemhauch –, aber Esme – oder war es gar nicht Esme – seufzte seinen Namen.

Als ich zum zweiten Mal von einem Wachmann geholt werde, ist es Sonntag nachmittag. Er bringt mich nach oben zu den Besprechungszimmern, wo die Häftlinge sich ungestört mit ihren Anwälten unterhalten können. Vielleicht will Fisher sich erkundigen, wie es mir geht. Vielleicht will er über die Anhörung am nächsten Tag sprechen.

Aber als die Tür geöffnet wird, wartet zu meiner Verblüffung Patrick auf mich. Auf dem Tisch stehen sechs Schachteln mit chinesischem Essen. »Ich hab alles besorgt, was du gern ißt«, sagt er. »General-Tso-Hühnchen, vegetarisches Lo Mein, Rindfleisch mit Brokkoli, Tung-Ting-Krabben und Dampfknödel. Ach ja, und das Zeug, das wie Gummi schmeckt.«

»Sojabohnenquark.« Ich hebe das Kinn ein wenig, provokant. »Ich dachte, du wolltest nicht mit mir sprechen.«

»Will ich ja auch nicht. Ich will mit dir essen.«

»Bist du sicher? Stell dir bloß vor, was ich alles sagen könnte, während du gerade den Mund voll hast –«

»Nina.« Patricks blaue Augen wirken farblos, müde. »Sei still.«

Doch im selben Moment streckt er mir seine Hand entgegen. Sie liegt geöffnet auf dem Tisch und ist ein verlockenderes Angebot als alles andere vor meinen Augen.

Ich setze mich ihm gegenüber und ergreife sie. Sofort drückt Patrick meine Hand, und das ist mehr, als ich ertragen kann. Ich lege den Kopf auf den alten, verkratzten Tisch, und Patrick streichelt mein Haar. »Ich hab deinen Glückskeks präpariert«, gesteht er. »Da steht, daß du freigesprochen wirst.«

»Und was steht in deinem?«

»Daß du freigesprochen wirst.« Patrick lächelt. »Ich wußte ja nicht, welchen du nimmst.«

Ich schließe die Augen und lasse mich einfach gehen. »Ist ja gut«, sagt Patrick, und ich glaube ihm. Ich lege seine flache Hand auf mein glühendes Gesicht, als wäre Scham etwas, das er mitnehmen und draußen ganz weit wegwerfen könnte.

Wenn man vom Münztelefon im Gefängnis aus anruft, meldet sich alle dreißig Sekunden eine Stimme und setzt die Person am anderen Ende davon in Kenntnis, daß dieser Anruf aus dem Bezirksgefängnis in Alfred kommt. Mit den fünfzig Cent, die Patrick mir heute nachmittag gegeben hat, mache ich auf dem Weg zur Dusche einen Anruf. »Hören Sie«, sage ich, sobald ich Fisher zu Hause erreicht habe. »Sie wollten doch von mir hören, was sie Montag morgen sagen sollen.«

»Nina?« Im Hintergrund höre ich eine Frau lachen, das Klirren von Gläsern oder Porzellan.

»Ich muß mit Ihnen reden.«

»Sie stören uns gerade beim Essen.«

»Ach Gott, Fisher.« Ich drehe mich weg, als Männer im Gänsemarsch vom Hof hereinkommen. »Ich rufe Sie natürlich gern ein anderes Mal an, wenn es Ihnen besser paßt, ich hab ja schließlich dauernd Gelegenheit dazu, sagen wir in drei oder vier Tagen?«

Ich höre das Hintergrundgeräusch leiser werden, das Klicken einer Tür. »Also gut. Worum geht's?«

»Nathaniel spricht nicht. Sie müssen mich hier rausholen, ehe er völlig zusammenbricht.«

»Er spricht nicht? Schon wieder?«

»Caleb hat ihn gestern hergebracht. Und ... er teilte sich wieder in Gebärdensprache mit.«

Fisher denkt nach. »Wenn wir Caleb und Nathaniels Psychiaterin herholen und beide aussagen –«

»Caleb müssen Sie vorladen lassen.«

Falls ihn das erstaunt, läßt er es sich jedenfalls nicht anmerken. »Nina, Tatsache ist, Sie haben Mist gebaut. Ich werde versuchen, Sie rauszuholen. Ich halte es zwar nach wie vor für unwahrscheinlich. Aber wenn Sie wollen, daß ich es versuche, müssen Sie sich eine Woche gedulden.«

»Eine Woche?« Ich werde lauter. »Fisher, es geht hier um meinen Sohn. Wissen Sie, wie sehr sich Nathaniels Zustand innerhalb einer Woche verschlimmern kann?«

»Darauf zähle ich ja.«

Eine Stimme schaltet sich ein. »Dieser Anruf erfolgt vom Bezirksgefängnis in Alfred. Falls Sie das Gespräch fortsetzen wollen, werfen Sie bitte weitere fünfundzwanzig Cent ein.«

Als ich Fisher sage, daß er mich mal kreuzweise kann, ist die Verbindung bereits unterbrochen worden.

Adrienne und ich dürfen für eine halbe Stunde nach draußen auf den Sportplatz im Hof. Wir umkreisen ihn einmal und dann, als uns kalt wird, stellen wir uns mit dem Rücken zum Wind an die hohe Ziegelmauer. Als der Wachmann hineingeht, raucht Adrienne ihre selbstgemachten Zigaretten: die verkohlten Reste von Orangenschalen aus dem Kantinenabfall, eingerollt in die hauchdünnen Seiten einer Ausgabe von *Jane Eyre*, die ihre Tante Lu ihr zum Geburtstag geschickt hat. Sie ist schon bei Seite 298.

Ich setze mich im Schneidersitz auf das dürre Gras. Adrienne hockt hinter mir, raucht, ihre Hände in meinem Haar. Wenn sie rauskommt, möchte sie als Kosmetikerin arbeiten. »Keine dicken Zöpfe«, ermahne ich sie.

»Beleidige mich nicht.« Sie macht einen neuen Scheitel, parallel zum ersten, und fängt an, klitzekleine Zöpfe zu flechten. »Du hast feines Haar.«

»Danke.«

»Das war kein Kompliment, Liebes. Sieh dir das an ... fliegt mir aus den Fingern.«

Sie zieht und zerrt, und mehrmals verziehe ich vor Schmerz das Gesicht. Wenn es doch nur so einfach wäre, den Wirrwarr in meinem Kopf zu ordnen. Ihre glimmende Zigarette, bis auf den letzten Zentimeter runtergeraucht, segelt über meine Schulter und landet auf dem Basketballfeld. »Fertig«, sagt Adrienne. »Du siehst umwerfend aus.«

Natürlich kann ich das nicht sehen. Ich betaste die Knötchen und Wülste der Zöpfchen auf meiner Kopfhaut, und dann, vielleicht aus Gehässigkeit, fange ich an, Adriennes mühevolle Arbeit wieder zu lösen. Sie zuckt die Achseln und setzt sich dann neben mich. »Wolltest du immer schon Anwältin werden?«

»Nein.« Wer will das schon? Welches Kind hält den Anwaltsberuf für verlockend? »Ich wollte der Mann im Zirkus sein, der die Löwen bändigt.«

»Ach, wem sagst du das. Diese Glitzerkostüme waren schon klasse.«

Aber darum war es mir nicht gegangen. Ich war hin und weg gewesen, wenn Gunther Gebel-Williams einen Käfig voller Raubtiere betrat und mit ihnen umging, als wären sie Hauskatzen. In dieser Hinsicht, so wird mir klar, ist mein Beruf gar nicht so weit davon entfernt. »Und du?«

»Mein Daddy wollte, daß ich Mittelfeldspieler bei den Chicago Bulls werde. Ich dagegen hab von einer Karriere bei den Showgirls in Vegas geträumt.«

»Aha.« Ich ziehe die Knie hoch, schlinge die Arme um sie. »Und was denkt dein Daddy heute über dich?«

»Ich glaube, der denkt nicht mehr viel, zwei Meter unter der Erde.«

»Tut mir leid.«

Adrienne blickt auf. »Das muß es nicht.«

Aber sie ist jetzt mit ihren Gedanken woanders, und verblüfft merke ich, daß ich sie zurückholen will. Mir fällt das Spiel ein, das ich immer mit Peter Eberhardt gespielt habe, und ich blicke Adrienne an. »Beste Seifenoper?« frage ich.

»Hä?«

»Spiel mit. Sag deine Meinung.«

»*Schatten der Leidenschaft*«, erwidert Adrienne. »Wofür die Trottel im Männertrakt übrigens keinen Sinn haben, wäre ohnehin Perlen vor die Säue.«

»Schlimmste Farbe?«

»Siena-Braun. Was soll das überhaupt sein? Könnte man genausogut Kotze nennen.« Adrienne grinst, ein weißes Aufblitzen in ihrem Gesicht. »Beste Jeans?«

»Levi's 501. Häßlichste Wärterin?«

»Ach, die eine, die nach Mitternacht kommt und sich ihren Schnurrbart bleichen lassen sollte. Und hast du gesehen, was die für einen dicken Hintern hat?«

Wir müssen beide lachen, liegen ausgestreckt auf der kalten Erde und spüren den Winter in unsere Knochen kriechen. Als wir schließlich wieder zu Atem kommen, empfinde ich Leere in der Brust, das ungute Gefühl, daß ich ausgerechnet hier nun wirklich nicht fähig sein sollte, Freude zu empfinden. »Schönster Aufenthaltsort?« fragt Adrienne nach einem Moment.

Auf der anderen Seite dieser Mauer. In meinem Bett, zu Hause. Irgendwo mit Nathaniel.

»Vorher«, antworte ich, weil ich weiß, daß sie es verstehen wird.

In einem Café in Biddeford sitzt Quentin auf einem Hocker, der selbst für einen Gnom zu klein wäre. Er nimmt einen Schluck aus seiner Tasse, und der heiße Kakao verbrennt ihm den Gaumen. »Mist«, schimpft er leise und hält sich eine Serviette an den Mund. Genau in dem Augenblick kommt Tanya in ihrer Krankenschwesternkluft zur Tür herein. Auf ihrer Hose sind winzig kleine Teddybären aufgedruckt.

»Sei bloß still, Quentin«, sagt sie, als sie sich auf den Hocker neben ihm schiebt. »Ich bin nicht in der Stimmung, mir irgendwelche witzigen Bemerkungen über mein Outfit anzuhören.«

»Hatte ich gar nicht vor.« Er deutet auf die Tasse, dann kapituliert er einfach. »Was möchtest du trinken?«

Er bestellt einen koffeinfreien Cappuccino für Tanya. »Es gefällt dir also?« fragt er.

»Das Café?«

»Als Krankenschwester zu arbeiten.«

Er hatte Tanya an der University of Maine kennengelernt, wo auch sie studierte. *Wie heißt das,* hatte er in der ersten Nacht mit ihr gefragt und war mit den Fingern über ihr Schlüsselbein gefahren. *Clavicula*, hatte sie gesagt. *Und das?* Seine Hand war über das Xylophon ihrer Wirbelsäule nach unten geglitten. *Coccyx.* Er hatte die Finger auf ihrer Hüfte gespreizt. *Die Stelle mag ich am liebsten an dir*, hatte er gesagt. Sie hatte den Kopf in den Nacken gelegt, und ihre Augen schlossen sich, als er sie dort küßte. *Os ilium*, hatte sie geflüstert.

Neun Monate später war Gideon zur Welt gekommen. Sechs Tage vor seiner Geburt heirateten sie, was ein Fehler war. Die Ehe hielt nicht mal ein Jahr. Seitdem sorgte Quentin finanziell für seinen Sohn, wenn er ihn auch kaum sah.

»Ich schätze, ich hasse es, wenn ich es schon so lange mache«, sagt Tanya, und Quentin braucht einen Moment, bis er begreift, daß sie bloß seine Frage beantwortet hat. Anscheinend war ihm irgendwas am Gesicht abzulesen, denn sie berührt seine Hand. »Tut mir leid, das war nicht nett. Und du wolltest nur höflich sein.«

Ihr Kaffee kommt. Sie bläst auf die Oberfläche, bevor sie einen Schluck nimmt. »Ich hab deinen Namen in der Zeitung gesehen«, sagt sie. »Die haben dich wegen dem Mord an dem Priester hergeholt.«

Quentin zuckt die Achseln. »Ziemlich klarer Fall.«

»Ja, stimmt, wenn man sich die Nachrichten ansieht.« Aber gleichzeitig schüttelt Tanya den Kopf.

»Wie meinst du das?«

»Daß die Welt sich nicht in Schwarz und Weiß einteilen läßt, aber das hast du ja nie begriffen.«

Er zieht die Augenbrauen hoch. »Ich hab das nie begriffen? Wer hat denn hier wen rausgeschmissen?«

»Wer hat denn hier wen dabei erwischt, wie er mit der Frau gevögelt hat, die aussah wie eine Maus?«

»Es gab mildernde Umstände«, sagt Quentin. »Ich war betrunken.« Er stockt, dann fügt er hinzu. »Und eigentlich hat sie eher wie ein Kaninchen ausgesehen.«

Tanya verdreht die Augen. »Quentin, das ist jetzt sechzehneinhalb Jahre her, und du verhältst dich noch immer wie ein Anwalt, wenn es darum geht.«

»Na, was erwartest du denn?«

»Daß du dich wie ein Mann verhältst«, erwidert Tanya trocken. »Daß du zugibst, daß selbst dem großartigen und erfolgreichen Quentin Brown ein oder zwei Fehler pro Jahrhundert unterlaufen können.« Sie schiebt ihre halbvolle Tasse weg. »Ich hab mich schon immer gefragt, ob du deshalb so gut in deinem Job bist, weil du dann aus dem Schneider bist. Verstehst du, was ich meine? Du bringst der Welt Gesetz und Ordnung, wenn du dafür sorgst, daß alle Welt auf dem rechten Weg bleibt.« Sie greift in ihre Tasche und klatscht einen Fünfdollarschein auf die Theke. »Denk mal drüber nach, wenn du der armen Frau den Prozeß machst.«

»Was soll denn das nun wieder heißen?«

»Kannst du dir auch nur annähernd vorstellen, was sie empfunden hat, Quentin?« fragt Tanya, den Kopf zur Seite geneigt. »Oder übersteigt eine solche Bindung an ein Kind deine Vorstellungskraft?«

Er steht auf, als sie aufsteht. »Gideon will nichts mit mir zu tun haben.«

Tanya knöpft ihre Jacke zu, ist schon auf dem Weg zur Tür. »Ich hab immer gesagt, die Intelligenz hat er von dir«, sagt sie, und schon hat sie sich ihm wieder einmal entzogen.

Am Donnerstag hat Caleb bereits einen festen Tagesablauf entwickelt. Er weckt Nathaniel, macht das Frühstück für ihn, und dann gehen sie zusammen mit dem Hund hinaus. Anschließend nimmt Caleb seinen Sohn mit zur Arbeit, und während er Mauern baut, sitzt Nathaniel im Pick-up und spielt mit einem Schuhkarton voller Legosteine. Zum Lunch essen sie Ernußbutter-Bananensandwiches oder Hühnersuppe aus der Thermoskanne und trinken Limonade. Und dann fahren sie zu Dr. Robichaud, die – bislang vergeblich – versucht, Nathaniel wieder zum Sprechen zu bringen.

Caleb staunt selbst darüber, daß er sich an den veränderten Alltag gewöhnen konnte. Und auch wenn Nathaniel nicht spricht, so weint er zumindest nicht mehr.

Caleb konzentriert sich immer nur auf die nächste Aufgabe, macht Nathaniel das Essen, zieht ihn an, bringt ihn abends ins Bett, und er hat nur wenig Zeit, seine Gedanken schweifen zu lassen. Normalerweise passiert das, wenn er im Bett liegt und neben sich die Leere spürt, wo Nina immer lag. Und obwohl er versucht, es nicht zu denken, füllt die Wahrheit seinen Kopf: Das Leben ist leichter ohne sie.

Am Donnerstag bringt Fisher mir die Unterlagen mit den Beweismitteln, die von der Gegenseite offengelegt wurden, damit ich sie mir durchlesen kann. Es handelt sich um die Aussagen von 124 Augenzeugen, die gesehen haben, wie ich Pater Szyszynski ermordet habe, um Patricks Ermittlungsbericht über den Mißbrauch meines Sohnes, meine eigene konfuse Aussage Evan Chao gegenüber und den Autopsiebericht.

Zuerst lese ich Patricks Bericht und komme mir vor wie eine Schönheitskönigin, die ihr Erinnerungsalbum durchblättert. Hier ist die Erklärung für alles andere, das da in dem Stapel neben mir ruht. Als nächstes lese ich die Aussagen der Leute durch, die am Mordtag im Gerichtssaal waren. Natürlich hebe ich mir das Beste bis zum Schluß auf – den Autopsiebericht.

Zuerst schaue ich mir die Bilder an. Ich betrachte sie so lange, daß ich, als ich die Augen schließe, noch immer den zerfetzten Rand vor mir sehe, ab dem das Gesicht des Priesters schlichtweg verschwunden ist, die gelbliche Farbe seines Gehirns. Sein Herz wog 350 Gramm, wie der Coroner Dr. Vern Potter angibt.

»Der Schnitt durch die Koronararterien«, so lese ich laut, »läßt eine Verengung des Lumens aufgrund von arteriosklerotischen Plaques erkennen. Die deutlichste Verengung – ungefähr um achtzig Prozent – befindet sich in der linksanterioren Koronararterie.«

Lumen. Ich wiederhole das Wort und lese dann weiter, was da über die Überreste dieses Scheusals steht: *kein Thrombus feststellbar, die Gallenblasenserosa ist weich und glänzend, die Blase ist leicht trabekuliert.*

Der Mageninhalt besteht aus teilweise verdautem Speck und einem Zimtbrötchen.

Schmauchspuren von der Waffe bilden eine Korona um das kleine Einschußloch am Hinterkopf. Um den Schußkanal herum ist eine Nekrosezone. Nur 816 Gramm seines Gehirns sind unversehrt. Auf beiden Seiten wurden Quetschungen der Kleinhirntonsillen festgestellt. Todesursache: Kopfschußverletzung. Todesart: Tötung durch fremde Hand.

Diese Wörter sind wie aus einer Fremdsprache, die ich plötzlich wie durch ein Wunder fließend spreche. Ich lege die Finger auf den Autopsiebericht. Dann erinnere ich mich an das verzerrte Gesicht seiner Mutter bei der Totenmesse.

Dieser Akte ist noch eine weitere beigefügt, auf deren Deckel der Stempel eines hiesigen Arztes zu sehen ist. Das müssen die Unterlagen von Pater Szyszynskis Hausarzt sein. Es ist eine dicke Akte, voll mit den Untersuchungsbefunden von über fünfzig Jahren, aber sie interessiert mich nicht. Wieso auch? Ich habe geschafft, was all den Erkältungen und Unpäßlichkeiten nicht gelungen ist.

Ich habe ihn getötet.

»Das ist für Sie«, sagt die Anwaltsgehilfin und reicht Quentin ein Fax herein. Er nimmt die Blätter entgegen und starrt verwundert darauf. Auf dem Laborbericht steht Szyszynskis Name, aber er hat nichts mit seinem Fall zu tun. Dann begreift er: Es geht um den vorherigen Fall, der jetzt abgeschlossen ist – um den sexuellen Mißbrauch an dem Sohn der Angeklagten. Er überfliegt den Bericht, liest achselzuckend die Ergebnisse, die zu erwarten waren. »Damit hab ich nichts zu tun«, sagt Quentin.

Die Anwaltsgehilfin reißt die Augen auf. »Was soll ich denn damit machen?«

Er will die Blätter schon zurückgeben, doch dann legt er sie an den Rand des Schreibtisches. »Ich kümmere mich drum«, sagt er.

Es gibt tausend Orte, an denen Caleb lieber wäre – zum Beispiel in einem Kriegsgefangenenlager oder auf einem freien Feld während eines Tornados. Aber er muß heute hier sein, denn er wurde vorgeladen. In seinem einzigen Jackett mit der alten Krawatte steht er in der Cafeteria des Gerichts, in der Hand eine Tasse Kaffee, die so heiß ist, daß er sie kaum halten kann, und versucht, so gut es geht, sein nervöses Zittern unter Kontrolle zu bringen.

Fisher Carrington ist gar kein so übler Bursche, denkt er. Zumindest ist er nicht annähernd so schlimm, wie Nina ihn dargestellt hat. »Ganz ruhig, Caleb«, sagt der Anwalt. »Sie sind hier schneller wieder raus, als Sie denken.« Sie gehen zum Ausgang. Das Gericht tagt in fünf Minuten. Vielleicht bringen sie in diesem Augenblick bereits Nina herein.

»Sie müssen lediglich die Fragen beantworten, die wir bereits durchgesprochen haben, und dann wird Mr. Brown Ihnen noch ein paar Fragen stellen. Kein Mensch erwartet von Ihnen, daß Sie etwas anderes sagen als die Wahrheit. Okay?«

Caleb nickt, versucht, einen Schluck von seinem glühendheißen Kaffee zu nehmen. Er mag gar keinen Kaffee. Er fragt sich, was Nathaniel wohl unten im Spielzimmer mit Monica macht. Er versucht, sich abzulenken, indem er an ein kompliziertes Muster denkt, das er für die Terrasse eines ehemaligen Versicherungsbosses entworfen hat. Aber die Wirklichkeit lauert wie ein Tiger in seinem Hinterkopf. In wenigen Minuten wird er als Zeuge aussagen. In wenigen Minuten werden Dutzende Reporter und Neugierige und ein Richter den Worten eines Mannes lauschen, dem Schweigen viel lieber ist. »Fisher«, setzt er an, atmet dann tief durch. »Die dürfen mich doch nicht fragen, was sie, na ja, was sie mir ... erzählt hat, oder?«

»Was Nina Ihnen erzählt hat?«

»Was sie ... was sie getan hat.«

Fisher starrt Caleb an. »Sie hat mit Ihnen darüber gesprochen?«

»Ja. Bevor sie –«

»Caleb«, unterbricht ihn der Anwalt ruhig, »erzählen Sie es mir nicht, und ich sorge dafür, daß Sie es niemand anderem erzählen müssen.«

Er verschwindet durch die Tür, noch ehe Caleb seine Erleichterung richtig spüren kann.

Als Peter für Quentin Brown in den Zeugenstand tritt, wirft er mir einen zerknirschten Blick zu. Er kann nicht lügen, aber er will mich auch nicht durch seine Aussage ins Gefängnis bringen. Um es ihm leichter zu machen, bemühe ich mich, ihm nicht in die Augen zu sehen. Statt dessen konzentriere ich mich auf Patrick, der irgendwo hinter mir sitzt, so nahe, daß ich die Seife riechen kann, die er benutzt. Und auf Brown, der mir viel zu groß für diesen kleinen Gerichtssaal erscheint.

Fisher legt seine Hand auf mein Bein, das nervös gewippt hat, ohne daß ich es bemerkt habe. »Aufhören«, raunt er.

»Haben Sie Nina Frost an dem Nachmittag gesehen?« fragt Quentin Brown.

»Nein«, sagt Peter. »Ich habe sie nicht gesehen.«

Brown zieht ungläubig die Stirn kraus. »Sind Sie auf sie zugegangen?«

»Na ja, ich bin den Gang hinuntergegangen, und da stand zufällig ihr Einkaufswagen. Ihr Sohn saß drin. Auf ihn bin ich zugegangen.«

»Hat sich auch Mrs. Frost dem Einkaufswagen genähert?«

»Ja, aber sie wollte nur zu ihrem Sohn. Nicht zu mir.«

»Bitte beantworten Sie nur meine Fragen.«

»Hören Sie, sie stand neben mir, aber sie hat nicht mit mir gesprochen«, sagt Peter.

»Haben Sie mit ihr gesprochen, Mr. Eberhardt?«

»Nein.« Peter sieht den Richter an. »Ich habe mit Nathaniel gesprochen.«

Quentin Brown klopft auf einen Papierstapel auf dem Tisch der Anklagevertretung. »Haben Sie Zugang zu diesen Akten?«

»Wie Sie wissen, Mr. Brown, bin ich nicht für Mrs. Frosts Fall zuständig. Sondern Sie.«

»Aber ich arbeite in Mrs. Frosts ehemaligem Büro, das direkt neben Ihrem liegt, ist das richtig?«

»Ja.«

»Und die Türen sind nicht abschließbar, ist das richtig?«

»Ja.«

»Dann denken Sie wirklich, daß sie Sie aus völlig harmlosen Gründen angesprochen hat?«

Peter kneift die Augen zusammen. »Sie wollte nicht in Schwierigkeiten geraten, genausowenig wie ich.«

»Und jetzt möchten Sie ihr aus diesen Schwierigkeiten gern wieder herauszuhelfen, ist das richtig?«

Bevor Peter antworten kann, überläßt Brown seinen Zeugen der Verteidigung. Fisher steht auf, knöpft sein Jackett zu. Ich spüre, wie mir entlang der Wirbelsäule Schweiß ausbricht. »Wer hat zuerst etwas gesagt, Mr. Eberhardt?« fragt Fisher.

»Nathaniel.«

»Was hat er gesagt?«

Peter blickt auf das Geländer vor sich. Auch er weiß inzwischen, daß Nathaniel wieder verstummt ist. »Meinen Namen.«

»Wenn Sie Nina nicht in Schwierigkeiten bringen wollten, wieso haben Sie sich nicht einfach umgedreht und sind gegangen?«

»Weil Nathaniel mich gerufen hat. Und nach ... nach dem Mißbrauch hat er eine ganze Weile nicht gesprochen. Es war das erste Mal seitdem, daß ich ihn wieder habe sprechen hören. Da konnte ich nicht einfach auf dem Absatz kehrtmachen und ihn ignorieren.«

»Und genau in dem Moment kam Mr. Brown um die Ecke und hat Sie gesehen?«

»Ja.«

Fisher verschränkt die Hände hinter dem Rücken. »Haben Sie je mit Nina über ihren Prozeß gesprochen?«

»Nein.«

»Haben Sie ihr irgendwelche vertraulichen Informationen zukommen lassen?«

»Nein.«

»Hat sie Sie darum gebeten?«

»Nein.«

»Arbeiten Sie überhaupt an Ninas Fall?«

Peter schüttelt den Kopf. »Ich bin ihr Freund. Aber ich kenne meine Pflichten als Mitarbeiter dieses Gerichts. Und ich werde mich unter keinen Umständen in diesen Fall einmischen.«

»Danke, Mr. Eberhardt.«

Fisher nimmt gerade wieder neben mir Platz, als Quentin Brown zu dem Richter hochsieht. »Euer Ehren, die Staatsanwaltschaft hat keine weiteren Fragen.«

Wenn ich das doch auch von mir behaupten könnte, denke ich.

Calebs Blick wandert unwillkürlich zu ihr hinüber, und er erschrickt. Seine Frau, die immer frisch und gepflegt aussieht, sitzt da in einer grellorangefarbenen Arbeitshose. Ihr Haar steht wirr um ihren Kopf, sie hat tiefe Ringe unter den Augen. Auf dem Rücken einer Hand hat sie eine Schnittwunde, und ein Schnürsenkel hat sich gelöst. Caleb hat den absurden Impuls, vor ihr in die Knie zu gehen, den Schnürsenkel doppelt zu verknoten und sein Gesicht in ihrem Schoß zu vergraben.

Man kann jemanden hassen, so wird ihm klar, und doch verrückt nach ihm sein.

Fisher fängt seinen Blick auf, erinnert Caleb an seine Aufgabe. Wenn er das hier vermasselt, darf Nina vielleicht nicht nach Hause. Doch Fisher hat ihm auch gesagt, daß sie, auch wenn er sich im Zeugenstand keinen Fehler leistet, vielleicht trotzdem für die Dauer des Verfahrens in Haft bleiben muß. Er räuspert sich.

»Wann hat Nathaniel wieder zu sprechen begonnen, nachdem Sie den Mißbrauch festgestellt hatten?«

»Vor etwa drei Wochen. An dem Abend, als Detective Ducharme zu uns nach Hause kam, um mit ihm zu reden.«

»Hatte sich seine Sprechfähigkeit seitdem verbessert?«

»Ja«, antwortet Caleb. »Er hat fast wieder normal gesprochen.«

»Wieviel Zeit hat seine Mutter in dieser Phase mit ihm verbracht?«

»Mehr als üblich.«

»Welchen Eindruck machte Nathaniel auf Sie?«

Caleb überlegt einen Moment. »Zufriedener«, sagt er.

Fisher stellt sich hinter Nina. »Was hat sich seit dem Vorfall im Supermarkt geändert?«

»Er war hysterisch. Er hat so heftig geweint, daß er nicht mehr richtig Luft bekam, und er hat kein Wort mehr gesagt.« Caleb sieht Nina in die Augen, macht ihr den nächsten Satz zum Geschenk. »Er hat immerzu das Zeichen für *Mommy* gemacht.«

Sie stößt einen schwachen Laut aus, wie ein Kätzchen. Das macht ihn sprachlos. Er muß Fisher bitten, die nächste Frage zu wiederholen. »Hat er in der letzten Woche irgend etwas gesagt?«

»Nein«, erwidert Caleb.

»Haben Sie mit Nathaniel seine Mutter besucht?«

»Einmal. Es war sehr ... schwer für ihn.«

»Inwiefern?«

»Er wollte nicht wieder fort von ihr«, gibt Caleb zu. »Ich mußte ihn regelrecht wegzerren, als die Zeit um war.«

»Wie schläft Ihr Sohn nachts?«

»Gar nicht, wenn ich ihn nicht zu mir ins Bett hole.«

Fisher nickt ernst. »Mr. Frost, glauben Sie, daß er seine Mutter wieder bei sich braucht?«

Quentin Brown springt sofort auf. »Einspruch!«

»Wir sind hier in einer Kautionsanhörung, ich lasse die Frage zu«, antwortet der Richter. »Mr. Frost?«

Caleb sieht Antworten vor sich schwimmen. So viele, aber welche davon ist die richtige? Er öffnet den Mund, dann schließt er ihn, um neu anzusetzen.

In diesem Augenblick bemerkt er Nina. Ihre Augen starren ihn fiebrig an, und er versucht sich zu erinnern, warum ihm das so vertraut vorkommt. Und dann fällt es ihm wieder ein: Genau so hat sie vor einigen Wochen ausgesehen, als sie den stummen Nathaniel davon überzeugen wollte, daß er einfach nur irgend etwas sagen müsse, daß jedes Wort besser sei als keines. »Wir brauchen sie beide wieder bei uns«, sagt Caleb, und das ist die einzig richtige Antwort.

Während der Zeugenaussage von Dr. Robichaud wird mir klar, daß das hier der Prozeß ist, den wir gegen den Priester geführt hätten, wenn ich ihn nicht getötet hätte. Es geht vor allem um den Mißbrauch an Nathaniel und um die Folgen. Die Psychiaterin schildert dem Gericht ihre erste Begegnung mit Nathaniel, sein für mißbrauchte Kinder typisches Verhalten, seine Therapiesitzungen, seine Gebärdensprache. »Aber irgendwann hat Nathaniel wieder begonnen zu sprechen. Wann war das?« fragt Fisher.

»Nachdem er Detective Ducharme den Namen des Täters genannt hatte.«

»Und danach hat er, soweit Sie wissen, ganz normal gesprochen?«

Die Psychiaterin nickt. »Es ging immer besser.«

»War er in der letzten Woche bei Ihnen?«

»Ja. Freitag abend erhielt ich einen sehr aufgeregten Anruf von seinem Vater. Nathaniel hatte wieder aufgehört zu sprechen. Als er dann am Montag morgen zu mir kam, war seine Regression offensichtlich. Er war in sich gekehrt und unkommunikativ. Ich konnte ihn nicht mal dazu bringen, mit den Händen Zeichen zu machen.«

»Sind Sie als Sachverständige der Auffassung, daß Nathaniel durch die Trennung von seiner Mutter psychischen Schaden erleidet?«

»Ohne Frage«, sagt Dr. Robichaud. »Und je länger die Trennung dauert, desto dauerhafter könnte der Schaden sein.«

Als sie den Zeugenstand verläßt, steht Brown auf, um sein Schlußplädoyer zu halten. Zum Auftakt zeigt er auf mich. »Diese Frau hat auf eklatante Weise gegen Regeln verstoßen, und wie wir alle wissen, war das nicht das erste Mal. In dem

Augenblick, als sie Peter Eberhardt sah, hätte sie sich umdrehen und weggehen müssen. Aber genau das hat sie nicht getan.« Er wendet sich dem Richter zu. »Euer Ehren, Sie haben zur Bedingung gemacht, daß Nina Frost keinerlei Kontakt zu den Mitarbeitern der Staatsanwaltschaft aufnehmen darf, um zu vermeiden, daß sie im Vergleich zu anderen Angeklagten bevorzugt behandelt wird. Und genau das tun Sie, wenn Sie ihren Verstoß nicht ahnden.«

So nervös ich auch bin, mir entgeht nicht, daß Brown sich soeben einen taktischen Fehler geleistet hat. Man kann Geschworenen etwas suggerieren, aber man sollte niemals einem Richter vorschreiben, war er zu tun hat.

Fisher steht auf. »Euer Ehren, was Mr. Brown in dem Supermarkt gesehen hat, war reines Wunschdenken. In Wahrheit wurden keinerlei Informationen ausgetauscht. Ja, er konnte nicht einmal nachweisen, daß auch nur der Versuch unternommen wurde, an Informationen zu gelangen.«

Er legt beide Hände auf meine Schultern. Ich habe schon gesehen, wie er das bei anderen Mandanten gemacht hat. Im Büro nannten wir das immer sein Großvatergehabe. »Das Ganze war ein höchst bedauerliches Mißverständnis«, fährt Fisher fort, »aber mehr nicht. Und wenn Sie Nina Frost aufgrund dessen weiterhin von ihrem Kind fernhalten, so wird dem Kind damit vielleicht irreparabler Schaden zugefügt. Und nach dem, was geschehen ist, dürfte das wohl nicht im Interesse dieses Gerichts liegen.«

Der Richter hebt den Kopf und sieht mich an. »Ich werde sie nicht von ihrem Sohn fernhalten«, entscheidet er. »Aber ich werde ihr auch keine Gelegenheit geben, erneut die von diesem Gericht festgelegten Kautionsauflagen zu mißachten. Ich ordne die Haftentlassung von Mrs. Frost an, stelle sie aber unter Hausarrest. Sie wird ein elektronisches Armband mit Sender tragen und sämtliche Regeln beachten, die für die elektronische Überwachung gelten. Mrs. Frost.« Er sieht mich an, und ich nicke. »Sie werden Ihr Haus nicht verlassen außer, um sich mit Ihrem Anwalt zu treffen oder vor Gericht zu erscheinen. Für diese Ausnahmen und nur dafür wird das elektronische Armband entsprechend programmiert. Und wenn es sein muß, werde ich persönlich vor Ihrem Haus patrouillieren, damit Sie sich auch an die Bedingungen halten.«

Meine neue dezente Handschelle funktioniert über die Telefonleitungen. Wenn ich mich weiter als fünfzig Meter von meinem Haus entferne, löst das Armband Alarm aus. Ich muß jederzeit darauf gefaßt sein, daß mich ein Officer besucht und von mir eine Blut- oder Urinprobe verlangt, denn ich darf weder Drogen nehmen noch Alkohol trinken. Ich entscheide mich dafür, die Gefängniskleidung für die Fahrt nach Hause anzulassen, und bitte den Hilfssheriff, dafür zu sorgen, daß Adrienne meine alte Kleidung erhält. Die Sachen sind ihr bestimmt alle zu kurz und zu eng – also wie für sie gemacht.

»Sie haben neun Leben«, murmelt Fisher, als wir aus dem Büro kommen, wo mein elektronisches Armband programmiert worden ist.

»Sieben sind noch übrig«, seufze ich.

»Wollen wir hoffen, daß wir nicht alle brauchen.«

»Fisher.« Ich bleibe vor der Treppe stehen. »Ich wollte Ihnen noch sagen ... Ich hätte es nicht besser machen können.«

Er lacht. »Nina, ich glaube wirklich, Sie würden ersticken, wenn man Sie zwingen würde, das Wort *danke* auszusprechen.«

Seite an Seite gehen wir die Treppe hinauf zur Eingangshalle. Fisher, ganz Gentleman, öffnet die schwere Feuertür des Treppenhauses und hält sie für mich auf, während ich in die Halle trete.

Das jähe, gleißende Blitzlichtgewitter blendet mich, und ich brauche einen Moment, bis ich wieder etwas erkennen kann. Dann sehe ich, daß zwischen den Reportern Patrick und Caleb und Monica warten. Und dann schiebt sich hinter seinem Vater Nathaniel vor, mein Sohn.

Sie trägt einen komischen orangenen Schlafanzug, und ihr Haar sieht aus wie das Schwalbennest, das Nathaniel mal hinter den Limoflaschen in der Garage entdeckt hat, aber ihr Gesicht ist das seiner Mutter, und auch ihre Stimme, als sie seinen Namen ruft, ist die seiner Mutter. *Mommy.* Nathaniels Arme fliegen hoch. Er stolpert über ein Kabel und über irgendwelche Füße, und dann läuft er.

Sie fällt auf die Knie, und das zieht ihn nur noch stärker zu ihr. Nathaniel ist so nah, daß er sie weinen sieht, aber nicht sehr klar, weil er nämlich auch weint. Er spürt, daß das Schweigen sich löst, das seit einer Woche in seinem Bauch gesteckt hat, und in dem Moment, bevor er in ihre Arme fällt, sprudelt die Freude aus ihm heraus. »Mommy, Mommy, Mommy!« ruft Nathaniel so laut, daß er nichts anderes mehr hört, bis auf das Herzklopfen seiner Mutter an seinem Ohr.

Er ist während dieser Woche gewachsen. Ich hebe Nathaniel hoch, lächle, während die Kameras jede Bewegung einfangen. Fisher hat die Reporter weggedrängt und redet heftig auf sie ein. Ich vergrabe das Gesicht an Nathaniels süßem Hals und vergleiche meine Erinnerung mit der Wirklichkeit.

Plötzlich steht Caleb neben uns. Sein Gesicht ist so unergründlich wie beim letzten Mal, als wir allein waren, im Gefängnis, nur durch eine Plexiglasscheibe getrennt. Seine Aussage hat mir zwar geholfen, aber ich kenne meinen Mann. Er hat getan, was von ihm erwartet wurde; er hätte es sich jedoch liebend gern erspart. »Caleb«, setze ich unsicher an. »Ich ... ich weiß nicht, was ich sagen soll.«

Zu meiner Überraschung macht er mir ein Friedensangebot: ein schiefes Grinsen. »Das wäre aber das erste Mal. Kein

Wunder, daß die Reporter verrückt spielen.« Calebs Lächeln wird sicherer, und gleichzeitig legt er seinen Arm um meine Schultern, führt mich einen Schritt näher auf mein Zuhause zu.

Das sind die Witze, die ich kenne.
Was essen Kraken am liebsten?
Krakauer.

Was bekommt man, wenn zwei Tausendfüßler sich umarmen?
Einen Reißverschluß.

Was bekommt man, wenn man einen Teddy in den Kühlschrank legt?
Einen Eisbär.

Warum haben Frauen rot angemalte Zehen?
Damit ihnen keiner drauf tritt.

Warum sind Fische stumm?
Weil sie immer den Kopf unter Wasser halten.

Und hier ist noch einer:
Klopf, klopf.
Wer ist da?
Sagmirdas.
Sagmirdas wer?
Sagmirdas Zauberwort, Nathaniel, und dann darfst du gehen.
Als er mir den erzählt hat, hab ich nicht gelacht.

6

Als wäre nichts geschehen, geht das Leben weiter. Wir drei sitzen am Frühstückstisch wie eine ganz normale Familie. Mit den Fingern folgt Nathaniel den Buchstaben der Schlagzeile auf der ersten Zeitungsseite. »M«, sagt er leise. »O, M ...« Über den Rand meiner Kaffeetasse betrachte ich das Foto. Da bin ich, Nathaniel im Arm, Caleb neben mir. Fisher hat es irgendwie geschafft, daß auch sein Gesicht mit im Bild ist. Quer darüber, in fetten, schwarzen Lettern: MOMMY.

Caleb räumt Nathaniels leere Cornflakes-Schüssel ab, als unser Sohn in sein Spielzimmer rennt, um mit seinen Plastikdinosauriern *Jurassic Park* zu spielen. Ich schiele auf die Zeitung. »Ich bin das Paradebeispiel für eine schlechte Mutter«, sage ich.

»Immer noch besser als die Mörderin von Maine.« Er deutet mit dem Kinn auf den Tisch. »Was ist in dem Umschlag?«

Der Umschlag sieht aus wie die, die wir im Büro für Hausmitteilungen verwenden, mit einer roten Kordel zugebunden. Er steckte in der Zeitung zwischen dem Lokal- und dem Sportteil. Ich drehe ihn um, aber er hat keinen Absender.

Drinnen ist ein Bericht vom Kriminallabor, ein Schaubild, wie ich schon so viele gesehen habe. Eine Tabelle mit Ergebnissen in acht Spalten, die jeweils eine andere Stelle in der menschlichen DNA markiert. Und zwei Zahlenreihen, die an jeder Stelle identisch sind.

Ergebnis: Das DNA-Profil, das anhand des von der Unterhose gewonnenen genetischen Materials ermittelt wurde, entspricht dem DNA-Profil von Szyszynski. Demzufolge kann nicht ausgeschlossen werden, daß das genetische Material der Probe von ihm stammt. Die Wahrscheinlichkeit, daß eine andere, unbekannte Person ein identisches genetisches Material aufweist, ist eins zu sechs Milliarden, was in etwa der Weltbevölkerung entspricht.

Anders ausgedrückt: Pater Szyszynskis Sperma wurde in der Unterhose meines Sohnes gefunden.

Caleb späht mir über die Schulter. »Was ist das?«

»Meine Absolution«, seufze ich.

Caleb nimmt mir das Blatt aus der Hand, und ich deute auf die erste Zahlenreihe. »Das ist die DNA, die aus Szyszynskis Blutprobe gewonnen wurde. Und die Reihe darunter ist die DNA, die sie aus dem Fleck in der Unterhose gewonnen haben.«

»Die Zahlen sind alle gleich.«

»Genau. Die DNA ist ja im ganzen Körper gleich. Deshalb lassen die Cops, wenn sie zum Beispiel einen Vergewaltiger festgenommen haben, eine Blutprobe entnehmen. Entscheidend ist, wenn die DNA aus der Blutprobe mit den sichergestellten Beweisen übereinstimmt, wird der Bursche mit an Sicherheit grenzender Wahrscheinlichkeit schuldig gesprochen.« Ich sehe zu ihm hoch. »Das bedeutet, daß er es war, Caleb. Er war der Täter. Und –« Meine Stimme verliert sich.

»Und was?«

»Und ich habe das Richtige getan«, schließe ich.

Caleb legt das Blatt mit der Vorderseite nach unten auf den Tisch und steht auf.

»Was hast du?« frage ich.

Er schüttelt langsam den Kopf. »Nina, du hast nicht das Richtige getan. Du hast es doch gerade selbst gesagt. Wenn die DNA im Blut des Verdächtigen mit den Beweisen übereinstimmt, wird er schuldig gesprochen. Wenn du also gewartet hättest, hätte er seine Strafe bekommen.«

»Und Nathaniel hätte in dem Gerichtssaal sitzen müssen, er hätte jeden Augenblick der Tat noch einmal durchleben müssen, weil der Laborbericht ohne seine Aussage nichts wert gewesen wäre.« Unwillkürlich schießen mir Tränen in die Augen. »Ich hab gedacht, daß Nathaniel schon genug durchgemacht hat.«

»Ich weiß, was du gedacht hast«, sagt Caleb leise. »Das ist ja das Problem. Was ist denn mit den Dingen, die Nathaniel verarbeiten mußte, *weil* du das getan hast? Ich sage nicht, daß du das Falsche getan hast. Ich sage nicht, daß ich nicht selbst daran gedacht habe. Aber selbst, wenn es gerecht war ... oder angemessen ... Nina, es war gewiß nicht das *Richtige*.«

Er zieht seine Stiefel an und öffnet die Küchentür, läßt mich mit den Laborergebnissen allein. Ich lege den Kopf auf die Hände und atme tief durch. Caleb irrt sich, er muß sich irren, denn wenn er sich nicht irrt, dann –

Als mein Blick wieder auf den Umschlag fällt, stellt sich mir eine andere Frage. Wer hat ihn mir so heimlich zukommen lassen? Irgendwer von der Staatsanwaltschaft wird ihn vom Labor bekommen haben. Vielleicht hat Peter ihn in die Zeitung geschoben, oder eine mitfühlende Sekretärin, die meint, damit hätte eine Verteidigung aufgrund von Unzurechnungsfähigkeit noch bessere Aussichten. Auf jeden Fall ist es ein Dokument, das ich eigentlich nicht haben dürfte.

Und von dem ich Fisher daher auch nichts erzählen darf.

Ich greife zum Telefon und rufe ihn an. »Nina«, sagt er. »Haben Sie schon einen Blick in die Zeitung geworfen?«

»Ja, wir sind nicht zu übersehen. Übrigens, haben Sie inzwischen die DNA-Ergebnisse des Priesters bekommen?«

»Sie meinen die Probe von der Unterhose? Nein.« Er zögert. »Der Fall ist jetzt natürlich ad acta gelegt. Möglicherweise hat irgend jemand den Laborleuten gesagt, sie könnten sich die Mühe sparen.«

Unwahrscheinlich. Die Mitarbeiter des Staatsanwaltes dürften alle zu beschäftigt gewesen sein, um an eine solche Kleinigkeit zu denken. »Wissen Sie, ich würde den Bericht wirklich gern sehen.«

»Er hat aber keinerlei Auswirkungen auf Ihren Prozeß –«

»Fisher«, sage ich mit Nachdruck. »Ich bitte Sie höflichst darum. Sagen Sie Ihrer Sekretärin, sie soll Quentin Brown anrufen und ihn bitten, den Bericht an Sie zu faxen. Ich muß ihn sehen.«

Er seufzt. »Also gut. Ich melde mich wieder bei Ihnen.«

Ich lege den Hörer wieder auf die Gabel und setze mich an den Tisch. Draußen spaltet Caleb Holz, reagiert seine Frustration mit jedem wuchtigen Schlag ab. Gestern nacht, als er mit warmer Hand unter der Decke nach mir tastete, streifte er mein elektronisches Plastikarmband. Prompt drehte er sich von mir weg.

Ich nehme meine Kaffeetasse und lese noch einmal die zwei Zahlenspalten des Laborberichtes. Caleb liegt falsch, basta. All diese Buchstaben und Zahlen beweisen schwarz auf weiß, daß ich eine Heldin bin.

Quentin Brown überfliegt den Laborbericht ein weiteres Mal und legt ihn dann auf eine Ecke seines Schreibtisches. Nichts Neues. Alle Welt weiß, warum sie den Priester getötet hat. Entscheidend ist, daß das alles nun keine Rolle mehr spielt. In dem bevorstehenden Prozeß geht es nicht um sexuellen Mißbrauch, sondern um Mord.

Die Sekretärin, eine verdrießliche, blaßblonde Frau namens Rhonda oder Wanda oder so ähnlich, steckt den Kopf zur Tür herein. »Kann denn hier kein Mensch anklopfen?« knurrt Quentin.

»Haben Sie den Laborbericht über Szyszynski?« fragt sie.

»Der liegt hier. Wieso?«

»Der Verteidiger hat gerade angerufen. Er will ihn sofort zugefaxt bekommen.«

Quentin reicht ihn der Sekretärin. »Wieso denn die Eile?«

»Keine Ahnung.«

Quentin versteht das nicht. Fisher Carrington muß doch wissen, daß die Informationen seiner Mandantin weder nützen noch schaden können. Andererseits kann es der Anklagevertretung ja egal sein – Nina Frost wird schuldig gesprochen werden, ganz bestimmt, und daran wird kein Laborbericht über einen Toten etwas ändern. Als die Sekretärin die Tür hinter sich schließt, hat Quentin Carringtons Bitte schon wieder vergessen.

Marcella Wentworth kann Schnee nicht ausstehen. Sie hat genug davon gehabt, schließlich ist sie in Maine aufgewachsen und hat fast zehn Jahre dort gearbeitet. Sie haßt es, schon morgens beim Aufwachen zu wissen, daß man sich den Weg zum Auto freischaufeln muß. Sie haßt das Gefühl, Skier unter den Füßen zu haben. Sie haßt es, wenn die Räder auf vereistem Schnee durchdrehen. Der glücklichste Tag in Marcellas Leben war der, an dem sie ihren Job im Kriminallabor von Maine aufgab, nach Virginia zog und ihre Schneestiefel in einen Abfalleimer auf einem Parkplatz am Highway warf.

Seit drei Jahren arbeitet sie nun schon bei CellCore, einem privaten Labor. Marcella ist das ganze Jahr über sonnengebräunt und besitzt nur einen leichten Wintermantel. Aber an ihrem Arbeitsplatz hat sie eine Ansichtskarte aufgehängt, die sie letztes Jahr zu Weihnachten von der Staatsanwältin Nina Frost bekommen hat. Man sieht die unverkennbaren Umrisse ihres Heimatstaates. Und der Text lautet: *Once a Mainiac, always a Mainiac.*

Marcella betrachtet gerade die Postkarte und denkt, daß die da oben im Norden wahrscheinlich schon die ersten Schneeflocken haben, als Nina Frost anruft.

»Sie werden Sie es mir nicht glauben«, sagt Marcella, »aber ich habe gerade an Sie gedacht.«

»Ich brauche Ihre Hilfe«, erwidert Nina. Typisch Nina Frost – kommt immer gleich zur Sache. Seit Marcella nicht mehr in Maine arbeitet, hat Nina einige wenige Male angerufen und sie um ihren sachverständigen Rat gebeten, wenn sie sich in einem Fall absichern wollte. »Ich habe einen DNA-Test, den ich überprüfen lassen möchte.«

Marcella wirft einen Blick auf die Akten, die sich in ihrem Eingangskorb türmen. »Kein Problem. Worum geht's?«

»Kindesmißbrauch. Wir haben eine Blutprobe, und wir haben Sperma auf einer Unterhose. Ich bin keine Expertin, aber die Ergebnisse sehen ziemlich überzeugend aus.«

»Aha. Ich vermute mal, sie passen Ihnen nicht in den Kram, und Sie glauben, die vom Kriminallabor haben Mist gebaut.«

»Ehrlich gesagt, passen sie mir sehr wohl in den Kram. Ich will nur absolut auf Nummer Sicher gehen.«

»Hört sich ja ganz so an, als wollten Sie dem Typ richtig an den Kragen«, sinniert Marcella.

Es entsteht eine Pause. »Er ist tot«, sagt Nina. »Ich habe ihn erschossen.«

Caleb hackt für sein Leben gern Holz. Er mag den Moment, wenn man die Axt hebt, um sie dann nach unten sausen zu lassen. Er mag das Geräusch, wenn ein Scheit gespalten wird, ein scharfes Knacken, und dann das hohle *Pling* der beiden Hälften, die rechts und links zu Boden fallen. Er mag den Rhythmus, der Denken und Erinnern auslöscht.

Vielleicht ist er, wenn kein Holz zum Spalten mehr da ist, bereit, wieder ins Haus zu gehen und seiner Frau gegenüberzutreten.

Ninas Zielstrebigkeit hat ihm, einem Mann, der in so vielen Dingen von Natur aus eher zögerlich ist, immer imponiert. Aber jetzt ist die Kehrseite dessen so kraß zutage getreten, daß es schon fast grotesk wirkt. Sie kann einfach nicht loslassen. Sie hat das, was sie getan hat, so umgedeutet, daß es zumindest ihr sinnvoll erscheint, wenn schon niemandem sonst. Sie behauptet, sie hat einen Mann getötet, um Nathaniel zu schützen? Nun, wie traumatisch es für den Jungen auch gewesen wäre, in den Zeugenstand zu müssen, der Anblick, wie seine Mutter mit Handschellen gefesselt und ins Gefängnis verfrachtet wird, der wird für ihn wohl um einiges schlimmer sein.

Caleb weiß, daß Nina von ihm Bestätigung haben möchte, aber er kann das nicht für sie tun. Er kann ihr nicht in die Augen sehen und sagen, ja, ich verstehe dich. Er kann ihr nicht einmal in die Augen sehen.

Er fragt sich, ob er vielleicht deshalb eine Mauer zwischen ihnen beiden errichtet, damit es ihm leichter fällt, sie gehen zu lassen, wenn sie verurteilt ist.

Caleb nimmt einen weiteren Scheit und stellt ihn auf den Hackblock. Als die Axt fällt, spaltet sie das Holz in zwei gleiche Hälften, und in der Mitte sitzt die Wahrheit. Caleb fühlt sich durch das, was Nina getan hat, nicht moralisch überlegen. Nein, er fühlt sich wie ein Feigling, weil er nicht so mutig war, die Grenze vom Gedanken zur Tat zu überschreiten.

An manches kann Nathaniel sich nicht mehr erinnern – zum Beispiel, was er gesagt hat, als Nathaniel den Kopf geschüttelt hat. Oder wer von ihnen beiden ihm die Jeans aufgeknöpft hat. Woran er sich manchmal erinnern kann, auch wenn er ganz feste versucht, nicht dran zu denken, ist, daß die Luft sich kalt anfühlte, als seine Hose nach unten rutschte, und daß seine Hand danach ganz heiß war. Daß es weh tat, ganz schlimm weh, obwohl er doch gesagt hatte, es würde nicht weh tun. Daß Nathaniel Esme so fest gedrückt hat, daß sie aufschrie. Daß er im Spiegel ihrer goldenen Augen einen kleinen Jungen sah, der nicht mehr er selbst war.

Nina wird sich freuen.

Das ist Marcellas erster Gedanke, als sie die DNA-Resultate durchsieht und feststellt, daß der Spermafleck und das Blut des Priesters sich in nichts unterscheiden. Im Zeugenstand würde das kein Wissenschaftler so formulieren, aber die Zahlen – und die Statistiken – sprechen für sich. Das ist der Täter, keine Frage.

Sie greift zum Telefon, um es Nina zu sagen, klemmt sich den Hörer zwischen Schulter und Ohr, damit sie mit beiden Händen das dicke Gummiband um die medizinischen Unterlagen spannen kann, die zusammen mit dem Laborbericht gekommen sind. Die hat Marcella sich nicht durchgesehen, denn nach dem, was Nina erzählt hat, ist der Priester eindeutig an der Schußwunde gestorben. Aber dennoch, Nina hat Marcella um besondere Gründlichkeit gebeten. Sie seufzt, legt den Hörer wieder auf und öffnet den dicken Ordner.

Zwei Stunden später hat sie alles gelesen. Und ihr wird klar, daß sie trotz ihres festen Vorsatzes, nicht mehr in ihre alte Heimat zurückzukehren, nach Maine fahren wird.

Innerhalb von nur einer Woche habe ich folgendes gelernt: Ein Gefängnis ist und bleibt ein Gefängnis, wie groß und bequem es auch immer sein mag. Ich ertappe mich dabei, wie ich zum Fenster hinausstarre und mich danach sehne, irgendeine kleine Besorgung machen zu dürfen. Zur Bank zu fahren oder den Wagen zum Ölwechsel in die Werkstatt zu bringen.

Nathaniel geht wieder in die Vorschule. Auf Empfehlung von Dr. Robichaud, weil es ein Schritt in Richtung Normalität ist. Trotzdem frage ich mich, ob nicht auch Caleb ein kleines bißchen dahintersteckt, ob ihm vielleicht der Gedanke nicht behagt, mich mit meinem Sohn allein zu lassen.

Neulich bin ich morgens, ohne zu überlegen, die Einfahrt hinuntergegangen, um die Zeitung zu holen. Plötzlich fiel mir das elektronische Armband ein. Als Caleb rauskam, saß ich heulend auf der Veranda und wartete auf die Polizeisirenen. Aber es wurde kein Alarm ausgelöst. Wahrscheinlich hatte ich die Fünfzigmetergrenze nicht überschritten. So war ich in den Genuß eines kleinen Spaziergangs in frischer Luft gekommen, und keiner hatte was gemerkt.

Um mich zu beschäftigen, koche ich manchmal. Ich habe *penne alla regata* gemacht, *coq au vin*, chinesische Teigtaschen. Heute mache ich Hausputz. Ich habe schon den Dielenschrank und die Vorratskammer aufgeräumt, alles so geordnet, daß die am häufigsten benutzten Dinge leicht zu greifen sind. Oben im Schlafzimmer habe ich Schuhe aussortiert, die ich längst vergessen hatte, und ich habe meine Kleidung nach Farben aufgehängt, von Blaßrosa über Dunkelblau bis Braun.

Gerade miste ich Calebs Kommode aus, als er hereinkommt und sich ein schmutziges Hemd auszieht. »Wußtest du«, sage ich, »daß im Dielenschrank ein nagelneues Paar Fußballschuhe steht, das für Nathaniel ungefähr fünf Größen zu groß ist?«

»Die hab ich günstig bekommen. Er wird schon reinwachsen.«

Begreift er denn nach allem, was passiert ist, noch immer nicht, daß die Zukunft nicht zwangsläufig in einer geraden, ununterbrochenen Linie verläuft?

»Was machst du da?«

»Ich räume deine Schubladen auf.«

»Ich mag meine Schubladen so, wie sie sind.« Caleb nimmt ein zerrissenes Hemd, das ich ausrangiert habe, und stopft es völlig zerknittert wieder zurück. »Leg dich ein bißchen hin. Oder lies etwas oder so.«

»Das wäre Zeitverschwendung.« Ich entdecke drei einzelne Socken.

»Wieso ist es Zeitverschwendung, wenn man sich mal Zeit nimmt?« fragt Caleb und zieht sich ein frisches Hemd über. Er schnappt sich die Socken, die ich gerade ausgemustert habe, und legt sie wieder in seine Schublade.

»Caleb. Du ruinierst alles.«

»Wieso? Es war doch alles prima, so wie's war!« Er stopft sich das Hemd in die Hose, schnallt den Gürtel wieder zu. »Ich mag meine Socken so, wie sie sind«, sagt Caleb nachdrücklich. Einen Moment lang scheint er noch etwas hinzufügen zu wollen, doch dann schüttelt er den Kopf und läuft die Treppe hinunter. Kurz darauf sehe ich durchs Fenster, wie er in der klaren, hellen Sonne davongeht.

Ich ziehe die Schublade auf und hole die verwaisten Einzelsocken heraus. Dann das zerrissene Hemd. Es wird Wochen dauern, bis er die Veränderungen überhaupt bemerkt, und dann wird er mir dafür danken.

»Ach du meine Güte«, rufe ich, als ich beim Blick aus dem Fenster den fremden Wagen sehe, der vor unserem Haus hält. Eine Frau steigt aus – auffällig klein, mit dichtem, dunklem Haar, die Arme gegen die Kälte fest um den Körper geschlungen.

»Was ist?« Caleb hat mich gehört und kommt angelaufen. »Ist was passiert?«

»Nein, nein. Alles in Ordnung!« Ich reiße die Tür auf und lächle Marcella herzlich an. »Das gibt's doch gar nicht, Sie hier?«

»Überraschung«, sagt sie und umarmt mich. »Wie geht es Ihnen?« Sie versucht, sich nichts anmerken zu lassen, aber ich sehe, wie ihre Augen nach unten huschen, zu meinem elektronischen Armband.

»Mir geht's ... na ja, im Augenblick jedenfalls prima. Ich hab, ehrlich gesagt, nicht damit gerechnet, daß Sie mir den Bericht höchstpersönlich bringen.«

Marcella zuckt die Achseln. »Ich hab mir gedacht, ein bißchen Gesellschaft könnte Ihnen guttun. Und ich war schon so lange nicht mehr zu Hause. Ich hatte Heimweh.«

»Lügnerin«, lache ich und ziehe sie ins Haus, wo Caleb und Nathaniel uns neugierig erwarten. »Das ist Marcella Wentworth. Sie hat früher im Kriminallabor gearbeitet, bevor sie uns im Stich gelassen hat und in die freie Wirtschaft gegangen ist.«

Ich könnte platzen vor Freude. Nicht etwa, weil Marcella und ich so eng befreundet wären, sondern weil ich so wenig unter Menschen bin. Von Zeit zu Zeit kommt Patrick vorbei. Und natürlich habe ich meine Familie. Aber die meisten meiner Freunde sind auch Kollegen, und nach der letzten Anhörung bleiben sie auf Distanz.

»Sind Sie beruflich oder privat hier?« fragt Caleb.

Marcella wirft mir einen Blick zu, weiß nicht recht, was sie sagen soll.

»Ich hatte Marcella gebeten, den DNA-Test unter die Lupe zu nehmen.«

Calebs Lächeln wird ein winziges bißchen schwächer, so wenig, daß man es nur bemerkt, wenn man ihn so gut kennt wie ich. »Also, ich würde vorschlagen, ich gehe mal mit Nathaniel nach draußen, damit ihr euch in aller Ruhe unterhalten könnt.«

Als sie weg sind, führe ich Marcella in die Küche. Wir reden über die Temperaturen in Virginia um diese Jahreszeit und wann wir hier den ersten Frost hatten. Ich mache uns Tee. Dann halte ich es nicht länger aus und setze mich ihr gegenüber. »Sie haben gute Nachrichten, oder? Die DNA paßt doch, nicht wahr?«

»Nina, ist Ihnen nichts aufgefallen, als sie seine medizinischen Unterlagen gesichtet haben?«

»Ehrlich gesagt, das hab ich mir erspart.«

Marcella malt mit dem Finger einen Kreis auf den Tisch. »Pater Szyszynski hatte chronische myeloische Leukämie.«

»Gut so«, sage ich ausdruckslos. »Ich hoffe, er hat gelitten. Ich hoffe, er hat sich jedesmal die Seele aus dem Leib gekotzt, wenn er eine Chemotherapie bekommen hat.«

»Er hat keine Chemo bekommen. Vor etwa sieben Jahren wurde ihm Knochenmark transplantiert. Seine Leukämie war in Remission. Er war praktisch geheilt.«

Ich werde ein wenig frostig. »Wollen Sie mir damit sagen, daß ich mich schuldig fühlen sollte, weil ich einen Menschen getötet habe, der den Krebs besiegt hat?«

»Nein. Die Sache ... ist die: Es gibt bei der Behandlung von Leukämie etwas, das sich auf die DNA-Analyse auswirkt. Um die Krankheit zu heilen, braucht man neues Blut. Und das erreicht man durch eine Knochenmarktransplantation, weil im Knochenmark das Blut produziert wird. Nach ein paar Monaten ist das alte Knochenmark komplett durch das Knochenmark des Spenders ersetzt worden. Das alte Blut ist weg und mit ihm die Leukämie.« Marcella sieht mich an. »Verstehen Sie?«

»Soweit ja.«

»Der Körper kann das neue Blut verwerten, weil es gesund ist. Aber es ist nicht das körpereigene Blut, und auch die DNA ist nicht mehr die des ursprünglichen Blutes. Hautzellen, Speichel, Sperma – da ist die DNA noch immer die alte, aber die DNA in dem neuen Blut stammt von dem Spender.« Marcella legt ihre Hand auf meine. »Nina, die Laborergebnisse waren korrekt. Die DNA in Pater Szyszynskis Blutprobe paßte zu dem Sperma von der Unterhose ihres Sohnes. Aber die DNA in Pater Szyszynskis Blut ist nicht wirklich seine.«

»Nein«, sage ich. »Nein, das kann nicht sein. Genau das hab ich neulich noch Caleb erklärt. Die DNA kann man aus jeder Zelle des Körpers gewinnen. Deshalb werden ja auch Blutproben genommen, um sie mit einer Spermaprobe abzugleichen.«

»In weit über neunundneunzig Komma neun Prozent der Fälle ist das richtig, ja. Aber das hier ist eine extrem seltene Ausnahme.« Sie schüttelt den Kopf. »Es tut mir leid, Nina.«

Mein Kopf schnellt hoch. »Sie meinen ... er ist noch am Leben?«

Sie kann sich die Antwort sparen.

Ich habe den Falschen getötet.

Nachdem Marcella fort ist, laufe ich verstört hin und her. Ich zittere, und mir wird und wird nicht warm. Was habe ich getan? Ich habe einen Unschuldigen getötet. Einen Priester. Einen Menschen, der zu mir kam, um mich zu trösten, als meine Welt zusammenbrach; der Kinder liebte, Nathaniel eingeschlossen. Ich habe einen Mann getötet, der den Krebs besiegte, der ein langes Leben verdient gehabt hätte. Ich habe einen Mord begangen und kann diese Tat nicht einmal mehr vor mir selbst rechtfertigen.

Ich habe immer geglaubt, daß es für die schlimmsten Übeltäter in der Hölle einen Platz gibt – für die Serienkiller, die Kindervergewaltiger, die brutalen Raubmörder. Und wenn es mir nicht gelungen ist, sie ihrer gerechten Strafe zuzuführen, so habe ich mich damit getröstet, daß sie irgendwann doch bekommen, was sie verdienen.

Genau wie ich.

Und das weiß ich, denn obwohl ich nicht die Kraft habe aufzustehen, obwohl ich mich selbst anfallen möchte, bis dieser Teil von mir restlos zerfetzt ist, gibt es in mir einen anderen Teil, der denkt: *Er ist immer noch nicht aus der Welt.*

Ich greife zum Telefon, um Fisher anzurufen. Doch dann lege ich wieder auf. Er muß es erfahren, es könnte schließlich sein, daß er es irgendwie selbst herausfindet. Aber ich weiß nicht, wie sich das auf meinen Prozeß auswirken wird. Es könnte der Anklagevertretung nützen, weil ihr Opfer jetzt ein wahres Opfer ist. Andererseits ist Unzurechnungsfähigkeit nun mal Unzurechnungsfähigkeit. Es spielt keine Rolle, ob ich Pater Szyszynski getötet habe oder den Richter oder das gesamte Publikum im Saal – falls ich damals unzurechnungsfähig war, wäre ich nach wie vor nicht schuldig.

Es könnte sogar sein, daß ich dadurch noch verrückter erscheine.

Ich setze mich an den Küchentisch und vergrabe das Gesicht in den Händen. Es klingelt an der Haustür, und plötzlich steht Patrick in der Küche, ist ganz aufgelöst wegen der Nachricht, die ich auf seinem Anrufbeantworter hinterlassen habe. »Was ist los?« fragt er, als er mich so dasitzen sieht und die Ruhe im Haus registriert. »Ist irgendwas mit Nathaniel?«

Die Frage ist so bedeutungsschwanger, daß ich unwillkürlich lachen muß. Ich lache, bis sich mein Bauch verkrampft, bis ich keine Luft mehr bekomme, bis mir Tränen aus den Augen strömen und ich merke, daß ich schluchze. Patricks Hände sind auf meinen Schultern, meinen Armen, meiner Taille, als wäre das, was in mir zerbrochen ist, so etwas Simples wie ein Knochen. Ich wische mir mit dem Ärmel die Nase ab und zwinge mich, seinem Blick standzuhalten. »Patrick«, flüstere ich, »ich hab's versaut. Pater Szyszynski ... hat nicht ... er war es nicht –«

Er beruhigt mich, und dann muß ich ihm alles erzählen. Als ich fertig bin, starrt er mich eine halbe Minute an, bevor er etwas sagt. »Das kann nicht wahr sein«, stammelt Patrick. »Du hast den Falschen erschossen?«

Bevor ich antworten kann, springt er auf und beginnt, auf und ab zu tigern. »Nina, Moment mal. In diesen Laboren arbeiten auch nur Menschen, da kann schon mal was schieflaufen.«

Ich klammere mich an diesen Rettungsanker. »Vielleicht ist das die Erklärung. Ein Fehler bei den Tests.«

»Aber wir hatten doch schon die Identifizierung, bevor wir den Spermabeweis fanden.« Patrick schüttelt den Kopf. »Wieso hätte Nathaniel seinen Namen sagen sollen?«

Die Zeit kann stehenbleiben, das weiß ich jetzt. Man spürt,

wie das eigene Herz aufhört zu schlagen, wie das Blut in den Adern stockt. »Was hat er gesagt?« Meine Worte klirren wie Steine. »Was genau hat er zu dir gesagt?«

Patrick dreht sich zu mir um. »Vater Glen«, erwidert er. »Richtig?«

Nathaniel weiß noch, daß er sich schmutzig gefühlt hat, so schmutzig, daß er dachte, er könnte tausendmal duschen und wäre trotzdem noch nicht sauber. Und das lag daran, daß das, was schmutzig an ihm war, unter seiner Haut lag. Er würde sich die Haut vom Leib schrubben müssen, um es wegzubekommen.

Es brannte *da unten*, und sogar Esme wollte nicht mehr in seiner Nähe sein. Sie schnurrte und hüpfte dann auf den großen hölzernen Schreibtisch, starrte ihn an. *Das ist deine Schuld*, sagte sie. Nathaniel wollte seine Hose anziehen, aber seine Hände waren wie Knüppel, konnten nichts festhalten. Als er schließlich seine Unterhose zu fassen bekam, war sie ganz naß, was komisch war, weil ihm doch kein Malheur passiert war, das wußte er genau. Aber der Priester hatte seine Unterhose angesehen, sie in die Hand genommen. Die Baseballhandschuhe hatten ihm gefallen.

Nathaniel wollte sie nie wieder anziehen.

»Kein Problem«, sagte der Priester mit weicher Stimme und ging für einen Moment aus dem Zimmer. Nathaniel zählte bis fünfunddreißig, und dann noch mal, weil er noch nicht weiter zählen konnte. Er wollte weg. Er wollte sich unter dem Schreibtisch oder im Aktenschrank verstecken. Aber er brauchte eine Unterhose. Ohne die konnte er sich nicht anziehen, weil die zuerst kam. Das sagte seine Mom ihm immer, wenn er es mal vergaß, und dann mußte er wieder nach oben gehen und sich eine anziehen.

Der Priester kam mit einer Babyunterhose zurück, nicht so eine wie die von seinem Dad, die aussah wie eine Shorts. Nathaniel war sicher, daß er sie aus der großen Kiste geholt hatte, wo die ganzen schmuddeligen Jacken und stinkigen Schuhe lagen, die Leute in der Kirche vergessen hatten. *Wie konnte man bloß seine Schuhe vergessen und es nicht mal merken*? Das hatte Nathaniel sich schon immer gefragt. Und außerdem, wie konnte man seine Unterhose vergessen?

Diese hier war sauber und hatte Spiderman drauf. Sie war zu klein, aber das war Nathaniel egal. »Gib mir die andere«, sagte der Priester. »Ich wasche sie und gebe sie dir zurück.«

Nathaniel schüttelte den Kopf. Er zog seine Hose an und stopfte die alte Unterhose in die Känguruhtasche von seinem Sweatshirt, die klebrige Seite nach innen, damit er sie nicht anfassen mußte. Er spürte, wie der Priester ihm übers Haar strich, und wurde ganz starr, wie Granit, mit demselben harten Gefühl innerlich.

»Soll ich dich denn nicht zurückbringen?«

Nathaniel antwortete nicht. Er wartete, bis der Priester Esme hochgehoben hatte und gegangen war, dann schlich er über den Gang in den Heizungsraum. Da drin war es gruselig – kein Lichtschalter und Spinnweben und sogar das Skelett einer toten Maus. Hier kam nie einer hin, was Nathaniel nur recht war. Er warf die schlechte Unterhose ganz weit hinter die große Maschine, die summte und Hitze ausstieß.

Als Nathaniel zurück in seine Klasse ging, las Vater Glen noch immer seine Bibelgeschichte vor. Nathaniel setzte sich und versuchte zuzuhören. Er paßte ganz genau auf, auch als er spürte, daß ihn jemand anstarrte. Als er aufsah, stand der andere Priester in der offenen Tür, hielt Esme auf dem Arm und lächelte. Mit der freien Hand hob er einen Finger an die Lippen. *Psst. Nichts verraten.*

Das war der Augenblick, in dem Nathaniel alle Worte verlor.

An dem Tag, an dem mein Sohn aufhörte zu sprechen, waren wir in die Kirche gegangen. Hinterher gab es noch Kaffee und

Kuchen für die Gemeinde – was Caleb immer als biblische Bestechung bezeichnete, die Aussicht auf Donuts, wenn man schön brav in die Messe ging. Nathaniel sprang um mich herum, als wäre ich ein Maibaum, blickte hierhin und dorthin, während wir darauf warteten, daß Pater Szyszynski die Kinder zu seiner Lesestunde zusammenrief.

Das Kaffeetrinken war in gewissem Sinne auch eine Abschiedsfeier für zwei Priester, die in St. Anne's Bibelstudien betrieben hatten und jetzt zu ihren eigenen Gemeinden zurückkehrten. An dem verkratzten Tisch hing ein Spruchband, das ihnen eine gute Heimreise wünschte. Da wir keine regelmäßigen Kirchgänger waren, hatte ich die beiden Priester gar nicht richtig zur Kenntnis genommen.

Mein Sohn war wütend, weil die Donuts mit Puderzucker alle waren. »Nathaniel«, sagte ich, »hör auf, an mir rumzuziehen.«

Ich lächelte das Paar, mit dem Caleb sich unterhielt, entschuldigend an, Bekannte, die wir seit Monaten nicht mehr gesehen hatten.

Da biß Nathaniel mir plötzlich aus unerklärlichen Gründen in die Hand.

Ich fuhr zusammen, eher vor Schreck als vor Schmerz, und packte Nathaniel am Handgelenk. Ich steckte in dieser unangenehmen Zwickmühle, in die Eltern geraten, wenn ihr Kind in der Öffentlichkeit etwas getan hat, wofür es eigentlich bestraft werden sollte. »Mach das nie wieder«, sagte ich mit zusammengebissenen Zähnen und versuchte zu lächeln. »Hast du verstanden?«

Dann sah ich, daß die anderen Kinder hinter Pater Szyszynski die Treppe hinuntereilten. »Geh schon«, drängte ich. »Sonst verpaßt du die Geschichte.«

Nathaniel vergrub seinen Kopf unter meinem Pullover. »Na los. Deine ganzen Freunde sind schon unten.«

Er hatte seine Arme um mich geschlungen, und ich mußte sie von mir lösen und ihn in die richtige Richtung drängen.

Zweimal blickte er sich um, und zweimal mußte ich aufmunternd nicken, damit er weiterging. »Tut mir leid«, sagte ich lächelnd zu unseren Bekannten.

Erst jetzt fiel mir wieder ein, daß einer der anderen Priester, der größere, der immer eine Katze bei sich trug, als gehörte sie zu seiner geistlichen Kleidung, den Kindern hastig nach unten gefolgt war. Daß er Nathaniel eingeholt und ihm eine Hand auf die Schulter gelegt hatte, so selbstverständlich wie jemand, der das nicht zum ersten Mal tut.

Nathaniel hat seinen Namen gesagt.

Eine Erinnerung ist plötzlich wieder da und brennt mir in den Augen: *Sprich mir nach: Wand.*

Land.

Sag mal: lustig.

Wustig.

Ich erinnere mich an den Priester bei Pater Szyszynskis Trauergottesdienst. Er starrte mich durch meinen Schleier hindurch an, als er mir dic Hostie reichte, als käme ihm mein Gesicht bekannt vor. Und ich erinnere mich, was auf dem Spruchband gestanden hatte, an dem Tag, bevor Nathaniel aufhörte zu sprechen: FRIEDE SEI MIT DIR, PATER O'TOOLE. FRIEDE SEI MIT DIR, PATER GWYNNE.

Was genau hat er dir gesagt, hatte ich Patrick gefragt.

Vater Glen.

Vielleicht hatte Patrick das gehört. Aber so hätte Nathaniel das nicht gesagt.

»Er hat nicht Vater Glen gesagt«, flüstert Nina. »Er hat Vater Gwynne gesagt.«

»Ja, aber du weißt doch, wie Nathaniel spricht. Das L kriegt er nie richtig hin.«

»In dem Fall wohl«, seufzt Nina. »In dem Fall hat er es richtig ausgesprochen. Gwen. Gwynne. Das klingt ganz ähnlich.«

»Wer zum Teufel ist Gwynne?«

Nina steht auf, fährt sich mit beiden Händen durchs Haar. »Er ist der Täter, Patrick. Er hat Nathaniel mißbraucht, und er könnte es noch zahllosen anderen Jungen antun, und –« Sie sinkt in sich zusammen, fällt gegen die Wand. Patrick hält sie mit einer Hand fest und erschrickt, als er merkt, wie heftig sie zittert. Sein erster Impuls ist der, sie in die Arme zu schließen. Seine zweite, klügere Reaktion ist die, sie einen Schritt von ihm weg machen zu lassen.

Sie rutscht an der Seitenwand des Kühlschranks nach unten, bis sie auf dem Boden sitzt. »Das ist der Knochenmarkspender. Er muß es sein.«

»Weiß Fisher schon davon?« Sie schüttelt den Kopf. »Caleb?«

In diesem Moment fällt Patrick eine Geschichte ein, die er vor langer Zeit in der Schule gelesen hatte, über den Anfang des Trojanischen Krieges. Paris hatte sich entscheiden können, ob er der reichste Mann der Welt werden wollte, der klügste Mann der Welt oder ob er die Frau eines anderen Mannes lieben wollte. Und Patrick, töricht wie er ist, hatte den gleichen Fehler begangen. Denn obwohl ihr Haar völlig zerzaust ist, ihre Augen rot und verquollen, die Trauer ihr ins Gesicht geschrieben steht, ist Nina für ihn genauso schön, wie Helena es damals für Paris war.

Sie blickt zu ihm auf. »Patrick ... was soll ich nur tun?«

Die Frage schockiert ihn. »Du«, sagt Patrick klar und deutlich, »wirst *gar* nichts tun. Du bleibst hier in diesem Haus, weil dir wegen Mordes der Prozeß gemacht wird.« Als sie den Mund öffnet, um zu widersprechen, hebt Patrick die Hand. »Du bist schon einmal eingesperrt worden, und du weißt, was das für Auswirkungen auf Nathaniel gehabt hat. Nina, was glaubst du denn, was mit ihm passiert, wenn du losziehst, um noch einmal Selbstjustiz zu üben? Du kannst ihn nur schützen, indem du hier bei ihm bleibst. Ich ...« Er stockt, weiß, daß er jetzt am Rande des Abgrunds steht und sich nur zurückziehen kann ... oder springen. »Ich werde mich drum kümmern.«

Sie weiß genau, was er da gerade versprochen hat. Daß er gegen die Regeln seines Departments, gegen seinen persönlichen Moralkodex verstoßen will. Daß er dem System den Rücken kehren wird, genau wie Nina es getan hat. Und daß er bereit ist, die Konsequenzen zu tragen. Wie Nina. Er sieht das Erstaunen in ihrem Gesicht und das Glimmen, das ihm verrät, wie verlockend es für sie ist, sein Angebot anzunehmen. »Du könntest deinen Job verlieren! Im Gefängnis landen!« sagt sie. »Ich kann nicht zulassen, daß du so was Dummes tust.«

Wie kommst du darauf, daß ich das nicht schon längst getan habe? Patrick spricht die Frage nicht aus, aber das muß er auch nicht. Er geht in die Hocke und legt seine Hand auf Ninas Knie. Ihre Hand bedeckt seine. Und er sieht es in ihren Augen: Sie *weiß*, was er für sie empfindet, sie hat es immer gewußt. Aber jetzt ist sie zum ersten Mal kurz davor, es sich einzugestehen.

»Patrick«, sagt sie leise, »ich habe schon genug Menschen, die ich liebe, das Leben zerstört. Ich denke, das reicht.«

Als die Tür auffliegt und Nathaniel hereingestürmt kommt, steht Patrick wieder auf. Der Junge riecht nach Popcorn und trägt einen Stoffrosch unter der Winterjacke. »Wißt ihr was«, sagt er, »ich war mit Daddy in der Spielothek.«

»Du bist ein Glückspilz«, antwortet Patrick, und seine Stimme kommt ihm selbst schwach vor. Dann tritt Caleb ein und schließt die Tür hinter sich. Er blickt von Patrick zu Nina und lächelt beklommen. »Ich dachte, Marcella wäre noch da.«

»Sie mußte weg. Hatte noch eine Verabredung. Und als sie losfuhr, kam Patrick gerade vorbei.«

»Ach so.« Caleb reibt sich den Nacken. »Und ... was hat sie gesagt?«

»Gesagt?«

»Über die DNA.«

Vor Patricks Augen wird Nina ein anderer Mensch. Sie wirft ihrem Mann ein strahlendes Lächeln zu. »Sie paßt«, lügt sie. »Sie paßt haargenau.«

Als ich vor die Tür gehe, betrete ich eine Zauberwelt. Die Luft ist eiskalt. Die Sonne vibriert wie kaltes Eigelb. Der Himmel scheint unendlich hoch und blau.

Ich bin unterwegs zu Fishers Büro, deshalb wurde mein elektronisches Armband deaktiviert. Draußen zu sein ist so herrlich, daß es fast das Geheimnis verdrängt, das ich in mir berge.

Patricks Angebot geistert mir wie Rauch durch den Kopf, so daß ich kaum klar sehen kann. Er ist der moralisch standhafteste Mensch, den ich kenne – er hätte mir niemals leichtfertig angeboten, mein Racheengel zu werden. Natürlich kann ich das nicht annehmen. Aber ich kann mir auch nicht die Hoffnung verkneifen, daß er vielleicht nicht auf mich hören und es trotzdem tun wird. Und gleichzeitig hasse ich mich dafür, daß ich so etwas überhaupt denke.

Ich sage mir auch, daß es noch einen anderen Grund gibt, warum ich nicht will, daß Patrick sich um Gwynne kümmert, auch wenn ich mir diesen Grund nur in den dunkelsten Nachtstunden eingestehen will: Weil ich es selbst tun will. Weil es *mein* Sohn ist, *mein* Kummer und *meine* Gerechtigkeit, für die ich selbst Sorge tragen muß.

Wann bin ich zu diesem Menschen geworden – eine Frau, die sich nicht scheut, einen Mord zu begehen, ja, wieder zu morden. War das schon immer ein Teil von mir, tief in mir vergraben, der nur auf seine Zeit gewartet hat? Vielleicht steckt ein verbrecherischer Keim auch in den ehrbarsten Menschen – wie Patrick – und braucht nur eine bestimmte Kombination von Umständen, um aufzugehen. Bei den meisten von uns schlummert er ein Leben lang. Aber bei anderen erblüht er. Und dann wuchert er unaufhaltsam wie Unkraut, erstickt jede Vernunft, tötet alles Mitgefühl.

Fishers Büro ist weihnachtlich geschmückt. Girlanden zieren den Kamin. Direkt über dem Schreibtisch der Sekretärin hängt ein Mistelzweig. Neben der Kaffeemaschine steht ein Krug mit warmem Apfelwein. Während ich darauf warte, daß mein Anwalt mich in sein Büro ruft, fahre ich mit der Hand über das Lederpolster der Couch, einfach weil es sich so anders anfühlt als das alte, vertraute Chenille-Sofa bei mir zu Hause.

Patricks Bemerkung, daß auch in einem Labor Fehler gemacht werden, geht mir nicht aus dem Sinn. Ich werde Fisher nichts von der Knochenmarktransplantation erzählen, nicht ehe ich mit Sicherheit weiß, daß Marcellas Erklärung korrekt ist. Wieso sollte Quentin Brown hinter diese abwegige Ausnahme bei der DNA kommen? Daher besteht keine Veranlassung, Fisher jetzt schon mit Informationen zu belasten, die er vielleicht nie erfahren muß.

»Nina.« Fisher kommt stirnrunzelnd auf mich zu. »Sie werden immer dünner.«

»So ist das bei Kriegsgefangenen.« Ich marschiere hinter ihm her, schätze die Größe der Flure und Räume ab, bloß weil sie neu für mich sind. In seinem Büro starre ich aus dem Fenster, wo die Finger der kahlen Äste gegen die Scheibe trommeln.

Fisher bemerkt meinen Blick. »Möchten Sie gern ein bißchen raus?« fragt er leise.

Es ist bitterkalt, weit unter dem Gefrierpunkt. Aber ich lehne nicht ab. »Das wäre schön.«

Also spazieren wir über den Parkplatz hinter dem Bürogebäude, wo der Wind kleine Wirbelstürme aus braunen Blättern auffliegen läßt. Fisher hält einen Stapel mit Papieren in der behandschuhten Hand. »Wir haben das Gutachten des Psychiaters der Gegenseite bekommen. Sie haben seine Fragen nicht direkt beantwortet, oder?«

»Ach, ich bitte Sie. ›Ist Ihnen klar, welche Funktion der Richter in einem Gerichtsverfahren ausübt?‹ Herrje.«

Ein leises Lächeln spielt um Fishers Mund. »Wie dem auch sei, er ist zu dem Schluß gekommen, daß Sie zum Zeitpunkt der Tat psychisch und geistig gesund waren.«

Ich bleibe stehen. Was nun? Ist es verrückt, die Arbeit zu Ende zu bringen, wenn man festgestellt hat, daß man beim ersten Mal gescheitert ist? Oder wäre das die normalste Reaktion, die man zeigen kann?

»Keine Sorge. Ich denke, diesen Burschen können wir uns vorknöpfen und seinen Bericht in der Luft zerreißen – aber ich hätte auch gern einen forensischen Psychiater, der feststellt, daß sie damals unzurechnungsfähig waren und es jetzt nicht mehr sind. Ich möchte vermeiden, daß die Geschworenen zu dem Schluß kommen, Sie wären immer noch eine Gefahr.«

Aber das bin ich. Ich stelle mir vor, wie ich Pater Gwynne erschieße, es diesmal richtig mache. Dann drehe ich mich zu Fisher um, mit völlig ausdruckslosem Gesicht. »An wen dachten Sie?«

»Was halten Sie von Sidwell Mackay?«

»Über den machen wir in der Staatsanwaltschaft immer Witze«, sage ich. »Jeder Ankläger kann den innerhalb von fünf Minuten auseinandernehmen.«

»Peter Casanoff?«

Ich schüttele den Kopf. »Aufgeblasener Wichtigtuer.«

Gemeinsam drehen wir uns mit dem Rücken in den Wind und denken weiter darüber nach, wen wir engagieren könnten, damit er mich für unzurechnungsfähig erklärt. Und vielleicht wird das ja auch gar nichts so schwer werden. Welche geistig gesunde Frau sieht denn schon jedesmal, wenn sie nach unten blickt, das Blut eines Unschuldigen an ihren Händen und malt sich trotzdem unter der Dusche eine Stunde lang aus, wie sie den *Richtigen* töten kann?

»Na schön«, sagt Fisher. »Wie wär's mit O'Brien aus Portland?«

»Den hab ich auch schon ein paarmal verpflichtet. Scheint

ganz in Ordnung zu sein, schwafelt vielleicht ein bißchen viel.«

Fisher nickt. »Der wirkt schön akademisch, und ich glaube, das ist genau das richtige für Sie, Nina.«

Ich lächle ihn möglichst zufrieden an. »Tja, Fisher. Sie sind der Boß!«

Er wirft mir einen argwöhnischen Blick zu, dann reicht er mir den Bericht des Psychiaters. »Sie sollten sich einprägen, was sie ihm erzählt haben, ehe Sie zu O'Brien gehen.«

Aha, also fordern Verteidiger ihre Mandanten doch auf, alles auswendig zu lernen, was sie dem psychologischen Sachverständigen der Gegenseite erzählt haben.

»Wir kriegen übrigens Richter Neal.«

Ich verziehe das Gesicht. »O nein, das darf doch nicht wahr sein.«

»Wieso?«

»Der soll furchtbar leichtgläubig sein.«

»Das kann doch für Sie als Angeklagte nur von Vorteil sein«, stellt Fisher trocken fest. »Apropos ... ich glaube, wir sollten Sie nicht als Zeugin aufrufen.«

»Das hatte ich auch nicht erwartet, bei zwei Psychiatern, die vorher ihre Aussage machen.« Doch in Wahrheit denke ich: *Ich kann jetzt nicht in den Zeugenstand treten, nicht, wo ich weiß, was ich weiß.*

Fisher bleibt stehen und sieht mich an. »Nina, bevor Sie anfangen, mir zu erzählen, wie Ihre Verteidigung Ihrer Meinung nach aussehen sollte, möchte ich Sie daran erinnern, daß Sie die Dinge noch immer aus der Perspektive einer Staatsanwältin betrachten, und ich –«

»Verzeihen Sie«, unterbreche ich ihn und blicke auf die Uhr. »Darüber kann ich heute wirklich nicht reden.«

»Wichtigere Termine?«

»Tut mir leid. Es geht einfach nicht.« Meine Augen weichen seinem Blick aus.

»Sie können das nicht bis in alle Ewigkeit aufschieben. Der

Prozeß beginnt im Januar, und über Weihnachten bin ich mit meiner Familie verreist.«

»Zuerst muß mich unser Sachverständiger begutachten«, schlage ich vor. »Und dann können wir uns zusammensetzen.«

Fisher nickt. Ich denke an O'Brien, ob ich ihn von meiner Unzurechnungsfähigkeit überzeugen kann. Und ich frage mich, ob ich mich zu dem Zeitpunkt überhaupt noch verstellen muß.

Zum ersten Mal seit zehn Jahren macht Quentin richtig lange Mittagspause. Im Büro wird das niemanden stören, die können seine Anwesenheit kaum ertragen, und in seiner Abwesenheit tanzen sie vermutlich auf den Tischen. Er wirft noch einmal einen Blick auf die Wegbeschreibung, die er sich aus dem Computer runtergeladen hat, und biegt dann auf den Parkplatz einer High School. Teenager in Jacken von North Face blicken ihn flüchtig an, als er an ihnen vorüberkommt. Quentin geht zielstrebig über den Schulhof und um das Gebäude herum.

Dort liegen ein modernes Football-Stadion, eine ganz ordentliche Laufbahn und ein Basketballfeld. Gideon deckt gerade einen verschüchterten Centerspieler, der mindestens fünfzehn Zentimeter kürzer ist als er. Quentin schiebt die Hände in die Manteltaschen und sieht zu, wie sein Sohn sich den Ball schnappt und mühelos einen Dreier-Korb wirft.

Das letzte Mal, daß sein Sohn zum Telefon gegriffen hatte, um ihn anzurufen, war nach seiner Festnahme wegen Drogenbesitz gewesen. Und obwohl Quentin etliche bissige Bemerkungen über Vetternwirtschaft einstecken mußte, hatte er dafür gesorgt, daß Gideon nicht ins Gefängnis mußte, sondern in ein Rehabilitationszentrum kam. Aber Gideon hatte mehr erwartet, er wollte völlig straffrei ausgehen. »Als Vater bist du ein Versager«, hatte er Quentin bescheinigt. »Ich hätte mir denken können, daß du auch als Anwalt ein Versager bist.«

Jetzt, ein Jahr danach, hier auf dem Basketballfeld, dreht Gideon sich plötzlich um und erblickt Quentin. »Ach du Scheiße«, murmelt er. »*Time!*« Die anderen Jungs trotten zur Seitenlinie, trinken etwas und schälen sich aus der obersten Schicht Klamotten. Gideon kommt näher, die Arme verschränkt. »Bist du hergekommen, damit ich in irgendeine Tasse pinkel?«

Quentin zieht die Schultern hoch. »Nein, ich bin gekommen, um dir zuzuschauen. Um mit dir zu reden.«

»Ich hab dir nichts zu sagen.«

»Das ist erstaunlich«, erwidert Quentin, »ich hätte nämlich sechzehn Jahre nachzuholen.«

»Dann kommt es ja auf einen Tag mehr oder weniger nicht an.« Gideon dreht sich wieder zu dem Spielfeld um. »Ich hab zu tun.«

»Es tut mir leid.«

Der Junge hält inne. »Ja, klar«, murmelt er. Er stürmt zurück auf den Platz, schnappt sich den Ball und läßt ihn in der Luft kreiseln – vielleicht um Quentin zu beeindrucken? »Los, los, los!« ruft er, und die anderen drängeln sich um ihn. Quentin geht weg. »Wer war denn das?« hört er einen von den Jungs fragen. Und Gideons Antwort, als er meint, Quentin sei außer Hörweite: »Irgend so ein Typ, der sich verlaufen hat.«

Aus dem Fenster der Arztpraxis in Dana-Farber kann Patrick den heruntergekommenen Stadtrand von Boston sehen. Olivia Bessette, die Onkologin, die in Pater Szyszynskis medizinischen Unterlagen aufgeführt war, ist erheblich jünger, als Patrick erwartet hatte – nicht viel älter als er selbst. Sie sitzt mit gefalteten Händen vor ihm, das lockige Haar zu einem praktischen Knoten gebunden, und tippt mit einem ihrer gummibesohlten weißen Clogs auf den Boden. »Leukämie ist eine Erkrankung der Blutzellen«, erklärt sie, »und chronische myeloische Leukämie bricht meistens bei Patienten aus, die vierzig, fünfzig Jahre alt sind – obwohl ich auch schon Fälle von Patienten unter Dreißig hatte.«

Patrick fragt sich, wie es wohl ist, an einem Krankenhausbett zu sitzen und jemandem zu sagen, daß er nicht mehr lange leben wird. Vermutlich nicht viel anders, als mitten in der Nacht an eine Haustür zu klopfen und Eltern mitzuteilen, daß ihr Sohn bei einem Autounfall unter Alkoholeinfluß ums Leben gekommen ist. »Was passiert mit den Blutzellen?« fragt er.

»Blutzellen sind darauf programmiert, heranzuwachsen und eines Tages zu sterben, genau wie wir. Im Laufe ihres Lebens sollten weiße Blutkörperchen Infektionen bekämpfen, rote Blutkörperchen transportieren Sauerstoff, und Thrombozyten lassen das Blut gerinnen. Wenn man aber Leukämie hat, reifen die Zellen nicht heran ... und sie sterben nicht. Am Ende hat man dann eine Übervölkerung an weißen Zellen, die nicht funktionieren und die alle anderen Zellen überschwemmen.«

Patrick ist nicht direkt gegen Ninas Wunsch hier. Er will schließlich nur abklären, was sie bereits wissen – nicht noch einen Schritt weitergehen. Er hat sich diesen Termin erschlichen, indem er behauptet hat, er arbeite für den stellvertretenden Generalstaatsanwalt. Mr. Brown, so hat Patrick erläutert, hat die Beweispflicht. Was bedeutet, daß er hundertprozentig sicher sein muß, daß Vater Szyszynski nicht just in dem Augenblick, als die Angeklagte die Waffe zückte, aufgrund seiner Leukämie tot umfiel. Könnte Dr. Bessette, die ehemalige Onkologin des Verstorbenen, sich dazu sachverständig äußern?

»Was bewirkt eine Knochenmarktransplantation?« fragt Patrick.

»Wahre Wunder, wenn sie klappt. An all unseren Zellen gibt es sechs Proteine, humane Leukozyten-Antigene, abgekürzt HLA. Mit ihrer Hilfe erkennt der Körper die Identität einer Person. Wenn man einen Knochenmarkspender sucht, braucht man jemanden, bei dem alle sechs Proteine mit denen des Erkrankten übereinstimmen. In den meisten Fällen sind das Geschwister, Halbgeschwister, vielleicht Vettern oder Kusinen – bei Verwandten ist das Risiko der Abstoßung am geringsten.«

»Abstoßung?« hakt Patrick nach.

»Ja. Man versucht den Körper davon zu überzeugen, daß die Spenderzellen seine eigenen sind, weil sie ja dieselben sechs Proteine haben. Wenn das nicht gelingt, stößt das Immunsystem das fremde Knochenmark ab, was dann zu der sogenannten Transplantat-gegen-Empfänger-Reaktion führt, das heißt, der Körper bekämpft das Transplantat.«

»Wie bei einer Herztransplantation.«

»Genau. Nur daß es sich hier nicht um ein Organ handelt. Knochenmark wird aus dem Becken entnommen, weil das Blut in den großen Knochen des Körpers produziert wird. Wir betäuben den Spender, stechen Nadeln in seine Hüfte, etwa 150 mal auf beiden Seiten, und saugen die unreifen Zellen ab.«

Er verzieht das Gesicht, und die Ärztin lächelt zaghaft. »Es ist wirklich schmerzhaft. Es ist sehr selbstlos, sich zu einer Knochenmarkspende bereit zu erklären.«

O ja, der Kerl war ein wahrer Altruist, denkt Patrick.

»Unterdessen werden dem Leukämiekranken Immunsuppressiva verabreicht. In der Woche vor der Transplantation bekommt er eine starke Chemotherapie, die sämtliche Blutzellen in seinem Körper abtötet. Das wird zeitlich so abgestimmt, daß sein Knochenmark prakitsch leer ist.«

»Kann man denn dann überhaupt noch leben?«

»Das Infektionsrisiko ist gewaltig. Der Patient hat zwar noch seine eigenen lebenden Blutzellen ... er produziert aber keine neuen mehr. Dann bekommt er das Spendermark mittels einer einfachen intravenösen Infusion. Das Ganze dauert etwa zwei Stunden, und wir wissen nicht, wie, aber irgendwie finden die Zellen ihren Weg in das Knochenmark des Körpers und beginnen zu wachsen. Nach etwa einem Monat ist sein Knochenmark vollständig durch das des Spenders ersetzt worden.«

»Und die Blutkörperchen des Kranken haben dann die sechs Proteine des Spenders, dieses HLA-Dings?« fragt Patrick.

»Richtig.«

»Wie sieht es mit der DNA des Spenders aus?«

Dr. Bessette nickt. »Ja. Die Blutzellen des Empfängers sind in jeder Hinsicht eigentlich die eines anderen Menschen. Der Körper wird nur getäuscht, er soll glauben, es sei sein eigenes Blut.«

Patrick beugt sich vor. »Aber wenn es klappt – wenn der Krebs tatsächlich in Remission geht –, fängt der Patient dann nicht an, wieder sein eigenes Blut zu produzieren?«

»Nein. Falls doch, würde er das Transplantat abstoßen, und die Leukämie würde erneut ausbrechen. Wir wollen ja gerade, daß der Patient in Zukunft nur noch das Blut seines Spenders produziert.« Sie klopft auf die Akte, die vor ihr liegt. » Glen Szyszynski wurde fünf Jahre nach der Transplantation für völlig geheilt erklärt. Sein Knochenmark arbeitete gut, und das Risiko einer erneuten Leukämieerkrankung lag unter zehn Prozent.« Dr. Bessette nickt. »Ich denke, die Staatsanwaltschaft kann bedenkenlos behaupten, daß der Priester keinesfalls an Leukämie gestorben ist.«

Patrick lächelt sie an. »Ich kann mir vorstellen, daß ein solcher Erfolg eine schöne Sache ist.«

»O ja. Pater Szyszynski hatte das Glück, daß wir eine hundertprozentige Übereinstimmung gefunden hatten.«

»Hundertprozentige Übereinstimmung?«

»So nennen wir das, wenn die Spender-HLA mit allen sechs HLA des Patienten übereinstimmt.«

Patrick holt rasch Luft. »Vor allem, wenn sie nicht verwandt sind.«

»Oh«, sagt Dr. Bessette. »In diesem Fall waren sie verwandt. Pater Szyszynski und sein Spender waren Halbbrüder.«

Bevor Francesca Martine im Kriminallabor von Maine anfing, arbeitete sie in New Hampshire als DNA-Spezialistin. Ausschlaggebend für ihren Umzug nach Norden war ein Ballistikexperte, der ihr das Herz brach, und während sie sich noch die Wunden leckte, entdeckte sie, was sie schon immer gewußt hatte – Gels und Petrischalen bedeuten Sicherheit, und Zahlen können niemanden verletzen.

Aber Zahlen können auch nicht ihre instinktive Reaktion erklären, als sie Quentin Brown zum ersten Mal vor sich sieht. Am Telefon hatte sie ihn sich als einen typischen Beamten vorgestellt – überarbeitet und unterbezahlt, mit ungesundem grauem Teint. Aber kaum betritt er ihr Labor, kann sie die Augen nicht mehr von ihm abwenden. Natürlich ist er imposant, mit seiner Größe und der dunklen Haut, aber Frankie weiß, das ist nicht der Grund für ihre Faszination. Sie fühlt sich von ihm angezogen, weil sie beide die Erfahrung gemacht haben, anders zu sein als andere. Bei ihr ist es nicht die Hautfarbe, sondern sie sticht oft durch ihre überdurchschnittliche Intelligenz hervor.

Leider müßte sie die Gestalt eines Laborberichts annehmen, wenn sie Quentin Brown dazu bringen will, sie genauer zu betrachten. »Wieso sind Sie stutzig geworden?« fragt sie.

Er kneift die Augen zusammen. »Warum fragen Sie das?«

»Weil ich neugierig bin. Das ist ziemlich esoterisches Zeug für die Staatsanwaltschaft.«

Quentin zögert, als wüßte er nicht recht, ob er ihr vertrauen soll. *Ach komm schon*, denkt Frankie. *Entspann dich*. »Die Verteidigung hat speziell diesen Bericht angefordert. Dringend. Und mir war nicht klar, warum. Ich verstehe nicht, inwiefern diese DNA-Ergebnisse für die oder für uns von Bedeutung sein sollen.«

Frankie verschränkt die Arme. »Der Grund, warum die sich dafür interessieren, ist nicht in meinem Laborbericht zu finden, sondern in den ärztlichen Unterlagen.«

»Ich kann Ihnen nicht folgen.«

»Wie Sie wissen, steht in dem DNA-Bericht, daß die Wahrscheinlichkeit, einen nicht verwandten Menschen mit dem gleichen genetischen Material zu finden, eins zu sechs Milliarden beträgt.«

Quentin nickt.

»Tja«, erklärt Frankie. »Sie haben genau diesen Menschen gefunden.«

Eine Leichenexhumierung kostet den Steuerzahler etwa zweitausend Dollar. »Nein«, sagt Ted Poulin kategorisch. Als Generalstaatsanwalt von Maine und als Quentins Vorgesetzter müßte die Antwort genügen. Aber Quentin will nicht kampflos aufgeben, diesmal nicht.

Er umklammert den Telefonhörer. »Die DNA-Spezialistin im Kriminallabor sagt, wir können den Test mit Zahnmark machen.«

»Quentin, das spielt doch keine Rolle für die Anklage. Sie hat ihn umgebracht. Punktum.«

»Sie hat einen Mann getötet, der ihren Sohn vergewaltigt hat. Ich muß ihn von einem Sexualtäter zum Opfer machen, Ted, und das geht nur so.«

Langes Schweigen am anderen Ende. Quentin fährt mit den Fingerspitzen über die Holzmaserung auf Nina Frosts Schreibtisch. Er tut das immer und immer wieder, als würde er ein Amulett reiben.

»Die Angehörigen haben nichts dagegen?«

»Die Mutter hat schon eingewilligt.«

Ted seufzt. »Das Medienecho wird gewaltig sein.«

Grinsend lehnt Quentin sich zurück. »Darum kümmere ich mich schon«, sagt er beruhigend.

Fisher kommt ungewohnt aufgebracht in das Büro der Bezirksstaatsanwaltschaft gestürmt. Natürlich ist er nicht zum ersten Mal hier, aber wer weiß, wo zum Teufel die diesen Quentin Brown versteckt haben, solange er Ninas Anklage vorbereitet. Gerade will er die Sekretärin fragen, als Brown mit einer Tasse Kaffee aus der kleinen Küche geschlendert kommt. »Mr. Carrington«, sagt er freundlich. »Wollten Sie zu mir?«

Fisher reißt den Brief, den er am Morgen bekommen hat, aus seiner Brusttasche. Den Antrag auf Exhumierung. »Was soll das?«

Quentin sagt achselzuckend: »Das müßten Sie doch eigentlich wissen. Schließlich wollten Sie unbedingt die DNA-Unterlagen zugefaxt bekommen.«

Fisher hat tatsächlich keine Ahnung. Die DNA-Unterlagen wollte Nina sehen, aber er wird den Teufel tun, das diesem Brown auf die Nase zu binden. »Was haben Sie vor?«

»Ein einfacher Test soll beweisen, daß der Priester, den Ihre Mandantin getötet hat, nicht der Mann war, der ihr Kind mißbraucht hat.«

Fishers Blick wird stahlhart. »Wir sehen uns morgen früh im Gericht«, sagt er, und als er in sein Auto steigt, um zu Nina Frost nach Hause zu fahren, versteht er allmählich, wie ein ganz normaler Mensch so wütend werden kann, daß er zu einem Mord imstande wäre.

»Fisher!« sage ich und freue mich ehrlich, den Mann zu sehen. Das erstaunt mich – entweder habe ich mich wirklich mit dem Feind verbündet, oder ich stehe schon zu lange unter Hausarrest. Ich reiße die Tür auf, um ihn hereinzulassen, und merke, daß er vor Wut schäumt. »Sie wußten es«, sagt er mit ruhiger Stimme und wirkt gerade durch seine Selbstbeherrschung um so beängstigender. Er übergibt mir einen Antrag, der vom stellvertretenden Generalstaatsanwalt eingereicht wurde.

Mir hebt sich der Magen, mir wird schlecht. Mit enormer Anstrengung schlucke ich und blicke Fisher in die Augen – lieber jetzt reinen Tisch machen als gar nicht. »Ich wußte nicht, ob ich es Ihnen erzählen sollte. Ich wußte nicht, ob die Information wichtig für meine Verteidigung sein würde.«

»Das ist *mein* Job!« explodiert Fisher. »Sie bezahlen mich aus gutem Grund, Nina, und zwar weil Sie irgendwo in ihrem Kopf, wenn auch anscheinend nicht auf der Bewußtseinsebene, ganz genau wissen, daß ich für Sie einen Freispruch erreichen kann. Ich bin dazu sogar eher geeignet als irgendein anderer Anwalt in Maine ... Sie eingeschlossen.«

Ich blicke weg. Im Grunde meines Herzens bin ich nun einmal Staatsanwältin, und Staatsanwälte erzählen Verteidigern nicht alles. Sie tänzeln umeinander herum, aber der Staatsanwalt ist immer einen Schritt voraus, so daß der Verteidiger damit beschäftigt ist zu reagieren.

Immer.

»Ich vertraue Ihnen nicht«, sage ich schließlich.

Fisher kontert, als wäre er geschlagen worden. »Na schön. Dann sind wir ja quitt.«

Wir starren einander an, zwei Kampfhunde mit gefletschten Zähnen. Fisher wendet sich zornig ab, und in diesem Moment sehe ich mein Gesicht, das sich in der Fensterscheibe spiegelt. Die Wahrheit ist, daß ich keine Staatsanwältin mehr bin. Ich bin nicht in der Lage, mich selbst zu verteidigen. Ich bin nicht mal sicher, ob ich das überhaupt will.

»Fisher«, rufe ich ihm nach, als er schon halb aus der Tür ist. »Wie sehr wird mir das schaden?«

»Ich weiß es nicht, Nina. Sie wirken dadurch nicht weniger verrückt, aber Sie verlieren natürlich die Sympathien der Öffentlichkeit. Sie sind keine Heldin mehr, die einen Kinderschänder getötet hat. Sie sind ein Hitzkopf, der einen Unschuldigen auf dem Gewissen hat – noch dazu einen Priester.« Er schüttelt den Kopf. »Sie sind das Paradebeispiel dafür, warum es Gesetze geben muß.«

In seinen Augen sehe ich, was jetzt kommt – die Tatsache, daß ich nicht mehr eine Mutter bin, die für ihr Kind getan hat, was sie tun mußte, sondern einfach nur eine rücksichtslose Frau, die sich einbildete, klüger zu sein als alle anderen.

Fisher atmet schwer aus. »Ich kann sie nicht daran hindern, die Leiche zu exhumieren.«

»Ich weiß.«

»Und wenn Sie mir weiterhin Informationen vorenthalten, wird Ihnen das ganz sicher schaden, weil ich nicht weiß, wie ich dann noch mit Ihnen zusammenarbeiten könnte.«

Ich ziehe den Kopf ein. »Ich verstehe.«

Er hebt die Hand zum Abschied. Ich stehe auf der Veranda und sehe ihm nach, die Arme zum Schutz vor dem Wind fest um den Körper geschlungen. Als sein Wagen die Straße hinunterrollt, gefrieren die Auspuffgase, bleiben förmlich in der Luft hängen. Mit einem tiefen Seufzer drehe ich mich um und sehe Caleb keine zwei Schritte hinter mir stehen. »Nina«, sagt er, »was war los?«

Ich schüttele den Kopf und schiebe mich an ihm vorbei, doch er hält mich am Arm fest. »Du hast mich angelogen. Mich!«

»Caleb, du verstehst das nicht –«

Er umfaßt meine Schultern und schüttelt mich einmal kräftig. »Was verstehe ich nicht? Daß du einen unschuldigen Menschen getötet hast? Herrgott, Nina, wann begreifst du das endlich?«

Calebs Hände halten mich, und plötzlich bricht alles aus mir heraus. Alles, was ich in den letzten Wochen vor Angst nicht zugelassen habe. Pater Szyszynskis Stimme klingt mir im Kopf, sein Gesicht schwebt mir vor den Augen. »Ich weiß«, schluchze ich. »Ach Caleb, ich weiß. Ich hab gedacht, ich könnte das. Ich hab gedacht, ich würde das packen. Aber ich hab einen Fehler gemacht.« Ich sacke gegen seine Brust, warte darauf, daß er seine Arme um mich legt.

Er tut es nicht.

Caleb macht einen Schritt zurück, rammt die Hände in die Taschen. Seine Augen sind rot gerändert, gequält. »Welchen Fehler meinst du, Nina? Daß du einen Menschen getötet hast?« fragt er rauh. »Oder daß du es nicht getan hast?«

»Ein Jammer ist das, wirklich«, sagt die Pfarrsekretärin. Myra Lester schüttelt den Kopf und reicht Patrick dann die Tasse Tee, die sie für ihn gemacht hat. »Weihnachten steht vor der Tür, und wir haben keinen Priester.«

Patrick weiß, Informationen erlangt man nicht immer auf dem geraden und offiziellen Weg, sondern auch mal über Umwege. Und aufgrund seiner katholischen Kindheit weiß er auch, daß die Pfarrsekretärin eine ungemein wichtige Person ist. Also bedenkt er sie mit seinem treuherzigsten Blick, der ihm früher von seinen Tanten einen zärtlichen Kniff in die Wange eingebracht hätte. »Die Gemeinde muß ja erschüttert sein.«

»Wenn man hört, was so alles über Pater Szyszynski gemunkelt wird, und bedenkt, wie er ums Leben kam – na ja, das ist alles höchst unchristlich, mehr will ich dazu nicht sagen.« Sie schnieft und senkt dann ihre ausladenden Formen in einen Ohrensessel, der im Pfarrbüro steht.

Jetzt wäre Patrick gern jemand anderes – beispielsweise jemand, der gerade frisch nach Biddeford gezogen ist und eine neue Kirche sucht –, aber er war ja schon während der Ermittlungen in dem Mißbrauchsfall als Detective hier. »Myra«, sagt Patrick, blickt sie dann an und lächelt. »Oh, Verzeihung, ich wollte natürlich sagen, Mrs. Lester.«

Ihre Wangen erglühen, und sie kichert. »Aber nein, Detective, nennen Sie mich ruhig Myra.«

»Schön. Myra, ich habe versucht, die beiden Priester zu erreichen, die kurz vor Pater Szyszynskis Tod hier in St. Anne's zu Besuch waren.«

»Ach ja, nette Menschen. Wirklich nette Menschen! Dieser

Pater O'Toole hatte so einen ulkigen Südstaatenakzent ... Oder war das Pater Gwynne?«

»Die Staatsanwaltschaft sitzt mir im Nacken. Sie wissen nicht zufällig, wo ich die beiden erreichen kann?«

»Die sind wieder zurück zu ihren eigenen Gemeinden.«

»Haben Sie vielleicht die Adressen?«

Myra zieht die Augenbrauen hoch. »Bestimmt habe ich die irgendwo. In dieser Kirche passiert nichts ohne mein Wissen.« Sie geht zu dem Stapel aus dicken Büchern und Mappen hinter ihrem Schreibtisch. Sie blättert die Seiten eines ledergebundenen Bandes durch, entdeckt einen Eintrag und schlägt mit der Hand darauf. »Da haben wir's. Pater Brendan O'Toole von St. Dennis's in Harwich, Massachusetts, und Pater Arthur Gwynne, Abfahrt heute nachmittag zum Bistum Portland.« Myra kratzt sich mit dem Radiergummiende eines Bleistiftes am Kopf. »Dann war der andere Priester vermutlich auch aus Harwich, aber wie kommt er dann an seinen Südstaatenakzent?«

»Vielleicht ist er als Kind umgezogen«, spekuliert Patrick. »Was haben die beiden mit dem Bistum Portland zu tun?«

»Na, das ist natürlich die wichtigste Diözese hier in Maine.« Sie sieht Patrick an. »Von dort bekommen wir unsere Priester geschickt.«

Um Mitternacht auf einem Friedhof mit einem ausgegrabenen Sarg – Patrick wüßte tausend Orte, wo er lieber wäre. Aber er steht neben den beiden schwitzenden Männern, die den Sarg aus der Erde gehievt und ihn neben Pater Szyszynskis Grab gestellt haben, wie ein Altar im Mondlicht. Er hat versprochen, Ninas Augen zu sein, Ninas Beine. Und falls nötig auch Ninas Hände.

Sie tragen alle Schutzanzüge – Patrick und Evan Chao, Fisher Carrington und Quentin Brown, Frankie Martine und der Gerichtsmediziner Vern Potter. Irgendwo in der Finsternis jenseits ihrer Taschenlampen ruft eine Eule.

Vern zuckt vor Schreck zusammen. »O Gott. Ich rechne ständig damit, daß gleich irgendwelche Zombies hinter den Grabsteinen auftauchen. Hätten wir das denn nicht auch tagsüber machen können?«

»Zombies sind mir immer noch lieber als diese Presseleute«, murmelt Evan Chao. »Nun machen Sie schon, Vern.«

»Schon gut, schon gut.« Der Gerichtsmediziner nimmt eine Brechstange und stemmt Pater Szyszynskis Sarg auf. Der Verwesungsgestank, der ihnen entgegenströmt, läßt Patrick würgen. Fisher Carrington wendet sich ab und drückt sich ein Taschentuch auf Mund und Nase. Quentin macht rasch ein paar Schritte zur Seite und erbricht sich hinter einem Baum.

Der Priester sieht nicht sehr verändert aus. Noch immer fehlt die Hälfte seines Gesichts. Seine Haut, grau und runzelig, ist noch nicht verwest. »Weit aufmachen«, murmelt Vern, und er drückt Szyszynskis Unterkiefer herunter und zieht mit einer Zange einen Backenzahn.

»Ein paar Weisheitszähne und Haare wären auch nicht schlecht«, sagt Frankie.

Evan nickt Patrick zu, winkt ihn beiseite. »Ist das zu fassen?« fragt er.

»Nein.«

»Vielleicht kriegt der Dreckskerl ja nur das, was er verdient hat.«

Einen Moment lang ist Patrick verblüfft, doch dann begreift er: Evan weiß ja nicht, was Patrick weiß – daß Pater Szyszynski vermutlich unschuldig war. »Vielleicht«, stammelt er.

Wenige Minuten später bekommt Frankie von Vern ein Fläschchen und einen Umschlag überreicht. Quentin eilt mit ihr davon, Fisher dicht hinter ihnen. Der Gerichtsmediziner verschließt den Sarg und sagt zu den Totengräbern: »Er kann jetzt wieder rein.« Dann wendet er sich Patrick zu. »Nichts wie weg hier.«

»Komme gleich nach.« Als Vern davoneilt, tritt Patrick an das Grab. Die beiden kräftigen Männer haben den Sarg wieder hinuntergelassen und fangen an, Erde darüberzuschaufeln. Patrick wartet, bis sie fertig sind, weil er findet, daß jemand das tun sollte.

Als Patrick das Bezirksgericht von Biddeford erreicht, fragt er sich, ob es diesen Pater Arthur Gwynne überhaupt gegeben hat. Er kommt nämlich gerade von der Diözese in Portland, wo man ihm erklärte, in den dortigen Unterlagen sei lediglich erwähnt, daß Pater O'Toole sich in Biddeford aufgehalten habe. Falls auch Pater Gwynne die Gemeinde besucht habe, so könne eigentlich nur eine private Verbindung zu dem Geistlichen in Biddeford der Grund dafür gewesen sein. Was natürlich genau der Punkt ist, den Patrick bestätigt haben muß.

Die Mitarbeiterin im Nachlaßgericht überreicht ihm eine Kopie von Szyszynskis Testament, das vor einem Monat bei Gericht eingereicht wurde und seitdem als öffentliche Urkunde gilt. Das Dokument ist ausgesprochen klar und verständlich. Pater Szyszynski vermacht fünfzig Prozent seines Besitzes an seine Mutter. Und den Rest an seinen Testamentsvollstrecker: Arthur Gwynne in Belle Chasse, Louisiana.

Zahnschmelz ist das stärkste natürliche Material im menschlichen Körper, weshalb er nur äußerst schwer zu spalten ist. Frankie legt den gezogenen Backenzahn gut fünf Minuten in flüssigen Stickstoff, weil er tiefgefroren leichter splittert. Quentin wartet ungeduldig ab, während Frankie den Zahn aus dem Stickstoffbad holt und ihn in einen sterilen Mörser mit Stößel legt. Sie stampft und stößt fester und fester, aber der Zahn geht einfach nicht kaputt.

»Mörser und Stößel?« fragt Quentin skeptisch.

»Früher haben wir die Knochensäge aus der Gerichtsmedizin genommen, aber da brauchten wir dann jedes Mal ein neues Sägeblatt. Außerdem wird die Schnittkante so heiß, daß sie die DNA denaturiert.« Sie wirft ihm über den Rand ihrer Sicherheitsbrille hinweg einen Blick zu. »Sie wollen doch nicht, daß ich das hier versaue, oder?« Noch ein Stoß, aber der Zahn bleibt unversehrt. »Himmelherrgott!« Frankie fischt einen zweiten Zahn aus dem Flüssigstickstoff. »Versuchen wir's eben mit Gewalt. Kommen Sie.«

Sie legt den Zahn in einen Plastikbeutel, den sie in einen zweiten steckt, verschließt beide und geht vor Quentin her die Treppe hinunter in die Tiefgarage. »Achtung«, sagt sie, kniet sich hin und plaziert die Beutel auf dem Boden. Sie zieht einen Hammer aus der Tasche ihres Laborkittels und schlägt zu. Beim vierten Versuch zersplittert der Zahn im Beutel.

»Und jetzt?«

Von dem bräunlichen Mark gibt es nur eine winzige Menge ... aber es ist gut zu erkennen. »Jetzt«, sagt sie, »warten Sie.«

Quentin, der normalerweise nicht in der Nacht auf Friedhöfen herumgeistert, um anschließend zum Labor in Augusta zu fahren, ist auf einer Bank in der Eingangshalle eingeschlafen. Als er eine kühle Hand im Nacken spürt, schreckt er hoch und setzt sich so schnell auf, daß ihm kurz schwindelig wird. Frankie steht vor ihm und hält einen Bericht in der Hand. »Und?« fragt er.

»Das Zahnmark war chimärisch.«

»Im Klartext?«

Frankie setzt sich neben ihn. »Wir verwenden Zahnmark für diesen Test, weil es sowohl Blutzellen als auch Gewebezellen enthält. Bei Ihnen und bei mir und bei den meisten Menschen ist die DNA in beiden Zellarten dieselbe. Aber bei jemandem, der eine Knochenmarktransplantation gehabt hat, ist im Zahnmark eine Mischung aus zwei DNA-Profilen feststellbar. Das erste Profil ist die DNA, mit der er geboren wurde. Sie befindet sich in den Gewebezellen. Das zweite Profil ist die DNA, die von dem Knochenmarkspender stammt, und die befindet sich in den Blutzellen. Im Zahnmark desVerdächtigen habe ich eine Mischung festgestellt.«

Quentin betrachtet stirnrunzelnd die Zahlen auf dem Blatt Papier. »Also –«

»Also haben Sie Ihren Beweis«, sagt Frankie. »Jemand anderes hat den Jungen vergewaltigt.«

Nachdem Fisher mich angerufen hat, um mir die Neuigkeit mitzuteilen, gehe ich schnurstracks ins Badezimmer und erbreche mich. Wieder und wieder, bis ich nichts mehr im Bauch habe außer meiner Schuld. Die Wahrheit ist, ich habe mit meinen eigenen Händen einen Menschen getötet, einen Menschen, der keine Strafe verdient hat. Zu was macht mich das?

Ich möchte duschen, bis ich mich nicht mehr schmutzig fühle. Ich möchte mir selbst die Haut vom Leibe ziehen. Aber das Entsetzen steckt mitten in mir drin. Ich müßte mir den Bauch aufschneiden und zusehen, wie ich verblute.

So wie ich ihn in seinem Blut gesehen habe.

Im Flur gehe ich an Caleb vorbei, der ohnehin nicht mehr mit mir spricht. Wir sind verstummt, und es ist, als würden wir immer weiter voneinander weggetrieben. Im Schlafzimmer streife ich mir die Schuhe von den Füßen und krieche vollständig angezogen unter die Decke. Ich ziehe sie mir über den Kopf, atme in diesem Kokon. Wenn ich ohnmächtig werde und keine Luft mehr da ist, was passiert dann?

Mir wird nie mehr warm werden. Hier werde ich bleiben, weil von nun an jede meiner Entscheidungen fragwürdig ist. Ich tue besser gar nichts mehr, als noch einmal ein Risiko einzugehen, das die Welt verändern könnte.

Patrick weiß, daß es den Instinkt gibt, einen Menschen so schwer verletzen zu wollen, wie man von ihm verletzt wurde. Während seiner Zeit als Militärpolizist hat er Festnahmen manchmal so brutal durchgeführt, daß ihm Blut über die Hände rann, das sich anfühlte wie Balsam. Jetzt begreift er, daß die Theorie noch einen Schritt weitergehen kann: Es gibt den Instinkt, einen Menschen so schwer verletzen zu wollen, wie er jemanden verletzt hat, den man liebt. Das ist die einzige Erklärung, die er dafür hat, daß er jetzt in einer 757 sitzt, die auf dem Weg von Dallas-Fort Worth nach New Orleans ist.

Die Frage ist nicht, was er für Nina tun würde. »Alles«, würde Patrick rundheraus antworten. Sie hatte ihn beschworen, Arthur Gwynne ja nicht auch nur anzurühren, und bis er diese Maschine bestiegen hat, hätte er alles, was er unternommen hat, noch als Ermittlungen bezeichnen können, doch jetzt kann er sich selbst nichts mehr vormachen. Es gibt nur einen Grund für seinen Flug nach Louisiana: dem Mann in die Augen zu sehen.

Selbst jetzt weiß er nicht, was dann passieren wird. Sein ganzes bisheriges Leben hat er sich von Prinzipien und Regeln leiten lassen – in der Navy, als Cop, als jemand, dessen Liebe nicht erwidert wird. Aber Regeln funktionieren nur, wenn alle sich daran halten. Was passiert, wenn jemand das nicht tut und die Folgen sich ganz unmittelbar auf Patricks Leben auswirken? Was ist stärker – das Bedürfnis, das Gesetz zu hüten, oder das Motiv, es zu brechen?

Patrick hat mit Entsetzen erkannt, daß der kriminelle Verstand dem rationalen Menschen gar nicht so furchtbar fremd ist. Letztlich kommt es darauf an, wie stark das Verlangen ist. Süchtige sind bereit, für ein paar Gramm Koks ihren Körper zu verkaufen. Brandstifter bringen sich selbst in Gefahr, nur um zu spüren, wie etwas vor ihnen in Flammen aufgeht. Patrick hat immer geglaubt, daß er als Gesetzeshüter frei von diesem quälenden Verlangen ist. Aber was ist, wenn die eigene Obsession nichts mit Drogen oder Nervenkitzel oder Geld zu tun hat? Was ist, wenn man nur den einzigen Wunsch hat, wieder so zu leben wie vor einer Woche, einem Monat, einem Jahr – und wenn man bereit ist, alles dafür zu tun?

Das war Ninas Irrtum: Sie hat das Anhalten der Zeit mit dem Zurückdrehen der Zeit verwechselt. Und er kann es ihr nicht verübeln, weil er jedesmal, wenn er mit ihr zusammen war, denselben Fehler gemacht hat.

Patrick weiß, daß er sich nicht die Frage stellen sollte, was er für Nina tun würde ... sondern was er *nicht* für sie tun würde.

Die Frau trägt meine Kleidung und meine Haut und meinen Geruch, aber sie ist nicht ich. Sünde ist wie Tinte, sie sickert in einen Menschen ein.

Worte können mich nicht zurückholen. Auch das Tageslicht nicht. Es gibt für mich kein Entrinnen mehr.

Es ist erschreckend. Ich frage mich, wer die Person ist, die da so tut, als lebte sie mein Leben. Ich möchte ihre Hand nehmen.

Und dann möchte ich sie mit aller Kraft von einer Klippe stoßen.

Patrick zieht sich ein Kleidungsstück nach dem anderen aus, während er durch die Straßen von Belle Chasse, Louisiana, geht, vorbei an schmiedeeisernen Toren und efeubewachsenen Höfen. In diesem Klima wirkt Weihnachten fehl am Platze; der Weihnachtsschmuck scheint in der feuchten Hitze zu schwitzen. Der Beweis dafür, daß Pater Szyszynski hier aufgewachsen ist, steckt in Patricks Brusttasche: die Kopie eines Eintrags in den standesamtlichen Unterlagen von New Orleans. Arthur Gwynne, geboren am 23.10.43 als Sohn von Cecilia Marquette Gwynne und Alexander Gwynne. Vier Jahre später die Hochzeit der verwitweten Cecilia Marquette Gwynne mit Teodor Szyszynski. Und 1951 die Geburt von Glen.

Halbbrüder.

Während Patrick auf die größte Kirche am Ort, Our Lady of Mercy, zusteuert, zwingt er sich, nicht darüber nachzudenken, was er machen wird, wenn er Pater Athur Gwynne gefunden hat.

Patrick trabt die Steintreppen hinauf und betritt das Hauptschiff. Direkt vor ihm ist ein Weihwasserbecken. Flackernde Kerzen werfen Wellen an die Wände, und das Licht, das durch ein Buntglasfenster fällt, malt einen leuchtenden Fleck auf den Mosaikboden. Über dem Altar ragt ein geschnitzter Jesus am Kreuz auf.

Es riecht förmlich nach Katholizismus: Bienenwachs und Feierlichkeit und Dunkelheit und Ruhe, und Patrick fühlt sich in seine Kindheit zurückversetzt. Er macht unwillkürlich das Kreuzzeichen, als er in eine der hinteren Bänke rutscht.

Vier Frauen haben die Köpfe zum Gebet geneigt, ihr Glaube umhüllt sie wie einst die Reifröcke die Südstaatendamen. Eine andere schluchzt leise in ihre Hände, während ein Priester sie im Flüsterton tröstet. Patrick wartet, fährt mit den Händen über das glänzende, polierte Holz.

Plötzlich zuckt Patrick zusammen. Hinter ihm schleicht eine Katze über den Rand der Bank. Wieder streift ihr Schwanz Patricks Hals, und er atmet stoßartig aus. »Du hast mich zu Tode erschreckt«, murmelt er.

Die Katze blinzelt ihn an, dann springt sie geschmeidig in die Arme des Priesters, der neben Patrick getreten ist. »So was gehört sich doch nicht«, sagt der Priester tadelnd.

Patrick braucht einen Moment, bis ihm klar wird, daß der Mann mit der Katze spricht. »Entschuldigen Sie. Ich suche einen Pater Arthur Gwynne.«

Der Mann lächelt. »Sie haben ihn gefunden.«

Jedesmal, wenn Nathaniel seine Mutter sehen will, schläft sie. Selbst wenn es draußen hell ist. *Stör sie nicht*, sagt sein Vater. *Sie möchte das jetzt so.* Aber Nathaniel glaubt nicht, daß sie das möchte. »Wir müssen was tun«, erklärt Nathaniel seinem Vater, als sie nach drei Tagen immer noch schläft.

Aber das Gesicht seines Vaters verzieht sich seltsam. »Wir *können* nichts tun«, erklärt er Nathaniel.

Das stimmt nicht. Nathaniel weiß es. Und als sein Vater nach draußen geht, um die Mülleimer an die Straße zu stellen, wartet Nathaniel ab, bis er das Schleifgeräusch auf dem Kies der Ausfahrt nicht mehr hört, und dann flitzt er nach oben in sein Zimmer. Er dreht seinen Abfalleimer um, damit er sich draufstellen kann, und holt das, was er braucht aus der Kommode. Leise öffnet er die Tür zum Schlafzimmer seiner Eltern und geht auf Zehenspitzen hinein, als wäre der Boden aus Watte.

Er braucht zwei Versuche, um die Leselampe auf dem Nachttisch seiner Mutter anzuschalten, und dann krabbelt Nathaniel aufs Bett. Seine Mutter scheint gar nicht dazusein, sie rührt sich nicht mal, als er ihren Namen ruft. Er stupst sie an, dann zieht er die Decke weg.

Das Ding, das nicht wie seine Mutter ist, stöhnt und kneift die Augen in dem jähen Licht zusammen. Ihr Haar ist wirr und verfilzt, wie bei den braunen Schafen im Streichelzoo. Die Augen sehen aus, als wären sie ihr tief ins Gesicht gefallen, und rechts und links von ihrem Mund sind Furchen. Sie riecht nach Traurigkeit. Sie blinzelt Nathaniel einmal an, als wäre er etwas, das ihr irgendwie bekannt vorkommt, aber an das sie sich nicht genau erinnern kann. Dann zieht sie sich die Decke wieder über den Kopf und dreht sich von ihm weg.

»Mommy?« flüstert Nathaniel, weil dieser Ort hier Stille verlangt. »Mommy, ich weiß, was du brauchst.«

Nathaniel hat darüber nachgedacht, und er weiß noch, wie das war, an einem dunklen Ort gefangen zu sein und es nicht erklären zu können. Und er weiß auch noch, was sie damals für ihn getan hat. Also nimmt er das Zeichensprachenbuch von Dr. Robichaud und schiebt es unter die Decke, in die Hände seiner Mutter.

Er hält den Atem an, als ihre Hände über den Rand gleiten und die Seiten umblättern. Ein Geräusch ertönt, das Nathaniel noch nie gehört hat, als würde die ganze Erde aufreißen, oder vielleicht wie ein brechendes Herz – und das Buch rutscht unter der Decke hervor, fällt aufgeklappt zu Boden. Und plötzlich hebt sich die Decke, und er ist dort, wo er das Zeichensprachenbuch hingetan hatte, fest in ihren Armen. Sie hält ihn so fest an sich gedrückt, daß gar kein Raum mehr für Worte ist. Und das ist auch ganz egal, denn Nathaniel versteht genau, was seine Mutter ihm sagt.

Gott, denke ich und verziehe das Gesicht. *Machen Sie das Licht aus.*

Aber Fisher fängt an, die Blätter und Unterlagen auf der Decke auszubreiten, als hätte er tagtäglich Besprechungen mit Mandanten, die zu erschöpft sind, ihr Schlafzimmer zu verlassen.

»Gehen Sie weg«, ächze ich.

»Fakt ist, er hatte ein Knochenmarktransplantation«, sagt Fisher energisch. »Sie haben den falschen Priester erschossen. Wie müssen uns also irgendwas überlegen, wie wir daraus einen Vorteil schlagen können.« Unsere Augen treffen sich, und noch ehe er seine Kontrolle wiedergefunden hat, sehe ich den Schock und, ja, den Ekel, den er bei meinem Anblick empfindet. Ungewaschen, unbekleidet, verwahrlost.

Ja, schauen Sie mich an, Fisher, denke ich. *Jetzt müssen Sie nicht mehr nur* so tun, *als wäre ich verrückt.*

Ich rolle mich auf die Seite, und einige Unterlagen rutschen vom Bett. »Mit mir müssen Sie das Spiel nicht spielen, Nina«, seufzt Fisher. »Sie haben mich engagiert, damit Sie nicht ins Gefängnis wandern, und Sie werden auch nicht ins Gefängnis wandern, verdammt noch mal. Ich hab schon die notwendigen Anträge für ein Geschworenengericht gestellt, aber die können wir auch im letzten Moment zurückziehen.« Sein Blick wandert über mein Nachthemd, mein ungekämmtes Haar. »Vielleicht ist es leichter, eine einzelne Person davon zu überzeugen, daß ... daß sie unzurechnungsfähig waren.«

Ich ziehe mir die Decke über den Kopf.

»Wir haben jetzt das Gutachten von O'Brien. Sie haben Ihre Sache gut gemacht, Nina. Ich laß es Ihnen hier, dann können Sie es sich ansehen ...«

Ich beginne zu summen, damit ich ihn nicht mehr hören kann.

»Schön.«

Ich stecke mir die Finger in die Ohren.

»Ich glaube, das wär's fürs erste.« Ich spüre links von mir Bewegung, als er die Akten einsammelt. »Ich melde mich dann nach Weihnachten wieder.« Er entfernt sich von mir, seine teuren Schuhen streifen über den Teppich.

Ich habe einen Menschen getötet. Das ist ein Teil von mir geworden, so wie die Farbe meiner Augen oder das Muttermal auf meinem rechten Schulterblatt.

Als er gerade an der Tür ist, ziehe ich die Decke vom Gesicht. »Fisher«, sage ich.

Er dreht sich um, lächelt.

»Ich werde vor Gericht aussagen.«

Das Lächeln verschwindet. »Nein, das werden Sie nicht.«

»Doch.«

Er tritt wieder ans Bett. »Wenn Sie in den Zeugenstand gehen, wird Brown Sie in Stücke reißen. Wenn Sie in den Zeugenstand gehen, kann selbst ich Ihnen nicht mehr helfen.«

Ich starre ihn an, eine Ewigkeit. »Na und?« sage ich.

»Anruf für dich«, erklärt Caleb und läßt das schnurlose Telefon aufs Bett fallen. Als ich keine Anstalten mache, danach zu greifen, fügt er hinzu: »Es ist Patrick.«

Es gibt also doch noch etwas, das stark genug ist, mich aus meiner Erstarrung und meinem Selbstmitleid zu reißen – die Möglichkeit zu handeln. Und ich muß wissen, wo er ist.

»Patrick?« Ich halte den Hörer ans Ohr.

»Ich hab ihn gefunden, Nina. Er ist in Louisiana. In einer kleinen Stadt namens Belle Chasse. Er ist Priester.«

Blitzartig weicht alle Luft aus meiner Lunge. »Hast du ihn festgenommen?«

Er zögert. »Nein.«

»Hast du ...« Ich kann nicht zu Ende sprechen. Ein Teil von mir hofft verzweifelt, daß er mir etwas Entsetzliches gestehen wird, das ich unbedingt hören möchte. Und ein anderer Teil von mir hofft, daß das, zu dem ich geworden bin, nicht auch ihn vergiftet hat.

»Ich hab mit dem Kerl geredet. Aber ich konnte ihm doch nicht sagen, daß ich ihn im Visier habe oder daß ich aus Maine bin. Wir hatten das ja schon mal, zu Anfang, mit Nathaniel – gib einem Kinderschänder einen Tip, und er haut ab, und wir kriegen nie ein Geständnis. Gwynne ist bestimmt noch gerissener, denn er weiß schließlich, daß sein Halbbruder getötet wurde, wegen eines sexuellen Mißbrauchs, den Gwynne selbst begangen hatte.« Patrick stockt. »Also hab ich ihm erzählt, ich sei auf der Suche nach der passenden Kirche für meine Trauung. Was Besseres ist mir so schnell nicht eingefallen.«

Tränen schießen mir in die Augen. Patrick war so nah an ihm dran. »Nimm ihn fest. Um Gottes willen, Patrick, leg sofort auf und geh zu ihm und –«

»Nina, hör auf. In Louisiana bin ich kein Cop. Die Straftat ist nicht hier verübt worden. Ich brauche einen Haftbefehl aus Maine, um diesen Gwynne zu kriegen, und selbst dann könnte er gegen die Auslieferung Rechtsmittel einlegen.« Nach kurzer Pause sagt er: »Und was, meinst du, würde mein Chef dazu sagen, wenn er herausfindet, daß ich meine Dienstmarke dazu mißbrauche, Informationen in einem Fall zu sammeln, für den ich gar nicht zuständig bin?«

»Aber Patrick ... du hast ihn gefunden.«

»Ich weiß. Und er wird seine Strafe bekommen. Nur nicht heute.«

Er erkundigt sich, ob es mir gutgeht, und ich lüge ihn an. Wie kann es mir gutgehen? Ich bin wieder da, wo ich angefangen habe. Nur daß jetzt, wenn mir wegen der Ermordung eines Unschuldigen der Prozeß gemacht worden ist, Nathaniel in ein weiteres Verfahren verwickelt werden wird. Während ich im Gefängnis sitze, muß er seinem Peiniger gegenübertreten, den Alptraum erneut durchleben.

Patrick verabschiedet sich, und ich starre das Telefon in meiner Hand an.

Beim ersten Mal hatte ich sehr viel mehr zu verlieren.

»Was machst du denn?«

Ich ziehe mir gerade einen Pullover über, da sehe ich Caleb im Schlafzimmer stehen. »Wonach sieht es denn aus?« Ich knöpfe meine Jeans zu.

»Patrick hat es geschafft, daß du aufstehst«, sagt er, und in seiner Stimme schwingt ein ungewohnter Ton mit.

»Patrick hatte eine Information für mich, deshalb bin ich aufgestanden«, stelle ich klar. Ich will um Caleb herumgehen, aber er versperrt mir den Weg. »Bitte. Ich muß weg.«

»Nina, du gehst nirgendwohin. Das Armband.«

Ich blicke in das Gesicht meines Mannes. Auf seiner Stirn sind feine Linien, die ich noch nie gesehen habe, und mit einigem Schrecken begreife ich, daß ich sie verursacht habe.

Ich bin ihm eine Antwort schuldig.

»Patrick hat den Namen des Knochenmarkspenders herausgefunden. Es ist der Priester, der im Oktober in St. Anne's zu Besuch war. Der mit der Katze. Er heißt Arthur Gwynne, und er ist an einer Kirche in Belle Chasse, Louisiana.«

Caleb wird blaß. »Warum ... warum erzählst du mir das?«

Weil ich beim ersten Mal allein gehandelt habe, obwohl ich dir zumindest meinen Plan hätte mitteilen sollen. Weil du, wenn du vor Gericht danach gefragt wirst, nicht aussagen mußt. »Weil es«, sage ich, »noch nicht vorbei ist.«

Er weicht zurück. »Nina. Nein.« Ich stehe auf, aber er packt mein Handgelenk, zieht mich dicht an sich heran. Mein Arm tut weh. »Was hast du vor? Gegen deinen Hausarrest verstoßen und noch einen Priester umbringen? Einmal ›lebenslänglich‹ reicht dir wohl noch nicht?«

»In Louisiana gibt es die Todesstrafe«, kontere ich.

Caleb läßt mich so abrupt los, daß ich zurückstolpere und hinfalle. »Willst du das?« fragt er ruhig. »Bist du wirklich so egoistisch?«

»Egoistisch?« Ich weine jetzt haltlos. »Ich tue das für unseren Sohn.«

»Du tust das für *dich*, Nina. Wenn du auch nur ein kleines bißchen an Nathaniel denken würdest, dann würdest du dich darauf besinnen, seine Mutter zu sein. Du würdest endlich aufstehen und dein Leben wieder in den Griff bekommen, und du würdest diesen Gwynne unserem Rechtssystem überlassen.«

»Rechtssystem. Soll ich etwa abwarten, bis die Gerichte endlich soweit sind, gegen diesen Dreckskerl Anklage zu erheben? Während er zehn, zwanzig andere Kinder vergewaltigt? Und soll ich dann noch länger warten, während die Gouverneure von Maine und Louisiana sich darüber streiten, wem die Ehre zuteil wird, den Prozeß zu führen? Und soll ich dann noch einmal warten, während Nathaniel gegen das Schwein aussagen muß? Und soll ich zusehen, wie Gwynne zu einer Strafe verurteilt wird, die er längst verbüßt hat, wenn unser Sohn noch immer unter Alpträumen leidet?« Ich atme tief und zittrig ein. »So sieht dein Rechtssystem aus, Caleb. Lohnt es sich, darauf zu warten?«

Er antwortet nicht, und ich stehe auf. »Ich muß sowieso wegen Mordes ins Gefängnis. Ich habe kein Leben mehr. Aber Nathaniel soll eins haben.«

»Möchtest du, daß dein Sohn ohne dich aufwächst?« Calebs Stimme bebt. »Das kannst du haben.«

Er steht jäh auf, geht aus dem Schlafzimmer und ruft Nathaniels Namen. »He, Sportsfreund«, höre ich ihn sagen. »Wir gehen jetzt auf Abenteuerfahrt.«

Meine Hände und Füßen werden taub. Aber ich schaffe es,

in Nathaniels Zimmer zu gehen, wo Caleb wahllos Kleidungsstücke in einen Batman-Rucksack stopft. »Was ... was machst du denn da?«

»Wonach sieht es denn aus?« entgegnet Caleb, ein Echo meiner eigenen Worte von vorhin.

Nathaniel hüpft im Bett auf und ab. Sein Haar fliegt wie Seide. »Du kannst ihn mir nicht wegnehmen.«

Caleb zieht den Rucksackreißverschluß zu. »Wieso nicht? Eben warst du selbst bereit, dich ihm wegzunehmen.« Er sieht Nathaniel an, zwingt sich zu einem Lächeln. »Fertig?« fragt er, und Nathaniel springt ihm in die ausgestreckten Arme.

»Bis bald, Mommy!« kräht er. »Wir gehen auf Abenteuerfahrt!«

»Ich weiß.« Es ist nicht leicht, mit einem Kloß im Hals zu lächeln. »Ich hab's gehört.«

Caleb trägt ihn an mir vorbei. Schritte poltern die Treppe hinunter, und dann fällt die Tür ins Schloß. Der Motor von Calebs Pick-up springt an, und der Wagen rollt die Einfahrt hinunter.

Ich sinke auf Nathaniels Bett, auf die Decke, die nach Buntstiften und Lebkuchen riecht. Tatsache ist, daß ich dieses Haus nicht verlassen kann. Sobald ich das tue, ist im Handumdrehen ein Polizeiwagen hinter mir her. Ich würde festgenommen, bevor ich auch nur am Flughafen wäre.

Caleb hat es geschafft. Er hat mich daran gehindert zu tun, was ich unbedingt tun will.

Denn er weiß, falls ich jetzt doch aus dem Haus gehe, dann nicht, um Arthur Gwynne zu finden. Ich würde nach meinem Sohn suchen.

Drei Tage später hat Caleb sich immer noch nicht gemeldet. Ich habe in jedem Hotel und Motel im gesamten Umkreis angerufen, aber falls er in einem davon abgestiegen ist, dann nicht unter seinem richtigen Namen. Aber heute ist Heiligabend, und da werden sie bestimmt zurückkommen. Nathaniels Geschenke habe ich allesamt hübsch eingepackt. Von den allmählich schwindenden Vorräten im Kühlschrank habe ich ein Hühnchen zubereitet und Selleriesuppe gemacht. Und den Tisch habe ich mit unserem besten Geschirr gedeckt.

Ich habe auch geputzt, weil ich möchte, daß Caleb gleich, wenn er hereinkommt, sieht, wie sauber es ist. Wenn er den äußerlichen Unterschied sieht, begreift er ja vielleicht, daß ich auch innerlich anders bin. Ich hab mir das Haar zu einem französischen Knoten gebunden und trage eine schwarze Samthose mit roter Bluse. Als Ohrstecker habe ich mich für das Weihnachtsgeschenk entschieden, das ich letztes Jahr von Nathaniel bekam: winzigkleine Schneemänner aus Knetmasse.

Aber dennoch ist das alles nur oberflächlich. Ich habe Ringe unter den Augen, weil ich nicht mehr richtig geschlafen habe, seit sie fort sind. Als wäre das eine Art kosmische Strafe dafür, daß ich die Tage verdöst habe, als wir noch alle zusammen waren. Nachts wandere ich von Zimmer zu Zimmer, suche im Teppich nach den Stellen, die Nathaniel mit seinen Füßen abgewetzt hat. Ich sehe mir alte Fotos an. Ich bin eine Spukgestalt in meinem eigenen Haus.

Wir haben keinen Weihnachtsbaum, weil ich nicht hinausgehen konnte, um einen zu schlagen. Traditionellerweise gehen wir am letzten Samstag vor Weihnachten in den Wald und suchen gemeinsam einen aus. Aber in dieser Adventszeit war nichts wie in früheren Jahren.

Um vier Uhr habe ich die Kerzen angezündet und eine Weihnachts-CD aufgelegt. Ich sitze da, die Hände im Schoß gefaltet, und warte.

Um halb fünf beginnt es zu schneien. Ich sortiere Nathaniels Geschenke neu, diesmal nach Größe.

Zehn Minuten später höre ich einen Wagen die Auffahrt heraufkommen. Ich springe auf, blicke mich ein letztes Mal nervös um und reiße dann mit einem breiten Lächeln die Tür auf. Der UPS-Mann steht müde mit einem Päckchen auf meiner Veranda. »Nina Frost?« fragt er gelangweilt.

Ich nehme das Päckchen, und er wünscht mir fröhliche Weihnachten. Drinnen auf der Couch reiße ich es auf. Ein ledergebundener Terminkalender für 2002, von Fishers Kanzlei. Auf der Innenseite des Einbandes steht: FROHE FESTTAGE *von Carrington, Whitcomb, Horoby und Platt.* »Den kann ich bestimmt gut gebrauchen«, sage ich laut, »wenn ich im Gefängnis sitze.«

Als die Sterne sich zaghaft am Nachthimmel zeigen, schalte ich die Stereoanlage aus. Ich blicke aus dem Fenster auf die Auffahrt, die allmählich unter dem Schnee verschwindet.

Schon vor seiner Scheidung hat Patrick sich an Weihnachten freiwillig zum Dienst gemeldet. Manchmal schiebt er sogar Doppelschichten. Die Notrufe kommen meist von älteren Leuten, die ein merkwürdiges Geräusch oder ein verdächtiges Auto melden, das aber stets verschwunden ist, wenn Patrick eintrifft. Im Grunde wollen die Menschen an einem Abend, an dem sonst niemand allein ist, nur ein bißchen Gesellschaft.

»Frohe Weihnachten«, sagt er, als er sich von Maisie Jenkins verabschiedet, zweiundachtzig, seit kurzem Witwe.

»Gottes Segen«, ruft sie ihm nach und geht wieder in ihr Haus, das so leer ist wie das, zu dem Patrick zurückkehren wird.

Er könnte Nina besuchen, aber bestimmt hat Caleb Nathaniel heute abend zurückgebracht. Nein, da möchte Patrick nicht stören. Statt dessen steigt er in sein Auto und fährt durch die gepflegten Straßen von Biddeford. Weihnachtsbeleuchtung strahlt auf Veranden und in Fenstern wie zahllose Juwelen, als wäre die Welt mit ungeahnten Reichtümern überhäuft worden. Während er langsam Streife fährt, stellt er sich die schlafenden Kinder vor. Verdammte Weihnachtsseligkeit.

Patrick merkt, daß er sich der Gegend nähert, in der die Frosts wohnen. Er will nur an Ninas Haus vorbeifahren, um sich zu vergewissern, daß alles in Ordnung ist. Das hat er seit seiner Rückkehr nach Biddeford, als Nina und Caleb bereits verheiratet waren, nur noch unregelmäßig getan. Früher fuhr er in der Nachtschicht an ihrem Haus vorbei und sah, daß alle Lichter aus waren, bis auf das in ihrem Schlafzimmer. Vermutlich eine Sicherheitsmaßnahme, redete er sich damals ein.

Aber geglaubt hat er das bis heute nicht.

Es soll etwas ganz Tolles sein, das weiß Nathaniel. Er darf an Heiligabend ganz lange aufbleiben, und er darf so viele Geschenke aufmachen, wie er will, nämlich alle. Und sie wohnen in einem richtigen alten Schloß in einem anderen Land, das Kanada heißt.

Alle reden in einer fremden Sprache, die Nathaniel nicht versteht, und das erinnert ihn an seine Mutter.

Er hat einen ferngesteuerten Truck ausgepackt, ein Stoffkänguruh, einen Hubschrauber. Matchbox-Autos in so vielen Farben, daß ihm ganz schwindelig wird. Zwei Computerspiele und einen winzigen Flipperautomaten, den er in einer Hand halten kann. Das ganze Zimmer ist übersät mit Geschenkpapier, das sein Vater jetzt ins Kaminfeuer wirft.

»Ziemlich fette Beute«, sagt er und lächelt Nathaniel an.

Sein Vater hat Nathaniel bestimmen lassen, was sie machen. Also haben sie den ganzen Tag in einem Fort gespielt und sind mit einer Seilbahn gefahren. Sie waren in einem Restaurant, an dem draußen ein riesengroßer Elchkopf aufgehängt war, und Nathaniel durfte sich fünf verschiedene Nachspeisen bestellen. Dann sind sie auf ihr Zimmer gegangen und haben die Geschenke aufgemacht. Sie haben alles getan, was Nathaniel wollte, und das ist zu Hause nie so.

»Na«, sagt sein Vater. »Was möchtest du als nächstes?«

Aber das einzige, was Nathaniel wirklich will, ist, daß alles wieder so ist wie früher.

Um elf Uhr klingelt es, und ein Weihnachtsbaum steht vor der Tür. Dann lugt Patricks Gesicht zwischen den Zweigen hervor. »Hallo«, sagt er.

Mein Gesicht fühlt sich gummiartig an und das Lächeln darauf fehl am Platze. »Hallo.«

»Ich hab euch einen Baum gekauft.«

»Das sehe ich.« Ich trete zurück und lasse ihn ins Haus. Er lehnt den Baum gegen die Wand, und es regnet Nadeln um unsere Füße. »Calebs Pick-up ist nicht da.«

»Genau wie Caleb. Genau wie Nathaniel.«

Patricks Augen werden dunkel. »Ach, Nina. Meine Güte, das tut mir leid.«

»Muß es nicht.« Ich setze mein tapferstes Grinsen auf. »Jetzt hab ich einen Baum. Und jemanden, der mir dabei hilft, mein Weihnachtsessen zu verspeisen.«

»Selbstverständlich, es ist mir ein Vergnügen.«

»Komm rein. Ich hol das Essen aus dem Kühlschrank.«

»Sofort.« Er läuft zu seinem Wagen zurück und kommt mit etlichen Einkaufstüten wieder. Manche sind mit Schleifen zugebunden. »Frohe Weihnachten.« Dann fällt ihm noch etwas ein, und er beugt sich vor und küßt mich auf die Wange.

»Es hatten nicht mehr viele Geschäfte offen«, entschuldigt Patrick sich, während er anfängt, die Tüten auszupacken. Popcorn, Käsekräcker, Chips. Alkoholfreier Sekt.

Ich nehme die Sektflasche und drehe sie in der Hand. »Ich darf mich noch nicht mal betrinken, was?«

»Weil dich das wieder ins Gefängnis bringt.« Patrick hält meinem Blick stand. »Du kennst die Regeln, Nina.«

Und weil er schon immer gewußt hat, was gut für mich ist, folge ich ihm ins Wohnzimmer, wo wir den Baum in den leeren Ständer stellen. Wir machen ein Feuer und hängen dann den Christbaumschmuck aus den Schachteln, die ich vom Speicher geholt habe, an die Zweige.

Als wir fertig sind, setzen wir uns auf die Couch und essen

kaltes Hühnchen mit Chips. Unsere Schultern berühren sich, und ich muß daran denken, wie wir früher oft auf dem schwimmenden Pier am Badesee eingeschlafen sind, wie die Sonne uns ins Gesicht und auf die Brust brannte, unsere Haut auf genau dieselbe Temperatur erhitzte. Patrick stellt die anderen Tüten unter den Baum. »Du mußt mir versprechen, daß du sie erst morgen früh aufmachst.«

Mir wird klar, daß er sich verabschieden will.

»Aber bei dem Schnee ...«

Er zuckt die Achseln. »Allradantrieb. Das geht schon.«

Ich drehe mein Glas hin und her. »Bitte«, sage ich, mehr nicht. Vorher war es schon schlimm genug. Jetzt, wo Patrick hier ist, wird mir alles noch leerer vorkommen, wenn er geht.

»Wir haben schon morgen.« Patrick zeigt auf die Uhr: Viertel nach zwölf. »Frohe Weihnachten.« Er gibt mir zwei von den Plastiktüten.

»Aber ich hab nichts für dich.«

»Nun mach schon auf.«

In der ersten Tüte ist ein kleines Zelt. In der zweiten eine Taschenlampe und ein funkelnagelneues Cluedo-Spiel. Ein Lächeln huscht über Patricks Gesicht. »Jetzt hast du die Chance, mich zu schlagen, was du natürlich nicht schaffst.«

Begeistert strahle ich ihn an. »Ich mach dich fertig.« Wir ziehen das Zelt aus der Schutzhülle und bauen es vor dem Weihnachtsbaum auf. Es ist weiß Gott nicht für zwei Erwachsene gedacht, aber wir kriechen trotzdem hinein. »Ich glaube, Zelte sind kleiner geworden.«

»Nein, wir sind größer geworden.« Patrick legt das Spielbrett zwischen uns. »Ich laß dich sogar anfangen.«

»Du bist ja ein richtiger Märchenprinz«, sage ich. Mit jedem Wurf des Würfels scheinen wir ein Jahr zurückzugleiten. Unsere Knie stoßen aneinander, und unser Lachen erfüllt die kleine Vinyl-Pyramide. Die Christbaumkerzen da draußen könnten Glühwürmchen sein. Die Flammen hinter uns ein Freudenfeuer. Patrick nimmt mich mit in die Vergangenheit, und das ist das schönste Geschenk, das er mir machen kann.

Er gewinnt übrigens. Es war Miss Scarlett, in der Bibliothek, mit einem Schraubschlüssel.

»Ich verlange eine Revanche«, verkünde ich.

Patrick lacht aus vollem Herzen. »Wie viele Jahre warst du auf dem College?«

»Patrick, halt den Mund und fang von vorn an.«

»Von wegen. Ich höre auf, solange ich in Führung liege. Und zwar mit etwa hundert Partien, oder wie viele sind's inzwischen?«

Ich will nach seiner Spielfigur greifen, aber er hält sie so, daß ich nicht drankomme. Er hebt die Hand noch höher, und als ich sie packen will, stoße ich das Spielbrett um und das Zelt gleich mit. Wir kippen in einem Durcheinander aus Vinyl und Cluedo-Karten zur Seite. »Wenn ich dir das nächste Mal ein Zelt kaufe«, lächelt Patrick, »nehme ich es eine Nummer größer.«

Meine Hand gleitet auf seine Wange, und er erstarrt. Seine hellen Augen fixieren meine, eine Herausforderung. »Patrick«, flüstere ich. »Frohe Weihnachten.« Und ich küsse ihn.

Fast ebenso schnell weicht er zurück. Plötzlich kann ich ihn nicht einmal mehr ansehen. Ich kann nicht fassen, daß ich das getan habe. Doch dann spüre ich seine Hand an meinem Kinn, und er küßt mich zurück, als wollte er seine Seele in mich ergießen.

Wir rollen aus dem Zelt. Das Feuer ist warm auf der rechten Seite meines Gesichts, und Patricks Finger sind in meinem Haar. Das Ganze ist schlecht, ich weiß, aber ich habe in mir einen Platz für ihn. Als ob er der erste war, vor allen anderen. Und ich denke, daß etwas Unmoralisches nicht immer falsch sein muß.

Ich stütze mich auf und blicke zu ihm hinunter. »Wieso hast du dich scheiden lassen?«

»Was glaubst du, warum?« antwortet er leise.

Ich knöpfe meine Bluse auf, erröte dann und ziehe sie wieder zusammen. Patrick bedeckt meine Hände mit seinen und schiebt die Seidenärmel nach unten. Dann zieht er sein Hemd aus, und ich berühre sanft seine Brust, erkunde eine Landschaft, die nicht Caleb ist.

»Laß ihn nicht zwischen uns«, fleht Patrick, weil er schon immer meine Gedanken erraten konnte. Ich küsse seine Brustwarzen, gleite an dem Pfeil aus schwarzem Haar hinunter, der in seiner Hose verschwindet. Meine Hände öffnen seinen Gürtel, und dann halte ich sein Glied in der Hand. Ich beuge mich tiefer und nehme es in den Mund.

Gleich darauf zieht er mich an den Haaren nach oben, preßt mich an seine Brust. Sein Herz schlägt so schnell, eine Mahnung. »Tut mir leid«, haucht er an meiner Schulter. »Zuviel. Du und ich, das ist alles zuviel.«

Nach einem Moment ertastet er seinen Weg an mir hinunter. Ich versuche, nicht an meinen weichen Bauch, meine Schwangerschaftsstreifen, meine Schönheitsfehler zu denken. Um solche Dinge muß man sich in einer Ehe keine Sorgen machen. »O Nina.«

Seine Worte sind ein Keuchen zwischen meinen Beinen.

»*Patrick*.« Ich zerre an seinem Haar. Aber seine Finger gleiten in mich hinein, und ich versinke. Er schiebt sich an mir hoch, hält mich fest, dringt ein. Wir bewegen uns, als hätten wir das schon immer getan. Dann bäumt Patrick sich auf, zieht sich zurück und kommt zwischen uns.

Es verbindet uns, Haut an Haut, eine klebrige Schuld.

»Ich konnte nicht –«

»Ich weiß.« Ich lege einen Finger auf seine Lippen.

»Nina.« Seine Augen schließen sich langsam. »Ich liebe dich.«

»Auch das weiß ich.« Mehr gestatte ich mir selbst jetzt nicht zu sagen. Ich liebkose die Rundung seiner Schulter, die Linie des Rückgrats. Ich will, daß sich alles in meiner Erinnerung einprägt.

»Nina.« Patrick verbirgt ein Grinsen dicht an meinem Hals. »Bei Cluedo bin ich trotzdem besser als du.«

Er schläft in meinen Armen ein, und ich betrachte ihn. Und dann sage ich ihm das, was ich sonst niemandem sagen kann. Ich mache eine Faust, der Buchstabe S, und bewege sie kreisförmig über seinem Herzen. Es ist die ehrlichste Art, die ich kenne, um zu sagen, daß es mir leid tut.

Patrick wacht auf, als die Sonne ein glühender Draht am Horizont ist. Er legt eine Hand zuerst auf Ninas Schulter, dann auf seine Brust, bloß um sich zu vergewissern, daß alles real ist. Er lehnt sich zurück, starrt die glimmende Glut im Kamin an und versucht, den Morgen kraft seiner Gedanken zu vertreiben.

Aber der Morgen wird kommen, und mit ihm die Erklärungen. Und trotz der Tatsache, daß er Nina besser kennt als sie sich selbst, weiß er nicht, für welche Entschuldigung sie sich entscheiden wird. Sie hat es sich zum Beruf gemacht, die Missetaten anderer zu beurteilen. Und ganz gleich, welches Argument sie anführen wird, in seinen Ohren würden sie alle gleich klingen: *Das hätte nicht passieren dürfen; es war ein Fehler*.

Es gibt nur eines, was Patrick aus ihrem Munde hören möchte, und das ist sein Name.

Alles andere würde die Nacht nur in Frage stellen, und Patrick will sie unversehrt bewahren. Deshalb zieht er behutsam seinen Arm unter der köstlichen Schwere von Ninas Kopf hervor. Er küßt sie auf die Schläfe, er amtet sie noch einmal tief ein. Er läßt sie los, ehe sie Gelegenheit hat, ihn loszulassen.

Das Zelt, das wieder aufrecht steht, ist das erste, was ich bemerke. Das zweite ist Patricks Abwesenheit. Irgendwann, während ich unglaublich tief geschlafen habe, hat er mich verlassen.

Wahrscheinlich ist es besser so.

Als ich die Spuren unserer Feier von letzter Nacht weggeräumt und geduscht habe, bin sich selbst schon fast der Überzeugung, daß das tatsächlich stimmt. Aber ich kann mir nicht vorstellen, Patrick je wieder zu sehen, ohne an das Bild zu denken, wie er über mich gebeugt war und sein schwarzes Haar mein Gesicht streifte. Und ich glaube nicht, daß der Frieden in mir, der wie Honig durch meine Adern fließt, dem Weihnachtsfest zuzuschreiben ist.

Vergib mir, Vater, denn ich habe gesündigt.

Aber habe ich das wirklich? Hält sich das Schicksal an irgendwelche Regeln? Zwischen *ich sollte* und *ich will* tut sich ein gewaltiger Ozean auf, und ich ertrinke darin.

Es klingelt an der Tür, und ich springe von der Couch auf, wische mir rasch über die Augen. Patrick, der vielleicht Kaffee gekauft hat oder Bagels. Wenn *er* sich entscheidet zurückzukommen, trifft mich keine Schuld. Selbst wenn ich es mir gewünscht habe.

Doch als ich die Tür öffne, steht Caleb auf der Veranda, mit Nathaniel vor ihm. Das Lächeln meines Sohnes ist strahlender als das Gleißen des Schnees in der Einfahrt, und einen verschreckten Moment lang spähe ich über Calebs Schulter hinweg, um nachzusehen, ob die Spuren von Patricks Wagen vom Schnee zugeweht worden sind. Kann man Schuld wittern, wie einen Duft auf der Haut? »Mommy!« ruft Nathaniel.

Ich hebe ihn hoch in die Luft, ergötze mich an seinem Gewicht. Das Herz flattert mir wie ein Kolibri in der Kehle. »Caleb.«

Er sieht mich nicht an. »Ich bleibe nicht.«

Also ein Gnadenbesuch. In wenigen Minuten wird Nathaniel wieder fort sein. Ich drücke ihn fester an mich.

»Frohe Weihnachten, Nina«, sagt Caleb. »Ich hole ihn morgen wieder ab.« Er nickt mir zu und geht dann die Verandastufen hinunter. Nathaniel plappert aufgeregt auf mich ein, und seine Freude umhüllt uns warm, als der Pick-up abfährt. Ich studiere die Fußspuren, die Caleb auf der verschneiten Einfahrt hinterlassen hat, als wären sie Indizien, der verblüffende Beweis für einen Geist, der kommt und geht.

III

Unsere Tugenden sind meist nur verborgene Laster.
François, Duc de la Rochefoucauld

Heute hat uns Miss Lydia in der Pause etwas ganz Besonderes zu essen gegeben.

Zuerst ein Blatt grünen Salat mit einer Rosine drauf. Das sollte das Ei sein.

Dann eine Mozzarella-Raupe.

Danach kam eine Chrysalis, eine Traube.

Zum Schluß gab es ein Stück Zimtbrot, das die Form eines Schmetterlings hatte.

Dann sind wir nach draußen gegangen und haben die Chrysippusfalter freigelassen, die in unserer Klasse zur Welt gekommen waren. Einer landete auf meinem Handgelenk. Er sah jetzt anders aus, aber ich wußte genau, daß er die Raupe war, die ich eine Woche vorher gefunden und Miss Lydia geschenkt hatte. Dann ist er in die Sonne geflogen.

Manchmal verändern sich Dinge so schnell, daß es mir tief drin im Hals weh tut.

7

»Nein«, sage ich zu Fisher. Wir sind auf unserem Spaziergang stehengeblieben; die kalte Januarluft kriecht mir den Mantel hoch. Ich gebe ihm brüsk das Blatt Papier zurück, als ob der Name meines Sohnes von der Zeugenliste verschwinden würde, wenn ich ihn nicht mehr sehe.

»Nina, das entscheiden nicht Sie«, sagt er sanft. »Nathaniel wird aussagen müssen.«

»Das ist doch nur ein Trick von Quentin Brown. Er will bloß, daß Nathaniel vor meinen Augen einen Rückfall hat und ich vielleicht wieder durchdrehe, diesmal vor Richter *und* Geschworenen.« Tränen gefrieren an den Spitzen meiner Wimpern. Ich will, daß die Sache endlich vorbei ist. Schließlich habe ich deshalb einen Menschen ermordet – weil ich dachte, nur so den Felsen am Weiterrollen hindern zu können. Weil mein Sohn nach dem Tod des Angeklagten nicht mehr als Zeuge die schlimmste Sache schildern müßte, die ihm je widerfahren ist. Ich wollte, daß Nathaniel das unselige Kapitel ein für allemal abschließen könnte – und ich habe genau das Gegenteil erreicht. Nicht einmal ein so großes Opfer – das Leben des Priesters, meine eigene Zukunft – hat das bewirken können.

Nathaniel und Caleb halten seit Weihnachten Distanz zu mir, doch alle paar Tage bringt Caleb ihn für ein paar Stunden zu mir.

Ich weiß, in welchem Motel sie wohnen, und manchmal, wenn ich mich besonders tapfer fühle, rufe ich an. Aber es geht immer Caleb ans Telefon, und entweder haben wir uns nichts zu sagen, oder es brennt uns so viel auf der Seele, daß wir nicht wissen, wo wir anfangen sollen.

Nathaniel aber geht es gut. Wenn er mich besuchen kommt, lächelt er. Er singt mir die Lieder vor, die er in der Schule gelernt hat. Und er zuckt nicht mehr zusammen, wenn ihn jemand von hinten an der Schulter berührt.

Alles Fortschritte, die eine Anhörung zur Feststellung seiner Verhandlungsfähigkeit wieder zunichte machen wird.

»Fisher«, sage ich auf einmal, ganz selbstverständlich, »ich gehe ins Gefängnis.«

»Unsinn –«

»Fisher. Bitte.« Ich berühre seinen Arm. »Ich schaffe das schon. Ich glaube sogar, daß ich es verdient habe. Aber ich habe nur aus einem einzigen Grund einen Menschen getötet – damit Nathaniel nicht noch mehr Schaden nimmt. Ich möchte nicht, daß er je wieder daran denken muß, was ihm angetan wurde. Wenn Quentin jemanden bestrafen will, dann soll er mich bestrafen. Aber Nathaniel ist tabu.«

Er seufzt. »Nina, ich werde tun, was ich kann –«

»Sie verstehen das nicht«, falle ich ihm ins Wort. »Das ist nicht genug.«

Da Richter Neal aus Portland kommt, hat er am Gericht von Alfred kein Amtszimmer und muß sich für die Dauer meines Prozesses mit dem Büro eines Kollegen begnügen. Richter McIntyre ist allerdings ein passionierter Jäger, weshalb der kleine Raum mit Geweihen von Elchen und Hirschen geschmückt ist, die ihm zum Opfer gefallen sind. *Und ich,* denke ich. *Bin ich das nächste Opfer?*

Fisher hat einen Antrag gestellt, weshalb wir uns im Richterzimmer treffen, um vor den Presseleuten sicher zu sein. »Euer Ehren, das Ganze ist so unerhört«, sagt er, »daß ich mich kaum beherrschen kann. Die Staatsanwaltschaft hat Pater Szyszynskis Tod auf Video. Wieso muß der Junge da noch in den Zeugenstand?«

»Mr. Brown?« gibt der Richter die Frage weiter.

»Euer Ehren, der angebliche Auslöser für den Mord war die damalige psychische Verfassung des Jungen sowie die Tatsache, daß die Angeklagte glaubte, Pater Szyszynski hätte ihren Sohn sexuell mißbraucht. Inzwischen hat die Staatsanwaltschaft erfahren, daß letzteres nicht der Fall war. Die Geschworenen sollten wissen, was Nathaniel seiner Mutter tatsächlich erzählt hat, bevor sie den Priester erschoß.«

Der Richter schüttelt den Kopf. »Mr. Carrington, mir sind da die Hände gebunden, ich kann den Antrag auf Zeugenladung des Jungen nicht abweisen, wenn die Anklage seine Aussage für beweiserheblich hält. Ich will nicht ausschließen, daß ich während des Prozesses zu der Entscheidung komme, daß sie doch nicht beweiserheblich ist – doch so, wie die Dinge derzeit stehen, lasse ich den Zeugen zu.«

Fisher gibt nicht auf. »Die Staatsanwaltschaft könnte doch schriftlich darlegen, welche Beweise sie von der Aussage des Jungen erwartet. Wenn wir keine Einwände haben, muß Nathaniel nicht in den Zeugenstand.«

»Mr. Brown, das klingt doch vernünftig«, sagt der Richter.

»Da bin ich anderer Meinung. Die persönliche Aussage des Jungen ist für meine Beweisführung unumgänglich.«

Einen Moment lang herrscht verblüfftes Schweigen. »Denken Sie noch einmal darüber nach, Mr. Brown«, fordert Richter Neal ihn auf.

»Das habe ich bereits, Euer Ehren, glauben Sie mir.«

Fisher blickt mich an, und ich weiß genau, was er vorhat. Seine Augen sind dunkel vor Mitgefühl, aber er wartet auf mein Nicken, bevor er sich wieder an den Richter wendet. »Euer Ehren, wenn die Staatsanwaltschaft sich so wenig entgegenkommend zeigt, verlangen wir eine Anhörung zur Feststellung der Verhandlungsfähigkeit des Jungen. Es geht hier um ein Kind, das in den vergangenen sechs Wochen zweimal verstummt ist.«

Der Richter wird den Kompromiß liebend gern annehmen, das weiß ich. Ich weiß auch, daß Fisher von allen Strafverteidigern, die ich bisher bei solchen Anhörungen erlebt habe, am einfühlsamsten mit Kindern umgeht. Doch diesmal wird er das nicht tun. Denn um Nathaniel vor der Seelenqual eines Gerichtsprozesses zu bewahren, muß er erreichen, daß der Richter den Jungen für verhandlungsunfähig erklärt. Und das schafft er nur, wenn er es bewußt darauf anlegt, daß Nathaniel förmlich zusammenbricht.

Fisher seufzt. Seine Verteidigungsstrategie, Nina als unzurechnungsfähig erklären zu lassen – zunächst pure Erfindung –, kommt der Wirklichkeit nämlich immer näher. Um einen kompletten Zusammenbruch nach der Anhörung wegen des Antrags heute morgen zu vermeiden, hatte er sie zum Lunch in ein schickes Restaurant eingeladen, wo sie eher ihre Selbstbeherrschung wahren würde. Er ließ sich von ihr erklären, welche Fragen der Staatsanwalt Nathaniel voraussichtlich stellen würde, Fragen, die sie selbst schon tausend Kindern gestellt hat.

Jetzt am Abend ist das Gerichtsgebäude dunkel und bis auf das Wachpersonal, Caleb, Nathaniel und Fisher leer. Sie gehen leise den Korridor hinunter, Nathaniel auf dem Arm seines Vaters.

»Er ist ein bißchen nervös«, sagt Caleb und räuspert sich.

Fisher geht nicht auf die Bemerkung ein. Er könnte genausogut in dreitausend Metern Höhe über ein Drahtseil balancieren. Er will den Jungen auf gar keinen Fall grob behandeln, aber er kann ihn auch nicht mit Samthandschuhen anfassen, denn wenn Nathaniel sich bei der Anhörung allzu wohl fühlt, könnte er für verhandlungsfähig befunden werden. So oder so wird Nina ihm den Kopf abreißen.

Im Gerichtssaal schaltet Fisher die Deckenlampen ein. Sie summen und tauchen den Raum dann in grelles Licht. Nathaniel drückt sich enger an seinen Vater.

»Nathaniel«, sagt Fisher knapp. »Du mußt dich jetzt auf den Hocker da setzen. Dein Vater wird hier hinten im Raum bleiben. Er darf nichts zu dir sagen, und du darfst nichts zu ihm sagen. Du mußt einfach meine Fragen beantworten. Hast du verstanden?«

Der Junge hat die Augen weit aufgerissen. Er folgt Fisher zum Zeugenstand und klettert auf den Hocker. »Komm noch mal kurz wieder runter.« Fisher nimmt den Hocker heraus und stellt einen niedrigen Stuhl hinein. Jetzt schaut Nathaniels Stirn nicht einmal über den Rand des Zeugenstandes hinweg.

»Ich ... ich kann nichts sehen«, flüstert Nathaniel.

»Das mußt du auch nicht.«

Fisher will gerade einige Übungsfragen stellen, als ein Geräusch ihn ablenkt – Caleb sammelt die paar hohen Hocker im Saal ein und stellt sie an der Flügeltür auf. »Ich dachte, vielleicht ist es ... besser, wenn die morgen früh nicht hier sind.« Er blickt Fisher in die Augen.

Der Anwalt nickt. »Ja. Vielleicht kann der Hausmeister sie irgendwo verstauen.«

Als er sich wieder zu dem Jungen umdreht, kann er sich ein Lächeln kaum verkneifen.

Jetzt weiß Nathaniel, warum Mason immer versucht, sich das Halsband abzustreifen – das Ding, das sich Fliege nennt, obwohl es ganz anders aussieht, schnürt ihm die Luft ab. Er zieht wieder daran, und prompt hält sein Vater seine Hand fest. Er hat Schmetterlinge im Bauch, und er wäre jetzt lieber in der Schule bei Miss Lydia. Hier starren ihn bloß alle an. Hier will jeder, daß er über Sachen redet, die er nicht aussprechen will.

Nathaniel umklammert seine Stoffschildkröte Franklin noch fester. Die geschlossenen Türen des Gerichtssaals öffnen sich mit einem Seufzen, und ein Mann, der aussieht wie ein Polizist, aber keiner ist, winkt sie herein. Nathaniel geht ängstlich über den langen roten Teppich. Der Raum ist nicht so gruselig wie gestern abend im Dunkeln, aber Nathaniels Herz klopft jetzt so schnell, wie Regen auf eine Windschutzscheibe trommelt, und er legt sich die Hand auf die Brust, damit die anderen das nicht hören.

Seine Mommy sitzt in der ersten Reihe. Ihre Augen sind geschwollen, und bevor sie ihn ansieht, wischt sie sich mit den Fingern darüber. Nathaniel muß an all die anderen Male denken, wo sie so getan hat, als würde sie nicht weinen, wo sie gelächelt hat, obwohl sie doch Tränen auf den Wangen hatte.

Vorn im Saal ist auch noch ein großer Mann, seine Haut ist braun wie die einer Kastanie. Das ist der Mann, der im Supermarkt war, der die Polizei gerufen hat, damit seine Mutter weggeholt wurde.

Der Anwalt, der neben seiner Mutter sitzt, steht auf und geht auf Nathaniel zu. Er mag den Anwalt nicht. Immer, wenn der Anwalt zu ihnen nach Hause gekommen ist, haben seine Eltern sich hinterher angeschrien. Und gestern abend, als Nathaniel zum Üben hier im Saal war, war der Anwalt richtig gemein zu ihm.

Jetzt legt er Nathaniel eine Hand auf die Schulter. »Nathaniel, ich weiß, du machst dir Sorgen wegen deiner Mommy. Ich auch. Ich möchte, daß sie wieder glücklich und zufrieden ist, aber dazu mußt du mir ein paar Fragen beantworten.« Nathaniel nickt. »Mr. Brown, das ist der große Mann da drüben, wird dir auch einige Fragen stellen. Aber denke immer daran: *Ich* bin hier, um deiner Mommy zu helfen.«

Dann geht er mit Nathaniel nach vorn. Es sind mehr Leute da als gestern abend – ein Mann, in einem schwarzen Umhang mit einem Hammer in der Hand, ein anderer, dem die Haare in kleinen Locken vom Kopf abstehen, eine Frau mit einer Schreibmaschine. Seine Mom. Und der große Mann, der böse zu ihr war. Sie gehen zu dem kleinen Käfig, wo Nathaniel gestern schon gesessen hat. Er klettert auf den Stuhl, der zu niedrig ist, faltet dann die Hände auf dem Schoß.

Der Mann in dem schwarzen Umhang fragt: »Haben wir denn für den Jungen keinen höheren Stuhl?«

Alle blicken sich im Saal um. Der, der beinahe wie ein Polizist aussieht, spricht aus, was alle sehen können. »Wohl nicht.«

Der Mann in dem Umhang seufzt, reicht Nathaniel dann ein dickes Buch. »Dann setz dich bitte auf die Bibel, Nathaniel.«

Er tut es, zappelt ein wenig hin und her, bis er einigermaßen bequem sitzt. »Nathaniel«, sagt der Mann jetzt, »ich bin Richter Neal. Schön, daß du schon so ein großer Junge bist. Ich möchte, daß du uns jetzt ein paar Fragen beantwortest, ja?«

Nathaniel nickt, und der Richter lehnt sich zufrieden zurück. »Gut, jetzt wird dir zuerst Mr. Brown ein paar Fragen stellen.«

Nathaniel blickt den großen Mann an, der aufsteht und lächelt. Er hat ganz weiße Zähne. Wie ein Wolf. Er ist so groß, daß er fast bis zur Decke geht, und als er ihn auf sich zukommen sieht, stellt Nathaniel sich vor, wie der Mann seiner Mutter weh tut und sich dann zu Nathaniel umdreht und ihn in zwei Hälften beißt.

Er holt tief Luft und bricht in Tränen aus.

Der Mann bleibt abrupt stehen, als hätte er das Gleichgewicht verloren. »Geh weg!« ruft Nathaniel. Er zieht die Knie hoch und drückt sein Gesicht dagegen.

»Nathaniel.« Mr. Brown kommt langsam näher, streckt eine Hand aus. »Ich stelle dir bloß ein paar Fragen. Einverstanden?«

Nathaniel schüttelt den Kopf, aber er blickt nicht auf. Vielleicht kann er sie alle mit einem Blick zu Eis machen und mit dem nächsten in Brand stecken.

»Wie heißt denn deine Schildkröte?« fragt der große Mann.

Nathaniel versteckt Franklin unter den Knien, damit auch der den Mann nicht ansehen muß. Er hält sich die Hände vors Gesicht, lugt zwischen den Fingern hindurch und sieht, daß der Mann noch näher gekommen ist. Nathaniel dreht sich auf dem Stuhl zur Seite, als könnte er durch die Stäbe der Rückenlehne rutschen.

»Nathaniel«, versucht der Mann es erneut.

»Nein«, schluchzt Nathaniel. »Ich will nicht!«

Der Mann wendet sich ab. »Euer Ehren. Dürfen wir näher treten?«

Nathaniel späht über den Rand des Kastens, in dem er sitzt, und sieht seine Mutter. Auch sie weint, aber das ist ja auch klar. Weil der Mann ihr weh tun will. Sie hat bestimmt genauso große Angst vor ihm wie Nathaniel.

Fisher hat gesagt, ich soll nicht weinen, weil ich dann aus dem Saal verwiesen werde. Aber ich kann nichts dagegen machen – die Tränen kommen von ganz allein. Nathaniel macht sich auf dem Stuhl ganz klein, ist im Zeugenstand kaum noch zu sehen. Fisher und Brown gehen zur Bank des Richters, der sichtlich verärgert ist. »Mr. Brown«, sagt er. »Sie sehen ja selbst, was Sie da angerichtet haben. Aber Sie wollten den Jungen ja unbedingt aussagen lassen, obwohl es nicht nötig gewesen wäre. Unterstehen Sie sich, eine erneute Befragung zu beantragen.«

»Sie haben recht, Euer Ehren«, erwidert der Mistkerl. »Ich sehe ein, daß der Junge offensichtlich nicht aussagen sollte.«

Der Richter schlägt mit seinem Hammer. »Das Gericht hat entschieden, daß Nathaniel Frost nicht prozeßtauglich ist. Der Antrag auf Zeugenladung wird abgewiesen.« Er wendet sich an meinen Sohn. »Nathaniel, du darfst jetzt wieder zu deinem Dad.«

Nathaniel springt vom Stuhl und saust aus dem Zeugenstand. Ich denke, er will zu Caleb, der hinten im Saal sitzt, doch statt dessen läuft er direkt auf mich zu. Er schlingt die Arme um meine Taille, preßt allen Atem aus mir heraus, den ich unwillkürlich angehalten habe.

Ich warte, bis Nathaniel aufblickt, verängstigt durch die Gesichter in dieser fremden Welt – der Sekretär, der Richter, die Gerichtsschreiberin und der Staatsanwalt. »Nathaniel«, sage ich atemlos zu ihm, und er blickt mich an. »Du warst der beste Zeuge, den ich hätte haben können.«

Über seinen Kopf hinweg fange ich Quentin Browns Blick auf. Und lächele.

Als Patrick Nathaniel Frost kennenlernte, war der Junge sechs Monate alt. Patricks erster Gedanke war, daß der Kleine seiner Mutter wie aus dem Gesicht geschnitten war. Sein zweiter Gedanke war, daß er jetzt den Grund auf dem Arm hielt, warum sie nie zusammen sein würden.

Patrick bemühte sich um ein besonders enges Verhältnis zu Nathaniel, obwohl es manchmal so schmerzlich für ihn war, daß er nach einem Besuch noch Tage später darunter litt. Aber Patrick – der Nina geliebt hatte, solange er denken konnte – mochte den Jungen wirklich und vernarrte sich ebenso bedingungslos in ihn wie in seine Mutter.

Der Uhrzeiger hat sich seit zwei Stunden nicht bewegt, da ist Patrick sicher. Im Augenblick ist Nathaniel in der Anhörung, in der seine Verhandlungsfähigkeit festgestellt werden soll. Dabei dürfte Patrick nicht anwesend sein, selbst wenn er wollte. Und er will nicht. Weil auch Nina dabei ist, und er hat sie seit Heiligabend weder gesehen noch gesprochen.

Was nicht heißt, daß er das nicht möchte. Herrgott, er kann an nichts anderes denken als an Nina – wie sie sich anfühlte, wie sie schmeckte, wie sie sich im Schlaf an ihn schmiegte. Aber Patrick weiß, daß jedes Wort, das zwischen ihnen fallen würde, seine Erinnerung nur trüben würde. Und Patrick hat nicht Angst vor dem, was Nina zu ihm sagen würde – er hat Angst vor dem, was sie *nicht* sagen würde. Daß sie ihn liebt, daß sie ihn braucht, daß es ihr genausoviel bedeutet hat wie ihm.

Er stützt den Kopf auf die Hände. Tief in seinem Innern weiß er auch, daß es ein schwerer Fehler war. Patrick möchte es sich von der Seele reden, seine Zweifel einem Menschen gestehen, der ihn instinktiv verstehen würde. Aber er hat nur eine Vertraute, eine beste Freundin, Nina. Wenn sie das nicht mehr sein kann ... und auch nicht ihm *gehören* kann ... was bleibt ihnen beiden dann noch?

Mit einem tiefen Seufzer greift er zum Telefon auf seinem Schreibtisch und wählt eine Nummer. Er will eine Lösung, ein Geschenk für Nina, bevor er im Zeugenstand gegen sie aussagen muß. Farnsworth McGee, sein Kollege in Belle Chasse, Louisiana, meldet sich nach dem dritten Klingeln. »Hallo?«

»Detective-Lieutenant Ducharme aus Biddeford, Maine«, sagt Patrick. »Was Neues über Gwynne?«

Patrick sieht den Polizeichef förmlich vor sich. Er hat ihn vor seiner Abreise aus Belle Chasse kennengelernt. Gut zwanzig Kilo Übergewicht, schwarzes Haar mit einer Elvis-Tolle. »Ihr im Norden müßt kapieren, daß wir es hier unten vorsichtig angehen. Nur nichts überstürzen, wenn Sie verstehen, was ich meine.«

Patrick beißt die Zähne zusammen. »Haben Sie ihn festgenommen oder nicht?«

»Ihre Vorgesetzten sprechen noch mit unseren Vorgesetzten, Detective. Glauben Sie mir, Sie werden es als erster erfahren, wenn was passiert.«

Er knallt den Hörer auf – wütend auf seinen idiotischen Kollegen, wütend auf Gwynne, vor allem wütend auf sich selbst, weil er die Sache nicht selbst in die Hand genommen hat, als er in Louisiana war. Aber er hatte nun mal nicht vergessen können, daß er Polizeibeamter war, daß er an gewisse Vorschriften gebunden war. Daß Nina *nein* gesagt hatte, auch wenn sie es in Wirklichkeit anders wollte.

Patrick starrt das Telefon eine Weile an.

Dann schnappt er sich seine Jacke und verläßt das Polizeirevier, fest entschlossen, eine Veränderung herbeizuführen, statt sich von ihr überrollen zu lassen.

Wider Erwarten ist es der schönste Tag meines Lebens geworden. Zuerst wurde Nathaniel für nicht verhandlungsfähig erklärt. Dann bat Caleb mich nach der Anhörung, auf Nathaniel aufzupassen, sogar über Nacht, weil er einen Auftrag an der kanadischen Grenze hat. »Macht es dir was aus?« fragte er höflich, und ich kriegte nicht einmal eine Antwort zustande, so überglücklich war ich. Ich male mir schon aus, wie Nathaniel in der Küche neben mir steht und wir sein Lieblingsessen kochen, wie wir uns sein *Shrek*-Video zweimal hintereinander ansehen, zwischen uns eine Schüssel Popcorn.

Doch Nathaniel ist müde vom Tag. Um halb sieben schläft er auf der Couch ein und wird auch nicht wach, als ich ihn nach oben trage. Im Bett öffnet sich seine Hand auf dem Kissen, als wollte er mir ein verstecktes Geschenk darreichen.

Quentin verteilt den Rasierschaum auf Wangen und Kinnpartie, zieht dann das Rasiermesser über die Haut. Heute ist er nicht nervös. Es wird einen immensen Medienandrang geben, aber er kann mit stichhaltigen Beweisen aufwarten. Schließlich hat er die Tat der Angeklagten auf Video. Wenn die Geschworenen sich die Aufnahme erst einmal angesehen haben, wird Fisher die Wirkung auf sie nicht mehr neutralisieren können.

»Verdammt!« Quentin zuckt zusammen, als er sich schneidet. Der Rasierschaum brennt in der Wunde, und er drückt mit finsterer Miene ein Papiertaschentuch auf die Stelle. Er muß es eine Weile festhalten, während ein paar Tropfen Blut zwischen seinen Fingern hervorquellen. Irgendwie erinnert ihn dieser Anblick an Nina Frost.

Er knüllt das Taschentuch zusammen und wirft es quer durch den Raum in den Abfalleimer. Ziel getroffen.

Ich habe bereits alles anprobiert: das schwarze Kostüm, das blaßrosa Kostüm, den Kordsamtpullover, eine Hose mit flachen Schuhen. Ich bin sauer auf Fisher, weil er nicht daran gedacht hat, mir etwas zu besorgen, worin ich verloren und jung aussehe.

Ich weiß zwar, was ich anziehen muß, damit Geschworene glauben, daß ich alles unter Kontrolle habe. Aber ich weiß beim besten Willen nicht, in welcher Kleidung ich hilflos wirke.

Auf der Uhr am Bett ist es plötzlich fünfzehn Minuten später, als es sein sollte.

Ich ziehe den Pullover über. Er ist gut zwei Nummern zu groß. Als ich mir eine Strumpfhose überziehe, sehe ich, daß sie eine Laufmasche hat. Ich nehme eine andere – aber die ist auch kaputt. »Bitte nicht heute«, sage ich leise und reiße die Schublade mit meiner Unterwäsche auf, finde aber auch nach endlosem Kramen keinen Ersatz.

»Verdammt!« Ich trete gegen das Bein der Kommode, prelle mir dabei die Zehen derart schmerzhaft, daß mir die Tränen kommen. Ich ziehe die ganze Schublade heraus, kippe den restlichen Inhalt auf den Boden und schleudere die Schublade durch den Raum.

Als meine Beine nachgeben, lande ich auf der weichen Wolke aus Unterwäsche. Ich ziehe die Knie an den Körper, stülpe den Pullover darüber, lege das Gesicht auf die Arme und heule los.

»Mommy war gestern abend im Fernsehen«, sagt Nathaniel, als sie in Calebs Pick-up zum Gericht fahren. »Als du unter der Dusche warst.«

Caleb, der ganz in Gedanken ist, kommt fast von der Straße ab, als er hört, was sein Sohn da sagt. »Ich hab doch gesagt, du sollst nicht fernsehen.«

Nathaniel zieht die Schultern hoch, und sofort tut es Caleb leid. In letzter Zeit denkt er immer gleich, daß er etwas falsch gemacht hat. »Ist ja nicht schlimm«, sagt Caleb. Er zwingt sich, konzentriert zu fahren. In zehn Minuten ist er im Gericht. Dann kann er Nathaniel in Monicas Obhut geben, vielleicht fallen ihr ja bessere Antworten ein.

Nathaniel ist aber noch nicht fertig. Er zögert einen Moment, dann rückt er mit der nächsten Frage raus: »Wieso schimpft Mommy mit mir, wenn ich mit einem Stock Pistole spiele, wo sie doch mit einer richtigen gespielt hat?«

Caleb wendet den Kopf und sieht, daß sein Sohn zu ihm hochblickt und eine Erklärung erwartet. Er setzt den Blinker und hält auf dem Standstreifen. »Weißt du noch, wie du mich gefragt hast, warum der Himmel blau ist? Wir haben im Internet nachgeschaut und lauter wissenschaftlichen Kram gefunden, den wir gar nicht richtig verstanden haben. So ähnlich ist es jetzt auch wieder. Es gibt eine Antwort, aber die ist richtig kompliziert.«

»Der Mann im Fernsehen hat gesagt, was sie getan hat, ist falsch.« Nathaniel nagt an seiner Unterlippe. »Und deshalb wird sie gleich ausgeschimpft, nicht?«

Ach herrje, wenn es nur so einfach wäre. Caleb lächelt traurig. »Stimmt. Deshalb.«

Er wartet ab, ob Nathaniel noch etwas sagen will, und als nichts mehr kommt, fährt Caleb weiter. Nach drei Meilen sagt Nathaniel zu ihm: »Daddy? Was ist ein Märtyrer?«

»Wo hast du das denn her?«

»Der Mann, gestern abend, im Fernsehen.«

Caleb holt tief Luft. »Das bedeutet, daß deine Mutter dich ganz doll liebhat. Und deshalb hat sie das getan, was sie getan hat.«

Nathaniel fingert an seinem Sicherheitsgurt herum, nachdenklich. »Warum ist es dann falsch?« fragt er.

Der Parkplatz ist ein Menschenmeer: Kameraleute versuchen, ihre Reporter ins Bild zu bringen, Techniker stellen die Verbindung zu ihren Satelliten ein, eine Gruppe militanter katholischer Frauen fordert, daß Nina der göttlichen Gerechtigkeit überantwortet wird.

Ein deutlich vernehmbares Raunen geht durch die Zuschauermenge, die auf den Stufen zum Gericht versammelt ist. Dann knallt eine Autotür, und Nina eilt die Treppe mit Fisher hinauf, der seiner Mandantin onkelhaft einen Arm um die Schultern gelegt hat. Gleichzeitig brechen Jubel und Buhrufe aus.

Patrick hat sich durch das Gewimmel gedrängt und ist jetzt fast an der Treppe. »Nina!« ruft er. »Nina.«

Sie scheint zu stocken, blickt sich um. Doch Fisher packt sie am Arm und schiebt sie ins Gebäude, ehe Patrick sie durch sein Rufen erreichen kann.

»Ladies und Gentlemen, mein Name ist Quentin Brown, und ich bin stellvertretender Generalstaatsanwalt des Staates Maine.« Er lächelt die Geschworenen an. »Sie alle sind heute hier, weil diese Frau dort, Nina Frost, am dreißigsten Oktober 2001 zusammen mit ihrem Mann zum Bezirksgericht Biddeford gefahren ist, um dem Anklageeröffnungsverfahren eines Mannes beizuwohnen. Im Gericht angekommen, ist sie noch einmal ohne ihren Mann weggefahren, und zwar nach Sanford, Maine, wo sie sich in ›Moe's Gun Shop‹ für vierhundertzwanzig Dollar in bar eine Beretta, neun Millimeter, Halbautomatik und zwölf Schuß Munition kaufte. Sie steckte alles in ihre Handtasche, stieg in ihren Wagen und fuhr zurück zum Gericht.«

Quentin nähert sich den Geschworenen, als hätte er alle Zeit der Welt. »Nun, Sie selbst mußten heute, bevor sie in den Gerichtssaal durften, durch eine Sicherheitsschranke gehen. Nicht jedoch Nina Frost an jenem dreißigsten Oktober. Warum? Weil sie seit sieben Jahren als Staatsanwältin am Gericht tätig war. Sie kannte den Gerichtsdiener, der an der Schranke postiert war. Sie ist ganz selbstverständlich an ihm vorbeigegangen, und sie hat die bereits geladene Pistole mit in einen Gerichtssaal genau wie diesen hier genommen.«

Er geht zum Tisch der Verteidigung, stellt sich hinter Nina und zeigt mit einem Finger auf ihren Hinterkopf. »Einige Minuten später hat sie Pater Glen Szyszynski die Pistole an den Kopf gehalten und ihn mit vier Schüssen getötet.«

Quentin nimmt die Geschworenen in Augenschein; sie alle blicken jetzt die Angeklagte an, genauso wie er es beabsichtigt hat. »Ladies und Gentlemen, der Tatbestand in diesem Fall ist eindeutig. WCSH News haben am besagten Vormittag über die Anklageeröffnung berichtet und Mrs. Frosts Tat mit der Kamera festgehalten. Die Frage, die Sie beantworten müssen, lautet also nicht, *ob* die Angeklagte die Tat begangen hat. Daß sie es getan hat, wissen wir. Die Frage lautet: Darf sie etwa ungestraft davonkommen?«

Er blickt den Geschworenen nacheinander in die Augen. »Nina Frost möchte Sie glauben machen, sie habe ein Recht auf Straffreiheit, weil Pater Szyszynski verdächtigt wurde, ihren fünfjährigen Sohn sexuell mißbraucht zu haben. Doch sie hielt es nicht einmal für nötig, abzuwarten, ob sich der Verdacht als wahr erwies. Ich werde Ihnen wissenschaftliche, forensisch schlüssige Beweise vorlegen, daß Pater Szyszynski nicht der Mann war, der den Sohn der Angeklagten mißbrauchte, und dennoch hat sie ihn ermordet.«

Quentin dreht sich wieder zu Nina Frost um. »Wenn in Maine jemand einen Menschen vorsätzlich tötet, ist er des Mordes schuldig. Und genau das hat sie getan, wie ich Ihnen im Laufe dieses Prozesses zweifelsfrei beweisen werde. Es spielt keine Rolle, ob der ermordeten Person eine Straftat zu Last gelegt wurde. Es spielt keine Rolle, ob die ermordete Person irrtümlich ermordet wurde. Wenn ein Mensch ermordet wurde, muß die Tat gesühnt werden.« Er blickt zur Geschworenenbank. »Und dafür, Ladies und Gentlemen, sind Sie zuständig.«

Fisher hat nur Augen für die Geschworenen. Er geht auf sie zu und blickt jeden Mann und jede Frau direkt an, stellt eine persönliche Beziehung her, bevor er das erste Wort spricht. Genau das hat mich immer wahnsinnig gemacht, wenn ich vor Gericht mit ihm zu tun hatte. Er hat die erstaunliche Fähigkeit, zu jedem Geschworenen eine gewisse Vertraulichkeit herzustellen, ganz gleich, mit wem er es zu tun hat.

»Was Mr. Brown Ihnen soeben erzählt hat, ist absolut richtig. Am Morgen des dreißigsten Oktober hat Nina Frost tatsächlich eine Pistole gekauft. Sie ist tatsächlich zum Gericht gefahren. Sie ist tatsächlich aufgesprungen und hat Pater Szyszynski viermal in den Kopf geschossen. Mr. Brown möchte Sie gern glauben machen, daß der Fall lediglich aus diesen Fakten besteht. Aber wir leben nun mal nicht nur in einer Welt der Fakten. Wir leben in einer Welt der Gefühle. Und eines hat er in seiner Version der Geschichte ausgelassen, nämlich was Nina Frost durch Kopf und Herz gegangen ist und sie letzen Endes zu diesem Schritt getrieben hat.«

Er stellt sich hinter mich, wie Quentin zuvor, um den Geschworenen zu veranschaulichen, wie ich mich an den Angeklagten herangeschlichen und ihn erschossen habe. Fisher jedoch legt seine Hände auf meine Schultern, und das ist tröstlich. »Wochenlang hat Nina Frost eine Hölle durchlebt, die keine Mutter und kein Vater durchleben sollte. Sie hatte erfahren, daß ihr fünfjähriger Sohn sexuell mißbraucht worden war. Schlimmer noch, der Priester ihrer Gemeinde war von der Polizei als Täter identifiziert worden – ein Mann, dem sie vertraut hatte. Sie fühlte sich hintergangen, war untröstlich, voller Sorge um ihren Sohn und verlor nach und nach das Gefühl dafür, was richtig und was falsch ist. Das einzige, was sie schließlich an dem Morgen beschäftigte, als sie zum Anklageeröffnungsverfahren des Priesters ging, war das Bedürfnis, ihr Kind zu beschützen.

Gerade Nina Frost weiß, wie unser Rechtssystem in Fällen von Mißbrauch an Kindern funktioniert – und versagt. Gerade sie kennt die Gepflogenheiten an amerikanischen Gerichten, denn sie hat sich in den vergangenen sieben Jahren tagtäglich mit ihnen auseinandersetzen müssen. Aber am dreißigsten Oktober, Ladies und Gentlemen, war sie keine Staatsanwältin. Sie war Nathaniels Mutter.« Er stellt sich neben mich. »Ich bitte Sie, hören Sie genau zu, was hier gesagt wird. Und wenn es dann soweit ist, fällen Sie Ihre Entscheidung nicht nur mit dem Kopf. Fällen Sie sie mit dem Herzen.«

Moe Baedecker, der Besitzer von »Moe's Gun Shop«, weiß nicht wohin mit seiner Baseballmütze. Der Gerichtsdiener hat ihn gebeten, sie abzunehmen, doch sein Haar ist verfilzt und zerzaust. Er legt sie sich auf den Schoß und kämmt sich mit den Fingern durchs Haar. Als er seine Fingernägel sieht, die von Fett und Brüniermittel schmutzig sind, schiebt er sie rasch unter die Oberschenkel. »Ja, ich erkenne sie wieder«, sagt er und nickt in meine Richtung. »Sie war einmal bei mir im Laden. Ist schnurstracks zu mir an die Theke gekommen und hat gesagt, sie will eine halbautomatische Handfeuerwaffe.«

»Hatten Sie sie vorher schon mal gesehen?«

»Nein.«

»Hat sie sich denn gar nicht im Laden umgeschaut?« fragt Quentin.

»Nein.« Er zuckt die Achseln. »Ich hab kurz überprüft, ob irgendwas gegen sie vorliegt, aber sie war sauber, also hab ich ihr die Waffe verkauft.«

»Hat sie Patronen gekauft?«

»Zwölf Schuß.«

»Haben Sie der Angeklagten gezeigt, wie man mit der Waffe umgeht?«

Moe schüttelt den Kopf. »Sie hat gesagt, sie kennt sich aus.«

Seine Aussage bricht über mich herein wie eine Welle. Ich kann mich an den Geruch in dem kleinen Laden erinnern und an die Bilder von Pistolen und Revolvern an den Wänden. Daran, daß die Kasse altmodisch war und richtig geklingelt hat.

Als ich wieder aus meinen Erinnerungen auftauche, ist Fisher schon beim Kreuzverhör. »Was hat sie getan, während Sie sie überprüft haben?«

»Sie hat ständig auf die Uhr gesehen. Ist auf und ab getigert.«

»War sonst noch jemand im Laden?«

»Nein.«

»Haben Sie sie gefragt, wozu sie eine Waffe braucht?«

»Das geht mich nichts an«, erwidert Moe.

Moe hatte mir meine Pistole gegeben, sie lag heiß in meiner Hand. »Man sät, was man erntet«, hatte er gesagt, und ich war viel zu sehr mit mir selbst beschäftigt gewesen, um die Warnung herauszuhören.

Als die Videokassette eingelegt wird, behalte ich die Geschworenen im Auge. Ich will sie mir ansehen, während sie mich auf dem Bildschirm beobachten.

Ich habe die Aufnahme bisher einmal gesehen, vor Monaten, als ich noch geglaubt habe, das Richtige getan zu haben. Nach einer kurzen Weile zieht es meinen Blick doch auf den kleinen Bildschirm.

Meine Hände zittern, als ich die Pistole halte. Meine Augen sind weit aufgerissen. Aber meine Bewegungen sind geschmeidig und schön, ein Ballett. Als ich dem Priester die Pistole an den Kopf drücke, neigt sich mein eigener Kopf nach hinten, und einen Augenblick lang ist mein Gesicht eine komische und tragische Maske zugleich – halb Schmerz, halb Erleichterung.

Der Schuß ist so laut, daß ich selbst jetzt, wo er vom Band kommt, auf meinem Stuhl zusammenfahre.

Rufe. Ein Aufschrei. Die Stimme des Kameramanns, der »Ach du Scheiße!« sagt. Dann macht die Kamera einen Schwenk, und ich sehe, wie der Gerichtsdiener und Patrick mich zu Boden werfen.

»Fisher«, flüstere ich. »Mir wird schlecht.«

Der Blickwinkel verändert sich erneut, die Kamera ist jetzt auf den Boden gerichtet. Der Kopf des Priesters liegt in einer größer werdenden Blutlache. Die Hälfte des Kopfes fehlt, und die Flecken auf dem Bild sind wahrscheinlich Gehirnmasse, die auf das Objektiv gespritzt ist. Ein Auge starrt mich blicklos vom Bildschirm an. *»Hab ich ihn erwischt?«* Meine Stimme. *»Ist er tot?«*

»Fisher ...« Der Raum um mich dreht sich.

Ich spüre, wie er neben mir aufsteht. »Euer Ehren, ich möchte um eine kurze Pause bitten ...«

Aber dazu ist keine Zeit mehr. Ich springe vom Stuhl und stoße die Tür in der Gerichtsschranke auf, haste den Mittelgang hinunter, mit zwei Gerichtsdienern auf den Fersen. Ich schaffe es durch die Flügeltür, falle dann auf die Knie und muß mich immer wieder übergeben, so lange, bis mir nichts bleibt außer meiner Schuld.

»Frost bricht – zusammen!« sage ich Minuten später, als ich mich saubergemacht habe und Fisher mit mir in einem Besprechungszimmer verschwunden ist, wo wir vor der Presse sicher sind. »Das ist morgen die Schlagzeile.«

Er faltet die Hände. »Eins muß ich Ihnen lassen, das war gekonnt. Wirklich erstaunlich.«

Ich blicke ihn an. »Sie denken, das war Absicht?«

»Etwa nicht?«

»Mein Gott.« Ich drehe mich um und starre zum Fenster hinaus. Die Menschenmenge scheint noch größer geworden zu sein. »Fisher, Sie haben doch selbst das Video gesehen. Jetzt spricht mich doch kein Geschworener mehr frei?«

Fisher schweigt einen Moment lang. »Nina, was haben Sie gedacht, als Sie vorhin das Video gesehen haben?«

»Gedacht? Wer kann denn da was denken, bei all diesen optischen Signalen? Ich meine, da war entsetzlich viel Blut. Und das Gehirn –«

»Was haben Sie über sich selbst gedacht?«

Ich schüttele den Kopf, schließe die Augen, aber für das, was ich getan habe, gibt es keine Worte.

Fisher tätschelt mir den Arm. »Genau deshalb«, sagt er, »wird man Sie freisprechen.«

In der Eingangshalle, wo er warten muß, bis er als Zeuge aufgerufen wird, versucht Patrick, nicht an Nina und ihren Prozeß zu denken. Aber es gelingt ihm einfach nicht.

Als sie aus dem Gerichtssaal gestolpert kam, eine Hand auf den Mund gepreßt, war Patrick von seinem Stuhl aufgesprungen. Caleb stürzte jedoch gleich hinter den zwei Gerichtsdienern durch die Tür. Also setzte Patrick sich wieder hin.

An seiner Hüfte fängt der Pieper an zu vibrieren. Patrick zieht ihn vom Gürtel und sieht auf die Nummer auf dem Display. *Endlich*, denkt er und geht zu einem Münztelefon.

In der Mittagspause besorgt Caleb ein paar Sandwiches und bringt sie mir in den Besprechungsraum, in dem ich warten muß, bis es weitergeht. »Ich krieg keinen Bissen runter«, sage ich, als er mir ein Sandwich reicht. Ich rechne damit, daß er mich drängt, etwas zu essen, doch Caleb zuckt nur die Achseln. Aus den Augenwinkeln sehe ich, wie er schweigend sein Sandwich ist. Er hat keine Lust mehr, gegen mich zu kämpfen.

Es rüttelt an der verschlossenen Tür, und dann folgt hartnäckiges Klopfen. Caleb macht ein finsteres Gesicht, steht dann auf, um den Störenfried auf der anderen Seite zu vertreiben. Doch als er die Tür einen Spalt öffnet, steht Patrick da. Die Tür schwingt auf, und die beiden Männer blicken einander an, zwischen ihnen eine knisternde Energieschranke.

»Nina«, sagt Patrick und kommt in den Raum. »Ich muß mit dir reden.«

Nicht jetzt, denke ich, und mir wird ganz kalt. Patrick wird doch wohl nicht im Beisein meines Mannes davon anfangen, was zwischen uns passiert ist.

»Pater Gwynne ist tot.« Patrick reicht mir einen gefaxten Zeitungsartikel. »Der Polizeichef in Belle Chasse hat mich angerufen. Ich habe denen da unten in Louisiana vor ein paar Tagen etwas Druck gemacht ... naja, als sie ihn endlich festnehmen wollten, war er tot.«

Mein Gesicht ist erstarrt. »Wer war es?« flüstere ich.

»Niemand. Es war ein Schlaganfall.«

Ich sehe auf das Blatt in meinen Händen. *Pater Gwynne, ein von seiner Gemeinde geschätzter Kaplan, wurde von seiner Haushälterin tot aufgefunden.*

»Er sah so friedlich aus in seinem Sessel«, sagte Margaret Mary Seurat, die seit fünf Jahren für den Priester arbeitete. »Als wäre er nach seiner Tasse Kakao einfach eingenickt.«

»Und stell dir vor: Seine Katze soll angeblich vor Kummer gestorben sein ...«, sagt Patrick.

Durch eine seltsame Fügung des Schicksals starb die von Gwynne über alles geliebte Katze, die jeder in der Gemeinde kannte, kurz nach Eintreffen der Polizei. Mrs. Seurat zeigte sich nicht überrascht: »Sie hatte ihn einfach zu gern«, sagte sie. »Wie wir alle.«

»Es ist vorbei, Nina.«

Erzbischof Schulte wird am Mittwoch morgen um neun Uhr die Totenmesse in der Kirche Our Lady of Mercy lesen.

»Er ist tot.« Ich koste die Wahrheit auf meiner Zunge. »Er ist *tot*.« Vielleicht gibt es ja doch einen Gott; vielleicht gibt es kosmische Räder der Gerechtigkeit. Vielleicht sollte sich Vergeltung genau so anfühlen.

»Caleb«, sage ich und drehe mich zu ihm um. Alles weitere tauschen wir ohne ein einziges Wort aus: Daß Nathaniel jetzt in Sicherheit ist; daß er nicht in einem Mißbrauchsprozeß wird aussagen müssen; daß der Bösewicht in diesem Drama nie wieder einem kleinen Jungen etwas antun kann; daß dieser Alptraum nach dem Urteil über mich endgültig vorbei sein wird.

Sein Gesicht ist genauso weiß geworden wie meins. »Ich hab's gehört.«

Nachdem ich mir zwei Stunden lang belastende Aussagen habe anhören müssen, empfinde ich jetzt, in diesem kleinen Besprechungsraum, reine Freude. Und es spielt auch keine Rolle mehr, daß Caleb und ich einiges zwischen uns zu bereinigen haben. Viel wichtiger ist diese wunderbare Nachricht, und ich will meine Freude teilen. Ich werfe die Arme um meinen Mann.

Der mich aber nicht umarmt.

Mein Gesicht wird plötzlich heiß. Als ich mit einem letzten Rest Würde den Blick hebe, starrt Caleb Patrick an, der uns den Rücken zugedreht hat. »Tja«, sagt Patrick, ohne mich anzusehen. »Ich dachte, ihr würdet das gern wissen.«

Der Gerichtsdiener Bobby Ianucci läßt sich durch Quentin Brown deutlich einschüchtern.

»Wer war im Gerichtssaal, als Sie Pater Szyszynski aus der Verwahrzelle geholt hatten?« fragt der Staatsanwalt einige Minuten nach Beginn der Befragung.

Bobby muß nachdenken, und die Anstrengung steht ihm ins teigige Gesicht geschrieben. »Tja also, der Richter, klar. Auf der Richterbank. Und ein Sekretär war da, und eine Gerichtsschreiberin, und der Anwalt von dem Toten, ich weiß aber nicht mehr, wie der hieß. Und ein Staatsanwalt aus Portland.«

»Wo saßen Mr. und Mrs. Frost?« fragt Quentin.

»In der ersten Reihe, mit Detective Ducharme.«

»Was ist dann passiert?«

Bobby richtet sich auf. »Ich und Roanoke, das ist mein Kollege, haben den Pater zu seinem Anwalt gebracht. Dann bin ich zurückgetreten, weil er sich hinsetzen mußte, und hab mich hinter ihn gestellt.« Er holt tief Luft. »Und dann ...«

»Ja, Mr. Ianucci?«

»Tja, ich weiß nicht, wo sie so schnell herkam. Aber plötzlich fielen Schüsse, und es war überall Blut, und Pater Szyszynski ist vom Stuhl gefallen.«

»Was ist dann passiert?«

»Ich hab mich auf sie gestürzt. Und Roanoke auch, und noch zwei Wachleute, die hinten im Saal postiert waren, und auch Detective Ducharme. Sie hat die Waffe fallen lassen, und ich habe sie an mich genommen, und dann hat Detective Ducharme ihr Handschellen angelegt und sie auf die Beine gezogen und zur Verwahrzelle gebracht.«

»Sind Sie verletzt worden, Mr. Ianucci?«

Bobby schüttelt den Kopf. »Nein. Aber ich war ganz nah dran. Sie hätte mich treffen können.«

»Würden Sie also sagen, daß die Angeklagte ganz genau auf Pater Szyszynski gezielt hat?«

Fisher neben mir springt auf. »Einspruch.«

»Stattgegeben«, entscheidet Richter Neal.

Der Staatsanwalt zuckt die Achseln. »Ich ziehe die Frage zurück. Ihr Zeuge.«

Als Quentin zu seinem Platz zurückkehrt, geht Fisher schon auf den Gerichtsdiener zu. »Haben Sie an dem Morgen vor der Schießerei mit Nina Frost gesprochen?«

»Nein.«

»Weil Sie Ihre Arbeit getan haben und keinen Grund hatten, auf Mrs. Frost zu achten, nicht wahr?«

»Richtig.«

»Haben Sie gesehen, wie sie die Waffe hervorgeholt hat?«

»Nein.«

»Sie haben ausgesagt, Sie und Ihre Kollegen hätten sich sofort auf sie geworfen. Mußten Sie Mrs. Frost die Waffe mit Gewalt entwinden?«

»Nein.«

»Und sie hat sich auch nicht gewehrt, als Sie sie überwältigt haben.«

»Sie hat bloß versucht, an uns vorbeizusehen. Sie hat immer wieder gefragt, ob er tot ist.«

Fisher tut die Antwort mit einem Achselzucken ab. »Aber sie hat nicht versucht, sich zu befreien. Sie hat nicht versucht, Ihnen weh zu tun.«

»Oh, nein.«

Fisher läßt die Antwort einen Moment lang im Raum hängen. »Sie kannten Mrs. Frost schon vorher, nicht wahr, Mr. Ianucci?«

»Ja, klar.«

»Was für ein Verhältnis hatten Sie zu ihr?«

Bobby wirft mir einen Blick zu, dann gleiten seine Augen wieder weg. »Na ja, sie ist Staatsanwältin. Sie kommt andauernd ins Gericht.« Er hält inne und fügt dann hinzu. »Sie ist eine von den netten.«

»Ist Ihnen vorher mal der Gedanke gekommen, sie könnte zur Gewaltanwendung fähig sein?«

»Nein.«

»Tatsächlich war sie an dem Morgen eigentlich nicht mehr die Nina Frost, die Sie kannten, nicht wahr?«

»Na ja, ausgesehen hat sie noch genauso.«

»Aber ihr *Verhalten*, Mr. Ianucci ... hatten Sie so etwas vorher schon mal bei Mrs. Frost erlebt?«

Der Gerichtsdiener schüttelt den Kopf. »Ich hatte noch nie gesehen, daß sie einen erschießt, wenn Sie das meinen.«

»Genau das meine ich«, sagt Fisher und nimmt wieder Platz. »Keine weiteren Fragen.«

Als die Sitzung am Nachmittag vertagt wird, fahre ich nicht direkt nach Hause. Bevor mein elektronisches Armband wieder aktiviert wird, riskiere ich einen kleinen Abstecher zu St. Anne's, wo alles angefangen hat.

Die Kirche ist offen, obwohl ich nicht glaube, daß schon ein Nachfolger gefunden wurde. Drinnen ist es dunkel. Meine Schuhe klappern auf den Fliesen, künden von meiner Anwesenheit.

Rechts von mir ist ein Tisch, auf dem einige Reihen von Votivkerzen brennen. Ich zünde eine für Pater Szyszynski an. Und eine zweite für Arthur Gwynne.

Dann gehe ich in eine Bankreihe und knie mich hin. »Gegrüßet seist du, Maria, voll der Gnade«, flüstere ich und bete zu einer Frau, die gleichfalls ihrem Sohn zur Seite gestanden hat.

Um acht Uhr, Nathaniels Schlafenszeit, wird in ihrem Motelzimmer das Licht ausgemacht. Caleb liegt auf dem großen Bett neben seinem Sohn, die Hände hinter dem Kopf gefaltet, und wartet, daß Nathaniel einschläft. Dann guckt Caleb manchmal Fernsehen, oder er macht eine Lampe an und liest Zeitung.

Heute steht ihm nicht der Sinn danach. Er hat keine Lust auf die Spekulationen irgendwelcher Experten, die schon nach dem ersten Verhandlungstag meinen, eine Aussage über Ninas Schicksal machen zu können.

Eines steht fest: Die Frau, die all die Zeugen gesehen haben, die Frau auf dem Video – das ist nicht die Frau, die Caleb geheiratet hat. Und wenn deine Frau nicht mehr der Mensch ist, in den du dich vor acht Jahren verliebt hast, was machst du dann? Vielleicht, denkt Caleb leicht entsetzt, ist er selbst ja auch nicht mehr der Mensch, der er einmal war.

Heute nachmittag, als Patrick in das Besprechungszimmer kam, um ihnen mitzuteilen, daß Gwynne tot ist ... na ja, bestimmt überinterpretiert Caleb da was. Nina und Patrick kennen sich schließlich schon von Kindesbeinen an. Und obwohl der Typ ein richtiger Klotz am Bein ist, hat die Freundschaft der beiden Caleb eigentlich nie ernsthaft gestört, denn schließlich war er es, der jede Nacht an Ninas Seite schlief.

Aber in letzter Zeit eben nicht.

Caleb schließt die Augen, als könnte er dadurch die Erinnerung ausblenden, wie Patrick sich jäh abwendete, als Nina ihre Arme um Caleb schlang. Das war zwar nicht weiter beunruhigend – Caleb hat schon zahllose Male erlebt, daß Patrick irgendwie verunsichert reagierte, wenn er mitbekam, wie Nina ihren Mann berührte oder anlächelte ... obwohl Nina das anscheinend nie bemerkt hat.

Heute jedoch hat er in Patricks Augen nicht Neid gesehen, sondern Trauer. Und deshalb geht Caleb die Situation nicht mehr aus dem Kopf. Neid rührt nämlich daher, daß man etwas haben möchte, das einem nicht gehört. Aber Trauer rührt daher, daß man etwas verloren hat, das man bereits hatte.

Nathaniel mag das blöde Spielzimmer nicht, mit der blöden Bücherecke und den blöden glatzköpfigen Puppen und dem blöden Buntstiftkasten, der nicht mal Gelb drin hat. Er mag Monica nicht, deren Lächeln Nathaniel daran erinnert, wie er sich einmal ein Stück Orange mit der Schale nach außen in den Mund gestopft hat, ein albernes, falsches Grinsen. Vor allem mag er es nicht, daß seine Mom und sein Dad nur zweiundzwanzig Treppenstufen über Nathaniel sind und er nicht zu ihnen darf.

»Nathaniel«, sagt Monica, »komm, wir bauen den Turm fertig.«

Der ist aus Bauklötzen; gestern haben sie den ganzen Nachmittag daran gebaut und über Nacht ein Schild dran gemacht, daß der Hausmeister ihn bis heute morgen stehen lassen soll.

»Was meinst du, wie hoch wir ihn schaffen?«

Aber Nathaniel möchte sich lieber vorstellen, er sei ein riesiges Ungetüm. Er holt mit seiner riesigen Pranke aus und schlägt gegen den Turm.

Das ganze Gebäude stürzt polternd ein.

Monica blickt so traurig, daß Nathaniel sich einen ganz kurzen Moment lang scheußlich fühlt. »Och«, seufzt sie. »Warum hast du das getan?«

Genugtuung umspielt Nathaniels Lippen, kommt tief aus seinem Innern. Aber er sagt ihr nicht, was er denkt: *Weil ich das konnte.*

Joseph Toro scheint sich im Gerichtssaal unwohl zu fühlen, und ich kann es ihm nicht verdenken. Als ich den Mann das letzte Mal gesehen habe, kauerte er neben der Richterbank, vollgespritzt mit dem Blut und der Gehirnmasse seines Mandanten.

»Hatten Sie sich mit Glen Szyszynski getroffen, bevor Sie an dem Tag ins Gericht kamen?« fragt Quentin.

»Ja«, sagt der Anwalt zaghaft. »Im Gefängnis, vor der Anklageeröffnung.«

»Was hat er über die ihm zur Last gelegte Tat gesagt?«

»Er hat sie kategorisch abgestritten.«

»Einspruch«, ruft Fisher. »Relevanz?«

»Stattgegeben.«

Quentin überlegt. »In welcher Verfassung befand sich Pater Szyszynski am Morgen des dreißigsten Oktober?«

»Einspruch.« Diesmal ist Fisher aufgestanden. »Aus dem gleichen Grund.«

Richter Neal blickt den Zeugen an. »Ich möchte die Antwort hören.«

»Er hatte panische Angst«, sagt Toro leise. »Er war resigniert. Er betete. Er hat mir aus dem Matthäus-Evangelium vorgelesen. Die Stelle, wo Jesus sagt: ›*Mein Gott, warum hast du mich verlassen?*‹«

»Was geschah, als Ihr Mandant in den Gerichtssaal gebracht wurde?« fragt Quentin.

»Sie führten ihn an den Tisch der Verteidigung, wo ich bereits saß.«

»Und wo war Mrs. Frost zu diesem Zeitpunkt?«

»Sie saß links hinter uns.«

»Hatten Sie an dem Morgen mit Mrs. Frost gesprochen?«

»Nein«, erwidert Toro. »Ich kannte sie nicht.«

»Ist Ihnen an ihr etwas Ungewöhnliches aufgefallen?«

»Einspruch«, sagt Fisher. »Er kannte sie nicht, wie soll ihm da etwas Ungewöhnliches an ihr auffallen?«

»Abgewiesen«, sagt der Richter.

Toro blickt mich ängstlich an. »Mir ist tatsächlich etwas aufgefallen ... schließlich war sie die Mutter des angeblichen Opfers ... aber sie verspätete sich. Ich fand es merkwürdig, daß sie ausgerechnet zu so einem Termin zu spät kommt.«

Ich lausche seiner Aussage, aber ich beobachte dabei Quentin Brown. Angeklagte bedeuten für Staatsanwälte nur Sieg oder Niederlage. Sie sind für sie keine richtigen Menschen; ihr Leben ist uninteressant, wichtig ist nur die Straftat, die sie vor Gericht gebracht hat. Quentin Brown macht hier schließlich nur seine Arbeit. Doch für mich geht es um die ganze Zukunft.

Das Gerichtsgebäude in Alfred ist alt, und die Toiletten ebenso. Caleb ist gerade fertig, als jemand hereinkommt und sich neben ihn stellt. Caleb tritt zurück, um sich die Hände zu waschen, und sieht dann erst, daß es Patrick ist.

Als Patrick sich umdreht, reagiert er genauso erstaunt. »Caleb?«

Außer ihnen beiden ist niemand im Raum. Caleb verschränkt die Arme und wartet. Er weiß nicht, warum. Er weiß bloß, daß er jetzt nicht einfach gehen kann.

»Wie geht's ihr heute?« fragt Patrick.

Caleb merkt, daß er kein einziges Wort herausbringt.

»Das muß für sie die Hölle sein da drin.«

Caleb zwingt sich, Patrick direkt anzusehen, um ihm zu verstehen zu geben, daß er das jetzt nicht einfach so dahinsagt. »Ich *weiß es*«, betont er.

Patrick blickt weg, schluckt. »Hat sie ... hat sie es dir erzählt?«

»Das war nicht nötig.«

Das einzige Geräusch ist das Rauschen des Wassers in der Leitung. »Willst du mir eine reinhauen?« fragt Patrick dann. Er breitet die Arme aus. »Na los. Schlag zu.«

Langsam schüttelt Caleb den Kopf. »Ich würde gern. Aber es wäre einfach zu jämmerlich.« Er macht einen Schritt auf Patrick zu, zeigt mit dem Finger auf ihn. »Du bist wieder hierhergezogen, um in Ninas Nähe zu sein. Du lebst dein Leben für eine Frau, die ihres nicht für dich lebt. Du hast abgewartet, bis sie auf dünnes Eis gerät, und prompt warst du zur Stelle, damit sie sich an dir festhalten konnte.« Er wendet sich ab. »Ich muß dich nicht schlagen, Patrick. Du bist auch so schon erbärmlich.«

Caleb geht zur Tür, doch Patricks Stimme hält ihn auf. »Ich war als Soldat in Übersee. Nina hat mir jeden zweiten Tag geschrieben.« Er lächelt schwach. »Als sie dich kennenlernte, hat sie mir geschrieben, daß sie mit dir auf einen Berg gestiegen war ... da wußte ich, daß ich sie verloren hatte.«

»Mount Kathadin? An dem Tag ist nichts passiert.«

»Nein. Ihr seid nur auf den Berg gestiegen und dann wieder runter«, sagt Patrick. »Aber Nina hat fürchterliche Höhenangst. Sie war jedoch so sehr in dich verliebt, daß sie bereit war, dir überallhin zu folgen.« Patrick geht auf Caleb zu. »Weißt du, was erbärmlich ist? Daß du mit dieser Frau zusammen leben darfst. Daß sie sich von allen Männern auf dieser Welt ausgerechnet *dich* ausgesucht hat. Du hast dieses unglaubliche Geschenk überreicht bekommen und weißt es nicht einmal zu würdigen.«

Dann drängt Patrick an Caleb vorbei, stößt ihn gegen die Wand. Er muß hier raus, bevor er sich noch dazu hinreißen läßt, sein ganzes Herz zu offenbaren.

Frankie Martine ist eine Zeugin, wie jeder Staatsanwalt sie sich wünscht – sie beantwortet Fragen klar und präzise und kann selbst einem Geschworenen ohne High-School-Abschluß komplizierte wissenschaftliche Sachverhalte verständlich machen. Fast eine Stunde lang hat Quentin sie den Ablauf einer Knochenmarktransplantation erklären lassen, und die Geschworenen haben ihr interessiert zugehört. Jetzt erläutert sie, was sie in ihrem Job macht – DNA-Analysen.

»Die DNA eines Menschen ist in jeder Zelle des Körpers gleich«, sagt Frankie. »Das heißt, wenn ich von jemandem eine Blutprobe nehme, stimmt die DNA in den Blutzellen mit der DNA in den Hautzellen, Gewebezellen und Körperflüssigkeiten wie Speichel oder Sperma überein. Deshalb hat Mr. Brown mich gebeten, aus einer Blutprobe von Pater Szyszynski die DNA zu ermitteln und sie mit der DNA in dem Sperma an der Unterhose des mißbrauchten Jungen zu vergleichen.«

»Und haben Sie das getan?«

»Ja.«

Brown reicht Frankie den Laborbericht – den ursprünglichen, der mir anonym in den Briefkasten gesteckt worden war. »Was haben Sie festgestellt?«

»Ich habe festgestellt, daß die DNA des Verdächtigen an allen getesteten Stellen mit der Sperma-DNA übereinstimmte, was bedeutet, daß die Wahrscheinlichkeit, einen anderen, mit dem Verdächtigen nicht verwandten Menschen mit der gleichen DNA zu finden bei eins zu sechs Milliarden liegt.«

Brown blickt die Geschworenen an. »Sechs Milliarden? Das entspricht doch so ungefähr der Weltbevölkerung?«

»Ich glaube, ja.«

»Nun, was hat das alles mit Knochenmark zu tun?«

Frankie rutscht unruhig auf ihrem Stuhl hin und her. »Nachdem ich diese Ergebnisse herausgegeben hatte, bat mich das Büro des Generalstaatsanwalts, mir sicherheitshalber auch noch die ärztlichen Unterlagen von Pater Szyszynski anzusehen. Vor sieben Jahren hatte er eine Knochenmarktransplantation, was bedeutet, daß sein Blut im Grunde das des Spenders ist. Es bedeutet auch, daß die DNA, die wir aus dem Blut gewonnen haben – die DNA, die mit der von dem Sperma an der Unterhose übereinstimmte –, nicht Pater Szyszynskis DNA war, sondern die seines Spenders.« Sie blickt die Geschworenen an, versichert sich, daß sie nicken, bevor sie fortfährt. »Wenn wir Speichel oder Sperma oder sogar Haut von Pater Szyszynski untersucht hätten – alles außer seinem Blut –, hätte das eindeutige Ergebnis gelautet, daß der Spermafleck an der Unterhose des Jungen nicht von Pater Szyszynski stammt.«

Quentin Brown läßt ihre Worte wirken. »Soll das heißen, daß jemand, der eine Knochenmarktransplantation hatte, zwei unterschiedliche Arten von DNA im Körper hat?«

»Ganz genau. Das kommt äußerst selten vor, es ist die Ausnahme und nicht die Regel, weshalb die DNA-Analyse noch immer die präziseste Methode ist, eindeutige Beweise zu erbringen.« Frankie holt einen anderen, neueren Laborbericht hervor. »Wie Sie hier sehen können, ist es möglich, bei einem Menschen, der eine Knochenmarktransplantation hatte, zwei unterschiedliche DNA-Profile nachzuweisen. Wir entnehmen Zahnmark, das sowohl Gewebe- als auch Blutzellen enthält. Wenn jemand eine Knochenmarktransplantation hatte, müßten die Gewebezellen eine andere DNA haben als die Blutzellen.«

»Sind Sie bei der Analyse des Zahnmarks, das Sie Pater Szyszynski entnommen haben, zu diesem Ergebnis gelangt?«

»Ja.«

Brown schüttelt den Kopf, mimt den Erstaunten. »Dann war Pater Szyszynski wohl diese eine Person von sechs Milliarden, bei der die DNA mit der des Spermas an der Unterhose des Jungen übereinstimmen konnte ... obwohl das Sperma nicht von ihm stammt?«

Frankie faltet den Bericht zusammen und schiebt ihn in ihre Akte. »Das ist richtig«, sagt sie.

»Sie haben mit Nina Frost in einigen Fällen zusammengearbeitet, nicht wahr?« fragt Fisher kurz darauf.

»Ja«, erwidert Frankie.

»Sie ist ziemlich gründlich, nicht?«

»Ja. Sie ist die einzige bei der Staatsanwaltschaft, die jedesmal anruft, wenn wir die Ergebnisse rübergefaxt haben, weil sie noch ein paar Punkte abklären will. Sie war sogar mal bei uns im Labor. Viele von ihren Kollegen machen sich nicht so eine Mühe, aber Nina wollte immer alles ganz genau verstehen.«

»Dann ist es für sie sehr wichtig, auf Nummer Sicher zu gehen, nicht wahr?«

»Ja.«

»Sie zieht keine voreiligen Schlüsse und prüft lieber noch einmal etwas nach, bevor sie sich darauf verläßt?«

»Das ist mein Eindruck, ja«, erwidert Frankie.

»Ms. Martine, wenn Sie Ihre Untersuchungsberichte erstellen, dann gehen Sie davon aus, daß sie richtig sind, nicht wahr?«

»Selbstverständlich.«

»Sie haben einen Bericht erstellt, in dem Sie die Chancen, daß das Sperma an Nathaniel Frosts Unterhose von jemand anderem als von Pater Szyszynski stammt, auf eins zu sechs Milliarden schätzen?«

»Ja.«

»Sie haben in Ihrem Bericht nicht die Eventualität berücksichtigt, daß der Verdächtige eine Knochenmarktransplantation erhalten hat, nicht wahr? Weil ein solcher Fall so selten ist, daß nicht einmal Sie als Wissenschaftlerin es für nötig befunden haben, ihn zu berücksichtigen?«

»Statistiken sind Statistiken ... eine Schätzung.»

»Aber als Sie den ersten Bericht an die Staatsanwaltschaft schickten, taten Sie das guten Gewissens, überzeugt davon, daß der Staatsanwalt sich auf die Richtigkeit verlassen kann?«

»Ja.«

»Sie hätten erwartet, daß auch Geschworene sich auf die Richtigkeit verlassen und Pater Szyszynski schuldig sprechen würden?«

»Ja«, sagt Frankie.

»Und auch der Richter sollte sich auf die Richtigkeit verlassen und Pater Szyszynski verurteilen?«

»Ja.«

»Und Nina Frost, die Mutter des Kindes, sollte sich auf die Richtigkeit des Berichts verlassen und glauben, der Täter sei gefaßt und sie könnte ihren Seelenfrieden wiederfinden?«

»Ja.«

Fisher fixiert die Zeugin. »Wundert es Sie dann, Ms. Martine, *daß* sie sich darauf verlassen hat?«

»Natürlich hat Quentin Einspruch erhoben«, sagt Fisher, den Mund voller Salami-Pizza. »Aber das ist nicht entscheidend. Entscheidend ist, daß ich die Frage nicht zurückgezogen habe, bevor ich die Zeugin entlassen habe. Diese Nuance ist den Geschworenen nicht entgangen.«

»Sie überschätzen die Geschworenen«, entgegne ich. »Das soll nicht heißen, daß Sie im Kreuzverhör nicht fantastisch waren, Fisher, das waren Sie. Aber ... Fisher«, frage ich ruhig. »Meinen Sie, ich sollte bestraft werden?«

Er wischt sich die Hände mit einer Serviette ab. »Wenn ja, wäre ich dann hier?«

»Für das Geld, das Sie verdienen, würden Sie sich wahrscheinlich auch als Gladiator in die Arena stellen.«

Lächelnd blickt er mir in die Augen. »Nina, entspannen Sie sich. Ich verschaffe Ihnen einen Freispruch.«

Aber das habe ich nicht verdient. Die Wahrheit liegt tief in meinem Bauch, obwohl ich sie nicht aussprechen kann.

Vielleicht kann man mir verzeihen, daß ich mein Kind schützen wollte, aber viele Eltern schützen ihre Kinder, ohne dafür ein Verbrechen zu begehen. Ich kann mir zwar einreden, daß ich an dem Tag nur an meinen Sohn gedacht habe, daß ich nur wie eine gute Mutter gehandelt habe ... aber in Wahrheit stimmt das nicht. Ich habe wie eine Staatsanwältin gehandelt, die kein Vertrauen in die Justiz hatte, als sie persönlich betroffen war. Und gerade als Staatsanwältin hätte ich mich nie zu der Tat hinreißen lassen dürfen. Und genau deshalb verdiene ich einen Schuldspruch.

»Wenn ich mir nicht mal selbst vergeben kann«, sage ich schließlich, »wie sollen mir dann zwölf fremde Menschen vergeben?«

Die Tür geht auf, und Caleb kommt herein. Plötzlich ist die Atmosphäre zum Zerreißen gespannt. Fisher wirft mir einen unsicheren Blick zu, knüllt dann seine Serviette zusammen und wirft sie in die Pappschachtel. »Caleb! Da ist noch Pizza übrig.« Er steht auf. »Ich kümmere mich ... um die Sache, über die wir gesprochen haben«, sagt Fisher vage und verläßt fluchtartig den Raum.

Caleb setzt sich mir gegenüber. Die Uhr an der Wand tickt so laut wie mein Herz. »Hungrig?« frage ich.

Er fährt mit einem Finger über die scharfe Kante der Pizzaschachtel. »Wie ein Bär«, erwidert Caleb.

Doch er macht keine Anstalten, sich ein Stück Pizza zu nehmen. Statt dessen sehen wir beide zu, wie seine Finger sich auf mich zubewegen, wie er meine Hand mit beiden Händen umschließt. Er rutscht mit seinem Stuhl näher und beugt den Kopf und legt ihn auf unsere ineinander verschlungenen Fäuste. »Laß uns von vorn anfangen«, sagt er leise.

»Machen wir einfach da weiter, wo wir aufgehört haben«, entgegne ich, und ich lege meine Wange an Calebs Kopf.

Wie weit kann ein Mensch gehen ... und trotzdem weiter guten Gewissens mit sich leben? Diese Frage brennt Patrick auf der Seele.

Patrick macht Nina keine Vorwürfe deswegen, daß sie Glen Szyszynski erschossen hat, weil sie zu dem Zeitpunkt wirklich glaubte, keine andere Wahl zu haben. Ebenso hält er es nicht für falsch, daß er am Heiligen Abend mit ihr geschlafen hat. Er hatte jahrelang auf Nina gewartet. Und als sie endlich ihm gehörte – wenn auch nur für eine Nacht –, war die Tatsache, daß sie mit einem anderen Mann verheiratet war, unerheblich. Ihre Bindung aneinander ist zwar nicht durch ein Stück Papier abgesegnet, aber er empfindet sie als ebenso stark.

Rechtfertigungen sind etwas Bemerkenswertes – sie verwischen alle festen Konturen, so daß Ehre so biegsam wird wie eine Weide und Moral zerplatzt wie eine Seifenblase.

Falls Nina Caleb verlassen würde, wäre Patrick sofort an ihrer Seite, und er könnte jede Menge Gründe anführen, um sein Verhalten zu rechtfertigen.

Aber da ist ja noch Nathaniel.

Und das ist der Punkt, zu dem Patrick keine Rechtfertigung einfällt. Patrick könnte nicht damit leben, Nathaniels Kindheit zerstört zu haben. Wenn Patrick das täte, nach allem, was geschehen ist, tja ... wie könnte Nina ihn dann überhaupt noch lieben?

Im Vergleich zu einem derart großen Frevel ist das, was er jetzt tun wird, eine Lappalie.

Er beobachtet Quentin Brown vom Zeugenstand aus. Der Staatsanwalt geht davon aus, daß die Sache reibungslos über die Bühne gehen wird – genauso reibungslos wie bei der Probesitzung. Schließlich ist Patrick Polizeibeamter und sagt nicht zum erstenmal vor Gericht aus. Brown ist sicher, daß Patrick trotz seiner Freundschaft zu Nina auf der Seite der Anklage steht. »Waren Sie mit den Ermittlungen im Fall Nathaniel Frost betraut?« fragt Quentin.

»Ja.«

»Wie hat die Angeklagte darauf reagiert, daß Sie in dem Fall ermittelten?«

Patrick kann Nina nicht ansehen, noch nicht. Er will sich nicht verraten. »Sie war schrecklich besorgt um ihren Sohn.«

Das war nicht die Antwort, die sie einstudiert hatten. Patrick merkt, daß Quentin stutzt und dann versucht, ihm die abgesprochene Antwort in den Mund zu legen. »Haben Sie während der Ermittlungen je erlebt, daß sie die Beherrschung verlor?«

»Manchmal war sie verzweifelt. Ihr Sohn sprach nicht mehr. Sie wußte nicht, was sie tun sollte.« Patrick zuckt die Achseln. »Wer wäre in einer solchen Situation nicht niedergeschlagen?«

Quentin bedenkt ihn mit einem tadelnden Blick. Kommentare eines Zeugen sind unerwünscht. »Wer war Ihr erster Verdächtiger in dem Fall?«

»Unser einziger Verdächtiger war Glen Szyszynski.«

Inzwischen sieht Quentin aus, als würde er ihm am liebsten an die Gurgel gehen. »Haben Sie noch einen anderen Mann vernommen?«

»Ja. Caleb Frost.«

»Warum haben Sie ihn vernommen?«

Patrick schüttelt den Kopf. »Der Junge benutzte die Gebärdensprache, um sich verständlich zu machen, und er hatte seinen Vergewaltiger durch das Zeichen für *Vater* identifiziert. Wir haben zu dem Zeitpunkt nicht verstanden, daß er *Pater* meinte und nicht *Daddy*.« Er blickt Caleb, der hinter Nina in der ersten Reihe sitzt, direkt an. »Das war ein Fehler«, sagt Patrick.

»Wie hat die Angeklagte reagiert, als ihr Sohn das Zeichen für *Vater* machte?«

Fisher erhebt sich aus seinem Stuhl, um Einspruch zu erheben, aber Patrick antwortet schnell. »Sie hat es sehr ernst genommen. Der Schutz ihres Kindes hatte für sie absoluten Vorrang, immer.« Verwirrt setzt sich der Anwalt wieder.

»Detective Ducharme –«, unterbricht der Staatsanwalt seinen Zeugen.

»Ich bin noch nicht fertig, Mr. Brown. Ich wollte sagen, daß es sie bestimmt innerlich zerrissen hat, aber sie hat eine einstweilige Verfügung gegen ihren Mann erwirkt, weil sie dachte, Nathaniel nur so schützen zu können.«

Quentin geht zu Patrick hinüber, spricht zischend durch die Zähne, so daß nur sein Zeuge ihn hören kann. »*Verdammt, was soll denn das?*« Dann blickt er die Geschworenen an. »Detective, wann haben Sie beschlossen, Pater Szyszynski festzunehmen?«

»Nachdem Nathaniel ihn wörtlich identifiziert hatte, bin ich zu dem Priester gegangen, um mit ihm zu sprechen.«

»Haben Sie ihn gleich festgenommen?«

»Nein. Ich hatte gehofft, daß er zuvor gestehen würde. Das hoffen wir immer in Mißbrauchsfällen.«

»Hat Pater Szyszynski je gestanden, Nathaniel Frost sexuell mißbraucht zu haben?«

Patrick, der schon in vielen Prozessen als Zeuge aufgetreten ist, weiß, daß die Frage völlig inakzeptabel ist, weil die Antwort darauf auf Hörensagen beruht. Der Richter und der Staatsanwalt blicken Fisher Carrington an, warten, daß er Einspruch erhebt. Aber Ninas Anwalt hat inzwischen begriffen, was los ist. Er sitzt am Tisch der Verteidigung, die Hände gefaltet, und läßt den Dingen ihren Lauf. »In Fällen von Kindesmißbrauch sind die Täter fast nie geständig«, sagt Patrick in die Stille hinein. »Sie wissen, daß ihnen ohne Geständnis oft nicht beizukommen ist. Fast die Hälfte der Angeklagten geht straffrei aus, weil die Beweise nicht ausreichen oder die Kinder zu große Angst haben, um auszusagen, oder weil die Geschworenen ihnen kein Wort glauben ...«

Quentin fällt ihm ins Wort, bevor Patrick weiteren Schaden anrichten kann. »Euer Ehren, ich bitte um eine kurze Pause.«

Der Richter blickt ihn über seine Brille hinweg an. »Wir sind mitten in der Befragung Ihres Zeugen.«

»Ich weiß, Euer Ehren.«

Achselzuckend wendet Neal sich an Fisher. »Hat die Verteidigung irgendwelche Einwände?«

»Nein, Euer Ehren. Aber ich weise den Kollegen darauf hin, daß die Zeugen während der Prozeßpause nicht angesprochen werden dürfen.«

»Schön«, knurrt Quentin. Er stürmt so schnell aus dem Saal, daß er nicht sieht, wie Patrick Nina anlächelt und ihr kaum merklich zuzwinkert.

»Wieso arbeitet der Cop für *uns*?« will Fisher wissen, sobald er mich in einen kleinen Besprechungsraum gescheucht hat.

»Weil er mein Freund ist. Er ist immer für mich da.« Zumindest ist das die einzige Erklärung, mit der ich aufwarten kann. Ich denke an Heiligabend zurück und kann nicht glauben, daß das wirklich passiert ist.

Fisher scheint über dieses seltsame Geschenk nachzudenken, das ihm da in den Schoß gefallen ist. »Muß ich mich vor irgendwas in acht nehmen? Irgendwas, das er *nicht* macht, um Sie zu schützen?«

Wir haben nicht deshalb miteinander geschlafen, weil Patrick in der Nacht seine moralischen Grundsätze in den Wind geschlagen hat, sondern weil er einfach zu ehrlich dazu war, sich vorzumachen, er hätte keine Gefühle für mich.

»Er wird nicht lügen«, erwidere ich.

Quentin geht wieder zum Angriff über. Was immer der Detective auch für ein Spiel spielt, jetzt ist Schluß damit. »Warum waren Sie am Morgen des dreißigsten Oktobers im Gericht?«

»Es war mein Fall«, antwortet Ducharme gelassen.

»Haben Sie an dem Morgen mit der Angeklagten gesprochen?«

»Ja. Ich habe sowohl mit Mr. als auch mit Mrs. Frost gesprochen. Sie waren beide sehr nervös. Wir sprachen darüber, bei wem Nathaniel für die Dauer des Verfahrens gut aufgehoben wäre, denn sie wollten ihn, nach allem, was passiert war, natürlich nicht irgendwem anvertrauen.«

»Was haben Sie getan, als die Angeklagte Pater Szyszynski niederschoß?«

Ducharme blickt dem Staatsanwalt direkt in die Augen. »Ich habe eine Pistole gesehen und bin darauf losgestürzt.«

»Wußten Sie vorher, daß Mrs. Frost eine Schußwaffe dabeihatte?«

»Nein.«

»Wie viele Leute waren nötig, um sie zu Boden zu ringen?«

»Sie ist zu Boden gefallen«, stellt der Detective richtig. »Vier Gerichtsdiener haben sich auf sie geworfen.«

»Was haben Sie dann gemacht?«

»Ich habe mir Handschellen geben lassen. Die habe ich Mrs. Frost angelegt und sie dann in die Verwahrzelle gebracht.«

»Wie lange waren Sie bei ihr?«

»Vier Stunden.«

»Hat sie irgend etwas zu Ihnen gesagt?«

In der Probesitzung hatte Ducharme Quentin erzählt, daß die Angeklagte ihm gegenüber zugegeben habe, ein Verbrechen begangen zu haben. Jetzt jedoch setzt er eine Unschuldsmiene auf und blickt die Geschworenen an. »Sie hat immer wieder gesagt: ›Ich habe getan, was ich konnte. Mehr kann ich nicht tun.‹ Sie hörte sich verrückt an.«

Verrückt? »Einspruch«, donnert Quentin.

»Euer Ehren, es ist doch *sein* Zeuge!« sagt Fisher.

»Abgewiesen, Mr. Brown.«

»Ich bitte um eine kurze Unterredung!« Quentin stürmt zur Richterbank. »Euer Ehren, ich möchte den Zeugen zum Zeugen der Gegenseite erklären lassen, damit ich Suggestivfragen stellen kann.«

Richter Neal blickt zu Ducharme hinüber, dann wieder den Staatsanwalt an. »Aber er beantwortet doch Ihre Fragen, Mr. Brown.«

»Nicht so, wie er es soll!«

»Tut mir leid, Mr. Brown, aber das ist Ihr Problem.«

Quentin holt tief Luft und dreht sich wieder um. Daß Patrick Ducharme ihm im Alleingang die gesamte Beweisführung ruiniert, liegt auf der Hand. Die Frage ist bloß, warum.

Entweder ist Ducharme nicht gut auf ihn zu sprechen, obwohl er ihn gar nicht richtig kennt ... oder er versucht aus irgendeinem Grund, Nina Frost zu helfen. Er blickt auf und sieht, wie der Detective und die Angeklagte einander anstarren, derart intensiv, daß das Knistern praktisch zu spüren ist.

Aha.

»Wie lange kennen Sie die Angeklagte schon?« fragt er gelassen.

»Seit dreißig Jahren.«

»So lange?«

»Ja.«

»In welcher Beziehung stehen Sie zu ihr?«

»Wir arbeiten zusammen.«

Wer's glaubt, wird selig, denkt Quentin. *Ich würde meine Pension darauf verwetten, daß zwischen euch beiden was läuft.* »Haben Sie auch privat Kontakt zu ihr?«

Man muß schon genau hinschauen, aber Quentin entgeht nicht, wie sich Patrick Ducharmes Wangenmuskeln anspannen. »Ich kenne ihre Familie. Wir gehen ab und an zusammen Mittag essen.«

»Wie war das für Sie, als Sie erfuhren, was Nathaniel passiert war?«

»Einspruch«, ruft Carrington.

Der Richter reibt sich mit einem Finger über die Oberlippe. »Ich gestatte die Frage.«

»Ich war besorgt wegen des Jungen«, antwortet der Detective.

»Waren Sie auch wegen Nina Frost besorgt?«

»Natürlich. Sie ist eine Kollegin.«

»Nur eine Kollegin?« fordert Quentin ihn heraus.

Er ist auf Ducharmes Reaktion gefaßt – ein Gesicht, aus dem jede Farbe gewichen ist. Und als Dreingabe: Nina Frost sieht aus, als wäre sie aus Stein gemeißelt. *Volltreffer*, denkt Quentin.

»Einspruch!«

»Abgelehnt«, sagt der Richter und blickt den Detective mit zusammengekniffenen Augen an.

»Wir sind seit langem befreundet.« Ducharme sucht verzweifelt nach den richtigen Worten. »Ich wußte, daß Nina nervlich am Ende war, und ich habe getan, was ich konnte, um ihr zu helfen.«

»Zum Beispiel ... bei der Ermordung des Priesters?«

Nina Frost springt von ihrem Stuhl am Tisch der Verteidigung auf. *»Einspruch!«*

Ihr Anwalt zieht sie wieder nach unten. Patrick Ducharme sieht aus, als würde er Quentin am liebsten umbringen, was ihm nur recht ist, jetzt, da die Geschworenen es für denkbar halten, daß der Detective schon bei einem Mord Beihilfe geleistet hat. »Wie lange sind Sie bei der Polizei?«

»Seit drei Jahren.«

»Und davor waren Sie bei der Militärpolizei?«

»Ja, fünf Jahre.«

Quentin nickt. »Wie oft sind Sie in Ihrer Funktion als Polizeibeamter bereits vor Gericht als Zeuge aufgetreten?«

»Sehr oft.«

»Sie wissen also, daß Sie als Zeuge unter Eid stehen, Detective.«

»Natürlich.«

»Sie haben dem Gericht heute erzählt, daß die Angeklagte in den vier Stunden, die Sie bei ihr in der Verwahrzelle waren, verrückt geklungen habe.«

»Das ist richtig.«

Quentin blickt ihn an. »Am Tag nach dem Mord an Pater Szyszynski kamen Sie zusammen mit Detective Chao zu mir ins Büro. Erinnern Sie sich, was Sie mir bei der Gelegenheit über die Geistesverfassung der Angeklagten gesagt haben?«

Sie starren sich lange an. Schließlich schlägt Ducharme die Augen nieder. »Ich habe gesagt, sie habe genau gewußt, was sie tat, und daß ich, wenn es mein Sohn wäre, das gleiche getan hätte.«

»Dann waren Sie also am Tag nach der Schießerei der Meinung, daß Nina Frost geistig völlig gesund war. Und heute sind Sie der Meinung, daß sie verrückt war. Was denn nun, Detective ... und was in aller Welt hat sie in der Zwischenzeit getan, Sie zu diesem Meinungsumschwung zu bewegen?« fragt Quentin, läßt sich auf seinen Stuhl nieder und lächelt.

Fisher versucht bei den Geschworenen Schadensbegrenzung, aber ich kann seinen Worten kaum folgen. Patrick im Zeugenstand zu sehen hat mich völlig aufgewühlt. »Wissen Sie was?« beginnt Fisher. »Ich glaube, Mr. Brown wollte einen falschen Eindruck von Ihrer Beziehung zu Mrs. Frost erwecken, und ich möchte Ihnen Gelegenheit geben, den Geschworenen zu erklären, wie es sich in Wirklichkeit verhält. Sie und Nina waren schon als Kinder eng befreundet, ist das richtig?«

»Ja.«

»Und wie alle Kinder haben Sie vermutlich ab und zu mal geflunkert?«

»Ja, bestimmt«, sagt Patrick.

»Aber das ist etwas ganz anderes als Meineid, nicht wahr?«

»Ja.«

»Wie alle Kinder haben Sie beide irgendwelche geheimen Pläne ausgeheckt und sie vielleicht auch ausgeführt?«

»Klar.«

Fisher breitet die Arme aus. Aber das ist etwas ganz anderes, als einen Mord zu planen, richtig?«

»Absolut.«

»Und als Kinder standen Sie beide sich besonders nahe. Noch heute stehen Sie sich besonders nahe. Aber Sie beide sind eben nur – *Freunde*. Richtig?«

Patrick blickt mich direkt an. »Natürlich«, sagt er.

Die Anklage hat ihre Beweisführung abgeschlossen. Ich bin allein in dem kleinen Besprechungsraum – Caleb sieht nach Nathaniel, Fisher muß in seiner Kanzlei anrufen. Ich stehe gerade am Fenster, als die Tür aufgeht und der Lärm vom Korridor hereindringt. »Wie geht's ihm?« frage ich, ohne mich umzudrehen, weil ich annehme, daß es Caleb ist.

»Müde«, antwortet Patrick, »aber ich erhol mich schon wieder.«

Ich drehe mich um und gehe auf ihn zu, doch es ist eine unsichtbare Wand zwischen uns. Patricks Augen, so wunderschön blau, sind umschattet.

»Du hast gelogen. Im Zeugenstand. Über das, was uns betrifft.«

»Hab ich das?« Er kommt näher, und es tut weh. Einander so nahe zu sein und doch zu wissen, daß wir das letzte Stück Abstand zwischen uns nicht verschwinden lassen können.

Wir sind wirklich nur Freunde. Etwas anderes werden wir nie sein. Wir können uns fragen, ob nicht doch mehr zwischen uns ist, einen einzigen Abend lang so tun als ob, aber das ist kein Maßstab für ein gemeinsames Leben. Wir werden nie wissen, was gewesen wäre, wenn ich Caleb nicht kennengelernt hätte, wenn Patrick nicht nach Übersee gegangen wäre. Aber ich habe mir mit Caleb ein Leben aufgebaut. Diesen Teil kann ich nicht aus mir herausschneiden, genausowenig wie ich den Teil meines Herzens herausschneiden kann, der Patrick gehört.

Ich liebe sie beide, werde sie immer lieben. Aber im Augenblick geht es nicht um mich.

»Ich habe nicht gelogen, Nina. Ich habe das Richtige getan.« Patrick hebt eine Hand an mein Gesicht, und ich schmiege meine Wange in seine Handfläche.

Ich werde ihn verlassen. Ich werde alle verlassen.

»Das richtige«, wiederhole ich, »ist nachzudenken, bevor ich handele, damit ich den Menschen, die ich liebe, nicht weiter weh tue.«

»Deiner Familie –«, murmelt er.

Ich schüttele den Kopf. »Nein«, sage ich zum Abschied. »Ich meinte dich.«

Nach der Sitzung geht Quentin in eine Bar. Doch er hat keine große Lust, etwas zu trinken, deshalb steigt er in seinen Wagen und fährt ziellos umher. Er kauft in einem Supermarkt für über hundert Dollar Sachen ein, die er nicht braucht, er ißt bei McDonald's zu Abend. Erst zwei Stunden später wird ihm klar, daß es doch einen Ort gibt, an dem er sein möchte.

Es ist dunkel, als er vor Tanyas Haus hält, und er hat Mühe, den Beifahrer aus dem Wagen zu bugsieren. Es war leichter, als er gedacht hätte, ein Plastikskelett aufzutreiben.

Er schleppt das Skelett wie einen betrunkenen Freund die Einfahrt hoch, Zehen schleifen über den Kies, und er benutzt einen langen knochigen Finger, um auf den Klingelknopf zu drücken. Gleich darauf öffnet Tanya die Tür.

Sie trägt noch ihre Krankenschwesterkluft und hat das Haar zu einem Pferdeschwanz gebunden. »Also schön«, sagt sie, als sie Quentin und das Skelett sieht. »Laß hören.«

Er stellt sich so hin, daß er den Schädel halten kann, während der Rest herabbaumelt, und er eine Hand frei hat. »Scapula«, sagt er. »Ischium, Ilium. Maxilla, Mandibula, Fibula, Os cuboideum.« Er hat mit schwarzem Filzstift die Namen auf die jeweiligen Knochen geschrieben.

Tanya will die Tür wieder schließen. »Jetzt bist du völlig übergeschnappt, Quentin.«

»Nein!« Er klemmt das Handgelenk des Skeletts zwischen Tür und Rahmen. »Nicht.« Quentin holt tief Luft und sagt:

»Ich hab das für dich gekauft. Ich wollte dir zeigen ... daß ich nicht vergessen habe, was du mir beigebracht hast.«

Sie legt den Kopf schief. Gott, wie er das früher bei ihr geliebt hat. Und wie sie sich immer selbst den Hals massiert hat, wenn die Muskeln verspannt waren. Er betrachtet diese Frau, die er nicht mehr kennt, und denkt, nur bei ihr könnte ich mich zu Hause fühlen.

Tanyas Finger gleiten über die Knochen, an die er sich nicht erinnern konnte, breite, weiße Rippen und Teile von Knie und Fußknöchel. Dann ergreift sie Quentins Arm und schmunzelt. »Du mußt noch allerhand lernen«, sagt sie und zieht ihn ins Haus.

In der Nacht träume ich, daß ich im Gerichtssaal neben Fisher sitze, und plötzlich sträuben sich mir die Nackenhaare. Die Luft wird stickiger, das Atmen fällt schwerer, und hinter mir läuft ein Flüstern durch den Raum, wie Mäuse auf nacktem Fußboden. »Bitte erheben Sie sich«, sagt der Gerichtssekretär, und ich will gerade aufstehen, doch da spüre ich das kalte Klicken einer Pistole an meinem Kopf, eine Kugel saust mir ins Gehirn, und ich falle; ich falle.

Ich kann Pater Szyszynski nicht zurückholen. Aber ich kann auch den Fehler, den ich begangen habe, nicht aus meinem Gedächtnis löschen. Keine Gefängnisstrafe kann mich mehr bestrafen, als ich mich selbst bestrafe, und sie kann weder die Zeit zurückdrehen noch mich daran hindern zu denken, daß Arthur Gwynne den Tod genauso verdient hat, wie sein Halbbruder ihn nicht verdient hat.

Ich habe mich nur noch in Zeitlupe bewegt, darauf gewartet, daß eine unvermeidliche Axt niedersaust, mir Zeugenaussagen angehört, als würden die Zeugen über das Schicksal einer mir Unbekannten reden. Aber jetzt spüre ich, daß ich aufwache. Mag sein, daß die Zukunft Schicksalsschläge für uns bereithält, die wir nie vergessen werden, aber das heißt noch lange nicht, daß wir immer nur nach hinten blicken sollten. Genau das wollte ich doch Nathaniel ersparen ... warum also nicht auch mir?

Es fällt wieder Schnee, wie ein Segen.

Ich will mein Leben zurück.

Das Vögelchen sah aus wie ein winziger Dinosaurier, zu klein, um schon Federn zu haben oder zu wissen, wie man die Augen aufmacht. Es lag auf dem Boden neben einer Eichel mit gelbem Hut und einem kleinen Stock.

Ich starrte das Vögelchen an. Ich fragte mich, ob es wohl direkt neben dem Stock und der Eichel liegenbleiben würde, bis es tot war. Ich deckte es mit einem großen Blatt zu, damit ihm schön warm war. »Wenn ich ein Vogel wäre und mich irgendwer anfassen würde, würde ich dann sterben?«

»Wenn du ein Vogel wärst«, sagte sie, »hätte ich dich niemals aus dem Nest fallen lassen.

8

Folgende Sachen nimmt er mit: Sein Yomega-Brain-Jo-Jo, den Arm von einem Seestern, den er am Strand gefunden hat. Sein Band, auf dem »Tapferster Junge« steht, eine Taschenlampe, eine Batman-Sammelkarte. Sechsundsiebzig Penny, zwei Zehncentstücke und einen kanadischen Vierteldollar. Einen Schokoriegel und eine Tüte Gummibärchen, die noch von Ostern übriggeblieben ist. Das sind die Schätze, die er mitgenommen hat, als er mit seinem Vater in das Motel zog. Die kann er jetzt nicht zurücklassen. Sie passen alle in einen weißen Kissenbezug, und der drückt sacht gegen Nathaniels Bauch, als er ihn sich unter die Jacke stopft und den Reißverschluß zuzieht.

»Bist du fertig?« fragt sein Vater, und Nathaniel fragt sich, warum er sich überhaupt die Mühe gemacht hat, die Sachen zu verstecken, wo sein Dad doch sowieso zu beschäftigt ist, um was zu merken. Er klettert auf den Beifahrersitz des Pickup und legt den Sicherheitsgurt an – doch dann überlegt er es sich anders und löst ihn wieder.

Wenn er schon richtig böse sein will, dann kann er auch gleich damit anfangen.

»Na, wie geht's heute morgen?« fragt Fisher, als ich neben ihm Platz nehme.

»Das sollten *Sie* doch eigentlich wissen.« Ich beobachte den Gerichtssekretär, der einen Aktenstapel auf die Richterbank legt.

Fisher tätschelt meine Schulter. »Jetzt sind wir dran«, sagt er zuversichtlich. »Ich werde heute dafür sorgen, daß die Geschworenen vergessen, was Brown ihnen gesagt hat.«

Ich wende mich ihm zu. »Die Zeugen –«

»– werden ihre Sache gut machen. Vertrauen Sie mir, Nina. Spätestens wenn wir Mittagspause machen, ist jeder in diesem Saal davon überzeugt, daß Sie verrückt waren.«

Als die Seitentür aufgeht und die Geschworenen hereinkommen, blicke ich weg und überlege, wie ich Fisher beibringen kann, daß ich das jetzt doch nicht mehr möchte.

»Ich muß mal«, verkündet Nathaniel.

»Kein Problem.« Monica legt das Buch beiseite, aus dem sie ihm vorgelesen hat, steht auf und wartet, daß Nathaniel ihr zur Tür folgt. Gemeinsam gehen sie den Flur hinunter zu den Toiletten. Nathaniels Mutter läßt ihn normalerweise nicht allein auf die Jungentoilette, aber hier macht das nichts, weil es nur eine Kabine gibt und Monica nachsehen kann, ob die leer ist, bevor er reingeht. »Wasch dir hinterher die Hände«, ermahnt sie ihn und hält ihm die Tür auf.

Nathaniel setzt sich auf den kalten Toilettensitz und grübelt. Er hat zugelassen, daß Pater Gwynne diese Sachen mit ihm gemacht hat – und das war böse. *Er* war böse. Aber er ist nicht dafür bestraft worden. Im Gegenteil, seit er so böse gewesen ist, sind alle immerzu ganz besorgt und besonders nett zu ihm.

Seine Mutter hat auch irgendwas Böses gemacht – um alles, was passiert ist, wieder in Ordnung zu bringen, sagt sie.

Nathaniel will das alles verstehen, aber in seinem Kopf ist ein einziges Durcheinander. Er weiß nur, daß die Welt auf dem Kopf steht. Die Leute brechen Regeln, aber sie werden dafür nicht ausgeschimpft, nein, denn nur so können sie alles wieder in Ordnung bringen.

Er zieht sich die Hose hoch, macht seine Jacke unten zu und drückt auf die Spülung. Dann klappt er den Klodeckel runter und klettert auf den Spülkasten und von dort zu dem kleinen Sims hoch. Das Fenster ist klein, weil das hier ja das Kellergeschoß ist. Aber Nathaniel kriegt es auf, und so klein, wie er ist, kann er hindurchschlüpfen.

Jetzt ist er hinter dem Gerichtsgebäude, in einem der kleinen Fensterschächte. Er klettert hinaus, geht zwischen den Lieferwagen und Vans auf dem Parkplatz hindurch, überquert den gefrorenen Rasen. Dann marschiert er ziellos am Highway entlang, ohne daß ein Erwachsener ihn an der Hand hätte, und mit dem Vorsatz wegzulaufen.

»Dr. O'Brien«, sagt Fisher, »wann ist Mrs. Frost zum ersten Mal bei Ihnen gewesen?«

»Am zwölften Dezember.« Mit seinen silbernen Schläfen und seiner legeren Ausstrahlung könnte der Psychiater glatt Fishers Bruder sein.

»Welche Materialien standen Ihnen vor dem Gespräch mit ihr zur Verfügung?«

»Ein Schreiben von Ihnen, eine Kopie des Polizeiberichts, das Videoband vom Fernsehsender und das psychiatrische Gutachten von Dr. Storrow, dem Sachverständigen der Anklagevertretung, der sie zwei Wochen zuvor untersucht hatte.«

»Wie lange dauerte Ihr erstes Gespräch mit Mrs. Frost?«

»Eine Stunde.«

»In welchem psychischen Zustand befand sie sich?«

»Im Mittelpunkt des Gesprächs stand ihr Sohn. Sie war sehr um seine Sicherheit besorgt«, sagt O'Brien. »Ihr Kind hatte die Sprache verloren, was sie schrecklich beunruhigte. Sie fühlte sich schuldig, weil sie als berufstätige Mutter nicht mitbekommen hatte, was passiert war. Außerdem kannte sie als Anwältin, die häufig mit Fällen von sexuellem Mißbrauch zu tun hatte, die Auswirkungen solcher Taten auf die Kinder ... und hatte vor allem große Angst, daß ihr Sohn durch einen Gerichtsprozeß ein schweres Trauma erleiden könnte. In Anbetracht der Umstände, die Mrs. Frost zu mir geführt hatten, und nach meinem Gespräch mit ihr kam ich zu dem Schluß, daß sie die klassischen Symptome einer posttraumatischen Belastungsstörung aufwies.«

»Inwiefern könnte sich das auf ihre psychische Stabilität am Morgen des dreißigsten Oktober ausgewirkt haben?«

O'Brien beugt sich vor und spricht die Geschworenen an. »Mrs. Frost wußte, daß sie im Gericht den Mann sehen würde, der ihren Sohn mißbraucht hatte. Sie war fest davon überzeugt, daß ihr Sohn durch den Mißbrauch einen nachhaltigen psychischen Schaden erlitten hatte. Sie war überzeugt, daß es für ihr Kind katastrophale Folgen haben würde, wenn es aussagen müßte – ob als Zeuge oder auch nur bei einer Anhörung zur Feststellung der Verhandlungsfähigkeit. Und schließlich war sie überzeugt, daß der Täter letztlich wieder freikommen würde. Das alles ging ihr auf der Fahrt zum Gericht durch den Kopf, und sie geriet in eine zunehmend aufgewühlte Verfassung und war immer weniger sie selbst, bis sie schließlich die Kontrolle verlor. In dem Moment, als sie Pater Szyszynski die Waffe an den Kopf hielt, konnte sie sich nicht mehr durch ihre Vernunft davon abhalten, ihn zu erschießen – es war ein unwillkürlicher Reflex.«

Die Geschworenen hören ihm zu, wenigstens das. Einige von ihnen trauen sich sogar, mir verstohlene Blicke zuzuwerfen. Ich versuche, eine Miene irgendwo zwischen Reue und Untröstlichkeit aufzusetzen.

»Dr. O'Brien, wann haben Sie Mrs. Frost das letzte Mal gesehen?«

»Vor einer Woche.« O'Brien lächelt mich milde an. »Sie fühlt sich jetzt besser in der Lage, ihren Sohn zu schützen, und ihr ist klar, daß ihre Handlungsweise nicht richtig war. Sie bereut ihre Tat.«

»Leidet Mrs. Frost noch immer an einer posttraumatischen Belastungsstörung?«

»Eine solche Störung ist nicht wie Windpocken, die abheilen und nie wiederkommen. Meiner Meinung nach ist Mrs. Frost jedoch jetzt soweit, ihre Gefühle und Gedanken zu verstehen, so daß sie ihnen nicht mehr hilflos ausgeliefert ist. Mit Hilfe einer anschließenden ambulanten Therapie wird sie wieder ein normales Leben führen können.«

Diese Lüge kostet Fisher – und somit mich – zweitausend Dollar. Aber sie ist es wert: Etliche Geschworene nicken. Vielleicht wird Ehrlichkeit ja überbewertet. Unbezahlbar ist dagegen die Möglichkeit, aus einem Meer von Unehrlichkeiten diejenigen herauszufischen, die man am meisten braucht.

Nathaniel tun die Füße weh, und seine Zehen in den Stiefeln sind schon ganz taub vor Kälte. Er hat seine Fäustlinge im Spielzimmer gelassen, deshalb sind seine Fingerspitzen schon rosa geworden, obwohl er sie tief in die Jackentaschen geschoben hat. Wenn er laut zählt, um sich irgendwie zu beschäftigen, bleiben die Zahlen vor ihm in der Luft hängen, erstarrt vor Kälte.

Weil er weiß, daß er das nicht tun darf, klettert er über die Leitplanke und läuft zur Mitte des Highway. Ein Bus braust vorbei, und seine Hupe gellt laut, bevor er schlingernd in der Ferne verschwindet.

Nathaniel breitet die Arme aus, um besser das Gleichgewicht halten zu können, und fängt an, auf der gestrichelten Mittellinie zu balancieren.

»Dr. O'Brien«, sagt Quentin Brown. »Sie sind der Auffassung, daß Mrs. Frost ihren Sohn jetzt schützen kann?«

»Ja.«

»Also gegen wen wird sie dann als nächstes eine Waffe richten?«

Der Psychiater verändert seine Sitzhaltung. »Ich kann jetzt eine derart extreme Reaktion bei ihr ausschließen.«

Der Staatsanwalt spitzt nachdenklich die Lippen. »Vielleicht jetzt. Aber wie sieht das in zwei Monaten aus ... in zwei Jahren? Nehmen wir an, ein Kind auf dem Spielplatz bedroht ihren Sohn. Oder ein Lehrer behandelt ihn ungerecht. Könnte es sein, daß sie für den Rest ihres Lebens die Rächerin spielt?«

O'Brien zieht die Augenbrauen hoch. »Mr. Brown, es ging nicht darum, daß ein Lehrer ihren Sohn ungerecht behandelt hat. Das Kind wurde sexuell mißbraucht. Sie glaubte zu wissen, wer es getan hatte. Außerdem habe ich erfahren, daß der wahre Täter gefunden wurde und inzwischen eines natürlichen Todes gestorben ist, daher hat sie also keinen vermeintlichen Feldzug mehr zu führen.«

»Dr. O'Brien, Sie hatten das Gutachten des Psychiaters der Gegenseite vorliegen. Wie erklären Sie es sich, daß Ihr Kollege Mrs. Frosts psychischen Zustand völlig anders einschätzt? Daß er sie nicht bloß für verhandlungsfähig erklärt hat, sondern daß er von ihrer Zurechnungsfähigkeit zum Zeitpunkt der Tat ausgeht?«

»Ja, der Befund von Dr. Storrow ist mir bekannt. Aber es ist sein erstes Gutachten für ein Gericht. Ich dagegen bin seit über vierzig Jahren Gerichtspsychiater.«

»Und Sie sind nicht gerade billig, nicht wahr?« sagt Brown. »Trifft es nicht zu, daß die Verteidigung Sie für Ihre heutige Aussage bezahlt?«

»Mein Honorarsatz beträgt zweitausend Dollar pro Tag plus Spesen«, antwortet O'Brien mit einem Achselzucken.

Ein Raunen geht durch den Zuschauerraum. »Dr. O'Brien, wenn ich mich recht entsinne, haben Sie die Formulierung benutzt, Mrs. Frost habe die Kontrolle verloren. Ist das richtig?«

»Das ist natürlich kein Fachterminus, aber in einem Gespräch würde ich es so ausdrücken.«

»Hat sie die Kontrolle verloren, bevor oder nachdem sie zu dem Waffengeschäft gefahren war?« fragt Brown.

»Das war eindeutig der Beginn ihres psychischen Zusammenbruchs –«

»Hat sie die Kontrolle verloren, bevor oder nachdem sie eine Neunmillimeter-Automatikpistole mit sechs Patronen geladen hatte?«

»Wie bereits gesagt, das war –«

»Hat sie die Kontrolle verloren, bevor oder nachdem sie an dem Metalldetektor vorbeigegangen war, weil sie wußte, daß der Sicherheitsbeamte sie nicht aufhalten würde?«

»Mr. Brown –«

»Und, Dr. O'Brien, hat sie die Kontrolle verloren, bevor oder nachdem sie einem Menschen, und zwar nur einem ganz bestimmten Menschen, in einem voll besetzten Gerichtssaal die Waffe an den Kopf gehalten und abgedrückt hatte?«

O'Briens Mund wird schmal. »Wie ich schon erläutert habe, hatte Mrs. Frost zu dem Zeitpunkt keine Kontrolle mehr über ihr Verhalten. Sie konnte sich selbst genausowenig davon abhalten, den Priester zu erschießen, wie sie sich davon hätte abhalten können zu atmen.«

»Allerdings ist es ihr gelungen, jemand anderes vom Atmen abzuhalten.« Brown geht zu den Geschworenen hinüber. »Sie sind Experte für posttraumatische Belastungsstörungen, nicht wahr?«

»Ich gelte auf dem Gebiet als kompetent, ja.«

»Und eine posttraumatische Belastungsstörung wird immer durch ein traumatisches Ereignis ausgelöst?«

»Das ist richtig.«

»Sie sind Mrs. Frost nach dem Tod von Pater Szyszynski zum ersten Mal begegnet?«

»Ja.«

»Und Sie glauben«, sagt Brown, »daß ihre Belastungsstörung durch den an ihrem Sohn begangenen sexuellen Mißbrauch ausgelöst wurde?«

»Ja.«

»Woher wissen Sie, daß nicht die Ermordung des Priesters der Auslöser war?«

»Das wäre möglich«, gibt O'Brien zu. »Aber das andere Trauma war zuerst da.«

»Stimmt es, daß Vietnam-Veteranen ihr ganzes Leben lang an posttraumatischen Belastungsstörungen leiden können? Daß diese Männer noch dreißig Jahre später Alpträume haben?«

»Ja.«

»Dann können Sie doch hier nicht mit wissenschaftlicher Gewißheit behaupten, daß die Angeklagte diese Krankheit überwunden hat, die der Grund dafür war, daß sie – um es mit ihren Worten auszudrücken – die Kontrolle verlor. Hab ich recht?«

Hinten im Saal werden Stimmen laut. Ich konzentriere mich auf das Geschehen vor mir.

»Ich bezweifle, daß Mrs. Frost dic Ereignisse der letzten Monate je vergessen wird«, sagt O'Brien diplomatisch. »Aber ich bin der Auffassung, daß sie jetzt keine Gefahr mehr darstellt ... und auch in Zukunft nicht.«

»Tja, Dr. O'Brien«, sagt Brown, »Sie tragen ja auch keinen Priesterkragen.«

»Bitte«, ruft eine vertraute Stimme, und dann reißt sich Monica von dem Gerichtsdiener los, der sie festgehalten hat, und kommt den Mittelgang heruntergelaufen. Allein. Neben Caleb geht sie in die Knie. »Nathaniel ist verschwunden«, schluchzt sie.

Der Richter ist mit einer Unterbrechung der Verhandlung einverstanden, und die Gerichtsdiener im Saal werden losgeschickt, um nach Nathaniel zu suchen. Patrick verständigt den Sheriff und seine Kollegen. Fisher geht die Medienvertreter beruhigen, die von dem neuen Problem Wind bekommen haben und nach Informationen gieren.

Ich kann nirgendwohin, weil ich noch immer das verdammte elektronische Armband trage.

Ich male mir aus, daß Nathaniel entführt worden ist. Wie er in irgendeinen Güterwaggon klettert und dort erfriert. Wie er sich unbemerkt auf ein Schiff schleicht. Er könnte bis ans Ende der Welt reisen, und ich säße noch immer eingesperrt in diesen vier Wänden.

»Er hat gesagt, er müßte zum Klo«, stammelt Monica unter Tränen. Wir warten in der Eingangshalle, aus der die Reporter verdrängt worden sind. Ich weiß, daß sie Absolution haben möchte, aber ich denke nicht dran, sie ihr zu erteilen. »Ich hab gedacht, ihm ist vielleicht übel, weil er so lange gebraucht hat. Aber als ich dann reingegangen bin, stand das Fenster offen.« Sie greift meinen Ärmel. »Ich glaube nicht, daß ihn jemand mitgenommen hat, Nina. Ich glaube, er will bloß auf sich aufmerksam machen.«

»Monica.« Ich klammere mich an den letzten Rest Selbstbeherrschung. Ich sage mir, daß sie ja nicht wissen konnte, was Nathaniel vorhat. Daß niemand unfehlbar ist und daß ich ihn schließlich auch nicht besser beschützt hatte als sie. Aber trotzdem.

Ich konnte Nathaniels Stimme immer und überall unterscheiden. Wenn ich jetzt laut genug rufe, vielleicht kann Nathaniel mich dann hören.

Auf Monicas Wangen leuchten zwei kreisrunde Flecken. »Was kann ich nur tun?« flüstert sie.

»Ihn zurückholen.« Dann gehe ich weg, weil Schuld nicht nur ansteckend ist, sondern auch tödlich.

Caleb blickt dem Polizeiwagen nach, der mit eingeschaltetem Blaulicht davonrast. Diese Polizisten haben bestimmt vergessen, wie es ist, wenn man fünf Jahre alt ist. Deshalb geht er vor dem Fenster zu der Toilette im Untergeschoß in die Hocke, bis er auf Nathaniels Augenhöhe ist. Dann kneift er die Augen zusammen und hält nach irgend etwas Ausschau, daß die Aufmerksamkeit des Jungen geweckt haben könnte. Ein paar Büsche, kahl und windgepeitscht. Ein Schirm, vom Wind umgestülpt und dann weggeworfen. Eine Rampe für Rollstuhlfahrer mit gelben Zickzacklinien darauf.

»Mr. Frost.« Die tiefe Stimme erschreckt Caleb. Er richtet sich auf und sieht den Staatsanwalt neben sich stehen, die Schultern in der Kälte hochgezogen.

Als Monica mit der schlimmen Neuigkeit in den Gerichtssaal gelaufen kam, blickte Fisher Carrington nur kurz in Ninas Gesicht und bat um eine Unterbrechung. Brown dagegen stand auf und fragte den Richter, ob das nicht vielleicht nur eine Finte sein könnte, um Mitleid zu erregen. »Wäre doch möglich«, sagte er, »daß der Junge gesund und munter in irgendeinem Besprechungszimmer sitzt.«

Als Nina daraufhin vor den Augen der Geschworenen hysterisch wurde, sah er seinen taktischen Irrtum ein. Aber trotzdem ist er so ziemlich der letzte, den Caleb hier draußen erwartet hätte.

»Ich wollte Ihnen bloß sagen«, murmelt Brown jetzt, »falls ich irgendwas tun kann ...«

Er spricht den Satz nicht zu Ende. »Und ob Sie was tun können«, erwidert Caleb. Beide Männer wissen, was das ist, wissen, daß es nichts mit Nathaniel zu tun hat.

Der Ankläger nickt und geht ins Gebäude. Caleb kauert sich wieder hin. Er läßt seinen Blick im Halbkreis um das Gebäude wandern, so wie er Steine in einem halbrunden Innenhof legt, in immer größeren Kreisen, so daß er nichts ausläßt, langsam und gründlich, bis er sicher ist, daß er die Welt mit den Augen seines Sohnes sieht.

Auf der anderen Seite des Highway ist eine steile Böschung, die Nathaniel auf dem Hintern hinunterrutscht. Seine Hose verfängt sich an einem Ast und reißt ein, aber das macht nichts, weil keiner ihn bestrafen wird. Er watet durch eiskalte Schmelzwasserpfützen, geht eine Weile zwischen dicht stehenden Bäumen hindurch und stolpert schließlich über ein paar dicke Grasbüschel, die der Schnee nicht verdeckt hat.

Nathaniel setzt sich auf einen Stamm und holt den Kissenbezug unter seiner Jacke hervor. Er nimmt seinen Schokoriegel und ißt ihn halb, dann beschließt er, die andere Hälfte für später zu lassen.

Als die Hirsche kommen, hält Nathaniel die Luft an. Er erinnert sich daran, was sein Vater ihm gesagt hat– daß sie mehr Angst vor uns haben als wir vor ihnen. Das große Tier, eine Hirschkuh, hat ein Fell wie Karamel und kleine hochhackige Hufe. Ihr Kind sieht ganz ähnlich aus, mit weißen Flecken auf dem Rücken, als wäre die Farbe noch nicht überall hingekommen. Sie neigen ihre langen Hälse zum Boden, schubbern mit den Nasen durch den Schnee.

Die Hirschmutter findet das Gras. Nur ein paar alte Büschel. Aber anstatt zu fressen, schiebt sie das Junge näher heran. Sie sieht zu, wie ihr Kind frißt, obwohl für sie selbst nichts mehr übrigbleibt.

Am liebsten würde Nathaniel ihr die andere Hälfte von seinem Schokoriegel geben.

Aber als er in seinen Kissenbezug greift, fliegen die Köpfe der beiden hoch, und mit wenigen Sprüngen verschwinden sie, ihre Schwänze wie weiße Segel, tiefer im Wald.

Nathaniel untersucht den Riß an seinem Hosenboden, seine verschlammten Stiefel. Er legt den halben Schokoriegel auf den Baumstamm, für den Fall, daß die Hirsche zurückkommen. Dann steht er auf und geht langsam zurück zur Straße.

Patrick hat die Gegend um das Gerichtsgebäude im Radius von einer Meile mit dem Wagen abgesucht. Er ist sicher, daß Nathaniel ausgerissen ist und noch nicht weiter gekommen sein kann. Er will gerade zum Funkgerät greifen, als er am Straßenrand eine Bewegung bemerkt. Dann sieht er, wie Nathaniel eine Viertelmeile weiter die Straße hinauf über die Leitplanke klettert und am Rand des Highway entlangstapft.

»Ach, verdammt«, stöhnt Patrick und fährt los. Es sieht so aus, als wüßte Nathaniel ganz genau, wo er hinwill. Während er sich dem Jungen nähert, sieht Patrick, daß Caleb seinem Sohn auf der anderen Straßenseite entgegenkommt.

Plötzlich stockt Nathaniel und schaut nach rechts und links. Sofort weiß Patrick, was der Junge vorhat. Er hat seinen Vater über den Verkehr hinweg entdeckt. Patrick knallt sein Blaulicht auf das Autodach und stellt den Wagen quer, um den Fluß der Fahrzeuge zu blockieren. Jetzt kann Nathaniel gefahrlos über die Straße und in Calebs sichere Arme laufen.

»Tu das nie wieder«, sage ich an Nathaniels weichem Hals und drücke ihn ganz fest. »Nie, nie wieder. Hast du verstanden?«

Er weicht zurück, legt die Hände an meine Wangen. »Bist du auf mich böse?«

»Nein. Doch. Im Moment bin ich einfach froh, daß ich dich wiederhabe, aber wart's ab, wenn ich damit fertig bin.« Ich drücke ihn noch fester. »Was hast du dir bloß dabei gedacht?«

»Daß ich böse bin«, sagt er tonlos.

Über Nathaniels Kopf hinweg blicke ich Caleb an. »Nein, das bist du nicht, Schätzchen. Du hättest nicht weglaufen dürfen, stimmt. Schließlich hätte dir ja was passieren können, und Daddy und ich haben uns schreckliche Sorgen gemacht.« Ich zögere, wähle meine Worte mit Bedacht. »Aber auch wenn man etwas Böses tut, ist man noch lange kein böser Mensch.«

»Wie Pater Gwynne?«

Ich erstarre. »Nein. Er hat etwas Böses getan, und er war ein böser Mensch.«

Nathaniel blickt zu mir hoch. »Und was ist mit dir?«

Kaum hat Dr. Robichaud im Zeugenstand Platz genommen, erhebt Quentin Brown auch schon Einspruch. »Euer Ehren, was verspricht sich die Verteidigung von der Zeugin?«

»Euer Ehren, hier geht es noch immer um den psychischen Zustand meiner Mandantin«, erklärt Fisher. »Die Informationen, die sie von Dr. Robichaud über die Gefährdung ihres Sohnes erhalten hat, haben sich entscheidend auf ihre seelische Verfassung am dreißigsten Oktober ausgewirkt.«

»Ich lasse die Zeugin zu«, befindet Richter Neal.

»Dr. Robichaud, haben Sie schon andere Kinder behandelt, die stumm wurden, nachdem sie sexuell mißbraucht worden waren?« fragt Fisher.

»Leider ja.«

»Kommt es vor, daß Kinder ihre Stimme niemals wiederfinden?«

»Mitunter dauert es Jahre.«

»Konnten Sie bei Nathaniel Frost absehen, wie lange es dauern würde?«

»Nein«, sagt Dr. Robichaud. »Deshalb habe ich angefangen, ihm Grundkenntnisse der Gebärdensprache beizubringen. Es frustrierte ihn nämlich zusehends, daß er sich nicht verständlich machen konnte.«

»Hat es geholfen?«

»Für kurze Zeit«, räumt die Psychiaterin ein. »Dann hat er wieder gesprochen.«

»Und es gab keinen Rückfall?«

»Doch. Als Nathaniel eine Woche lang keinen Kontakt zu seiner Mutter hatte.«

»Wissen Sie, warum?«

»Soviel ich weiß, hatte sie angeblich gegen ihre Kautionsauflagen verstoßen und mußte kurzfristig ins Gefängnis.«

»War Nathaniel in der Woche, als seine Mutter im Gefängnis saß, bei Ihnen?«

»Ja. Mr. Frost brachte ihn zu mir, und er war ziemlich verzweifelt, weil das Kind nicht mehr sprach. Nathaniels Regression ging so weit, daß er nur das Zeichen für Mutter machte.«

»Was hat diese Regression Ihrer Meinung nach verursacht?«

»Ganz eindeutig die plötzliche und längere Trennung von Mrs. Frost«, sagt Dr. Robichaud.

»Wie veränderte sich Nathaniels Zustand, als seine Mutter wieder aus der Haft entlassen wurde?«

»Er rief nach ihr.« Die Psychiaterin lächelt. »Ein schöner Augenblick.«

»Wenn er nun erneut eine plötzliche und längere Trennung von seiner Mutter erleben würde ... was für Folgen hätte das Ihrer Ansicht nach für Nathaniel?«

»Einspruch!« ruft Quentin Brown.

»Ich ziehe die Frage zurück.«

Augenblicke später erhebt sich der Anklagevertreter, um die Zeugin ins Kreuzverhör zu nehmen. »Kommt es Ihrer Erfahrung nach nicht öfters vor, daß Fünfjährige Ereignisse durcheinanderbringen, Doktor?«

»Absolut. Deshalb gibt es ja Anhörungen zur Feststellung der Verhandlungsfähigkeit, Mr. Brown.«

Richter Neal wirft ihm einen warnenden Blick zu. »Dr. Robichaud, bis es in Fällen dieser Art zum Prozeß kommt, können einige Monate und sogar Jahre vergehen, nicht wahr?«

»Ja.«

»Und der Entwicklungsunterschied zwischen einem fünfjährigen und einem siebenjährigen Kind ist beträchtlich, ist das richtig?«

»Vollkommen richtig.«

»Hatten Sie nicht schon mit Kindern zu tun, die zunächst prozeßuntauglich waren ... jedoch ein oder zwei Jahre später in der Lage waren, vor Gericht auszusagen, ohne einen Rückfall zu erleiden?«

»Ja.«

»Ist es richtig, daß sie unmöglich vorhersagen können, ob Nathaniel in ein paar Jahren fähig gewesen wäre, ohne nennenswerten psychischen Schaden als Zeuge auszusagen?«

»Das ist richtig.«

Quentin Brown dreht sich zu mir um. »Als Staatsanwältin wird Mrs. Frost doch wohl gewußt haben, daß Nathaniels Erscheinen vor Gericht möglicherweise erst in einigen Jahren erforderlich gewesen wäre, meinen Sie nicht?«

»Vermutlich.«

»Und als Mutter eines Kindes in diesem Alter wird sie gewußt haben, welche Entwicklungssprünge in den nächsten Jahren möglich wären?«

»Ja. Ich habe sogar versucht, Mrs. Frost davon zu überzeugen, daß es Nathaniel in etwa einem Jahr schon viel bessergehen könnte, als sie meint. Daß er vielleicht sogar imstande wäre, als Zeuge auszusagen.«

Der Staatsanwalt nickt. »Aber leider hat die Angeklagte Pater Szyszynski erschossen, bevor wir das herausfinden konnten.«

Brown zieht den letzten Satz zurück, ehe Fisher Einspruch erheben kann. Ich zupfe meinen Anwalt am Jackett. »Ich muß mit Ihnen reden.« Er starrt mich an, als hätte ich den Verstand verloren. »Ja«, sage ich. »Jetzt.«

Ich weiß, was Quentin Brown denkt, weil ich schon viele Fälle aus seiner Perspektive betrachtet habe. *Ich habe den Beweis erbracht, daß sie ihn ermordet hat. Ich habe meine Arbeit getan.* Und selbst wenn ich inzwischen gelernt habe, mich nicht in das Leben anderer einzumischen, ist es doch meine Verantwortung, mich selbst zu retten. »Jetzt bin ich an der Reihe«, erkläre ich Fisher im Besprechungszimmer. »Rufen Sie mich in den Zeugenstand.«

Fisher schüttelt den Kopf. »Sie wissen, was passiert, wenn ein Verteidiger übertreibt. Die Anklagevertretung muß schlüssige Beweise vorlegen, und ich muß versuchen, ihr einen Strich durch die Rechnung zu machen. Aber wenn ich zu dick auftrage, kann der Schuß nach hinten losgehen. Ein Zeuge der Verteidigung zuviel, und wir verlieren.«

»Ich weiß, was Sie meinen. Aber Fisher, die Anklage hat doch schon bewiesen, daß ich Szyszynski ermordet habe. Und ich gehöre nicht zu Ihren üblichen Zeugen.« Ich atme tief durch. »Klar, es kommt vor, daß die Verteidigung einen Fall verliert, weil sie einen Zeugen zuviel aufmarschieren läßt. Aber es kommt auch schon mal vor, daß die Anklage verliert, weil die Geschworenen die Aussage des Angeklagten gehört haben. Die Geschworenen wissen, daß etwas Entsetzliches geschehen ist – und sie wollen erfahren, wieso, und zwar aus erster Hand.«

»Nina, wenn ich meine Kreuzverhöre mache, können Sie doch kaum stillsitzen, weil Sie ständig Einspruch einlegen wollen. Ich kann Sie nicht als Zeugin aufrufen, weil Sie so eine verdammt gute Staatsanwältin sind.« Fisher nimmt mir gegenüber Platz und legt die Hände flach auf den Tisch. »Sie denken in Fakten. Aber nur, weil Sie den Geschworenen etwas erzählen, bedeutet das noch lange nicht, daß sie das als die einzige Wahrheit auffassen. Ich habe gute Arbeit geleistet, sie mögen mich, sie glauben mir. Wenn ich denen erkläre, daß Sie so von Emotionen überwältigt waren, daß Sie nicht mehr klar denken konnten, dann kaufen sie mir das ab. Aber alles, was aus Ihrem Mund kommt, könnten sie als Lüge auffassen.«

»Nicht, wenn ich die Wahrheit sage.«

»Daß Sie eigentlich den anderen erschießen wollten?«

»Daß ich nicht verrückt war.«

»Nina«, sagt Fisher sanft, »damit machen Sie unsere Strategie zunichte. Das können Sie denen nicht sagen.«

»Wieso nicht, Fisher? Wieso kann ich nicht zwölf Menschen begreiflich machen, daß es irgendwo zwischen einer guten Tat und einer schlechten Tat tausend Grauschattierungen gibt? Wie es jetzt aussieht, bin ich doch praktisch schon geliefert, weil Quentin den Geschworenen erzählt hat, was ich an jenem Tag gedacht habe. Wenn ich aussage, kann ich ihnen eine andere Version liefern. Ich kann erklären, was ich getan habe, warum es falsch war und warum ich das damals nicht erkennen konnte. Entweder sie schicken mich dann ins Gefängnis ... oder sie schicken mich mit meinem Sohn nach Hause. Und diese Chance soll ich nicht ergreifen?«

Fisher starrt nach unten auf den Tisch. »Wenn Sie so weitermachen«, sagt er nach einem Moment, »dann muß ich Sie vielleicht noch engagieren, wenn wir hier fertig sind.« Er hebt die Hände und zählt Punkt für Punkt an den Fingern ab. »Sie antworten nur auf die Fragen, die ich Ihnen stelle. Sobald Sie anfangen, die Geschworenen zu belehren, hole ich Sie aus dem Zeugenstand. Falls ich von vorübergehender Unzurechnungsfähigkeit spreche, finden Sie verdammt noch mal einen Weg, das zu untermauern, ohne einen Meineid zu leisten. Und falls Sie auch nur ansatzweise aus der Haut fahren, können Sie sich auf einen schönen langen Gefängnisaufenthalt freuen.«

»Alles klar.« Ich springe auf.

Aber Fisher rührt sich nicht. »Nina. Nur damit Sie's wissen ... auch wenn Sie die Geschworenen nicht überzeugen können, mich haben Sie jedenfalls überzeugt.«

In den letzten sieben Jahren war der Gerichtssaal mein Arbeitsplatz. Ich kannte die Regeln, die hier herrschen. Aber jetzt sitze ich an einer Stelle meines Arbeitsplatzes, die ich noch nicht kennengelernt habe. Und allmählich begreife ich, warum so vielen Leute hier angst und bange wird.

Der Zeugenstand ist so eng, daß meine Knie gegen das Geländer stoßen. Die Blicke von zweihundert Menschen durchbohren mich. Ich rufe mir in Erinnerung, was ich als Anwältin schon unzähligen Zeugen erzählt habe: *Sie müssen nur drei Dinge tun: sich die Frage anhören, die Frage beantworten und aufhören zu reden.*

Fisher reicht mir die einstweilige Verfügung, die ich damals gegen Caleb erwirkt hatte. »Warum haben Sie sich diese Verfügung beschafft, Nina?«

»Weil ich damals glaubte, daß Nathaniel meinen Mann als denjenigen identifiziert hätte, der ihn sexuell mißbraucht hatte.«

»Was hat Ihr Ehemann getan, daß Sie das für möglich hielten?«

Ich suche Caleb im Zuschauerraum, schüttele den Kopf. »Absolut nichts, aber da ich Nathaniel so verstanden hatte, daß sein Vater der Täter sei, sah ich darin die einzige Möglichkeit, ihn nicht weiter zu gefährden.«

»Wann beschlossen Sie, die Verfügung aufheben zu lassen?« fragt Fisher.

»Als mir klar wurde, daß mein Sohn mit dem Zeichen für *Vater* nicht Caleb meinte, sondern einen Priester.«

»Und da ist Ihr Verdacht gleich auf Pater Szyszynski gefallen?«

»Es kamen einige Dinge zusammen. Erstens hatte ein Arzt, der meinen Sohn untersucht hatte, festgestellt, daß es zu einer analen Penetration gekommen war. Dann machte Nathaniel das Handzeichen. Außerdem flüsterte er Detective Ducharme einen Namen zu, der sich anhörte wie ›Pater Glen‹. Und schließlich sagte mir Detective Ducharme, daß er die Unterhose meines Sohnes im Heizungsraum der Kirche gefunden hatte.« Ich schlucke trocken. »Das alles zusammen genommen erschien mir vollkommen logisch.«

Fisher blickt mich böse an. *Vollkommen logisch*. Ach verdammt.

»Nina, bitte *hören Sie gut zu*, wenn ich Ihnen die nächste Frage stelle«, fordert Fisher mich auf. »Als Sie zu dem Schluß kamen, daß Pater Szyszynski Ihren Sohn mißbraucht hatte, wie war Ihnen da zumute?«

»Ich war fix und fertig. Er war schließlich der Mann, von dem ich mich in Fragen des Glaubens hatte leiten lassen. Dem ich meinen Sohn anvertraut hatte. Ich war wütend auf mich, weil ich soviel gearbeitet hatte – wäre ich mehr zu Hause gewesen, hätte ich die Gefahr für meinen Sohn vielleicht erkannt. Und ich war verzweifelt, weil ich wußte, daß Nathaniel, jetzt, wo er einen Verdächtigen identifiziert hatte, als nächstes gezwungen werden würde –«

»Nina«, unterbricht Fisher mich. *Frage beantworten*, ermahne ich mich selbst. *Und den Mund halten.*

Brown lächelt. »Euer Ehren, sie sollte ihre Antwort zu Ende führen dürfen.«

»Ja, Mr. Carrington«, pflichtet der Richter ihm bei. »Ich glaube, Mrs. Frost war noch nicht fertig.«

»Doch, doch«, sage ich rasch.

»Was war Ihr erster Gedanke, als Sie am Morgen des dreißigsten Oktober erwachten?« fragt Fisher.

»Daß ich den schlimmsten Tag meines Lebens vor mir hatte.«

Fisher dreht sich überrascht um. Das haben wir nicht geprobt. »Warum? An dem Tag sollte doch gegen Pater Szyszynski Anklage erhoben werden.«

»Ja. Aber ab der offiziellen Anklageerhebung würde die Prozeßuhr ticken. Und das bedeutete, daß Nathaniel gezwungen sein würde, seine Aussage zu machen.«

»Und als Sie im Gericht eintrafen, was passierte da?«

»Staatsanwalt Thomas LaCroix sagte, das Anklageeröffnugsverfahren würde etwas später als vorgesehen beginnen.«

»Was haben Sie daraufhin gemacht?«

»Ich habe meinem Mann gesagt, ich müßte rasch noch mal ins Büro.«

»Sind Sie ins Büro gefahren?«

Ich schüttele den Kopf. »Ich bin durch die Gegend gefahren und irgendwann auf dem Parkplatz eines Waffengeschäfts gelandet. Ich wußte nicht genau, wie ich dorthin geraten war, aber ich wußte, daß ich am richtigen Ort war.«

»Und dann?«

»Als der Laden aufmachte, bin ich hineingegangen und habe eine Pistole gekauft. Ich habe sie in meine Handtasche gesteckt und bin zurück zum Gericht gefahren.«

»Haben Sie während der Rückfahrt irgendeinen Vorsatz gefaßt, was Sie mit der Waffe tun würden?« fragt Fisher.

»Nein. Meine Gedanken waren ausschließlich bei Nathaniel.«

Fisher läßt diesen Satz einen Moment wirken. »Was taten Sie, als Sie am Gericht ankamen?«

»Ich ging hinein.«

»Dachten Sie an die Metalldetektoren?«

»Nein, daran denke ich nie. Ich gehe einfach daran vorbei, weil ich Staatsanwältin bin. Das mache ich zwanzigmal am Tag.«

»Sind Sie ganz bewußt an den Metalldetektoren vorbeigegangen, weil in Ihrer Handtasche eine Pistole steckte?«

»In diesem Augenblick«, antworte ich, »habe ich an gar nichts gedacht.«

Ich beobachte die Tür, nur die Tür, gleich muß der Priester herauskommen. Mein Kopf dröhnt. Ich muß ihn sehen.

Als die erste Bewegung zu erkennen ist, halte ich die Luft an. Als der Gerichtsdiener als erster erscheint, bleibt die Zeit stehen. Und dann versinkt der gesamte Raum um mich herum, und es sind nur noch er und ich da, mit Nathaniel zwischen uns wie ein Bindeglied. Zuerst kann ich ihn nicht ansehen, und dann kann ich den Blick nicht von ihm abwenden.

Der Priester wendet den Kopf, und zielsicher finden seine Augen meine.

Ohne ein Wort zu sprechen, sagt er: Ich vergebe dir.

Und dieser Gedanke, daß er mir *vergibt, läßt etwas in mir aufbrechen. Meine Hand schiebt sich in die Tasche, und mit nahezu beiläufiger Gleichgültigkeit lasse ich es geschehen.*

Bei manchen Träumen weiß man, daß man träumt, noch während man träumt. Die Pistole wird wie von einem Magneten vorwärts gezogen, bis sie nur noch wenige Zentimeter von seinem Kopf entfernt ist. In dem Augenblick, als ich abdrücke, denke ich nicht an Szyszynski. Ich denke nicht an Nathaniel. Ich denke nicht mal an Rache.

Nur ein Wort, gepreßt, mit zusammengebissenen Zähnen:

Nein.

»Nina!« zischelt Fisher dicht vor meinem Gesicht. »Alles in Ordnung?«

Ich blinzele, sehe ihn und dann die Geschworenen, die mich anstarren. »Ja. Ich ... tut mir leid.«

Doch im Kopf bin ich noch dort.

»Haben Sie sich gewehrt, als die Wachleute sich auf Sie stürzten?«

»Nein«, murmele ich. »Ich wollte bloß wissen, ob er tot ist.«

»Und dann hat Detective Ducharme Sie in die Verwahrzelle gebracht?«

»Ja.«

»Haben sie dort irgend etwas zu ihm gesagt?«

»Nur, daß ich keine andere Wahl hatte. Daß ich es tun mußte.«

Was auch tatsächlich stimmte. Mein Vorhaben war nicht geisteskrank, nicht psychotisch. Es war instinktiv.

Nach kurzem Schweigen fragt Fisher: »Einige Zeit später erfuhren Sie dann, daß Pater Szyszynski gar nicht der Mann war, der Ihren Sohn mißbraucht hatte. Was haben sie da empfunden?«

»Ich wollte dafür ins Gefängnis.«

»Ist das immer noch so?«

»Nein.«

»Warum nicht?«

»Ich habe die Tat begangen, um meinen Sohn zu schützen. Aber wie kann ich ihn schützen, wenn ich nicht bei ihm bin?«

Fisher blickt mich vielsagend an. »Werden Sie das Gesetz je wieder selbst in die Hand nehmen?«

Oh, ich weiß, was er jetzt von mir hören will.

»Ich wünschte, ich könnte Ihnen sagen, daß ich das nie wieder tun würde ... aber das wäre nicht wahr. Ich habe gedacht, ich kenne das Leben. Aber gerade wenn man glaubt, man hätte das Leben fest im Griff, kann es einem entgleiten.« Ich blicke zu Boden. »Ich habe jemanden getötet.« Die Worte brennen mir auf der Zunge. »Einen *unschuldigen* Menschen. Das wird mich mein Leben lang belasten. Und wie jede Last wird auch diese immer schwerer und schwerer werden.« Mit Blick auf die Geschworenen wiederhole ich. »Ich würde Ihnen gern sagen, daß ich so etwas nie wieder tun werde, aber ich hätte ja auch nie gedacht, daß ich überhaupt imstande wäre, so etwas zu tun. Und das war falsch, wie ich jetzt weiß.«

Fisher wird mich dafür in der Luft zerreißen. Ich kann ihn durch meine Tränen hindurch kaum sehen. Aber mein Herz hämmert nicht mehr, und meine Seele ist ruhig.

Nur der Gnade Gottes verdanke ich es, daß nicht ich dort sitze, denkt Quentin. Schließlich ist der Unterschied zwischen ihm und Nina Frost gar nicht so gewaltig. Mag sein, daß er nicht für seinen Sohn getötet hätte, aber er hat zweifellos seinen Einfluß spielen lassen, damit Gideons Verurteilung wegen Drogenbesitz sehr viel milder ausfiel. Ja, unter anderen Umständen hätte Quentin Nina Forst mögen können, wäre vielleicht sogar ganz gern mal mit ihr ein Bier trinken gegangen. Aber man muß nun mal die Suppe auslöffeln, die man sich eingebrockt hat ... und so sitzt Nina Frost jetzt im Zeugenstand, und Quentin steht zwei Meter von ihr entfernt, fest entschlossen, sie zu demontieren.

Er zieht die Augenbrauen hoch. »Sie sagen, daß Sie trotz Ihrer Erfahrung als Staatsanwältin mit Fällen von Kindesmißbrauch am Morgen des dreißigsten Oktobers nicht die Absicht hatten, Pater Szyszynski zu töten?«

»Das ist richtig.«

»Und daß Sie zu dem Zeitpunkt, als Sie auf dem Weg zum Anklageeröffnungsverfahren waren, ab dem, wie Sie sagten, die Prozeßuhr laufen würde, immer noch nicht den Plan gefaßt hatten, Pater Szyszynski zu töten?«

»Ganz recht.«

»Aha.« Quentin geht vor dem Zeugenstand hin und her. »Ich vermute, die plötzliche Eingebung kam Ihnen auf dem Weg zu dem Waffengeschäft.«

»Nein.«

»Oder erst, als Moe Ihnen die halbautomatische Waffe verkaufte?«

»Nein.«

»Dann gehe ich wohl auch recht in der Annahme, daß Sie auch dann noch nicht vorhatten, Pater Szyszynski zu töten, als Sie wieder im Gerichtsgebäude waren und an dem Metalldetektor vorbeigingen.«

»Ja.«

»Mrs. Frost, als Sie in den Gerichtssaal gingen und sich einen Platz suchten, von dem aus Sie Glen Szyszynski am besten töten konnten, ohne andere zu gefährden ... auch in dem Augenblick war Ihnen nicht klar, daß Sie den Mann erschießen würden?«

Ihre Nasenflügel beben. »Nein, Mr. Brown, das war mir nicht klar.«

»Und als sie die Waffe aus Ihrer Handtasche zogen und sie Glen Szyszynski an die Schläfe drückten? Hatten Sie auch nicht vor, ihn zu töten?«

Ninas Lippen sind fest zusammengepreßt. »Sie müssen die Frage beantworten«, sagt Richter Neal.

»Ich habe dem Gericht doch schon gesagt, daß ich in dem Augenblick überhaupt nichts gedacht habe.«

Quentin hat den ersten Treffer gelandet, das weiß er. »Mrs. Frost, Sie haben in Ihren sieben Jahren bei der Staatsanwaltschaft über zweihundert Fälle von Kindesmißbrauch bearbeitet, nicht wahr?«

»Ja.«

»Von diesen zweihundert Fällen kam es in zwanzig zu einem Prozeß?«

»Ja.«

»Und davon wiederum endeten zwölf mit einer Verurteilung.«

»Richtig.«

»Konnten die betroffenen Kinder in diesen zwölf Fällen vor Gericht aussagen?«

»Ja.«

»Doch in einigen dieser Prozesse gab es keine weiteren erhärtenden Beweismittel, wie das bei Ihrem Sohn der Fall war, ist das richtig?«

»Ja.«

»Als Staatsanwältin, als jemand, der regelmäßig mit Kinderpsychologen und Sozialarbeitern zusammenarbeitet und über eine profunde Kenntnis des Strafverfolgungssystems verfügt, glauben Sie da nicht, daß Sie in der Lage gewesen wären, Nathaniel besser auf sein Erscheinen vor Gericht vorzubereiten als nahezu jede andere Mutter?«

Sie verengt die Augen. »Niemand ist in der Lage, ein Kind darauf vorzubereiten. Wie Sie wissen, sind die im Gerichtssaal geltenden Regeln nicht gemacht worden, um Kinder zu schützen, sondern um Angeklagte zu schützen.«

»Welch Glück für Sie, Mrs. Frost«, sagt Quentin trocken. »Würden Sie sagen, daß Sie eine engagierte Staatsanwältin waren?«

Sie zögert. »Ich würde sagen ... ich war eine *zu* engagierte Staatsanwältin.«

»Würden Sie sagen, daß Sie hart mit den Kindern gearbeitet haben, die Sie in den Zeugenstand riefen?«

»Ja.«

»Sie haben zwölf Verurteilungen erreicht, würden Sie Ihre Arbeit mit den Kindern nicht als erfolgreich bezeichnen?«

»Nein, ganz und gar nicht«, antwortet sie schroff.

»Aber die Täter sind doch alle ins Gefängnis gewandert?«

»Nicht lange genug.«

»Dennoch, Mrs. Frost«, drängt Quentin. »Sie haben es immerhin geschafft, daß unser Rechtssystem bei zwölf Kindern funktioniert hat.«

»Sie verstehen das nicht«, sagt sie mit lodernden Augen. »Es ging um *mein* Kind. Als Staatsanwältin hatte ich eine ganz andere Verantwortung. Meine Aufgabe war es, jedem der Kinder soviel Gerechtigkeit wie möglich zu verschaffen, und das habe ich getan. Alles, was dann außerhalb des Gerichtssaales geschah, lag in der Verantwortung der Eltern. Wenn eine Mutter beschloß, sich mit ihrem Kind zu verstecken, um es vor einem Vater zu schützen, der es mißbraucht hatte – dann war das *ihre* Entscheidung. Wenn eine Mutter einen Täter erschoß, dann hatte das nichts mit mir zu tun. Aber auf einmal war ich nicht mehr bloß Staatsanwältin. Ich war die Mutter. Und es lag an mir, alles zu tun, damit meinem Sohn kein weiterer Schaden zugefügt wird.«

Das ist der Moment, auf den Quentin gewartet hat. Er wittert ihren Zorn und tritt näher an sie heran. »Wollen Sie damit sagen, daß Ihr Kind mehr Recht auf Gerechtigkeit hat als irgendein anderes?«

»Die anderen Kinder waren mein Job. Nathaniel ist mein *Leben.*«

Sofort springt Fisher Carrington auf. »Euer Ehren, ich bitte um eine kurze Unterbrechung –«

»Nein«, sagen Quentin und der Richter gleichzeitig. »Ihr Kind ist Ihr Leben?« wiederholt Quentin.

»Ja.«

»Dann waren Sie also bereit, Ihre Freiheit zu opfern, um Nathaniel zu schützen?«

»Absolut.«

»Dachten Sie daran, als Sie Pater Szyszynski die Waffe an den Kopf hielten?«

»Natürlich«, entgegnet sie heftig.

»Dachten Sie, Sie könnten Ihren Sohn nur dadurch schützen, daß Sie Pater Szyszynski vier Kugeln in den Kopf jagen –«

»Ja!«

»– und dafür sorgen, daß er den Gerichtssaal nicht mehr lebend verläßt?«

»Ja.«

Quentin macht einen Schritt zurück. »Und doch haben Sie uns vorhin erzählt, daß Sie in dem Moment gar nichts gedacht haben, Mrs. Frost«, sagt er und fixiert sie so lange, bis sie den Blick abwenden muß.

Als Fisher aufsteht, um mich noch einmal zu vernehmen, zittere ich noch immer. Wie konnte mir das passieren? Verzweifelt blicke ich in die Gesichter der Geschworenen, aber ich kann sie nicht deuten. Man kann sie nie deuten. Eine Frau sieht aus, als wäre sie den Tränen nahe. Eine andere löst ein Kreuzworträtsel.

»Nina«, sagt Fisher, »waren Sie an jenem Morgen im Gerichtssaal bereit, Ihre Freiheit für Nathaniel zu opfern?«

»Ja«, sage ich leise.

»Als Sie an jenem Morgen im Gerichtssaal waren, dachten Sie da, das Unausweichliche nur aufhalten zu können, indem Sie Pater Szyszynski aufhielten?«

»Ja.«

Er hält meinen Blick fest. »Als Sie an jenem Morgen im Gerichtssaal waren, hatten Sie da vor, Pater Szyszynski zu töten?«

»Natürlich nicht«, erwidere ich.

»Euer Ehren«, erklärt Fisher, »die Verteidigung hat keine weiteren Fragen.«

Quentin liegt auf dem furchtbaren Bett in dem Apartment und fragt sich, warum es nicht wärmer wird, wo er doch die Heizung voll aufgedreht hat.

Er steht auf und tapst zum Kühlschrank, der aber lediglich ein paar Dosen Pepsi und eine vergammelte Mango enthält, von der er nicht mehr weiß, wann er sie gekauft hat. Als er den Raum mit den Augen nach seinen Schuhen absucht, fällt sein Blick auf das Telefon neben dem Bett.

Nach dem dritten Klingeln überlegt er, ob er eine Nachricht hinterlassen soll oder nicht. Plötzlich gellt ihm Musik ins Ohr. »Ja?« sagt eine Stimme, und dann wird die Lautstärke runtergedreht.

»Gideon«, sagt Quentin, »ich bin's.«

Kurze Pause. »Wer, ich?« erwidert der Junge, und Quentin muß lächeln. Gideon weiß ganz genau, wer dran ist. »Falls du meine Mom sprechen willst, die ist nicht da. Vielleicht sag ich ihr, daß sie dich zurückrufen soll, aber vielleicht vergesse ich auch, es ihr auszurichten.«

»Gideon, Moment!« Quentin kann förmlich hören, wie der Hörer, der schon fast aufgelegt war, wieder zurück ans Ohr seines Sohnes gehoben wird.

»Was denn noch?«

»Ich habe nicht angerufen, um mit Tanya zu sprechen. Ich wollte dich sprechen.«

Eine ganze Weile sagt keiner von beiden ein Wort. Dann unterbricht Gideon die Stille: »Wenn du angerufen hast, um mit mir zu sprechen, machst du das aber ziemlich schlecht.«

»Du hast recht.« Quentin massiert seine Schläfe. »Ich wollte dir bloß sagen, daß es mir leid tut. Die Sache mit dem Rehabilitationszentrum und so. Damals hab ich wirklich geglaubt, es wäre am besten für dich.« Er holt tief Luft. »Und ich hatte kein Recht, dir Vorschriften zu machen, wie du dein Leben zu leben hast, nachdem ich vor Jahren aus eigenem Entschluß aus deinem Leben verschwunden bin.« Als sein Sohn weiter schweigt, wird Quentin nervös. Hat er aufgelegt? »Gideon?«

»Wolltest du darüber mit mir reden?« sagt er schließlich.

»Nein. Ich wollte dich fragen, ob du Lust hast, mit mir eine Pizza essen zu gehen.« Quentin fummelt an der Fernbedienung herum. Der Augenblick, den er auf Gideons Antwort wartet, wird für ihn zur Ewigkeit.

»Wo?« fragt Gideon.

Die Geschworenen blicken Quentin an, warten gespannt auf sein Schlußplädoyer. »Ladys und Gentlemen«, beginnt er, »dieser Fall ist nicht leicht für mich. Obwohl ich die Angeklagte nicht persönlich kenne, hätte ich sie als meine Kollegin bezeichnet. Aber Nina Frost steht nicht mehr auf der Seite des Gesetzes. Sie alle haben mit eigenen Augen gesehen, was sie am Morgen des dreißigsten Oktober 2001 getan hat. Sie ging in einen Gerichtssaal, hielt einem unschuldigen Menschen eine Pistole an den Kopf und drückte viermal ab.

Das Absurde ist, daß Nina Frost behauptet, sie hätte die Tat begangen, um ihren Sohn zu schützen. Wie sie später jedoch feststellte ... wie wir alle festgestellt hätten, wenn sie das Rechtssystems nicht daran gehindert hätte, so zu funktionieren, wie es in einer zivilisierten Gesellschaft funktionieren sollte ... hat sie ihren Sohn durch die Ermordung von Pater Szyszynski keineswegs geschützt.« Quentin blickt die Geschworenen treuherzig an. »Wir haben nicht ohne Grund Gerichte – es ist nämlich sehr leicht, einen Mann zu beschuldigen. Gerichte tragen Fakten zusammen, damit ein auf Vernunft basierendes Urteil ergehen kann. Aber Mrs. Frost hat gehandelt, ohne die Fakten zu kennen. Mrs. Frost hat diesen Mann nicht bloß angeklagt, sie hat ihm den Prozeß gemacht, ihn verurteilt und hingerichtet.«

Er geht zu der Geschworenenbank, fährt mit der Hand über das Holzgeländer. »Mr. Carrington wird Ihnen sagen, daß die Angeklagte die Tat beging, weil sie unser Rechtssystem kannte und ehrlich glaubte, daß es ihren Sohn nicht schützen würde. Ja, Nina Frost kannte das Rechtssystem. Aber sie hat es benutzt, um ihre Chancen zu verbessern. Sie wußte, welche Rechte sie als Angeklagte haben würde. Sie wußte, wie sie sich verhalten mußte, um Geschworene glauben zu machen, daß sie vorübergehend unzurechnungsfähig war. Sie wußte sehr genau, was sie tat, als sie sich erhob und Pater Szyszynski kaltblütig erschoß.«

Quentin spricht jetzt die Geschworenen nacheinander einzeln an. »Um Mrs. Frost schuldig zu sprechen, müssen Sie erstens der Überzeugung sein, daß der Staat Maine zweifelsfrei nachgewiesen hat, daß Pater Szyszynski einem Verbrechen zum Opfer fiel.« Er breitet die Hände aus. »Nun, das haben Sie alle auf dem Videoband gesehen. Zweitens müssen Sie der Überzeugung sein, daß es die Angeklagte war, die Pater Szyszynski getötet hat. Auch daran besteht in diesem Fall kein Zweifel. Und schließlich müssen Sie der Überzeugung sein, daß die Angeklagte Pater Szyszynski mit Vorsatz getötet hat. Das ist ein großes Wort, ein Wort aus der Rechtsprechung, aber Sie alle wissen, was es bedeutet.«

Nach einer kurzen Pause fährt er fort: »Als Mrs. Frost Ihnen gestern erzählt hat, daß sie in dem Augenblick, als sie Pater Szyszynski die Waffe an den Kopf hielt, dachte, sie müsse den Priester, um ihren Sohn zu schützen, daran hindern, den Gerichtssaal lebend zu verlassen – da hat sie selbst zugegeben, daß sie mit Vorsatz handelte.«

Quentin geht zurück zum Tisch der Verteidigung und zeigt auf Nina. »In diesem Prozeß geht es nicht um Emotionen, in diesem Prozeß geht es um Fakten. Und die Fakten sind die, daß ein Unschuldiger tot ist, daß diese Frau ihn getötet hat und daß sie glaubte, ihr Sohn habe eine bevorzugte Behandlung verdient, die nur sie ihm geben könne.« Er dreht sich ein letztes Mal zu den Geschworenen um. »Lassen Sie ihr keine bevorzugte Behandlung zukommen.«

»Ich habe zwei Töchter«, sagt Fisher und steht neben mir auf. »Die eine ist in der High School, die andere auf dem College.« Er lächelt die Geschworenen an. »Ich bin vernarrt in die beiden, und ich bin sicher, auch Sie lieben Ihre Kinder über alles. Und auch Nina Frost liebt ihren Sohn Nathaniel über alles.« Er legt mir eine Hand auf die Schulter. »Aber an einem ganz normalen Morgen mußte Nina einer furchtbaren Wahrheit ins Auge sehen: Jemand hatte ihren kleinen Sohn vergewaltigt. Und Nina mußte noch einer zweiten furchtbaren Wahrheit ins Auge sehen – sie wußte als Staatsanwältin besonders gut, wie verheerend sich ein Gerichtsprozeß auf das fragile emotionale Gleichgewicht ihres Sohnes auswirken würde.«

Er geht auf die Geschworenen zu. »Das Ganze war eine Tragödie. Verschlimmert dadurch, daß Pater Szyszynski gar nicht der Mann war, der den kleinen Nathaniel mißbraucht hatte. Aber am dreißigsten Oktober glaubte die Polizei, daß er der Täter war. Die Staatsanwaltschaft glaubte das. Nina Frost glaubte das. Und an jenem Morgen glaubte sie auch, daß sie keine andere Möglichkeit hatte. Was an jenem Morgen geschah, war keine vorsätzliche, bösartige Tat, sondern eine verzweifelte. Die Frau, die Sie auf dem Videoband gesehen haben, wie sie den Priester erschoß, war Nina Frost, aber sie war in dem Moment nicht in der Lage, sich zu kontrollieren.«

Als Fisher Atem schöpft, um mit der Definition des Begriffs »unzurechnungsfähig« zu beginnen, stehe ich auf. »Verzeihung, aber ich würde das Plädoyer gern selbst beenden.«

Er wendet sich um, völlig überrascht. »Sie wollen *was*?«

Ich warte, bis er ganz nah bei mir ist, und flüstere: »Fisher, ich schaffe das schon.«

»Sie vertreten sich hier nicht selbst!«

»Ich bin aber dazu in der Lage.« Ich blicke zu dem Richter und zu Quentin Brown hinüber, dem förmlich der Unterkiefer runtergeklappt ist. »Darf ich näher treten, Euer Ehren?«

»O ja, ich bitte darum«, sagt Richter Neal.

Wir marschieren zur Richterbank, Fisher und Quentin rechts und links von mir. »Euer Ehren, ich halte das, was meine Mandantin vorhat, nicht für ratsam«, sagt Fisher.

»Da gibt's einiges, worüber sie nachdenken sollte«, murmelt Quentin.

Der Richter reibt sich die Stirn. »Ich denke, Mrs. Frost weiß besser als andere Mandanten, was auf dem Spiel steht. Fahren Sie fort.«

Einen peinlichen Moment lang umkreisen Fisher und ich einander. »Wenn Sie unbedingt in Ihr Unglück rennen wollen«, murmelt er schließlich und geht zu seinem Stuhl. Ich trete vor die Geschworenen, fühle mich wieder sicher, wie ein alter Seebär, der wieder das Deck eines Schiffes betritt. »Hallo«, beginne ich leise. »Sie wissen ja inzwischen alle, wer ich bin. Jedenfalls haben Sie jede Menge Erklärungen gehört, warum ich heute hier bin. Aber eines haben Sie noch nicht gehört, nämlich schlicht und ergreifend die Wahrheit.«

Ich deute auf Quentin. »Ich weiß das, weil ich eine Kollegin von Mr. Brown war, also Staatsanwältin. Und die Wahrheit verirrt sich nicht gerade häufig in eine Gerichtsverhandlung. Da ist auf der einen Seite die Anklagevertretung, die Sie mit Fakten bombardiert. Und auf der anderen Seite die Verteidigung, die mit Gefühlen dagegenhält. Die Wahrheit will keiner hören, weil sie der persönlichen Interpretation unterliegt, und sowohl Mr. Brown als auch Mr. Carrington fürchten, Sie könnten die Wahrheit falsch deuten. Aber heute will ich sie Ihnen sagen.

Die Wahrheit ist, ich habe einen furchtbaren Fehler gemacht. Die Wahrheit ist, an jenem Morgen war ich nicht die Frau, die nur von dem Gedanken an Selbstjustiz getrieben wurde, wie Mr. Brown Sie glauben machen möchte, und ich war auch nicht die Frau, die einen Nervenzusammenbruch hatte, wie Mr. Carrington Sie glauben machen möchte. Die Wahrheit ist, ich war Nathaniels Mutter, und das war plötzlich wichtiger als alles andere.«

Ich stelle mich direkt vor die Geschworenenbank. »Was würden Sie tun, wenn Ihre Frau oder Ihr bester Freund bedroht würde oder überfallen worden wäre? Wo ist die Grenze?

Wir lernen, daß wir uns zur Wehr setzen sollen; wir lernen, daß wir die Menschen schützen sollen, die wir lieben und für die wir uns verantwortlich fühlen. Doch auf einmal zieht das Gesetz eine neue Grenze. Und es sagt: *Legt die Hände in den Schoß, wir kümmern uns um alles.* Dabei wissen Sie, daß das Gesetz völlig unzulänglich ist – daß es Ihr Kind traumatisieren wird, daß es einen Straftäter nach ein paar Jahren wieder laufenläßt. So *kümmert* sich das Gesetz um Ihre Probleme, denn in den Augen des Gesetzes ist das moralisch Richtige oft falsch ... und das moralisch Falsche kein Grund, nicht doch so gut wie ungestraft davonzukommen.«

Ich lasse den Blick über die Geschworenenbank wandern. »Vielleicht wußte ich, daß das Rechtssystem für meinen Sohn nicht funktionieren würde. Vielleicht nahm ich sogar an, daß ich ein Gericht davon überzeugen könnte, unzurechnungsfähig zu sein, auch wenn ich es nicht war. Ich wünschte, ich könnte das mit Sicherheit sagen – aber eines habe ich gelernt, daß wir nämlich nicht mal einen Bruchteil von dem wissen, was wir zu wissen meinen. Und am allerwenigsten wissen wir über uns selbst.«

Ich drehe mich zum Zuschauerraum um und sehe erst Caleb, dann Patrick an. »Sie alle, die Sie dasitzen und mich für das verdammen, was ich getan habe: Woher wollen Sie wissen, daß Sie nicht das gleiche getan hätten? Wir alle tun tagtäglich irgendwelche Kleinigkeit, damit die Menschen, die wir lieben, nicht verletzt werden – wir greifen zu einer Notlüge, legen einen Sicherheitsgurt an, nehmen einem Freund, der zuviel getrunken hat, die Autoschlüssel weg. Aber ich habe auch schon von Müttern gehört, die plötzlich die Kraft hatten, ein Auto hochzuheben, unter dem ihr Kind eingeklemmt war. Ich habe von Männern gelesen, die sich im Kugelhagel schützend vor die Frau geworfen haben, ohne die sie nicht leben konnten. Waren diese Menschen deshalb verrückt ... oder waren sie gerade in solchen Momenten klar bei Verstand?« Ich runzle die Stirn. »Ich kann das nicht beurteilen. Aber an jenem Morgen, als ich Pater Szyszynski im Gerichtssaal erschoß, wußte ich ganz genau, was ich tat. Und gleichzeitig war ich vollkommen verrückt.« Ich öffne flehend die Hände. »So kann man sein, wenn man liebt.«

Quentin steht auf, um ein letztes Mal zu kontern. »Ein Jammer für Mrs. Frost, daß es in diesem Land keine zwei Rechtssysteme gibt – eines für Menschen, die meinen, sie wüßten alles, und ein anderes für alle übrigen.« Er blickt die Geschworenen an. »Sie haben gehört, was Sie gesagt hat – es tut ihr nicht leid, daß sie einen Menschen getötet hat ... es tut ihr leid, daß sie den *falschen* getötet hat. In letzter Zeit sind schon genug Fehler gemacht worden«, sagt er müde. »Bitte machen Sie nicht noch einen.«

Als es an der Tür klingelt, denke ich, es könnte Fisher sein. Seit wir den Gerichtssaal verließen, hat er kein Wort mit mir gesprochen, und die drei Stunden, die die Geschworenen jetzt schon beraten, scheinen ihm recht zu geben, daß ich sein Plädoyer nicht hätte unterbrechen sollen. Aber als ich die Tür öffne, bereit mich wieder zu verteidigen, springt Nathaniel an mir hoch. »Mom!« ruft er und drückt mich so fest, daß ich rückwärts taumele. »Mom, wir sind raus aus dem Motel!«

»Wirklich?« sage ich, und dann wiederhole ich es über seinen Kopf hinweg in Calebs Richtung. »Wirklich?«

Er stellt beide Reisetaschen auf den Boden. »Ich dachte, jetzt wäre der richtige Augenblick, um nach Hause zu kommen«, sagt er leise. »Falls es dir recht ist?«

Inzwischen hat Nathaniel die Arme um unseren Golden Retriever geschlungen, und Mason dreht und wendet sich, um jeden Quadratzentimeter Haut abzulecken, den er finden kann. Sein dicker Schwanz klopft auf den Boden, ein freudiger Trommelwirbel. Ich weiß, wie sich der Hund fühlt. Jetzt erst – als wieder Menschen um mich sind – merke ich, wie einsam ich gewesen bin.

Also lasse ich mich gegen Caleb sinken, schiebe meinen Kopf unter sein Kinn, so daß ich seinen Herzschlag hören kann. »Mehr als recht«, antworte ich.

Der Hund war ein atmendes Kissen unter mir. »Wo ist eigentlich Masons Mom?«

Meine Mutter saß auf der Couch und las Papiere mit ganz vielen kleinen Wörtern drauf. Sie blickte auf und sagte: »Die ist … irgendwo.«

»Wieso lebt sie nicht hier bei uns?«

»Masons Mutter gehörte einem Züchter in Massachusetts. Sie hatte zwölf Welpen, und von denen haben wir uns Mason ausgesucht.«

»Meinst du, er vermißt sie?«

»Zu Anfang wahrscheinlich schon«, antwortete sie. »Aber das ist lange her, und jetzt ist er hier bei uns glücklich. Ich wette, er erinnert sich gar nicht mehr an sie.«

Ich fuhr mit dem Finger über Masons lakritzschwarze Lefzen, über seine Zähne. Er blinzelte mich an.

Ich wette, sie hat sich geirrt.

9

»Willst du noch Milch?« fragt Nathaniels Mutter.

»Ich hab schon einen Teller Haferflocken gegessen«, erwidert sein Vater.

»Ach so.« Sie will die Milch zurück in den Kühlschrank stellen, doch sein Vater nimmt sie ihr aus der Hand. »Ich glaub, ich nehm noch ein bißchen.«

Sie sehen einander an, und dann tritt seine Mutter mit einem komischen, verkrampften Lächeln zurück. »Klar«, sagt sie.

Nathaniel schaut sich das Ganze an wie einen Zeichentrickfilm – und er weiß, daß irgendwas nicht ganz real oder richtig ist, und doch völlig gebannt.

Quentin hatte sich die ganze Nacht auf dieser gottverfluchten Matratze hin und her gewälzt und sich gefragt, was um alles in der Welt die Geschworenen so lange zu bereden hatten. Kein Fall war hundertprozentig klar, aber Himmelherrgott, hier hatten sie den Mord sogar auf Video. Und trotzdem berieten die Geschworenen seit gestern nachmittag, seit gut vierundzwanzig Stunden, und es war noch kein Ende abzusehen.

Entnervt geht Quentin vor dem Geschworenenzimmer auf und ab – und plötzlich stößt er mit seinem Sohn zusammen, der gerade um die Ecke biegt. »Gideon?« Einen Moment lang bleibt Quentin fast das Herz stehen. »Was machst du denn hier?«

Der Junge zuckt die Achseln, als wüßte er das selbst nicht so genau. »Das Basketballtraining ist heute ausgefallen, und da dachte ich, ich schau mal vorbei und seh mir die Sache mal an.« Seine Trainingsschuhe quietschen auf dem Boden. »Der Blick von der anderen Seite und so.«

Langsam breitet sich ein Lächeln auf Quentins Gesicht aus, und er klopft seinem Sohn auf die Schulter. Zum erstenmal in den zehn Jahren, die Quentin Brown nun in Gerichten ein und aus geht, hat es ihm die Sprache verschlagen.

Sechsundzwanzig Stunden; 1 560 Minuten; 93 600 Sekunden. Ganz gleich, welche Zeiteinteilung, das Warten nimmt kein Ende. Was machen die denn so lange?

Als die Tür aufgeht, wird mir schlagartig klar, daß der Moment, in dem man begreift, daß eine Entscheidung gefallen ist, noch schlimmer als Warten ist.

Ein weißes Taschentuch erscheint, gefolgt von Fisher.

»Ist es soweit?« Das Sprechen fällt mir schwer. »Haben die Geschworenen sich geeinigt?«

»Noch nicht.«

Mit weichen Knien sinke ich auf den Stuhl zurück, als Fisher mir das Taschentuch zuwirft. »Soll das schon mal die Vorbereitung auf den Schuldspruch sein?«

»Nein, meine Kapitulation. Das mit gestern tut mir leid.« Er sieht mich an. »Obwohl ich eine kleine Vorwarnung, daß Sie das Schlußplädoyer halten möchten, nett gefunden hätte.«

»Ich weiß.« Ich blicke ihn forschend an. »Meinen Sie, daß die Geschworenen deshalb noch nicht zu einem Freispruch gelangt sind?«

Fisher zuckt die Achseln. »Vielleicht sind sie deshalb noch nicht zu einem Schuldspruch gelangt.«

»Na ja. Schlußplädoyers konnte ich schon immer am besten.«

Er lächelt mich an. »Ich bin eher der Spezialist für Kreuzverhöre.«

Einen Moment lang betrachten wir einander, friedlich. »Welchen Teil finden Sie bei einem Prozeß am schrecklichsten?«

»Den hier. Die Warterei, bis die Geschworenen zurückkommen.« Fisher atmet tief aus. »Und Sie?«

»Den Augenblick, bevor die Anklage die Beweisführung abschließt«, weil das meine letzte Gelegenheit ist, mich zu vergewissern, daß ich auch wirklich alle Beweise berücksichtigt habe und mir auch keine Fehler unterlaufen sind.

Fisher sieht mir in die Augen. »Nina«, sagt er sanft. »Die Anklage hat die Beweisführung abgeschlossen.«

Ich liege auf einem bunten Teppich im Spielzimmer und ramme den Fuß eines Pinguins in die dafür vorgesehene Holzöffnung. »Wenn ich dieses Pinguinpuzzle noch ein einziges Mal mache«, sage ich, »können die Geschworenen nach Hause gehen, weil ich mich dann nämlich aufhängen werde.«

Caleb blickt auf. Er sitzt mit Nathaniel zusammen, und die beiden sortieren Spielzeug. »Ich will nach draußen«, jammert Nathaniel.

»Geht nicht, Sohnemann. Wir warten auf wichtige Neuigkeiten für Mommy.«

»Ich will aber!« Nathaniel tritt mit voller Wucht gegen den Tisch.

»Dauert bestimmt nicht mehr lange.« Caleb reicht ihm ein paar Plastikfiguren. »Hier, nimm die noch.«

»Nein!« Mit einem Arm fegt Nathaniel die Spielzeugkisten vom Tisch. Das Scheppern dröhnt mir im Kopf, dringt bis in die Leere, in der ich so angestrengt versuche, an nichts zu denken.

Ich springe auf, packe meinen Sohn an den Schultern und schüttele ihn. »Du sollst nicht mit Spielsachen um dich schmeißen! Du hebst jetzt sofort alles wieder auf!«

Nathaniel plärrt los, und Caleb fährt mich an: »Nina, bloß weil du mit den Nerven am Ende bist, mußt du nicht gleich –«

»*Tschuldigung.*«

Die Stimme kommt von der Tür her, und wir drehen uns alle drei um. Ein Gerichtsdiener hat den Kopf hereingesteckt und nickt uns zu. »Die Geschworenen kommen heraus«, sagt er.

»Es gibt kein Urteil«, flüstert Fisher mir Augenblicke später zu.

»Woher wissen Sie das?«

»Weil der Gerichtsdiener das gesagt hat ... nicht bloß, daß die Geschworenen rauskommen.«

Ich mustere ihn skeptisch. »*Mir* sagen Gerichtsdiener nie was.«

»Glauben Sie mir.«

»Und warum sind wir dann hier?«

»Ich weiß nicht«, gesteht Fisher, und wir richten beide unsere Blicke auf den Richter.

Er thront auf seinem Platz und scheint überglücklich, daß das Ende dieses ganzen Debakels endlich in Sicht ist. »Ich frage den Sprecher der Geschworenen«, sagt Richter Neal, »sind die Geschworenen zu einem Ergebnis gekommen?«

Ein Mann in der vorderen Reihe der Geschworenenbank steht auf. Er nimmt seine Baseballmütze ab, klemmt sie sich unter den Arm und räuspert sich. »Euer Ehren, wir konnten leider zu keiner Einigung gelangen. Einige von uns meinen, daß –«

»Halt, sagen Sie kein Wort mehr. Haben Sie den Fall erörtert und abgestimmt, wer von Ihnen die Angeklagte für schuldig oder unschuldig hält?«

»Darüber haben wir etliche Male abgestimmt, aber einige von uns sind bei ihrer Meinung geblieben.«

Der Richter blickt Fisher an, dann Quentin Brown. »Ich bitte die Vertreter von Anklage und Verteidigung zu mir.«

Auch ich stehe auf, und der Richter seufzt. »Na schön, meinetwegen auch Sie, Mrs. Frost.« Als wir vor ihm stehen, murmelt er: »Ich werde die Geschworenen auffordern, erneut zu beraten. Irgendwelche Einwände?«

»Keine Einwände«, sagen Brown und Fisher einmütig. Als wir zurück zum Tisch der Verteidigung gehen, suche ich Calebs Blick und forme lautlos mit den Lippen: »Kein Ergebnis.«

Der Richter wendet sich an die Geschworenen. »Ladys und Gentlemen, mir ist klar, daß die Entscheidungsfindung in diesem Fall alles andere als leicht ist. Aber ich weiß auch, daß Sie zu einem Ergebnis gelangen können ... auch neue Geschworene, sollte der Fall ein weiteres Mal verhandelt werden müssen, werden keine besseren Voraussetzungen haben als Sie.« Er blickt die Geschworenen nüchtern an. »Ich fordere Sie auf, zurück in den Geschworenenraum zu gehen und Ihre jeweiligen Ansichten noch einmal respektvoll gegeneinander abzuwägen. Vielleicht gelingt Ihnen ja doch noch eine Einigung.«

»Und was jetzt?« flüstert Caleb von hinten.

Ich sehe den Geschworenen nach, die voller frischer Energie den Saal verlassen. *Jetzt warten wir weiter.*

Wenn man mit ansieht, wie sich jemand vor Anspannung völlig verkrampft, wird man selbst ganz nervös. So ergeht es Caleb, nachdem er weitere zweieinhalb Stunden mit Nina gewartet hat. Ihre Augen starren ins Leere; das Kinn hat sie auf die geballte Faust gestützt.

»Geht's noch?« fragt Caleb leise.

»Ja.« Sie lächelt schmallippig. »*Ja!*« wiederholt sie.

»Was hältst du davon, wenn wir drei zu den Getränkeautomaten gehen?« schlägt er vor.

»Gute Idee.«

Caleb dreht sich zu Nathaniel um und sagt ihm, daß sie sich jetzt alle zusammen eine Erfrischung holen. Der Junge läuft zur Tür, und Caleb folgt ihm. »Komm«, sagt er zu Nina. »Laß uns gehen.«

Sie starrt ihn an, als hätten sie noch kein Wort miteinander gesprochen, schon gar nicht vor einer halben Minute. »Wohin denn?« fragt sie.

Patrick sitzt auf einer Bank hinter dem Gerichtsgebäude, schlotternd vor Kälte, und schaut zu, wie Nathaniel über das Feld tobt. Schließlich läßt der Junge sich neben Patrick auf die Bank fallen. Seine Wangen sind leuchtend rot, und ihm läuft die Nase. »Hast du ein Taschentuch, Patrick?«

Er schüttelt den Kopf. »Tut mir leid, Krauter. Nimm den Ärmel.«

Nathaniel lacht und gehorcht. Er schiebt den Kopf unter Patricks Arme, und am liebsten würde Patrick laut aufschreien. Wenn Nina doch sehen könnte, wie ihr Sohn sich danach sehnt, berührt zu werden – ach verdammt, das würde ihre Moral jetzt auch nicht gerade heben. Er drückt Nathaniel ganz fest und gibt ihm einen Kuß auf den Kopf.

»Ich spiele gern mit dir«, sagt Nathaniel.

»Und ich spiele gern mit dir.«

»Du schimpfst nicht mit mir.«

Patrick sieht ihn an. »Hat deine Mom mit dir geschimpft?«

Nathaniel zieht die Schultern hoch, dann nickt er. »Sie ist ganz anders, so als wäre sie ausgetauscht worden gegen eine, die nicht stillsitzen kann und die mir nicht zuhört, wenn ich was sage, und die immer bloß Kopfschmerzen davon kriegt.« Er blickt nach unten. »Ich will meine alte Mom wiederhaben.«

»Das will sie doch auch, Krauter.« Patrick schaut nach Westen, wo die Sonne gerade die ersten blutroten Streifen an den Horizont malt. »Du mußt das verstehen, sie ist im Augenblick ziemlich nervös. Weil sie nicht weiß, was sie erwartet.« Als Nathaniel nur mit den Achseln zuckt, fügt er hinzu: »Du weißt aber doch, daß sie dich liebhat.«

»Na und?« sagt der Junge trotzig. »Ich hab sie auch lieb.«

Patrick nickt. *Da bist du nicht der einzige*, denkt er.

»Ein Prozeß ohne Ergebnis?« wiederhole ich kopfschüttelnd. »Nein. Fisher, ich steh das nicht noch mal durch. Das wird beim zweiten Mal außerdem nicht günstiger verlaufen.«

»Ich fürchte, Sie haben recht«, seufzt Fisher. Er wendet sich von dem Fenster ab, an dem er steht. »Ich möchte, daß Sie sich bis morgen früh etwas durch den Kopf gehen lassen.«

»Und das wäre?«

»Die Geschworenen zu entlassen. Falls Sie einverstanden sind, könnte ich morgen früh mit Quentin Brown reden und ihm vorschlagen, dem Richter die Entscheidung zu überlassen.«

Ich starre ihn an. »Sie wissen, daß wir in diesem Prozeß auf Emotionen gesetzt haben, nicht auf Gesetze. Geschworene *könnten* mich aufgrund von Emotionen freisprechen. Aber ein Richter entscheidet immer aufgrund der Gesetze. Sind Sie verrückt?«

»Nein, Nina«, entgegnet Fisher nüchtern. »Aber das waren Sie auch nicht.«

In dieser Nacht liegen wir im Bett, und das Gewicht des Vollmondes lastet auf uns. Ich habe Caleb von meinem Gespräch mit Fisher erzählt, und jetzt starren wir beide an die Decke, als könnte die Antwort dort erscheinen. Ich sehne mich danach, daß Caleb über die Weite dieses Bettes hinweg meine Hand ergreift. Ich brauche das Gefühl, daß wir nicht meilenweit voneinander getrennt sind.

»Was denkst du?« fragt er.

Ich drehe mich zu ihm. Im Mondlicht ist sein Profil in Gold gegossen, die Farbe des Mutes. »Ich treffe keine einsamen Entscheidungen mehr«, antworte ich.

Er stützt sich auf einen Ellbogen, blickt mich an. »Was würde passieren?«

Ich schlucke und versuche, das Beben aus meiner Stimme zu halten. »Na ja, ein Richter wird mich schuldig sprechen, weil ich, rein rechtlich betrachtet, einen Mord begangen habe. Aber der Vorteil wäre ... daß ich wahrscheinlich keine so lange Gefängnisstrafe bekäme, wie das bei einem Schuldspruch der Geschworenen der Fall wäre.«

Plötzlich schwebt Calebs Gesicht über mir. »Nina ... du darfst nicht ins Gefängnis gehen.«

Ich wende mich ab, so daß er die Träne, die mir seitlich über das Gesicht läuft, nicht sehen kann. »Ich kannte das Risiko, als ich es getan habe.«

Seine Hände umschließen meine Schultern. »Du darfst nicht. Du darfst einfach nicht.«

»Ich komme ja wieder.«

»Wann?«

»Ich weiß nicht.«

Caleb vergräbt das Gesicht an meinem Hals, ringt nach Luft. Und dann umklammere ich ihn plötzlich auch, als dürfte heute keine Distanz mehr zwischen uns sein, weil sie morgen zu groß sein wird. Ich spüre die Schwielen an seinen Händen rauh auf meinem Rücken, und die Hitze seiner Trauer verbrennt mich fast. Als er in mich eindringt, grabe ich meine Fingernägel in seine Schultern, will eine Spur von mir hinterlassen. Wir lieben uns ungemein heftig, mit so viel Gefühl, daß die Atmosphäre um uns vibriert. Und dann ist es, wie alles im Leben, vorbei.

»Aber ich liebe dich doch«, sagt Caleb, und seine Stimme bricht, denn in einer vollkommenen Welt würde das allein schon genügen.

Während der Stunde, die ich an Nathaniels Bett sitze und ihm beim Schlafen zuschaue, regt er sich nicht. Aber als ich sein Haar berühre, weil ich mich nicht länger beherrschen kann, dreht er sich um und sieht mich blinzelnd an. »Es ist noch dunkel«, flüstert er.

»Ich weiß.«

Ich sehe, wie er versucht, sich darauf einen Reim zu machen: Was könnte mich bewogen haben, ihn mitten in der Nacht zu wecken? Wie soll ich ihm erklären, daß er vielleicht kaum noch in sein Bett paßt, wenn ich das nächste Mal Gelegenheit habe, ihn im Schlaf zu beobachten? Daß es, wenn ich zurückkomme, den kleinen Jungen, den ich zurückgelassen habe, nicht mehr geben wird?

»Nathaniel«, sage ich zittrig. »Vielleicht gehe ich fort.«

Er setzt sich auf. »Das geht nicht, Mommy.« Und mit einem Lächeln findet er sogar einen Grund dafür. »Wir haben dich doch eben erst zurückgekriegt.«

»Ich weiß ... aber die Entscheidung liegt nicht bei mir.«

Nathaniel zieht sich die Decke unters Kinn und sieht auf einmal ganz klein aus. »Was hast du denn diesmal gemacht?«

Schluchzend ziehe ich ihn auf meinen Schoß und drücke das Gesicht in sein Haar. Er reibt seine Nase an meinem Hals, und das erinnert mich so sehr an ihn als Baby, daß ich nicht mehr atmen kann. Ich würde alles geben, jetzt, um diese Minuten zurückzubekommen. Selbst die ganz alltäglichen Augenblicke – Autofahrten, das Aufräumen des Kinderzimmers, zusammen mit Nathaniel das Abendessen kochen. Sie sind nicht weniger wunderbar, nur weil wir sie als alltäglich erlebt haben. Nicht das, *was* wir mit einem Kind tun, verbindet uns mit ihm ... sondern das Glück, daß wir es überhaupt tun *können*.

Ich schiebe ihn von mir weg, um sein Gesicht betrachten zu können. Der Schwung des Mundes, die Wölbung der Nase. Seine Augen, die Erinnerungen bewahren wie der Bernstein, dem sie ähneln. *Behalte sie*, denke ich. *Hüte sie für mich*.

Inzwischen weine ich heftig. »Ich verspreche dir, daß ich nicht für immer gehe. Ich verspreche dir, daß du mich besuchen kommen kannst. Und du darfst nie vergessen, daß ich jede Minute an jedem Tag, den ich nicht bei dir bin, nur daran denke, wie lange es noch dauern wird, bis ich zurückkommen kann.«

Nathaniel schlingt dic Arme um meinen Hals und klammert sich fest, als ginge es um sein Leben. »Ich will nicht, daß du gehst.«

»Ich weiß.« Ich sehe ihn an, halte seine Hände.

»Ich komme mit.«

»Ich wünschte, das ginge. Aber irgend jemand muß sich hier um deinen Vater kümmern.«

Nathaniel schüttelt den Kopf. »Aber ich werde dich vermissen.«

»Und ich werde dich vermissen«, sage ich sanft. »He, was hältst du davon, wenn wir einen Pakt schließen?«

»Was ist denn das?«

»Eine Entscheidung, die zwei Menschen zusammen treffen.« Ich probiere ein Lächeln. »Wir vereinbaren, daß wir uns gegenseitig *nicht* vermissen werden. Wie wär das?«

Nathaniel sieht mich lange an. »Ich glaube, das kann ich nicht«, gesteht er.

Ich ziehe ihn wieder an mich. »Ach, Nathaniel«, wispere ich. »Ich auch nicht.«

Am nächsten Morgen klebt Nathaniel förmlich an meiner Seite, als wir ins Gerichtsgebäude gehen. Die Reporter, an die ich mich inzwischen fast gewöhnt habe, erscheinen mir heute wie eine grausame Folter.

Sobald ich die Sperre der Doppeltüren hinter mir gelassen habe, übergebe ich Nathaniel an Caleb und haste zur Toilette, wo ich zunächst trocken würge und mir dann Wasser auf Gesicht und Handgelenke spritze. »Du schaffst das«, sage ich in den Spiegel. »Bring es wenigstens mit Würde hinter dich.«

Ich atme ein paarmal tief durch und trete dann durch die Schwingtüren nach draußen, wo meine Familie auf mich wartet. Nathaniel versucht, an mir hochzuklettern wie an einem Baum. Als ich ihn hochhebe, kommt Fisher herbeigeeilt.

Unsere Blicke treffen sich. »Einverstanden«, sage ich.

Als Quentin den Gerichtssaal betritt, wartet Fisher dort schon auf ihn. »Wir müssen mit Richter Neal sprechen«, sagt er leise.

»Ich lasse mich auf keine Absprache ein«, erwidert Quentin.

»Ich wollte Ihnen auch keine anbieten.« Fisher dreht sich um und geht in Richtung Amtszimmer des Richters, ohne darauf zu achten, ob der Staatsanwalt ihm folgt.

Zehn Minuten später stehen sie beide vor Richter Neal. »Euer Ehren«, beginnt Fisher, »wir warten jetzt schon so lange; es ist doch offensichtlich, daß die Geschworenen keine Einigung erzielen. Ich habe mit meiner Mandantin gesprochen ... und falls Mr. Brown einverstanden ist, würden wir den Fall gerne Ihnen übergeben, so daß Sie über die Beweislage entscheiden und das Urteil sprechen.«

Falls Quentin überhaupt irgend etwas erwartet hatte, dann ganz bestimmt nicht das. Er blickt den Verteidiger an, als ob der Mann den Verstand verloren hätte. Zugegeben, ein ergebnisloser Prozeß wäre niemandem recht, aber eine Entscheidung des Richters, der sich ausschließlich an die Buchstaben des Gesetzes hält, ist in diesem Fall für die Anklage sehr viel vorteilhafter als für die Verteidigung. Fisher Carrington hat Quentin gerade den Schuldspruch auf einem Silbertablett serviert.

Der Richter starrt ihn an. »Mr. Brown? Was meint die Anklagevertretung dazu?«

Er räuspert sich. »Die Anklage hat keinerlei Einwände, Euer Ehren.«

»Gut. Dann werde ich die Geschworenen entlassen. Ich brauche eine Stunde, um die Beweislage noch einmal zu prüfen, und dann werde ich meine Entscheidung fällen.«

Während ich meinem Sohn beim Spielen zusehe, ist es meine größte Angst, daß mich niemand mehr von meinem Sohn wegzerren könnte, wenn ich ihn jetzt noch einmal berühre.

Als es an der Tür zum Spielzimmer klopft, fahren wir alle zusammen. Patrick steht verlegen in der Tür. Ich weiß, was er will, und ich weiß auch, daß er vor meiner Familie nicht darum bitten wird.

Zu meiner Überraschung nimmt Caleb uns die Entscheidung ab. Er nickt Patrick zu, dann mir: »Na, geh schon«, sagt er.

Und so spazieren Patrick und ich plötzlich über die verschlungenen Gänge im Untergeschoß, einen halben Meter Abstand zwischen uns. »Wie konntest du?« platzt es schließlich aus ihm heraus. »Bei einem neuen Geschworenenprozeß hättest du zumindest die Chance auf einen Freispruch gehabt.«

»Und ich hätte Nathaniel und Caleb und dir und allen anderen das Ganze ein zweites Mal zugemutet. Patrick, es muß jetzt ein Ende haben. Egal wie.«

Er bleibt stehen, lehnt sich gegen ein Heizungsrohr. »Ich hab nie wirklich geglaubt, daß du ins Gefängnis kommst.«

Ich lächle schwach. »Bringst du mir ab und zu was vom Chinesen?«

»Nein.« Patrick sieht nach unten auf den Boden zwischen seinen Schuhen. »Ich werde nicht mehr hier sein, Nina.«

»Du wirst ... wie bitte?«

»Ich gehe fort. Im Nordwesten, an der Pazifikküste, sind ein paar Stellen frei, und vielleicht suche ich mir da was.« Er holt tief Luft. »Da wollte ich schon immer mal hin. Nur eben nicht ohne dich.«

»Patrick –«

Unsagbar zärtlich küßt er mich auf die Stirn. »Du schaffst das schon«, murmelt er. »Genau wie früher.« Er schenkt mir ein trauriges Lächeln zum Abschied. Und dann geht er den Gang hinunter und läßt mich stehen, so daß ich allein meinen Weg zurückfinden muß.

Die Toilettentür unten an der Treppe fliegt auf, und plötzlich steht Quentin Brown keine anderthalb Meter vor mir. »Mrs. Frost«, stottert er.

»Ich finde, es wird langsam Zeit, daß Sie mich Nina nennen.« Es ist ein Verstoß gegen das Berufsethos, wenn er in Fishers Abwesenheit mit mir spricht, und das wissen wir beide. Doch selbst das erscheint mir mittlerweile nicht mehr ganz so tragisch. Als er nichts erwidert, will ich um ihn herumgehen. »Wenn Sie mich bitte entschuldigen würden, meine Familie wartet auf mich.«

»Ich muß zugeben«, sagt Quentin Brown hinter mir her, »daß mich Ihre Entscheidung verblüfft hat.«

Ich drehe mich um. »Dem Richter die Urteilsfindung zu überlassen?«

»Ja. Ich weiß nicht, ob ich mich als Angeklagter darauf eingelassen hätte.«

Ich schüttele den Kopf. »Wissen Sie, ich kann mir Sie einfach nicht als Angeklagten vorstellen.«

»Könnten Sie sich vorstellen, daß ich Vater bin?«

Das erstaunt mich. »Nein. Ich wußte gar nicht, daß Sie Familie haben.«

»Einen Sohn. Sechzehn.« Er schiebt die Hände in die Taschen. »Ich weiß, ich weiß. Sie haben sich selbst so in die Vorstellung hineingesteigert, daß ich der skrupellose Schurke bin, daß es Ihnen schwerfällt, mir auch nur einen Hauch von Mitgefühl zuzusprechen.«

»Na ja.« Ich zucke die Achseln. »Skrupelloser Schurke nicht gerade.«

»Dann eben ein Fiesling?«

»Das haben Sie gesagt, Kollege«, entgegne ich, und wir müssen beide schmunzeln.

»Andererseits können Menschen einen immer wieder überraschen«, sinniert er. »Zum Beispiel eine Staatsanwältin, die einen Mord begeht. Oder ein stellvertretender Generalstaatsanwalt, der nachts am Haus einer Angeklagten vorbeifährt, nur um sich zu vergewissern, daß alles in Ordnung ist.«

Ich schnaube. »Wenn Sie tatsächlich bei mir vorbeigefahren sind, dann nur um sich zu vergewissern, daß ich noch da war.«

»Nina, haben Sie sich eigentlich nie gefragt, wer aus Ihrem Büro Ihnen den Laborbericht zugespielt hat?«

Mir klappt der Unterkiefer runter. »Und übrigens«, sagt Quentin Brown, »mein Sohn heißt Gideon.«

Leise pfeifend nickt er mir zu und trabt dann die Treppe hinauf.

Im Gerichtssaal ist es so ruhig, daß ich Caleb hinter mir atmen hören kann. Auch das, was er mir zugeraunt hat, bevor wir hineingingen, hallt in der Stille nach: Ich bin stolz auf dich.

Richter Neal räuspert sich und beginnt. »Die Beweise in diesem Fall belegen eindeutig, daß die Angeklagte Nina Frost am dreißigsten Oktober 2001 eine Handfeuerwaffe kaufte, sie verbarg und in einen Gerichtssaal in Biddeford schmuggelte. Ebenfalls zweifelsfrei bewiesen ist, daß sie sich Pater Szyszynski näherte und ihn absichtlich und wissentlich viermal in den Kopf schoß, was zu seinem Tod führte. Außerdem haben die vorgelegten Beweise ergeben, daß Nina Frost zum Zeitpunkt der Tat irrtümlich davon ausging, daß Pater Szyszynski ihren fünf Jahre alten Sohn sexuell mißbraucht hatte.«

Ich neige den Kopf, jedes Wort eine Ohrfeige. »Was also konnte vor diesem Gericht nicht zweifelsfrei bewiesen werden?« fragt der Richter rhetorisch. »Vor allem die Behauptung der Angeklagten, sie sei zum Tatzeitpunkt unzurechnungsfähig gewesen. Zeugen haben ausgesagt, daß sie überlegt und methodisch gehandelt hat, um den Mann zu töten, der, wie sie glaubte, ihrem Kind ein Leid zugefügt hatte. Und die Angeklagte war eine erfahrene Staatsanwältin, die sehr genau wußte, daß jeder Mensch, der eines Verbrechens beschuldigt wird – Pater Szyszynski nicht ausgenommen –, bis zum Beweis seiner Schuld vor einem ordnungsgemäßen Gericht als unschuldig zu gelten hat. Das Gericht schätzt Nina Frost als eine Staatsanwältin ein, die ihren Beruf mit Leib und Seele ausgeübt hat ... so daß sie, bevor sie das Gesetz brach, diese Tat sehr sorgfältig abgewogen haben muß.«

Er hebt den Kopf und schiebt sich die Brille auf dem Nasenrücken höher. »Daher weise ich die Behauptung der Verteidigung, die Angeklagte sei unzurechnungsfähig gewesen, als unbegründet ab.«

Links von mir eine Bewegung von Quentin Brown.

»Jedoch –«

Quentin verharrt.

»– muß in diesem Staat bei der Beurteilung der Schuldfähigkeit in einem Tötungsdelikt außerdem berücksichtigt werden, ob der Angeklagte unter dem Einfluß begründeter Furcht oder begründeten Zorns handelte, ausgelöst durch eine angemessene Provokation. Als Staatsanwältin hatte Nina Frost an jenem Morgen des dreißigsten Oktober keinen Grund, furchtsam oder zornig zu sein ... als Nathaniels Mutter jedoch allemal. Der Versuch ihres Sohnes, das Opfer zu identifizieren, der vermeintliche DNA-Beweis und das Insiderwissen der Angeklagten, wie Zeugen in unserem Strafrechtssystem behandelt werden – all das zusammengenommen macht nach Ansicht dieses Gerichts eine im Sinne des Gesetzes angemessene Provokation aus.«

Ich habe aufgehört zu atmen. Das kann nicht wahr sein.

»Die Angeklagte möge sich erheben.«

Erst als Fisher meinen Arm packt und mich hochzieht, fällt mir wieder ein, daß der Richter mich meint. »Nina Frost, ich befinde Sie des Mordes nicht schuldig. Ich befinde Sie jedoch schuldig des Totschlags gemäß Artikel 17 A, Paragraph 203 (1)(B) des Strafgesetzes des Staates Maine.«

Zum erstenmal an diesem Morgen sieht der Richter mich an. »Ich verurteile Sie daher zu einer zwanzigjährigen Haftstrafe im Staatsgefängnis von Maine. Die bereits in Haft verbrachte Zeit wird Ihnen angerechnet.« Er hält inne. »Die noch verbleibende Haftzeit wird auf Bewährung ausgesetzt. Sie haben sich bei Ihrem Bewährungshelfer zu melden, bevor Sie das Gerichtsgebäude heute verlassen, und dann, Mrs. Frost, dürfen Sie gehen.«

Der Gerichtssaal explodiert förmlich in Blitzlichtgewitter und Stimmengewirr, Fisher umarmt mich, während ich in Tränen ausbreche und Caleb zu mir stürzt. »Nina?« fragt er. »Hab ich das richtig verstanden?«

»Ja, ja ... hast du.« Lachend und weinend zugleich, sehe ich ihn an. »Es ist ein Wunder, Caleb.« Der Richter hat mir im Grunde genommen Absolution erteilt. Ich werde meine Gefängnisstrafe nicht antreten müssen, solange ich nicht wieder straffällig werde. Caleb hebt mich hoch und dreht sich mit mir im Kreis. Über seine Schulter hinweg sehe ich Patrick. Er ist sitzen geblieben, lächelt mit geschlossenen Augen. Noch während ich ihn anblicke, öffnet er sie und sieht mich eindringlich an. *Nur du*, formen seine Lippen lautlos, Worte, die ich nie vergessen werde.

Als die Reporter davonstürmen, um ihre Redaktionen anzurufen, und sich die Menge im Besucherraum zerstreut, bemerke ich einen anderen Mann. Quentin Brown hat seine Unterlagen zusammengesucht und in die Aktentasche geschoben. Er geht zu dem kleinen Durchgang zwischen unseren Tischen, bleibt stehen und dreht sich zu mir um. Er neigt den Kopf, und ich nicke ihm zu. Plötzlich greift jemand nach meinem Arm, und ich will ihn instinktiv wegziehen, weil ich glaube, daß da jemand mir wieder Handschellen anlegen will. Doch dann öffnet der Gerichtsdiener das elektronische Armband an meinem Handgelenk. Meine Freilassung ist besiegelt.

Als ich wieder aufschaue, ist Quentin Brown verschwunden.

Nach einigen Wochen hören die Interviewanfragen auf. Die Medien haben sich auf irgendeine andere sensationsträchtige Geschichte gestürzt, und wir kehren endlich wieder zu unserem gewohnten Leben zurück.

Na ja, zumindest die meisten von uns.

Nathaniel wird mit jedem Tag kräftiger, und Caleb hat neue Aufträge angenommen. Patrick hat mich von Chicago aus angerufen, auf halbem Weg zur Westküste. Bislang ist er der einzige, der den Mut hatte, mich zu fragen, womit ich mich jetzt, da ich keine Staatsanwältin mehr bin, beschäftigen werde.

Die Arbeit war immer ein so wichtiger Teil meines Lebens, daß ich darauf noch keine Antwort geben kann. Vielleicht werde ich ein Buch schreiben. Vielleicht werde ich eine kostenlose Rechtsberatung für sozial schwache Bürger anbieten. Vielleicht bleibe ich aber auch einfach nur zu Hause und sehe zu, wie mein Sohn aufwächst.

Ich klopfe auf den Umschlag in meiner Hand. Er kommt vom Disziplinarausschuß der Anwaltskammer und liegt nun schon seit fast zwei Monaten ungeöffnet auf der Arbeitsplatte in der Küche. Warum sollte ich ihn jetzt noch öffnen? Ich weiß ja, was drin steht.

Ich setze mich an den Computer und schreibe eine knappe Mitteilung. *Hiermit gebe ich meine anwaltliche Zulassung zurück. Ich werde den Anwaltsberuf nicht mehr ausüben. Mit freundlichen Grüßen, Nina Frost.*

Ich drucke den Brief aus, stecke ihn in ein adressiertes Kuvert, das ich zuklebe und frankiere. Dann ziehe ich meine Schuhe an und gehe zum Briefkasten.

»Okay«, sage ich laut, nachdem ich den Brief eingeworfen habe. »Okay«, wiederhole ich, obwohl es doch nur eins bedeutet: *Und was mache ich jetzt*?

Im Januar gibt es immer eine Woche mit Tauwetter. Urplötzlich klettert die Temperatur auf zehn Grad. Der Schnee schmilzt zu Pfützen, so groß wie kleine Seen. Die Leute sitzen auf ihren Veranden und schauen dem Spiel der Natur zu.

Dieses Jahr jedoch hält das Tauwetter ungewöhnlich lange an. Begonnen hat es am Tag nach Ninas Freilassung. An jenem Nachmittag wurde der Teich, auf dem die Kinder immer eislaufen, gesperrt, weil das Eis zu dünn geworden war. Gegen Ende der Woche fuhren die Teenager schon mit ihren Skateboards auf den Bürgersteigen. Es hieß sogar, in dem Matsch würden die ersten Krokusse sprießen. Gut fürs Geschäft war das auf jeden Fall – weil auf Baustellen, die während des Winters brachlagen, jetzt wieder die Arbeit aufgenommen werden konnte. Und außerdem ist es, soweit Caleb weiß, das erste Mal, daß schon so früh im Jahr der Saft in den Ahornbäumen steigt.

Gestern hat Caleb die Bäume angezapft und die Eimer aufgestellt. Heute geht er durch den Garten und sammelt den Saft ein. Der Himmel sieht aus wie frisch gewaschen, und Caleb hat sich die Hemdsärmel bis über die Ellbogen hochgekrempelt. Der Matsch ist ein Sukkubus, der nach seinen Stiefeln greift, aber selbst das hält ihn nicht auf. Tage wie diese gibt es einfach nicht oft genug.

Er schüttet den Saft in große Bottiche. Fünfzehn Liter von diesem süßen Saft werden zu knapp vier Litern Ahornsirup eingekocht. Caleb macht das auf dem Küchenherd, in dem großen Spaghettitopf, und er schüttet jede Portion zuerst durch ein Sieb, ehe sie eindickt. Nina und Nathaniel interessiert nur das Endprodukt – sie essen es am liebsten zu Pfannkuchen und Waffeln. Aber für Caleb ist die Arbeit bis zum Endprodukt das Schönste dabei. Das Blut eines Baumes, ein Zapfen und ein Eimer. Aufsteigender Dampf, der Duft, der in jede Ecke des Hauses dringt. Zu wissen, daß jeder Atemzug süß schmecken wird.

Nathaniel baut eine Brücke, obwohl sie vielleicht doch noch ein Tunnel wird. Das Tolle an Lego ist ja gerade, daß man es sich mittendrin noch anders überlegen kann. Manchmal, wenn er mit Lego baut, tut er so, als wäre er sein Vater, und dann geht er mit der gleichen systematischen Planung vor. Und manchmal tut er so, als wäre er seine Mutter, und baut einen Turm so hoch, wie es nur geht, bis er umkippt.

Er muß sich um den Hundeschwanz herumarbeiten, weil Mason leider mitten im Zimmer auf dem Boden liegt und schläft, aber das macht nichts, weil es ja auch ein Dorf mit einem Ungeheuer drin sein könnte. Oder er bastelt sogar das irre, superschnelle Fluchtboot.

Aber wohin könnten sie alle zusammen fliehen? Nathaniel überlegt kurz, dann legt er vier grüne und vier rote Steine nebeneinander und fängt an zu bauen. Er macht stabile Wände und große Fenster. Eine Schicht von einem Haus, das weiß er von seinem Vater, nennt man *Stockwerk*.

Das gefällt ihm. Als würden sie alle in kleinen, gemütlichen Hütten aus Stöcken wohnen, wie manche Menschen weit, weit weg, wo immer die Sonne scheint und alle glücklich sind.

Die Wäsche zu machen ist immer ein guter Anfang und geht fast automatisch. Irgendwie scheint sich unsere Schmutzwäsche im Wäschekorb zu vervielfältigen, und egal, wie vorsichtig wir mit unserer Kleidung sind, alle zwei Tage muß neu gewaschen werden. Ich lege die frischen, sauberen Sachen zusammen und trage sie nach oben, räume zunächst die von Nathaniel ein, ehe ich mich an meine eigenen mache.

Als ich gerade eine Jeans aufhängen will, fällt mein Blick auf die Reisetasche. Steht die wirklich schon seit zwei Wochen da, ganz hinten in den Wandschrank geschoben? Caleb hat sie wahrscheinlich dort vergessen. Er hat genug Sachen in seinen Schubladen und mußte die Tasche, die er mit ins Motel genommen hat, nicht unbedingt auspacken. Aber der Anblick stört mich; die Tasche erinnert mich an den Moment, als er ausgezogen ist.

Ich ziehe ein paar langärmelige Hemden heraus, ein paar Boxershorts. Erst als ich sie in den Wäschekorb werfe, fällt mir auf, daß meine Hand klebrig ist. Ich reibe die Fingerspitzen aneinander, runzle die Stirn, nehme ein Hemd und falte es auseinander.

In einer Ecke ist ein großer grüner Fleck.

Auch an einigen Socken sind Flecke. Es sieht aus, als wäre etwas ausgelaufen, aber als ich in der Tasche nachsehe, finde ich keine Shampooflasche oder dergleichen.

Aber es riecht auch nicht wie Shampoo. Ich weiß nicht, woran mich dieser Geruch erinnert. Etwas Chemisches.

Das letzte Kleidungsstück in der Tasche ist eine Jeans. Gewohnheitsmäßig greife ich in die Taschen, um sicherzugehen, daß Caleb auch kein Geld oder Quittungen drin gelassen hat.

In der linken Gesäßtasche ist ein Fünfdollarschein. Und in der rechten Gesäßtasche sind Bordkarten für zwei Flüge mit US Air: einer von Boston nach New Orleans, einer von New Orleans nach Boston, beide mit Datum vom 3. Januar 2002. Der Tag nach Nathaniels Anhörung zur Feststellung der Verhandlungsfähigkeit.

Wenige Schritte hinter mir ertönt Calebs Stimme. »Ich habe getan, was ich tun mußte.«

Caleb schreit Nathaniel an, er solle nicht mit dem Frostschutzmittel spielen. »Wie oft muß ich dir das noch sagen? Es ist giftig.« Mason, der die Pfütze auflecken will, weil das Zeug so süß schmeckt. Er weiß es ja nicht besser.

»Die Katze«, flüstere ich und drehe mich zu ihm um. »Die Katze ist auch gestorben.«

»Ich weiß. Wahrscheinlich hat sie sich über den Rest von dem Kakao hergemacht. Ethylenglykol ist zwar giftig ... aber ziemlich süß.« Er streckt die Hand nach mir aus, aber ich weiche zurück. »Du hast mir seinen Namen genannt. Du hast gesagt, es wäre noch nicht vorbei. Ich habe doch nur zu Ende gebracht«, sagt Caleb leise, »was du begonnen hattest.«

»Nicht.« Ich hebe eine Hand. »Caleb, erzähl es mir nicht.«

»Du bist die einzige, der ich es erzählen *kann.*«

Er hat natürlich recht. Als seine Ehefrau bin ich nicht verpflichtet, gegen ihn auszusagen. Nicht einmal dann, falls Gwynnes Leiche obduziert wird und man im Gewebe Giftspuren findet. Nicht mal, wenn die Beweise schnurstracks zu Caleb führen.

Aber andererseits habe ich drei Monate lang zu spüren bekommen, welche Auswirkungen es hat, wenn man das Gesetz in die eigene Hand nimmt. Ich war so nah dran, alles zu verlieren, was ich mir je gewünscht hatte – ein Leben, das ich törichterweise nicht genug zu schätzen wußte, bis es mir beinahe weggenommen wurde.

Ich starre Caleb an, warte auf eine Erklärung.

Doch es gibt Gefühle, die so gewaltig und groß sind, daß Worte ihnen nicht gerecht werden können. Weil ihm die Sprache nicht genügt, hält Caleb meinen Blick fest und zeigt mir das, was er nicht sagen kann. Er hebt die Hände und faltet sie fest. Für jemanden, der nicht gelernt hat, auf andere Weise zu hören, sieht es aus, als bete er. Aber ich weiß, es ist das Zeichen für *Ehe*.

Mehr braucht er nicht zu sagen.

Plötzlich kommt Nathaniel in unser Schlafzimmer gestürmt. »Mom, Dad!« ruft er. »Ich hab eine unheimlich coole Burg gebaut. Die müßt ihr euch ansehen.« Er wirbelt herum und fegt schon wieder hinaus, erwartet, daß wir ihm folgen.

Caleb sieht mich an. Er kann nicht den ersten Schritt tun. Schließlich ist Kommunikation nur möglich, wenn der andere einen versteht, ist Vergebung nur möglich, wenn der andere bereit ist zu vergeben. Also gehe ich zur Tür und drehe mich um. »Komm«, sage ich zu Caleb. »Er braucht uns.«

Es passiert, als ich versuche, blitzschnell die Treppe runterzurennen, und meine Füße viel weiter vorn sind als ich. Auf einmal ist eine Stufe nicht da, wo sie sein müßte, und ich pralle gegen das Geländer, wo die Hände hingehören. Ich knalle mit dem Teil von meinem Arm dagegen, der so eine Ecke machen kann, der Teil der genauso heißt wie er aussieht: L-bogen.

Das tut so weh, als würde ich eine Spritze kriegen, wie eine Nadel, die da reinsticht und sich dann wie Feuer im ganzen Arm verteilt. Ich kann meine Finger nicht spüren, und meine Hand wird ganz schlaff. Es tut weher als das eine Mal, als ich aufs Eis gefallen bin und mein Knöchel so dick wurde wie der Rest von meinem Bein. Es tut weher als das eine Mal, als ich über den Fahrradlenker gesegelt bin und mir das ganze Gesicht aufgekratzt hab und mit zwei Stichen genäht werden mußte. Es tut so weh, daß es mir erst nach einer Weile einfällt zu weinen.

»Moooooooooom!«

Wenn ich so laut brülle, kann sie so schnell sein wie ein Geist, und die Luft, die gerade noch leer war, ist auf einmal voll von ihr. »Wo tut's weh?« ruft sie. Sie berührt alle Stellen, an denen ich mich festhalte.

»Ich hab mir bestimmt was gebrochen«, sage ich.

»Hmm.« Sie bewegt meinen Arm rauf und runter.

Dann legt sie mir beide Hände auf die Schultern und sieht mich an. »Das kann höchstens der Musikantenknochen sein. Sing mir was vor.«

»Mom!«

»Wie sollen wir denn sonst rauskriegen, ob er wirklich gebrochen ist?«

Ich schüttele den Kopf. »So kann man das gar nicht rauskriegen.«

Sie hebt mich hoch und trägt mich in die Küche. »Wer sagt denn das?« Sie lacht, und auf einmal lache ich auch, und das bedeutet ja wohl, daß mit mir doch alles in Ordnung ist.

Danksagung

Ich werde häufig gefragt, ob mein persönliches Leben die Vorlage für meine Bücher liefert, und wenn ich bedenke, mit welchen Themen ich mich als Schriftstellerin befasse, lautet die Antwort Gott sei Dank: kaum. Im Fall von *Die Macht des Zweifels* ist das jedoch nicht ganz so eindeutig, denn oft saß ich mit meinen Kindern am Frühstückstisch und merkte mir, was sie zueinander sagten, um ihre Worte anschließend dem kleinen Nathaniel Frost in den Mund zu legen. Daher möchte ich Kyle, Jake und Samantha danken – nicht nur für ihre Scherze und Geschichten, sondern weil sie mir die Seele meiner Hauptfigur schenkten: einer Mutter, die alles, einfach alles tun würde für einen Menschen, den sie liebt. Ich danke Burl Daviss, Doug Fagen, Tia Horner und Jan Scheiner für ihre Recherchen im Bereich der Psychiatrie und meinen Medizinexperten David Toub und Elizabeth Bengtson. Ich danke Kathy Hemenway für die Einblicke in die Sozialarbeit sowie Katie Desmond für ihre aufschlußreiche Beratung zum Thema Katholizismus. Ich danke Diana Watson für ihre Kindergartenerinnerungen. Ich danke Syndy Morris für die schnelle Abschrift und Olivia und Matt Licciardi für die Heilige Geiß und die Sauerstoff-Frage. Mein weiterer Dank gilt Elizabeth Martin und ihrem Bruder, die sich meinen Schluß einfallen ließen, sowie Laura Gross, Jane Picoult, Steve Ives und JoAnn Mapson, die den ersten Entwurf lasen und ihn für so gut befanden, daß sie mir halfen, ihn zu verbessern. Judith Curr und Karen Mender geben mir das Gefühl, im Sternbild der Autoren von Atria Books eine Art Supernova zu sein. Daß Emily Bestler und Sarah Branham meine Engel im Lektorat bei Atria sind, macht mich zur glücklichsten Schriftstellerin auf diesem Planeten. Und Camille McDuffie und Laura Mullen – meine guten Marketing-Feen – hätten Zauberstäbe und Goldkrönchen verdient, damit jeder weiß, welche Wunder sie bewirken können. Ich danke auch meinem Mann Tim van Leer, der mich nicht nur bereitwillig mit Informationen über Schußwaffen, Sterne und Steinmetzarbeiten versorgt, sondern mich darüber hinaus mit Kaffee und Salaten verwöhnt und mich so häufig wie möglich entlastet, damit ich Zeit habe, das zu tun, was ich am liebsten tue. Und schließlich möchte ich drei Menschen danken, die mir bei meinen Recherchen inzwischen so sehr behilflich sind, daß ich mir kaum noch vorstellen kann, wie ich ohne ihre Informationen überhaupt etwas zu Papier bringen sollte: Detective-Lieutenant Frank Moran, von dem ich gelernt habe, wie ein Detective zu denken; Lisa Schiermeier, die mir nicht nur die DNA erklärt hat, sondern so ganz nebenbei auch noch den herrlichen medizinischen Trick erwähnte, durch den mein Kopf anfing zu summen; und Jennifer Sternick, die Bezirksanwältin, die vier Tage lang für mich auf einen Kassettenrecorder sprach und ohne die *Die Macht des Zweifels* niemals entstanden wäre.

Jodi Picoult
Die Hexen von Salem Falls

Roman. Aus dem Amerikanischen von Ulrike Wasel und Klaus Timmermann. 474 Seiten. Gebunden

Salem Falls, die weißen Türme kleiner Holzkirchen ragen in den Himmel. Nichts erinnert mehr an die dunklen Tage der berüchtigten Hexenjagden, die hier einst stattfanden. Als der Zufall Jack St. Bride nach Neuengland in das malerische Provinzstädtchen verschlägt, möchte er nur eines – seine eigene Vergangenheit für immer begraben. In dem Café der alleinstehenden Addie Peabody findet er Arbeit, und schon bald wird Jack unentbehrlich in Addies Café und in ihrem Leben. Doch dann erscheint die junge Gillian, der übersinnliche Kräfte nachgesagt werden und die sich okkultistischen Ritualen verschrieben haben soll. Mit ihr kehren die dunklen Schatten aus Jacks früherem Leben wieder zurück – und Salem Falls verwandelt sich noch einmal in den Schauplatz einer erbarmungslosen Hexenjagd, der Jack verzweifelt zu entkommen versucht. Vor dem Hintergrund der trügerischen neuenglischen Idylle läßt Jodi Picoult auf faszinierende Weise die Geschichte wieder lebendig werden. Und schreibt mit »Die Hexen von Salem Falls« einen packenden Psychothriller und das Drama einer ungewöhnlichen Liebe zugleich.

03/1026/02/L